U0625866

连谏

—— 著

请对我撒谎

QINGDUIWO
SAHUANG

浙江出版联合集团
浙江文艺出版社

故事外的闲话（代序）

连谏

　　我的老家高密，有句俗话叫"磨刀不误砍柴工"。小时候，我母亲也经常和我这么说，而我不懂其中深意，长大后，尤其现在，每每想起这句话，我就会笑，觉得这句话是真理。如果把写字比作砍柴，那么，我砍一个小时的柴，至少要提前磨十个小时的刀。

　　《请对我撒谎》这部小说，大约从 2009 年秋天起，我开始琢磨它的主题，之后的日子，我在发呆、收拾卫生、做饭、走路等等的时候，渐渐地丰满它的枝叶。

　　做那些看似烦琐无趣的日常事务时，我的心都是不在场的，它在另一个虚拟的世界里，极有耐心地和我设计的人物们待在一起，饶有趣味地推进着他们的虚拟命运历程……随着时间的缓慢流逝，那个虚拟世界里的人物的命运越来越丰满且特立独行，他们在我的构思中，逐渐成熟而具体，具体到了每一个细节每一句对话，而且我已能看得见他们身上闪耀着的人性光辉。这时，我就会坐下来，让他们沿着故事的顺序，通过我的指尖和键盘的亲密接触来到这个世界。

　　我喜欢走神的生活，这让我感觉我还拥有另一重生活。在另一个虚拟的世界里，我正旁观或是参与着另一群在这个世界上根本不存在的人的生活，他们的魂魄却是来自我所生活的现实世界，仿佛我是从现实中借用了他们，去帮我打一场我自己早已知道结局的战争。

　　有时候，我会垂头检视自己的内心：我为什么要读书？为什么要写字？

　　难道仅仅是因为写字可以养活我吗？

　　不，写字能养活我，是它对我最为有益的副作用；写作对我真正的作用是它足以完成所有精神上的自我医治。

　　文字对我来说就像一个无所不有的藏宝库，我在里面尽情地翻腾着，找到我人生长路上必备的每一片治愈系的灵丹妙药。

　　在生活中，我的口头表达能力越来越差，但我喜欢这样的自己。记得小时候，我经常因为多嘴和说话快遭到母亲的批评，她觉得我一个女孩子，说话跟抢一样，有失温婉端庄。现在她老人家可以不必为这个担心了，因为我越来越喜欢沉默，这不是我终于矜持了起来，而是我想要说的话，都已在写作中说完了。

对我来说，写作就是一种倾诉。

我是一个对世俗生活充满了热爱的人，喜欢所有的红男绿女，连我家小区附近一整天站在街边骂人的先天性智障男子，我也由衷地喜欢，因为他的存在，我能看得见那些丝毫不期望回报的爱和温暖；我喜欢夏天的西瓜、冬天的白菜，我喜欢那些提着篮子在街边安静售卖自己从海里捞上来的海菜团的邋遢女人，她们让我看见尊严的美好……在这世上，我对所有与我息息相关的一切，充满了真切的喜悦与感恩，它们看似无形，却一次又一次地扶住了我趔趄在人生路上的心，或者是医治了我某一刻的绝望、某一刻的痛。

我所有的写作，不过是想跟这个无所不能的世界道一声感恩，并自告珍重。

我希望所有阅读我文字的人，都能从我的文字中汲取到他们需要的营养，感受到前行的力量。但，我并不因此而认为人有完全的丑恶或完全的高尚伟大，每个人的肉体里，都住着一群小小的、迥然各异的自我。

它们分别是贪婪的、狭隘的、自私的、虚荣的，温暖的、高尚的、纯净的。每个人都是这些小我的合成体，每个人的品质都由这些小我的组合比重决定，没有人能单方面拥有一切不好或一切完美的品质。我希望我小说中的人物，在跋涉过人性的贪婪、自私、虚荣甚至苦难之后，看得见甚至触摸得到潜藏在人类内心深处的慈悲神性，实现人性的超越。

《请对我撒谎》这部小说，三十多万字，我从 2012 年正月初八开始写，3 月中上旬因杂事暂时搁置了半个多月，其他时间，我没休过任何一个周末。在写到二十二万字的时候，我突然觉得其中一部分文字所表达的内容不符合我作为一个中国老百姓的价值观和道德观，犹豫了几天之后，痛下决心，砍掉十万字，这在我写作历程中是从没有过的事情……但砍掉之后，我神清气爽。在 2012 这个谣传中的地球覆灭年份，我为自己内心依然不减的对文字的敬畏而心怀欣喜。

完稿后，我用一个多月的时间校改了两遍，结尾也修改了两遍，这部小说结尾部分，我写了三遍。然后，虽然不知道读者们是否喜欢这部小说，可我无法遏制地喜欢着迷恋着它……像傻而痴情的女人迷恋丈夫。

目录
CONTENTS

目录

目录
CONTENTS

Chapter

「第一章」

最是伤情说前尘

1

在这个故事里，郝乐意是当之无愧的女一号，于是，马跃这个臭小子跟她沾光，也就成了男一号。

现在，我要做的，是交代一下这俩人的成长史。

三十年前，有个叫宋小燕的姑娘，在亲戚家的录像厅当售票员，一不小心看上了郝坚强。也正是因为这，一旦有不知好歹的来捣乱，亲戚就把宋小燕推出来，年轻漂亮的宋小燕不会耍横，只会笑眯眯地给来人端茶倒水，还会笑眯眯地说："先喝杯茶润润嗓子，录像厅的事我男朋友说了算，等他来了啥都好商量。"

她男朋友一来，这些人就打躬作揖地鸟兽散了。因为郝坚强是青岛市鲍岛一带有名的小混混头目，山头很响亮。他是青岛八十年代的传奇人物之一，是穿喇叭裤烫爆炸头的街头小哥们最仰慕的老大，是穿高弹裤、烫大波浪头的时髦姑娘们的梦中情人，但也是中规中矩人嘴里的流氓头子或是小混混。郝坚强随便往哪儿一站，马上就会围上来一批小弟递烟点火。他还是弟弟郝多钱的钱包和胆子，整个市北片的录像厅，郝多钱想去哪家看就去哪家看，谁敢拦着谁敢跟他要票？

当然，对于我们这个故事来说，郝坚强更重要的使命性身份，是郝乐意的父亲。

因为郝坚强可以确保录像厅的平安,尽管宋小燕的亲戚明知道宋小燕的父母不会同意这门婚事,可为了一己之利,他还是悄悄支持宋小燕和郝坚强谈恋爱,帮他们瞒着宋小燕的父母。

宋小燕皮肤白皙细腻,像刚蒸出锅的大白馒头,五官不是特别漂亮,但喜眉乐眼的,让人看着就舒坦。郝坚强来找她,总是身子挨身子肩挨肩地和她挤在售票窗口后的小间里,手在售票台底下攥着她的手:"小燕,一看见你我就硬了。"

宋小燕才二十岁,和那个年代的所有女孩一样,单纯得很,就眨着眼睛,认真地反驳他:"你才不是看见我才变硬的呢,我表叔说了,你一身硬骨头,十个八个小伙儿都打不过你。"

郝坚强就愣愣地看着她,好像她是个可爱的白痴,看着看着扑哧就笑了:"看见你就硬和硬骨头不是一个硬法。"

宋小燕就更蒙了:"那是怎么个硬法?"

郝坚强无可奈何地晃晃脑袋,觉得她真白痴到无药可救了:"晚上,等晚上我告诉你。"

那天晚上,在录像厅后面的小休息间,郝坚强第九次吻了宋小燕像樱桃一样甜润丰满的小嘴巴,还假装好奇地看了她的胸脯,白白的、一碰就像活泼的鸽子一样颤动的胸脯。宋小燕歪在那张破旧的布艺沙发上,别着脸不敢看他,向来天不怕地不怕的郝坚强,慌乱极了,曾经的吞天豪情在慌乱中逃窜到了爪哇国,面对着一碟鲜嫩可人的豆腐,都不知该从何处下口了。后来,他艰难地把宋小燕的毛衣拉了下来,没敢碰,也没敢让宋小燕见识什么才叫男人的硬,他怕一挨着她的皮肤,自己就会炸掉,像年夜里的二踢脚。

回家后,郝坚强躺在吊铺上和郝多钱说宋小燕:"这女人,操……那白,那嫩,跟牛奶做的豆腐似的,馋死我了。"

没见过宋小燕的郝多钱拼了命也想象不出用牛奶做的豆腐似的女人到底是啥德行,就鼓捣郝坚强:"她又不是不让碰,你就别干馋着不动手了。"

郝坚强还是心有余悸地摇摇头:"不行,我不敢。"说着比画了一下自己的手:"操,打人打惯了的手,我怕下手没轻重。"他怕鲁莽之下会把像豆腐似的宋小燕弄碎了,因为她看上去像嫩豆腐花一样嫩。

郝多钱就躺不住了,他觉得郝坚强作为鲍岛一带的大哥,就应该有点大哥的样子,土匪还兴弄个压寨夫人呢。他一个骨碌爬起来,爬上梯子,在吊铺上露出半个脑袋:"哥,你学谁都成,可千万别学《水浒传》里的宋江,一天到晚端个正人君子的讨骂架势,还不照样包了个叫阎婆惜的二奶?你是正规谈恋爱,胆大点,在自己喜欢的女人跟前摆啥正经?"

郝坚强觉得他兄弟说得对,女人是种奇怪的东西,如果明知她喜欢你,你还端正人君子架势,就是活该打光棍的货。所以,下次和宋小燕约会,他就没客气,趁老母亲和邻居去后海挖蛤蜊一时半会儿回不来,把郝多钱也打发出去打牌了,门一关就把宋小燕弄到了吊铺上。

宋小燕呀宋小燕,让郝坚强说什么好呢?她白白嫩嫩的身子呀,简直就是一团里面长着骨头的嫩豆腐,他怎么吃也吃不够,他想死到她的身子里头。宋小燕多骚呀,他一亲她她就哼哼呀呀地叫,含混不清,像个饿了但饿得不凶哼呀着讨奶吃的小孩,郝坚强就把自己塞给她,身子里有东西吃的宋小燕哼呀声就变得陶醉无比,他不晃的时候她安安静静的,像含着糖睡觉的小孩,他一晃她就美得要死掉了一样地哼……郝坚强知道,毁了,这辈子他离不开这个女人了,死也要死在她身子里。

郝坚强都想死在她身子里了,就什么也不怕了,更不怕她父母看见,骑着一辆幸福250摩托,招招摇摇地轰然过街,宋小燕的父母哥嫂知道后,宋小燕的日子就不好过了。

宋小燕的家人认为,宋小燕爱上郝坚强简直是家族耻辱,因为很多人都说,郝坚强是黑社会老大,在鲍岛一带无恶不作。于是,他们苦口婆心地劝说宋小燕,清白的姑娘,大好的青春,莫要蹚这浑水。宋小燕听不进去,他们就改苦口婆心为咒骂和暴打。结果,把宋小燕给直接打私奔了。

宋小燕私奔到郝坚强家,天天躲在吊铺上。那阵子,郝坚强也不出门了,每天都拿着一把板斧坐在门口的胡同里,只要见宋小燕的哥嫂来了,他就吭哧吭哧地劈木头,宋小燕哥嫂的咒骂,被他劈得七零八落,低声蔫气,唯恐劈柴的斧子突然转了向,劈到自己身上。

宋小燕和郝坚强睡吊铺,因为吊铺下睡着郝多钱,郝坚强和宋小燕很克制,可年轻的身体是干柴偎依着烈火啊,怎么克制得住?克制不住的时候,郝坚强就弄条枕巾给宋小燕咬着,不让她出声,可吊铺被震得一颤一颤的,吊铺上的灰尘和蜘蛛网啥的就会扑簌簌地落到郝多钱的床上、身上和失眠的眼里……

年轻的郝多钱煎熬死了,只好在床边备了根擀面杖,受不了的时候,就捅一捅吊铺,让郝坚强收敛点,郝坚强让他给捅恼了,就探出半个头:"你干吗呢你?还让不让人睡了?"

郝多钱就反驳:"哥,这话该我说你!"

郝坚强就一愣,哦了一声,就从吊铺上溜了下来,再然后,郝多钱就听见他扯着嗓子喊:"妈,起来,别睡了,换个地方。"

再然后,郝多钱就看见穿着睡裙的宋小燕从吊铺上下来,去了他们老母亲的房间。

他们睡得迷迷糊糊的母亲抱着一个谷糠枕头,半梦半醒之间被郝坚强推了过来,然后郝多钱就被郝坚强从床上拎了起来:"你上吊铺睡,咱妈睡你床,我上咱妈那屋睡。"

郝多钱的夜晚,才总算安生了,可日子并不安生。郝家的木头总有劈完的时候,郝坚强不能总擎把斧头在门口站着,就是麻雀也得出去打食啊,何况他们是一家四口大活人,可宋小燕的哥嫂得空就来胡同骂街,骂得要多难听有多难听,骂得他们的老母亲都没脸上街了,骂得宋小燕像只瑟瑟发抖的鹌鹑一样蜷在吊铺上不敢下来。

于是,为了老母亲不被街坊邻居嚼成茶余饭后的消遣,也为了躲避宋小燕的哥嫂,郝坚强带着宋小燕去了潍坊。

这个时候,我们的男一号马跃小朋友,已经出生了,正在陈安娜怀里吃奶。他的爸爸马光明歪着头看了一会儿,觉得人真是种奇怪玩意儿,他不相信这个粉团团的小东西是自己撒下的一粒种子发了芽,还特意跑到卫生间,站在镜子前上下左右地打量了自己半天,看自己的眉毛,看自己的鼻子和眼,看着看着,就特想哭,因为感动,感动于生命的神奇。他越想眼泪越是止不住,于是扶着洗手盆哽咽起来。陈安娜觉得不对劲,敲门问他干什么呢?他哽咽着说:"我当爸了,怎么会这样呢?我竟然会有孩子。"陈安娜让他说得云里雾里,说:"是人就会有孩子,凭什么你不能有?"马光明呜咽着说:"可是,太神奇了。"陈安娜就笑了,觉得马光明太傻了,傻得让她心疼。

到了潍坊,郝坚强没了青岛的人脉,不能在道上混了,何况青岛的道是青岛的道,潍坊的道是潍坊的道,离了青岛的道,潍坊道上的人不认他也不容他。第二年,宋小燕怀孕了,为了让宋小燕吃得好睡得好,郝坚强也不能游手好闲了,在钢结构厂找了一份工作。当宋小燕快生的时候,他终于攒够了人生的第一笔储蓄,租了一套小居室等待他们的孩子出生。在这期间,他们还回了一趟青岛,因为孩子要出生了,得落户口,想落户口就得登记结婚,可宋小燕拿不出户口簿。郝坚强就做了一次贼,趁宋家人睡熟了,顺着雨水管道上了老楼,扒窗进去偷出了户口簿。登记之后,他通过邮局光明正大地把户口簿寄了回去,顺便还写了封信:爸,妈,你们马上就要做姥姥姥爷了,祝贺你们,户口簿我用完了,还给你们。

据说,收到户口簿十分钟之后,宋小燕的父亲就口吐鲜血被送到了医院,查出了肝癌,还是晚期。事后,舅舅舅妈还有姥姥死活不认宋小燕和郝乐意就是因为这,他们一口咬定宋小燕为了个地痞流氓活活气死了亲爹,姥姥不认宋小燕这闺女了自然也就没认郝乐意这外孙女。

其实,宋小燕的父亲收到户口簿和郝坚强的信之后吐血,是因为肝癌病灶早就在身体里了,受了点刺激借机发作罢了。要说他的病是被气出来的,那也是让宋小燕哥嫂给气的,他们整天打架,一打架就把祖宗八代从坟墓里扒出来暴骂一遍,每次宋小燕的父亲都气得脸色发青,双手发抖。后来他们把气死亲爹的屎盆子扣到宋小燕头上,不过是为了推卸责任。父亲去世了,郝乐意也长大了,他们还是不认宋小燕,不过是怕她回去分家产要房子,因为她的户口一直放在娘家,据说拆迁的时候她的哥嫂利用她的户口多要了套一居室。

反正,人就得靠自己。这是宋小燕常说的话,再就是:爹有娘有不如自己有,老婆汉子还隔一道手。

2

郝多钱比郝坚强小两岁,他不喜欢宋小燕,觉得她骚情。那种骚情,跟穿衣服多少没关系,哪怕宋小燕从头到脚都包得严严实实的,往人前一站,还是透着骚情。胡同里的老人说过,骚情女人的命不好,克夫毒子。郝多钱曾悄悄和郝坚强说过,郝坚强瞥了他一眼,连半秒都没犹豫:"我乐意。"

但郝多钱不乐意,因为大哥郝坚强是他最仰慕最崇拜的大哥,虽然他没多少文化,文笔也不好,但还是一封又一封地往潍坊写信,让他回来,因为他知道郝坚强到了潍坊就开始走下坡路,他不能眼睁睁地看着他哥被宋小燕毁了。郝坚强被他纠缠烦了,回了封信,让郝多钱闭上臭嘴,该干吗干吗去,娶了宋小燕他乐着呢,所以,他的孩子,不管男女就叫郝乐意,他要用这个名字告诉所有的人,所有因宋小燕而来的一切,他都乐意承担。

被呛了一鼻子灰的郝多钱不再给郝坚强写信了。

作为曾经的小混混头目，郝坚强无比喜欢在潍坊的日子，安详而妖娆，让他都后悔为什么没早点过这样的日子。因为聪明，他在钢结构厂很快成了烧焊方面的师傅。早晨出门，中午回家，吃完饭，把粉粉嫩嫩的郝乐意摇睡了，他把宋小燕抱到腿上摇，他喜欢坐在椅子上，像抱娃娃一样，让宋小燕面对面地跨到他身上。他总是一边摇着宋小燕一边吃奶，真吃，把她两只奶吃得空空的。也真奇怪，他越是这样吃，宋小燕的奶水就分泌得越旺盛，或许是因为吃奶的原因，郝坚强的欲望无比强烈。已是小妇人的宋小燕就说他可以去当种马了，因为只要宋小燕在他身边，只要环境允许，他就想把自己插在宋小燕身子里，一刻也不离开，鬼都不知道他哪儿来的这么大精神头。中午老板好酒好菜给再多加班费也留不住他，不管刮风下雨还是寒冬酷暑，一到中午十一点半，郝坚强就会雄赳赳地跨上自行车杀回家去。生过孩子的宋小燕身材还是那么好，皮肤还是那么白那么细嫩，除了带孩子做饭，郝坚强不舍得让她做任何事，夜里，郝坚强总是边往她身体里拱边说，这么好的白菜，不拱怪可惜的。宋小燕就笑，说你是猪啊。郝坚强欢天喜地地领下来，承认自己是猪，就是喜欢拱宋小燕这棵水灵灵的大白菜。宋小燕就说他流氓，郝坚强说对着她这么一女人，不想要流氓的是阳痿是心理变态。郝坚强的要流氓，不仅是在夜里也不仅是在床上，中午的爱，大多在厨房做。把女儿哄睡后，宋小燕去厨房洗碗，郝坚强进来，站在她身后摸奶，拱进脑袋去吃，忙活到最后就会说她洗碗，他要洗枪，就掀起裙子钻进去，因为这，宋小燕不得不把饭碗全换成了不锈钢的，有时候他也会把被揉搓得像个软绵绵傻子似的宋小燕提起来，抱到灶台上长驱直入……

后来，宋小燕觉得，在潍坊的那几年时光，透支了她今生今世所有的幸福，有彪悍的郝坚强在，她可以活得不用带脑子，可是，那样的日子很快就一去不复返了，让人想起来就泪水长流。因为时光果然验证了郝多钱的担忧，骚情的女人命薄，郝坚强死了，在郝乐意三岁的时候。

郝多钱就更讨厌宋小燕了，如果不是她，郝坚强就不会离开青岛，如果他不离开青岛就不会死。

郝坚强是从七楼窗户上掉下去摔死的。

那是个白天，宋小燕要出去买点东西，让郝坚强照看一下郝乐意。时过多年，郝乐意拼命地想，拼命地回忆，试图搞清楚郝坚强到底是怎么上了七楼，怎么从窗户外摔下去的，可就是想不起来，唯一记得的就是宋小燕边哭边骂七楼户主没天良,郝坚强都摔死了,他们居然还诬他是贼。

　　稍大一点的郝乐意问宋小燕,为什么楼上邻居要说爸爸是贼,宋小燕打了她一巴掌,然后搂着她哭了。说她爸不是贼,是为了给她拿气球摔死的。那是七月中旬,潍坊七月的中午热得很暴烈,除了卖冷饮卖水果的和报刊摊躲在树荫里,街上基本见不到人。那天中午,郝坚强在回家路上给女儿买了一个氢气球玩具,后来,郝乐意睡着了,他就给拴在窗户上了,结果绳子断了,氢气球跑掉了,跑到了七楼窗外。郝坚强住六楼,见隔得也不是很远,向来拿爬墙上屋不当回事的郝坚强就想踩着自家窗框,顺着雨水管道往上蹿蹿把气球够下来,结果,雨水管道多年失修,酥得根本就支撑不住一个大男人的重量,就这么着,想当年叫响整个鲍岛街街巷巷的郝坚强,血肉模糊地横尸在了潍坊街头。

　　可后来,很多人说郝坚强根本不是上去拿气球,因为七楼窗外的护栏上根本就没有什么气球挂在那儿,再就是七楼户主说,他家丢过钱,贼是从窗户进来的,为了拦贼他只好装上了护栏,言下之意,郝坚强有可能是贼。从郝乐意记事到长大,一直有人说郝坚强是贼,如潍坊的邻居、她的舅舅舅妈。因为这个说法,宋小燕哭得声泪俱下,信誓旦旦地让所有的人相信她,郝坚强绝对不是贼,那个氢气球是绝对有的,还是她亲手系在窗户上的,是一只充了氢气的梅花鹿,郝坚强是个好爸爸,这么热的天他每天骑五六里的单车回家吃午饭就是为了看女儿一眼陪女儿玩一会儿……

　　关于这段往事,宋小燕经常提起,说一次哭一次,她说那只氢气球肯定是被风吹跑了。

　　这个时候的马跃,不仅长得初步具有了小帅哥的雏形,还是亲戚朋友眼里的神童。因为陈安娜是老师,在她的调教下马跃已经能倒背如流地背诵几百首古诗词,还和已经上了小学的学生们一起参加市里的口算比赛,他居然一举跃过那些年龄比他大、已上学的孩子拿了个一等奖!

　　所以每当陈安娜领着他上街,都昂首挺胸,一脸被上帝奖励了的骄傲。就在郝乐意失去父亲的那一年,陈安娜把马跃送进了本市最好的小学,是的,尽管她不过是一名职业中学的老师,丈夫不过是白酒厂的一名普通工人,可这一点儿也不是让她和儿子泯然于众人矣的理由。

　　郝坚强去世后,宋小燕完全可以带着郝乐意回青岛,可她没回,也拒绝搬家,虽然房子是租的,她完全可以早日搬离伤心之地,可她不。因为楼上楼下邻居都认为郝坚强是贼,他们甚至怀疑门口丢掉的擦脚垫或是一个垃圾簸箕都有可能是郝坚强的作为。宋小燕说,如果她选择搬家,只会让邻居们认为他们做贼心虚,在这地方待不下去了,搬走不过是找一个没人知道他们底细的地方躲起来。

宋小燕不搬。她要用这种沉默的对抗告诉大家,郝坚强不是贼,她没什么见不得人的,更没什么心虚的,她继续住在这里正是因为问心无愧。更是用这种方式告诉郝乐意,你爸不是贼,我们没什么好怕好躲避的。

这一住又三年。郝坚强在的时候,他就是蒸包子的笼屉,外表坚硬,内里是热腾腾的温暖,在他的笼罩里,宋小燕过着柔软的包子的生活。可郝坚强没了,她被强大的生活迅速抛出,从白白软软的包子迅速变成一坨面目狰狞的煤渣。

郝乐意六岁的时候,宋小燕带着她回青岛,因为郝乐意该读小学了。宋小燕先是带着她去了婆家。郝乐意的奶奶已老年痴呆了,她忘记了所有的事,唯一记得的就是吃,哪怕是刚刚放下饭碗没五分钟,只要有人在她跟前晃,她就立马精神百倍地追着要吃的,不给就号啕大哭,郝乐意总是被她吓得哇哇大哭,郝多钱的女儿郝宝宝也会跟风地大哭不止。郝家一共才两间加起来不足二十平方米的房子,孩子哭老人闹,宋小燕实在不好意思住在这里添乱,就回了娘家。

宋小燕的哥嫂怕她回来抢房子,不仅连门都没让她进,嫂子还堵在门口,高一声低一声地骂:"宋小燕亏你也有脸回来! 当年没羞没臊地跟着一小偷私奔的人是谁?"

宋小燕急了眼,把郝乐意往身后一扒拉:"你说谁是小偷?"

"说别人我对得起郝坚强这王八蛋? 啊? 你别跟我说他不是,让街坊邻居们评评理,如果他不是贼,我们家好门好窗的人家,户口簿是怎么到他手里的?"

宋小燕就张口结舌了,在她的狼狈里,她嫂子乘胜追击:"宋小燕,跟贼过了几年日子,你脸皮也变厚了啊。现在贼死了,没贼赃吃了,你带着贼崽子回来博同情? 切! 门儿都没有! 俗话说龙生龙凤生凤,老鼠的孩子会打洞,我们可不是善良到愚蠢的农夫,对送上门来的蛇警惕着呢!"

宋小燕当时就气疯了,扑上去就打,可惜,她是个操心劳力单身带孩子的憔悴女人,根本就不是胖熊一样的嫂子的对手,像堆柴火一样被嫂子拎起来扔在了楼梯上。

伤痕累累的宋小燕心灰意冷,她久久地坐在楼梯上,是的,她没有号啕大哭,只是低着头,伏在磕破的膝盖上,默默无声地流了一会儿泪,就爬了起来,拉着郝乐意走了。

回潍坊的路上,她告诉郝乐意,她的姥姥姥爷死了,没有舅舅舅妈这一类的亲戚,她的妈妈宋小燕是个孤儿。

回到潍坊的宋小燕在家给人做衣服,因为没门头,活就得干细致点,渐渐有了口碑后,就经常有时装店的老板拿着大牌服装来找她,一起把衣服拆了,从用料到裁剪到缝纫,逐一研究透了,就照葫芦画瓢地仿几件,挂出去卖,居然还挺有市场,工钱也比纯粹的来人来料做衣服高一点儿,久了,就专干这活了,挣的钱照顾母女俩的衣食住行倒也够了,偶尔还能寄点给郝多钱他们,算是给乐意奶奶的赡养费。

这个时候,我们的马跃同学已在小学里叱咤风云了,在我们的郝乐意上小学一年级的时候,马跃已经收到了人生的第一封情书,然后,他的妈妈陈安娜发现了这封情书,找到了女生家里,和女生妈妈狠吵了一架,又利用身在教育系统的便利,给马跃调了班。

3

在郝乐意十五岁的那个春天,宋小燕决定带她回青岛,因为郝乐意面临中考,必须回户籍所在地。可宋小燕却又不舍得把陪了她十几年的缝纫机、拷边机等扔在潍坊,因为回青岛以后她还想干老本行,托运吧,破破烂烂的太多,花钱少不了,雇搬家公司运吧,更贵,正好有邻居开货车在潍坊和青岛之间来回贩海鲜,两家相处也不错。宋小燕一犯难,那边就主动接了茬儿,说再去青岛拉海鲜的时候给她捎过去就行了,宋小燕觉得这主意不错,索性连车票钱也省了,反正东风货车的驾驶室能坐三个人。

可是,宋小燕到底还是没回得了青岛,货车在半路上翻了,一头扎进了路边的水库,如果不是宋小燕从驾驶室的窗户把郝乐意塞了出去,后来的故事就都没了。

然后,悲伤而绝望的郝乐意在一个离青岛只有90公里的县级市的殡葬馆里,等来了郝多钱和他的老婆贾秋芬,抱着宋小燕的骨灰盒回了青岛。宋小燕用短暂一生奋斗来的家当,都沉在了峡山水库。郝乐意是她和郝坚强留在这个世界上唯一而凄惶的遗产。

从见着郝乐意到接她回家,郝多钱看她的目光始终没多少温度,因为郝乐意的眼睛和宋小燕很像,一看郝乐意,他就会想起宋小燕,是的,尽管宋小燕已经死了,可他还是无法原谅她,觉得她是个脸皮很厚的风骚女人,如果不是她,郝坚强一定不会死。

郝多钱担心郝乐意的脾性会像宋小燕,其实,宋小燕也没他认为的那么不堪,他对她的恶感,更多是来自因为她,郝坚强抛下他和母亲离开了青岛,客死异乡。越来越老的郝多钱,越来越信命,在坚定地认为宋小燕是个不祥的女人之后,又觉得郝乐意身上也笼罩着这么点意思。是的,有人说过,打小就父母双亡的孩子,命毒着呢。所以,他对郝乐意的不怎么亲热,更多的是来自对死亡的恐惧,就像和传染病人做邻居,总害怕不知道什么时候病菌就会翻墙而过,纠缠上自己。

郝多钱想好好活着,看着他最宝贝的闺女郝宝宝长大成人。现在,他已人到中年,还经常喝大,每当夕阳西下,他就会咬着一根烟,端着一杯散啤酒,坐在马路牙子上,回想当年,想得眼睛都潮湿了。他的人生,就是从郝坚强离开青岛那天开始走下坡路的,从那以后,他所有的理想都坍塌了,因为他的支柱郝坚强不在了。

老了的郝多钱,看上去冷漠而市侩,如果说他内心深处还有柔软的话,那就是当他看见女儿郝宝宝的时候。

郝宝宝比郝乐意小三岁,正读小学六年级,长得不是一般的好看,好看得经常让郝多钱怀疑是不是在医院抱错孩子了,再要不就是贾秋芬不知从哪儿给他打捞了一野种,要不然,就凭他和贾秋芬的底子,怎么可能生出个好看得让他提心吊胆的女儿来?当然,这些都是他喝醉了之后自说自乐的醉话,谁要真敢跑到他跟前说郝多钱,你闺女长这么好看,到底是不是你的种啊?

郝多钱能一拳揍下他门牙来。

这事发生过,是一邻居。夏天凑一块喝啤酒吃烤肉,仗着熟,喝高了就嘴冒出这么句醉话,郝多钱二话没说,一拳上去,两颗门牙落了地。当然,后来邻居去镶了俩烤瓷牙,挺贵的,钱是郝多钱掏的,和这邻居也没结仇,倒是偶尔在胡同里开玩笑说,谁的牙坏了想拔掉镶假牙的话,就去找郝多钱,只要说句闺女不是他亲生的,拔牙和镶牙的钱就可以都让他包了。说归说笑归笑,毕竟郝多钱拔牙的方法太疼也不体面,也就没人愿意省这钱。

4

郝乐意寄居在叔叔郝多钱家备战中考,马跃同学也在备战高考。

每天放学回来,郝乐意都要帮贾秋芬做家务,不让都不行,默默地做,也不吭声,不管什么都做得头头是道,让贾秋芬看得心疼,知道这孩子心里有数着呢,夜里就和郝多钱说,不要对郝乐意沉着脸,毕竟那是他亲侄女,在这个世界上,她也就他这么个至亲至近的人了。郝多钱装听不见,哼哼地打呼噜,再看郝乐意的眼神,就柔和多了。尽管如此,郝乐意的家长会,还是贾秋芬去给开,所以,在很多年之后,当郝乐意想起母亲这俩字,脑海里浮现的是贾秋芬的样子,微胖,像上弦月一样笑眯眯的眼,不管招呼谁,嗓子都晴朗朗的,好像这个世界上就找不到她不喜欢的人,哪怕你刚打了她一巴掌骗了她一百块钱,她都不记得。郝多钱家虽然很小,可所有的衣服永远被她洗得有股阳光的味道,毛巾永远被她打上肥皂兑上咸盐洗得蓬蓬松松,如果说记忆里家的美好是有味道的,那味道一定是在贾秋芬这样的女人手下诞生的。

郝乐意没考高中,尽管以她的成绩完全考得上青岛最好的高中,可郝乐意知道,高中不属于义务教育,她不能再给贾秋芬夫妻增加负担了,他们也负担不起。贾秋芬工作的毛巾厂倒闭了,郝多钱工作的自行车厂连地皮都卖了,说白了,他们俩都是下岗职工。好在贾秋芬勤快,每天琢磨着花样倒腾点小买卖,多少还能进几个钱,譬如说秋天的时候她卖煮苞米,冬天的时候她推着大桶卖热腾腾的萝卜缨小豆腐,夏天的时候她卖茶蛋、卖粽子。郝多钱心情好的时候也出去干点活,心情不好的时候,尤其是夏天,他很容易心情不好,就会提着一塑料袋散啤酒,边走边喝边骂骂咧咧,好像整个世界都欠了他二百万。郝多钱从塑料袋里喝散啤酒的技术很高,把塑料袋擎到脸的一侧,嘴吸住塑料袋的一点边,另一只手轻轻一托塑料袋底,再一捏,散啤酒就点滴不漏地喝到了嘴里,再鼓一下腮帮子,咽下去,大嘴一张,那个爽,给个皇帝老子都不换。提着塑料袋喝着散啤酒骂着街的郝多钱没人敢惹,除了郝宝宝。郝宝宝是郝多钱的一帖药,不管郝多钱犯浑犯得多么厉害,只要她一嗓子,郝多钱立马就像点了卤水的豆腐汤子,静悄悄地就收敛了。

因为知道贾秋芬的善良,更知道她一旦知道自己放弃考高中会难过,郝乐意便悄悄报考了幼儿师范,虽然在本市,但可以住校,如果愿意,中专毕业后可以继续读大专,师范类可以免学费,这是郝乐意选择它的主要原因。

同是这年九月,马跃到上海的一所高校报了到。

两年后,郝乐意中专毕业继续读大专。宋小燕留下了一笔不大不小的存款,郝乐意花得节俭,到读大专时,还剩几千块,就不舍得花了,总觉得这笔钱上残留着宋小燕的汗水和气息,想留下来做纪念,于是,就开始了勤工俭学生涯。中午在学校食堂做小时工,晚上去一家培训机构当老师,累是累了点,经济上倒也没紧张到哪儿去,偶尔郝宝宝从贾秋芬手里要不出零花钱,还能到她这儿打打秋风。

校园才子马跃,以交流生的身份去了英国,并以优异的成绩把学籍转到了英国大学。此时,他的母亲陈安娜,已荣升为某职业中学的副校长,时间像浩浩荡荡的队伍继续往前推进,而他们,还不知道彼此的存在。可时光依然遵照自己的秩序,不慌不忙地行走着,离他们的相识越来越近越来越近……

在这期间,郝乐意拒绝了一个来自社会的追求者,而她出落成标志美人的堂妹郝宝宝,在各色男人的频繁骚扰下,春心荡漾,学习成绩一落千丈,高考败得一塌糊涂,最终只能进本市一所民营大学,专业是旅游管理。郝乐意觉得这专业有点不妥,没技术含量,就业竞争没优势,再就是如果做接团导游很辛苦,郝宝宝未必吃得了这苦,可郝宝宝就是喜欢,说她想当导游,不为别的,就是为了免费旅游。郝多钱说干个屁导游,他把姑娘生这么漂亮,不是为了伺候王八蛋的。

郝多钱一直坚持女儿要富养,虽然他夫妻俩下岗了,可在吃喝玩上,从来不屈着郝宝宝。甭管紧不紧张,郝多钱每晚必喝五块钱的散啤酒,雷打不动,谁想给他断酒谁就是他不共戴天的敌人,可为了郝宝宝,他可以断酒,譬如说郝宝宝说同学们都去吃必胜客了,为了给郝宝宝省出一顿必胜客的钱,郝多钱能戒半个月的啤酒……总之,只要郝宝宝提得出来的要求,郝多钱都会想办法满足,哪怕借钱哪怕去卖血,贾秋芬担心照这样下去会把郝宝宝惯坏了。郝多钱嗤之以鼻,说惯吃惯喝惯着玩,不惯歪歪毛病,惯不坏孩子。

其实,惯着惯着,啥叫歪歪毛病,郝多钱也搞不清楚了,只要是郝宝宝提出来的,都是正确的。

郝多钱的理念是,人这一辈子,就是什么人什么命。比如说打小他就跑来颠去地给他哥当小弟,结果他哥死了他都没翻得了身,走到哪儿都被人拿着当狗腿子使唤。还有贾秋芬,也是活生生的例子,只要是她认识的人,她就没不照顾的,怎么着?老天就给了她个伺候人的命,嫁了穷兮兮的郝多钱,伺候完了婆婆伺候男人,还得为块儿八毛地伺候那些买煮苞米的买小豆腐以及买粽子的,生就一副贱相,谁都不高贵你。所以,他算看明白了,人想要好命,得先自己端起好命的架子,郝宝宝的命,他要打小就往高贵里培养,家务活不许她沾手,该见识的让她见识,该吃的吃该玩的玩,只有这样,才能气定神闲,才能显得高贵,长大了才不会别人随便给点好处就迷了眼钓了心,这就是富养女儿的最基本原理:经得起诱惑,抵得住骗。

虽然觉得郝多钱满嘴巴的歪理,可贾秋芬说不过他,只好由着他这穷人抽筋扒皮地富养闺女。

这时,我们的马跃同学,在英国认识了一个来自上海的女生,她娇小玲珑,笑容妩媚。他们是在学校图书馆门口躲雨时认识的。那场雨下得真漫长啊,就没个停歇的迹象,寂寞的惆怅里,上海女生小玫瑰就主动和他搭话了,问他学的是什么专业,来自哪个城市,聊得很投机,后来小玫瑰问他住哪儿,马跃说在学校附近租了一间房子,小玫瑰就很大方地问可不可以去看看?

马跃说好啊的时候还没多想,他们冲进雨里,哈哈大笑着穿越了雨水,像落汤鸡一样站在他的公寓门口,一抬头马跃就傻了……雨把小玫瑰的白色亚麻衬衣淋透了,她没穿胸罩,浅褐色的乳头清晰地贴在湿透的衬衣内。

马跃窘迫得低下了头,目光躲闪着飞来飞去,像找不到落脚地的蜻蜓,而小玫瑰却大咧咧地笑着,好像压根儿就不知道自己露点了。

因为紧张,马跃不仅把钥匙掉在了地上,还怎么都插不进钥匙孔,小玫瑰仿佛看穿了他的心思,拿过钥匙,咔嗒就打开了门。

进门后,小玫瑰就大大方方地说她不想感冒,想洗个热水澡,再借他件干净衬衣穿,马跃头也不敢抬地说好,给她找了衬衣,听她进了卫生间才算嘘了口气。

那天晚上,马跃过得晕晕乎乎的,像喝醉了酒。他也洗澡换了衣服,从卫生间出来时,小玫瑰已经像个殷勤周到的女主人一样煮好了香喷喷的咖啡,马跃的衬衣穿在她身上像又肥又阔的超短裙,很性感,她边和马跃聊天边晃着两条漂亮而结实的腿走来走去,晃得马跃眼睛都花了,只剩了傻笑,她就坐在马跃身边托起下巴认真地看着他:"你干吗只笑不说话啊?"

马跃还是傻笑。

她像野蛮而生了气的小妹妹一样,一把夺下马跃手里的咖啡杯:"我问你话呢。"

马跃啊啊地说不出一句囫囵话,慌乱中不知怎的就抱住了她,小玫瑰也没挣扎,只是坏坏地笑着,勇敢地看着他,拖长了腔调:"马——跃——"

马跃好像听到了召唤,笨手笨嘴地就吻了下去。小玫瑰的回吻很娴熟,但此刻的帅哥马跃,因为陈安娜严盯死防式的管教,在男女方面还像白痴一样单纯,在小玫瑰技巧娴熟的引导下,倒也没太慌乱。也是在这个夜晚,马跃才知道,女人的身体是会说话的,比如当他和小玫瑰拥吻的时候,他能感觉到她身体的召唤,召唤他去抚摸并亲吻她,寻找通往她身体的道路。

她那么娇小,他能像父亲抱婴儿一样轻巧地把她抱在怀里,抱着她上床,爱抚并进入她情欲泛滥的身体时,他有点害怕,因为对于一米八五身高的他而言,小玫瑰娇小得像个孩子,他觉得自己像在欺负或虐待她,尤其是当小玫瑰快乐地大叫时,他吓坏了,以为弄疼了她,飞快滚到一边,慌忙和她道歉,问是不是弄疼她了。小玫瑰被他问愣了,然后笑了,一个骨碌爬起来,爬到他身上,看着他的眼睛无比认真地说:"马跃,我不想活了。"

马跃吓了一跳,以为她遇到烦心事了,这对于留学生来说一点儿也不稀奇,他捧着她的脸说千万别。

小玫瑰用鼻子嗯了一声,脸抵在马跃胸口,缓缓套在了马跃身上,吮着他玉米粒一样的乳头,玲珑有致的小身子,居然可以那么大幅度地跌宕起伏,在她温柔如小豹子一样的尖叫里,马跃魂飞魄散……

然后,他们就恋爱了,虽然很多时候,马跃是恍惚的,总觉得他和小玫瑰的爱情,来得太突然,毫无铺垫,甚至是先有情欲后有爱情,而且,他知道自己不是小玫瑰的第一个男人,甚至连第二个也不是,但他从未问过小玫瑰,怕勾起她的伤心事,更不想让小玫瑰觉得他迂腐得有点猥琐,虽然胡乱猜测时心里会有点酸溜溜的,但他要的是她的现在和以后,不是吗?只要她现在和以后爱的是他,就可以了。小玫瑰的真名叫黄梅,小玫瑰是马跃给她取的外号,她很喜欢,尤其是喜欢马跃做爱的时候叫她小玫瑰,那种感觉很迷醉,像抽了大麻,这辈子都不想醒过来。

他们同居了,在相识一周后,除了因为爱情还有同在异国他乡的寂寞,两颗年轻的心睡在同一张床上可以取暖。当然,这一切他们国内的亲人们是不知道的,陈安娜和马跃说好了,去英国拿学士证书不是目的,要一鼓作气把硕士证书也拿到手。

马跃担心求学给父母的经济压力太大，要出去打工，陈安娜死活不让，不是因为经济上宽裕，而是怕马跃吃苦。她告诉马跃，不必为钱担心，马光明去马光远的酒店当保安部长去了，一月好几千块钱，再加上以前攒的老底，供马跃读完博士都没问题，何况在英国拿硕士证书只要一年半时间就可以了。

对马跃而言，拿学士证硕士证甚至博士证都丝毫不是问题，学业不吃力，还有美人做伴，这日子逍遥得让他都害怕记得归期。

而我们的郝乐意同学大专毕业了，她跑遍青岛市，虽然没进得了公办幼儿园，可因为有在培训机构做了两年辅导老师的经验，被一家相当不错的民营幼儿园录取了。这期间，贾秋芬天天打电话让她回家住，因为郝宝宝读大学住校了。再就是三年前，鲍岛的老房子拆迁了，贾秋芬和郝多钱考虑再三，选择异地安置去了浮山后，比就地安置能大出二十个平方米，一间房子呢。

贾秋芬说老房子是爷爷奶奶留下来的，不管按老理还是按法律，都有郝乐意的份，所以呢，尽管房子在郝多钱名下，她该回来住还要回来住，这应当应分是她的家。

可郝乐意不愿意回去和他们挤。

贾秋芬和郝多钱本来就收入低，可为了富养女儿，郝多钱还经常拉也拉不住地出去拉饥荒借债，贾秋芬就要了套一楼临街的房子，把临街那间的窗户拓成了门，开了间啤酒屋，留朝南的卧室，郝多钱打算安张大床，平时郝宝宝不回来，他和贾秋芬睡大床，郝宝宝回来了，他到客厅睡沙发，可郝宝宝不愿睡他们两口子睡过的床，嫌他们把大床睡得有股啤酒馊了掺和着肉臭了的味道。

郝多钱有点生气，觉得郝宝宝没良心，居然这就嫌弃起爹娘来了，可再想想，又觉得这是身上带了贵气的表现，就开开心心地往阳台上打主意，见一楼邻居们纷纷沿着阳台往外搭出一间违章房，他也动了心思，跟风搭了一间，怕这间搭出来的房子不安全，又冬凉夏暖的，就想他和贾秋芬住，让郝宝宝睡里面，郝宝宝嫌里面那间离啤酒屋近，啤酒屋那股劣质烟草和馊掉的啤酒以及臭掉的烤肉残渣混合在一起的味道，既浓烈又难闻，还侵略性特强，她受不了这熏，要隔远点。

贾秋芬就恼了："这还没攀上高枝呢，就嫌弃爹娘了，等真攀上了还不得把我们给掀沟里去？"

郝多钱嗷的一声和她吵了起来："头发长见识短的娘们儿！你他妈的混了一辈子社会底层还没混够是不是？"

"老鼠尾巴上长疮，看把你能的！这是你想不混就不混了的？"

"理想！理想！知道什么叫理想吧？"郝多钱拍着桌子，"人想要让别人高看，就得自己先高看自己，咱俩都他妈的草根了大半辈子，下半辈子也长不成树，可让咱宝宝长成棵树，就是我这辈子的奋斗目标！"

"粪兜还差不多。"贾秋芬懒得搭理他，小声嘟哝着走了。

郝多钱也懒得和她争，给宝贝女儿把闺房收拾得特漂亮，连家具和床上用品都买了名牌，郝宝宝很开心。

可贾秋芬觉得郝乐意在拆迁的时候大度地放弃了房子的继承权，他们就要对得起郝乐意的这份大度，就和郝多钱商量："乐意毕了业就不能住学校宿舍了，让她回家住吧。"

郝多钱翻了一个白眼，拒绝明明白白地写在眼里："回来睡哪儿？"

"睡哪儿？宝宝平时住校不回来，就算周末回来，都是女孩子，又是姐妹，俩人睡一床不行啊？"

"挤得慌。"郝多钱起身往外走，一副懒得搭她茬儿的架势。

"五尺的大床睡不开俩姑娘？"

"我告诉你啊，贾秋芬，今儿我给你面子不跟你吵吵，咱宝宝是谁？是他妈的出生在鸡窝里的公主！是公主就要自己一个大房间自己睡一张大床！"说完，咣地摔门出去了。

其实，不是郝多钱懒得和贾秋芬吵了，而是他也知道自己自私了点，吵来吵去，难免气短，索性早早撤了。

虽然两人没吵到郝乐意跟前，但郝多钱对郝宝宝的那份宠，郝乐意是知道的，也不愿意回去添乱。就和贾秋芬撒谎说幼儿园给老师们准备了单身宿舍，贾秋芬不信，郝乐意就特意在幼儿园附近租了间筒子楼，其一是便宜，其二是离幼儿园近，又和房东打了声招呼，说房子是幼儿园给租的，才带贾秋芬来看。

贾秋芬是住过几十年胡同平房的人，住了几年套房，知道住筒子楼的不方便和平房是一样的，虽然信了郝乐意的话，可还是觉得对不起郝乐意。见郝乐意把一切都料理得头头是道，贾秋芬幽幽叹了口气，说郝宝宝自打上了大学，就疯得不行，有时候连周末都不着家，嫌家里聚着一屋子打嗝放屁吹大牛的酒鬼，看着恶心。

"要是没这些酒鬼，她吃的喝的穿的从哪儿来？咳，乐意，你叔把她惯成这样，我真担心早晚有一天她得吃大亏。"贾秋芬一说起郝宝宝来就又气又恨又无奈。因为经常挨贾秋芬数落,郝宝宝见着她就噘嘴,说要不是郝乐意是她亲眼所见是十五岁才到这个家里来的,她都怀疑自己不是亲生的,郝乐意才是。当然,郝宝宝一点儿也不恨郝乐意,因为家里的钱在贾秋芬手里掌握着,每月给她的生活费和零花钱都是有数的,郝多钱攒的那点私房钱,又不够她抠搜的,没得花了,就厚着脸皮来搜刮郝乐意。

1

　　虽然是民营幼儿园，但郝乐意还是干得很开心。早早失去父母，让她过早地品尝了人世间的酸甜苦辣，暖心暖肺的好遇到过，冷心冻骨的寒凉挣扎也体味过。苦吃得多了也就懂得了甜美来得多么不易。所以，郝乐意特懂得感恩，人对她一分好，她就有十分的好往回还，这也是宋小燕对她的要求。宋小燕说了，好都是好换出来的，人家对你的好，你不往回还，一回行两回也可以三回就凑合了，可第四回基本就没可能发生了，因为人在这世界上活着，谁也不欠谁的，相互好是暖和人心的往来，你光让人家暖和你，你不暖和人家，那人可真叫心善到犯贱了。有时候，郝宝宝批评她，对人好可以，可你不能好得有犯贱嫌疑。郝乐意就笑，笑得阳光灿烂、没心没肺，加上做事踏实，什么事交到她手里，都给处理得妥妥实实的，对孩子不仅有耐心，还有发自内心的喜欢，所以，在这个人人把上班视作畏途的时代，我们的郝乐意却觉得，再也没有比上班更让人快乐的事了。

　　毕业前夕，不少女同学都在忙活着做毕婚族，最好能嫁成衣来伸手饭来张口的少奶奶，哪怕嫁不成少奶奶，至少也有个可以随时撂老板挑子的依靠，有老公在，就不用担心炒了老板没饭吃。

郝乐意没这么想过，是因为她的妈妈宋小燕不止一次地告诉她，女人啊，想活得让人瞧得起，就得靠自己，你要想靠别人还想让别人拿你当宝，你就得先端出个宝的架子来，靠别人是宝吗？是寄生虫！谁瞧得起寄生虫了？制药厂，因为有了寄生虫，他们的打虫子药才能卖出去嘛。别靠男人，就算母猪上了树，男人靠得住，也得看老天让不让你靠。唠叨半天的宋小燕就会指着自己的鼻子说："瞧见了没？我就是例子。"

宋小燕的意思是，作为男人郝坚强虽然给不了她大富大贵，但靠得住，可靠得住也没用，老天把他给收回去了，所以呢，命贱的她还得靠自己。

宋小燕活着的时候，一直说自己命贱，说着说着就哭了，等郝乐意十几岁了，她说着说着就笑了，说女人命贱，年轻的时候，看看别人比比自己，会气得鼻涕一把泪一把的，等到中年，就看出高低了，那些看上去命不贱、年轻的时候靠男人靠得有声有色的女人，完菜了，中年男人大都混出点颜色了，也英俊潇洒着呢，有的是下山摘桃的年轻姑娘，一中年妇女，你拿什么跟人家水灵灵的姑娘斗？听感情专家的？切！这些年为什么感情专家越来越多？就是因为婚姻保卫战越来越多了，感情专家不够用了，为什么不够用？因为没用！男人要是想花花了，除了扔给他一花姑娘，你干啥都白搭，所以，女人最要紧的不是长多漂亮拿多高的学历嫁多好的男人，而是你有身好本事，就算你被男人抛弃，就算你没嫁出去，你不仅照样活得滋润还自得其乐。

万事靠自己，不管身边有多少人，和你关系多亲密，都别拿着当依靠，不是顺路陪你走一段的，就是打酱油的。打酱油这说法，是郝乐意后来总结的，因为宋小燕没多少文化，把这个意思说得很啰唆，长大后的郝乐意就想，还是打酱油更形象也更简洁。

这是宋小燕传给郝乐意的人生宝典，她认为，只要郝乐意能掌握这一点，这辈子就没什么好担心的了。

因为天生好性情，不管走到哪儿，郝乐意都很受人欢迎。有时候，她躺在筒子楼的单人床上，神往地想，如果她能开家幼儿园就好了，把它办成最受孩子们喜欢的幼儿园，让每一个小朋友都笑着进来，哭着离开，郝宝宝就问她："为什么要哭着离开？"

郝乐意笑："因为恋着幼儿园的好玩不愿意回家呀。"

郝宝宝就说她做梦，人小时候吧，最讨厌的地方就是幼儿园和学校，等长大了吧，最讨厌的地方就变成工作单位了。郝乐意说孩子不喜欢幼儿园和学校，那是大人的问题。

郝宝宝就瞪着一双看上去清澈到无辜的大眼睛看着她。

郝乐意说因为幼儿园和学校都是大人设计的呀,因为设计幼儿园的大人忘记了自己也曾是个孩子,更忘记了自己是个孩子时的梦想,光想着把孩子驯服得听话点再听话点,还以为自己这是对孩子好呢,却忘记了孩子的天性就是在玩耍中汲取长大的营养,学校也是。如果她有钱办幼儿园,一定要办一个有各种各样玩耍房间的幼儿园,有玩泥巴的、有教小男孩子做家具做机器人甚至研究发明任何一种他们所能想象出来的东西的、有过家家的、有探险的等活动区域,让孩子们在探险中认识植物动物,在做各种手工中感受动手的乐趣……

"那得多少钱啊……"郝宝宝神往地看着她。

郝乐意就傻笑着说:"三百万?……五百万?我也不知道。"

郝宝宝就打了她一下:"得,三五百万你光买设施都不够,还有场地呢?你是租还是买啊?租?房东看你办好了,年年涨你的房租,你不给,人家撵你走,你走了人家接摊干,你给了,人家明年还涨,涨得你只有干生闷气的份。买房子?我的亲姐,你是要开幼儿园呢,没个千儿八百万你连琢磨也别琢磨,所以呢……"郝宝宝赖兮兮地蹭蹭她胳膊,伸手,"还是先赞助儿百给妹妹买条花裙子吧,这个目标比较现实。"

上大一的郝宝宝虚荣着呢,加上她读的那所大学,基本都是玩货,也就是说,在高中玩了三年,末了,父母怎么着也想让他们拿个大学文凭安慰他们那颗操碎了的心,就送到这儿来了。这帮玩货天南海北地凑到一起,玩得更是起劲了,个个把翘课当家常便饭,男生白天玩游戏,晚上混夜场,女孩子白天逛街,晚上比臭美,除了有个学生的头衔,全不是省油的灯。郝宝宝人长得漂亮,在吃穿上,当然也不甘落人后。大学生不用穿校服了,头发可以随便捣腾了,也可以化妆了,每到周末,非主流打扮的郝宝宝回家,都能把贾秋芬卜一跟头,醒过神来,捂着一颗狂跳的心,追着让她把头发梳整齐了,把鬼画符似的脸给洗干净了,能从屋里追到街上。每每这时候,郝多钱就会点上一根烟,跷着二郎腿坐在门口看贾秋芬的热闹,因为贾秋芬越来越胖了,用郝多钱的话说,她跑起来就像屁股里兜了一只双黄蛋的肥母鸡,被黄鼠狼撵得慌不择路。

虽然郝多钱一直叫嚣着富养女儿是天地正道,可钱都在贾秋芬手里,为这他俩没少打架。郝多钱为了多抠搜点钱给郝宝宝,经常偷偷收酒钱不入账。一开始,当着客人的面贾秋芬还给郝多钱留个面子,可郝多钱不仅见好不收,还得寸进尺了,这面子贾秋芬也就不给了,一旦酒客吃喝完了钱也不交抹抹嘴巴子就走,贾秋芬就知道是进了郝多钱的口袋,她不喝也不骂,通常是径直走到郝多钱跟前,口袋什么的,她连摸也不摸,知道郝多钱不会蠢到把钱放口袋里,上来就脱鞋,如果鞋壳里没有,就擎着鞋往郝多钱身上比画:"给我掏出来!"郝多钱如果装傻,她也不废话,扬着鞋就抽,把干瘦干瘦的郝多钱抽得满街跳大神。

只要看见郝多钱单只脚跳到街上,整条街的人就知道,郝多钱为闺女偷钱又被老婆抓手腕了。

别看早些年郝多钱仗着他哥的势,在鲍岛一带横行霸道过,可在老婆闺女跟前,郝多钱就是只没脚的螃蟹,一点儿也横不起来。

因为贾秋芬看得紧,郝多钱这富养女儿的理论,也就实践得不是那么地道,每当从父母那儿要不到钱,郝宝宝就会跑郝乐意这儿来蹭。郝乐意有心不给,可看她可怜兮兮的小样,又于心不忍,再加上念着贾秋芬对自己的好,也不好意思不给,虽然也知道这样惯着郝宝宝不是什么好事,可又怕她因为手头紧巴在同学面前没面子,这尚且不是问题,就怕她为了面子,胡乱贪男人的便宜,小女孩子对人甄别能力不强,不晓得什么钱该动什么钱不该动。郝乐意是想,只要自己满足了郝宝宝的花销需求,遇上不三不四拿钱当诱饵的男人,她吃亏上当的可能性也就小多了。

2

郝乐意很简朴,都上班一年多的人了,穿的还是学生风格的休闲装,倒是郝宝宝,今天这个牌子明天那个牌子地显摆,当然,就郝乐意的那点薪水,也支撑不了郝宝宝买太大的牌子,就算非著名大牌,也得趁季末打折买。

可郝乐意的良苦用心,还是没挡得住郝宝宝上臭男人的贼船。为什么呢?郝宝宝本人既不喜欢读书也不是文艺女青年,但热衷看流行杂志,这种杂志除了教女人吃穿打扮就是教女人怎么吸引男人,杂志说文艺女青年范儿在高富帅男人堆里很有市场,郝宝宝就觉得自己应该接触接触作家画家甚至搞音乐的人,以沾染点文艺气息,装点门面,钓个金龟婿什么的。于是,就认识了王万家。

王万家是搞音乐剧的,来他们学校小剧场演出,郝宝宝有接触文艺方面人士的念想,就毛遂自荐去后台帮忙,因为漂亮,一下子就惊动了王万家的眼球。

为了搭讪郝宝宝,王万家费了点心思,他假装找不到手机了,在后台团团转了一会儿,问拎着一瓶矿泉水进来的郝宝宝:"这位同学,请问能借您手机用一下吗?"

这要是在大街上,郝宝宝肯定会毫不犹豫地拒绝,可这是在学校的小剧场,而且这位先生看上去很有艺术家范儿,就借了。

王万家边拨自己的手机号边解释说:"或许是随手放哪儿了,打一下听听在哪儿响。"

果然,从一个箱子里传来了手机铃声,王万家笑着说:"找到了。"把手机还给了郝宝宝,道了谢。

郝宝宝笑笑,也没说什么。王万家看着手机上的未接来电,笑着说:"瞧,你号码留在我手机上了。"然后问郝宝宝的名字。

郝宝宝说了,王万家一伸手:"我叫王万家,剧团音乐指挥。"

站在自己面前的居然是大名鼎鼎的剧团音乐指挥,郝宝宝突然有种想要面包老天就给掉个面包的幸运感,忙和他握手,满眼仰慕地说:"原来您就是王老师呀,我在报纸上看到过您的名字。"

王万家用力握了握她的手,松开:"呵,那是报纸文娱版没新闻了,把我拽上去填空的。"

一听人家这么低调这么谦虚,郝宝宝就更是仰慕得不行了,问王万家她可不可以存下他的电话号码,以后给他打电话。

王万家大大方方地说可以,然后自言自语似的说:"给我打电话的人太多了,我也存下你的电话号码吧,免得你打电话我一看号码陌生不接。"

其实,他跟郝宝宝借手机用,目的就是为了得到她的手机号,如果郝宝宝不这么说,之后他也会再编一个理由。他王万家是谁?看上的姑娘就没失过手。王万家存下郝宝宝的手机号,就聊了起来,郝宝宝知道他除了参加剧团的演出,还经常给电视节目配曲。

王万家看上去儒雅而体面,开口闭口都是郝宝宝听不懂的音乐术语,很快就把一心想沾点文艺仙气的郝宝宝给镇住了。

见郝宝宝满眼敬慕地看着自己,作为一名称职的情场老兵,王万家悄悄笑了,一旦女孩子对他使用了这种眼神,他就可以确定,约会三次拿下。当然,每一次约会都要精心安排。第一次见,要内敛而绅士地侃对音乐的见解,把女孩子对他的仰慕拔高到近乎于崇拜这个段位,再不经意似的,提一些音乐界名人的名字,不,不要说作曲家谁谁,更不要说著名歌唱家谁谁,而是省略掉他们的姓,只提他们的名字,就好像提要好的中学或大学同学的名字,再漫不经心地说你喜欢那谁谁的歌吗?哦,喜欢啊?等下次他来青岛演出,我带你去后台见他。再要不就是:他约我吃饭的时候我带上你。这顿迷魂汤灌下来,女孩子基本就五体投地了。第二次见面,还是谈艺术素养,强调艺术素养对女孩子气质的重要性,让女孩子不要把艺术看得高深莫测,因为只有这样才能让女孩子丢掉畏难心理,有心向学嘛,他会顺口瞎扯任何艺术都是有捷径的,关键是要找对老师,然后深情盯住女孩子的眼睛,用饱含热情的眼神告诉她,那个对的老师就是我。第三次见面,就可以开始授课了,先从欣赏开始……选对了曲子,欣赏着欣赏着,好像情不自禁了,握着女孩子的手,合节拍……合着合着,不小心蹭到了敏感部位,他要大吃一惊,要道歉,只要女孩子没责怪他,红着脸埋下头去,那么他就可以该搂搂该抱抱该吻就吻,其他的全都水到渠成。

在小剧场后台,王万家把郝宝宝的心思摸了个差不多,走的时候说后天他要去录音棚帮一位歌手录歌,问郝宝宝想不想去玩。录音棚郝宝宝只听说过没见过,总觉得高深莫测的,有人要领她去见识一下,她干吗要拒绝呢?

遂和王万家约好了时间,到时候王万家果真如约来学校门口接她,还贴心地在车上备了不少小零食,一路聊着到了录音棚。郝宝宝万万没想到的是,两首歌而已,居然录到了凌晨,原先的好奇心早就为焦躁的等待所替代,不停地溜来溜去,王万家偶尔也会抽空过来宽慰一下她,总说快了快了,等录完就送她回学校。

当时郝宝宝还在想,幸亏是住校,要不然,这点还不回家,郝多钱早就跳高了。

好不容易录完了,郝宝宝困得眼都睁不开了,王万家把副驾驶座位给放倒了,让她系上安全带睡觉,等到了学校就叫她,还体贴地把外套脱下来给她盖上,在车子轻微的摇晃里,郝宝宝很快就睡着了。

不知过了多久,郝宝宝被冻醒了,一睁眼,发现车子停在荒郊野外,而王万家不在车上,郝宝宝给吓坏了,几乎是尖叫了一声:"王老师!"

王万家应声跑过来,坐进车里,一脸沮丧地说车子没油了,在这前不着村后不着店的地方,他都抓狂了,刚才去路边拦车,希望能拦下一辆能匀点油给他的车,结果车是拦了四五辆,没一辆能倒出油来的。

郝宝宝就慌了:"那我们怎么办?"

王万家张望了一下外面:"刚才我想打电话找人给送点油过来,可这深更半夜的,又荒郊野外的,找谁都觉得不好意思。"然后嘟哝说这两天都是老婆开着他的车,没油了也不知加上点,这可怎么好? 王万家端给郝宝宝看的,是一张焦虑的脸,而内心里呢,有张阴谋实施中的窃笑的脸,车没油了,和他老婆没任何关系,是他故意弄成这样的。

郝宝宝可怜巴巴地说:"那咱就等到天亮?"

王万家故作沉痛地点点头:"宝宝,真对不起,你看,我第一次带你出来就遇上这事。"

郝宝宝善解人意地说没事,又不是他故意的。两人坐在车里聊,青岛四月的夜,还是春寒料峭的,爱臭美的郝宝宝本就穿得不多,没多久就冻得上下牙直打架。王万家怜惜地伸手摸了摸她的手:"冰凉冰凉的。"说着,就把毛衣也脱了下来,非让郝宝宝穿上。

郝宝宝已穿着他的外套了,哪儿能再穿他的毛衣? 除非她想让王万家冻个半死,她死活不穿,还把先前脱给她的外套也一股脑儿还给了他,逼着他穿上,王万家不肯,说这样会冻坏她的,两人推来搡去的,郝宝宝都快哭了,被王万家感动的,真的感动,都说艺术家自私冷酷,可王万家多温暖啊,一感动,就不把他当男人提防了,当王万家说:"我可以穿外套,宝宝,要不,我们到后面去坐,我搂着你,这样暖和点。"

郝宝宝毫不犹豫地说行。

就这样,心思冰凌儿一样单纯的郝宝宝就一步步地掉进了王万家预设好的圈套,他们一起坐到了车后排座上,王万家用外套把她裹在怀里,像个温暖的大哥哥一样拍着她的背说:"睡吧,我给你站岗放哨。"

郝宝宝点点头,也闭上了眼,可她睡不着,睁眼看王万家,却见王万家正温情万分地注视着她,就龇牙笑了一下,王万家像敦厚的老师对可爱的小学生一样,捏了捏她的鼻尖:"冰凉。"说着,很自然地吻了一下她的鼻尖。郝宝宝愣了一下,并没怎么反感。

王万家真诚地说:"宝宝,你太美了。"

这样的赞美打小就听惯了,对郝宝宝没杀伤力,就傻笑了一下。王万家识趣地转移了话题,问她将来有什么打算,郝宝宝说不知道,她没撒谎,她确实不知道自己的未来是什么:"你呢? 你的理想是什么?"

王万家沉吟了一下:"去维也纳金色大厅演出。"

"然后呢?"

"留在维也纳。"

"你要移民啊?"

王万家笑了一下,说差不多,如果不是老婆扯后腿,他早就移民了。

郝宝宝就纳闷了:"她为什么要拖你后腿?"

"职业原因……好了,不说她,挺没意思的。"说着王万家摸摸她的脸,"我走我的,她不走她就留下。"好像很惆怅,歪着头,贴在郝宝宝的脸上,用他的脸轻轻地摩擦着郝宝宝的脸,奇怪的是郝宝宝一点也不觉得突兀,甚至觉得他内心凄清得很,需要有个善解人意的女子去温暖,就拥抱了他一下,王万家好像对她的拥抱没反应,只是顺着她的额头一路用嘴唇吻下来,他的唇捉到她的唇的时候,她微微愣了片刻,回应了他,他们热烈地拥吻在一起,王万家边吻她边问:"还冷吗?"

她含混不清地摇了摇头,情欲是种让人热血沸腾的欲望,王万家不仅掀去了她的毛衣,还解开了她的牛仔裤,她半点都没觉得冷,后来,不知怎的,她就被王万家放倒在后排座上了。情场老兵王万家太懂女人了,他非常有自信,只要女人允许他碰胸脯了,其他就不在话下了,因为他有技巧……就如此刻,他已完全控制了郝宝宝,她眼睁睁地看着他褪下她一条牛仔裤腿,褪下了蕾丝内裤,是的,他知道她内心还是抗拒他的,不愿意就这么交付了自己,但他是情场老兵王万家,他丝毫都不勉强地让她眼睁睁看着他一寸一寸地进入了她……只是因为他擅长前戏,这也是老婆发现他屡次出轨却没离婚的主要原因,在婚姻中,性是和孩子一样重要的镇婚法宝。

可最让王万家没想到的是,这是郝宝宝的第一次,他有点慌,因为这意味着他要为这场猎艳付出感情因素,毕竟是姑娘的第一次嘛,他还是有点良心的,所以他小心翼翼地给哭泣着的郝宝宝套上衣服,说他一定会为她负责的,如果她愿意,他会带着她去维也纳……

女人很容易对第一个主宰自己身体的男人产生感情归属感,郝宝宝也不例外,她此刻的哭,很复杂,有对处女时代的告别、撒娇、惶惑,总之,哭过之后,她爱上了王万家,死心塌地地。

王万家知道被女孩子爱上是件麻烦事,因为她们会跟他要承诺、要婚姻。要承诺,不难,想要多少王万家能造多少出来,只要过后不认账就成,可婚姻不成,他给不了,尽管知道麻烦,王万家还是要让她们爱上自己,因为他是情场老兵,因为他鸡贼得很,只有让女人爱上自己,才可以肆无忌惮地白搞。所以,麻烦就麻烦吧。被女人爱上，还有一个好处就是，女人一旦爱上就会犯贱，会心疼他们会哄着他们会替他们省钱，如果她们经济上比较敦实，还会勤奋地为他们花钱，既然让女人爱上有这么多好处，为什么不呢？除了风雅，他王万家又不是多有钱。

才读大一的郝宝宝是怎么爱王万家的呢？她有心想为他花钱，奈何口袋里没有，只剩下为他省钱这条道了。王万家的老婆据说很厉害，所以王万家从不敢带任何女人回家，更不敢去宾馆开房，因为他老婆不仅很厉害，还是个刑警，假如王万家胆敢去宾馆开房，他老婆想捉奸在床的话，简直易如反掌，所以，他和郝宝宝的约会，只能一次又一次地上演车震，可车震安全系数太低了，郝宝宝就趁同学上课把王万家领到了寝室。正前戏得潮水滔滔呢，有人敲门，原来是同学翘课回来上网玩游戏，被撩拨起来的郝宝宝给难受得啊，恨不能找人把自己揍一顿。后来，王万家拉着她上了学校后面的山，才把问题解决了，可总不能每次都野合吧，何况山上有那么多让郝宝宝尖叫的小虫子。

于是她想到了郝乐意。

郝乐意白天上班，她的筒子楼里没人呀。郝宝宝就撒谎说最近学校组织比赛，需要认真看书做准备，寝室和家都太吵，让郝乐意给她配一把筒子楼的钥匙。郝宝宝趁郝乐意上班，偷偷跑来幽会了几次，郝乐意也没发现什么破绽，郝宝宝的胆子就越发大了，也给王万家配了一把钥匙，让他来得早的话，就先到屋里等着她，反正白天郝乐意不回来。

3

正当郝宝宝和王万家把郝乐意的闺房当行宫的时候，远在英国、即将拿到学士证书、正打算继续攻读硕士学位的马跃同学，刚刚跟母亲陈安娜视频汇报完了他的学业和爱情事业，他兴奋地告诉陈安娜，等拿到硕士证书，他就带着小玫瑰回家拜见父母大人。陈安娜蛮开心的，想找人分享一下这喜悦，可又觉得冷不丁跑出去跟同事们说这事，显得太卖弄了，可不卖弄吧，又憋得难受，想来想去，就想到了马光明。虽然她和马光明平时就跟两只蟋蟀似的，只要放一罐里就你一口我一腿地干架，可儿子毕竟是两人共同生出来的，在为儿子开心骄傲上，谁也比不上马光明来得货真价实。

陈安娜就给马光明打了电话，兴高采烈地说了一顿，让马光明把晚饭做丰盛点,庆祝庆祝。

马光明虽然高兴,可早就答应下马光远了,晚上到家陪他喝两盅聊聊家常,正打算跟陈安娜请假呢,就说了,顺口添了一句,说:"要不你也过来吧,都自家人,不见外。"

这要以往,就算陈安娜答应,至少也得端端架子阴损两句,可今天她心情太好,几乎是兴高采烈地答应了,这让马光明很意外。挂断电话,马光明就后悔了,陈安娜和田桂花不对付,尽人皆知,不是一天两天的事了。

田桂花早些年是火腿厂职工。1990年以前,火腿厂在人民群众心目中的地位那是相当高的,每每火腿厂招工的热火劲,一点也不比现在的国考逊色,报名处挤得水泄不通。因为那会儿是配给供应,没票有钱也买不着肉,可在火腿厂的好处就是,只要机灵着点,钱啊票啊的都不用,干活的时候往套袖里塞一块,瞅机会装饭盒带回家,所以,尽管那会儿大多数人一脸菜色,可去火腿厂看看,不仅职工,连家属区里一张张的,都不是一般的脸,全油光水滑的。

多少俊姑娘帅小伙,因为对肉的渴望,硬是把终身往火腿厂送,马光明的哥哥马光远就是,剧团的当红武生,为了饭碗里有肉,愣是打跑了四五个情敌,才把田桂花娶到手。所以,陈安娜也瞧不起他,一个能拿爱情换肉吃的人,能有多高的精神境界?但是俗归俗,没境界归没境界,在火腿厂待了二十年的田桂花,灌得一手好肠,也只有在吃着田桂花送的香肠时,陈安娜才会发自内心地盛赞这是迄今为止她吃过的最好吃的香肠。

其他时候,她不喜欢田桂花也不喜欢马光远,90年代初,剧团不景气,连工资都发不出来,马光远跑到他们家坐了一天一夜,把他们家仅有的三千块存款给坐到兜里才起身走人,因为他辞职了,要下海,没本钱。

陈安娜给疼得啊,一想起那三千块钱就浑身打战,马光明被她唠叨烦了,就会喊一嗓子:"我哥会还的!"陈安娜就瞪着像牛铃那么大的眼盯着他:"万一还不上呢?亲兄热弟的,你能把他抱井里去?"

马光明说:"对!他要还不上我就把他抱井里,再压上块石头!"

可马光远没被他抱井里去,半年后,钱就还回来了,作为答谢,还顺手送了马光明一枚戒指,给陈安娜的,可他一做大伯哥的,送弟妹戒指显得有点别扭,就给了马光明,陈安娜以为这戒指是马光明为讨好自己,偷偷攒了私房钱买给她的,就美滋滋地戴上了,当她听说是马光远送的,像烫着了一样,连拽带撸地摘了下来,远远地扔了出去,害得马光明趴在地板上找了半宿。

　　戒指是找到了，出于虚荣，陈安娜戴了一阵，可后来就不戴了，因为田桂花戴了一只不仅巨大还镶嵌着祖母绿宝石的戒指，比马光远送她那枚光屁股戒指高贵多了值钱多了。陈安娜不戴这戒指另一个原因是不能容忍田桂花看她戴着戒指就大惊小怪吆喝，好像马光远不仅富甲一方，还慷慨大方，送弟妹金戒指就跟心善的人每天必给路口的小乞丐一毛钱一样轻松自然。

　　陈安娜觉得，照田桂花大惊小怪的次数，马光远至少应该送了她一百枚戒指，可马光远没送，陈安娜就懒得再给田桂花当恩主的机会了，把那枚戒指装进了一个火柴盒，当然，那是一个很漂亮、很有收藏价值的火柴盒。

　　因为陈安娜和田桂花的这些宿仇渊源，马光明有心跟陈安娜说今晚你就别去了，又怕陈安娜跟他恼，就懊悔自己嘴贱。

　　马光远放着酒店的好酒好菜不吃，约他回家喝酒聊天，主要是因为心里苦闷。为儿子和儿媳妇的事苦闷，因为儿子马腾飞结婚都两年多了，儿媳妇余西简直就是天下第一号的醋罐子，除了她和田桂花，马腾飞和其他女人连句话都不敢说，两口子整天打得鸡飞狗跳。人都说吃醋是因为在乎，余西的在乎就算变态了点他们也无所谓，只要马腾飞受得了就行，以为等有了孩子，余西忙活起来，也就顾不上马腾飞了，可结婚都两年多了，余西的小腰身还玲珑有致地精细着，田桂花的眼珠子冒出火来了，昨儿个急了眼，追问之下，余西道出了一个让田桂花五雷轰顶的真相，她的子宫早在结婚前就让马腾飞给作没了，所以，她的腰身得一直精细到老，也就是说马光远和田桂花，一辈子都甭想当爷爷奶奶！

　　马光远因为这约他喝酒，可陈安娜……就马光明的了解，一旦她去了，今晚的饭桌上肯定没别的了，就听她把马跃往天花乱坠里夸吧。

　　再一想陈安娜刚才的那高兴劲儿，马光明嘟哝了一句"狗欢抢屎，人欢没好事"，就捞起手机给陈安娜打了回去，想跟她说晚上还是别过去了。可陈安娜一看电话号码是他的，以为是怕她变卦，晚上不去大伯哥家吃饭了，这样的事发生过几次，接起手机不耐烦地说："行了行了，不就晚上去你哥家吃饭嘛，我答应了去就肯定会去，我到点上课了。"说完，啪地就把手机挂了，关机，上课去了。

　　马光明看着被挂断的手机，牙缝里挤出俩脏字。他知道，如果再把电话打过去说明情况，陈安娜肯定会觉得受了奇耻大辱，一场战争就拉开了序幕。

　　马光明知道陈安娜一去，今晚这顿饭就算能吃得安生，所有人的心也得提到嗓子眼堵着，倒不是陈安娜天生就是事儿妈，而是她太自我感觉良好了，良好到了侵略性极强，更要命的是她是当老师的，教了书育了人，旁带着的收获，就是练就了张口就来的好口才,所以朋友们都喜欢和她一起逛街,因为她砍价厉害,再能说会道的小贩都能让她说得哑口无言,乖乖就范。大嫂田桂花呢,脾气粗拉性子直,天生不是那种能藏住针的棉花性格,相反是属生铁的,你针来了,我刀砍回去,因为嘴笨加上决不认输的脾气,只要她和陈安娜凑一起,饭菜再精致都没她俩的唇枪舌剑精彩。

其实她们俩也没啥深仇大恨,陈安娜自诩文化人,从没把田桂花这从火腿厂宰牲车间出来的大嫂放在眼里,田桂花也心知肚明,知道陈安娜要强,总想高出旁人一头,比别人优越,她嘴笨争不过她,就在穿戴上下功夫,只要有妯娌俩都出场的聚会,田桂花就打扮得珠光宝气,相形之下,陈安娜不那么地道的优雅,就显得寒酸了,一感觉出寒酸又不甘于寒酸的陈安娜就会试图从语言上找补齐了,田桂花虽然嘴笨,可也绝不会老老实实地让陈安娜找补,于是一场大战就开始了。

一想原本祥和的一顿晚饭,可能因为陈安娜的加入而在唇枪舌剑中开始,马光明的脑仁就一炸一炸地疼,可难得陈安娜心情这么爽朗,马光明忍了又忍,还是把按在重拨键上的拇指撤了回来,决定珍惜陈安娜的好心情,热爱和平,不打这电话了。

那天晚上,非常出乎马光明的意料,陈安娜非但没和田桂花吵起来,他还生平第一次看到陈安娜对田桂花使用了一个母亲对另一个母亲的惺惺相惜。

这一切,只是因为田桂花一把鼻涕一把泪地诉说,有钱有个屁用,她和马光远的老年没有幸福可言,都让余西毁了。

他们的儿子马腾飞是标准的高富帅,还是有真才实学没有歪歪毛病的青年才俊,他和余西是初中同学,也是彼此初恋,后来马腾飞读了高中,因为恋爱荒废了学业的余西上了职高,学的是电子商务,听起来很唬人,其实毕业后,只能干个超市收银员什么的。这要按田桂花或者陈安娜的看法,余西已经完全配不上已在中央工艺美术学院读书的马腾飞了,可马腾飞不在乎,他就爱余西,不仅高中时就明目张胆地挑明了他和余西的关系,还肆无忌惮地做了主宰余西身体的第一个男人,等他去北京读书了,职高毕业的余西,连工作也没找,直接去北京陪读,因为马光远有的是钱嘛,不要说把一个儿子和准儿媳放在帝都他养得起,就是十个儿子放在帝都当纨绔子弟他也养得起。

因为这,田桂花整天和他吵,马光远让她吵急了,就甩出了一句话:"我辛苦挣钱干什么? 还不就是为了儿子? 我的儿子,将来工作也是因为爱好喜欢而工作,不是为了生存糊口!更是为了让他因为爱情而结婚,娶他想娶的人,别学他老子……"

田桂花听得泪水长流,关于儿子的婚事马光远发表的这长篇大论,相当于告诉她,当年娶她不是因为爱。

其实她早就知道,只是自欺欺人不承认就是了,可等马光远情急之下当面道破,这感觉就像小刀刮在骨头上,疼得她肝胆齐颤,对儿子和余西的婚事,再也没提半个字的反对意见。马光远说得对,就算给儿子再找个门当户对的看上去学历也般配的又能如何?如果他不喜欢那个女孩子,或者那个他们认为看上去和儿子般配的女孩子爱的根本不是儿子,这婚结得也怪没意思。她也看明白了,马光远在儿子职业以及婚姻上的纵容,更多不是对儿子的溺爱,而是为了圆自己那个未尽的梦,他拼了一辈子,就是为了给儿子争取过他想过却没过上的生活的资格。

说到底,田桂花还是个朴实的传统型婆婆,虽然对余西有一万个不满意,可儿子和老公认了,她也就不去挤眼为仇了,索性端出个温暖婆婆的架势来,给未来儿媳妇买这买那的,相处得倒也不错。可她和马光远做梦也没想到的是,马腾飞和余西在北京那几年太能作了,一点儿也不爱惜身体,马腾飞居然让余西怀了八次孕。因为还没结婚,小男女两个也想多享受几年二人世界的逍遥自在,余西一怀孕就去堕胎,因为有钱,每次都选择无痛流产,因为无痛,余西也就觉不着痛苦,觉不着痛苦她就不长教训,觉得反正流一次产就跟来一次大姨妈没区别,有什么好怕的?至于医生的警告,谁听?听他们的,这不行那也不行的,干脆不用活得了。

到底是太年轻了,他们不懂得有些痛苦,其实是养料,适当地尝试一点,其实是能吸收到对人生有用的营养的。因为耽于享乐,他们拒绝品尝痛楚,拒绝了所有的苦口良药,马腾飞即将毕业那年,余西三个月内接连怀了两次孕,也就是说,上次堕胎还没将养好身体呢,又怀上了。这一次他们去医院,不仅是堕胎,而是余西彻底失去了子宫,因为频繁地刮宫,和间隔太密的怀孕堕胎,她的子宫像薄而脆弱的纸张一样,再也挺不住了,因破裂而流血不止,为了保命,她不得不让马腾飞在同意切除子宫的手术通知书上签字,并为自己的年少轻狂而懊悔不及,却又回天无力。最后,这两个悲痛而情深意坚的年轻人达成了一致,把切除子宫的事瞒着父母,结婚。当然,结婚是马腾飞主动提出来的,因为切除子宫后,余西整天失魂落魄,好像她切掉的不是子宫,而是半条命,对于一些女人来说,现实也确实如此残酷。

马腾飞觉得这一切都是因为自己造成的,作为一个男人,承担责任是责无旁贷的,所以在大学毕业的当年他就和余西举行了婚礼。

余西在婚礼上哭得稀里哗啦,所有人都误读了她的眼泪,以为她的悲喜交加,是因为她一个看上去毫无前程的女人,居然真的替灰姑娘们实现了嫁高富帅青年才俊的梦想,能不激动吗?可她哭成这样的真正原因只有马腾飞知道,婚礼现场就是他们今生幸福的最高峰了,再也没了递进的可能。没了子宫的余西,完全不是从前的余西了,她因自卑而多疑,因婆婆田桂花期盼她怀孕而焦虑,焦虑和自卑纠结在一起,彻底摧毁了她,她患得患失,唯恐失去马腾飞,见不得马腾飞和她以及田桂花之外的任何女人说话,只要马腾飞上班她就抓狂。因为马腾飞的工作是大学讲师,在余西的假想里,满校园都是向往师生恋的孟浪姑娘啊,她竭力说服马腾飞辞职,理由是马光远老了,经营着两家酒店,忙不过来,何况大学讲师那点薪水,还不够她买化妆品的。

是的,马腾飞是有份看上去体面的工作,可他们两口子,还真是货真价实的啃老族,不仅房和车是公婆买的,连零花钱都是公婆给打到卡里去的。可马腾飞对做生意毫无兴趣,非常喜欢并享受给大学生们上课、神侃甚至吹大牛的生活。余西一个人说不动,把公婆也搬了出来,田桂花当然也希望儿子能帮老子一把,可马光远无所谓,说不勉强马腾飞,他拼了大半辈子刨钱,那些刨钱路上挥洒的汗水和卑微已彻底埋葬了他的理想,很多时候,他觉得自己像一只无耻的狐狸,在追着一只叫欲望的兔子,不停地奔跑,跑得趔趄而丑陋。而真正的他,是多么想停下来,慢下来,坐在人生的路边,和一个叫灵魂的家伙,聊一聊曾经的理想。

可他就像上了轨道的列车,停不下来了,他唯一能做的,就是跑下去,积攒资本,让儿子有资格做个有理想的纨绔子弟,这辈子都只做自己想做也喜欢做的事,不为谋生打工,这才是正常健康不拧巴的人生,他和田桂花这辈子是过不上了,可他一定要让儿子过上。所以,当余西极力说服马腾飞辞职到酒店帮他时,生平第一次,他对儿媳妇产生了排斥,因为没猜透她的心思,他以为余西贪心,他挣下的钱,马腾飞两口子活个十辈子八辈子都足够了,她怎么还把老公往挣钱机器里塞?

因为马光远的排斥,余西的计划落了空,她像只疯狂而黏人的小狗一样,黏着马腾飞,不管他去学校还是参加聚会,她就像一件柔韧牢固的铠甲,把马腾飞牢牢地罩在里面。一开始，因为愧疚，马腾飞还能忍受，可在密不透风的铠甲里待久了，马腾飞就烦了，他开始变着花招地逃避余西的监视，一旦逃避成功，甚至还有点小伎俩得逞的快感，玩着玩着就上瘾了。其实，他逃避余西的监视也不是做坏事泡妞去了，只是想有点儿私人空间。为此，他甚至让马光远投资给余西开了一间香水吧，不为挣钱，只为分散掉余西倾注在他身上的注意力，可余西只干了半个月，就识破了他的阴谋诡计，管他赔钱不赔钱的，店门一关，继续和马腾飞玩猫捉老鼠。而田桂花因为寂寞而殷勤地关照着余西的肚子，这关照让余西更是惶恐，惶恐多了，战争就起来了。直到前几天，因为马腾飞再一次成功地甩掉了余西的跟踪，余西彻底崩溃，在家发疯似的摔东西，田桂花看不过眼，就数落了她两句，让她别光顾着玩，赶紧生个孩子把马腾飞拴在家里。余西闻言，泪下滔滔地道出了子宫已被切除的事实。

田桂花顿时如五雷轰顶，从酒店回来的马光远也被这个真相轰蒙了。

这一次，陈安娜破天荒地和田桂花一团和气，也是因为，作为女人，哪怕是有文化的女人，在自己有孩子的情况下，也难以接受永远做不了奶奶或姥姥这个事实。这个事实到底有多残酷？就像自己的孩子老无所依，自己却只能无能为力地看着一样残酷。

陈安娜第一次觉得身强体壮兜里有的是钱的田桂花是这样的脆弱而可怜。

田桂花时不时地抹一把眼泪，泪水汪汪地看看马光远再看看马光明两口子，不停地问怎么办。其实到底该怎么办，她心里已经有了，只是，作为婆婆，作为还算是有道德底线的婆婆，这个怎么办，她不愿意亲口说出来，她不停地问来问去，不过是希望有人接茬儿说还能怎么办，让他们离呗。

牵扯到两个年轻人的幸福，没人愿意当这恶人。所以，田桂花的诱导也就没起到她想要的作用。她心有不甘，只好继续絮叨："我和光远，辛辛苦苦大半辈子，攒下了这家业，腾飞不喜欢做生意就不喜欢吧，不愿意接手我们也不逼他，可不管孙子孙女的，他们总得给我们生个啊，要不然这大把的家业，连个接手的后人都没有，你说我们还拼个什么劲儿？"

陈安娜是听出来了，今天田桂花是不把话题扯到让马腾飞和余西离婚上不会算完，索性就直接挑明了接她的茬儿："嫂子，当初我哥拉饥荒借钱地下海做生意，就是为给腾飞攒家业的？"

"那会儿是赔是赚都不知道呢，哪儿想这么远。"田桂花擦了一把眼泪，满眼期待地看着陈安娜，她还是比较了解她这妯娌的，姿态摆得比谁都高，做起事来比谁都俗,别看平时她们俩针尖对麦芒的,可要牵扯到家族利益的时候,那是毫不含糊,虽说余西是马家的媳妇了,可总归是外姓人,又没给马家生个一男半女,所以田桂花毫不怀疑陈安娜会站在她这边。

可今天,田桂花真想错了。

曾被初恋伤到刻骨铭心的陈安娜,是个有初恋情结的人,马腾飞和余西的恋爱史她多少知道一点,俩年轻人跋山涉水地结了婚,挺可歌可泣的,不管因为什么,她都不想帮着田桂花拆了这段姻缘:"嫂子,刚才你自己也说了,我哥刚下海那会儿,腾飞还小,他没让你们也没逼着你们非要给他弄这么大一家业,你们拼出了这么大一家业,那是你们运气好,也是你们自己的成就感,关腾飞两口子什么事?"

田桂花没承想陈安娜会这么不向着自家人,就有点生气了,斜着眼睛嘟哝:"说的比唱的还好听,要是你有这么大家业你儿媳妇给你生不了孙子试试!"

"嫂子,就算你打的比方成立,我也保准不急。"陈安娜端着一杯茶,慢条斯理地转来转去,"嫂子,你不读书不看报的,真是当全职太太当愚了,都什么年代了,你还端着百年以前的婆婆架子干涉孩子的婚姻?"

"陈安娜!"因为没孙子可抱,本就已是绝望到了悲愤的田桂花,一听陈安娜又高高在上地端起架子来奚落自己没文化,彻底恼了,"就显你有文化,就显你文明了? 有文化的文明人就断子绝孙不眨眼了?"

"不可理喻! 有文化没什么了不起,我就算没文化也不会像你似的! 余西没生育能力是天生的? 还不是马腾飞作的! 把人家姑娘的一辈子给作毁了,就为了你和我哥打拼来的那点家业,你就要把人家踹了,还有没有良心了? 这是人能干出来的事吗?!"陈安娜毫不示弱,吵得大义凛然,这次和以往不一样,不是为你高了我低了也不是计较鸡毛蒜皮,而是站在了道德的制高点上,为了正义而吵,所以,她嗓门特响,目光特凛然,噼里啪啦地一顿机关枪,把田桂花噎得只剩下了喘气的份,然后,一把拖起马光明:"走!"

把哥嫂家吵成了一锅烂粥,撒腿就走,马光明有点不太好意思。陈安娜瞪眼:"你干吗,你以为这酒是白喝的,菜是白吃的? 切,告诉你吧,这是买你良心的! 有人要为着自己那点念想逼儿子离婚! 到时候,人家不说那是自己的想法,会说开过家族会议,是大家一致举手通过的!"见马光明还犹豫不决地想为她和田桂花的吵架说句软和话,就踢了他一脚:"你走不走?"

马光明也觉得嫂子想让马腾飞和余西离婚的想法过分了,却又不好插嘴,虽然陈安娜这一顿吵,挺不给他也挺不给他哥面子的,但这是他生平第一次在心里悄悄对她竖起了大拇指:到底是为人师表的,就是识大体。

从自私的角度出发,马光远也无比想把良心一昧,应声附和田桂花,但他是男人,不好做得太露骨,就由着田桂花一个人蹦跶,反正她是个没多少文化的家庭妇女,就算掉面子也掉不到哪儿去,却没承想陈安娜的反应会这么激烈,还句句在理,不仅把田桂花呛恼了,把他也呛了个大红脸,下不来台阶只好把田桂花往脚底下踩,瞪她一眼:"一天到晚就知道盯着儿媳妇的肚子!除了瞎叨叨你还能干点什么?"

田桂花本来就让陈安娜呛了一肚子气,马光远的呵斥就相当于往她满是怒气无处发泄的肚子踹了一脚,直接就给踹爆了,她不敢对马光远撒气就冲马光明去了:"马光明!我好吃好喝地伺候你两口子还伺候出罪来了?啊?余西生不了,我难受得火烧火燎的,你们吃了喝了不安慰我也就罢了,有你们这说话法的?生往我头上栽赃!我说让他们离婚了吗?我说了吗?你们两口子哪只耳朵听见我说让他们离婚了?就你们聪明,就你们会琢磨别人心思啊?你们这是把自己的脏下水往别人头上挂!就显着你们文明了?!"

马光明知道再待下去,怕是这火要越烧越旺了,连忙边道歉边推着陈安娜往外走。

田桂花气不过,追到门口冲马光明两口子的背影喊:"陈安娜,你也甭给我装有道德有良心的,我告诉你吧,别以为没孙子我们的家业就能便宜了你孙子!门儿都没……"话还没嚷完,人就被马光远扯回屋里,扬手给了一巴掌。

陈安娜也气得要命,非要返回去和田桂花理论,什么人啊,她摸着良心说了几句仗义话,到她耳朵里,就成处心积虑要算计她家产了!马光明怕放她回去把饥荒闹大,忙连拖带拽地拉着下楼。陈安娜还是冲到了门前,拍着门一字一顿地说:"田桂花!你这个以小人之心度君子之腹的小人!你给我听好了,将来我一定告诉我儿子和孙子,你们的家产,就是当垃圾拉了去填海,他们要眨一下眼皮就不是我生的!"说完,照大门踢了一脚,才哎哟哎哟地踮着脚被马光明扶下了楼。

原来,田桂花和陈安娜有矛盾,也不过是鸡毛蒜皮相互瞧不起而已,在大面上,彼此还能留点面子,讲一讲文明礼貌。可从今天开始,她们成了一听对方名字头发都要竖起来的敌人。

4

马跃要继续读硕士,还在一门心思努力读书,同样即将拿到学位的小玫瑰既不想回国也不想继续读硕士,一门心思琢磨着怎么留在英国。马跃就开玩笑说,不行咱俩就生个宝宝吧,宝宝是英国公民了,父母作为监护人是可以留下来的。可小玫瑰忧伤地摇了摇头,说孩子不是想生就能生出来的,她打算拿到学位后先打一份工,然后慢慢想办法,马跃劝她一起读硕士。她不肯,说从六岁开始读书读到现在,读得她看见书就想吐。

马跃没勉强她,他和小玫瑰不一样,从小到大,他每次考试成绩都名列前茅,所以他恨不能一辈子都在考试中度过,宣布成绩的时候,老师的表扬,同学的羡慕,太有成就感了。

没事的时候小玫瑰就出去兜兜转转地找工作,后来,在伦敦郊区的小镇上找到了工作,在一家小型超市做收银员。

自从小玫瑰找到工作,人就变得怪怪的,到底怪在哪儿,马跃具体也说不上来,直到有天晚上,他和小玫瑰做爱,发现小玫瑰总是有意无意地用手去挡右边的乳房,不让他亲,这让马跃很奇怪,因为他比谁都了解小玫瑰的性爱习惯,一定要一边做爱一边亲着她的乳房才会有高潮。可就在这个晚上,小玫瑰的叫声不仅夸张而空洞,还一反常态地躲闪着他的嘴唇……感觉出怪异的马跃,就要看她的右乳,小玫瑰就是不让看,他就小小地狡猾了一下,专注而亢奋地做爱,渐渐地,小玫瑰就放松了,注意力全被马跃给的性爱愉悦给吸引了过去,像落岸的鱼一样微微地张着嘴巴,闭上了眼睛。马跃也像往常一样兴起,攥着她的手腕放到枕头的位置,伏下去亲吻她的乳房,这是小玫瑰最喜欢的姿势,全方位的动情狂野。可是,这一次,马跃没有狂野到底,而是缓慢了下来,渐渐松开了攥着她手腕的手,因为他看到了小玫瑰的右边乳头,以及它的周围,全都是深玫瑰红的吻痕……

他停下来,直直地看着这些伤口一样的吻痕:"怎么回事?"

小玫瑰这才惊醒一样,飞快地捂上,结结巴巴地说理货的时候摔了一跤,碰伤了。

马跃唰地从她身体里撤离,拉着小玫瑰就把她拖了起来,让她再摔一次给他看看。小玫瑰裸着麦粒一样饱满而富有光泽的身体,哭了。她说她不是找到工作了,而是应征了报纸上的征婚广告。对方是个四十岁的华裔英国人,在伦敦郊区开了一家小型超市,这段时间她所谓的每天去打工,其实是和他约会,因为要照顾超市生意,他们的约会只能是在收银机旁,他们刚认识就发生了性关系,因为华裔英国人说他喜欢小玫瑰,会和她结婚,事实证明他没有骗她,下周他们就要去注册结婚了……

"为什么?"马跃问,"为什么会是这样? 他比我好吗? 比我爱你吗?"

小玫瑰哭着说他一点也不好,既不帅也不绅士,但他可以让她留在英国成为英国人。

马跃顿时就觉得所有的奋斗都失去了意义,他像个傻子一样被爱情抛弃在了伦敦的街头。他泪流满面地看着小玫瑰一边说抱歉一边收拾东西,拖着行李箱离开了自己。

连一声再见都没说。

一周后,身心俱碎的马跃拖着行李箱悄悄离开了伦敦,当他登上飞往北京的航班时,沉溺在痛苦中的心突然清醒:他不是要拿到硕士证书再回去吗? 现在回去,他怎么跟陈安娜交代?

他不敢想了。

那个不敢想象的局面,让他滞留北京,不敢回青岛,也没敢跟陈安娜说自己回国了,反正他和陈安娜从不打国际长途,因为话费太贵,他们都是通过 MSN或 QQ 视频交流,不仅不用花钱还能看到对方。但他现在在北京,背景环境和在伦敦时不一样了,怕引起陈安娜怀疑,他用创可贴把视频头粘上了,和陈安娜撒谎说摄像头坏了,没去修,只剩语音功能了,倒也没引起陈安娜的怀疑。

就这样,他在北京一待就是大半年,其一是怕陈安娜的咆哮不敢回家,其二是觉得自己是海归,怎么着也能混出点颜色来吧? 如果可以,就衣锦还乡,在陈安娜跟前也好交代。可现实是伟大的帝都人才济济,硕士、博士海归大把抓,像他这种学士海归遍地都是,他不仅没混出点颜色来,还把这几年省吃俭用节约下来的英镑全祸害了,他灰心透了也绝望透了,不仅因为前途无望更因为没法和陈安娜交代。陈安娜所在的中学,有四个副校长,她是其中之一,用田桂花的话说,什么校长不校长的,往难听里说是自个儿给自个儿起哄架秧子,往好听里说也就是个荣誉性称呼而已,要实权,没有,要实惠,没份儿。至于他的父亲马光明,是白酒厂工人,酒厂虽然没倒闭,可生产的白酒过去就不是高档货,也就是拉板车的、送煤球的抓把花生米或剔骨肉坐在马路牙子上对着瓶子抿的民工酒。现如今,中国人越活越虚荣,厂领导又没什么新想法,这酒是越看越拿不上台面,连民工买了都要藏着掖着地喝,唯恐招人笑话,酒卖得这么寒碜,马光明们的工资也牛皮不到哪儿去,粗茶淡饭能凑合着吃上就不错了,这也是陈安娜从没把马光明放在眼里的主要原因之一。再后来,酒厂连让工人们吃粗茶淡饭的工资都发不下去了,索性就给老职工们办了提前内退,工资少得也就够买盐吃的,好在马光明有个财大气粗的哥哥,听说马光明凄惨内退,就把他叫到酒店干了保安,干的是民工活,拿的是白领的工资,其实谁都明白,马光远的酒店不缺保安,这么做就是为了让马光明拿钱拿得不伤陈安娜自尊。

　　我把陈安娜和马光明的经济情况摆在这儿了,诸位就会知道,他们把马跃同学送到英国去读书,不仅是豁上血本还是抽筋扒皮敲骨头的力气,陈安娜之所以能不计后果地往儿子身上血拼,也是因为她对自己的人生绝望得只剩马跃了。马跃的未来,对她来说,就是上帝许给虔诚教徒的天堂,现在吃的苦,就指望马跃出息了给她补回来。就她这份苦心,马跃因为一个小姐就放弃了拿硕士证书,陈安娜能答应吗?不,肯定不!骂个狗血喷头都是轻的,把他大卸八块也是解不了恨的。这些都不是马跃最怕的,马跃最怕的是一旦陈安娜知道了真相,会吐血身亡或者是大卸她自己八块。所以,在帝都混惨了的马跃,自觉走到了人生的末路,悄悄回了青岛。在自家楼下偷窥他亲爱的妈妈陈安娜和爸爸马光明,打算看他们几眼就隐姓埋名,找一隐蔽的地方把自己这条小命送回上帝那儿去,可是,他回青岛第一天就在火车站让人偷走了旅行包,偷走了他的刮胡刀以及换洗衣服和仅有的二百块钱,等他热泪盈眶地偷窥够陈安娜和马光明,他已完全是个衣衫肮脏、胡子拉碴的流浪汉形象,就算他不戴墨镜,就算他走到昔日朋友跟前,跟人说我是马跃,都没人信,不把他当精神病也得把他当一骗子,因为大家都知道,他们认识的那个亲爱的马跃前程远大,正在英国攻读硕士学位,怎么可能是一副流浪汉德行?

请对我撒谎

「第三章」

人生若只如初见

Chapter

1

　　就在马跃狼狈回青岛的半个月前,郝宝宝终于用她伟大的爱情,把郝乐意的工作弄丢了。

　　因为王万家有了郝乐意家的钥匙,他又身在市区,每次约会都到得比郝宝宝早,每每到了,就会自己上楼开门,找本书看着等郝宝宝。俗话说想要人不知,除非己莫为,倒霉的事,终于发生了……

　　王万家老婆的一个朋友住在郝乐意租的房子附近,无意间发现了她朋友老公的车经常在附近出入,煲电话粥的时候,顺嘴和王万家老婆说了,说经常看见王万家把车停在附近,进出一栋筒子楼,王万家老婆觉得不对,在心里暗暗把亲戚朋友们排查了一个遍,也没想起来哪个住那边。于是,她第 N 次对丈夫动用了职业手段,很快就侦察到了一个她都认为极其正确,其实却充满了谬误的信息,那就是王万家有钥匙的那间房子里,住着一个叫郝乐意的单身女人。王万家的老婆本着安内必先攘外的原则,跟王万家不动声色,跟片警打听了一下郝乐意的具体情况,她无比坚定地认为,这个在幼儿园做老师的郝乐意,是个臭不要脸的小三,她换上便装,到幼儿园大闹了一顿,郝乐意这才知道郝宝宝居然背着自己闯了这么大的祸,打电话把郝宝宝揪过来劈头盖脸地凶了一顿,自己也委屈地哭了一场。可郝宝宝一点儿也不觉得自己错了,因为她和王万家是真心相爱,早晚有一天他会离婚娶她的。

郝乐意当着她的面给王万家打了个电话,问他到底会不会离婚和郝宝宝结婚?王万家吭哧了半天居然痛哭流涕,说他此生最大的理想就是和郝宝宝结婚,可老婆也给他撂下话了,他敢离婚她就自杀,作为男人,对郝宝宝他应该负责也无比愿意负责,可为了自己的幸福置儿子的母亲的死活于不顾,他跨不过良心的门槛……

郝乐意平静地说:"好吧,既然如此,希望你不要再打扰郝宝宝,也希望你不要纠正你老婆闹错了人,否则,她会闹到郝宝宝家去的,郝宝宝家可不是这么好闹的,郝宝宝的爸爸叫郝多钱,至于这个人物到底好不好惹,你可以去鲍岛一带打听打听。"

还打听呢,郝乐意说了个大概,王万家的腿就软了,不管男人还是女人,一旦贪财贪色了,德行都是如此。所谓贪得,不过是贪恋着享受,所有贪恋享受的人,都是无比爱惜身子的人,因为拥有了身子才有命,命是享乐的本钱呀。只要一想有可能被郝多钱提着菜刀追杀,王万家就觉得好险呀,冷汗顺着脊背唰唰地往下流。甭说再联系郝宝宝了,他都恨不能全身抹上黄油防郝宝宝的纠缠。

郝乐意这么说有两层意思:其一,让王万家识趣收敛点,别再惹郝宝宝,否则,郝多钱的菜刀不客气;其二,她真的担心王万家的老婆一旦知道自己闹错了人会重新杀到郝宝宝学校或是家里,如果真这样……就郝多钱的性格和对郝宝宝的疼爱,提菜刀砍人,都是不在话下的事,这样的情景,她不希望发生,宁肯她把这黑锅背到底算了。

果然,从那以后,王万家不仅没再找过郝宝宝,就连郝宝宝的电话他都不敢接,短信也不回,郝宝宝哭了几场,擦干眼泪,继续游荡情场。

宋小燕打小就告诉郝乐意,人活一辈子,靠谁都不如靠自己,所以,丢了工作的事,郝乐意不许郝宝宝告诉任何人,怕贾秋芬知道了会着急上火,着急上火又没用,最要命的是不敢让贾秋芬两口子知道丢了工作的真正原因。像贾秋芬这个年龄的人,都是生在新中国长在红旗下,思想意识还停留在上世纪七八十年代,把工作看得比命还重,在他们心目中,但凡能把工作弄丢的,一定是天底下的头等大事,郝乐意不想做太多无谓的解释,更怕解释得不能让她满意,她跑到幼儿园三问两问就把郝宝宝的事给刨出来了。

虽然王万家的老婆闹到幼儿园,让所有人震惊不已,因为大家眼里的郝乐意淳朴善良,抢别人丈夫这种没脸没皮的事怎么可能是她干的? 可人家老婆都打到单位了,肯定假不了。园长倒也没发火,只是在第一时间把郝乐意叫到办公室,简单问了几句话,郝乐意也没辩解,一直低着头,末了说了句,"对不起,我辞职",就辞职了。她不想继续待下去,被人指指戳戳的滋味不舒服。

2

郝乐意马不停蹄地找工作,跑了半个月愣是没找到份合适的工作,眼瞅着钱包一天天地往下瘦,存折上的数字也在缩水,不得已,她只好找些日工做,大多是在热闹的商业街区,给企业发传单或是搞产品促销。

她就是在商场门口促销牛奶的时候认识马跃的。

那会儿马跃偷偷溜回青岛十来天了,没脸回家,又丢了钱包,饥饿和困苦的潦倒让马跃越想越悲凉,决定去超市弄点试吃的东西填饱肚子就履行自杀计划,像他最爱的诗人海子那样,扔掉所有的身份证明,到郊区,找一截冷冰冰亮闪闪的铁轨,枕上他脆弱的头颅……

可是,他没进得了商场。

足足十几天没刮胡子了,衣服也没得换,身上的味道简直就像好久没清理的垃圾箱。在商场门口,就被保安拦了下来,说他衣冠不整,不能进商场。他只能满眼愤懑地抱着辘辘饥肠在超市门口溜达。

此时,我们亲爱的郝乐意同学正在商场门口促销新口味牛奶,或许是因为饥饿,马跃的嗅觉特灵敏,怎么就觉得这牛奶这么香呢? 像有无数只小手抓着他的心牵着他的肺一样凑了过去。

他贪婪地看着郝乐意托盘里的牛奶,死死地盯住,就像盯住一不小心就会逃走的宿仇故人。这一切,被郝乐意看在了眼里,准确地说保安轰他的时候,她就看见了。在商场门口,这样的情形时有发生,其实未必都是流浪汉,昨天有个挑俩大塑料桶的老人家,想给孙女买个笔袋,也被保安拦在了外面,因为他的桶是装海鲜的,虽然海鲜已经卖完,可味道依旧很冲,因为商场的寄存橱没那么大,保安让他把桶放外面,可老人家怕放外面丢了,不肯,两下就僵持上了。郝乐意看得很难过,就让老人家把桶放在她这儿,代为看管,老人家才算如愿给孙女买上了笔袋。看着满眼感谢的老人远去,郝乐意心里酸酸的,眼睛疼得几乎要流泪了,因为每个人都拥有那么多卑微却温暖的亲情之爱,却都离她很远。

此时,她知道这个像鹰盯兔子一样盯着牛奶的男人饿坏了,因为他的目光像亮晶晶的金属,带着掠夺式的杀气。郝乐意决定帮他,但她绝不知道胡子拉碴衣衫褴褛的马跃收拾干净了是个如假包换的帅哥。此时的马跃,在她眼里,至少有四十五岁那么老。

二十二岁的郝乐意自然而然地喊他大叔,然后把各种口味的牛奶都给他倒了一杯,那些芳香馥郁的牛奶,都快把马跃给熨帖哭了,他感激地看着郝乐意,说了声谢谢。郝乐意笑了笑,她的笑,在马跃眼里,那么温暖而具有亲和力,好像一块刚刚出炉的面包那样,让他觉得这个世界是暖的,暖得让他不忍离去。

整个上午,马跃都坐在一边傻傻地看郝乐意促销牛奶,偶尔郝乐意也会看他一眼,报以善良的一笑。

中午,郝乐意去旁边米粉店买了一碗米粉,买完一转身,见马跃还坐在那儿,眼巴巴地看着上午她站的地方,有些于心不忍,尤其是想到自己吃米粉的时候,马跃可能会不错眼珠地看着她,多不自在啊,索性多买了一碗,就当是用一碗米粉拴住他的目光,这样她就可以自在地吃米粉了。

可我们善良的郝乐意不会知道,人,之所以会自杀,是因为对这个世界再也没了指望没了留恋。之前,马跃打算看一眼父母就不活了,就是因为这,被爱情抛弃,又因自己辜负了亲情而近乡情怯,总感觉每往前走一步,等在前面的都是自己应付不了的张牙舞爪,所以才怯懦胆小地想到了以死逃避。可就在这个上午,芳香的牛奶和温暖的米粉是如此熨帖地温暖着他身体里的分分寸寸,让他突然间对这个世界充满了无限眷恋,然后,他就不舍得死了,再然后,就像跟屁虫一样,郝乐意走到哪儿他跟到哪儿,就连郝乐意下班了,去公司交接当天的账目,从公司出来回家,马跃都寸步不离地跟着她。

郝乐意不知道此刻的自己,在马跃眼里是最值得信赖的温暖和依靠,他暂且不知道前路在何方,只想跟着她,一路捡拾些许温暖。

郝乐意以为自己好心却招来了坏事,以为这个流浪汉,可能是花痴,就悄悄报了警。

于是,马跃同学就被警察叔叔带进了派出所,然后,他的身份就无法雪藏了……再然后,在郝乐意的瞠目结舌里,悲痛欲绝的陈安娜像一枚踉跄的炮弹,吱吱冒着愤怒的青烟闯进了派出所。

为核实马跃的话,警察已在电话里大抵告诉了陈安娜马跃的现状以及他是怎么回国的。正在吃晚饭的陈安娜,就觉得原本已唾手可得的美丽天堂,变成了一块巨大的石头,砰的一声,砸了下来,把她的世界砸得稀里哗啦碎成了粉齑,放下电话,她发愣,然后是嗷的一声尖叫,冲出了家门,冲进了派出所,一把拽过蜷缩在角落里的马跃,就像胸腔砰地爆炸了一样,气势磅礴地大哭起来。

再然后,马光明踱着方步随后进来,眼球有点儿红,一看就是喝了酒,他打量着马跃,又看看郝乐意,突然就笑了:"熊儿子,还真给我把儿媳妇领回来了?"

郝乐意忙解释:"不是的。"

马光明认真地说:"什么是不是的?"别看马跃现在胡子拉碴不像样,收拾干净了那就是比黄晓明还帅的帅哥,说着拍拍马跃的肩膀:"回来好,英国有什么好的?吃洋葱放洋屁也脱不了这身中国皮!"

绝望和崩溃已让陈安娜说不出一句话,扑上来劈手就要打,马光明眼疾手快地抓住了她的手腕,慢条斯理地说:"哎——陈校长,注意影响。"说着,对民警点点头,一手攥着陈安娜一手拖起马跃回家去了。

这就是郝乐意和婆家人的第一次见面,在派出所里。

也是因为这次见面,郝乐意知道,别看马光明平时就跟一块油铁似的,随陈安娜怎么敲打都没脸没皮地挨着,可真到了关键时候,站出来镇场子的,还是他。也是因为这次见面,当陈安娜听马跃说他爱上了郝乐意,要和她结婚时,她第一反应就是一万个不同意,就是因为郝乐意见识过她失态的狼狈相,只要郝乐意做了她的儿媳妇,她这做婆婆的,这辈子都甭想再端得起来。

郝乐意回家后就忘了马跃这茬儿。后来她就想,谁说男人是外貌协会的,女人也是。尽管在派出所里她就知道了马跃并不是个四十多岁的流浪汉,而是只比她大三岁,还有个让她咋舌不已的正宗海归身份,可她依然眨眼就忘记了他,就因为他太邋遢了,一点儿也显不出帅来。

3

一周后,马跃走出家门,四处寻找那个叫郝乐意的女孩子,未果。就去了派出所,死磨硬泡了一下午,终于让当初给他和郝乐意做笔录的民警上了当,马跃说他的父母想找当初帮他的那个女孩当面道谢。民警就给郝乐意打了电话,郝乐意说没必要,她很忙。那会儿她正忙着往路人手里塞饭店促销传单。

可民警说不行啊,人家在这儿坐了一下午了。

郝乐意只好说,如果他们非找她不可的话,就到台东步行街来吧。她不想把这些人引为入室的朋友,彼此之间又没多了解,再说了,她对马跃,不过是一碗米粉的恩情而已,也没为他多做什么,至于牛奶,本来就是促销免费送给人喝的,谁喝都是喝,给饥饿的人喝总比给不饿的人喝更有意义。

就这样,在这个夏天的傍晚,马跃在台东步行街上,找到了正在人群中分发传单的郝乐意。他身穿浅蓝色的牛仔裤,白色和浅粉色相间的短袖格子衬衣,站在离郝乐意两米远的地方,微笑着,看她、看她、看她……

郝乐意感觉有人在看自己,还认真地瞟了马跃一眼,目光微微地颤动了一下,觉得这哥们挺帅,帅得让她心一动,只一动而已,然后继续投入地发放传单去了,因为她既没认出来这帅哥就是收拾利落的马跃,也不认为自己会和一个帅到晃眼的家伙谈恋爱。

可马跃还在看她,看得她有点发毛了,就故意走到他跟前,塞给他一张传单,马跃接过来,认真地看,然后折叠起来,装进口袋。

郝乐意觉得这个人奇怪极了,继续发传单,这个让她奇怪的男人走到她身边,从她手里拿过一打传单:"我帮你发吧。"

郝乐意这才觉得这个声音有点熟悉。

她有点愣。

趁她愣的时候,马跃接过她手里的传单,挨人发放,郝乐意就想起来了,笑了,然后脸红了。

那天晚上,他们在台东夜市溜达着吃了不少垃圾小吃,譬如烤海星,譬如烤韭菜,还有烤火烧和烤玉米,这些东西很便宜,他们都是穷孩子。

郝乐意问他为什么要偷偷跑回国,有那么一瞬,马跃差点说出了实情,可是,在路灯下看着郝乐意温润的皮肤,他突然想抚摸甚至亲吻一下她的脸颊,阳光灿烂的脸颊,于是,觉得说实话貌似有点不妥当,就撒谎说在英国待不惯,也厌倦没完没了的学业,从六岁到现在,他一直在上学,多烦人啊。

说这句话的时候,他的心颤颤地疼了一下,想起了小玫瑰,他劝她一起读硕士时,她也是这么说的,从六岁到现在,一直在上学……

他对马光明和陈安娜也是这么说的,没提小玫瑰的事,是不敢,怕说出真相,陈安娜会更崩溃,被女朋友甩了?就她陈安娜的儿子?要才有才,帅得一塌糊涂,居然也会被女孩子甩?还把马跃甩得如此沉痛,抛下学业也就是抛下了前程逃回国,这么丢人现眼的事,怎么可能发生在她陈安娜的儿子身上?

在回国原因上撒谎,这感觉很黯然,可他不想让除自己之外的任何人再看见这黯然。

郝乐意说有点可惜,马跃笑了笑,说他妈也这么说。

确实,自从马跃回国,陈安娜就崩溃得不行,只要在家,就声泪俱下地控诉个不停,好像马跃回来,中断的不是学业,而是她的命,从此以后她的人生彻底失去了意义,成了一具行尸走肉,马跃被愧疚折磨得像条丧家犬,在家待不住,出门也贴墙根走,因为只要他昂首挺胸走在街上,陈安娜就会痛斥他鲜廉寡耻,不知自尊为何物。

那阵子,马跃毫不怀疑,如果陈安娜会魔术,她绝对会把他变成颗豆子或其他什么小而容易藏匿的东西,永远地揣在口袋里,以便不让街坊邻居看见她嘴里那个前途无量的马跃一事无成,而且是灰溜溜地回来了。陈安娜也曾问过,他的小玫瑰哪里去了,他说:"不要了。"陈安娜就哼个不停,说:"让人家甩了吧? 如果我是那个什么小玫瑰,遇上你这么没出息的主儿,我也甩!"

马跃内心的疼被戳中,和陈安娜吵了个天翻地覆,如果不是马光明及时把陈安娜关进卧室,并拍着他的肩膀说了句话,马跃毫不怀疑自己会离家出走。

马光明说:"儿子,是男人就得让女人甩几次。"说着,瞅了卧室的门一眼,压低了嗓门,"你妈以为我一心一意等她等到了三十岁,屁! 我一直没闲着,谈了好几场,要不是让人甩了,我能娶她?"

马跃错愕地看着他。

马光明又解嘲似的:"女人嘛,都神经病,既然你妈愿意自我感觉良好,以为我是为了等她才等到三十岁的,就让她这么认为好了,反正我也没蚀啥,是吧?"

马跃明白,马光明其实是想劝他别和陈安娜较真,她愿意怎么说就怎么说吧,反正又说不下一块肉来。但他也知道,陈安娜的崩溃是千真万确的,因为她经常跟人说,她的儿子是多么优秀,在拿到博士证书之前肯定不会回来,更大的可能是拿了博士证书也不回来,因为人才哪儿都需要啊,英国人又不傻,当然也会发现马跃这人才而大力留下他,说不准,马跃再出息一点,还会有个金发碧眼的姑娘把马跃从小玫瑰手里抢了去,生一群既聪明又漂亮的混血小孩,到那时候,她也该退休了,就和马光明夫妻双双去英国,帮着马跃照看孩子……这曾经是个多么让她扬眉吐气的美好蓝图啊,自打和马光明结了婚,她就没把气吐这么粗过。可是,这一切因为马跃回来全都变成了泡影,那些被她粗粗吐出去的气,也因此变成了粗鲁且奇臭的屁,除了令人皱眉窃笑外,也令她汗颜不已。

自觉脸面扫地的陈安娜除了上班,不再出门,也不许马跃出门,说丢人现眼。其实就算她不拦,马跃也不会找朋友们玩,因为陈安娜早已把他吹得名声在外,而现实中的他,却是如此不堪一提。

4

既不想闷在家里又没人玩的马跃只能找郝乐意玩。还没找到新工作的郝乐意依然在做日工,大多是发传单。

马跃就戴着墨镜和鸭舌帽陪她一起在街上发传单,那会儿的郝乐意才二十二岁,心思单纯而快乐,因为经常在街上发传单,皮肤不像其他女孩子那么白,呈淡淡的麦黄色,非常好看,马跃看着看着就会想起小玫瑰的皮肤,刹那间心尖上掠过一丝尖锐的疼,人就愣了,眼睛也直了,直扑扑地看着郝乐意,直到她面颊绯红,目光躲闪地轻轻笑着,跑到稍远些的地方发传单。

马跃就追过去,就想这辈子哪怕一事无成,能天天跟郝乐意这么快乐的姑娘在一起,也是件不错的事……想着想着,就向郝乐意求爱了,她片刻没犹豫就答应了。和马跃在一起,让她感受到了久违的温暖,譬如中午太阳烈,马跃会强迫性地把她推进街边的商店,自己抱起传单在人流里穿梭;她渴了,刚一张望冷饮摊,马跃就跑去把饮料买来了;还有,他们一起逛街,马跃从来都是让她走右边,因为右边靠里,远离行车道,安全。总之,马跃无微不至的呵护像温润的手,拢住了她的心,让她认定这辈子非他不嫁了。所以,当陈安娜得知后找她咆哮,她没像胆小的童养媳一样,躲在马跃背后抹眼泪,而是不卑不亢地告诉陈安娜,马跃爱她,她也爱马跃,她尊重马跃的父母,也坚持爱情的理想。

陈安娜当即就给气抓狂了,说就没见过脸皮这么厚的女孩子,如果不是她勾引马跃,如果不是马跃正沉浸在失败的痛苦中不能自拔,身为海归的马跃怎么可能看上她——一个少父没母谈不上教养的幼师毕业生!连份正经工作都没有!为了一口饭,居然在街上打零工,连进城的打工妹都不如!对,她还知道,郝乐意的脸皮厚,是有基因遗传的!她妈年轻的时候就是个脸皮厚得不着调的女人,要不然,好好的姑娘怎么可能跟一小偷私奔?

郝乐意的脸涨得通红,泪水也把眼睛涨得锃亮,可她使劲仰着头,好像在看天空那轮燃烧的太阳,她说阿姨您可以不喜欢我,但请您不要往我父母身上泼脏水,我爸不是小偷,中国有千千万万勤劳朴实的妇女,我妈就是其中之一,我很崇拜她,作为他们的女儿,我给不了他们任何幸福,但是我不能因为我的爱情,让他们蒙受羞辱。

陈安娜承认,郝乐意的这番话让她很受触动,但她不能心软。是的,她是老师,人脉广泛,想打听个人很简单,在得知马跃和郝乐意恋爱的第三天,就曲折迂回地打听出了郝乐意的身世。是的,她无比坚定地认为郝坚强就是个小偷,而宋小燕的行径,在那个年代,基本上相当于一女流氓,而她的儿子居然要娶小偷和流氓生的女儿,苍天啊,这对陈安娜来说,简直是晴天霹雳,如果她要应了这桩婚姻,简直就是往马跃头上贴了一劣质男人标签。所以,这桩婚姻想要得到她的允许,除非从她尸体上跨过去,这么和马跃说了又和郝乐意说。那是个周末的黄昏,她坐在郝乐意家的窗台上,逼郝乐意答应离开马跃,否则,她就跳下去,郝乐意真害怕了,一边答应一边说好话,然后打电话叫来了马跃。

马跃来了,二话不说就上了楼顶,大喊陈安娜别跳了,三楼太矮,摔不死人,摔伤了还疼得要死要活的,如果她一定要他和郝乐意分手,那就他跳吧,五楼,他一脑袋扎下去,应该没问题。

陈安娜愣了片刻就噌地从窗户上弹了下来,好像屁股上装了个弹性极好的弹簧,当然,她是英雄的陈安娜,面对马跃的威胁,她并没做出投降的承诺,而是抹着愤怒的泪水,摔门而去。后来,她又找过郝乐意多次,还找到过郝多钱家,每一次都软硬兼施,目的只有一个,让郝乐意别缠着马跃,话说得极难听,连贾秋芬这个对谁都轻易不端冷脸的人都恼了,冷着一张脸,看郝多钱攥着一把烤肉的竹扦子,啪啪地抽着另一只手掌,步步紧逼地往陈安娜跟前逼,逼得陈安娜大大地张着嘴巴,一步步退了出去。

被郝多钱抽打着烤肉扦子撵出来的陈安娜,站在日光朗朗的街上,怒火万丈,在手机里跟马光明咆哮,让他这就找人,在阁楼的防盗门外再加装一道铁栅栏门,她要把马跃锁在里面。

马光明问为什么。

陈安娜咆哮:"我宁肯把他当宠物养一辈子也绝不便宜了郝乐意!"

马光明说好,他坚决和陈安娜站在同一战壕里,其实是撒谎,因为只有他最清楚,一直心高气傲的陈安娜,因为马跃偷偷回国,是多么掉面子多么幻灭。这是种什么样的幻灭感呢?就是不仅陈安娜还有但凡认识她陈安娜的人,都知道她儿子是货真价实的、千载难得一见的、日行千里夜行八百的汗血宝马,她陈安娜能不骄傲吗?正骄傲着,她亲爱的儿子突然一副蔫蔫相出现了,用吐血的真相告诉她,他根本就不是什么前程远大的汗血宝马,充其量是卖相出众的普通马匹而已,她还没来得及说服自己接受这一残酷现实呢,宝贝儿子又搭上了郝乐意!郝乐意算什么?要背景,连家都没有!要学历,连高中都没读哎!也就是说,她的宝贝儿子用爱上郝乐意这个不争的事实,声音嘹亮地向所有人证明了,他不仅不是一匹汗血宝马,连匹普通马也不是,只是头普通草驴!这简直是往陈安娜胸口上捅最后而致命的一刀,她不疯掉才怪呢!

在马光明看来,未必是马跃多令人失望,而是陈安娜把希望都寄托在儿子身上本就是不折不扣的自私,有虚荣自己成全,成全不了就歇着,谁都没权利拿别人的人生当花戴,是吧?马跃是你亲儿子也不成,他没这义务。

道理马光明都明白,但还是要伪装成陈安娜的战友,因为知道她心里有拗不过弯的苦,如果他也站到马跃阵营里去,就等于是又往她心窝上踹了一脚。安栅栏门的事他连考虑都没考虑,直接打电话把陈安娜出卖了,让马跃赶紧想办法。

马跃一听就慌了,忙问该怎么办。马光明说:"你想怎么办就怎么办吧,我看你妈是铁了心了。"马跃说他也铁了心。马光明说既然都是王八吃秤砣,这几天你就先别回家了。呛伤了和气无所谓,他怕把陈安娜气出病来。

马跃嗯了一声,知道陈安娜肯定会气得要命,逮谁冲谁疯,叮嘱马光明多担待着点陈安娜。马光明说知道,让他有了落脚的地方,记得来个电话。其实,马跃到哪儿落脚,没什么好担心的,既然为爱情和当妈的闹翻了脸,就肯定是去找他的爱情了,但他是长辈,话不能挑在明处。

怕郝乐意有压力,马跃没敢说陈安娜要把他锁起来的事,而是一副没心没肺嘴脸撒谎说被他妈赶出来了,见郝乐意不信,又扮可怜兮兮,说:"如果你也不收留我,我只好流落街头了⋯⋯"

郝乐意就收留了他,房间里有折叠沙发,打开铺上毛巾被,又去夜市买了一只枕头和一床被子,一张看上去很舒适的小床就搭好了。

本来,郝乐意想她睡沙发的,可没抢过马跃。

夜里,黑了灯,两人在黑暗中一来一往地说着话,说着明天,生平第一次单独和男人睡一个房间,郝乐意一说话就磕巴,马跃知道她紧张,想坐到小床上,握着她的手说话,可他也看出来了,郝乐意以前没谈过恋爱,怕自己唐突了会吓着她,就忍住了,隐约中听见郝乐意低低地打了个哈欠,就说:"睡吧,明天还要去应聘呢。"

郝乐意说"好",很快,幽蓝的夜里就传来了郝乐意均匀而轻盈的呼吸声,而历经过男女之事的马跃,根本就睡不着,他悄悄起床,蹑手蹑脚地走到郝乐意床前,蹲在那儿,专注地看她,看夜色在她明媚的脸上蛰伏,掺杂在空气中在她身体里进出。蹲得腿麻了,他悄悄拿过一个小凳子,坐在郝乐意床前,两手托着下巴,看她,微笑,笑着笑着,就困了,脑袋一歪,趴在床沿睡着了。

次日清晨,郝乐意被一缕穿窗而过的晨光唤醒,迷迷糊糊中睁开眼,先是让趴在床沿睡着的马跃吓了一跳,之后是酸酸软软的感动,轻轻地摸着他的头发,在他额上印下了一个轻柔温暖的吻,把马跃给吻醒了,这一吻是如此柔软而甜蜜,让他不忍睁眼,直到感觉郝乐意的唇即将离去,才猛地伸手揽住了郝乐意的肩,热烈地回吻着她,拥抱着她青春的、散发着浓烈女性气息的身体,郝乐意边羞涩地回应着他的热烈边说今天还要去应聘呢。马跃恋恋不舍地松开了她,其实他想说,去他的应聘,此时此刻,除了郝乐意,他什么也不想要。

可郝乐意已经下床,端着盆子去公用卫生间打水洗脸,因为害羞而步态慌乱,跌落般的惆怅在马跃胸口涌起,然后打开手机,短信铺天盖地地就来了,不是陈安娜就是中国电信提醒有未接来电,未接来电还是陈安娜的。想象着陈安娜打不通电话的抓狂样子,马跃就一脑袋嗡嗡声,他和陈安娜不可能永远不见面,一想到再见迎接他的可能是暴风骤雨,就要癫狂了,他像急于切断来自恐怖世界的信息源一样,飞快地关了手机。

这天上午,他和郝乐意在人才市场挤挤挨挨了一上午,郝乐意还是没找到合适的工作,马跃仗着海归身份,几家公司收了他的简历。中午,两人买了些礼物去了郝多钱家,因为郝乐意没父母,索性让马跃把郝多钱夫妻当成准岳父母拜见。

郝多钱平时对郝乐意不是很热乎,可这时候审慎得很,因为哥嫂没了,他得代哥嫂把好准岳父审女婿这一关,否则,他这兄弟当得就不称职。

郝多钱用眼白多眼黑少的眼神看着马跃,表情也冷冷的,贾秋芬悄悄踢他一脚跺他一下,跺得郝多钱都快跟她急了。郝乐意知道被陈安娜气了一顿的郝多钱是想在马跃跟前端起娘家人的威严,而贾秋芬觉得这威严端过了,怕伤了马跃的面子,就悄悄跟马跃说了。马跃乐得不行,嘴巴甜,手脚殷勤,给足了郝多钱面子,饭还没吃完,有家公司来电话让马跃去面试,这饭吃得就更欢快了。

马跃不回家也不接电话,陈安娜并没绕世界疯狂地找,因为她病了,气得胃疼,头晕目眩下不了床,请了假在家躺着。

马光明本想发短信告诉马跃来着,又怕马跃知道了肯定会回来,他回来又能怎么着？只要陈安娜拒不接受现实，战争就要继续，还是算了吧。可总这么拖下去，也不是办法，就发短信说，郝乐意这姑娘他在派出所见过，先不管她学历和家庭招不招人喜欢，就凭她能在马跃饥寒交迫的时候送他牛奶给他买饭，就知道她是个善良的好姑娘，如果他真喜欢她，最好速战速决，哪怕这结果是个难咽的秤砣，也得逼着陈安娜咽下去，要不然，只要他们没结婚，陈安娜就得挂在心头悬着犯神经病，没完没了的，他受不了倒没什么，别再把陈安娜折腾出毛病来。

马跃把短信给郝乐意看了，郝乐意觉得也是，可婚怎么结？郝乐意没父母，有父母的马跃只得到了父亲的暗中支持，没有双方父母出席的婚礼，叫哪门子婚礼？索性，登上记就算结婚得了。马跃不同意，觉得太草率是对郝乐意的不尊重，可打小苦惯了，也没什么至亲来往，郝乐意对繁文缛节从不讲究。马跃就给马光明回了个短信，让他帮忙把户口簿偷出来。马光明说好，第二天中午，马跃刚面试完，就接到了马光明的电话，说户口簿拿出来了，和他约在一家小饭店里见面。

马跃就带着郝乐意去了，虽说以前和马光明见过，可这一次，是准儿媳妇见准公公，郝乐意还是有点紧张，倒是马光明，大大方方地摸出一枚戒指来，说是见面礼，让郝乐意别和陈安娜生气，其实她不是不喜欢郝乐意，主要是马跃中断了学业跑回来，她受不了这打击，正在坏情绪头上就把郝乐意殃及了。

郝乐意知道这是个善意的谎言，就假装信了，希望他心里能好受点。见郝乐意这么懂事，马光明挺感动的，更认准这儿媳妇了，摸出一张银行卡说是他的私房钱，马跃没工作，和她在一起肯定给她增加了不少负担，让她拿着花。郝乐意吓了一跳，像给烫着了一样把卡推回去，说马跃已经找到工作了，明天就去上班。

马光明虽然意外，但还是挺高兴，问找了份什么工作，马跃大体说了一下，是家投资公司下的典当行，他去做金融分析师，不过，要从见习开始做起。马光明笑着拍拍他的肩："连将军都是从士兵干起的呢，甭管入哪个行，都要脚踏实地从低处做起。"

爷三个一起吃了顿便饭，也计划好了下一步，先登记结婚，马跃去典当行上班，郝乐意也努力找份好工作，等陈安娜气消了，他们回家赔礼道歉，补办婚礼，他们小两口正式开张过日子。

吃完午饭，马跃和郝乐意去登记，回筒子楼后，马跃就故作凶猛地把郝乐意扑倒在了单人床上，一脸坏笑地看着她："你是我的了。"

郝乐意的脸涨得通红，双手顶在他胸前撑着他，边说讨厌边躲避他的吻，马跃威严地用鼻子嗯了一声说是我媳妇了就得听我的话。说着，双唇就跟鸡啄米一样在她脸上脖子上到处乱吻。郝乐意躲着躲着，就软了下来，手指在他浓密的头发里温柔穿行，他的唇软而温暖，在她皮肤上蠕动、爬行，吻得她能感觉到甚至也能听到身体里有潺潺的溪水在流动……马跃像暖而有质感的被子，轻而舒缓地覆盖，微微的刺疼后，是火热而滑润的充盈，像树、像奔跑的马，植根在她身体里……

次日清晨，郝乐意蒙眬中听见马跃急促地说："快，乐意，醒醒。"

郝乐意迷迷糊糊地睁开眼，问怎么了。

马跃紧张地指着床单，结结巴巴地说："你流了一夜血。"

郝乐意也一惊，噌地坐起来，只见被子和床单上，到处是艳艳的血，而且随着她坐起来，一股热热的液体顺着大腿流了下来，还是血。

郝乐意也傻了，愣愣地看着马跃。

马跃都吓蒙头了，两手不知放在哪里才好，在房间里转来转去。其实，这个时候，如果郝乐意是个有点生活常识的人，应该能看出来，二十五岁的马跃，虽然长得高高大大，可心理上还是个没断奶的大男孩，虽然之前四年他分别在上海和伦敦独立生活，可那种独立，还属于笼中鸟的生活，陈安娜按时给他打生活费，衣食无忧，全部心思都用在读书上，根本就不知道学校之外的生活到底是怎么回事，也适应不了，这也是马跃在北京待了大半年，不仅一事无成，连日子都混不下去的原因所在：无法适应现实生活的琐碎和残酷。

可惜，这时候我们的郝乐意还年轻，不懂得从某个细节阅读某个人的全部，甚至还觉得马跃这样傻乎乎的，另有一种值得信赖的可爱，尤其是当她看着马跃把床单的四角一兜，抱起她就要去医院时，她笑了，笑得浑身颤抖，因为突然想明白了，不是她流血止不住，而是到了大姨妈造访的日子，也就是说，昨夜睡着睡着，大姨妈突然袭击了她。她笑着捶打着马跃的后背，告诉了他真相，马跃先是一愣，然后也笑了。然后就打趣她说："搞了半天，昨天晚上不是落红是大姨妈啊。"

郝乐意一愣，也认真点头，说："嗯，我特意挑了这么个日子糊弄你。"

马跃就沉下脸，让她如实交代，在他之前，到底和几个臭男人好过。

郝乐意跪在床上，掰着指头，嘴里一个两个三个地小声数着，眼睛斜斜地睥睨着马跃,马跃一副抱头痛哭捶胸顿足的样子,张牙舞爪地扑上来要把她给扔楼下去,郝乐意假装惊恐地尖叫着,两人滚成了一团,郝乐意边滚边讨饶,说以后再也不敢了,要收心敛性一心一意和马跃过日子,决不乱搞。

马跃咬着她尖尖的下巴,含混地说决不许你乱搞。其实他知道刚才郝乐意是逗他的,因为登记结婚这事,是昨天早晨他和马光明发短信才提起的事,根本就由不得郝乐意挑日子骗人。

「第四章」

遍地狼烟

1

马跃上班了,郝乐意还在做日工,因为知道辛苦,马跃就劝她别做了,有他呢。每每听了这句话,郝乐意的心就暖暖软软一塌糊涂,但日工该做还是做,马跃就火了,逼着她发誓,决不再偷偷溜出去打零工。郝乐意嘴上信誓旦旦,每天早晨和马跃一起出门,马跃上班,她去人才市场,找工作的同时遇上合适的日工就接下来,偷摸跑出去干。连郝宝宝都说她傻,成功嫁给了海归,就相当于找到了有保障的饭碗,干吗非要活得这么辛苦?

郝乐意就笑:"我可不想让婆婆瞧不起。"

"敢情你是想在婆婆跟前争口气啊。"郝宝宝嬉皮笑脸地说,"多傻,如果我是你,她不是看不上我嘛,那我就怎么惹她生气怎么来,不仅要让她儿子挣钱给我花,还要把她儿子当驴使唤。"

"嗬,瞧你说的,给人当媳妇还当成祖宗了啊。"郝乐意笑得不行,自从她和马跃结婚,郝宝宝没事就往筒子楼跑,听马跃神侃英国这英国那,好像马跃去英国是受她委派考察风土人情似的,她从马跃这儿听了来,再加工一番,贩卖给同学听,觉得特有面子。

"那当然,姐,你就别傻了,男人嘛,一旦落你手里,你就得当驴使唤,千万别当祖宗供着。"

"好好的人，干吗要当老驴使唤？再说了，我们家又没那么重的活。"郝乐意笑着打了郝宝宝一下，"行了，婚还没结呢，别装模作样地跟我念已婚妇女经。"

"没吃过猪肉还没见过猪跑啊，我们寝室的姑娘们研究了，作为新一代的时尚女性，为了拯救越来越伪娘的男人们，也为了延长男人的寿命，我们一定要做美丽的雌性寄生虫。"

郝乐意给乐得不行："头一遭听说，寄生虫还能延长宿主的寿命啊？"

"那是，因为我们美丽啊柔弱啊，男人就是我们的救世主啊，没他们我们活不下去，所以呢，男人一旦娶了我们，就要非常非常有使命感，认真大胆地赚钱，小心谨慎地养生，不能随便死，他要敢死，就是不负责任，就是成心想饿死我们。"

"得，要我是男人，我还是娶个能让我在该死的时候死得起、也能闭上眼的女人吧。"

郝宝宝啧啧地摇着头："姐呀，我的亲姐，怪不得伪娘越来越多，都是你们这些披着女人外衣的汉子给惯出来的。"

虽然是说笑，但郝乐意还是感觉郝宝宝的很多想法不对头，譬如她认为女人做得再好也不如嫁得好，就算你脚踏实地，辛苦十几二十年，能赶得上那些嫁得好的，可赶上了有什么用？人也老了，色也衰了，买得起名牌漂亮衣服了，身材却走形了，对于女人来说，还有什么比想穿的时候买不起，买得起了没身材了更悲惨的事情？谁说在自行车后座上笑的女人就一路阳光？肯定也有哭的时候。既然不管坐宝马还是坐自行车都有哭的时候，为什么不坐在宝马车里哭得舒服一些呢？更何况，对于视容貌为性命的女人来说，坐在宝马车里哭，还可以关上车窗，别让风吹糙了脸。

姐儿俩争来争去，郝乐意就急了，可郝宝宝不急，嬉皮笑脸地伸手要钱，郝乐意不想继续惯她毛病，说没有。郝宝宝就没脸没皮地说："那我跟姐夫要。"郝乐意又气又恨又无奈，只好给，因为平时郝宝宝就和马跃嬉皮笑脸的，要钱的事她绝对张得开口，可郝乐意怕马跃会因此看低郝宝宝，人就这样，平时关系再好，一旦张口要钱借钱，总会让人咯噔一下子，这不是抠不抠门的问题，而是人的共性，至少在郝乐意这儿是这样的，对轻易就能掌心朝上的人，会有一丝下意识的轻视，当然，郝宝宝例外，因为郝宝宝是她最亲爱的堂妹。

郝宝宝只要有钱花着，就不来骚扰他们了，来了，不等她开口，郝乐意就会主动问又看好什么了,郝宝宝嬉皮笑脸地告诉她,伸手等着,每次往她手里递钱,郝乐意的心都跟针扎似的痛,不是心疼钱,是觉得自己在加速郝宝宝往堕落里滑,有心不给,又怕她胡乱接别人的钱花,也想过告诉贾秋芬,却又知道,除了干生气她也镇不住郝宝宝,告诉郝多钱那是自找没趣。在郝多钱眼里,郝宝宝就是把天捅个窟窿,那也是郝宝宝有本事,总之,他的宝贝女儿,不可能有错的时候,如果郝乐意一定要说她有错,那一定是郝乐意心怀叵测,再要不就是戴有色眼镜看人。

郝乐意只剩了叹气。

郝乐意心中的苦和担忧,马跃无从知道,甚至还羡慕郝乐意和堂妹郝宝宝的亲密关系,他和堂哥马腾飞,虽说关系也不错,可因为田桂花和陈安娜有隔阂,两人的来往,远没郝乐意和郝宝宝这么自如。

马跃也带郝乐意和马腾飞他们一起吃过饭,那会儿,余西和马腾飞的婚姻已经裂痕不小了,余西正竭力弥补。听说马跃和郝乐意租住在筒子楼,就非要把娘家的一套房子借给他们住,在上清路,家具电器一应俱全,拎包就可入住。郝乐意不想欠余西这么大人情,也怕陈安娜知道了会怪余西,就找理由推托了,可第二天一早,余西就把钥匙送来了,一进筒子楼的楼道就开始大惊小怪,等进了门,直接惊呼上了,也不管郝乐意答不答应,乒乒乓乓地就收拾东西,让郝乐意这就跟她走。郝乐意觉得余西的这份好意侵略性太强了,因为是好意,又不好意思生硬拒绝,就给马跃打了个电话。马跃说余西来都来了,再不搬显得好像故意躲着她似的,她更得胡思乱想冲马腾飞使小性子了,就搬了吧。

2

为了找马跃,陈安娜去了郝多钱家。郝多钱聋了一样,呼啦呼啦地打着蒲扇烤肉串,烤肉的乳白色浓烟,像一群受了惊吓的莽撞羊羔,跌跌撞撞地往陈安娜身上扑,把她呛得鼻涕眼泪往下滚。

陈安娜一边往上风口躲一边告诉郝多钱,如果不告诉她郝乐意住哪儿,她就坐这儿不走了。

郝多钱把蒲扇换了个手,浓烟一转身,又扑向了陈安娜,他睥睨着这个咳得狼狈不堪的女人,幸灾乐祸地抖着脚抽烟:"马路又不是我的,你随便坐。"

陈安娜瞥着他:"真恶心,烟灰都掉肉上去了。"

郝多钱把烟从嘴上拿下来,冲着烤肉弹了几下:"恶心什么?着都着完了就是高温消毒了,干净着呢。"说着,拿起一把烤好的肉,在炉子边上磕打了几下,亮着嗓子吆喝:"谁的烤肉?好了。"

一个胖胖的中年男人从啤酒屋跑出来,边说是我的边伸手拿肉,郝多钱往回缩了一下:"老哥,不小心把烟灰掉你肉上了?有事没?有事的话我另给你烤。"

中年男人一把接过肉:"怕烟灰还吃啥烤肉?没烟灰还有炭灰呢。"说着,拿起一串往嘴里横着一撸,扦子空了,嘴里满了。

郝多钱冲看得瞠目结舌的陈安娜坏笑了一下:"瞧见没?校长同志。"

这段时间,陈安娜彻底打听明白了,这郝多钱当年是鲍岛的小混混,他哥,也就是郝乐意的亲爹,更不是东西,说黑社会头头那是抬举他,就是一小混混的头目,偷鸡摸狗的事没少干,一想到自己的儿子要跟这种人的女儿在一起,陈安娜恨不能当年压根儿就没生过马跃。

陈安娜看着郝多钱,与其说愣了,不如说是傻了,在这些横竖不讲理、拿着龌龊当生存之道的底层小混混跟前,纵使她有千般道理、万般妙计,都无处可施。

那个黄昏,走在街上的陈安娜空有一怀战斗的壮志,却张望不见战场在哪里。

虽然找不到马跃和郝乐意,但她可以确定,他们在一起,还同居了。

还没结婚就和马跃同居,陈安娜对郝乐意就更是憎恶了,甚至认为马跃离家出走都是郝乐意挑唆的,因为知道马跃是质优股,她也就顾不上什么廉耻了,使出浑身解数把他勾引到手。那段时间,陈安娜连班也不上了,到学校点个名就往外跑,像个地道而资深的侦探,满青岛市翻找她的儿子马跃。

她坚决不能输给街头混混的女儿,否则她就不是陈安娜。

此时的马跃,正如刚上战场的士兵,努力适应着实战的残酷,每天早晨精神抖擞地出门,每天傍晚蔫头耷脑地回家,一回家就扎到沙发上说没意思,好歹他也是一海归啊,单位是人都拿他当小学徒使唤。郝乐意就宽慰他,见习生本来就相当于学徒嘛,劝他别有海归的优越感,持平常心才更从容,前些年,是海归别人总会高看一眼,可现在遍地海归,还有大批的海归沦落成了海带呢。马跃就蔫蔫地看着她,满眼是被煎熬的无助。

陈安娜依然在不屈不挠地绕世界找儿子,打电话,马跃也接,就是不让她见人,也不回家,除非她答应他和郝乐意的婚事并善待郝乐意。陈安娜就恨恨地说做梦,最好他们俩藏严密点,否则,她找到他,拿刀把他剁了也不便宜郝乐意。

马跃说:"郝乐意怎么得罪您了,您这么恨她?"

陈安娜说:"我就是恨她看她不顺眼!"

马跃说:"郝乐意怀孕了,妈,我觉得作为一个慈祥的婆婆,您不应该恨您孙子的妈。"

向来讲究仪表的陈安娜一屁股坐在了马路牙子上,哭声滔滔。

从她这一哭,马跃知道,她已经高高举起了手,投降了。

马跃把这个消息告诉了郝乐意,甚至得意于自己撒的这谎,简直谎言里的核武器,可郝乐意觉得用这种滥招逼婆婆接受自己,是欺骗,也是不自然的,而是迫于人伦的无奈妥协。

所有的被迫妥协,都藏着深深的不甘,而这不甘,都将变成蒺藜,钝刀割肉地折磨以后的生活。

但事已至此,她也只能听马跃的,和他回家,向陈安娜赔礼道歉,恳请她接纳她这个儿媳妇,毕竟陈安娜也不易。马跃说过,他在英国读书的两年半,陈安娜连双新袜子都没舍得给自己买。

马跃把要带郝乐意回家的事告诉了马光明,希望他能打打前站,安抚好陈安娜,让郝乐意进马家门进得顺利点,但他和郝乐意已经登记的事,就不要提了,免得惹恼了陈安娜又起波折,反正他们还要办婚礼,等婚礼前,假模假式地说去登记,出去溜一趟就行了,陈安娜总不至于检查结婚证上的日期吧?

这前站到底怎么打?马光明可没少费心思。因为他只是一个倒闭白酒厂的普通工人,胸无大志,好喝两口,从来没被陈安娜放在眼里,也更没被瞧得起过。

说到这里,我有必要交代一下马光明和陈安娜的婚姻史,免得大家看绕了。

当年,马光明和陈安娜是一个大院的邻居,马光明的爸爸也就是马跃的爷爷是白酒厂工人,1960年挨饿的时候,全院子的街坊邻居都吃过他偷回来的酒糟,虽然难吃,但总比挨饿强。陈安娜家和马光明家住隔壁,近水楼台先得月,所以,陈安娜吃的酒糟比其他邻居多。1960年,陈安娜才八岁,只知道饿像一头狼,一口一口地咬人吃人,根本不懂得羞臊,只要一听马光明家的门响,就会跑过去,眼巴巴地看着马光明他爸从怀里掏出饭盒,把偷来的酒糟倒出来,马光明他妈就切上一点青菜,捏上盐再撒把面,拍成一个个小圆饼烙成酸酸臭臭又飘着奇异香味的菜饼。原本是没陈安娜的份的,可马光明他妈不忍心看陈安娜眼巴巴的小样儿,总会给她两个。大陈安娜四岁的马光明是半大小子,正能吃的时候,烙饼还填不饱他和哥哥的肚子呢,还要给陈安娜两个,就很生气,常常是一个白眼一个白眼地往陈安娜身上砸,饥饿让陈安娜只顾得夺拉着眼皮吃、吃……马光明他妈是个善良人,就拍拍马光明的脑袋:"舍不得饼套不着媳妇,等安娜长大了给你当媳妇。"再和颜悦色地和陈安娜说:"安娜,吃了我们家饼,长大了给我们家光明当媳妇啊。"

陈安娜边吃边点头,满嘴地应承。马光明却气哼哼地说:"这么馋,将来肯定是个馋老婆,我不要!"

事实是长大成年之后的陈安娜,根本就看不上马光明。

陈安娜师范毕业就进中学当老师了,马光明高中没毕业就顶替父亲进了酒厂。陈安娜读师范的时候就和同学谈起了恋爱,据说那男生家很牛,一毕业就出国留学去了,陈安娜一心一意地等了他两三年,问他什么时候回来结婚,人家很干脆地说不回来了。陈安娜说那我怎么办?他说要么你出国,要么你另找个人结婚。就这么轻轻巧巧的一句话,把陈安娜给踹进了绝望的坑里,为这,陈安娜吃过安眠药,跳过海,都运气极好地没死成,被救活的陈安娜再也不是过去那个陈安娜了,她看这个世界是格格不入的,看谁都生气,总觉得所有人都在瞧她笑话……所以她要奋力还击,包括新婚的晚上,她把马光明咬得遍体鳞伤,可马光明还是把她给办了。第二天一早,马光明顶着一脸的咬痕,美滋滋地对街坊邻居说,等了这些年,值! 还他妈是原装的,没拆封。

可陈安娜瞧不起马光明,一个连大学都没上,怎么洗身上也有股酒糟味的大老粗怎么可能是她爱的人,可她还是嫁了。不过她让人甩了,还不算是最惨的,最惨的是所有人都知道她为一个男人跳过海吃过安眠药,这些悲壮都成了难看的狗皮膏药糊在她的青春履历上,那是在没互联网、连电视都不怎么普及、电话是奢侈品的闭塞年代,人就靠咀嚼东家长西家短打发无聊。于是,陈安娜的被甩和自杀,就成了街头巷尾的轰动性新闻,愣是没人敢要她了,因为谁娶她就等于是娶回了流言蜚语,就等于是承认自己是爱情困难户,只能娶陈安娜这种被人甩过的女人。眼看着陈安娜要剩在家里了,陈安娜她妈就急了,左右打量了一圈,发现马光明这小子还没结婚呢,年龄上也凑合,就厚着脸皮去找了马光明他妈,结果是马光明他妈支支吾吾地没接茬儿,倒是马光明说行啊。

马光明自己愿意,他妈拉不住,一个月后,把打扮整齐的陈安娜抱了过来,这婚就算结了。婚纵然是结了,可对马光明这个丈夫,陈安娜这辈子就没放在眼里过。

所以,在说服陈安娜接受郝乐意这个儿媳妇这件事上,马光明知道,就算陈安娜已经做好了开门纳降的准备,但凭他一个人,根本就压不住场子,于是就求到了大哥马光远的头上。

马光远说:"这好办,你们家安娜这人,什么都不好,就好个面子。"

马光远的主意是摆一桌大大的面子,他们全家加马光明全家,当然包括郝乐意,一起吃顿团圆饭,欢迎郝乐意这个新家庭成员,当着这么多人的面,陈安娜肯定不好意思发作,只要这个过场走过去,以后基本就不会有什么大问题了。

马光明觉得是个办法,就跟陈安娜说了,陈安娜说我没钱,马光明说我有。

陈安娜瞪眼:"你的钱就是我的钱,你是不是背着我存私房钱?"然后就哭了,好像整个世界都欺负她,自从马跃回了国,陈安娜就变得特别爱哭,屁大点小事就能大哭一场。

马光明只好坦白是大哥马光远摆面子,陈安娜一脸的悲凉:"我们家的事,轮得着他凑热闹了?显得他有钱还是怎么了?"

马光明忙说大哥也是一片好意,这不是为了调节她和儿媳妇的关系嘛,让她给个面子,陈安娜就叹了口气。马光明小声说:"虽然面子由大哥摆了,虽然以前也见过郝乐意,可这是第一次正式认儿媳妇,你这做婆婆的是不是得送点像样的礼物?"

陈安娜就想起了马光远当年送她的戒指,在家翻箱倒柜地找,马光明在心里叫苦连天,忙给马跃发短信,让他告诉郝乐意,一起吃饭的时候,千万别戴他送的那枚戒指。

郝乐意这才知道戒指是马光明从陈安娜那儿偷的,简直是哭笑不得,问马跃怎么办。马跃说:"好办。"接过来就要扔,被郝乐意拦住了,说:"你干什么呢,甭管怎么着,这是咱爸送我的礼物。"

马跃说:"我这不是怕咱妈发现嘛,她要知道戒指是咱爸偷的,还是偷出来送给你了,咱爸就甭活了。"

郝乐意想了想,塞进了钱包,说:"反正你妈只当是找不着了,等以后我们找机会给她放回去,说不准她还能惊喜一下呢。"

马跃也觉得这主意不错。

3

陈安娜把家翻了个底朝天也没找到那枚戒指,趁她坐下来喘口气的空,马光明捏着小心过来打圆场:"你是不是搁忘了?"

陈安娜瞥了他一眼,突然悲愤地道:"马光明,我金银珠宝多吗?"

马光明摇了摇头,讨好地道:"你哪儿是那种囤金银珠宝的俗女人。"

陈安娜怆然泪下:"马光明,你少他妈给我戴高帽,我就这么一个金戒指,还是托你那暴发户大哥的福才有的。你说!我能随便乱放?能放丢了吗?"

马光明心里有鬼,唯恐言多必失,讷讷着不接茬儿。

陈安娜凄怆泪下地剜了他一眼:"我他妈的比谁都俗,就是因为嫁了你这个没出息的货,我爱不起金银珠宝,穿不起裘皮真丝,我才骨骼清奇,我才清高脱俗,我是让一个叫穷的恶鬼逼清高!逼脱俗的!"

"甭管是逼的还是真的,陈校长,在大家伙儿眼里,你那是真格儿的脱俗,像咱大嫂似的,也怪没意思,冬穿皮草夏穿真丝,落个啥了?亲戚朋友背后谁不笑话,啥貂皮狐狸皮,往她身上一穿,整个的,那就是杀猪的攒了俩钱买件貂穿穿,浑身上下透着俗气,一点儿也不显高贵。"

"那是我说的!"

"就是就是,这更说明我没撒谎,真格的有人这么说过。"马光明小心翼翼地赔着笑脸。

"我说那是因为我羡慕嫉妒恨!"

"别,陈校长,我知道你不是这样的人。"马光明一直揣着小心,想着怎么才能把这事圆回去,他也知道,这么一闹腾,那戒指就算送给郝乐意了,她也不敢往人跟前戴了。首饰这东西,还不就是戴给别人看的?不能戴给别人看的那是金条银锭,马光明在心里抽着自己的耳刮子,痛恨自己当初不该因为怕花钱,没去首饰铺子里改样子,吭哧了半天,马光明只好老实交代,给儿媳妇买礼物的事,交给他办行了,不用陈安娜操心了。

陈安娜狐疑地看着他,问为什么。

马光明说真有笔私房钱,攒多少年了,一直想给她买条项链,然后小声说:"你一年四季的戴条珍珠项链,不好看。"

陈安娜满肚子蓄势待发的愤怒,软软地,就消了下去,眼泪唰地滚了下来,马光明说得没错,她只有两条珍珠项链,有些场合有些衣服,确实是要戴项链的,可因为早就打了送马跃出国读书的谱,也知道这对于普通工薪家庭来说,是笔压得人抬不起头的开销,她一直有钱不敢花,不要说项链,连只戒指都没舍得买过,她还不想让人觉得总戴珍珠项链是因为她没钱,就假装是珍珠控,好像在她眼里,除了最热爱的珍珠,其他质地的首饰都贫贱如粪土。把马跃送出国她才知道,开销比她预想的要大得多,有时候,窘迫得她都想卖血,如果还允许卖的话,她每年都会毫不犹豫地去卖上几回,可她抽筋扒皮地供有什么用? 她宝贝大的儿子,一点儿也不珍惜,让她这含辛茹苦的老妈,抱着播下龙种的热望,却收获了跳蚤,她能不悲伤能不绝望吗?

马光明背着她攒了一千八百块钱,在他给郝乐意却没给出去的那张卡上存着,他看好的一条项链标价两千六,本来,他想狠着点克扣菜钱,到年底就攒差不多了……

两口子在珠宝柜台转悠了半天,马光明想着已经给郝乐意戒指了,虽然现在不能戴,但过几天,到首饰店改个款式,就没问题了,现在既然是陈安娜送,最好是送条项链,这样呢,他们两公婆也算是给儿媳妇的首饰配了套,可陈安娜不知内情,觉得公婆送儿媳妇,不是送手镯就是送戒指,哪儿有送项链的?

就一千八百块,手镯是买不起了,还是戒指吧。

马光明拗不过她,只好从了,想着已送过一个了,郝乐意也不是那种挑剔姑娘,遂把心一横,假装有意无意地问陈安娜喜欢哪款,陈安娜没好气地说了,马光明也让服务员拿出来给她试戴了,是款细细的铂金戒指,标价才 920,马光明暗暗记在心里,给郝乐意挑的时候,特意挑了款标价不到九百的,趁陈安娜到旁边接电话的空,让服务员开票,付了款,把陈安娜喜欢的那款美滋滋地往她手上一戴:"给你的。"

马光明就这么个人,该热乎的时候也不会说热乎话,送人金了的口气好像要送人一拳头似的。

陈安娜愣愣地看着手上的戒指,瞥了他一眼:"动作还挺快。"

马光明嘿嘿笑笑:"看你闹心闹得厉害,哄哄你。"

陈安娜嘴里切了一声,心里却暖洋洋的,突然地,就觉得郝乐意没那么讨厌了。

4

酒席是在马光远的酒店办的。

马光远最初下海做生意，钱是从马光明家借的，一车皮一车皮地往俄罗斯倒腾猪肉，盆满钵满地赚了几趟，正好有家单位要盘活固定资产，要把沿街的这栋六层办公楼整体出租，他就给盘了下来，一租三十年，开了这家酒楼，摸爬滚打了这些年，生意红火得跟着了火的老房子似的。

这天晚上，他特意留了个最大最好的包间，建议把郝多钱两口子也请来，也算是亲家见面，这样全家出动，显得也隆重。

马光远一家四口、马光明一家四口加上郝多钱两口子，郝宝宝因为学校有活动来不了。因为重点在郝乐意和陈安娜身上，大家都特意晚到了一会儿，给陈安娜和郝乐意腾出了足够的相互适应时间。

郝乐意恭敬地喊马光明和陈安娜叔叔阿姨时，被马跃打断了："乐意，你都是我爸妈孙子的准妈妈了，还喊什么叔叔阿姨，直接点，叫爸妈。"

郝乐意有些局促，一是拿捏不准叫还是不叫，二是已经很多年没有喊爸妈这个称呼了，现在突然要这么叫，心里五味杂陈的，居然有要流泪的感觉，就怔怔地看着马光明夫妻，显得不知所措。

因为马光明知道她已和马跃登记，就笑着说："就是就是，乐意，直接叫爸妈行了，省得以后改口叫爸妈我们还得掏改口费。"说着，手在背后拽了拽陈安娜的衣服。不得已，陈安娜只好勉为其难地嗯了一声。

郝乐意这才谦恭地叫了声爸妈，眼泪就滚了下来。

陈安娜从包里掏出戒指，冷着脸递给她："这虽然不是什么高档货，可也是我和你爸的一点心意。"

郝乐意抹着泪收下，谢了马光明两口子，打开盒子，马跃拿出戒指夸张地哇了一声，就给郝乐意戴上了："乐意，得，别哭了，这戒指代表的可是咱妈的心意，这辈子你算是套牢在我手里了。"

陈安娜一直绷着脸，冷眼打量着郝乐意："好好的，你哭什么？"

郝乐意说很多年没喊过爸妈了。

陈安娜的心，就软软地揪了一下，暗暗地叹了口气，想说句暖和人心的话，可终究只是张了张嘴，没说出来。

过了一会儿，其他人陆续到了。

贾秋芬第一次进这么高档的酒店，局促得有点不知所措，见人就端上火盆一样的笑脸，翻来覆去就会说一句话："多亏了乐意，要不然，这么高档的酒店，我也就趁打门口路过的时候往里张望张望。"她说第一遍时，郝多钱只觉有点不自在，反正大家呜泱呜泱地说着话，就当她是客气了，谁也不会往心里拾，可要命的是，因为紧张，贾秋芬跟谁客套都说这句话，郝多钱就觉得这脸啊，像贴在越烧越旺的火炉边上一样，炙热炙热的让他端不住了，就在底下悄悄踢了她一脚。

可贾秋芬不高兴了，她不知道是郝多钱不高兴，还当他跟平常似的，走路做事顾前不顾后，一不小心踩到了她的新皮鞋，就瞪了他一眼："长着点眼神，踩我脚了。"

见余西正望着自己抿嘴窃笑，郝多钱就觉得满脸的炙热，一下子烧到了爆点，二话不说，拎起贾秋芬的胳膊就往包间外走："宝宝妈，你给我出来一趟。"

贾秋芬这才看到他眼里的怒气，却不知自己错在哪里，大庭广众之下又不好和他急眼，只能压低了嗓门问他又犯哪门子驴呢？

郝乐意也看出了郝多钱的愤怒，其实，她也想跟贾秋芬说，来的都是亲戚，亲戚之间，热情适度、礼貌周到就可以了，不必太谦卑，也不用给对方戴太多的高帽，要不然，了解她的知道她天生就是这么个热情人，生怕稍有不慎把别人面子掉地上，不知道的，还当她这是巴结人家呢。

当然郝乐意知道，贾秋芬从不刻意去巴结任何有钱有势的亲戚朋友，倒是谁家有难处了，她伸手伸得比谁都及时，可问题是这些亲戚基本都是头一次见面，根本就不了解她，很有可能误解了她。

怕他们吵起来，郝乐意连忙跟了出去。

果然，郝多钱把贾秋芬拎到走廊头上，就训上了，让她少瞎殷勤："你以为你殷勤了人家会夸乐意她婶是个文明人？我真他妈的我——你还真高看他们了，你当他们进得起高档饭店就是高档人？全他妈一群狗眼看人低的鸡巴玩意，你客气大发了，他们当你巴结他们，我啐他们祖宗！我宁肯巴结个收破烂的也不巴结他们，我巴结收破烂的，收破烂的还能到咱啤酒屋喝两杯啤酒吃两串烤肉让我挣块儿八毛的呢，巴结他们有屁用？他们有钱又不给我！落他们鼻孔朝天的大白眼啊？"说完，郝多钱撒了手，边悻悻往包间去边指着贾秋芬咬牙切齿，"宝宝妈，我告诉你，你他妈的要再敢给我低三下四地瞎客气……"一回头，见郝乐意站在一旁,就收住了话尾:"就你婶这贱脾气,我要不哼哈她两声,给你丢老鼻子人了。"

郝乐意就笑了笑,拉过贾秋芬,让她别生气。

贾秋芬气得像只青蛙一样,胸脯一鼓一鼓的,要不是为了郝乐意,她早嗷地一嗓子照郝多钱脸上挠了:"乐意,我真给你丢脸了?"

"没有,我叔太要强了,嘿嘿,他今天是想帮我爸妈端端准岳父母的架子,您就别和他计较了。"郝乐意挽着贾秋芬回了包间,大家正等着他们回去一起举杯呢。

干了一杯酒,气氛就活跃了很多,从大家的话里话外,陈安娜也听出来了,马跃带着郝乐意早就见过这些人了,就更是生气了,觉得自己被马家这个大集体给欺骗了,就一眼又一眼地剜马光明。

喝了几杯酒的马光明假装麻木,没看见陈安娜的眼神。

余西这几天和马腾飞闹不愉快,马腾飞对她爱搭不理的,就想借助婆婆的力量,席间,对田桂花照顾得分外殷勤。陈安娜看在眼里,心里却在暗暗冷笑,想余西这才叫扛着猪头找错了庙门呢,田桂花为了抱孙子,不主动下绊子拆他俩的婚姻就不错了,她居然还想着借婆婆的力,也忒单纯了点。

田桂花的不冷不热,让余西有点下不来台,索性就不自讨无趣了,转向郝乐意,问马跃跟她求婚了没。

郝乐意就看着马跃笑。

马跃挠了挠脑袋,说还真没求呢,说着,让郝乐意把戒指摘下来,他要再求一次婚。

余西就乐了,指着那枚细细的戒指说:"马跃,也真有你的,求婚你怎么着也弄个钻戒啊,没大还有小呢,弄枚裸戒求婚,你也忒没诚意了吧?"

陈安娜的脸登时就挂不住了:"马跃,别闹,那戒指是我送乐意的见面礼,要求婚你另买戒指求去。"

郝乐意见势不妙,忙就手把戒指戴了回去,还特意翘了翘戴在手指上的戒指说,她特喜欢这枚戒指的造型,做工也精制。

田桂花扫了她戒指一眼:"就这么一窄溜儿,想不精致也不行了,一粗拉就没了。"

陈安娜刚要捡回点面子的脸,又咣地挨了一拳,有心也有力气反驳,可看看郝乐意手上的戒指,只能忍了又忍把气吞了回去。田桂花没看到陈安娜吞了一肚子窝囊气的脸色,兀自絮叨说,也不知道现在人的眼光怎么了,居然喜欢铂金,黄金都没人戴了,铂金有什么好啊,跟银子似的。

陈安娜仿佛一下子找到了审美情趣上的优越感,就故意笑成一副闲云野鹤状说:"现在也就暴发户和黑社会戴黄金,有品位的人都戴铂金,内敛。"

田桂花并没听出陈安娜话里话外的讽刺,依然絮叨着她还是喜欢黄金,要把以前的黄金首饰找出来,去首饰店洗洗戴着,然后问陈安娜洗不洗,如果洗的话,她们一起。

陈安娜没好气地说我们穷人,没金首饰。

田桂花这才回过味来,陈安娜这是在和她抬杠啊,脸上有点挂不住,却又不想这么败下阵来,就从容端端地像个恩主似的笑了:"不对啊,我们家光远不送过你嘛。"

陈安娜瞥了喝得满脸通红的马光明一眼,笑得更是从容了:"早丢了不知多少年了。"

"丢了?"田桂花就像吝啬鬼惊诧一个挥金如土的败家子似的说:"金子哎,99.99%的纯金你怎么能丢了?"

陈安娜依然轻描淡写:"不知放哪儿去了,找不到了,就相当于丢了。"她认为这么说显得自己不俗,视金钱如粪土啊,要多跩就有多跩。

自从马光远混好了,田桂花基本是夏穿真丝冬穿皮草。其实在穿上她不是个讲究人,夏天喜欢穿人造棉,冬天穿着最熨帖的还是小棉袄,可马光远的朋友现在不仅是有俩钱的人,更多的还换了年轻漂亮会捯饬的老婆,田桂花再不打扮,领到人跟前,直接就像一只抱窝鸡,灰跄跄的。为这,马光远凶过她好多次,没办法,看在马光远没把她鸟枪换炮的分上,她也要知足,要给马光远面子,可眼光又不行,买的衣服,是钱没少花,穿上后马光远都不愿意看她,实在忍无可忍,马光远给她下了死命令:夏天真丝冬天皮草。必须的!

因为真丝和皮草虽然款式没多新潮,可一打眼就知道是好东西,质地的华贵足以抵挡一切。可在陈安娜眼里,冬穿皮草夏穿真丝的田桂花就是:俗!俗不可耐。

不仅如此,田桂花这人嘴巴特快,兜不住话,尤其是马光远带她出去吃饭的时候,因为是在吃,就特容易把话题拽到吃上,一拽到吃上,田桂花就会忍不住说火腿厂,忍不住说灌肠,她会告诉大家,这么多年以来,她从来不吃火腿肠,为什么呢?因为她亲眼所见灌肠车间,尤其是夏天的灌肠车间,一夜之后,工作台上到处都是蠕动的蛆,她会夸张地看着人家,说:"你以为会把蛆打扫了?"

见人家也错愕地不语,她会恨恨地说:"想什么不好。"做个扫的动作,"哗啦哗啦,全扫进绞肉机了,和肉一起绞碎了,灌成香肠……"

只要她活色生香地讲完这一段,桌上的菜,基本全被她打包回家,因为没人再咽得下去,这事发生几次以后,马光远就不带她出门了,就算带,也会警告她,在酒桌上,不许提火腿厂,不许提宰牲车间,不许提灌肠车间……总之,只要是关于火腿厂,一字不许提!

从那以后,田桂花真长了记性,不仅自己不再提火腿厂的事,别人跟她提她都急。

好了,我们把话题扯回来。虽然田桂花过着夏穿真丝冬穿皮草的富贵日子,可骨子里,还是苦出身,简朴得很,就错愕地看着陈安娜:"她婶子,你也真可以,不要说是金子,就是块银子,我都得好好放着,女人到这年纪了哪儿能没点金货压箱底,赶明儿让光明给你买。"

"没钱。"陈安娜干脆利落地说,"我还得攒钱给马跃办婚事呢。"

马跃怕她们就着他婚事的话题吵起来,忙说:"妈,这几年我给家里糟蹋了不少钱,我和乐意商量了,婚礼办不办的无所谓,登上记就行了。"

郝多钱不知道陈安娜还不知道马跃和郝乐意已经登上记了:"马跃,你意思是你和乐意这就算结婚了?我还想喝你俩的喜酒呢。"

眼瞅着郝多钱就要把老底捅出来了,马跃暗暗叫苦,忙看看郝乐意又看看郝多钱,示意他不要往下说了。

郝多钱喝了点酒,压根儿就没把马跃的眼神往心里去,只是替郝乐意冤得慌,虽然马跃他也喜欢,可再喜欢也不能由着他就这么潦草地把郝乐意娶回去呀,女孩子出嫁这事,到底是没个爹娘给把着就要受轻视,就很不高兴地说:"马跃,你俩登记就登了吧,你叔我没意见也不拦着,可你不能把记一登就算结婚了,你这算怎么一回事?你让我怎么跟乐意去世的爸妈交代?"

完了完了,马跃和郝乐意面面相觑。

陈安娜的眼睛,刹那间像牛眼那么大了:"什么?登记了?马跃,你和郝乐意登记了?"

马跃知道瞒不过去了,就点了点头。

马光明知道麻烦大了,不想让儿子一肩承担了这责任,忙站起来,往自己胸脯上一拍:"别怪孩子,是我让他俩去登记的。"

陈安娜问:"为什么?"

余西是个爱情至上、没理智这根弦的冲动型姑娘,要不是这样,她也就不可能因为怀孕次数太多而失去子宫,她知道,别看陈安娜一副剑拔弩张的样子,可马跃他们的结婚证已经领了,能同意办这认亲席,就是陈安娜已经认下了郝乐意这儿媳妇,她现在的愤怒,来自她的权威性家庭地位,被马跃和郝乐意用偷偷登记的形式给否了,没面子。余西觉得,在这个时候她应该用实际行动向陈安娜证明,马跃他们这么做,是正确的,也是得到了大家的支持的,至于陈安娜不同意,不是这段婚姻多么不好,而是陈安娜钻了牛角尖。

为了证明大家对马跃和郝乐意的支持,余西就说马跃和郝乐意多好的一对啊,不仅她支持,连她爸妈都把房子借给他们住了。

陈安娜就觉得天旋地转,搞了半天,所有人都在捉弄她,当她绕世界找马跃时,所有人都知道马跃在哪儿正在干什么,可就是不告诉她,他们幸灾乐祸地看她陈安娜像气急败坏的猴子一样上蹿下跳。

陈安娜环视着大家,目光落在余西脸上,想起了半年前,知道她没了子宫的田桂花想让马腾飞离婚时,她这个婶婶是多么有公义心、多么大义凛然,豁上把田桂花得罪了也坚决替她说公道话,没承想她居然会站在郝乐意那边瞧她热闹。

眼泪从陈安娜眼里跳出来,马光明就知道不好,忙拿起她的包:"陈校长,咱不和他们生气了,走,咱回家。"

陈安娜啪地甩开他的手,指着余西:"余西,你好意思吗?啊,这么做,你对得起我吗?"

余西压根儿就不知道陈安娜曾因保护她的婚姻而和田桂花起的那场冲突,所以被她问得很是莫名其妙,只有马光明和田桂花他们知道怎么回事,也都不想把这事给抖在大庭广众之下让彼此尴尬,纷纷好言好语劝陈安娜不要和小孩子一般见识,回家消消气。

陈安娜纵使再彪悍也难抵三双手一起推着她往外走,悲愤不已的她挣扎着喊:"余西,在马跃偷偷结婚这件事上,我谁都可以原谅,可我就不原谅你,你知不知道,你没了子宫你婆婆想让你和腾飞离婚,是谁替你力挽了这狂澜?你知道吗?是我!"

余西直接就傻掉了,一把抓住马腾飞的胳膊:"腾飞,这是不是真的?"

说真的,马腾飞知道父母有让他和余西离婚的意思,但也只是意思而已,没说到面上,至于他们曾和马光明他们讨论过这事,他还真不知道,所以除了说没这回事,他什么也不能多说。

余西的眼泪,蹦蹦跳跳地就流了出来,她疯狂地捶打着马腾飞的胸口:"马腾飞,我告诉你,想甩我?门儿都没有!除非我死了。"说着左看右看都不解恨,一把抓起马腾飞的胳膊,张嘴就咬,马腾飞疼得大叫着,疯了一样跳到一边,好不容易从余西口中挣脱出来,一朵乌青乌青的肉疙瘩赫然鼓在胳膊上。贾秋芬捂着嘴哎哟一声,往后退了一个趔趄,好像挨这恶狠狠一口的人是她。

菜还没上齐,包间就乱了套,郝多钱和贾秋芬面面相觑,郝乐意知道这顿饭算是到此结束了,和马跃一起把郝多钱他们送上了出租车,两人站在马路牙子上,只剩下苦笑。

在酒店门口,田桂花和陈安娜像两只斗红了眼的鸡,气咻咻地相互剑拔弩张着,她们的老公,眼神机警,像随时要扑上去灭火的消防员。

郝乐意悄悄推了马跃一下:"过去哄哄你妈。"

马跃嗯了一声,跑过去局促地喊了声妈。

陈安娜连看都没看他,好像没听见。

田桂花很愤怒:"陈安娜,亏你还为人师表,你当着余西的面说我鼓捣儿子和她离婚?啊?我是那种没心肝的坏婆婆吗?你这不诚心挑拨我们婆媳关系吗?"

陈安娜倒不生气了,一脸的轻蔑:"行了行了,田桂花。"指指马光明哥俩,"证人都在呢,你装什么无辜。"

田桂花让她噎得无话可说,心头又恼又不甘,嘴上功夫不行,曾经捉过生猪摸过刀的手就按捺不住了,伸手就来薅陈安娜的领子。陈安娜反应比较快,一闪,躲过了。马光远也一把拽住了田桂花:"有完没完?!"

田桂花也火了:"就知道拿我撒气!让她这么一搅和,在余西眼里,咱俩成什么人了?"说着,眼泪噼里啪啦地就下来了。

陈安娜刚要说什么,被马光明拽了一下:"走吧!嫌窟窿捅小了是不是?!"说着连拖带拽地拉着她就往马路边去,马跃忙跟过来扶,陈安娜翻了他一个白眼,啪地打开了他的手。

喝了酒的马光明擎着一条胳膊站在马路边拦出租车,陈安娜啪地打了他胳膊一下:"就显你有钱了?"说着,雄赳赳地往公交车站走去。

马光明父子相对无言地摇了摇头,马跃小声说:"爸,那我和乐意先走了啊,省得我妈看着我们就生气。"

"走吧！马跃，你走！你前脚走我后脚就回家跳楼。"陈安娜突然站住了，这让马跃不得不佩服她的听力，在熙来攘往的大街上，都隔几米远了，她居然也能听见，"咱家住六楼，跳起来也方便。"

马光明无奈地摆摆头，示意马跃和他一起回家，马跃看着郝乐意，郝乐意小声说："没事，我自己回去就行。"

"如果你去了上清路，以后就不要回来做我儿媳妇。"

就这样，陈安娜终于把马跃和郝乐意押回了家，然后，给他们下了一道死命令：不许在她跟前提马光远一家的名字，不许和他们来往。

陈安娜的这种做法，从表面上看很霸道，但郝乐意明白，这霸道更多的不是来自对马光远一家的厌恶，而是良心难安的愧疚，因为平静下来的陈安娜意识到自己逞了一时之快，给田桂花和余西造成了伤害，这不仅将会严重影响她们的婆媳关系，对余西和马腾飞本就不被看好的婚姻，也是雪上加霜。

Chapter 「第五章」

幸福在昨天的理想里

1

陈安娜家是十年前教育系统分的集资房,在贮水山脚下,她特意要了六楼,因为六楼上面还有一层阁楼,虽然也要掏钱买,可相对房子的价格,还是便宜多了,最关键的是阁楼和楼下一样,独门独户有厨房和卫生间,就是外墙上去一米半之后就是斜坡上去的房顶了,中间房顶是尖而高的,但陈安娜有办法解决,装修的时候,她让师傅沿着外墙低矮的地方,都打上了橱子,这样,衣橱和书橱问题都解决了,从橱子开始延展的空间就可以容人站直了。

当初要这套房子的时候,陈安娜本想把六楼和阁楼的楼板打通,装上楼梯就成复式结构了,看上去气派也有情调,可马光明死活不让,非要保持六楼和阁楼各自的独立性,因为马跃高中大学都住校,这样就可以把阁楼租出去贴补家用。因为这,两口子当着装修师傅的面吵过好几场架,最终马光明胜利。

现在,马光明觉得自己太他妈的有前后眼了,就陈安娜看郝乐意就跟看眼中钉似的,根本就没法一起住。所以,一到家,马光明就和马跃说:"儿子,我帮你把床搬上去。"

一个月前,阁楼上的租客就到期了,马光明没让续租,等租客走了,他把阁楼打扫干净了,一心一意地等马跃领着媳妇回来。

现在,看着马跃父子从容不迫地把床拆了,往楼上搬,陈安娜就觉得,这一切都是阴谋,她被马光明这个粗俗男人算计了,在儿子的婚事上,他不仅早就不和她站在同一战壕了,还偷偷做好了迎接儿子儿媳妇得胜还朝的准备。

夜里,郝乐意睡不着,躺在床上看天窗外的星星:"马跃,这就是我们的家?"

马跃嗯了一声。

郝乐意翻身,侧脸看着他,幽幽地说:"我二十二岁了。"

马跃捏捏她鼻子:"知道。二十二岁的早婚姑娘。"

郝乐意有点感伤:"长这么大,这是我第一次有了自己的家。"

马跃的心一震,仔细一想,真的啊,从郝乐意还在妈妈肚子里的时候,就跟着父母在潍坊流浪,然后是爸爸没了、妈妈没了,她不仅没有物质意义上的家,连感情意义上的家也没了,他突然心疼这个瘦长却结实的女孩子,用力地把她往怀里一揽:"以后,我就是你的家。"

郝乐意抵在他胸前,用力点头,无声无息地,眼泪就跑了出来。眼泪蹭到马跃胸口,他摸摸她的脸:"都胜利了,还哭什么?"

郝乐意眼泪掉得更快了,忍着不让自己哽咽出声,马跃心里酸酸的,捧起她的脸,吻她的泪,吻着吻着,就把她吻到身底下去了。回应他吻的时候,郝乐意张了一下眼睛,就看到了窗台上的一个青花瓷玩具娃娃,心里一震,想起了马跃撒谎说她怀孕了骗陈安娜的事,可要命的是不仅她没怀孕,还被陈安娜押回来了,万一她问起来,可怎么说? 总不能天天撒谎吧? 而且怀孕不是别的,肚里没货,谎是撒不长的,再一想陈安娜那张一看见她就生气的脸,心里就竖起了一万根站立的头发,噌地就坐了起来,把马跃吓了一跳,张张皇皇地问是不是弄疼她了,郝乐意摇头,说了说自己的担心,然后是无限的茫然惆怅:"怎么办啊?"

"因为这啊。"马跃反倒笑了,"好办,咱这就撒种。"说着扑上去继续吻她,郝乐意觉得他天真,自以为是得像个手里拿了魔法棒的小孩,想让她怀孕她就能怀孕了,但也没反驳,看马跃像个认真的小孩在饶有兴趣地玩过家家一样和她做爱,幸福感就像抵了岸一样,踏实得很。她像一棵漂泊的禾苗,遇到了一片小小的泥土,虽然并不肥沃,但她已是心满意足了,何况马跃是让她满意的,不管做什么,都非常在乎她的感受,包括做爱。满天的星星在天窗外一跳一跳的,马跃说今天晚上会有一颗飞到她肚子里做他们的宝宝,问她信不信,郝乐意就笑,马跃就故意凶巴巴的,一定要让她说是的,郝乐意心乱意迷地闭着眼睛说不出话,马跃噌地跳下床,抱着一条被子去了书房。上不去下不来的生理晕眩就把郝乐意吊在了半空里,她愣愣地看着空荡荡的身体,刹那间有点恍惚,以为马跃生气了,起床开灯,赤着身子到处找,就见马跃一脸坏笑地站在书房里。

郝乐意走过去偎到马跃胸前撒娇,问他是不是生气了。

马跃嗯了一声,说哥很生气。说完就抱起郝乐意往写字台上放,郝乐意这才看见被子铺在了写字台上等着她了,而她,就这么傻乎乎地自投罗网了。马跃原以为,这个新花招可以提高郝乐意的性福指数,因为这是他和小玫瑰在英国经常玩的,可是,没有。

郝乐意直直地看着他,满脑子都在想他怎么花招这么多。

马跃看出了她的走神,问怎么了?郝乐意不是个有话藏起来的人,就说了,马跃心里咯噔了一下。周身的热血也唰地凉下去一半,磕磕绊绊地说在英国的时候,比较寂寞,而且成人频道和 A 片可以随便看,所以……

好吧。郝乐意信了。

可马跃却失神了,甚至想起了小玫瑰,她和她的华裔英国丈夫,幸福吗?想着想着,兴趣就阑珊了,再继续走神下去,他肯定就不行了,就笑着自嘲说自己这是东施效颦呢,还是回卧室,说着,来抱郝乐意,因为恍惚,转身时不小心被椅子绊倒了,随着马跃的一声惨叫,两个光溜溜的身子一起摔在了地板上。

这天晚上,陈安娜郁闷得睡不着,因为儿子带着媳妇在阁楼上,不知为什么,目光像不听话的蜻蜓,总想往天花板上落,耳朵也是,简直就像个灵敏的捕捉器一样捕捉着来自楼上的声音。

这栋楼是十年前盖的,楼板是那种空心板,隔音效果不好,东西掉在地板上会显得声音特大,因为心理作用,陈安娜甚至听得见儿子夫妻俩的窃窃私语,像隐秘暗洞里的老鼠一样,叽叽咕咕地说着她听不清楚的话,间或里,夹杂着刺耳的嬉笑。

是的,所有来自阁楼的声音,不管多么细碎,在她听来,都是扎着神经扎着心脏的玻璃碴子。接受郝乐意是被迫的,因为不管接不接受,都已无力改变定局,所以,她只能忍辱含垢地认了,不为别的,只为了可以看得见儿子。在内心深处,就像永远不能承认儿子的平庸一样,她都无法发自内心地承认郝乐意这个儿媳妇,甚至郝乐意的存在,就是一个铁一般的事实证据,足以证明她的、曾经在她嘴里的无人可比的优秀儿子马跃,不过是自欺欺人的庸人,庸常到走到市井街市,即可被贩夫走卒们湮没,让她纵使再有辩驳的底气,也说不出一句话,因为郝乐意这个初中职专生。如果说她父母曾经男盗女娼不是她的错而是她的不幸,那么万幸他们已经没了,但是没有工作就是她无法回避的罪过,到时候,有人问,陈校长,你儿媳妇是什么单位的啊?

她怎么说? 说没工作? 为什么没工作? 因为她没学历?

不要说在人前说说,单是这么想想,陈安娜都觉得颜面无光透了,如果马跃真像她说的那么优秀,用得着娶郝乐意这种让她张嘴一说都能招来耻辱的女人吗?

马跃和郝乐意摔在地板上的声音吓了陈安娜一跳,沉浸在懊恼冥想里的她,一声不响地爬起来,穿上睡衣就往外走。

马光明一把拉住她:"你干什么?"

"放手!"陈安娜打了他手一下,"我上去看看,是不是打起来了。"

"人家小两口好着呢,打什么打?"

"你怎么知道打不起来? 你知道郝乐意她爸是谁?"

"不就郝坚强嘛。"马光明听说过郝坚强的大名,手底下有帮弟兄,虽然外界疯传他是黑社会,但马光明知道不是,至于陈安娜说他是小偷,那也是无稽之谈,那时候的小混混,还是有点道义和义气的,打人有可能,霸道是难免的,不偷不抢又不霸道那还叫什么小混混。马光明搞不明白陈安娜这会儿提郝坚强什么意思:"他都在外地去世多少年了,你又提他干吗?"

陈安娜说:"没错,郝坚强是死在外地了,可他的接班人来咱家了,你小心着点吧。"

"又来你那套龙生龙、凤生凤的歪理了! 照你这么说,咱家马跃就得去酒厂当倒糟工人!"马光明最讨厌听的就是陈安娜的这套基因理论,"幸亏你爸不是皇帝,要是你爸是皇帝的话你这还成女皇了?"见陈安娜生气地瞪着他,就又补了一句,"在乐意跟前别提你那套基因理论,她爸的事,她要不说你也别提!"

"想巴结她你自己巴结去,我怕她啊?"陈安娜很是不屑,自从马跃从英国偷跑回来,陈安娜就跟变了个人似的,老觉得有块石头压在胸口,老觉得走到哪儿哪儿的人都在嘲笑她,她都快不敢出门见人了。

马光明也感觉出了她的变化,甚至怀疑她抑郁了,也不敢往深里刺激她,只好悄悄跟着上楼:"我不是巴结她,安娜,你想想,她已经和咱马跃结婚了,人家小两口是要过一辈子的,咱俩这身子板也一天老似一天了,说不上什么时候就得给儿女添麻烦了,想想咱以后得麻烦人家,也不能得罪人家不是?"这是马光明生平第一次对陈安娜这么苦口婆心。

到了阁楼门口,里面一片寂静。陈安娜将耳朵往门上贴了贴,马光明拉拉她的胳膊:"没动静了吧?没动静就下去吧。"

陈安娜瞪了他一眼,又把耳朵贴在门上。

马跃和郝乐意回到床上,虽然有点儿各怀心事,可还没完成的生理之爱,是最强大的。把郝乐意抱回床上,马跃问她有没有摔坏哪儿,因为是马跃抱着她摔倒的,郝乐意被压在了底下,肩胛摔得最厉害,但郝乐意怕他愧疚,忙说没有的事,她结实着呢,马跃不信,开了床头的灯,非要看看,其实呢,也是调情,一边看一边亲,郝乐意有点不好意思,两手捂着私处不让看,马跃就亲吻她的手指,亲得她情不自禁,举手投降,马跃得意地打马上阵,把自己镶嵌进她的身体,轻声说着情话。

门外的陈安娜回头看看马光明:"奇怪了,刚才还扑通扑通的,这怎么就没动静了?"

马光明说没动静说明孩子睡了……还没说完,陈安娜就拍上门了:"马跃!马跃!"

郝乐意吓傻了一样呆了片刻,奋力把正癫狂着的马跃从身上推下来,然后一个骨碌爬了起来,被郝乐意掀下来的马跃半跪在床上,愣愣地看着郝乐意像吓坏的小孩一样手忙脚乱地往身上套衣服,衣服也不穿就从床上跳了下来,冲着大门喊了一嗓子:"妈,大半夜的,您这是干吗呢您?"

已穿好衣服的郝乐意忙拿过衣服让他穿上,马跃接过来,往床上一扔,光着身子就往大门口走,这要不是亲妈,马跃连杀人的心都有了。

郝乐意瞠目结舌地看着光着身子耀武扬威往大门走去的马跃,抓过毛巾被就扑了上去,给他圈在腰上,自己跟在后面捏着,生怕一松手毛巾被就掉下来了。

"你们在楼上干什么呢?扑通扑通的,这要不是楼板隔着,你的惨叫能把我魂给吓掉了!"门外的陈安娜气势汹汹,打算给郝乐意个下马威,一次又一次打掉马光明拉她下楼的手。

马跃崩溃极了,脑袋抵在门上顿了一会儿,猛地拉开门,一本正经地说:"妈,我和乐意做夫妻应该做的那点儿事,不行啊?"

陈安娜万万没想到马跃会这么说,登时就石化在了原地,磕磕巴巴地说:"那你叫什么叫?"

"妈,您真是我亲妈……"又突然扬高了嗓门,"妈,我高兴了就不能喊一嗓子了啊？妈，您怎么就能给听成是惨叫呢？"

马光明无语地摆了摆手，顺手给马跃关上门，拖着陈安娜就往下走，拖进门，一字一顿地发狠："你要再听见点动静就往楼上跑，我就跟你不客气！"

"你你……你凭什么和我不客气？"此刻的陈安娜恼羞成怒，决不认输，"什么做夫妻该做的事？他这是怕我数落郝乐意！护着她！"

楼上的郝乐意也崩溃得不行了，问马跃是不是必须住阁楼。马跃也挠头得很，说抽空儿和爸爸商量一下。

这灰蒙蒙的夜色让人疲惫，马跃揽过郝乐意，轻轻拍着，倦意像一团棉花，被拍打得越来越肥胖，臃肿得让他们睁不开眼了，沉沉的睡意，就把他们给淹没了。

2

早晨，陈安娜打电话叫他们下去吃饭。在饭桌上，因为昨天半夜的事，郝乐意还有点不好意思，一直埋头吃饭，不敢抬头。

陈安娜剜了她一眼又一眼："吃饭的时候，别耷拉着头，又不是犯人。"

马跃看在眼里，索性不吃饭了，把碗一放："妈，以后我们自己开伙做饭。"

陈安娜没好气地说："说得好听，自己开伙，你们有钱买菜吗？"说着没好气地剜着郝乐意，好像她没工作把马跃害了一样，"再说了，我这是告诉她饭桌礼仪，不能张扬跋扈也不能垂头丧气地耷拉着脑袋，好像谁欺负她了似的，就自家人还好说，如果有客人呢，人家还不得以为她这是让咱家人欺负怕了？"

"妈，饭菜钱我能挣出来，还有，您最好别找乐意的事，否则，我和您急，您也知道，我一急了基本不干让您高兴的事，亏您也好意思说乐意，还不都是您闹的？"说着，拍拍自己胸脯，"您放心好了，不要说一个乐意，就十个乐意我也养活得起，累不着您。"

"你养？连你都得我养活，你拿什么养活别人？"陈安娜也一摔筷子不吃了。

然后，马跃就和陈安娜吵了起来，因为他告诉陈安娜，他有工作了，在典当行，陈安娜一听就急了，说什么典当行，不就是旧社会的当铺？一间小门脸，后面拖个老鼠洞一样的仓库就可以开张，柜台里面坐的，一个赛一个的奸商相。不行，马跃必须辞职，她送他出国留学，不是为当铺培养小学徒的！马跃怎么解释都没用，陈安娜疯了一样的迁怒于郝乐意，说马跃去这种一辈子看不见前途的私营单位上班,一定是她的主意,因为她没文化,目光短浅,本着有奶便是娘的原则,根本不为马跃的未来着想。

郝乐意知道,如果今天她忍气吞声了,以后陈安娜会有更多的罪名往她头上安,所以,她还嘴了,是心平气和地还嘴。她告诉陈安娜,是的,她是没学历,但不等于没品质,她穷,她没有父母疼爱,但她自食其力,如果陈安娜一定要说她嫁给马跃是有目的的,她承认,确实是有,她就贪图马跃给她的温暖和关爱,她还请陈安娜放心,要养她一辈子,那是马跃的愿望,但她的人生格言是流自己的汗吃自己的饭,如果她堕落成那种把婚姻当饭碗的人,不用别人,她自己都会瞧不起自己……说着说着,郝乐意泪如雨下,她指着自己的胸口:"妈——尽管我知道您不同意我和马跃的婚事,可您知道吗?昨天晚上喊您妈的时候,我有多激动?因为我已经整整七年没有人可以喊妈了,我真心实意地想像女儿一样尊敬您爱您,也希望您……即便不把我当成女儿,至少也当自家人看待,请您不要把我看成您不齿我也不齿的那种人,那样的话,我就会像现在这样,忍不住要惹您生气,可我一点儿也不愿意这样做……"

郝乐意哽咽得再也说不下去了,捂着嘴巴跑出门去。马跃微微一愣,也追了出去。

马光明看着半天说不上一句话的陈安娜,把筷子往饭桌上一扔:"胜利了?舒服了?"

陈安娜悻悻地瞥了他一眼,眼皮一垂,吃饭。是的,尽管郝乐意的这顿哭诉让她的内心有那么一点羞惭,但这并不妨碍她觉得自己是正确的,是看穿了郝乐意的。人嘛,就这样,乌合之众永远是说别人的,轮到自己身上,哪个都自我神圣得要命。

她已下定决心,典当行的工作,无论如何也得让马跃辞了,其一是没前途,其二是说出去丢人。在陈安娜眼里,在典当行这种私人性质的半金融单位混的,多少都带了些市侩到奸诈的流氓习气,她不能把好端端的儿子往这种和成功人士坚决不沾边的行业里塞,边工作边跳槽也不行,不辞职,心理上会有依赖感,没跳槽的积极性,再说了,就算马跃跳不到好单位,她宁肯把他养在家里吃闲饭,也不能去这种要面子没面子、要里子没里子的地方混日子。

陈安娜这人,向来是有了决心就行动。这天上午,她跑到马跃单位,替他辞职,做好了和马跃恶吵一场的准备,没承想马跃很听话,甚至连语言上的抗争都没来一下,就听话地辞了职。

他干够了，因为典当行里，是个人就拿他当小弟使唤。可他是马跃啊，小时候被当神童宠着，长大后是众星捧月的青年才俊，现在居然要被人当小弟差遣来差遣去，落差如此巨大，是他难以接受的。

3

马跃的饭碗不称自己的心，就给成功地砸了，陈安娜心里还是很畅快的，哼着歌回学校上班了。从典当行出来的马跃没回家，怕郝乐意问为什么辞职。是的，他可以把陈安娜搬出来当幌子，可想着想着他就恍惚了，为什么他人生的每一步都是因为我妈想着怎么样、因为我妈不想怎么样？自己想想都汗颜，何况他这次辞职，不过是借着陈安娜的意见顺水推舟而已。他在街上溜达了一圈，没地儿去，决定去找马光明。因为白酒厂不景气，马光明四十八岁办了内退，工资少得可怜，可家里正用钱的时候，教育系统集资建房借的债刚还完，马跃又去了英国读大学，等着用钱的地方个个都跟张着血盆大口似的毫不客气，他还身强力壮，总不能窝在家里看电视，看完电视上贮水山公园打扑克吧？

贮水山公园又叫儿童公园，这几年越来越漂亮了，无论春夏秋冬，长长的林荫道两侧，总是坐满了打扑克的男女老少，以老年男性居多，退休了又无所事事，索性凑堆打扑克，可谁家的老婆都不会答应让一帮人长期来家打扑克，因为他们不仅是打扑克，还有点小输赢，一旦打起扑克来，基本是人手一根烟，谁家也扛不住熏，所以他们就在露天了，好在天大地大城也大，不怕熏。陈安娜死瞧不上这拨人，说干什么不好啊，整天家打扑克，为此她警告过马光明，如果他敢扎到贮水山公园的人堆里打扑克耗日子，就不要回这个家了。马光明也不会去，虽然他没多少文化，但对每天沉溺于牌桌的人，还是很排斥的，就像他去看家具，每每看到那些做工精良的家具，他一点也不觉得这是中国人的骄傲，相反，他会痛心疾首地为中国人羞耻，有点心思有点精力全他妈的耗在享乐上了。

虽然马光远以前放过话，让他办完内退就去找他，可马光明知道，自己要文化没文化要技术没技术，去找马光远纯粹是找他要钱，就没好意思。在家闷了几天，不知怎么就传到了马光远那儿，一个电话就把他给拎到酒店去了，让他干保安部长，这安排不是因为马光明多威武，而是他没文化没其他技术，能干的，也只有这活了。

马光明走马上任，可没几个月就让马光远拿下来了，因为他好喝两杯，喝了酒就和下属们称兄论弟。人是爱犯贱的,尤其是上下属之间,一旦关系近了下属就感觉不到上司的架子了,还会因离得太近、瞧得太清楚而把上司不当回事了,这领导也就镇不住场子了,马光明就是这样,保安部发生了几件事后,马光远就把他撤了,工资继续按部长级别发,让他干普通保安,马光明乐得肩无责任一身轻,保安干得很舒服。按说,酒店保安晚上任务最重,因为酒客多,可马光明只干白班,这是他跟马光远要求的,因为陈安娜不会做饭,虽然上班挣钱很重要,但他不能为了挣钱饿着老婆,马光远听了就气哼哼地笑,说陈安娜骂了他大半辈子还骂出功劳来了,当然马光明的这不合理要求,他也应了,谁让他是他亲弟弟呢。马光明上班就是高兴了在酒店溜达溜达,不高兴了就找停车场的看车老头聊天骂社会的娘。他和马光远彼此都清楚,什么保安不保安的,不过是马光远想照拂弟弟的体面幌子。是的,虽然陈安娜很不屑,但她也承认,如果不是马光远的照拂,单凭她和马光明,就是卖肝卖胆也供不起在英国读书的马跃。

马跃到酒店时已经是中午了,找了一圈,才在保安的指点下,在停车场找到了正吞云吐雾的马光明。马跃就说:"爸,你请我吃饭吧,咱爷儿俩喝两杯。"

马光明拍着马跃的肩对看车老头说:"瞧见了没?我儿子,英国海归,就愿意跟我这当爸的喝两盅。"这么说着的马光明很有炫耀的意味,好像因为他有思想有见地,他的海归儿子也愿意借两杯酒和他探讨天下大事似的。

马跃大抵也看穿了马光明的心思,就无声地笑了笑,没说话。

爷儿俩顺着中山路溜达,马光明问马跃想吃什么,马跃说无所谓,主要是想和他说说话,马光明说既然想说话,那咱就去吃烧烤吧,就去了四方路。四方路已经没落得不像样子,原先的熙熙攘攘化作了弃妇被横尸当街的破落,街边的门面房虽然次第开着,却门可罗雀,博山路因为两侧有烧烤铺子,人烟才稠密了点,但再稠密也稠密不过炭烤炉上的烟,爷儿俩找了间半地下室坐着,马光明拿过点菜单子,点了烤海胆烤牡蛎烤面包鱼。博山路上的烧烤虽然看似破烂,但都有年头了,做吃的这营生,年头就是经验,经验就是味道,整个博山路烧烤一条街,积累了几十年的味道,还是很不错的。

爷儿俩又一人要了一大扎啤酒,马光明喝了一大口说:"为昨晚的事?"

"嗯。"马跃点点头,然后又道,"不光这事,爸,乐意说了,这些年我都把家里花空了,我们的婚礼就不办了。"

马光明点点头,说难为乐意这么懂事。

"懂事不是为了受欺负的,您得管管我妈。"

马光明看了马跃一眼,没吭声,他有很多话想说,可是他又是个父亲,不想让儿子有太多的心理负担。

马跃在心里叹了口气:"爸,看着您这辈子,我就觉得婚姻这东西太重要了,听奶奶说您以前是个挺快活的人。"

"我现在不快活吗? 我有这么好的儿子,还给我领回了个儿媳妇,我喝着扎啤,吃着烧烤,谁说我不快活?"马光明不以为然地说。

马跃认为马光明的快活是装出来的,都说孩子最怕父母离婚,可他就从来没怕过,甚至还希望他们离婚,因为马光明和陈安娜每一次都吵得惊天动地,他多害怕他们会像杀死仇敌一样把对方杀死。如果他们真的会杀死对方,他宁肯他们离婚。再就是他们吵得太丢人了,经常有邻居见着他就问:"马跃,昨晚你爸妈又吵架了吧?"那会儿他已经似是而非地懂了一点男女感情,就想他们吵成这样,肯定不爱对方了,不爱对方了为什么还要在一起呢? 这个困惑困扰了他很多年。

马光明默默地听马跃絮叨,没说什么。

马跃小心地问:"爸,您和我妈是不是因为我才没离婚?"

马光明想了想:"一开始是。"

"后来呢?"

"后来……"马光明说后来就是你妈不和我离婚了。

马跃就笑,笑得不置可否。

马光明突然很文明地小小抿了一口酒,小声说:"你不信是吧?"

马跃还是没说话,但用笑来表示对马光明猜测的认可,不凭别的,就凭陈安娜对马光明,要么不开口,开口就连讽刺带挖苦的,肯定是做梦都想跟他离婚。虽然陈安娜是他的亲生母亲,可马光明也是他的亲生父亲啊,她齁出全身力气来糟践他,马光明也齁出全身力气来承受这蹂躏的感觉,让马跃很难受。

马光明隔着桌子拍了拍他的肩说:"儿子,你不懂女人"。又抿了一口酒说,"女人……表里不一,但最现实。"

马跃不明白他说这些是什么意思。

马光明继续演讲:"别看女人一自恋起来就个个把自己当玛丽莲·梦露,荒唐得让人笑落大牙,可关键时候她们比谁都清楚。如果你妈没生你,我得把甜言蜜语编成条绳捆着她,可你妈生了你,你就成了那条绳子,等再过几年你还是那条绳,是她拿来捆我的,现在呢,就算有你捆着她也不放心,她自己还要变成一坨屎死皮赖脸地搭在我身上，让我洗不下来摘不干净。儿子，这就是女人，你妈非要变成一坨搭在我身上的屎，不是你爸突然变可爱了，是你妈明白，她老了，跟我离婚也找不到更好的了。"

说着，马光明掏出手机，给陈安娜打了个电话，说："陈安娜，你看，咱儿子也长大了，留学也回来了，婚也结了，你要实在看着我不顺眼，咱俩就把婚离了吧，我不拖你的后腿。"说完捂着话筒递给马跃，让他什么都别说，只听。

接过手机的马跃，果然听到了陈安娜天崩地裂般的咆哮，咆哮马光明毁掉了她，耗光了她的青春，在她人老珠黄的时候回脚就踹，她绝不会让他得逞的！

马跃给陈安娜咆哮得手都发抖了，没敢作声地把手机递回去，让马光明赶紧解释一下，马光明接过手机，哼哼笑了一下，冲着话筒喊了一嗓子："玩哪，真他妈不识逗！"挂了，瞅着马跃得意地笑，"瞧见了吧？"

马跃不由得对马光明产生了一丝敬仰。

"所以，小子，以后别操心我和你妈的事，我们俩是相互挖了祖坟也离不了的两口子，你安心和乐意好好过日子吧。"

马跃这才说其实郝乐意没怀孕，他这么说是为了骗陈安娜接受郝乐意的，马光明嗯了一声："那就抓把紧，赶紧让乐意怀上，这事就别解释了。"

"万一怀不上呢？"

"那就说一不小心摔了一跤，掉了。"马光明看着马跃，突然有些黯然，"不是我非逼着你们要孩子，因为你偷偷回来，你妈受的刺激太多了，你要再说乐意没怀孕，她肯定会觉得受了愚弄，现在……你妈脆弱得跟在门上晒了一年的对联纸似的，经不起折腾了。"

"我一直觉得我妈是个女战士。"

"你妈就是铁人，战了大半辈子也该乏了。"马光明迟疑了一会儿，"昨天晚上的事不会再发生了，还有，你和乐意说一声，别和你妈计较，我觉得你妈有点抑郁。"

马跃吃了一惊："我妈抑郁？看过医生吗？"

马光明摇摇头："就你妈那个脾气，谁敢让她去看医生就等于谁骂她神经病，谁敢劝她去？"

"因为什么？"

"原因多着呢，你妈这人，处处想拔尖当第一，本身就是种精神病。算了，她也就显得脾气坏点，还没到作乱的份儿上，由着她去吧。"

马跃难受得要命,暗自思量着是不是因为自己偷偷回国再加上之后这一系列的事,对陈安娜打击太大她才变成这样的,想问,却没敢张嘴,好像不张嘴这责任还轮不到自己背,良心上还能轻松点,一旦张了嘴,就逃也逃不掉地背上了……他闷闷地喝了一口酒:"爸,您放心,我一定好好干,干出点颜色来让我妈松口气。"

马光明拍了拍他的肩,重重点头,问他有什么打算。马跃说去人才市场看看,希望金融专业还算是个热门。

马光明暗暗叹气,他没多少文化,不知道金融行业都包括哪些单位,唯一知道的就是银行,而且大家都知道银行是个好单位,拼命往里挤,他一老同事的女儿进了银行,在前台当柜员,是生生塞了十万块钱才进去的,而且还不是随便谁花十万都能塞得进去,你有钱也得有门路往里塞,但他不想打击马跃,遂也没提这茬儿,胡乱扯了些不靠谱的鼓励话,倒是把马跃给鼓励乐了。

4

虽然马跃还在四处奔波着找工作,可一点儿也没耽误陈安娜夸儿子,尤其是家里来了客人或是一起出去做客,陈安娜都骄傲得像刚加冕完毕的女王,而马跃就是那颗象征着至高无上权力的钻石,镶嵌在她的皇冠上,在陈安娜的嘴里,马跃的优秀马跃的好,那都是蝎子的尾巴——毒(独)一份儿。

陈安娜的职业是老师,习惯一边讲课一边观察学生们的反应,搬到生活中就是一边夸马跃一边寻找回应,目光很真诚地盯住了你,让你不好意思不跟着她应声附和,可离事实太遥远的应声附和,郝乐意做不到,觉得自己像厚脸皮的撒谎精,除了帮客人斟茶倒水就是随手拽张报纸看,因为她实在不知道该用什么样的表情或是说什么样的话才合适。陈安娜就恼得要命,待客人走了或是从客人家出来,就会板着脸训斥郝乐意缺乏教养,把客人撂在一边自己看报纸,你什么意思? 表示你不待见人家,巴不得人家快走啊? 再要么就是你给客人倒完了茶水,就不知道把茶壶转一下? 你妈没告诉你茶壶嘴冲着客人是不礼貌的吗?

如果马跃实在看不下去,过来打岔,陈安娜就会趁机把话转移到正题上:"亏你还护着她! 没看出来嘛,我夸你她不舒服。"

郝乐意说:"没有啊。"

"那你干吗跟傻子似的？附和我两句能死啊？"

郝乐意小声说："不习惯。"马跃也应声附和："就是就是，不要说乐意了，就连我这被夸的本人都不好意思了，妈，您哪是夸我呢，简直是捧杀，如果我不是刚娶上媳妇好日子没过够，我都想就手磕一地缝钻进去了。"

陈安娜就悻悻嘟哝生怕别人比自己光彩！边嘟哝边拿目光剜郝乐意："又悄悄幸灾乐祸上了吧？"

郝乐意忙说："没有的事。"

陈安娜就哼了一声："马跃！"

马跃要是应了声，她会厉声说："眼长到脚后跟上去了！"

郝乐意明白她的意思：马跃爱上她，简直就是没长眼。她也生气，可随着对陈安娜的了解，就知道了她就这么一个人，大面上看是知书达理的文化人，可骨子里有泼妇气质，用马光明的话说，那就是看谁不顺眼就嘴巴代替拳脚往死里糟蹋，对人好起来恨不能把头割下来送给人家当夜壶。

找不到合适的工作，郝乐意还是每天去做日工，晚上回来的时候，会顺路去大连路菜市场买菜，再打电话告诉马光明，让他下班回来路上别买了，等陈安娜他们下班到家，饭菜基本已经做好摆到桌上了。

陈安娜会扫一眼桌上的饭菜，但通常不说什么，要说也是没合适的工作你就在家看看电视，咱家还用不着你出去干零工挣菜钱。

如果郝乐意不吭声，她会翻一下白眼，继续嘟哝让街坊邻居看见了，还当她陈安娜是个儿媳妇没工作就不给饭吃的恶婆婆呢。

因为了解了陈安娜的脾气，郝乐意反倒不生气了，知道她不是那种市侩人，要的不过是个面子，包括她和田桂花的矛盾，也不能只怪陈安娜爱掐尖。马光远还没发达那会儿，两家关系很好，马光远发达以后，关系不好了，也不是她笑人穷，恨人有，田桂花也有责任，她性格大喇喇，苦日子过惯了，突然之间老公有了钱，就有点手足无措，收不住手脚了，花了钱买了东西往外送却赚不出别人个好来，就是因为恩主嘴脸太明显了，往谁家一坐，都一副散财大娘架势，脸面这景谁不想要？用陈安娜的话说，田桂花拎个猪头往脚下一扔，就想让别人下跪把她当观音菩萨拜，这不花钱买啐是干什么？

知道了这些，哪怕陈安娜把好好一句话说得跟蒺藜似的扎人，郝乐意也不急了，因为知道在她刻薄的外表下，也有一颗柔软的心。譬如，郝乐意拎东西上楼，陈安娜会和她急，是绝对的真的急，因为马跃撒谎说她怀孕了嘛，陈安娜说怀孕初期的女人不能提重东西，一买就买四个人的饭菜，还有水果，再拎上六楼，这不是个轻快活。吃饭的时候，陈安娜也会特意把剩菜什么的拖到自己跟前，不许郝乐意吃，不舍得让马跃吃，如果剩菜多，就逼马光明，必须的，同心协力帮她消灭掉。当然，郝乐意也明白，陈安娜的好，是针对她肚子里莫须有的那个孩子的，不知不觉地，心就慌了，夜里，和马跃说："总不能一直这么撒谎吧？"

马跃就虎虎生风地翻到她身上："我这就播种。"

总之，婚姻生活没郝乐意想象的那么美好，也没有贾秋芬他们担心的那么糟糕，一切还过得去，除了关心她的肚子，陈安娜整天忙活着帮马跃介绍工作，不停地打电话，如果不是在家里，如果不是郝乐意知道，还以为她是干职业中介的呢，而且还是高端职业中介。如果对方说有个合适单位，第二天陈安娜就会像只雄赳赳的母鸡一样，带着马跃出发。

郝乐意觉得这样会让用人单位觉得马跃不独立。这些，陈安娜也明白，可她就是不放心马跃自己去应聘。马跃去人才市场吧，她怕那些单位是骗子，现如今骗子多，招工骗子更多，像马跃似的，一直在象牙塔里待着，尤其是在英国待的这几年，除了在学校读书，基本不和外界打交道，人越发单纯了，她不帮他把把关行吗？每每说到这里，陈安娜会瞟郝乐意一眼，那意思是，如果不是他单纯，能看上你啊？

郝乐意明白她的意思，但现在她已经渐渐掌握了和陈安娜相处的诀窍，那就是装傻，别动用敏感，就把她当成个有点神经质的，还很絮叨，嘴巴有点毒但关键时候不会给你亏吃的厉害婆婆就行了。

Chapter

「第六章」

上帝是睁着眼睛的

1

郝乐意在人才市场转了一大圈,也没找到合适的单位递简历,出来的时候,有家地产公司在人才市场门口招日工,他们的住宅小区开盘,要雇几位年轻女孩子发一天宣传单页。反正明天也不一定能找到合适的工作,有日工干着总比闲着好,郝乐意就报了名。

下午没事,郝乐意和马跃一起去了趟上清路,把放在余西娘家房子里的东西全数搬回了阁楼,又买了礼物去马腾飞家向余西道谢,敲了半天门,没见着余西,倒是田桂花听见动静开了门,见是他们两个,笑得很不自然。郝乐意从背后悄悄拽拽马跃的衣服,人笑得跟花骨朵似的,说是为那天晚上的事,代陈安娜过来道歉的,又怕她没消气,不敢直接过去敲门。

"就你妈那人,还有她跟别人道歉的时候?"田桂花虽然嘴上气势汹汹着,但还是接过了郝乐意递来的台阶,把两人让进屋,泡了茶,就絮叨起来没完了。说就没见过陈安娜这神经的,她也没觉得她有多坏,马光远没混好那会儿,陈安娜经常给马腾飞买这买那的,跟她也嫂子长嫂子短地亲热着呢。那会儿她和马光远单位都不好,一到过年过节,陈安娜单位发了福利,就让马光明送过来。后来也不知道她怎么了,就像吃错了药似的,对她这个当大嫂的突然就看不顺眼了,两家人凑一块,她都不敢开口说话,因为陈安娜兜里不知揣了多少只苍蝇,只要她一张嘴,陈安娜就给塞一只,不是恶心你就是寒碜你。

田桂花越说越生气,眼泪噼里啪啦地往下掉,说:"马跃,跟你妈说说,我和她做了这些年的妯娌,没念她仇没念她恨的,吵架的时候说的狠话,我没往心里去,让她也别当真。这现如今,谁家都一个孩子,我还指望你和腾飞弟兄俩相互照应着点呢。"

马跃说:"伯母您放心,我和腾飞哥,您就甭操心了,您和我妈就是打下头来,也不影响我们哥儿俩的感情。"

田桂花擦泪,叹气:"你妈心里也苦,跟你爸她憋屈得慌。"说着看着马跃,"还有你,她就指望你了,你又偷摸跑回来了。咳,算了,我就当她拿我撒气了,她能把火发出来总比憋在心里好,会憋出病来的。"说完,田桂花起身,去卧室拿出一个精致的首饰盒子,塞到郝乐意手里,"这是我给乐意准备的结婚礼物,听说你们不打算办婚礼了,我就今天给了吧。"

郝乐意打开一看,是一枚钻戒,吓得慌忙放在茶几上,小声说:"太贵重了,我不能要。"

田桂花说贵重什么贵重,她买了俩,给余西一个,这个就是留给马跃媳妇的,她必须收下。郝乐意是死活不肯,马跃见两人推来搡去地没完了,就也劝郝乐意收下算了。

郝乐意坚决不肯:"伯母,不是我和您见外,您想想,我妈那人要面子,因为马跃留学,家里没积蓄,她要知道您送了她这个当婆婆的都没送的贵重礼物,心里肯定不是滋味,她心里一不是滋味,你俩说不准又得干一架,所以……这戒指我不能收。"

田桂花错愕地看着郝乐意:"马跃,你可真有福啊。"她说的是真心话,她就从没见过像郝乐意这样的女孩子,看见钻石眼睛都不眨一下,好像她送的不是钻石而是从路边随便捡的一块小石头。现如今,别说不贪不索的女孩子不多了,不开口要不扑上来抢就算好了,她居然生生把到手的钻石给推出去。虽是如此,她觉得自己是做叔伯婆婆的,不送点礼物说不过去,虽然陈安娜看着她就来气,可她还是非常感念陈安娜的,当初如果不是她借给马光远三千块钱,他们家也不会有现在的日子。所以,看在这一点上,就算陈安娜指着她的鼻子骂,气过之后也得原谅她,做人要知恩嘛。于是,她还是搬出了首饰盒子,让郝乐意挑件首饰。

苦孩子出身的郝乐意对首饰没概念,对金银珠宝就更没鉴别能力了,她也知道,不要点什么肯定不行,但只想要最便宜的,就拿起来一样一样地问,田桂花也看出了她的心思,所以当郝乐意拿起一串镶了祖母绿的铂金项链问这是什么时,田桂花说这是这堆珠宝里最便宜的,是她到外地旅游时买的,链子是银子的,宝石是人造的。既然这样,郝乐意心想那就它了,就真诚地夸这串项链漂亮,她喜欢。

田桂花故意说你这孩子,挑来挑去挑了件最不值钱的,又找了个漂亮的盒子给装了,问马跃在工作上有什么打算。

马跃还是那套,看看再说。田桂花说看什么看,去你伯父酒店干得了,你哥是指望不上了,就喜欢画画,死活不喜欢做生意,把你伯父都给急坏了,这一大摊子,总不能交到外人手里吧。

田桂花说得不假,马腾飞是大学艺术理论老师,痴迷于油画,他说给他一沓钱他都数不对,让他做生意,那不啻等着赔?让马光远该请CEO请CEO,别打他的主意。

马跃有点心动,可又想到陈安娜对伯父家的那些成见,没敢应,遂打着哈哈说,伯父还年轻,再干个二十年三十年的没问题,到时候腾飞哥的孩子就该大学毕业了,让他来接班。

不说孩子还好,一说孩子,田桂花的眼泪都快下来了。郝乐意知道坏了,伸手从背后悄悄掐了马跃腰一下,马跃这才自觉失言,却又笨嘴笨舌,正挖空心思地琢磨着怎么说才能把这话题绕过去呢,田桂花的眼泪已滚滚而下,抹着眼泪说,都这把年纪了,连孙子都抱不上,她都不好意思出门了。

郝乐意不想顺着她的话茬儿继续这个话题,因为她既不希望马腾飞和余西离婚,也说服不了田桂花接受一个非血缘关系的孙子,正想琢磨个借口离开呢,田桂花却一把抓住她的手,让他们没事的时候多和马腾飞两口子接触接触,也劝劝余西,腾飞是个大男人,她不能把他当囚犯看着啊,回家晚了,没接她电话,这就毁了,她能哭背过气去,给她一根够长的杆子,她能把天戳个窟窿,还想着她不能生不要紧,让别人给生个也行啊,可照她这个吃醋法……别说让别人给你腾飞哥生孩子了,能让他好胳膊好腿地活到老就不错了。

余西对马腾飞的追踪,马跃见识过,为这还开过余西的玩笑,让她干脆搞一无线追踪设备,装马腾飞身上得了。原本是个玩笑,没承想余西当了真,跑到电子信息城买了个卫星GPS定位器,让马腾飞随身携带,马腾飞不干,两人吵起来了，余西从茶几上抄起水果刀就顶在了自己左胸口，马腾飞当即腿就软了，连承诺带作揖地就把定位器放在了包里。当时，马跃也觉得余西过分了，就当面说了。余西理直气壮地说因为我爱他！马跃说爱也不能把我哥爱成囚犯啊。余西说我爱他爱到觉得除了他这世界上就没男人了，只要他一离开我的视线，我就觉得危险铺天盖地，凶猛得跟滔滔洪水似的。看到余西像只唯恐被抢了盘中鱼的猫一样机警而愤怒，马跃和马腾飞只剩了苦笑的份儿。余西气哼哼地继续说，说马腾飞作为艺术理论讲师，要经常参加文艺活动，文艺活动是啥？就是出轨的温床！她不是不让马腾飞参加，但必须带着她，她长得不丑，又不嘚瑟着给他丢人现眼，他凭啥不带？心里有鬼想歪门邪道吧！

尽管马腾飞尽量遵守余西给制订的婚姻规章制度，饥荒还是没少造，因为他开会、上课不方便接电话，或没及时回她的短信，或下班路上会塞上一个两个小时的车……所有不能自证清白的时间段，他都有犯罪嫌疑。就因为他有爱情犯罪嫌疑，余西吃过安眠药还开过煤气去大闹过学校还打过不止一个女学生，总之，马腾飞狼狈透了，都几乎要跪下来哀求余西了，他真的没她想象的那么有魅力……可余西不信，因为在每一个妻子的眼里，她们的丈夫都是天底下最有魅力的异性，否则她们怎么不去怀疑别人不去盯紧别人？在余西这里，这一理论得到了空前膨胀的发展壮大。

以前，马跃和郝乐意说过余西，觉得她这个折腾马腾飞法，有心理变态的嫌疑，郝乐意却觉得他在转述的过程中，肯定有夸张的成分。人就这样，同一件事，转述的人心态不同，站的立场不同，就会有不同的语气和看法，所以，对马跃说起余西就为马腾飞愤愤不平很不以为然，郝乐意以为是出于男人之间相互祖护的本能。直到知道余西不能生孩子，她才突然相信马跃所说不是夸张，却也没因为这而憎恶余西，反倒觉得余西可怜，她这么疯狂地折腾马腾飞，无非是因为自卑，没有安全感，因为她知道自己身为人妻的缺口在哪里，这缺口又是婆家人最在意的，如果马腾飞家不是这么有钱，余西也不会这么紧张，人对财富的占有欲，是天然的，谁都不愿意打拼了一辈子的家业，后继无人。这也是历史上总有皇帝会重用宦官的原因所在，因为宦官没生育能力，没后代可传承，他们也就不会对皇帝的江山起野心。现在余西的问题是，马腾飞的父母把江山打下来了，本想世代传下去，可他们的儿子娶回来的余西给了他们迎头一棍：捧在手里的江山，无人可传。在余西这里的危机是：她知道这一捧着江山无人承接的局面是可以改变的，那就是她和马腾飞离婚，这也是马腾飞父母的想法，至于马腾飞有没有这想法,她不敢确定,她能做的,就是不让他有产生这想法的机会。

郝乐意理解余西,甚至能体谅到她做一只撒泼醋罐子背后的爱与怕,可她不会知道,这些爱与怕,一旦把握不好使用的度,就会出岔子。譬如现在,余西已给自己找了巨多的麻烦,虽然马腾飞看上去对她又爱又怕,到了言听计从的程度,可这只是表面现象,内里的火山,一直没有停下酝酿。田桂花一提余西脸就变成苦瓜,郝乐意隐隐感觉到,余西的好日子不多了……

田桂花絮叨着余西所谓的不是。其实,余西除了因害怕失去而对马腾飞过分紧张之外,还真挑不出其他毛病,郝乐意不想违心地应声附和田桂花,遂撒谎约了人,这坐下来一聊,就把时间忘了,田桂花这才收住话篓子,送两人出门。

回家路上,郝乐意跟马跃说,想约余西出来坐坐。马跃一下子警觉了:"干吗?"

"想劝劝她,别对腾飞哥那样了,要不然,她早晚得把婚姻折腾散了架。"

"乐意……亲爱的,你是我亲爱的郝乐意,这祸咱闯不起,如果你这么劝余西,她肯定会刨根问底,你为什么会跟她说这个?是不是听到什么了?为了她们婆媳和睦,你不能把伯母卖了吧?你要随便搪塞,有造谣嫌疑吧?你什么都不说,成,咱腾飞哥就倒了八辈子霉了……你能想象到的和你想象不到的倒霉折腾法,咱腾飞哥都有幸能尝到……"马跃紧张得几乎要作揖打躬了,"亲爱的,安生日子来得不容易,你就让大家多过两天吧。"

"那……你觉得腾飞哥还爱不爱她?"

马跃干脆地说:"爱。"

郝乐意松了口气,倒有些羡慕余西了,说她早就应该想到,余西她这么折腾,马腾飞都不恼,足以说明很爱她。

马跃不以为然地笑了一下说我哥敢不爱吗?有一次他们一起吃饭,吃着吃着,余西在饭桌上问马腾飞爱不爱她,因为当时五六个人一起,马腾飞不想当众表演肉麻,就说回家说,谁知,余西拿起餐刀就要往脖子上拉,把人家餐厅经理给吓得,忙好话说尽地往外送,钱都不要了。

郝乐意说怎么跟《过把瘾》里的杜梅似的。马跃说比杜梅还狠,照她这折腾法,马腾飞的未来,就两种可能:要么被她折腾残了,要么给折腾跑了。

2

回家后,郝乐意让马跃帮她戴上项链,站在镜子前照了一会儿,漂亮归漂亮,可从小没戴首饰的习惯,总觉得别扭,让马跃帮她摘下来。马跃说既然漂亮就不要摘了,正好让咱妈看看。郝乐意担心地说咱妈会不会不高兴啊。

马跃就乐,说如果这是串真铂金真祖母绿项链,陈安娜不仅会生气,还会以为田桂花送这项链的目的是故意让她这穷婆婆难堪,一气之下逼着郝乐意把项链还回去的可能也是有的,但因为是假的仿货,就没什么好担心的了。

可马跃还是错了,因为进门的陈安娜一打眼就看见了晶莹璀璨在郝乐意脖子上的项链,不仅一眼就看出了那是条真货,还径直猜到了送项链的人是田桂花,没等马跃和郝乐意开口,她就直接说:"田桂花送的?"

马跃一愣,冲陈安娜竖大拇指:"妈,您真神了,猜的?"

陈安娜冷着脸:"不用猜也知道,出手就是铂金祖母绿项链,除了田桂花没别人。"

马跃嘿嘿地乐:"来源您猜对了,可货色您还真看走眼了,是假的。"

"谁告诉你是假的?"

郝乐意脸色一紧,就明白田桂花善意地说了假话,因为怕说是真的她不要。慌忙让马跃给摘下来,说她不知道这是真的。马跃也明白了。

看两人反应,陈安娜知道他们被田桂花忽悠了,不由得心酸,因为知道田桂花是善意的,可这善意,对她来说,是一记无声却疼在心上的耳光。郝乐意看出了她内心的寥落,小声抱歉说:"妈,我以为这不是真的。"

陈安娜摆了摆手,示意她别说了。

"如果是真的就太贵重了,要不……我还回去吧,等吃完饭我们就给送回去。"说着,郝乐意看看马跃。

马跃有点为难,而且不仅他,陈安娜也知道,这条项链对他们家来说贵重了点,可对于田桂花来说,是连九牛一毛都算不上的小事,如果他们把项链送回去,会驳田桂花的面子,所以,郝乐意看他,他就看陈安娜。

陈安娜酸楚地叹了口气:"算了,也是她的一番苦心,你就戴着吧。"

马跃长长地舒了口气,可郝乐意还是有点忐忑,因为她苦孩子出身,直到现在依然搞不明白马光远家有钱到底是多有钱,总觉得这串祖母绿项链贵重得让她心下不安。

晚饭后,她在厨房洗碗的时候,马跃跟她介绍了一下马光远家的生意,开了两家营业面积各是五千多平方米的高档酒店,每家酒店的年纯利润是一千万左右,而酒店已经开了十几年了。

郝乐意错愕地张着嘴。

马跃就笑:"吓着了吧?"

郝乐意缓缓地笑了:"原来伯父一家就是亿万富翁啊?"

楼下要统一安装单元门,居委会在门外等着收钱,陈安娜从厨房门口路过,瞥了郝乐意一眼:"他亿万富翁是他们的,跟我们没关系。"

郝乐意笑着说知道,她比较意外的是亿万富翁原来也和大家一样过日子啊,除了房住得大点,衣服穿得高档点,她没觉得亿万富翁和其他人有啥区别啊。

马跃就乐了,刮了她鼻子一下:"傻死了,小可爱。"

居委会大妈找不开钱,陈安娜翻遍了全家也没凑够零钱,就问马跃有没有零钱,郝乐意从厨房探出头来说她钱包里有,就在背包里,让陈安娜自己拿,陈安娜觉得动儿媳妇钱包有点不妥,让马跃找,马跃正在厨房帮郝乐意擦盘子,就探出头来冲陈安娜乐了一下:"妈,您就不用这么保持修养了,是乐意让您自己拿的,又不是您趁乐意不注意偷偷翻她钱包,是吧,乐意?"

郝乐意心情很好,就响亮地嗯了一声。

刹那间,陈安娜也觉得心里暖盈盈的,自从马跃结婚,她第一次有了郝乐意是自家人的感觉,就去沙发上拿过郝乐意的包,摸出了钱包,果然有不少零钱,往外抽的时候,就听叮当一声,有什么东西掉在了茶几上,陈安娜以为是枚硬币,正打算捡起来给放回钱包,可这一捡,她傻眼了。

她看见了那枚她翻破天也没找到的戒指,居然端端地落在茶几上,没错,从钱包里掉出来的东西,就是它,因为茶几上没硬币也没任何金属性质的小玩意儿,陈安娜呆呆地看着这枚戒指,满脑子跑火车地轰鸣着,她飞快地想啊想啊,想这到底是怎么回事?这枚戒指到底是怎么到郝乐意钱包里去的?是马跃偷给她的还是她自己拿的还是……不管是哪一种情况,这都是她陈安娜不允许的!

她决定暂时不动声色,把钱交给居委会大妈,关上门,站在厨房门口,威严地看着依然在厨房里说说笑笑的马跃两口子。

郝乐意一歪头,看见了她阴沉的脸,吓了一跳:"妈。"

"忙完了你们出来一下。"

马跃觉得气氛不太对,却嬉皮笑脸地:"妈,您该不是拿了乐意二十块钱还打算写个借条吧?"

陈安娜哼了一声,说一会儿就知道了。

十分钟后,马跃和郝乐意瞠目结舌地站在了陈安娜跟前,捏着戒指的陈安娜疾声厉色:"我想知道这是怎么一回事?! 你们俩谁先说?"

郝乐意这才想起戒指还在钱包里,心里叫苦不迭,张了好几下嘴,终还是没说话,怎么说? 说马光明送她的? 这不把马光明端出来挨骂吗? 偷瞟了一眼马跃,马跃也蒙蒙傻傻的样子:"妈,我……我们早就商量好了给您放回去的。"

"我不关心你们给不给我放回去,我只关心它是怎么到郝乐意钱包里去的! 郝乐意,这么说吧,我们家没钱,但家风很正,我不想因为你进了门,我们家的东西就学会了自己长腿串门!"

郝乐意瞠目结舌地看着陈安娜:"妈,您什么意思?"

"我什么意思你不知道吗? 你最好把从你爸妈身上继承的那些恶习改了,否则,你就……"

"妈!"马跃听不下去了,"戒指是我爸给乐意的! 乐意知道是我爸背着您拿出来的,打算悄悄给您放回去呢!"

陈安娜一愣的空儿,郝乐意哭着上楼了,陈安娜嘴上依然不认输:"你爸偷拿我戒指干什么?"

"我和乐意不是要偷着登记嘛,我爸给我送户口簿,觉得可能会见着乐意,就想送个见面礼,可我爸没钱就打您戒指的主意了。"说完,马跃也转身往门外跑,边跑边说,"妈,我要再听您这么说一次乐意,我……我就不是您儿子了!"

那天晚上,陈安娜和马光明吵得差点把天花板给掀了,郝乐意尽管委屈,可还是不忍公婆两个相互骂得狗血喷头,让马跃下去劝,马跃非但不去,还美滋滋地说:"不懂了吧? 我妈吧,知道自己错怪你了,想跟你道歉吧又拉不下面子,就用骂我爸这办法告诉你,不能怪她,要怪得怪我爸,如果不是他偷了戒指,她怎么会冤枉你? 我爸呢,是在用骂我妈的方式告诉你,郝乐意,别生气了,我已经替你出气了。"

让他这么一说,郝乐意还觉得真是这么回事,又不忍心公婆俩骂得太过凶残,就主动下楼,敲了敲门,劝他们别吵了,再吵她就不好意思面对二老了。

马光明和陈安娜就不吵了。

马跃说得很对。他们两人,一人占据了沙发一头,各自抱着一杯茶,使劲扯着嗓门吵,脸上却一丝怒气都没有。

第二天,陈安娜还有点不太自在,看见郝乐意有点讪讪的,马光明瞅着她就哼了一声,说:"别装不自在,团一手灰就往别人脸上抹,说声对不起怎么了?"

"要不是你手贱,我上哪儿去团一手灰?"陈安娜也不甘示弱。

一看俩人又要开战,而且这一次是动真格的,马跃忙抱拳:"爸妈,您……您都是我的活祖宗,求求您了。"

陈安娜这才哼了一声,心有不甘地收了兵,一家人乒乒乓乓地吃完饭,气氛缓和多了,马跃这才和陈安娜说想去酒店帮马光远。心里还憋着一肚子气没出完的陈安娜没接茬儿,瞪着郝乐意:"谁的主意?"

马跃说:"我的,我伯母也提了。"

"你打算按她的办?"

马跃小声说:"反正我要找工作,上哪儿不是工作?"

"马跃!"陈安娜一拍茶几,电视遥控器打了个滚就滚到地上了:"你是不是成心气我? 就你爸那点水平,他愿意跑马光远那儿去当看门狗他就去吧,反正丢的是他自己的人,我不拦着! 可你——你是马跃,我的儿子! 堂堂的金融学士! 我送你去英国留学,就是为了让你到马光远的酒店干跑堂的?!"

马跃也毛了:"妈,照您的意思,除了跨国大公司和政府部门,别的地方我就不能去了?"

"没错!"陈安娜依然气咻咻的。

"好,我也想! 我做梦都想!"马跃起身,"麻烦您先帮我刨个后门出来。"说着拉起郝乐意就上了楼,陈安娜气得像一只坐在沙发上的青蛙。

一上楼,郝乐意就把马跃说了一顿,说他不该把怨气撒到陈安娜身上,作为母亲,她已倾尽全力地尽了责任,找不到好工作是他自己的问题,他没有资格指责陈安娜! 如果觉得自己没混好是父母没能力,社会太黑暗,那他就是个扶不起的阿斗,自己趴在烂泥里不愿意站起来,还要怪罪路过人的脚踩疼了自己。

马跃被郝乐意说得又羞又愧,嗓门也提了起来,两人在楼上相互呛了还没五分钟,陈安娜就气势汹汹地冲上来了。没错,她听见他们的争吵了,连争吵的内容都听清楚了。刚才马跃把她呛得又羞又恼,正一肚子气没地撒呢,没想到郝乐意自投罗网了,虽然她也听见郝乐意是在替她说话,可她不需要任何人打着正义的旗号贬低她的宝贝儿子！

陈安娜把手里的钥匙往门口的玄关上一拍："郝乐意,你说谁呢?你说谁是扶不起的阿斗?"

郝乐意被她吓坏了,一时不知说什么好。刚才还和郝乐意吵得恼羞成怒的马跃一把揽过郝乐意,往自己身后一推:"妈,您这么凶干吗呢?吓坏了我媳妇您给赔啊?"

陈安娜就有点蒙了:"我干吗?我辛苦养大的儿子,是随便让别人骂阿斗的?"

马跃作揖:"妈,我真服了您了,我跟乐意练吵架呢!"

陈安娜更蒙了:"练吵架干吗?"

马跃拍打着身上的衣服:"把从英国带回来的绅士风度吵掉,学脸皮厚点,也好在这社会里抢个坑安身立命嘛。"

陈安娜不置可否地看看他俩,一把抓起钥匙:"郝乐意。"

郝乐意应了一声,从马跃身后站出来。

"你运气比我好。"陈安娜转身出门,到了门口又回头说,"我丢了个好儿子,你捡了个好老公。"

郝乐意突然心酸,叫了声妈,想追下去宽慰宽慰她,被马跃拉住了:"别好心赚了一脸唾。"

郝乐意觉得不可思议:"马跃,你向着我,我也不感激你。"

马跃嬉皮笑脸地来揽她:"咱俩可是亲两口子,犯得着那么客气了?"

郝乐意从他胳膊里挣出来,拿白眼戒备地看着他:"对自己亲妈都这样,和我亲两口子又能怎么着?"

马跃错愕地看着她:"哎,乐意,搞了半天你不领情啊?"

"我领你什么情?话喜鹊,尾巴长,娶了媳如忘了娘的情?嫁这么一白眼狼老公,我痛哭流涕还差不多。"

马跃的心,不由得暖了一下,看来,是自己小人之心了。在英国的时候,小玫瑰因为寂寞,经常浏览国内的各大论坛,尤其是充斥着超级狗血故事的婆媳论坛,看了就跟马跃愤慨或是八卦,经常讲完一个婆媳战争的故事,就让马跃设身处地地假设一下,如果他是夹在婆媳间的男主人公,他会怎么办?毕竟是不带感情色彩地旁观别人的故事,马跃每次都能站在正义那边,结果小玫瑰不干,说男人只要娶了老婆,就得负责,因为老婆相当于一个家庭的新移民,要处处小心谨慎,还要承受婆家人的排挤,日子过得比黄连还苦,老公要不再罩着点,还活得成吗? 次数多了,马跃就给训练出来了,只要小玫瑰一讲婆媳矛盾故事,不分青红皂白,他都会坚决站到小玫瑰希望他站的战壕里去。所以,当陈安娜和郝乐意发生矛盾,他一个习惯性的下意识反应,就是站到了郝乐意这边,何况今早这事,明明是陈安娜不舍得欺负儿子,转向儿媳妇撒气。

郝乐意幽幽地说:"你妈那么要面子,咱俩又这样,她能不急吗?"

马跃挺愧疚的,也觉得自己浑,在心里骂:马跃,你这个孬种,谁爱你你欺负谁的孬种! 脸上却依然笑嘻嘻的,强行把郝乐意拉过来圈在怀里,说知道了。然后伏在她耳边笑着说:"哎,乐意,我发现你是二十二岁的身体八十二岁的心。"

"什么意思?"郝乐意瞥了他一眼。

"老气横秋,别,别这么看我,我的意思是你想事情周到。"

马跃这么一说郝乐意的眼泪唰地就掉了下来,上幼师的时候,就有人说她成熟得不像十几岁的女孩子。因为十七八岁,正是青春烂漫的豆蔻好年华,可以尽着情撒娇,可着劲儿闯祸。可郝乐意没有,她的人生,好像随着母亲的去世而从孩子一下子跨越到了成年,没有少女时代。

她为此苦恼过自省过,想来想去,像今天一样哭了,因为突然明白了,从母亲宋小燕去世那天开始,她就像小小的羊羔被遗忘在了危机四伏的茫茫原野上,为了活命羊羔要学会像老羊一样机警。而她,想在这个复杂的社会生存,就要面对各种各样的问题,她不能撒娇,因为撒完了也没人抱她亲她呵护她;她不能叛逆,因为她没有父母做后盾,失去了叛逆的资格。总之,青春年少的孩子们能犯的错误,她一个也犯不起……也就是说,从十五岁开始,她的心就老了……

见她哭得伤心,马跃忙道歉说自己没嫌她的意思,就是觉得她成熟得和年龄不相称。郝乐意说知道,说她哭自己没有来得及开始就结束了的花季,那是她人生的一大损失,再也补不回来了。马跃这才明白,忙用唇去堵她的嘴巴,说从今以后他就是家长是她的哥哥,让她使劲撒娇使劲闯祸,有他呢,他给兜着……

可事实证明,马跃说的和做的,恰恰相反。

3

第二天,郝乐意依然去发楼盘宣传单页。来看新楼盘的人不少,一共请了六个姑娘发宣传单页,有的人接了宣传单页,扫一眼就扔了,没多久,地上就到处都是宣传单页。其他几个姑娘只管继续说说笑笑地发单页,对满地让人踩来踩去的单页视而不见,因为是日工,只要把单页发完,领了工资就可以回家了,就此两不相干,所以她们也就觉得没认真的必要,反正干多了也没人给发奖金,可郝乐意觉得可惜得慌,还把环境搞得乱糟糟的,再就是浪费,她就趁人不是很多的时候,把单页捡起来,如果脏或皱了也没就手扔垃圾桶,而是整成一沓,放在路边休闲椅上,看见背着口袋拾荒的人,就喊过来,让他们收走,不脏也不皱的,她会继续派发给路人。

这一幕,恰巧被正在小区楼上检查施工进度的杨林看见了。

杨林是这片小区的建筑承包商,每天傍晚都会到工地上看看楼上楼下忙活着的工人们,站在窗口四处踅摸的时候,看见了正在捡宣传单页的郝乐意,当时他还纳闷了一下,穿得也挺体面一孩子,怎么在这儿捡废纸啊,再仔细看,发现她是发单页的,再多看一会儿,就被这小姑娘给感动了,心下一动,就去售楼处问了一下,知道发单页的姑娘都是临时找的日工,就更是感动了,不要说是这种过了今天明天大家就再也没有利益关系的日工,就连公司那些正式的、整天琢磨着升迁的员工,都未必有这姑娘这么有责任感,杨林就有了让郝乐意到公司做事的想法。

傍晚,郝乐意到售楼处领了工钱往外走,杨林喊住了她,问她想不想找一份稳定的工作,郝乐意还警觉地沉吟了一下,怕他是个信口开河的骗子,就敷衍说看情况吧。

杨林比画了一下整个小区:"看见没,这楼,全是我手下的弟兄们一砖一瓦垒起来的。"

郝乐意这才知道他不是骗子,对辛勤劳动的人,她有一股发自内心的敬意,就笑着说:"不行啊,这活我真干不了。"

杨林就笑了:"这是一线战场,你一姑娘,进了公司我也不能派你上前线,比如说干个文员什么的,都成。"见郝乐意还犹疑着,就问她学的是什么专业,郝乐意说幼儿师范。杨林说不错,他老婆就是办幼儿园的:"格林幼儿园,知不知道？"

郝乐意说："知道，刚毕业那会儿，还去格林毛遂自荐过，可惜幼儿园不需要人手。"

杨林就问："那现在还想不想去？"

郝乐意说："想啊。"

杨林说："走，我送你过去。"

就这么着，郝乐意就到了格林幼儿园。格林幼儿园不算很大，也就四百多平方米，只有五间教室，但其他游乐设施很齐全精致，所以，尽管小，业界口碑还是不错的。园长苏漫五十多岁，人白皙而优雅，说话也慢声慢气的，以前就是幼儿园老师，为了照顾杨林的母亲和一儿一女，不得不辞了职。前几年杨林的母亲去世了，儿女也大了，她不愿意闲在家里，加上喜欢孩子，就想办个幼儿园，不图挣钱，就是想过得充实点，也算圆了年轻时候为了照顾家庭而碎掉的事业梦。

杨林大体把郝乐意的情况说了一下，苏漫也挺高兴的，说最近来送孩子的家长多，因为缺人手，她都不敢收了，她让郝乐意放心，别看她是私营幼儿园，可她不是奔着钱去的，只要过了试用期，老师们应该享受的五险一金，她这儿一样也不少。

郝乐意的那个高兴劲儿，就像是饥饿的孩子被热腾腾的大面包绊倒了。

4

晚饭桌上，郝乐意说了要去格林幼儿园上班的事。马光明说不错不错，嚷嚷着要大家一起喝杯酒庆祝庆祝，郝乐意还没来得及推辞，酒杯就让陈安娜夺了过去，剜了马光明一眼："怀孕的人不能沾酒！不知道啊？"

郝乐意说："妈，我没……"

马跃忙夹了一筷子菜塞到她嘴里："媳妇儿，替宝宝多吃两口。"

可郝乐意不想把这谎扯下去，她才二十二岁，何况刚进幼儿园，她总不能一过试用期就跟苏漫说我打算要孩子，再过俩月就说我怀孕了。所以，要孩子的事她打算往后放放，趁年轻先和马跃好好拼上几年再说，这么想着就更不想把一个无谓的谎言没边没际地拉长，把菜咽下去之后，就连看马跃都不看，径直对陈安娜说："妈，我还不打算要孩子。"

"不打算要你怀什么孕？"郝乐意这么一说，陈安娜就觉得这女孩子心计太多了,为了把马跃这钻石王老五抓到手,不惜怀孕,目的达到了又不惜流产,都什么人哪!

"我没怀孕。"郝乐意心平气和地说,"妈,您别生气,马跃是为了骗您答应我们的婚事才撒的谎。"

陈安娜看了看马跃:"真的?"

马跃低着头剥螃蟹,好像没听见一样,陈安娜啪地把筷子往桌子上一拍:"马跃! 我问你呢!"

马跃哦了一声:"妈,原谅我让爱情冲昏了头。"

"你现在知道是被爱情冲昏了头了? 有什么用? 离婚? 你是不是嫌海归这身份不亮眼,打算再弄个二婚帽子戴戴?"

"妈,瞧瞧,您说哪儿去了? 我说被爱情冲昏了头,指的是为达到目的不择手段。"

眼看着陈安娜的眼睛又气红了,马光明摆了摆手:"马跃,体恤着点你妈,都五十多岁了,正更年期的时候,不扛气。"

确实是,陈安娜最近正好更年期,脾气大得见火就着,尤其是见马跃工作找得不顺,气就更大了,见马跃和郝乐意大气不敢出地吃着饭,就哼了几声,翻了郝乐意几个白眼才不相信似的问:"真没怀孕?"

郝乐意嗯了一声。

陈安娜悻悻地说:"没怀就没怀吧,你要真怀孕了,就别去上班了,我和你爸还养活得了你们两口子。"顿了一会儿,看了看马跃,又道:"要是为了个私营幼儿园的工作,把怀了的孩子打了,不值得。"

郝乐意万万没想到陈安娜能说出这样的话,心里一暖,就叫了一声妈。

陈安娜看了她一眼,轻轻叹了口气说:"我已经认下你这儿媳妇了,你也别把我当吃人不吐骨头的老妖婆。"

"没有,妈,我没这么想。"郝乐意小声说。

"但愿吧。"陈安娜说,"马跃,你伯父那儿,不能去,做人得有点尺寸,你伯父对你再好,咱也不能全家都靠上去啃人家,做人要有点志气,钱上穷可以赚,可志气上穷了一辈子气短,工作的事慢慢来吧。"

这一慢慢来,就两个月过去了,眼看着深秋了,马跃还是无所事事,其中也找过几家工作,什么投资公司顾问,去了一看,不过是三五个人一间房的民间借贷公司,什么保险公司险种设计,全得放到一线去拉一年保险才成……跑了两个月,马跃明显地瘦了,郝乐意却明显地胖了,因为她真的怀孕了。

这孩子来得让郝乐意很苦恼,因为在幼儿园连试用期都还不满,和马跃说之前,先跟苏漫说了。其实她完全可以不说,因为再过一个月,她的试用期就满了,估计那会儿还显不了怀,正式用工合同也签了,到那时候再说,就算苏漫不高兴也拿她没办法了,可郝乐意觉得如果那样的话,像故意骗人似的,遂和苏漫说了,说其实她也不想现在怀孕,可已经怀了,她也不想流产,如果苏漫觉得不合适,她这就辞职。

她的坦诚让苏漫吃惊。苏漫说孩子是老天的礼物,如果她是那种为了点小利益就不喜欢老天送她员工礼物的人,就没资格开这幼儿园,她特意把试用期给郝乐意提前结束了,交上了五险一金,让郝乐意放心大胆地怀孕生孩子。

郝乐意特感动,在饭桌上夸马跃是福星,自从和他结婚,她就好运连连,不仅会碰上天上掉工作这样的好事,还总遇上温暖善良的人。马光明捏着酒杯吱吱地抿了两口酒,笑盈盈地看着郝乐意不说话。

郝乐意让他看得不好意思了,就问:"爸,您看什么呢?"

马光明看看陈安娜又看看马跃,又吱吱地抿了一口酒说:"想起一句老话,痴巴老婆夸汉子。"然后张着大嘴,好像要大笑又没出声的样子,"这小子比他爹有福。"

陈安娜瞥了他一眼:"那是咱马跃值得夸,有得夸,你有什么值得我夸的?"

马光明嗯了一声说:"就是,你的嘴就是我的地狱。"说着,指着自己的鼻尖对马跃说,"瞧见了? 没福的,就这德行。"

今天陈安娜心情很好,所以,她没恼,搅着稀饭慢条斯理地说:"要不怎么说有些人就是贱呢,明知是地狱还哭着号着要抢进去蹲一辈子。"

5

因为和苏漫处得不错,郝乐意也大体了解了一些她的故事。她和杨林是再婚夫妻,他们曾是楼上楼下的邻居,杨林的前妻得了绝症,家人瞒着她,可她还是不知从什么途径打听着底细了,接受不了这残酷的事实,扔下只有四岁的儿子,割腕自杀了。苏漫的第一任丈夫是班车司机,比杨林的前妻早半年车祸去世。当时苏漫还在幼儿园上班,杨林的儿子就在她班里,因为是邻居,上下班都帮他捎带着孩子,一来二去就有了感情。过了两年,在邻居的撺掇下结了婚,结婚没几年,杨林就辞职了,仗着以前在房产局有些关系可用,成立了一家建筑公司,慢慢地,钱越赚越多,或许因为钱是杨林赚的,杨林的儿子倒没什么反应,可苏漫的女儿徐一格总觉得自己不是这个家的人,总说杨林父子排挤她,其实是她小心眼,在钱上杨林从没让徐一格吃过亏。

有时候,苏漫说着说着就叹气说宁肯让他们俩别长大;再要么就是,钱啊,就是把剔骨刀,多少骨肉亲情,都让它给噼里啪啦地切断了。这么说着的苏漫,眼里总是露出一丝怎么也藏不住的悲凉。苏漫说得唏嘘,郝乐意听得感慨万千,觉得人生就像一盘不按常理出招的棋,你原琢磨着,下一步这么走就能直抵胜利,可命运不知什么时候就给翻了盘子,它永远不让任何人按既定方案胜利走完人生。

杨林的儿子和徐一格郝乐意都见过,杨林儿子看上去挺憨厚的,已经做爸爸了,徐一格比他小两岁,在一家传媒性质的事业单位做版面设计,工作很松散,拿到版面内容在家把版面设计图画好传回去就行,连班都不用坐,有大把的时间东游西逛,可个人问题一直悬而未决,也是苏漫的心头病,只要她来幼儿园玩,就拿郝乐意教育她,让她看看郝乐意,才二十二岁婚都结了还要做妈妈了,她却连个男朋友都没有。

徐一格就一副女纨绔子弟的玩世不恭:"我不缺吃不缺喝,又不需要男人养活,干吗非要结婚,我找气生啊?"见苏漫气得不理她了又会装可怜,搂着苏漫的脖子撒娇:"妈,您说我跟谁恋爱啊,认识我的,都把我当富家千金,可您也知道,杨爸爸再有钱也是杨爸爸的,他又没说给我,我说我没钱吧,人家当我是怕人家惦记咱家钱故意这么说,人家就觉得被辱没了不和我玩了,我说我有钱吧,妈,您说句良心话,咱家的钱是我的吗?"

苏漫就生气地扒拉开她:"钱,钱!一天到晚地就一个钱字,你有完没完?"

"您让杨爸爸把钱分了,我就有完了!"

然后,就是母女两个怒目而视。

这样的情形,郝乐意见过多次,回家也和马跃说过,说人如果有钱也挺没意思的。钱,在挣它的人手里,是一堆的汗水,在挣这钱人的子女眼里,是一堆的化骨蚀肉的糖,吃着甜滋滋的,可伤人也是真的。

马跃就说她哲学。他依然在为工作奔波,他也渐渐明白他这种只有学士学位的海归,简直就像秋天的落叶,风一吹,街上就哗啦哗啦地响成一片。他也想找份差不多的工作就行了,未必非高级白领不可,可陈安娜不让,她说了,马跃是人参，坚决不允许他随便刨个坑把自己当不值钱的萝卜栽那儿。马跃就烦，说我要是一辈子都找不到埋人参的坑呢？陈安娜说那我就养着你！你给我在家玩一辈子游戏也不能随便找份烂工作丢人现眼！

好吧，在找工作的路上，马跃就只能继续扮人参高贵下去。他有时候会悄悄地后悔，早知道如此，哪怕心被小玫瑰伤碎了，他也得弄块纱布兜住了，挨到把硕士学位拿下来，但，这些只能想想，绝对不敢在陈安娜跟前提，怕把她好不容易平复的伤口又划拉出口子淌出鲜血。在郝乐意跟前更不敢提，哪儿敢让她知道自己和别的女人同居过啊。

有些秘密，就像身上生了虱子，痒得难受只有自己知道，道与外人，就是自找难堪，马跃觉得自己是个内心长着一群寄生虫的人，回来以后，他偶尔会想起小玫瑰，也不知她和那个华裔英国人结婚了没有，是不是幸福？然后就会兀自摇着头嘲笑自己：幸不幸福和你又有什么关系呢？自从她坦白已和那个华裔英国人上了床，打算结婚时，她眼里的马跃就从此萧郎是路人了。

每每心情萧条，他就会在阁楼上一躺就是一天，看着白云慢慢地从天窗飘过去，或一只鸟拍着空寂的翅膀飞过去，一声不响地看一天。

见他这样，陈安娜也心疼，就往他口袋里塞钱，让他觉得闷得慌就出去找朋友喝酒放松一下。马跃就说不去，没意思。

陈安娜就内疚，然后忏悔不该在马跃刚回来那会儿对他那么狠，忏悔自己不该到处吹牛将来马跃会混得多好，结果她吹出去的这些牛，都变成了一堵无形的墙，把马跃给圈在了家里。

马跃安慰她说不怪她，都怪自己。

陈安娜就睁大眼睛问怪他自己什么？

马跃就不说了。

夜里，陈安娜和马光明说马跃会不会抑郁了呀？马光明就呸了一口，说你才抑郁了呢。陈安娜就哭，说我当然抑郁了，可我看儿子这样我就顾不上自己抑郁了，然后问马光明怎么办。

马光明说还能怎么办，找份工作就好了。

可一份能入了马跃入了陈安娜眼的工作太难找了，马光明说实在不行还是让马跃去我哥那儿吧，陈安娜摇头说不行，以前不让他去，现在又让他去了，马跃怎么想？还不得觉得自己是个找不到工作的废物，实在没地方去了，只好往马光远的酒店塞。说着，歪着头看马光明："别不服气，对咱家来说，你哥的酒店就是垃圾回收站,把你收了去了,我不能让他把马跃也当废物收了去。"

马光明在心里悄悄骂了句去你妈的废物,没好气地说:"都是你干的好事,当初要不是你拦着,让马跃去了我哥那儿,去也就去了,还有现在的这些解决不了的烂扯?"

"都是我的错,就你厉害!"陈安娜生气地喊了一嗓子,"从明天开始,我挨个学生打电话,不信我的学生里就没个出息的。"

"行了吧,要是别的学校的老师这么吹两句我还信,可就你那学校,还是别打谱了,给你们学校省俩电话费吧。"

"马光明,就你?! 你有什么资格瞧不起我们学校?!"陈安娜生气地说。

"成,是我自不量力,没资格瞧不起你们学校,可你也不想想,就你那破学校? 烹饪学校! 你们学校的学生,全得上饭店后厨找去! 他们能给咱马跃找个啥工作? 配菜的还是跑堂的?"说着说着,马光明自己也乐了,拿胳膊肘捅捅陈安娜,"如果你学生菜做得好点,要挟要挟老板,说不准能给咱马跃弄个饭店大堂经理干干。"

"马光明,你给我闭上你的臭嘴!"

马光明说了声好,一翻身就睡了。

Chapter

请对我撒谎

「第七章」

那些风生水起的日子

1

这年秋天,马跃像只悲情的蚂蚱,满大街蹦来蹦去,只为找一份合适的工作。郝乐意的肚子都已经能看出来了,还有陈安娜的眼神,都让他不敢抬眼看了,尤其是陈安娜偷偷往他口袋里塞钱的动作,好像一记又一记的耳光,无声地抽在心上,他不要,可陈安娜说,郝乐意怀着孩子呢,一个挺着大肚子的女人还要养家糊口,会焦虑的,对孩子不好,让马跃没钱了跟她要,别跟郝乐意开口。

可从来都不用马跃张口要,都是估计他花差不多了,陈安娜就往他口袋里塞,边塞边嘱咐他,从外面回来的时候记得捎好吃的好玩的给郝乐意。马跃既羞愧又感动,因为没想到陈安娜会对郝乐意这么好,就问她是不是终于发现郝乐意是个不错的儿媳妇了?陈安娜翻他一白眼:"她不错?比她更不错的多了去了。"然后才小声说,她这么做是不想让郝乐意瞧不起马跃。

马跃吃惊地看着陈安娜:"妈,我们孩子都快有了,您觉得这样合适吗?"

陈安娜没说话。

肚子已经微微隆起的郝乐意还是很满足的,这感觉就好像自己是一片漂流了很久的叶子,终于顺水漂流进了宁静的港湾,在每一个夜晚,她可以安然地闭上眼睛,聆听到祥和与幸福的联手召唤。

对马跃的工作，陈安娜一直没放弃努力，但她的努力，却像蜘蛛网上的蚊子一样，全变成了徒劳的挣扎。

后来，马跃在街上遇到了一位大学同学，他这位昔日看上去像被后妈虐待大的同学，现如今扬眉吐气，衣着光鲜，还开一辆进口中档车。马跃知道这同学的家庭背景，很普通的人家，普通到你跟他说一些名牌的牌子，他都一脸恍惚，因为不知道。

现在怎么就混这么好了呢？

马跃决定请他吃饭取取经，抬眼四望，发现不远处有家烤鸭店，说这儿怎么样？同学笑了笑，把他拉上车，直接去了东部，直接无国籍料理，人家直接让马跃连掏钱包的机会都没有，因为人家是这里的会员。

看着鲜艳的刺身、足足二十多厘米长的烤虾，马跃的心，就噼里啪啦地冒汗，想起去英国之前，同学们搞了个告别聚会，当时，就是这位同学，坐在角落里默默地抽烟，又默默地喝酒，默默地喝醉，然后，他们找不到他了。据说聚会散场后他又去买了一瓶酒，在马路边默默地喝了一夜，流了一夜的泪，去英国的交流生里本来有他的，可家里没钱，他只能放弃。

可现在，就是当年那个掏不起钱去英国做交流生的同学，居然就这样轻巧而体面地剥夺了他请客的机会，这种感觉，就像他骑着毛驴扬扬自得走在街上，看见了老同学，他拍了两下驴屁股，本来想炫耀一下自己还是有驴一族，说走啊，结果人家往前跑了两步，他本想嘲笑人家跑得像鸭子一样笨拙难看呢，结果人家用笨拙难看的姿势钻进了前面的一辆宝马车，然后打开车窗，告诉他，哥们，把你的驴拴树上吧，咱开车快。

他无地自容。

一桌精致的料理，马跃吃得味同嚼蜡，看得出他同学很忙，一顿饭的时间，接了十几个电话，其中一个是女朋友逼婚的，他挂掉电话，说女人其实就是苍蝇，只要你身上有了铜臭，她们就会嗡嗡地往上扑。

他这说法马跃很反感，就想起了陈安娜说她瞧不起的暴发户，大约就是这同学的嘴脸，刚有俩钱，就以为自己是世界的主宰了，对一切都缺乏敬畏和欣赏，只剩了享用完毕的鄙夷，一个没有情怀的人，怎么能让人瞧得起？

所以，马跃自信地笑了一下，想起了在书上看到的一句话：没有情怀的人是最贫穷的，哪怕他腰缠万贯都是一个只剩下了一具肉体的穷鬼。

有了精神世界的优越感，马跃就自在多了，在同学不断接电话的间隙里，还是聊了很多,同学说他在一家期货公司做操盘手,也就是职业经纪人,然后他捻了一下拇指和食指:"只要你手头有资金操作,不管进出,你都有银子赚。"说着,拍了拍自己的胸口,"记得吧,以前你们说啥名牌我都像蠢猪似的一脸茫然,因为我不知道,可自从做了期货,你们说的那些牌子,在我衣橱里一挂一排。"

期货这个行业,马跃是知道的,可不知道它能这么赚钱,就问期货好做吗?同学说只要你有灵性,上半年包你上手,下半年包你赚钱,说着又拍自己胸口:"我就是例子。"

于是,有他这位同学领路,马跃打算进军期货业了,只是他没有期货从业资格证,现在能做的,只能是见习并开发市场,实质性的操作要等他拿下从业资格证来才可以。

同学说可以先把资金拉进来由他操作着,马跃说不确定能不能找到资金,先试试看。同学仿佛看穿了他的心思似的,含而不露地笑了一会儿,拍了拍他的肩说,希望他好好干,将来和他一起,成为期货界哼哈二将。

期货公司的门槛不高,所以马跃进得很顺利,但也知道这行业淘汰率很高,哪怕是拿到了从业许可证,只要没客户委托操作,照样被淘汰掉,因为像他这种见习经纪人,如果没有客户,只能拿一千多块钱的基本月薪,去掉了交通费和午饭,根本就剩不下钱,人做事总不至于为了挣一顿少鱼没肉的可怜午饭,而是为了满足更多的美好心愿,所以,很多见习经纪人做了一段时间,一旦感觉挖掘客户能力不行,也就离职了。

马跃还是很乐观的。其一,他本身就是学金融的;其二,觉得这职业还有点挑战性。

他喜欢有挑战性的事,就像他和郝乐意明明是合法夫妻了,他依然喜欢在床上突然袭击她,因为喜欢她先惊后喜的样子。

所以,马跃郑重其事地做了未来规划:第一,一边做见习一边考期货从业资格证;第二,考出从业资格证,做期货市场的"关云长"。

可陈安娜对马跃进期货公司并不满意,好在大多数人对期货这个行业还不是很了解,譬如马光明,如果不是马跃进了期货公司,他这辈子都不知道期货是个什么玩意儿。因为这样,陈安娜就可以因人而异地介绍马跃的职业,遇到懂行的人,她说得模棱两可,让人感觉马跃在期货公司怎么着也得是个小头目,遇到不懂行的,她嘴里的马跃就是在期货公司指挥一群手握成千上百万资产的操盘手们的指挥家,当然,她也不能把马跃吹得太神了,说白了,她对这个行业也不了解,在她的感觉,就跟拉广告差不多,虽然马跃是经纪人,可他也得有资金可以操作啊,而且资金到可操作程度至少也得几十万!这钱从哪儿来?期货公司给?那是做梦!陈安娜讨厌期货公司,就像讨厌开赌场的老板一样讨厌,因为它只是提供一个平台让你操作它抽头,运营资金得自己找,找不到就没佣金可赚,只能靠一千来块的底薪买馒头咸菜吃。

郝乐意对期货是真不懂,只晓得马跃每天晚上在灯下看书备考,让她觉得他很有追求,所以,她挺着大肚子给他削水果,给他打洗脚水,当他累了乏了,她还会给他按肩。马跃也会把他的脸埋在她的大肚子上说媳妇你真好。

进期货公司半个月后,马跃就知道了,他曾经的乐观,太盲目了,做期货远要比想象的难上一万倍,最难的不是操盘,而是找委托你操盘的客户太难,一出手至少就要几十万,甚至成百上千万,找这样的客户,比保险业务员扫楼拉保单还要难。

保单就是几百几千的事,只要腿脚嘴巴勤快点,扫一天楼,不管挨多少个白眼,总能碰上个把扛不住忽悠的把保单签了,可几十万上百万的客户,但凡有这银子的人,通常情况下,扛忽悠能力要比那些一辈子没见过几十万上百万的人要强,警惕性也高,让他们心悦诚服地掏出钱来请别人操作,那简直跟劝降一个意志坚强的敌将差不多。

可是,知道前路艰险他又能如何?看看挺着大肚子上下班的郝乐意,再看看满眼殷切的陈安娜,他只能把心一横,做出一副努力上进的样子,以让她们觉得马跃同学的前途是光明的,眼下的惨淡是暂时的。

无数次,马跃想把手里的书一扔,说妈、乐意,我不考期货从业资格证了,因为我知道,就我的性格来说,考出来也没什么意义。

可他不能。

因为这无异于当头给她们一棒。残酷不过就是,面对着那些爱你疼你对你有期待的人,亲自动手,彻底掐灭他们对你的信任和未来期望。

他给不了她们富足繁华的生活,她们也不曾抱怨过,可他不能再残忍地把她们心头最后一团星星之火给掐灭了。

尽管离期货从业人员考试还有半年,除了法律方面,其他都不在话下,可他仍兢兢业业地看书学习,因为只要他做出一副努力的样子,大家就都会感到欣慰。

对他来说,学习就是最好的逃避,甚至,他都期望接下来的人生,最好就是一场又一场的考试，他不怕读书不怕考试，却害怕面对社会，就像害怕面对一片原始森林，里面充满了未知的、不能把握的艰难险阻，而他，没战胜这一切的把握，宁肯读一辈子书。可这些只能是他偷偷想一想的事，对谁也不能说，只是默默藏在心头，渐渐地，他变得没以前快乐了，走在街上，眼里一片茫然。

只要马跃拿不到从业资格证，每月只有一千五的底薪，陈安娜说一开始一个月一千来块不丢人，试用期嘛就没个高工资，可总不能一直一千来块啊，不要说他一从英国回来的海归了，就是随便在街上捡个酒瓶子卖一个月也不只卖一千来块，所以马跃进了期货公司两个月后，她就让马跃跟郝乐意说，他已顺利度过了试用期，每月底薪四千五，比郝乐意还高五百。马跃知道她这是怕他在媳妇跟前抬不起头来，可都两口子了还瞒来骗去的，他觉得没这必要，也显生分。可陈安娜死活不干，说这不单是为他争面子，也是为父母争面子，这谎必须撒，如果马跃不撒，她就在饭桌上替他撒，他要敢拆穿，她就不认他这儿子了，马跃只好答应撒这谎。

所以，马跃每月发工资的那天，卡上总会进两笔钱，一笔一千五，一笔三千，郝乐意就奇怪，说工资怎么还分开发啊？

马跃就哼哈说，三千是底薪，一千五是奖金和午餐补贴。郝乐意还真信了，所以直到现在，郝乐意也不知道她亲爱的老公每月只有一千五的薪水，在马跃拿四千五的第一个月，她还开心地买了烟酒去看郝多钱夫妻，让他们知道不管是生活还是工作，他们都安顿下来了。那是个礼拜天，正好郝宝宝也在家，见状撒娇，非让马跃请客，给她买条早就看好了没舍得下手的裙子。

贾秋芬横竖没拦住，吃完午饭，三个人就一起去了台东，一条裙子刷下来，小一千没了，马跃心里颤抖抖地疼啊，每月多出来的那三千块，是陈安娜给的，可他不能解释，还要假装大方地跟郝宝宝说，等姐夫有钱了，给她买更牛的牌子，搞得郝宝宝当街就搂着他亲了一下，还打趣问郝乐意允不允许马跃纳二房，允许的话，就肥水不流外人田，就手把她收了得了。

郝乐意说她没脸没皮，以后不许开这种玩笑，然后又拉着马跃去商场买礼物，送给公婆两个。当陈安娜得知自己给儿子增的虚高，被蒙在鼓里的儿媳妇用不到一天的时间给削光了，牙疼了一个礼拜，腮帮子肿得老高。郝乐意问她上什么火，她还支支吾吾撒谎说是让马光明惹的，把马光明冤枉得啊，要不是她频频砸白眼镇压着，就把她给出卖了。

2

转年春天,他们的女儿马郝多出生了。马跃抱着孩子,泪流满面,所有的人都以为他是激动,只有马跃自己清楚,又一个无辜的小生命来这世界受苦了。

抱着粉粉的小女儿,想象着她要长大,要上学,要像自己一样面对社会上的一切狰狞,她却只能一边回击一边躲闪,却还是逃不掉在受伤中长大的宿命。甚至,他还长远地想到了她的婚姻,到时候,他一定帮她把关,坚决不能让她嫁一个像她爸爸这样的男人。她爸爸是沙漠里的鸵鸟,总是习惯性逃跑,小玫瑰爱上别人,他逃回国了;想到逃回来无法面对陈安娜,他躲在北京,其实也是一种逃避;第一份工作让他觉得有压力,陈安娜稍稍一鼓动,他逃跑了。他唯一意志坚定没逃的,就是和郝乐意的婚姻,任凭陈安娜使尽浑身解数,那不是他突然勇敢了,而是他从郝乐意的眼神里看到了坚定和担当……回想以往,他一直在不停地逃啊逃啊……逃不掉了就把头扎在沙子里,为了逃避危险他一直撅着难看的屁股任人嘲笑……想到这里,马跃的心,一点一点地碎了。

这些,他不敢跟郝乐意说,因为此刻的郝乐意,像普天下所有的母亲一样,沉浸在刚刚跋涉完艰辛的幸福中。

几天后,郝乐意出了院。对于生长在中国的女人来说,坐月子是头等大事,可陈安娜还没退休,月子该由谁来伺候成了问题,正当大家犹豫着是不是请月嫂时,贾秋芬说她伺候,打乐意十五岁起,她就成了乐意的妈,不仅如此,她还给孩子准备了各种各样的小衣服小鞋子小袜子小帽子,全是她的手工制品,郝乐意美得要命,都是花钱也买不到的温暖啊。陈安娜却不声不响,趁贾秋芬回家的空儿全放锅里煮了一遍又晾出来,说就贾秋芬家那环境,到处都是啤酒沫子遍地是发霉的肉渣子,空气里肯定都是打滚撒欢的细菌,马郝多刚出生没几天哎,细皮嫩肉的哪儿有那么强大的抵抗能力?所以,一定要煮了她才放心。

郝乐意心里不舒服,但也没吭声,怕和陈安娜吵起来,大家脸上都挂着不好看,就让马跃把这些小物件全放六楼晒,怕让贾秋芬看见了心里不好受。大半夜的,马跃就收拾了一盆端到楼下,一进门就冲马光明说:"爸,好好管管你媳妇,我们家的事,少插手。"

马光明装没听见,陈安娜瞥着他:"又怎么?我得罪你老婆了?"

马跃把东西端到阳台上:"您煮什么煮?乐意婶婶明天一早过来,您这不打脸吗?"

陈安娜就慢条斯理地说:"贾秋芬大包小包地拎过来,怎么就没想过打我的脸?"

"您怕打脸您也自己缝啊?非糟践人家?"

"我不会。"说着陈安娜就跷着二郎腿往沙发上一坐,把当天的报纸抖了一下展开,"我又不是无所事事的家庭妇女,哪儿有时间捣腾这个。"

"妈,既然您都号称自己不是家庭妇女了,就不要凡事向家庭妇女看齐了,您跟人瞎比什么啊。"

陈安娜也觉得是这么回事,就笑了:"快考试了吧?"

"还有俩月。"

陈安娜长长地嘘了口气:"快考完了吧,你考完我就逃出来了。"

是啊,陈安娜非要在郝乐意面前争所谓的面子,每月四千刚出头的工资要往马跃卡上打三千,要不是有马光明支撑着家里的开销,陈安娜都不敢想这日子该怎么往下过。马跃心里一阵暴汗一阵发虚的,一声不吭地晾完了,上楼,快快地想,等考出从业资格证来,真得干点大的了,不能再跟蝗虫似的啃陈安娜了,可又有点害怕,恨不能从业资格考试这辈子都不要来。

时间一晃,两个月就到了眼前,马跃没消极怠工,一次性就把从业资格证考出来了。

陈安娜松了口气,晚上让马光明多做了几个菜,说是要庆祝一下,几杯酒下去,马跃突然有了信心,不就是找客户嘛,应该没多难吧,就凭着他,英国回来的学金融专业的海归,还有,他不仅帅,还给人感觉特稳妥,一旦开口,上知天文下知地理,东西文明没他不懂的,还通晓历史,只要他有机会接触到企业老总,他完全降伏得了他们,让他们怀着无比的信任和希望,把资金托付给他运作。

对别人而言,见这些大佬或许很难,但在马跃不是问题,因为他有马光远。

马光远作为第一批下海捞金的受益者,认识一批老总,马跃想见他们,只要马光远打打电话,召集几场饭局就成。

在拿到从业资格证的第二天,马跃和所有的经纪新手一样,开始了让人又爱又恨的做市场生涯。或许别人努力拼搏是为了赚钱,可对亲爱的马跃同学来说,他拼命,只是为了解放亲爱的妈妈陈安娜。

为了避免频繁碰壁把自己碰灰了心,马跃决定,彻底履行捷径主义,让伯父马光远出面给他介绍客户,但事到临头,马跃才发现,有些事想起来是很简单的,实施起来却有难度。比如说让马光远给介绍客户,原先想得很简单,可真需要跟马光远开口了,他不仅不好意思登门去请求马光远帮忙,连电话都不好意思打,一连好几次,他把马光远的手机号,按上又删,删了又按,就是没勇气拨出去。

郝乐意问他翻来覆去地在那儿干吗呢,马跃愣了一下,说拿到从业资格证了,心里高兴,想请马光远他们吃饭,可又觉得有点荒唐。

这回轮到郝乐意笑了,说马光远本身就是经营高档酒楼的,要打电话说请他吃饭庆祝,倒像暗示人家给摆一桌似的。马跃一副被她点醒了的样子,拍了拍脑袋说是啊,心一横,想太要脸皮的人成不了事,比如说,如果伯父脸皮够薄,当年就不会为借三千块钱在他们家坐了一天一夜……

马跃在心里给自己打了一夜的气,第二天上午,直接去酒店找马光远,在酒店门口遇到了马光明,马光明有点意外,问马跃来干吗,马跃不想跟他详细解释,也不想让他跟着操心,顺口说有点事,边说边往楼上去。

马光明在后面追问得锲而不舍,马跃在楼梯上一转身,把马光明横在了下面:"爸,我跟伯父谈点工作上的事,您能不能别掺和?"

"你工作上的事?"

马跃嗯了一声。

"我不掺和,我就一边听着。"对马跃这工作到底是干什么的,马光明一直是云里雾里的,也很想弄个明白。

"您听不明白。"马跃依然不放马光明上去,见他一脸被嫌弃的仓皇,心下又不忍,"我和伯父谈,您在旁边坐着,跟监考老师似的,我谈不自在。"

马光明嘴里嘟哝了一声好吧,怏怏下楼。其实,马跃是不想让父亲听见自己的工作有点像和尚化缘,怕他伤心。

3

马跃滔滔不绝地向马光远灌输期货生意经,马光远听得云里雾里,但大抵知道,就是拿钱生钱的买卖,利润和风险都比做股票大。和股票的不同之处是,可以实现货物真实交割,能不能赚钱,靠的是对市场政策等的嗅觉灵敏度和分析能力。

马光远选择相信马跃,因为知道他最大的优点就是好学,只要给他一本有意思的书,他就能背对着这个世界坐一辈子。而期货又是一个如此需要专业精神的行业,再加上马跃是学金融的,他不相信马跃还能相信谁?

但当马跃提出,让他给介绍一些企业大佬时,他给否了,语重心长地说他走到今天,靠的就是做人踏实,在他搞清楚期货到底是什么之前,不能贸然把朋友也拽进来,他可以先拿一百万出来让马跃操作着,过段时间,如果切实可行,没问题,给介绍十个二十个的客户不在话下。

马跃有点失望,可是,比起那些半年才跑一个投资二十万三十万小客户的经纪人来说,他已经很幸运了,所以,他不得不感叹,不要说有好老子,就是有个好伯父都比别人少奋斗几年。

有一百万可操作的马跃踌躇满志,签佣金协议的时候,马光远说他们叔侄,犯不着讨价还价,按最高的签,挣了钱全归马跃也无所谓,就当他这做伯父的给马跃投资做生意了。马跃忙说这不行,公司有规定,马光远就问了问佣金的大致比例,让马跃照最高的签。马跃想推让来着,见马光远一脸的诚挚,就算了,不就纯利润的20%嘛,马光远还有80%的赚头呢,只要他眼光准点,这一百万当作保证金投进去,他就可以操作一千万的交易,多了不敢说,只要涨10%就能赚回100%,这么一想,马跃就要乐颠了,晚上回去就和郝乐意说了。郝乐意不像马跃那么兴奋是因为不懂,更觉得清水捞银子不靠谱。马跃就纠正她说你懂什么?这不叫清水捞银子,这叫四两拨千斤,有个杠杆原理……然后拿过一张又一张的分析图给郝乐意分析,一会儿工夫就把她给分析晕了,她不懂,只能告诉马跃,一定要仔细要谨慎。马跃说那是,这是他在期货市场上的第一次真正出手,一定要来个开门红,不把各种分析搞准确透彻了,绝不下手。

毕竟是第一次操盘,马跃很紧张,分析了十多天,还是不敢下手,倒是带他上路的大学同学,瞄了一眼,就把他分析了半个月的结论给推翻了,三下五除二地指点着他下了盘。

接下来,马跃失眠了一周,因为紧张。

一周后,胆小谨慎的马跃一看涨了,立马抛掉,这一进一出,一个多月的时间他替马光远赚了二十万,也就是说他能拿到四万的佣金。

当时,看着账面上的银子,马跃傻了,他从没想过挣钱会这么简单。

他打电话给陈安娜给马光远给马光明给郝乐意。他几乎要泪流满面了。被这个家养活了二十多年,他终于为这个家挣钱了。

马光远也很开心,说赚的钱不往外抽,放在账户上钱生钱。马跃明白他是压根儿就没把这十六万看在眼里，更愿意以这个为起点，让马跃实现人生事业上的腾跃。多年以来，马光远一直觉得欠了马光明的。他十几岁上，父亲因公去世，本来论资排辈也应该是哥哥马光远顶替父亲进白酒厂，可马光远不干，也不让马光明干，因为他眼看着父亲在白酒厂干了一辈子，除了1960年赚了点酒糟没饿着一家老小，啥出息也没有，所以他发誓要好好读书考所好大学。可马光明打小贪玩，觉得教室简直就是监狱，课本就是天书，顶替父亲进厂，是条可以光明正大逃出学校的金光大道，就偷偷跑白酒厂报了名，因为这，还让马光远揍了一顿，可马光明的理论是打也打了揍也揍了，白酒厂他是干定了。不过，事实证明，马光明的选择应该是正确的，后来马光远考上了艺术院校，要不是马光明早早上了班，他们全家得扎起脖子来饿死。马光远读了四年大学，一家老小衣食花销，全指望马光明那点工资，那会儿的马光明，绝对五好青年，不抽烟不喝酒，上班下班，路边有美女，哪怕美得赛了天仙他都不带看一眼的，后来，马光明说他成为五好青年不是因为思想高尚，归结起来，就俩字：没钱。喝不起酒，抽不起烟，谈不起恋爱。那是马光远读大三的暑假里，弟兄俩跟着邻居去沙岭庄挖蛤蜊，马光明站在臭烘烘的烂泥滩上说的。在幽幽的月光下，马光远没说话，只觉得喉咙好疼，眼窝像被醋泡了。人都说长兄如父，在马光远那儿，如父的那个，是弟弟，这情，他马光远能不领一辈子吗？

自从马光远混好了，就经常贼一样悄悄塞钱给马光明，因为陈安娜知道了会骂马光明下作没出息，跟刘姥姥似的四处讨告打秋风。其实马光明根本没有。马光远说过，等马光明退休，就到酒店来干，没文化干不了别的就干保安部，别小瞧保安部，就得自家人把着才放心。但马光明心里也倍儿明白，什么自家人把着放心，不过是哥哥想拉把拉把他家的日子，又知道白给钱他拿得既不舒服也会招来陈安娜的反对，索性给他安插这么一闲差。他马光明欣然领了这份情，不是他没脸没皮就愿意手心朝上，而是明白，马光远觉得欠了他这兄弟的情，他就得递个机会让他把这情还上，要不然，马光远的心得一辈子翘翘着。心翘翘着落不下的滋味，不好受，马光明知道这景儿。所以，他觉得，当一个有良心的人想还你情，你一定得给人这机会，否则你就是不善良，你就是人家有钱也不让还账的歹毒人，因为你想给人家当一辈子债主啊。

4

马跃把四万块钱的佣金提了出来,吃晚饭之前,把其中两万给了陈安娜,陈安娜问为什么?马跃没答她的话,直直地看着郝乐意:"乐意,你不一直奇怪我的工资为什么要分两次发吗?"

郝乐意啊了一声。

"我撒谎了,其中那三千是咱妈给的,在这之前,我一月只有一千五的底薪,咱妈看你怀着孕,怕你焦虑,就每月给我发三千块的工资。"

郝乐意还是啊了一声,眼睛却潮湿了。

陈安娜也流了泪,这是第一次和儿媳妇心意相通,所以她把钱推到郝乐意眼前:"我和你爸挣的钱也花不了,剩下了也没别人可给,还什么还。"

郝乐意不收,说马跃求学期间啃老就啃了,那是没辙的事,可他都结婚做爸爸的人了,还啃老,她做妻子的都觉得羞愧。

上楼后,马跃把剩下的两万给了郝乐意,抚摸着这钱,郝乐意一直低着头,她说马跃。

马跃嗯了一声。

"在城市里生活,离不开钱。"

"知道,以后我会努力,这不就是个很好的开始嘛。"马跃说得很开心。

"我说生活离不开钱,只是前半句,我还想告诉你,其实我不是很在意钱,我希望你知道这点。"

马跃短暂地啊了一声,这才明白了郝乐意其实是不满他瞒着她,拿陈安娜给的钱糊弄她,愧疚地说了声对不起。

"以后不要因为钱的事和我撒谎,我们是夫妻,不管好的坏的消息,我们都应该共享,一起分担。"

马跃使劲点头,然后抱起伊朵,对了,他们的女儿叫马郝多,小名叫伊朵,马跃给取的名字,陈安娜不愿意,说女孩子叫马郝多要多土有多土,马跃说大俗即大雅,家里有好多骏马是富裕的表现,虽然我们现在很穷,可就不兴我们有个富裕的理想了?被马光明从背后掐了一下之后,陈安娜无奈地投降了。

在这个晚上,马跃同学抱着他亲爱的女儿马郝多,发誓要努力挣钱,让马郝多同学有做纨绔子弟的资格。

郝乐意就笑:"这是你的理想吧?"

马跃大方地承认了,他的理想就是当一个博学的历史老师,站在讲台上给他的学生们谝历史。可惜,陈安娜不让,说她这大半辈子就是在没出息的磨嘴唇卖唾沫中度过了,决不能让马跃步她后尘,让马跃学金融,是因为她发现,做财务的,只要学历过硬,有点头脑,在升职通道上,基本是一溜青烟,可惜的是马跃没考上公务员。

当然,马跃三十五岁之前,陈安娜还会继续逼他考公务员,因为陈安娜觉得,只要他进不了跨国大财团,唯一光宗耀祖的出路就是考公务员。

马跃有些伤感地抱着伊朵,跟郝乐意说,最理想的人生,不是游手好闲吃喝玩乐,而是因为理想或者因为爱好而从事某项工作,换句话说,那就是不为了生存而工作,纯粹因为喜欢才去做,对报酬没要求,也只有这样的工作姿态才会出成果,对,就像马腾飞似的。

郝乐意听得频频点头,可这是一个多么遥远的梦幻,首先要有不为了生存而工作的资本呀。

马跃说:"是啊,所以我们要努力,让我们的马郝多过上这样的日子。"

郝乐意知道马跃对期货经纪人并不怎么感兴趣,就抱着他的脖子抵着他的脑袋说:"亲爱的,努力努力,等有了自己的房子我们就过这样的生活。"

马跃就笑,不出声地笑,在这个夜晚,因为生平第一次挣到了一笔钱,马跃踌躇满志,觉得照这样下去,离实现郝乐意愿望的日子不会太远了。

郝乐意说等将来你给我办一个幼儿园,就像我们的园长苏漫那样的,然后呢,我们收很少的钱,能维持我们家的生活就行了,我带着孩子们玩,你负责给孩子们谝历史故事。

马跃就笑了,说郝乐意,你也把我想得太小儿科了,我说的历史老师怎么着也要和一群中学以上的学生谝啊,这样才能互动,有互动才能有动力,你说的,那是让我去幼儿园当男阿姨……

然后,他们笑成了一团。在这个夜晚,他们的未来又明亮又坦荡,好像一条宽阔的马路无限延长。

据说那天晚上,陈安娜搂着儿子给的两万现金,流了一夜激动的泪,她说马光明,怎么样,我没看错咱儿子吧?

马光明一开始还啊一声,后来她再问,马光明就用呼噜回答她了,但陈安娜一点儿也不生气,因为心情好。马跃到底是海归,就是不一样,她学校所有老师还有她所有朋友再加上她所有熟人,谁家儿子有马跃这么大手笔?一出手就给了当妈的两万!他们的儿子,不跟他们要两万就不错了。

有一棵叫膨胀或者是虚荣的树,就长在陈安娜心里,如今,这两万块钱就像一包效果绝佳的化肥,让这棵树噌噌疯长着,让陈安娜觉得,是该出去秀一下幸福了,不然她会被憋疯的。

5

郝乐意产假期满,要上班了,可伊朵没人带,陈安娜又不让请保姆,其一是不放心,其二,那会儿马跃的工作蒸蒸日上,貌似前途无量,就郝乐意的工资,请完保姆剩不了几个钱,还不如辞职在家带孩子呢,大人也放心,孩子也不遭罪。可郝乐意不愿意,因为这,陈安娜给她甩了好几天脸色,说就没见过这种不心疼孩子的妈。马光明看不过眼,就说:"乐意,你放心上你的班,咱不请保姆,孩子我帮你带。"

陈安娜就没好气地说:"孩子才半岁,要吃奶的,你有吗?"

马光明说:"我送幼儿园去找乐意喂。"

郝乐意忙说不用了,让马光明安心上班,她找熟人介绍个妥实可靠的保姆就成。马光明就说:"我那也叫上班?那是你伯父想帮衬咱家一把又知道某些人矫情才让我去上班的,我能干点什么?进不了后厨跑不了堂,人家缺我这么个半老头子保安?吓不着贼招不来客的。"

陈安娜一个白眼一个白眼地往他身上砸,马光明耷拉着眼皮装无知无觉,把手一挥,事就这么定下来了。

从那以后,大半年马光明没去酒店上班,每天用婴儿车推着马郝多在街上转转,估摸她饿了,就去幼儿园找郝乐意,也不坐公交,沿着人行道一路溜达过去,几个月下来,祖孙俩的皮肤就黑黝黝的了,好像是从铁匠铺子里出来的,因为这,陈安娜和他吵了好几架,嫌他整天推着伊朵在街上溜达,晒得跟乡下孩子似的,还成天呼吸汽车尾气。

马光明理直气壮地说孩子多晒晒太阳不缺钙,结实,把孩子捂得像根白嫩的豆芽似的就好了?那是变态!然后问郝乐意是不是这么回事。

郝乐意说是的,幼儿园老师经常把孩子带到室外做游戏,就是为了让孩子们晒晒太阳。

陈安娜悻悻的,好像看穿了他俩是因为站在一个利益群体,才一唱一和地对付她,就不以为然地说不就个私营幼儿园老师,说白了,就是一个给老板打工的。

陈安娜从没把郝乐意的工作当成正经工作,在她眼里,所有给私营老板打工的人都是没前途的,因为私营老板要的就是利润,既没眼光也没责任感,什么时候捞够了钱,说不干了就拍屁股走人,才不管打工的死活呢。

可郝乐意知道,这个苏漫和别的私营老板不一样,她是怀着一份情怀做幼儿园的,有使命感更有责任感。或许,对其他商人来说,一切动机是从利润出发,至于使命感,除了接受媒体采访时搬出来唱高调,其他时候想不起来它是个什么东西。可在苏漫这儿,使命感是第一位的,利润才是副产品,如果单纯是为了钱,她没必要开这幼儿园,光杨林赚的,足够他们华丽地活几辈子了。也正是因为这样,郝乐意也愿意把自己的梦想搬出来,像分享自己无法独立完成的蓝图一样和苏漫分享她对办幼儿园的设想。她的想法,都让苏漫眼睛一亮,有条件实施的,马上就实施了。譬如根据郝乐意的建议,改造游戏室,把普通的游戏间改成了有特点的泥巴室,孩子们想怎么玩泥巴就怎么玩,想往哪儿扔就往哪儿扔;还搞了一个手工玩吧,小朋友们可以在老师傅的指点下用斧子、锯子和刨子做木匠做机械匠,还可以做厨师,更可以当裁缝,总之,所有他们想玩的玩法,在这里都可以玩。至于辅导老师,都是有技术特长的爷爷奶奶们,在家或许因为环境限制,他们不能带孩子们这样玩,但是幼儿园有专门的玩吧,就可以了,自从苏漫在幼儿园门口贴了招聘手工老师傅的启事,每天都有好多爷爷奶奶抢着来报名……

因为和苏漫相处得好,郝乐意把关于幼儿园的梦想都付之于格林幼儿园了。苏漫很感动,甚至说等将来她做不动了,就把这幼儿园传给郝乐意,因为杨林的儿子对幼儿教育不感兴趣,拿到手很可能就会转手卖掉,而她的女儿徐一格呢,虽然从小就没缺着她钱花,可她对钱有种病态的依恋,因为这,连男朋友都没有,没钱的,她怕人家爱的是她的钱,有钱的又看不上她,条件不上不下的,她又嫌不够帅,对金钱过分贪婪,是做教育业最大的忌讳,也会因此而把教育做成商业,这就不是办教育,而是展览耻辱了。

苏漫说,人活一辈子不能赚钱了事,更不能以赚钱传给子孙们为荣,多少总要做点事,往伟大里说就是为人类做点贡献,有大能力的人做大贡献,她没大能力,就做点小贡献。她有一个隐秘的理想,那就是把格林幼儿园办成像国外的常春藤大学似的,多少年以后,在中国的青岛,有个著名的格林幼儿园,它不以赚钱为己任,是公益性质的,所有利润都投在幼儿园的软件和硬件建设上,那该多美啊……每每苏漫和郝乐意说这些的时候,都带着一脸那么纯粹那么安宁的神往,会让郝乐意觉得,在这个世界上还有那么多颗心闪耀着光芒,这个世界的未来也是那么的温暖而明亮。

对人生中遇到的每一个好人,郝乐意的尊崇都是发自内心的,因为这个世界之所以让人如此贪恋,都是因为这些好人把这个世界装点得如此美丽。

幼儿园越来越有特色了,郝乐意曾经向往过的局面果真出现了:每天下午四点开始,家长就可以来幼儿园接孩子了,可是,每天都会有小朋友扒着幼儿园的大门哭着不肯回家。看着这样的场景,郝乐意的眼睛潮湿了,这就是她理想中的幼儿园。

格林幼儿园的口碑渐渐响亮,几乎每天都有家长来问是否有名额接纳他们的孩子,苏漫除了说抱歉还是抱歉。幼儿园的蒸蒸日上,大大超乎了她的预料,她对郝乐意也更是看重了,不止一次地说,如果她想实现理想,格林幼儿园就不能所托非人,不能任人唯亲,说着,她就会意味深长地看着郝乐意。

郝乐意总是谦和一笑,不多言不多语,也不接茬儿。说对,显得像是自己对幼儿园有企图;说不对,她又明白苏漫说的是事实。

苏漫也明白,作为郝乐意,对她这些话的反应,也只能如此了,所以她索性也不多强调,觉得强调多了,好像卖干巴人情,哄着郝乐意给她卖命似的,索性聘郝乐意做园长,理由是她和杨林打拼了大半辈子,也该享受一下人生了。她和杨林早就商量过,等她找到妥实的人管理幼儿园,杨林就结束手头的工程,不再接活,休养一阵就先自驾游遍中国,再游遍世界,享受人生。

后来,当郝乐意回忆起往事,那段时间应该是她婚姻中最祥和最温暖的一段时光。她因为生产而有点走形的身材,又慢慢回来了,马跃在期货公司做得貌似前途光明,虽然股市熊起来没完没了,但期货市场还可以。因为给马光远操作得不错,马光远又陆续给他介绍了几个朋友。委托的客户多了,意味着佣金赚得也多,那阵子,他像打了鸡血一样兴奋。下班回家以后,也整夜整夜地盯在电脑上分析行情,画走势图。郝乐意怕他熬不住,劝他不要这样,他就一句话:"为了让我们的马郝多可以有资格当纨绔子弟。"

每每听到这句话,郝乐意就有想哭的冲动,觉得自己既幸运又幸福,所以才遇上了马跃。周末,她会把伊朵放在她和马跃中间,看天窗外的天空,喃喃地说我真的很幸福。

马跃就捏捏她的脸。

她看着他笑,马郝多在他们两个的身上爬来爬去。郝乐意的幸福,不在于马跃赚了多少钱,而是知道马跃在为了她和孩子努力。

这样的幸福时光,到底维持了多久? 一年?

差不多一年,从伊朵出生到一岁。

在期货市场待久了,马跃的胆子越做越大。2009 年春天,他迎来了人生历史上的第一场全盘覆灭。那会儿,踌躇满志的马跃,自认为在期货市场摸爬滚打了小两年了,还没怎么失过手,操盘交易的一年来,赚了六十多万的佣金,握了六七个资金雄厚的客户,在研究了一番市场行情后,他几乎把所有的资金都压在了小麦上,然后信心百倍地等着上涨。

有段时间,行情平稳得让他以为是不是电脑坏了,再然后是整个行情开始下滑。一开始他无所谓,在期货交易这行待久了,除了赚钱,还有这上上下下的享受,可是,下下它得往上上啊,要不然不成拉肚子一泻千里了? 恼怒的时候马跃这样拍着桌子骂行情……可有什么用呢? 他还不甘地想,下吧,下到一定数就上来了,开始补仓,想如果这会儿涨了,还能挽回一点损失,可他补着补着前面的就被强行平仓了……他开始慌了,因为不仅马光远后来追加的一百万没了,还有马光远朋友的,少的有二十万,多的有一百万,包括马跃赚的佣金,也全投进去了……这加起来,差不多也有七八百万了……

马跃疯了,问郝乐意怎么办。郝乐意也傻了,问他跟没跟客户说,马跃说赔太多,不敢说。郝乐意火了,几乎冲他吼上了:“你必须说,因为你是经纪人!”说完就啪地挂了电话。整个下午,心里七上八下的,下了班就往家跑,问马跃怎么样了,马跃六神无主。她问一共赔进去多少,马跃竖起两个指头。

“二十万?”

“再加一个零。”

郝乐意一屁股就坐在了茶几上:“二百万……”

然后她就落泪了:“要不要你赔?”

马跃摇摇头,说已经全部清仓了,他要退出期货市场。

“如果你退出,连翻身的机会都没了,你怎么跟客户交代?”

马跃说客户要求清仓退出的。

“所有的客户,一致这么要求的?”郝乐意有些意外。

马跃摇了摇头。他手上的客户,都是马光远生意场上的朋友,因为是马跃先替马光远操作赚了钱,马光远才把他们介绍给马跃的,所以当马跃告诉马光远,保证金已经赔进去二百万了时,马光远二话没说,让他全部清仓,而赔进去的这些,全部算他的,事后由他跟朋友们解释。

然后,马跃辞职了,因为觉得自己不适合做期货,首先太感性,而期货市场需要的是残酷的理性。

马跃辞职的事,陈安娜是一周后知道的,她说:"马跃,你怎么不去上班?"

马跃说:"我辞职了。"

陈安娜愣了一下:"你都快做成你们公司的金手指了,你怎么辞职了? 跟妈闹着玩的?"

马跃说:"不是。"

陈安娜有点儿毛:"一年就挣六十多万,这样的工作你上哪儿去找? 你说辞就辞了?"说着看看郝乐意,"啊? 他干吗辞的?"

"他给伯父赔了二百万。"郝乐意小声说。

陈安娜一口气没上来就昏了过去,二百万啊,她为教育事业卖了一辈子的命也没卖出个二百万来,马跃一下子就给赔了进去……

马光明掐她的人中,又理了半天的胸口,她才悠悠地哭着醒来:"天哪,二百万哪,马跃,你拿什么赔人家呀……"

马跃低着头不敢吭声,只有咿呀学语的伊朵扶着茶几蹒跚来蹒跚去的。郝乐意小声说,马跃虽然给伯父操作期货,但是这都是有代理合同的,赚或赔,都是客户自己的事,因为马跃是经纪人,只负责提供市场分析,以及跟踪市场行情,就算操盘,也是在征得了他们同意的情况下……

"你给我闭嘴! 我现在什么都不想听,我只想知道田桂花找我撒泼我该怎么对付……"说着,陈安娜滔滔地就哭了,"马跃啊马跃,自从你回来,你就一个劲儿地把我往田桂花脚底下塞,你到底还是不是我儿子呀……"

"行了!"马光明说,"别看咱嫂子胸无点墨,可嫂子心胸宽广着呢,犯不着为这俩钱跟你撕破脸!"

"马光明,你好大口气啊,这俩钱?! 你这辈子见过二百万这俩钱?"陈安娜一脸嗤之以鼻的悻悻,"你看着吧,田桂花前脚知道了,咱家后脚就得遭殃。"

"你就拿你的小人之心度君子之腹吧! 我告诉你吧,咱嫂子手里的零花钱都不止二百万!"说着,马光明起身,拿了一支烟,想点,见伊朵在一边咿咿呀呀,忙放起来,皱着鼻子道:"也就是你一惊一乍的! 小茅房里的蛆——没见过大腚的主!"

马光明的这句话把陈安娜给彻底惹翻了,她倒要看看,田桂花这见过大腚的主,如果知道马跃把她男人的二百万丢到黑影里去了,会有什么反应,而且她要让马光远一家知道,她陈安娜不是那号做了亏心事、转身就跑得没影的人。

人这种动物,是很难承认别人的道德水准比自己高的,尤其是自己身边人。当然,最好他也不要比自己混得更好更有钱,如果万一不幸他比自己混得好了有钱了,那就一定要道德水准上没自己高,这也是自古民间故事里的穷人都比富人心地善良的原因,因为穷人的日子清苦得很,总要编派点东西消遣日子并平衡心理,以让自己觉得,自己的人生至少还有一些可取之处。

陈安娜和田桂花就是这样的。当初马光远在剧团里,连工资都发不下来,田桂花也是,上一天班,赚一身猪大油味回来,钱没几个,而做老师的陈安娜感觉上优越得很,对田桂花夫妻也很不错。可自从马光远混好了,陈安娜就好像那个坐在跷跷板高的一端的人,一直风光无限地嘀旋着呢,突然地,就给坠了下来,坐在了低的一端,只能高高仰着头看马光远夫妻,这种心理失衡让陈安娜有一下子被人从天上摔到地上的感觉,太让人不舒服了。

尤其是当一切一切落了地的情况下,陈安娜就更不愿意承认马光远和田桂花的道德水准比自己高了,因为这意味着,不仅在物质上,在精神上也被田桂花这杀猪的大老粗远远抛在了后面。她不能认输,所以为了证明自己不比别人的道德水准低下,她一定要丈量一下田桂花的道德刻度,反正这事她男人知道,两口子之间还有能保得住的秘密? 笑话! 就连她和马光明这样的冤家对头都没有,何况他们!

她必须让丈夫、儿子和儿媳妇明白,在这个世界上,就没有比她陈安娜更通达更不赖账的人了。

所以她拨通了马光远家的电话。接电话的是田桂花,陈安娜不冷不热地叫了声嫂子,然后问马跃操作期货给马光远赔了钱的事她知不知道。

田桂花正忙着,没时间搭理这茬儿,就随口问了句:"是吗? 赔了多少?"

陈安娜说:"好像二百万吧,我哥说……"

陈安娜的话还没说完,田桂花抽抽搭搭地哽咽着说冤家啊……陈安娜一惊,马上道:"你不用哭了,这钱我就是抽筋卖骨头我也帮马跃还你。"

田桂花正给儿子和儿媳妇断官司,顾不上搭陈安娜这茬儿,匆忙说:"以后再说,安娜,我得给你哥打电话去,先不说了。"说完就挂断了电话。

陈安娜擎着话筒,一脸果然如此的喜悦中:"不用还?你们想什么不好?"说着意味深长地看着马光明,"瞧见没?你又把阶级同志想象高尚了。"

因为马光明看不惯陈安娜总嘲笑田桂花是庸俗的大老粗,就经常替田桂花打抱不平,陈安娜取笑他,他帮田桂花说话,绝对不是出于正义,不过因为都是半斤对八两的大老粗,把对方当阶级同志惺惺相惜而已,然后又嘲讽了两句:"别以为屁股决定脑袋是颠扑不破的真理,只要是触及了经济利益,阶级同志照样翻脸无情。"

马光明就恼:"你他妈的知不知道炒期货是有交易规则的?你他妈的知不知道,马跃是替他们做经纪人,不是借他们的钱来做生意赔了,这笔钱你他妈的赔个什么劲儿,就他妈的显得你有钱?你还!你还!你他妈的拿命还啊?"

马光明像一条疯了的狗一样在客厅里转来转去地吆喝,伊朵吓得一头扎进郝乐意怀里,紧紧搂着妈妈的脖子。

马光明就这样,平时陈安娜怎么讽刺他都行,但别把他惹急了,急了他六亲不认,当着三姑六婆的面都能生骂一个点,而且骂得绝对不节约绝对不讲卫生。

当着儿子和儿媳妇的面,陈安娜让他骂得下不来台,气得脸色绛紫:"马光明,你疯狗啊,没钱还不上就是装死狗的理由啊?那是我陈安娜的作风吗?就算我还不上,至少我有句话,我有个态度在那儿,不像你!看家的本事就是装死狗耍无赖!"

"陈安娜,你别他妈的当个老师就拿自己当圣贤,我他妈的就恶心你这狗屁又屎又不老实的有个态度,你他妈的有个态度又怎么了?就成为穷高尚了?你他妈的怎么就想把什么便宜都占了呢?这钱你能还上?你拿什么还?你还不上钱还想让别人认为你他妈的值得敬佩仰慕?你他妈的就不能磊落点?有无赖行为你他妈的就老实地演副无赖嘴脸!"

郝乐意这才发现,马光明不是没脾气,脾气上来了,还不是放机关枪,是直接扛着火药筒就上来了。眼看陈安娜气得又快昏过去了,她忙上前来拉陈安娜:"妈,您到楼上坐会儿吧。"

"郝乐意,你少给我装好人!"陈安娜一巴掌打掉了郝乐意的手,哭着说,"马跃是你男人吧,作为妻子,你为什么不劝他谨慎点?是不是花着他赚的钱你花顺手了?"

马光明拉开门,对郝乐意说:"乐意,你上楼,甭理她这号的!"又对着马跃:

"听见没？你也上楼，要疯让她自己疯去！"

郝乐意还是有点不放心，小声说："爸，您别再发脾气了。"

马光明有些垂头丧气的无奈，说："乐意，你们甭管了，这事我处理，我就瞧不上你妈这德行，拿高尚当他妈的借铁锨，挖了一堆土，自个儿坐上去了，那个借给她铁锨的人，一跟头栽洞里去了，她还不拉人家，非让人家待在洞里好对她有个仰望的姿势，这他妈的不是阴暗是什么？"

上楼回了家，郝乐意看了一眼低头耷拉脑的马跃，说我先给伊朵洗个澡，就抱着孩子进了卫生间，放了热水，把马郝多脱成光溜溜放进去。知道马跃还站在卫生间门口也知道他心里不好受，就回头笑着说："别光站着看，把伊朵睡衣拿来。"

马跃麻溜地去了，郝乐意知道，在这个时候，像没事一样，该怎么指使他就怎么指使他，比什么都不让他干好一些。

给马郝多洗完澡，看哄她睡着了，郝乐意才抬眼看了看马跃，觉得他就像一无辜的大孩子一样，给打击蒙了，不知道接下来该怎么着才好，就笑了笑说结束是为了更好的开始嘛。

马跃讷讷地说在期货市场赚的那点钱，全赔回去了。

"又不是赔回去咱就吃不上饭了。"郝乐意拉他坐起来，"你看，在这之前，我们不是商量好了吗，我挣工资养家糊口，你在期货市场赚钱投资做期货，咱不也活得好好的。"

马跃有点不甚明白似的啊了一声。

郝乐意拿起他的手，一根手指一根手指地比画："你看，这一年多，你没往家挪钱，咱不是也没饿着吗？赔进去的钱，大不了当没挣就是了。"

马跃定定地看着郝乐意："媳妇，你怎么这么好？"

郝乐意伏在他肩上咯咯地笑："等你混牛了，看在我还好的分上，别甩了我。"

马跃忙一副诚惶诚恐状念京腔道白："娘子原谅相公暂时落魄则个，莫要移心改意为盼呀……"

郝乐意打了他一下，让他说正经的："以后怎么办？"

马跃说："还没想好。"

郝乐意说："这不行。我妈有句话，吃不穷喝不穷，打算不到受一辈子穷。当然，就算你不工作，咱也穷不到哪里去，可你一大老爷们儿，总得有点计划吧？"

马跃一脸迷茫的神往:"我想想。"

"你不是想当历史老师吗,要不……你去考教师资格证?"

"是条道儿。"马跃点点头,少顷又苦恼地摇头,"不过,咱妈肯定得急,她觉得男人当老师,没出息。"

"要按咱妈那套,你就继续考公务员和进跨国大财团这两条路可走。"想到这里,郝乐意就烦恼了起来,"马跃,不是我要让你对抗咱妈,人生是你自己的。"

马跃点头。

其实,他心里什么谱儿都没有,接下来,到底该往哪个方向走,他没谱儿,给客户赔了这么多钱,而且这些客户全是伯父的朋友,心里有个声音在一遍遍地炸响,完了,我彻底完了。亏掉的二百万,像块大石头,以飞翔式的坠落砸向他,他只想快点儿逃跑,千万不要被砸中,否则,他一定会被压垮的。

郝乐意说逃避不是解决问题的办法,如果你觉得内疚,就去跟大家道个歉。马跃说过一阵吧,现在他觉得没脸见人。

Chapter

1

其实,接陈安娜的电话之前,田桂花就在哭,因为她正在手忙脚乱地处理余西和马腾飞的官司。

那天晚上,马腾飞学校有活动,本是和余西请了假的,也答应了九点就回来,可九点半了还没见着人影,余西就急了,一遍遍地打电话,马腾飞就是不接,本来疑心就重的余西觉得天塌了,索性站在阳台上,眼睛一眨不眨地看着小区入口。快十点的时候,终于看见马腾飞的车回来了,她正打算下楼去接,就见车门开了,一个年轻女人从驾驶室下车,绕到后面,拉开车门把马腾飞架到肩上,两人一起踉跄着上楼。

余西登时就觉得胸膛要爆掉了,就手从窗台上捞起一只花盆,下楼去了。

然后,和架着马腾飞的女人在楼梯上狭路相逢,她拎着一只花盆,横在楼梯中央,虎视眈眈着女人。

女人显然不认识余西,再加上马腾飞人高马大,扶着他也不是个轻快活,女人就气喘吁吁地叫余西让一让。

余西像一尊石雕一样,一动不动。女人有点恼了:"哎,你这人怎么这样呢?"话音未落,余西手里的花盆就被高高举起,愤怒落下,女人连哼都没哼一声,血流满面地和马腾飞倒在了楼梯上。

被酒精烧得迷迷糊糊的马腾飞和女同事一起重重摔在了楼梯上,在女同事抛洒的热血中醒来,然后发出了骇人的惨叫,惊动了正在看电视的马光远和田桂花……

马光远正伙同惊慌失措的马腾飞把倒在血泊中的女同事送往医院的途中,呆若木鸡的余西被田桂花拖回了家狂训。

田桂花说余西啊,就你这个醋劲,我就知道你早晚得作出事来,可我没想到你能作出人命来……

女同事被马腾飞背起来下楼的时候全身软绵绵的,就像一根煮过了劲的面条,让田桂花想起了火腿厂待宰的猪,遇上不老实的,往脑门上抡一锤子,基本就没命了。好大的一只花盆,连花带土兜头上去,一个女人怎么扛得住?万一人死了,命是肯定要偿的,可人家是一片好心送马腾飞回家的,不是来送命的……田桂花哭得泪水长流。

陈安娜的电话就是这时候打来的,田桂花哭着说的那声冤家,是说余西,而不是说马跃更不是说陈安娜,可陈安娜误会了。田桂花没心思和陈安娜絮叨,三言两语挂断了电话,问余西:"你说怎么办吧?"

余西一摇头,眼泪就滚了下来。

田桂花说:"余西,不管怎么着,咱也婆媳一场,你跑吧,有事我顶着,人家要钱咱赔钱,人家要命我给赔,我活这把年纪苦也吃了甜也尝了,够本了,你走吧。"说着就把余西推到了门外,"跟谁都别提这茬儿,人家要问就说是我砸的。"

余西就号啕大哭着不让她关门,说马腾飞同事已经看见她拿着花盆了。

"那是她看花眼了!"田桂花心一狠,关了门,拿起电话想拨打110自首,又觉得哪儿不对,就放下了,放下电话的空儿,电话响了,是马腾飞,让田桂花放心,他同事只是被砸破了头,缝了十几针,没什么大碍。

田桂花这才捂着胸口哎哟哟地瘫软在了沙发上。

接下来的日子,马腾飞在医院和家之间来回奔忙,让余西去给女同事赔礼道歉,余西死活不去,说那女的肯定对马腾飞有想法,要不然,就算马腾飞喝醉了,轮得着她一女人又扶又扛地往家送?马腾飞彻底崩溃了,女同事来送就是因为她是女人没喝酒,她不仅送了马腾飞,还送了其他男同事,因为他们都喝酒了,最后送他是因为车是他马腾飞的!

　　两人吵得不可开交,马腾飞一气之下家也不回了,请假去外地躲了两天。好嘛,余西更没法活了,觉得马腾飞肯定有问题,借着这茬儿想和她闹离婚呢,就白天去学校闹晚上和田桂花闹。田桂花让她闹得实在受不了,给马腾飞打了个电话,求他,求他赶紧和余西离婚,照这么下去,她和马光远早晚被她折腾折了寿,这倒不是她最怕的,她最怕的是就余西这醋劲和暴烈的坏脾气,不知哪天就把马腾飞给剁骨剔肉了。

　　在这个家里,这是田桂花第一次拿主意,也空前绝后地得到了马光远的支持,因为他回想起那血淋淋的一晚,就心有余悸,如果余西拿的不是花盆,而是一把菜刀呢? 他不敢想了。

　　尽管马腾飞早已被余西折磨得疲惫不堪,可真要离婚,还是很矛盾的,其一是愧疚,其二是他们真的爱过。

　　想到离婚,马腾飞就觉得特失败,恋爱的感觉真他妈的骗人。恋爱的时候,余西小脾气、爱吃醋,他还美滋滋的,觉得那是余西爱他在意他,说明他有魅力啊。不管婚前还是婚后,要说除了余西之外没碰到过其他动心的女孩,那是撒谎,可就凭他和余西的感情,最多也就是心猿意马一下,就赶紧收了心,因为他爱余西,不忍她伤心,就更不要说背叛伤害她了,甚至,余西子宫没了,除了觉得对不起余西之外,他都没在意过,什么孩子不孩子的,他是因为爱才和余西结婚,又不是为了造小孩子的。可他万万没想到的是,没了子宫的余西像得了老公出轨恐惧症似的,不仅拿他当嫌疑人盯,还暴力倾向越来越严重了。暴力就暴力吧,可你也别冲无辜的人下手啊,冲我马腾飞来,不,余西不舍得对他下手,害得他都像个同性恋了,因为对女人从来不敢正眼瞧一眼啊,不管干什么他只能和男人为伍。那天晚上,那个女同事本来也不敢送他来着,可大家说,大晚上的,余西总不能虎视眈眈站站门口等他吧,让她把马腾飞架到门口就走,结果,还是没逃得掉被余西揍的厄运。

　　马腾飞承认,田桂花不是危言耸听,如果他继续和余西过下去,保不齐哪天就整出人命来了,所以,不为别的,单是为了别让余西闹出人命来,这婚也得离。

　　余西震怒,认为马腾飞这是被小三逼宫了,想离婚不要紧,除非马腾飞坦白小三是谁。

　　马腾飞说没小三。余西就说既然没小三你和我离什么婚,继续过吧。马腾飞说为你好,咱俩不能一起过了。余西没说话,幽幽地看着他,眼神像快要被掐死的小孩,半夜,马腾飞睡着睡着,被憋醒了,一睁眼,发现家里灯火通明,他的手已经被捆上了,嘴巴上也捆了一条毛巾,而余西,正弓着身子,拼着力气往卫生间拖他,他挣扎了一下,捆得很结实,是电话线,他叫余西,可发出的只有呜噜呜噜的声音。余西一声不吭,把他拖进了卫生间,像搬一条大麻袋一样,一寸一寸地把他搬进了浴缸,然后开始放水,冰凉冰凉的水,像她冰凉冰凉的目光,余西说:"马腾飞,你还和不和我离婚?"

冰凉冰凉的自来水,快把马腾飞冻麻木了,他拼命地摆着头。

余西说:"你要不想离了,就摇头;想离,点头。"

马腾飞点头。

余西说:"我不离。"

水哗啦哗啦地快要灌满浴缸了,马腾飞双手被绑着,坐不住,差点滑倒了,他吓了一跳,一旦滑倒了,真就淹死了,一个大男人,淹死在浴缸里,要多丢人就有多丢人。

余西说:"别动,等水放满了,我也进去,咱俩一起死。"

马腾飞瞪大惊恐的眼睛,他想说余西你疯了,可他说不了,只能拼命挣扎,好几次,他挣扎得都歪倒在水里了,因为嘴被捂着,他只能用鼻子呼吸,差点儿被呛死,每次,都是余西把他从水里捞上来:"你不能先死,咱俩得一起死。"

马腾飞真吓坏了,从余西的眼神,他能看出来,她绝对是说到做到,他不能这么死,生活多美好,他还没享受够呢,就拼命地点头点头,眼睛恳切地看着她。

余西盯着他看了一会儿:"磕头虫似的,什么意思啊你?"

马腾飞还是不停地点头。

余西问:"是不是想跟我说你不离了?"

马腾飞的头点得无比迫切。

余西愣愣地看了他一会儿,解开他嘴上的毛巾:"不骗我?"

马腾飞已经冻得直打哆嗦了:"不骗你,真的,余西,我快冻死了,赶紧给我解开。"反绑着手坐在装满了水的光滑浴缸里,马腾飞自己根本就站不起来。

"你发誓。"余西关了进水阀。

马腾飞上牙敲着下牙说:"我发誓,如果我和余西离婚,我天打五雷轰。"

"还有,烂鸡鸡。"余西不动声色。

"好,如果我和余西离婚,天打五雷轰,再加上烂掉鸡鸡。"马腾飞现在顾不得撒不撒谎,只想从这装满了冷水的浴缸里爬出来,最好立马就坐在火堆旁,都快冷死了。

余西趴在他眼睛上看了一会儿,才给他解开了捆在手上的电话线。马腾飞连滚带爬地从浴缸里出来,撒脚就往大门外跑,余西愣了一下才回过神来。

看着冻得浑身发抖嘴唇乌青的马腾飞,马光远和田桂花下定决心,儿子这婚,无论如何也得离了!

2

田桂花家发生的变故,陈安娜是几天后才知道的。因为马跃在期货市场上赔的那二百万,她把每一天过得都像热锅上的蚂蚁,逮谁疯谁。马光明最倒霉,只要在家一露头就挨骂,不管他干什么说什么,就没对的时候,陈安娜张口就是倾盆大雨夹杂着冰雹的痛斥。有时候,郝乐意实在看不下去,就悄悄让马光明上楼避一会儿,马光明不,说你妈这人要强惯了,从不欠别人情,马跃冷不丁惹了这么大的祸,我得让她把这窝囊气出了,别憋出毛病来,然后就笑,笑得那么没城府,那么没心没肺,可在郝乐意感觉,是那么温暖。原来,比花前月下的甜言蜜语更结实的爱是周瑜打黄盖,只要打的那个痛快,心甘情愿地挨着的是更大的爱。

陈安娜在骂了一周马光明之后,隆重认真地写下了一张欠条:因合作生意失败,马跃今欠田桂花人民币二百万元整,其母陈安娜将代为偿还,直到全部偿还完毕。

然后签名,并按上了指印,让马跃和郝乐意这就给田桂花家送过去。

马光明真恼了,但看着陈安娜一脸绝望的悲壮,再看看坐在沙发上玩橡皮鸭子的伊朵,忍住了火没发,只是把一根牙签塞进嘴里,嚼啊嚼啊地嚼得稀巴烂,不错眼珠地盯着陈安娜。客厅这么小,陈安娜当然感受得到他的情绪,却做出一副无知无觉无视的样子,把犹豫不决的马跃夫妻送出门,不忘叮嘱一句:"就说我让你们送的,让田桂花收好。"

马跃说:"如果伯母不收呢?"

陈安娜拿鼻子冷笑了一声,瞥了一眼马光明:"你可真不愧是你爸的儿子。"说着推了他一把,"去吧,别自作多情了,她会收的,咱家要不送这张欠条,得让人踩脚底下嗤笑一辈子!"

目送马跃两口子下楼,陈安娜才回身,重重地关上门,看着嚼牙签的马光明,心平气和地说:"马光明,你今晚要敢给我把牙签呸出来,就别当我是你老婆!"

"你当我稀罕?!"马光明恨恨地。

伊朵放下橡皮鸭子,爬到马光明腿上,好奇地看着马光明不停咀嚼的嘴巴:"爷爷,吃糖糖?"

马光明龇牙:"爷爷吃屁屁。"说着,扇扇自己的嘴,"好臭啊好臭。"说着吐出来,放到烟灰缸里,"爷爷尝过了,屁屁好臭好难吃哦,伊朵千万不要尝。"伊朵无比认真地点点头。

原本绷着一脸怒气的陈安娜扑哧就笑了:"马光明,瞧你自己会找台阶下,你说你算个什么东西吧。"

"什么东西? 和你造出一个儿子的无赖东西。"

看着不卑不亢的马光明,绷了一周的陈安娜就像泄了气的皮球,软塌塌地坐在他身边:"如果不送这欠条,我总觉得自己一下子比田桂花矮了大半个头。"

"你本来就比人家矮半个头!"马光明没好气,见陈安娜瞪着他要恼了,又追了一句,"嫂子一米六五,你一米五八,没矮半个头?!"

"没文化。"陈安娜悻悻地打开电视。

"嫂子不会收的。"马光明一副真被陈安娜打败了的样子,"哎,陈校长,你整天踮着脚跟人比高低,你累不累?"

"不累,我乐在其中!"其实,陈安娜也知道,欠条,田桂花未必会收,但是她一定要送,因为送那是她的态度,送了田桂花不收,那是田桂花的态度。人活在这个世界上,到底能干出什么成就,谁也不敢说,但至少要有个端正的态度。陈安娜活了大半辈子,要钱没有要名也谈不上,但不管碰到什么事,她至少都是个有态度的人。

果然,没出马光明的预料,田桂花接过欠条,就叹了口气,和马跃说那天陈安娜给她打电话,她顾不上细说就匆匆挂了,事后想起来,就猜到她会来这么一出,说着就把欠条撕了。让马跃回去告诉陈安娜,那天她态度不好,不是因为马跃给赔了钱。然后就将余西把马腾飞同事砸了,又差点儿把马腾飞摁浴缸里淹死的事说了一遍,怏怏叹气说:"替我跟你妈解释解释,让她可怜可怜我,别和我置气了,我都快挺不住了。"

马跃和郝乐意也吃惊得不行,安慰了田桂花一会儿,就回家了,把田桂花的话和陈安娜说了一遍。陈安娜看看马光明,那意思是他们家发生这么大事,你不知道?

马光明正晃着伊朵哄她睡觉:"看我干什么？我哥没告诉我,就上次你搅和的那一出,人家还敢告诉我吗?"

陈安娜有点悻悻的,自言自语说她撕了欠条这钱我也得还。

"还吧还吧,你是高尚的陈安娜校长,欠钱不还这营生不是你能干出来的。"马光明一脸的讥讽。

3

郝乐意是在马跃失业一周后正式当上园长的,她既没告诉马跃也没告诉陈安娜。马跃正是自我感觉下坠的时候,告诉他,好像故意要刺激他似的。至于陈安娜,也是除了奚落赚不来恭喜。她早就说过,郝乐意这工作,一月拿两万她也不稀罕。理由还是那一套,私营的没前途,和饭店服务员没啥区别,就算她当园长了,在陈安娜眼里,其可恭贺的程度也就是从饭店服务生升级为领班。

现在,陈安娜心目中的要紧事是马跃没工作了。她急,碍于面子,又不好四处张扬着帮他找工作,只好每天和报纸干上了。逢不是很熟悉的人和她聊起马跃的工作,她就会意气风发地说马跃又晋升了,是顾问了,不用坐班,就分析分析市场行情,给经纪人开个视频会议就行了。听的人就羡慕得不行,问她是不是快搬到别墅去住了。陈安娜一开始啊啊地胡乱应着,后来就说马跃领她去看别墅了,看来看去觉得不行,她胆小,别墅都一家一栋,连个上下左右的邻居都没有,买了也不敢去住,再说了,人老了,就图个方便,还是老城区好……

谎撒久了,总有露馅的时候。有时候熟人打招呼说,陈校长,你儿子真不错,都混这么好了,还不改本色,昨天看见他在路边吃拉面呢。

陈安娜就美滋滋地说那是,马跃就这点好,宠辱不惊,不像有些人似的,口袋里揣两块钱就把自己当财主了。

嘴里这么说着,心里却鲜血直流,回家就阴着脸不说话,看啥啥不顺眼,吓得马跃他们都不到楼下吃饭了。这还不行,陈安娜不是上来就是把郝乐意叫下去:"乐意,你这媳妇是怎么当的？男人就得鼓励打气你知不知道？你整天把他关在家里干吗呢？怕让人抢去?"

郝乐意说:"我没啊,马跃刚受了这么大的打击,让他休整一段时间也行。"

"男人就得哪儿跌倒了哪儿爬起来。乐意,我可告诉你啊,你不许跟那个余西似的,生怕男人让人抢了去就恨不能锁在家里。有什么用？马腾飞还不照样起诉要离婚?"说这些的时候,陈安娜感觉像掉进了深不见底的陷阱,不知什么时候能到底,也不知什么时候才能爬上来,心慌得让她抓狂。

马光明知道,她更多的焦虑来自虚荣,接受不了从小就被她吹成是神童的儿子,现在却一事无成,见郝乐意被陈安娜训得左右不是,就摆摆手:"乐意你上去,不用听你妈的。"等郝乐意上楼了,才冲陈安娜喝一嗓子:"你儿子没出息关儿媳妇什么事?!"

这些因自己而起的纷争,马跃当然知道,也想去人才市场找工作,可陈安娜不让,因为她心虚,都吹牛马跃是连班都不用坐的顾问了,还跑人才市场去找工作,万一被熟人碰见,这不是抽自己大嘴巴吗?

不让马跃去人才市场,陈安娜就继续盯报纸上的招聘广告。有一天,陈安娜像哥伦布拿着刚画好的新大陆地图一样,抱着报纸跑上阁楼,说报社正找财经评论员,让马跃去报名。

马跃也觉得不错,去报了名,可笔试成绩不理想,又白白耗掉了半个月。

陈安娜崩溃了,因为关于马跃的一切,她编了太多美丽的谎言,都快成连载小说作家了。今天必须记住昨天都编了些什么,以便于今天继续的时候能接上茬儿,可她已经五十多岁了,记忆大不如从前,为了不露破绽,她只好随身带着一个小本子,把今天吹嘘了些马跃什么,记在本子上,别的老师上班第一件事是泡杯茶,而她,是从包里掏出本子,看昨天的谎言备忘录。总之,因为撒谎,陈安娜的每一天都过得心力交瘁,狂躁无比,回家就像即将爆炸的皮球,黑着脸,目光炯炯有神,好像随时能从哪个角落里揪出个十恶不赦的小贼,让她照死里暴训一顿……家里人都躲着她,就像胆小的火苗躲着雷管的导火索,连一岁多的伊朵一看见她,都会害怕地让爷爷抱着。

别人家的饭桌,不仅有热乎乎的饭菜,还有热乎乎的脸,可陈安娜家的饭桌,压抑得像死刑犯吃最后一顿阳间饭,每个人都绷着脸,唯恐一不小心就会招来陈安娜的慷慨激愤。

后来,马跃说不下楼吃饭了。其实郝乐意也不想下去吃,可如果这样,陈安娜会更抓狂,就说:"别,其实你妈心里更苦。"

马跃就看着她不说话。

郝乐意说:"真的,你是你妈唯一的希望和骄傲,现在……"

马跃蔫蔫地说:"别说了,我下去吃。"

后来,马跃看着报纸上的招聘广告,应聘了几份工作,都没干长,最长的一份干了二十三天,最短的一份干了一上午。

每天早晚,马跃都低着头匆匆走在上下班路上,好像上班很丢人,不仅他不喜欢那些工作,陈安娜也不喜欢,因为她怕熟人遇见马跃,怕人问她,陈校长啊,你们家马跃不是都升职当顾问了吗,怎么又换单位上班了?

这简直是被人扇嘴巴子嘛,所以,马跃一说出去上班她就没好脸,如果工作体面也值得炫耀,她可以就顺口撒谎说,顾问这活又不用坐班,轻松着呢,马跃年轻在家坐不住,正好有公司请他,他就当和年轻人凑堆玩,去兼了个职。可问题是马跃的工作都普通得不能再普通,普通得让她有心撒谎,都未曾开口脸先红。就这样,马跃还是在三个月内换了五份工作,她彻底崩溃了,而马跃的崩溃一点也不比她少。每次去应聘,他都信心满满,可只要他上一天班,就会满嘴牢骚,好像招聘广告都是公开合法的骗局,他因为心思单纯而上当受骗了。他抱怨老总有眼无珠,抱怨主管两面三刀,不仅专抢下属业绩还擅长推卸责任,抱怨同事之间相互挤对暗中下绊子,总之,职场江湖处处险恶,他却徒有一颗志向远大而清澈的处子之心,抱怨完了人他还会抱怨饭菜,抱怨完了饭菜他还会抱怨交通……只要他一回家,无处不在的抱怨让郝乐意替他悲凉,觉得他越来越像个不求上进的男怨妇,就批评他说:"马跃,你为什么不从自身找问题?当你觉得人人都有问题的时候,其实是你自身出了问题,你需要的不是抱怨别人,是反思自己!"

不等马跃接茬儿,陈安娜就翻脸了,借机把积攒良久的怒火统统烧到郝乐意头上,她说郝乐意这是在贬低马跃,给他增加心理压力,只会让他越来越消沉,作为一个合格的妻子,在这时候应该给丈夫鼓励而不是指责,难道她不知道吗?

面对着因焦虑而变得咄咄逼人的陈安娜,郝乐意纵有千言万语,也只能艰难地吞下。

职场的几个月,马跃败得落花流水,他越来越消沉,不再找工作,看书、玩游戏,或者发呆,是他那段日子的全部生活内容。白天陈安娜和郝乐意上班去了,他一玩就是一天,中午马光明在楼下敲敲暖气管子叫他下去吃饭,有时候不到饭点暖气管子也会响,那是伊朵想找他玩了,他下楼,伊朵让他带着上街玩,他不去,也会冲伊朵发火,伊朵和马光明在一起的时间长,性子野,也不怕他,他不带她上街,伊朵就说臭爸爸。

在马跃听来就是臭屁屁,是的,现在他真觉得自己就是块臭屁屁,还不如伊朵呢,伊朵还能给全家人带来笑声,是全家人的希望,而他,就是台造粪机器,每天把粮食吃进去,再变成粪便排出来,周而复始,如此循环得让人绝望。

郝乐意不愿看着马跃沉沦,就说,你不是喜欢当老师吗,要不,你考个教师资格证吧,有了资格证,就可以当老师了,在大城市老师的录取比例比较低,但可以去边缘地区支教,你在英国生活了那么长时间,英语发音也准,偏远地区,特需要你这种全才老师,支教不赚钱也无所谓,至少是件有意义的事,反正她的工资应付家庭开销绰绰有余,让马跃尽管去做自己想做的事情,不用考虑薪水。

郝乐意这么说,是宽慰马跃,也是发自内心的,她对物质没什么要求,也从没想通过婚姻增加物质收益,相亲相爱的人可以相互温暖彼此,做着自己想做的事,就够了。

闲得发慌的马跃,连想都没想就答应了,当天就去书城买了书,在晚饭桌上宣布,从今天开始他要备考教师资格证。陈安娜就愣了,问谁的主意,郝乐意就说是她的想法。陈安娜砰地就摔了筷子,说郝乐意这不是淡泊名利,她这是嫌没工作的马跃丢人,想把他支得远远的,眼不见心不烦。然后问马跃是不是真喜欢当老师。

马跃说是。陈安娜的眼泪唰地就滚了下来,她万万没想到千拦万挡,她原本可以大有作为的儿子,还是要走她的老路,吃一辈子粉笔末子。

"妈。"马跃看上去很寥落,好像徒步跋涉了十万公里一样疲惫而寥落,他说其实他也不知道自己能干什么,他考教师资格证,只是想把自己从茫然无措中拔出来,自从辞职后,这份茫然就像沼泽陷住了萝卜一样,把他的身心整个儿地给沦陷了,现在,他只想借助考教师资格证这件事,从茫然中拔出来,证明自己还是有追求的,不是只知道吃喝玩乐的废物!

说完最后一句话,他哭了,无声地,眼泪往下滚:"妈,我活得很累,我是个男人,可是我能干点什么?我对不起乐意,我娶她都没能像个男人一样给她个像样的婚礼,也没像个男人一样养家糊口……妈,我更对不起您,您含辛茹苦地把我当骄傲供养大,结果我却沦落成了您的羞耻,让您不得不整天和谎言为伍……"

然后,陈安娜呆呆地看着他,也流了泪。

郝乐意说:"马跃,你别这么说,我对婚姻的要求很简单,那就是你爱我我爱你,有你就好。"

那天晚上,马跃喝醉了,喝醉了的马跃搂着陈安娜的脖子,嘟嘟哝哝说:

"妈,求您了,您别因为我撒谎了,我听着难受。"

4

答应了马跃,陈安娜就决定信守诺言。这天早晨,她在办公室里宣布,她的儿子马跃,在期货市场厮杀了两年之后,对这种赤裸裸的金钱游戏彻底失去了兴趣,决定辞职。

陈安娜的同事们都吃惊坏了,啥也不用干,甚至还不需要全天候坐班,只要盯着电脑,看看世界的天气预测一下大豆小麦的收成,造几张表,动动手指,一年就可以挣好几十万的工作居然说辞就辞,简直是太大手笔了,太酷太闲云野鹤了。当然,最让人羡慕的还是几天后传出小道消息:马跃最后收山,是因为大大地赚了一笔,这一笔到底有多大?据说可保马跃全家衣食无忧到终老。

其实,稍微懂一点期货常识,就会明白这是个不靠谱的谣言。马跃不是操作自有资金,一赚就是个大的,还全是自己的。马跃只是代客户操作,所谓赚也是从客户赚的纯利润里抽一定的佣金,所谓佣金佣金,永远是纯利润里的一小部分,怎么会有一夜暴富的可能?

可是,在这个理想被欲望混淆的时代,每个人都在渴望奇迹发生,哪怕不是发生在自己身上,在身边也行,以让自己觉得还有希望。于是,有人一边恭喜陈安娜一边问这是不是真的。

陈安娜愣了片刻就风轻云淡地说这是马跃的家庭经济,她从不过问,也不知真假。

她觉得没有比这更高明的回答了,恬淡的姿态里,对来者而言,是一种笃定,她没有添油加醋,那么,即使谎言被戳穿,也和她陈安娜没关系,这些无中生有的牛皮,不是她陈安娜吹的。也有人惋惜说马跃这么年轻轻的就退休了,挺可惜的。陈安娜就说他才不退休呢,打算做点自己喜欢的事情,比如说找一段他感兴趣的历史,潜心研究。

好嘛,在陈安娜的亲朋当中,马跃就这样亦步亦趋地被谣言包装成了一个看破红尘万丈不过尔尔的年轻隐士。当谣言传到郝乐意耳中时,她都愣了,然后笑了,说哪儿有的事?人家就说郝乐意,我们又没打算跟你借钱。

郝乐意就蒙成了有口难言,回家问马跃这些谣言是怎么出炉的,马跃说不知道,好像这一切都和他没关系。郝乐意不相信,说你不觉得这是撒谎吹牛吗?

多没意思。

没有工作没有钱，会让人觉得窝囊或无能，但上升不到品质问题，可如果吹牛撒谎就是品质问题了，马跃本来就郁闷，让她这么一问，就恼了，就和郝乐意吵了起来。

争吵传到了楼下，陈安娜就雄赳赳地上来了："乐意！你吵吵什么？这正说明在别人眼里，马跃很了不起！"

"妈，可真正的问题是，马跃连工作都没有，您不觉得外界的传言很荒唐吗？那些知道真相的人，会嘲笑我们的。"

"郝乐意，说了半天，你不就嫌马跃没工作吗？"陈安娜瞪着她，"你放心！马跃就是一辈子不上班也吃不着你挣的，还有我呢！等我死了！还有这房子，还有我买的保险！"

郝乐意知道，只要牵扯到马跃，和陈安娜就没理可讲，就看着马跃，一字一顿地说："马跃，既然你没撒谎，如果再有人问你最后一笔到底挣了多少钱，我请你实事求是地说，你不是赚足了金盆洗手了，你是因为做砸了才辞职的！"

"你敢！"陈安娜逼到郝乐意跟前，"郝乐意，你想干什么？是想丢我的脸还是丢马跃的脸？"

"妈，你这样会毁了马跃的，他会因为顺应了你朋友的那些说法而好高骛远的！一般的工作他看不上，他能看上的工作人家又看不上他，他还年轻，就算不为赚钱，他也应该有点事做。"郝乐意说着说着，眼泪就滚了下来。自从马跃辞职，她怕给他精神压力，一直对他好言相向，做出一副什么都不在意的样子，晚上还会帮他复习考教师资格的功课，半夜跑下楼去给他买提神饮料或啤酒。一开始，马跃是很感动，可没过多久，她就发现马跃适应了这种生活。每天早晨离开家，他还在床上眯着，下午回来，书房里枪炮齐鸣，那是她亲爱的马跃在玩游戏，他玩各种各样的游戏，南北战争、魔兽、三国……总之，她每次回来他都玩得不亦乐乎，几乎到了头不抬眼不眨的程度，连她回来，连她站在身后都听不见，直到她忍无可忍地咳嗽两声，他才抬起头，不好意思地说学习累了，玩游戏放松放松……

知道他是撒谎，可怕伤他自尊，她还是不好意思戳穿，就一副很体恤的样子说，没事，累了就玩会儿休息休息。

再过一段时间，连学习累了这个借口都不用了，她都上床睡觉了，他还在叮咣叮咣地玩，她都睡一觉了，睁眼，他还在叮咣叮咣……

渐渐地,电脑里的游戏声,成了郝乐意最最厌恶听到的声音,她站在书房门口说马跃。

马跃头也不抬地忙活着:"过了这一关就睡。"

他这么说,郝乐意愿意信,可是,很多次,他都没有履行诺言,最可怕的是,郝乐意觉得,陪伴她度过这一生的,或许不是这个叫马跃的丈夫,而是电脑里的游戏音响。她不可能不崩溃,尤其是看着亲戚朋友们一个个还无比羡慕地说郝乐意你可真幸福啊,马跃早早把钱挣足了,在家做着学问帮你带着孩子,你在幼儿园里上着耍班……

居然有那么多人羡慕着她虚肿的幸福,而她,却只能配合地伪装幸福,什么叫打掉了牙往肚子里咽? 这就是。而且打掉了牙流出来的血,她都要欢天喜地地说那是太开心多擦了点口红。

只要陈安娜听到她和马跃吵架,就会跑上楼,甩几张钱在桌子上:"你不就嫌马跃不挣钱嘛? 给你!"

他们的争吵却被陈安娜理解成了是她嫌马跃不赚钱,无论她怎么辩解只是不能接受马跃这种沉沦的不健康的生活方式,他还年轻,应该振作应该有所追求,都被陈安娜说成是强词夺理,事实目的就是因为马跃不赚钱。好吧,陈安娜铁嘴钢牙,郝乐意甘拜下风,可最让她无语的是,就这样一个整天和游戏为伴的马跃,居然通过了教师资格考试!

郝乐意总算欣慰了一点儿,趁马跃不玩游戏的时候和他商量,现在不比从前,想进教育系统难度一点儿也不比考公务员低,如果他真喜欢老师这职业,可以去偏远地区支教。她知道支教很辛苦,但是她觉得生活艰苦,正好可以历练历练没吃过苦的马跃,何况去支教也是件有意义的事情。马跃也心动了,晚饭的时候,就和陈安娜说了,陈安娜连半秒的犹豫都没有:"不许去!"然后威严地看着郝乐意,"又是你的主意?"

马跃忙说不是不是,是他在网上看了几位支教老师写的博客,觉得挺有意思的。

"有意思? 你说的有意思就是吃糠咽菜? 照这样的话,大伙儿都停在六十年代享受忍饥挨饿得了!"说完,剜了郝乐意一眼,好像是在说别以为我不知道,还不是你出的幺蛾子!

Chapter

「**第九章**」

亲爱的你要逃到哪里

1

马跃最终没走成。陈安娜说,如果他敢去支教,她就敢豁上班也不上了,跟着他,他走哪儿她跟到哪儿,不为别的,为了跟着给他洗衣买菜做饭。不告诉她去哪儿?那她就绕世界找,世界再大,也架不住她有一颗母亲的心。

除了投降,马跃和郝乐意无路可走。

然后,陈安娜给走投无路的马跃买回了备考公务员的学习资料。往马跃眼前一放:"马跃,妈相信你,给妈争口气!"

马跃说我争,我争!拿过一本书,翻得哗啦哗啦响,眼睛里的余光,却一眼一眼地往电脑屏幕上瞟。

屏幕上的一个战争游戏,正枪炮齐鸣。

陈安娜默默地看了一会儿,一步两叹地悄悄下了楼。其实,马跃也痛恨自己,恨不能死掉,或是恨不能自己压根儿就没来过这世界,也没做过陈安娜的儿子,更没做过郝乐意的丈夫……他会在忏悔里,走进房间,轻轻揽过郝乐意的肩,尽管会被她甩开好几次,但他会锲而不舍地努力,说情话哄她,发誓他一定奋发图强……给她和伊朵一个美好的未来,可第二天早晨,他的心,又会变成空茫茫的一片。郝乐意也劝他,你不是喜欢历史吗,不是陈安娜也在外面说他在家做学问吗,那就潜心研究某一段历史,像易中天,像蒙曼,像王立群,都行,当然,他们都是大家,她不奢求马跃有那么深的造诣,至少让她感觉,他还是个追求上进的人,这应该不是难事吧?

马跃答应得信誓旦旦,说明天就上网查阅历史,做事嘛,就要专,他要学习那些研究史学的老前辈,找准一段最对自己胃口的,生啃,深挖,搞出名堂。他说得热血沸腾,连郝乐意都开始兴奋了,可第二天她下班回来,家里静悄悄的,她的心,那个狂喜啊,走过去一看,对,马跃是没玩游戏,但在玩微博,再一看他关注的内容,郝乐意几乎要昏过去了,不是搞笑就是成功秘籍,再要么就是色情微博。

马跃兴奋地告诉郝乐意,他找到了一条好道,那就是注册一个微博,努力经营,吸引人气,把微博做成私人媒体,就可以赚钱吃饭了,据说青岛就有一个这样的小伙子,粉丝几百万,这是什么概念?他相当于办了一份发行量几百万份的私人报纸啊,而且受众精准,据说有不少商家找他投放微博广告,据说他的收入是月进五万,说着,马跃点开了他收藏的一份关于这小子的报道,拉着郝乐意往他腿上坐,郝乐意挣脱了。因为心凉,因为知道又是黄粱一梦,还是下楼帮马光明做晚饭比较靠谱。

马跃让郝乐意搞得讪讪的,起身说下午郝宝宝来过了。

郝乐意这才想起来,好久没过问郝宝宝的事了,问她来干吗。马跃嘿嘿笑了一下:"和我一样,无聊呗,打算考研。"

郝乐意一愣:"考研?就她那学习成绩,考哪儿的研?她趁我叔叔烤肉的时候抓把盐撒上烤烤还差不多!"

"宝宝不笨,只要努把力,没问题。"

郝乐意洗了把手,打算去郝多钱家看看。

2

春天的风,还稍有些料峭,它们总是有些顽皮地从郝乐意的眼里跑过来又跑过去,弄得郝乐意的眼睛有点儿疼,抬手揉了一下,手就湿了,居然有泪,她愣了一下,站在街边,仰着头,看天,看着灰蒙蒙的天上,不多的几颗星星在眨啊眨的,看上去很疲劳,像她一样。

她就这么仰着头站着,一直一直,等到眼泪流够了,才继续往车站走,流够了眼泪就好,这样,到了郝多钱家就可以一脸欢快了。

可是在这个晚上,她的眼睛好像被人喷了辣椒水,泪水哗哗到淌起来没完,到了郝多钱家时,眼睛已经肿了,把贾秋芬吓了一跳:"乐意,怎么了？和马跃吵架了？"

郝乐意摇摇头,说:"就是想哭一顿。"

贾秋芬叹了口气,说:"乐意啊,我早就和你叔说过,你就是个操心的命。"

马跃的情况,贾秋芬多少知道一些,也问过。因为怕他们担心,郝乐意从来都是避重就轻,可架不住郝宝宝爱刨根问底,因为她也贪玩,每次去郝乐意家,就缠着马跃玩,边玩边八卦,就套出了好多实情,回家跟父母说了。贾秋芬就跟郝多钱感慨说,还真让他说着了,女孩子太能干不是好事。然后俩人就不说话了,所有的嗟叹都在眼神里,仿佛这事实谁也否认不了。郝乐意就是现成的例子在这儿摆着。

郝多钱也生气,狠狠吐了一大口烟:"你跟他说,他要再找不到工作,就来帮我烤肉！"

贾秋芬打了他一下:"行了吧,乐意她婆婆也真是的,我听他们说了,乐意婆婆是驴死不倒的架子,在外面把马跃给吹得天花乱坠的,也真是的,她这面子要的……要成赶鸭子上架了,她越这么吹,马跃越拉不下脸来去找活。"然后看着郝乐意:"他还真打算让老婆养一辈子？"

郝乐意苦笑着摇头:"婶婶,您千万别这么说,他还真不用我养,还有伊朵,都是他爸妈帮我养着呢。"

"其实啊,你婆婆心里也门儿清,马跃对不起你,她才帮着你拉把拉把孩子找补回来点儿,要不然,谁家媳妇能让她好过了？"说着,贾秋芬用下巴指了指街隔壁:"102家,也这样。儿子不着调儿,买房那会儿,他妈掏了首付,说好了小两口还房贷,可儿子挣俩钱还不够自己零花的,他妈没辙了,出去打工帮着还房贷,就这,儿媳妇还不说好,嫌不帮着看孩子,他妈还了房贷还得掏保姆钱,儿媳妇说了,照理孙子就得婆婆看,婆婆腾不出手就得掏保姆费,咳……你瞧瞧,这都什么理儿啊。"

"其实我婆婆也挺不容易的,她就是太要面子了,可……我就觉得这日子没奔头。"见贾秋芬笨手笨脚地算账,郝乐意接过计算器,帮她算清楚了,点好了钱才问郝宝宝毕业找工作的事。

贾秋芬瞥了郝多钱一眼:"找了几家,你叔叔嫌是小旅行社不正规,好不容易找了家正规大旅行社,宝宝干了半个月就撂了挑子,嫌累,把脸晒黑了皮肤晒坏了,宝宝这会儿才明白想找好工作,就得学历高,打算年底考研呢。咳,既然她知道学习中用了,就让她考吧,趁我们还能干还养活得了她,别等老了后悔那些没用的。"

郝乐意问打算考哪所大学的研究生,贾秋芬说好像是青大。

"宝宝呢?"

"一大早就跑出去了,说是找同学借书,谁知道呢⋯⋯到现在都没见着人影。"贾秋芬嘟哝着向外张望,"也不知道能不能考上。"

郝乐意心想,就郝宝宝整天疯玩不学习的劲头,能考上研究生那才叫天方夜谭呢,可看郝多钱两口子一说郝宝宝就神采飞扬,又不好意思打击他们,只好说如果真想考研,就不能整天出去疯玩,得看书,要是自己在家看书看不进去,就报辅导班,大家都在一起学习氛围浓,也能提起学习兴趣来。

啤酒屋渐渐空了,也没见郝宝宝回来,郝乐意就想起了王万家,心就悬上了,遂问郝宝宝谈没谈恋爱,贾秋芬头摇得跟拨浪鼓似的,说别看宝宝个子不矮,可还是颗孩子心,看样子连恋爱是什么都不懂。

郝乐意心里扑通一下,也明白了一件事,孩子不管长多高岁数有多大,在父母眼里永远都是不解事的孩伢子,但也没戳破,遂说虽然宝宝心底儿纯净得跟冰凌儿似的,可架不住有些坏家伙心里开了染缸啊,所以还是得注意点。

郝多钱嗯了一声,跟贾秋芬说:"闺女的事你这当妈的勤问着点,闹恋爱我不怕,我就怕她闹到一混账王八蛋手里去毁了一辈子。"说着眼神往郝乐意这边瞟了一下,郝乐意假装没看见,心里却难受得要命,她明白,在郝多钱和贾秋芬他们眼里,什么理想啊抱负啊才气啊都是浮云,是男人,你结了婚,就得为家庭负责任,就得养活老婆孩子,退一万步讲,你不养活老婆孩子至少也得养活自己,这是他们对一个男人最低最起码的要求,如果连这点都做不到,你就是有天大的本事,那也是一肚子没拉出来的屎而已。

就马跃的状态,郝乐意看着都崩溃,但是,也仅限于她自己而已,她不愿意任何人因马跃没工作而瞧不起他,更不愿意有人说他是个啃父母靠老婆的寄生虫,如果这话说到她跟前,那种耻辱感,不亚于被人当众扇耳光,因为他们所鄙夷的这个人是她所爱的,如果别人眼里的马跃是如此潦倒,那么她这个每天和他同床共枕的女人算什么?还不是王八找了个鳖亲家的关系?

所以郝乐意觉得,她的人生,所有的痛都抵不过这种打掉了牙只能往肚子里咽的憋屈。她言不由衷地替马跃说了几句好话，说马跃其实想出去上班，也有好几家公司来请他，可他不是要考公务员吗，再有几个月就考试了，她和婆婆商量了一下，就劝他不要去上班了，因为不管去哪儿上班，头三个月的试用期肯定要好好表现，根本就没时间学习，还是等公务员考试考完了再说吧，不差这几个月。这么说的时候，郝乐意心里虚虚的，整个胸腔好像一个为了拍戏而搭建起来的虚假山谷，用手指一敲，就能听见其空虚和脆弱的回响，特怕郝多钱接着问，到底还有几个月？事实是离公务员考试还有半年多。

她只是想让马跃少受一些责备，这不是她多么袒护他，而是太多的责备会让她羞愧，夫妻一体嘛。

从郝多钱家出来，走在街上的郝乐意郁闷透了，也没坐车，因为不想这么快就回家，那个家，她看一眼都头疼。

其实，她是很体谅马跃的，如果没有外人的议论和眼光，她无所谓马跃干什么不干什么，只要他健康快乐，真心真意地爱她给她温暖，把家人装在心里，就足够了。什么叫成功人生？不是拥有很多钱也不是拥有多高的职位，只不过是衣食无忧，家人健康快乐。

对，成功的人生一定不是拥有多少金钱，而是拥有多少快乐，现在，只要她不套用世俗的社会价值观去评价马跃，他们不也很幸福吗？马跃虽然没有工作，但是他对她好啊，是个多么好的居家男人，对家门之外的一切丝毫不感兴趣，他最感兴趣的就是下班回来的老婆脸上有没有笑容，女儿这一天过得是不是开心，那些穿金戴银的女人，是多么想拥有这样一个老公，何况马跃还那么知识渊博，还这么爱她……说真的，比起那些有钱却要花钱聘男人来表演爱自己的女人，她郝乐意已经够幸福的了，职业是她喜欢的，薪水养活一家三口绰绰有余，丈夫爱她，她想那么多干什么？再说了，钱只要够花就行，要那么多干吗？不就是个数字游戏吗？

一路上，她拼命地宽慰自己。

手机在包里响了，是马跃，问她在哪儿呢，要出来接她。郝乐意心里一暖说不用了，打辆车一会儿就到家了，说完就挂断了电话，拦了辆出租车，车到楼下，就见马跃正抻长了脖子东张西望呢，就暖暖地嘿了一声，马跃就噌噌跑过来，一把抱起她说担心死了，就来吻她，搞得出租车司机探头探脑地看着他们笑，郝乐意推了他一下，说人家看着呢。马跃不管，冲出租车司机大声嚷："我媳妇。"说着，不由分说地背起郝乐意就往楼上跑。

　　趴在马跃背上的郝乐意是幸福的,所有的抑郁都抛到了九霄云外,就这样过下去,不也很好吗?

　　人想要快乐,就一定得妥协,和这个世界妥协和别人妥协和自己妥协,最后是和死神妥协。

3

　　在陈安娜的督促下,马跃决定奋战备考公务员,又去书城买了不少书。马跃能不能考上公务员,郝乐意并不在意,她要的不过是他有奋斗目标,别她一下班回来就看见他在玩游戏。可她又知道,马跃贪玩,自律能力特差,如果让他待在家里,他会像陷在泥潭里的萝卜一样陷进网络游戏里,加上他又迷上了玩微博,不管白天黑夜不管在马桶上还是在街上,都泡在微博上,郝乐意说他两句,他就会辩解说我不跟你说了嘛,我要把我的微博发展成一个牛逼闪闪的私人媒体。郝乐意就火了,让他现实点,让他睁大眼,仔细看看,那些有所作为的人,哪儿有整天泡在微博上的?马跃倒来了劲,说有啊,你看那谁谁谁,还有谁谁谁们,都整天挂在微博上,如果他们不是成功人士,中国就没成功人士了。郝乐意就冷笑,那你先混出谁谁谁们的成功再整天黏在微博上。

　　马跃就不语了,然后愤怒,因为觉得郝乐意这是在嘲讽他。每每这时,郝乐意就去忙自己的了,也不搭理他。

　　马跃虽然散漫贪玩,但还是善于自省的,不用十分钟,他就会反省到错误。当然,意识到自己错了的马跃从来不会主动道歉说媳妇我错了啊,他会嬉皮笑脸地纠缠她,就像赖着妈妈要吃奶的孩子,弄得郝乐意觉得,如果再不理他,就有点残忍了。所以,尽管马跃的寄生姿态让她在人前羞于启齿,但回家以后,她还是很自如甚至是很开心的。

　　陈安娜当着郝乐意面从不数落马跃,怕他被看低,可一旦郝乐意不在,她就一会儿像斗阶级敌人一样批斗马跃,一会儿又声泪俱下地求他,给她这个当妈的争口气。搞来搞去,真把马跃搞怕了,只要陈安娜在家,他就尽量不下楼,只要陈安娜上了楼,他就借口待在厕所不出来。陈安娜那个气啊,在这世界上,最疼儿子的人肯定是她,以前,马跃对她的亲热,那是有目共睹的,可自从他从英国回来,就跟变了个人似的,几乎从不正眼看她,偶尔和她对对目光,也是满眼惹人生气的邪火。

　　这到底是为什么？如果她客观点，应该想得到，马跃这样是因为愧疚，偷偷从英国跑回来，是对她的辜负，回来后一直靠啃父母过日子，就是在愧疚上又加了负罪感，可陈安娜没往这上面想，觉得作为马跃亲妈，哪怕把自己敲骨吸髓地喂养了马跃，也是再正常不过的，而且，天下所有的母亲都会如此，没什么值得大惊小怪的。

　　陈安娜毫无例外地信任儿子对自己的爱，她像所有因儿子结婚而备感失落却又不忍责怪儿子的母亲一样，把所有的怨怼都发泄在了儿媳妇身上，因为儿子疏远亲妈，都是结婚后开始的，都是儿媳妇没起好作用，郝乐意也不能例外。

　　自从马跃不上班，陈安娜就对郝乐意没好脸色，冷不丁地就要呛她几句。郝乐意大多时候，不回嘴，因为知道她也难受。可如果马跃也在旁边，他会不管三七二十一地吆喝："爸，跟您说多少遍了？您要再不管好您媳妇，我们就不下来了啊。"

　　马光明就翻陈安娜一眼，大多也是不吭声，或咳嗽两声，顿两下嗓子，言语上不接茬儿，就这么过去了。

　　既然陈安娜和马跃都把宝押在了考公务员上，郝乐意也没打算拖后腿，没跟马跃打招呼就给他报了一个班，让马跃准时去上课，马跃不干，和郝乐意吵了起来，当然，是温暖地争吵，他很愧疚，说不上班他已经很没脸了，花了钱上课，万一考不出来，他就真没脸见人了。

　　郝乐意说就是为了给他点压力，让压力变动力。陈安娜也破天荒地站在了郝乐意这边，让马跃必须去上课，否则她提前办理内退，在家督促他学习，马跃知道她绝对干得出来，灰溜溜地上课去了。

　　几个月一晃过去，在报考公务员的大军中，我们的马跃同学，踌躇满志是因为自信，这一年，他参加了好几次考试，简直是百战不殆，连郝乐意和陈安娜这对向来政见不统一的人，都异口同声地给他封了考神，所以应战过程中的马跃，信心百倍。

　　可，最终，他还是落榜在了最后一关，报考的时候，郝乐意建议他选择冷僻一些的部门，因为冷僻，报考的人也少，相对来说，竞争就少一些，可陈安娜再一次搬出了男人选工作单位就像女人选丈夫的理论，一定要选好的，就像女人不能为了摘掉剩女的名头胡乱找个男人结婚，总不能结了再离吧？工作这事，也不能考进去觉得没意思再辞职再调动吧？

　　郝乐意犟不过婆婆，陈安娜又当仁不让地拿出了师者风范，全程陪同，一路建议不断，晚上，郝乐意一听马跃报的单位，心里就咯噔一下，但怕影响马跃的情绪，就没说。

然而，事实证明，一切果然如郝乐意担心的那样，考神马跃，虽然笔试过关了，但排名不是很靠前，最终，在面试关被淘汰了……

得到消息，陈安娜不吃不喝一夜没合眼，眼睛都凹陷了下去，第二天从床上跳下来就去马跃报考的单位质问，认为面试有猫腻，要不然，就凭马跃——众所周知的考神，怎么可能落榜？她坚持要看被录取的几个人的填报资料，核实他们的社会背景。他们越不给看她就越觉得猫腻大，又要找媒体又要上网发帖的。最后，他们通过报名资料，找到马跃，让他把陈安娜领回去，可陈安娜就是不走，一定让人给个说法，要不然她就报警，任凭马跃和郝乐意怎么哀求都没用，最后，还真把110给折腾来了，才把她弄回家。

陈安娜大病了一场，半个月没上班，其间，马光远两口子来看她，陈安娜关着卧室门不让进，说谁都不想见，等好了再说。马光明知道她是自尊心强，不愿意让人看自己蓬头垢面的样子，就悄悄和马光远解释了一下，田桂花也叹了口气，悄悄塞给马光明一张银行卡，让他贴补家用，别当是哥嫂帮他，这是他应得的，因为他是企业内退职工，跟着马光远干，马光远的酒店就不用给他交社保了，她和马光远早就商量过了，这笔钱也不能瞎了他的，单独给他存出来，等以后给他。

马光明收下了卡，也明白，关于社保不社保的，不过是哥嫂想帮他又不想让他受之有愧的说辞，心里热热的，鼻子就有点酸，喊了声哥。

马光远拍拍他的肩，说都会好的，会越来越好。

是的，都会好的，马光明从没怀疑过，至少，在他活过了的这五十多年的光阴里，生活的现实一直在告诉他这个颠扑不破的真理：日子越来越好。譬如现在的猪都过得比六〇年的人丰衣足食。

郝乐意问马跃接下来有什么打算，她不怕马跃将来一事无成，却怕陈安娜受不了刺激，精神上垮掉了，那这个家，也真就风雨飘摇了……

马跃却一脸茫然，他不知道自己能干什么，其实，他还是了解自己的，对未来没太大的抱负，有份比较悠闲看上去也比较体面的工作，有时间读他喜欢的书，下班回来老婆孩子暖融融乐成一窝，就是他最想要的生活。

郝乐意说反正他有教师资格证，索性去应聘当老师，进不了公立学校，去私立学校也行，你喜欢历史就去中学当历史老师，历史是副科，教学轻松，时间从容……

可是,为了哄陈安娜开心,马光明把银行卡上缴了。于是,在病床上躺了半个月的陈安娜有了新想法,她隆重地把马跃夫妻俩叫到床边,盯着郝乐意的眼睛对马跃说:"马跃,你才二十八岁,妈相信你。"

郝乐意微笑得像只温顺的羊羔,唯恐哪个表情不合适刺疼了陈安娜脆弱的神经。

陈安娜盯着郝乐意:"乐意,我和你爸虽然都是工薪族,可收入还可以,这几年我和你爸又攒了二十多万。"

郝乐意以为陈安娜是想告诉她,就算马跃没考上公务员,这个唯一的儿子她也养得起,就笑笑说:"妈,您和我爸劳碌了大半辈子也挺辛苦的,等您退休了,可以拿这笔钱和我爸出去旅游,想去哪儿就去哪儿,至于我们……"看看马跃,"虽然马跃暂时没上班,可就我的收入,我们一家三口也够花了。"

对郝乐意的体贴陈安娜丝毫不领情,反倒有些生气了:"乐意,在你眼里,我和你爸是那种只顾自己不管儿女的人?"

"没,妈,您和我爸辛苦了大半辈子,我们不忍心再给您添麻烦了。"郝乐意不知自己哪句话没说到点上戳疼了陈安娜,忙检讨。

陈安娜定定地看了她一会儿:"我身体好着呢,等马跃出息了,我再享受也不迟,那会儿享受比这会儿享受要踏实得多。"

郝乐意这才明白,陈安娜把他们叫过来,肯定是有了新的想法,就看看马跃,没吭声。

果然,陈安娜说,这阵子她躺在床上,没想别的,想的全是马跃堂堂一海归,为什么会这么不顺?想来想去还是学历低了,如果马跃以留英硕士的身份回来,肯定就不一样了。说着,陈安娜从枕头旁拿起一张报纸,展开,给郝乐意他们看,说这是市政府面向海内外招贤纳士的广告,最低门槛是硕士学历,还必须是在专业领域内有一定成就的,所以,她决定让马跃回炉深造,回英国把硕士学位拿出来,当然,如果能顺水推舟地把博士学位也给拿了,她这当妈的更高兴。说完,从床头柜里拿出存折:"我打听了,在英国读研究生,一年半就行了,这些钱足够了。"

"妈,马跃都是结婚做爸爸的人了,您不应该干涉他的生活。"郝乐意虽然对陈安娜有意见,可又觉得作为母亲,她的方式虽然不正确,却也是呕心沥血的,所以才一忍再忍,可现在她实在忍不住了。

"马跃就是做了爷爷的人,只要我这个妈还活着,他就是我儿子,就得听我的。"陈安娜当然不甘示弱,"马跃,当着郝乐意的面,你给我说,你到底听谁的?"

"马跃,人生是你自己的,你不必听任何人的,但你必须要为自己负责!"郝乐意和陈安娜像两只正准备投入格斗的鸡一样,脸红脖子粗,马跃知道,随便谁一句话,这两个女人就成炒爆了豆子的锅,这既不是他愿意看到的也不是他能左右得了的,忙拉着郝乐意往外走,说天不早了,出去找找马光明,看他领着伊朵去哪儿了。

郝乐意受够了马跃的一贯逃避,甩开他的手,让他自己去找,今天她必须和陈安娜把话说清楚:"妈,有些话,我忍了好久了,今天我必须跟您说明白了,马跃是奔三的成年人了,他的私人生活,您不能横加干涉,您干涉他就是干涉了我,因为他是我的丈夫!"

"我横加干涉?马跃,你听到了没?在你老婆眼里,我这当妈的为你以后着想,成横加干涉了,还有没有点良心?"陈安娜一把拖住要逃出门的马跃,让他评理。

逃不掉的马跃只好把心一横:"妈,结婚前我归您管那阵,随便您怎么插手我的生活,我都像享受挠背,结婚了我这背就归媳妇挠了,您老也该歇歇了。"

陈安娜万万没想到,马跃居然不站在她这边,就手一嘴巴就抽上去了,让他这就滚,滚越远越好,马跃就一副可怜巴巴相,拉着郝乐意往外走:"妈,这可是您让我滚的。"

陈安娜从床头捞起扫床的猪鬃笤帚,一步一挥地赶到大门口,冲着揽着郝乐意狼狈往楼上逃的马跃大喊:"给我滚远远的,别一天到晚地在我头顶上屁滚尿流!"

一听这话,原本还绷着脸生气的郝乐意,噗地就乐出了声。

4

最终的胜利者还是陈安娜,起因是她把马跃叫到办公室,还动员了几个被她蒙在鼓里的老师,一起动员马跃去英国读研,他们说马跃,听你妈的吧,虽然你赚到钱了,可现在通货膨胀多厉害?不用多,你往前比二十年,一月八百块钱就是高薪了,可现在呢?八百块钱还不够买条名牌裤子的,人啊,没有近忧,必有远虑,人生最大的悲哀不是别人有什么你没有,别人都幸福你痛苦,而是该战斗的年龄你袖着手,该袖着手的年龄你却必须去战斗……在七嘴八舌的围攻教育下,马跃既不能解释他根本就没赚到什么钱又不能说我不想惹我媳妇生气,因为那是他的家庭背景,别人并不了解,一旦他说因为郝乐意不同意,他们一定会纷纷批评她,媳妇可以不懂事,不理解婆婆的一片苦心,可他这做儿子的不能不理解啊……马跃被围攻得实在没辙了,举双手投降了,说我去,这就去。

可,他要怎么说才不会惹郝乐意发火呢?夜里辗转反侧,郝乐意问他怎么了,他说没什么,就手拉着郝乐意,让她趴在自己身上,和他脸对着脸,这是他们都喜欢的亲密姿势。郝乐意困了,脸耷拉着贴在他脸上,懒洋洋地说别闹了,我想睡觉。

马跃张了张嘴,却没吐出半个字,嘴唇在她脸上爬呀爬呀地吻她,弄得郝乐意痒痒的,从他身上翻下来,说讨厌,痒死了。马跃侧躺看着她,月光蓝幽幽地从天窗钻进来,安静地抚摸着她光洁的脸,一个才二十五岁的小妈妈,看得他的心柔柔的,伏上去吻了一下,郝乐意眼也不睁地伸手捂上了他的嘴:"睡觉。"

马跃笑,用舌尖抵着她的手心,一下一下地挠,手却极不老实地钻进了内衣,朝着他熟悉的地方挺进,郝乐意彻底被他闹清醒了,大笑着说讨厌,翻身滚开,马跃一路追过去,攥住她双手举到头的上方,压在床上,郝乐意像投降的猴子一样夸张地呈"大"字状仰在床上。"不许睡。"说着,马跃用牙齿咬开了她的睡衣。自从结婚,马跃就一定要郝乐意裸睡,理由是这样方便爱她。马跃嘴里的爱她就是做爱。

他最喜欢的做爱方式之一就是半夜睡醒了,钻进郝乐意宽大的睡衣里爱抚她,其实郝乐意也喜欢,其实很多时候马跃一爱抚她,她就醒了,知道马跃喜欢她在做爱中醒来而不是在爱抚中醒来,所以,她通常很配合地在假寐里享受马跃的爱抚,在他即将进入她的时候还会假装在睡梦中翻个身让他紧张,最后在他抵达她深处时紧张而幸福地醒来,娇嗔地呢喃着和他说着梦话一样的情话。

可今天她还没睡着,就配合地把腿盘在他腰上,娇笑着说又想扮坏蛋呀?马跃嗯了一身,深深地进入了她,在这个幸福的刹那,马跃突然后悔了,他一点儿也不想去英国,片刻也不想去,就想和他亲爱的郝乐意睡在一张床上,看着她、搂着她、欢喜的时候就这样她……这种淡淡的伤感让他不敢再看郝乐意的眼睛,就微微地闭上了眼……那么幽静的月光,扑在他们热浪翻滚的身上,后来,郝乐意感觉出了不对,因为马跃伏在她身上流了泪,那滴泪,像一滴琥珀一样缀在她锁骨的浅窝里,她捧着他热泪淋漓的脸:"马跃,你怎么了?"

马跃从她身上翻下来,枕着自己的手,想了一会儿,才说在想一件事。

郝乐意软绵绵地嗯了一声,表示自己想听。

"我在想,一个明智的人的人生,应该是该战斗的年龄去战斗,这样才会有该袖着手的时候袖着手的惬意。"

郝乐意又嗯了一声,表示同意。

马跃就翻过来,几乎是趴在她脸上,认真地说:"我想去英国读研。"

郝乐意一个激灵就清醒了:"刚才你就是想和我说这个?"

马跃点头。

郝乐意一个骨碌爬起来,她一脸严肃,却光溜溜地坐在那儿,显得有点滑稽:"你妈又……"

马跃伸手捂她嘴:"没有,这几天我在家反思我的人生。"

"对,我知道,你经常反思你的人生,这是你的一大优点,可你的缺点就是反思了以后继续蹲在原地,你说吧,你去英国拿下硕士证书来,你的人生就会发生实质性的改变?"郝乐意简直是火冒三丈,"你考出多少证书来了?马跃!要不要我帮你数数,你每一次打算去考证之前,都踌躇满志,好像考出这个证书来你的人生一切就 OK 了就金光万丈就辉煌坦荡了,可是你拿了一本又一本的证书,它们除了能证明你是所向披靡的考神之外,什么也不是,因为你的人生还是老样子,你以为证书是饭碗啊,只要你考出一本来往眼前那么一摆,你什么也不用干,钱和成就就从天上掉下来了?只要你多拿一本证书就多条天上掉钱、地上来成就的途径?以前你要考证你就去考,我从不阻拦不是我相信你考出个证来就能有前途,而是为了保全你的上进心!"

说着说着郝乐意就哭了,面对的这个男人,让她突然觉得自己坐在了浩瀚无边的巧克力糖浆上,虽有浓情蜜意,却终是逃不过沦陷的无望。

马跃愧疚地看着她,半天不说话,他仰着头,看天窗外的月亮,连月亮都看伤心了,刚才还柔情蜜意的一对小男女,一眨眼就吵成了冤家,它一伤心就离开天窗不看了,外面只剩了空茫茫的天空。

最终,马跃还是去了英国,临行前,马腾飞给他饯行,离婚官司折腾了将近一年,他和余西的婚姻终于彻底结束,但是他不知道,余西之所以答应离婚,是因为田桂花替他撒了谎。

田桂花去找余西,说让他们离婚真不是因为她不能生孩子,而是怕他们俩在一起，不知哪天会闹出人命来，余西也知道这是事实的一部分，她赌咒发誓以后再也不这样了，田桂花悲凉地摇了摇头，说这样的誓你以前不是没发过，可事实证明，只要你们俩还是夫妻，还住在一起，你就会犯老毛病，她就马腾飞这么一儿子，余西父母也就她这么一女儿，谁都闪失不起，也出不起事，所以，不为别的，为了双方父母不再提心吊胆，这婚，还是离了吧。余西父母虽然不愿女儿离婚，可也知道田桂花说得在理，他们也怕余西闯下不可收拾的祸，没了命或是进了监狱，也帮着田桂花劝，余西拗不过大家，最终泪流满面地有条件投降了，这个条件就是，既然是为了双方安全离的婚，那马腾飞就不能再娶。

田桂花替马腾飞答应得信誓旦旦，还主动给了余西五百万，因为余西长这么大就没上过一天班，虽然马腾飞本人并没家产可分，也不能亏着余西，至少要保证她离婚后的日子过得和以前一样体面从容。

在三个人的饯行宴上，马腾飞哭了。很久以后，郝乐意才明白，他的痛哭，未必是对余西的眷恋也未必是对爱情终于殒命的悲痛，不过是面对婚姻破产的习惯性悲伤，就像被小偷光顾了钱包，我们的第一情绪一定是窝火愤怒。

送走马跃，郝乐意心里一片空荡荡的苍茫，再看看陈安娜，也挺心酸的，辛苦大半辈子，就为儿子省吃俭用了，也替马跃汗颜，都二十八岁了，还在挥霍父母的血汗钱，就去银行把这几年攒的十几万块钱全提了出来，给陈安娜送了下去。

陈安娜扒拉开手提袋看了一眼，面无表情地问："什么意思？"

郝乐意说马跃都快三十了，不能再花父母的钱了，这些钱虽然不够陈安娜垫付的留学费用，但也是她的心意。

陈安娜嗯了一声，其实，心里还是很感动的，也发自内心地觉得郝乐意这媳妇不错，但她不想表现在脸上让她翘尾巴，就冷冷地问："多少？"

郝乐意说十四万五。

"还挺能攒。"陈安娜把袋子系上，"你还是去存上吧，马跃是我儿子，把他培养好，交给你，是我这当妈的责任，这钱你掏不着，再说了，我的钱就是马跃的钱，以后你别把我和马跃分得这么清楚。"

陈安娜说这些时，虽然沉着脸，但声音平缓，已经有些语重心长的慈祥长辈的感觉了。

5

郝宝宝的考研,毫无意外地连续两年落榜,听说郝乐意要去学车,也非要去,郝乐意问郝宝宝学车干吗? 难不成打算让父母买辆车给她开着玩?

郝宝宝认为没什么不可以,见郝乐意不爱搭理她,又改口说找个有车的男朋友不就行了嘛。

郝乐意叹了口气:"宝宝,人是很现实的。"

郝宝宝不否认,所以她才一定要找个有房有车的男朋友。

"就你,苦不能吃,活不能干,工作没有,宝宝,你不觉得你这样是对自己不负责任吗?"郝乐意是真的担心,因为郝多钱夫妻不是有钱人,现在还能干,可总有老的那一天,郝宝宝怎么办? 她总不能嫁了人还靠父母养活吧? 好,就算可以,在生存日益残酷的城市里,她连一份糊口的工作都没有,普通家庭会因为养不起这样的儿媳妇而不敢要她,中产家庭既要面子又要安全感,更不敢娶郝宝宝这种生场病就能把他们拖出中产阶层的女人,除非是嫁给马腾飞这样的,自己没钱无所谓,父母有钱,因为他对做生意不感兴趣,对婚姻的要求也很单纯,只要自己喜欢的就可以,如果他也是生意场上混的都不行,为了生意方便,他要娶的,肯定也是非富即贵。

关于马腾飞,郝宝宝听说过,但没见过,之前只听说他正闹着离婚,郝乐意拿他一打比喻,把她的心给打动了一下,遂追着问他的婚离下来了没有,郝乐意猜到了她的小心思,剜了她一眼:"问这个干什么?!"

郝宝宝就嬉皮笑脸地赖皮说,等他离下来,请她这做姐姐的一定要本着近水楼台先得月的原则介绍给她,郝乐意打了她一下:"靠谁也没靠自己踏实!"问她以后是怎么打算的,郝宝宝耸耸肩一副无所谓的样子:"继续混,一边考研一边钓金龟婿,如果运气好点金龟婿上钩了,就洗心革面做全职太太去。"

郝乐意吃了一惊:"宝宝,你就不能有点追求?"

郝宝宝也一副错愕嘴脸:"姐,在我眼里,这是最难最高的追求了,像你似的,找个单位上班,拼死拼活地挣钱养家糊口,那才是和满大街人都一样的低级追求呢。"

"宝宝,你都把寄生虫理论升级到这段位了?"

"啊? 怎么还升级,本来不就这么回事嘛。"郝宝宝认真地掰着指头,"你看啊,大家都拼命努力,不就是为了挣钱吗,挣钱是干吗的?不就是为了满足自己的愿望,让自己活得舒服点儿吗,想买嘛都买得起,想吃啥都甭犹豫,家务嘛有保姆,工作嘛有下属,我呢就不向你们学习了,我一步到位,直达人生的顶峰……"

"打住打住,宝宝,你这套理论是从哪儿来的?"郝乐意见过多少女孩子揣着灰姑娘梦,没等来白马王子倒是等来白马唐僧,"如果所有人都像你这么想,这个世界还用往前进?大家都躺家里做白日梦得了!"

"姐,你忘了?有句歌词叫'有梦就好'。这不,我争取早点把驾照拿到手,别万一我碰上钻石王老五了,人家送我一辆保时捷我还傻乎乎地告诉人家不会开,是吧?"

"你就做梦吧,有你哭的时候!"

话虽这么说,郝乐意还是替郝宝宝把考驾照的费用交了。几个月后,郝乐意拿出了驾照,打算买辆车,因为这,陈安娜很不高兴,一坐到饭桌前就跟她算养车费用,一年怎么着也得一万五,再让交警贴两次罚单被摄像头咔嚓两次,一万五都打不住……

不管她怎么说,郝乐意就是不吱声,去车行交了款,提了车,在沿海一线兜了几圈,凉爽的海风扑在脸上,内心的乌云,好像被撕开了一条小小的缝隙,敞亮一点了。其实,她买车是因为幼儿园要搬迁。

格林幼儿园越来越受孩子和家长们的欢迎,却因为场地有限,不能再收孩子了,看着眼巴巴的家长和孩子们,苏漫左右为难又没有办法,就和杨林说了,正好杨林承建小区的开发商因资金链断裂,想用一千多平方米门面房抵工程款,他没答应,因为这门面房不临街,还在小区最里面,偏得都可以拿来办疗养院了,办幼儿园更没问题,既然苏漫用得上,杨林就把这房子要了。郝乐意陪苏漫去看了,又根据幼儿园的实际需要,提了装修建议,用不了多久,格林幼儿园就要搬过去了。

伊朵两岁就跟着郝乐意上幼儿园了,老幼儿园离家就五站路,早晨早走,傍晚如果公交车太挤溜达半个小时也就回来了,可新幼儿园太远了,在离家十几公里的海尔路一带,那一带新建小区多,正好也最缺幼儿园,一想早晨晚上要领着伊朵坐挤得跟贴人肉饼子似的公交车,郝乐意就于心不忍,狠狠心,决定对自己和伊朵好一点,就买了车。

自从聘任郝乐意做了园长,苏漫就不天天到幼儿园了,杨林正逐步收拢公司生意,把手头的工程做完,就把公司转出去,买家也谈拢了,单等着交接,苏漫说等杨林把公司交接完,幼儿园也搬了家,他们就把家产给杨林的儿子和她女儿分了,了无心事地轻装上阵,开始自驾游人生。

可最近徐一格经常往幼儿园跑,奇怪的是苏漫每次来幼儿园,也总是提前电话问一下徐一格在不在,如果在,她就不来了,躲着徐一格呢。

苏漫和杨林结婚的时候,徐一格才四岁,出于对已故前夫的尊重,苏漫没给她改姓,徐一格稍大点的时候,问过苏漫,为什么她姓徐,哥哥姓杨,苏漫也没瞒她,保持生父的姓,是对父亲最好的纪念,可长大后的徐一格并不这么想,一直嚷着要改姓,理由是生恩没有养恩大,她两岁的时候亲爸就没了,四岁就开始喊杨林爸爸了,她当然要顾忌杨爸爸的感受。

可苏漫知道,徐一格要改姓的真正原因是太贪,又小心眼,怕将来在分家产上吃亏,就想以改姓讨好杨林,她不答应,直接告诉徐一格,如果她敢改姓杨,就别叫她妈,因为她女儿叫徐一格而不是杨一格。因为这,徐一格整天跑到幼儿园死缠硬磨,苏漫懒得和她生气,索性躲着不见,只要徐一格去了幼儿园,她就不去了。晚上更好说,杨林已给儿子和徐一格各自买房,在外单过,为了躲避女儿的纠缠,苏漫晚上从不单独在家,杨林明白她的苦衷,出门应酬也夫唱妇随的,不应酬,就两口子在家研究研究花花草草和各类小吃,徐一格即使来了,因为怕苏漫当着杨林的面说出不好听的来,也怕杨林看穿她的小心思,除了拍马屁,也不便过分磨叽。

徐一格挺讨厌郝乐意的,因为苏漫总是拿郝乐意做教材教训她。瞧人家郝乐意,十五岁父母就没了,要说堕落学坏,她比谁都有资格,可人家堕落了吗学坏了吗?别看人家没上大学,可人家活得比谁都用心,都有骨气。用苏漫的话说,在这个世界上,没有任何一碗白米饭是白吃的,每一碗白米饭都会提供你成长的营养,可是,为什么人人都在吃白米饭,却为什么有的人生就茁壮无比,有的人生就羸弱得像温室里的花草?每每听苏漫这么说,徐一格就没好气地说不知道!苏漫说那是有的人把营养吸收在了自己长劲上,有的人吸收在玩乐上!只要自己不想积极向上,别人再着急也没用,说什么社会风气不好?看看郝乐意!只要她没长成坏孩子,你们这些有父有母有疼有爱的人,就更没变坏的资格!一个总抱怨自己得到得不够多的人,永远不会有出息!

徐一格看见郝乐意就没好脸色,郝乐意也不跟她吵,只要她来,通常是笑笑,倒杯水,就去忙自己的了。

　　日子就这么不紧不慢地晃着,晃到幼儿园搬家,伊朵就要从亲子班升到小班了。伊朵上幼儿园后,马光明就回酒店上班了,因为带惯了伊朵,一天见不着,马光明就想得慌,每到下午四点可以接孩子了,他就跑到幼儿园,把伊朵接到酒店。伊朵不仅是马光明的宝贝,也是整个酒店的开心果,马光远更是喜欢,为了和伊朵玩,还经常和马光明急眼,一旦抢到了伊朵,就领出去一顿胡买,恨不能把整个世界买给她,带着这些东西回家,又要挨陈安娜的骂,所以,马光明每次把伊朵带到酒店,都跟躲猫猫藏宝贝似的,尽量不让马光远发现,等挨到下白班的时间,就跟得胜将军似的,领着肉肉小屁股的伊朵上楼,让她给大爷爷马光远亲上一脸口水,就回家了。

请对我撒谎

「第十章」

我心碎的声音你听到了吗

1

送马跃走的时候,郝乐意觉得一年半长得让人懒得去想,可一眨眼就过去了,陈安娜再过半个月就退休了,伊朵也要升中班了,真快啊。

爸爸快回来了,伊朵很兴奋,吃完晚饭就要上楼和马跃视频聊天,让爸爸给她带很好吃的松露巧克力。

郝乐意洗完碗,带伊朵上楼,跟马光明说伊朵玩完了就在楼上睡,让马光明不用给她留门。

上楼后,郝乐意给伊朵开了电脑视频,见马跃在 MSN 上挂着呢,就跟他说了两句话,却没人回应,就把视频开了,只等马跃那边接受邀请就可以了,让伊朵耐心等爸爸过来,自己去客厅做课件去了。

小孩子有心事会容易激动到专注,就像我们小的时候盼过年。伊朵眼睛一眨不眨地看着屏幕,突然,屏幕上显示马跃接受视频邀请了,然后,有个女人的脸一晃,伊朵有点奇怪,大声冲着麦克风问:"阿姨,我爸爸呢?"

正在做课件的郝乐意吃了一惊,起身走到书房门口,却见视频窗口出现的是马跃。

伊朵在问马跃:"爸爸,阿姨是谁呀?"

在视频框里，马跃的笑脸显得有点尴尬："没有啊，爸爸这里没有阿姨，伊朵是不是看错了？"

伊朵还不到四岁，很容易哄，就噘着小嘴哦了一声，问马跃回来的时候给她带什么好东西，马跃一副认真想的样子，问她想要什么，伊朵说了一大串。马跃好像有点紧张，问伊朵妈妈在做什么呢，伊朵一直看着视频，没发现郝乐意就站在书房门口，说妈妈在客厅忙，不让她打扰。

马跃貌似放松地哦了一声，和伊朵又闲聊了很多。这时，郝乐意看见一只手搭在马跃右肩上，就一只手，一只黄种人的、属于女人的小巧的手，无声无息地搭在马跃肩上，因为马跃穿的是米色的格子衬衫，再加上视频有点儿失真，看上去不很明显，可马跃抹了肩一下，好像抹掉一片落叶一样，把那只手从肩上抹了下来。

就这瞬间的一个动作，郝乐意石化一样地僵住了，一只手死死把着门框，好像长在了上面一样，不让自己奔到电脑前，一只手死死地扼住了自己的脖子，以不让自己咆哮出声。

她冷冷地看着马跃拿掉手之后泰然自若地继续和伊朵说话，问她乖不乖，想没想爸爸，爷爷奶奶好不好等等的废话，但关于他的妻子郝乐意，他没再提。她看见马跃向视频框外一伸手，就拿过了一罐啤酒，从他仰头的幅度来看，这罐酒已经快喝光了，那么，应该是有个女人坐在旁边喝的吧？他和一个女人同喝一罐啤酒，这关系应当是亲密到了不是一般程度。

在家里，除了郝乐意的杯子，马跃从不乱用任何人的，连陈安娜和马光明的也不用，他是个多少有些洁癖的人。

郝乐意满脑袋都是嗡嗡的响声，心里有一万个声音在相互打架：压住火！冲上去！质问他！问他为什么要这样！那个女人是谁？！不，千万别，郝乐意，你要等他回来再拷问，因为你了解马跃，一遇到挠头的问题，他的习惯动作就是逃跑，如果你现在咆哮了，他一定会撒谎，如果你拆谎拆得咄咄逼人，他那点脆弱的廉耻无处可逃，自感无颜面对她，他唯一能找到的出路，肯定就是逃避，或许他连国都不回了……

满脑袋的胡思乱想里，郝乐意觉得全身的血液都凉了，她再也不想看了，默默地转身，突然痛恨自己的懦弱，为什么要放马跃去英国？不就是不想让陈安娜把马跃的一事无成当一摊狗屎抹在她身上洗不掉吗？

她曾是多么坚信，就她对马跃的要求之低，应该是世界级的低水准了吧？

不要求他养家糊口,也不要求他夫贵赠与她妻荣,更不要求他承担家务,如果说,她对他唯一还算有点要求的,也就是别用出轨踏翻她对男人唯一的一点期望。

郝乐意坐在沙发上,呆呆地看着笔记本屏幕上上下翻动的屏保。

突然,伊朵从书房跑出来,嘴里喊着:"爸爸,伊朵要嘘嘘了……"像一枚小肉球一样滚进了卫生间。

郝乐意这才觉得脸上有阵阵凉意,抹了一把,居然是泪,就起身到卫生间门口看了一眼:"伊朵,小姑娘用卫生间的时候要关门,知道吗?"

伊朵在马桶上晃荡着两条小胖腿,认真地冲她点头:"妈妈,伊朵想拉屉屉,臭臭的,你给伊朵关门。"

郝乐意强颜欢笑地翘了一下嘴角,关上卫生间的门,虽然恨着,可那种无比想目睹贼作案的好奇心,促使她走到了书房门口。

视频框内已经没人了,只能看见半扇古老的欧式房门,床的一角,还有挂在门口衣架上的衣服,是的,没错,有件浅粉色的女式风衣。房子是马跃租的,房东是一对华裔夫妻,上世纪90年代去了英国,靠辛勤劳作从英国人手里挣了点银子,买了一栋老房,他们把楼上房间分别出租,自己住楼下。

突然,她看见一个女人,走到门边,穿上外套,然后她看见了马跃的半个身子,再然后,她看见女人愤怒地抡起手包,朝马跃身上砸去,再然后,摔门而去,剩下马跃一个人,呆呆地站在原地,再然后,马跃看着对话框,也就是说,马跃在看视频这端有没有人,他跑过来,整个脸几乎堵在视频上,有些胆怯却又试探地:"伊朵,伊朵!"

见没人应声,马跃似乎松了口气,一屁股坐下来,对着镜头若有所思的样子。

郝乐意知道了,他刚才叫伊朵,是怕刚才这一幕被她或伊朵看见,喊伊朵是试探虚实。

卫生间传来了抽水马桶的轰鸣,郝乐意忙蹑手蹑脚回到客厅,看见伊朵从卫生间跑出来,进了书房,然后又传来她奶声奶气和马跃聊天的声音。而郝乐意满脑子都是:为什么?我当初是哪根筋搭错了,跟这么个男人结了婚?

仅仅是因为他又帅又一副流落民间的落魄王子德行?不是的,那是因为她太向往家的温暖。三岁丧父,十五岁丧母,虽然叔叔婶婶待她不错,可她不是那种轻易就把人生搭靠在别人身上的人。那么多年,她看似坚强,可在多少个失眠的夜里,她觉得自己就是在茫茫原野上号哭着寻找温暖的孩子,她一直找啊找啊,都快冻坏了,马跃出现了,他张着真诚而温暖的怀抱,是多么诱人啊,所以,她这个患了温暖饥渴症的傻姑娘,毫不犹豫地一脑袋就扎了进去……然后爱他爱他疯狂地爱他。

那些爱是真的吗?郝乐意茫然了,还有,当初马跃是真的爱她吗?如果爱他怎么会忍心让她一个人打拼支撑家?怎么会有今天晚上她看到的这一幕?婚后这几年,不管马跃多让人失望,她却从没想过和他决裂,可她万万没想到,就她这样一个女人,就马跃这样一个男人,他居然昧得下良心辜负她!

当初的爱,多他妈的脆弱啊,说白了不过是场荷尔蒙发作。人真他妈的操蛋,荷尔蒙发作的时候,自个儿把自个儿毁透了还美滋滋地叫唤呢。在这个优秀女人宁肯把自己剩在闺房也不便宜操蛋男人的年代,她郝乐意二十二岁结婚二十三岁就生孩子做了妈妈,简直是蠢透了,蠢得她狠狠抽了自己两巴掌,打得自己两颊火辣辣地生疼,眼泪汪汪地抱着沙发上的靠枕抵住了嘴,不让自己哭出声。

她在心里恨恨地说,郝乐意,你自认倒霉吧,你咎由自取,当初陈安娜那么拦都没拦住你的犯贱,现如今,想忏悔你都找不到下跪的庙门!甚至都找不到一个妥实的人倾诉,跟贾秋芬说,只有惹她抹眼泪的份,和郝多钱说,他能干什么?大不了就是等马跃回来,扇他俩大耳刮子吧?和郝宝宝说?她肯定又会说既然嫁什么男人都是嫁,嫁什么男人都有被辜负的危险,那就一定要嫁个钱多的、让自己舒服的,然后抨击她当初不该看上马跃这个又穷又没本事的货色。这些话她以前就说过,而现在的事实是,马跃在前两大罪状后,又增加了一大罪状:不老实。

若一个男人的穷不可怕,没本事也可以体谅,再加上不老实的话,就是十恶不赦的穷凶极恶了。

现在的郝乐意只想痛痛快快地大哭一场,却又怕吓着伊朵,忍着不哭,憋到天亮,她得哇的一声,大口狂吐鲜血,遂打算把伊朵送到楼下,她要把脑袋扎在被子里,痛快地大哭一场。

她进了书房,对视频框里的马跃连看都不看地说:"伊朵,下楼睡觉了。"

伊朵一扭身子,说要在楼上睡。

郝乐意抱起她说:"伊朵乖,妈妈今天晚上有好几个课件要做,你在的话,会影响妈妈的。"

"可我还要和爸爸说话。"说着,伊朵从她怀里挣扎下来,"爸爸说,爸爸想伊朵,要和伊朵说好好多话!"

看着伊朵生气的小样,郝乐意心里酸酸的,马跃大约也看见郝乐意了,暖暖地喊了她一声。一年多来,虽然他们天各一方,但因为通信的便捷,并没有很强烈的距离感,马跃单身一人在伦敦,郝乐意也从没担心过,也是因为这。晚上回家,她总是习惯性地打开视频,也不是特意要聊天,想说话的话就说两句,没话说的时候就各忙各的。因为郝乐意下班的时间,正好是伦敦的中午,等马跃下午该上课了,郝乐意也该收拾收拾睡觉了。有时候,马跃还会厚着脸皮要和她裸聊,郝乐意不好意思,马跃就故意说他都快成性饥渴了,为了防患于未然,她也应该主动给他看,被他央告得没辙,郝乐意也会裸给他看,可马跃又得寸进尺地要和她视频做爱,其实,也就是相互看着彼此的身体说着疯话自慰,郝乐意每次都被他的色情话说得脸上火辣辣地发烧,但还是愿意满足他,马跃问她是不是也得到了满足,她实事求是地说部分满足,她更喜欢和真人做爱。马跃就坏笑,说只有这样,她才能知道他这老公的重要性嘛。郝乐意问他满足吗?他说满足,做爱比自慰累多了……但做爱的好处是有挑战性,有回应,自慰虽然轻松但乐趣也少多了……这一年多,他们的夫妻生活就是靠网络传递加上幻想来完成的,虽然效果上差强人意,但郝乐意觉得,就他隔着网络对自己的这股热乎劲儿,似乎不太会有外遇,所以,尽管同事和郝宝宝都打趣她要小心,要适当地突击查岗,她都不以为然,其一是去一趟英国成本太高,其二是她从不怀疑马跃对她的爱,更是自信地认为,马跃对性的需要,她一点儿也不耽误地满足过了。

可现在,事实给了她当头一棒。

郝乐意不想在孩子面前表现出和马跃怎么着了,就用鼻子嗯了一声,让他和伊朵说再见,马跃说了,又在视频那端送飞吻,郝乐意假装没看见,抬手就把视频关了,结果伊朵哭了,因为她的飞吻还没送出去。

郝乐意说改天再送,抱着她下楼,马光明显得有些意外,郝乐意解释说刚想起来,今晚她还要做课件,腾不出手来照顾伊朵,只好把她送下来了。说着,把嘟嘟哝哝地抹着眼泪的伊朵递给马光明,发现他嘴里咬了一根烂叽叽的牙签,再看陈安娜盯着马光明,气势汹汹的样子,就知道他们又吵架了,和陈安娜打嘴架,马光明从来都没赢过,因为他嘴笨,他唯一的反击就是咬牙签,不管陈安娜怎么咄咄逼人怎么咆哮,他就咬着一根牙签,往死里咬往烂里嚼,嚼到忍无可忍了,就噗地一口把牙签啐到地板上。

自从郝乐意和马跃结婚,陈安娜的腰就坏了,楼上楼下的卫生,就全归了郝乐意,每次收拾卫生,郝乐意都能从各个角落里收拾出十几根牙签,可见,马光明啐陈安娜啐得是多么频繁。

马光明有个好处,家里就他和陈安娜的时候,哪句话过瘾他往外扔哪句,如果有其他人在场,他还是很照顾陈安娜的面子的。

郝乐意现在没心情管他们的事,放下伊朵就上了楼。本以为关上门,欺辱会让眼泪像开了闸的洪水一样滚滚倾泻下来,却没有,她把脸在被子里埋了半天,竟一滴泪也没有,遂翻身,看着天花板,就觉得胸口闷得慌,就张嘴干干地啊了一嗓子捶了床一下,忽地就坐了起来。

越想越生气,越想越不能就这么便宜了马跃。干吗呢?她气得都快死了,他却可以装得跟没事人一样。

就又打开了电脑,却发现 MSN 上的马跃,头像已经灰了,大约上课去了,她觉得不解气,在对话框里输入了好多解恨的恶毒话,呆呆看了一会儿,又删了,没发送。是的,不能发送,她要等马跃回来,杀他个措手不及,不能让他现在知道她已发现端倪了,否则,这一周的时间,足够他编一个圆满的谎言来糊弄她。

她闭上眼睛,想那个女人的样子,挺年轻的,身材也不错,她能和马跃共喝一罐啤酒,却为什么突然要走?还很生气的样子?对,应该是马跃说什么把她惹恼了她才要走的……马跃追到门口试图解释什么?没想到他解释的话,让她更生气了,于是就抡包打了马跃?

是不是马跃在伦敦耐不住寂寞有了情人?又面临着马上要回国,和情人说分手?情人恼了?

应该是这样。

这么想着,郝乐意心底里突然浮上了一丝原谅,甚至还有那么一点贱贱的得意感,因为马跃最终选择了回来,也就是说选择了她这个妻子,让情人受伤。

她在愤怒和原谅之间彷徨,试图让自己站在人性的角度上,宽恕马跃,宽恕他是个荷尔蒙分泌正旺盛的雄性动物,是在内分泌的迫使下没管住自己。这还真像一个作家说的,不管时代怎么变迁,你都休想让男人彻底根除骨子里的动物性。人本来就是动物的一种,不能因为自己叫人就不承认自己是动物了,可人类是有文明思想有道德的呀,人类不断地学习不断地自我提高,不就是为了超越作为动物性的那一部分,向着神圣的神性进化吗?

那些被交口称赞的高尚的人,不都是克服动物性克服得比较好,更接近于神性的吗？她为什么要像原谅一只上街看见母狗就要飞奔过去的公狗一样原谅马跃呢？她都不能原谅自己，因为管不住动物性泛滥的男人是她的丈夫，男人是一种特容易得寸进尺的动物，得到了原谅他们回报的不是感恩，而是在上次犯的错误上更进一步，因为你原谅了他上次的错误，在他的理解里就是得到了默许，下一次，他会在上次错了一寸的基础上再错上一尺……

对，决不原谅。

郝乐意是这么下决心的，一整天，心像塞了一团乱麻一样乱，甚至想在 MSN 上暴斥他一顿，可郝宝宝出事了。

2

因为马跃的出轨嫌疑，郝乐意愤怒得头疼，中午，正打算在办公室的沙发上眯一会，郝宝宝来了，连门也不敲，推门进来，哭丧着脸，郝乐意没在意，郝宝宝来找她，十次有九次是这副表情，通常只有两个原因，看好了一件衣服或其他什么东西，跟郝多钱没要出钱来，再要么是砍价把老板砍恼了。总之，郝乐意是她这两种困境的救星。

"怎么了？"郝乐意把腿蜷了一下，腾出一块地方让郝宝宝坐。

郝宝宝低着头，噼里啪啦掉眼泪。

可今天，郝乐意真的是一点儿心情都没有，懒洋洋地指了指椅子上的背包，需要多少钱让她自己拿。可郝宝宝不动。

郝乐意觉得反常："宝宝，你这是怎么了？"

郝宝宝泪眼婆娑地看着她，那双眼，仿佛已不是眼睛，而是装黄豆的袋子上破了俩洞，不听使唤的眼泪黄豆一样争着抢着往外跑。

本就心情不好的郝乐意真急了，让她有什么事快说。

郝宝宝的声音小得好像在嗓子眼里不敢往外吐："姐，我可能怀孕了。"

简直是晴天霹雳。郝乐意像被电了一样，一个骨碌就从沙发上爬了起来："宝宝，你……你说什么？你给我再说一遍。"

"我怀孕了。"

"你……"郝乐意想问你男朋友呢？但她知道郝宝宝没男朋友，那么，这是谁的？她问："谁的？"

郝宝宝可怜巴巴地看着她："你不骂我吧？"

"不骂你?"郝乐意真火了,嗓门扯得跟泼妇一样,"我凭什么不骂你?"说着上上下下地打量郝宝宝,腰超级低的牛仔裤,往那儿一坐,几乎露出半个屁股,郝乐意就手拎了一下她一弯腰就能露出半个乳房的"V"字领开衫:"宝宝,自己照镜子看看去,你像个什么样子?除了游泳运动员,是个人就穿得比你多!咱家买不起料子还是怎么的?"

郝宝宝还是低着头哭。

"到底怎么回事?"郝乐意咆哮着,从里面关上门,"他是谁?"

"谁也不是……"郝宝宝小声说。

郝乐意就更火了,以为郝宝宝记吃不记打,又和一已婚男人好上了,都闹成这样了还替他保密呢,遂往椅子上一坐说:"既然你这么爱他,出了事,你找他就行了,别找我。"

郝宝宝哇地就哭出了声,说她真不知道这个人是谁,是在酒吧认识的,据说是某大学教授,一来二去就熟了,说她考研的时候能帮上忙。

"前提条件是和他上床,对不对?"

郝宝宝一翻白眼:"我喜欢他。"

"你喜欢他?宝宝,到教授这级别,至少也要三十几岁吧,他三十几岁的男人没结婚?"

"他说他离了。"郝宝宝说。

"既然离了就更好说了。"郝乐意起身,"走。"

"干吗?"

"找他谈谈,你都怀孕了,婚礼的事,赶紧操持啊。"

郝宝宝这才说了实话,她去找过了,那大学根本就没这个人,他是个骗子。

郝乐意顿时七窍生烟,问她打算怎么办。这会儿,倒轮到郝宝宝意外了,她说还能怎么办,肯定是打掉,又巴结兮兮地小声说不敢跟父母要钱。

其他的不消说郝乐意也明白了,更明白这事拖不得,拖一天孩子就在郝宝宝肚子里长一天,时间越长越难处理,所以,气归气,还是抓起车钥匙瞪了郝宝宝一眼:"走啊!"

一路上,她懒得看郝宝宝,郝宝宝一副我告诉你了,我的任务就完成了的没心没肺嘴脸,吧嗒吧嗒地嚼着口香糖,要不是看在她是贾秋芬女儿的分上,郝乐意都想一脚把她端下去。

到了医院,去窗口挂号的时候,郝乐意才发现,让郝宝宝给气的,只拿了个小手包就出来了,手包里只有一张交通卡和一张医保卡,反正医保卡上的钱是归自己支配的,就要了张病历,填上了自己的名字。

郝宝宝有点莫名其妙,小声问:"干吗填你的名字?"

郝乐意白了她一眼,没吭声,三下两下把号挂好了,拉着她边往妇科门诊去边说:"填你的名字能用我的医保卡?"

看着在妇科门诊外排队的人,郝乐意心里就很不是滋味,在郝宝宝前面一共排了四个人,一个中年女人三个年轻姑娘,中年女人神态自若,不时拿剔骨刀一样的眼神剜三个姑娘。姑娘们看上去互不相识,比较成熟的那个,二十四五岁的样子,不停地收发短信,头埋得很低,给人看的,只有覆盖着浓密头发的头顶,她在哭,因为她脚下的地板上有一小摊透明的液体,还在不停地扩大;另外两个年轻的女孩,一个边溜达边用手机骂男朋友,让他快点滚过来,也就十六七岁的样子;另一个在玩手机游戏,一脸未经世事的玩世不恭。郝乐意看得难过,让郝宝宝到门口等,如果遇到熟人,就说陪她一起来的,等轮到了再喊她过来。

郝宝宝胆怯地看了门诊一眼:"姐,会不会很疼?"

郝乐意没好气地说:"希望很疼,让你长长记性!"

郝宝宝惊恐地噼里啪啦掉眼泪,虽然没生在大富之家,可在郝多钱富养女儿的理论支持下,郝宝宝的吃穿用,基本都属于特供级别,不要说挨打了,除了因为学习成绩不好被老师批过几次,连大声呵斥都没挨过,而且,所有批评过她的老师,郝多钱都去找他们报过仇了,久而久之,不仅教郝宝宝的老师,连学校里最有名的刺儿头都不敢惹她,因为谁都知道她的老爸是郝多钱,比黑白双煞加起来都凶。

郝乐意本想安慰安慰她,不用怕,手术有无痛的,可还是没说,不是怕无痛的多花钱,而是无痛的让郝宝宝长不了记性,郝宝宝之所以能做到怀了孕连孩子他爸都找不到的份儿上,就是因为亏吃少了。

什么女孩子要富养?眼前的郝宝宝就是富养女儿的下场:不知世事艰险,唯我独尊。虽然穷养的姑娘有给冰激凌就骗走的危险,可富养的姑娘不稀罕冰激凌,因为从小到大没缺着过,男人想钓她们,就几句好话的事儿。

见站在走廊拐角的郝宝宝吓得像鹌鹑一样,大气儿不敢出,郝乐意于心不忍,也担心会把她吓跑,就问了她的月经周期,默算了一下,谢天谢地,才四十三天,应该可以药物流产,也和她说了。

郝宝宝这才松了口气,她同学有做过药物流产的,就跟来大姨妈差不多,不痛。

郝乐意给气的："别高兴太早了,药物流产也有副作用,容易发胖,还容易流不干净,这样的话,还要手术清宫,比单纯做流产还疼。"

"姐,放心吧,我运气没那么烂。"不过郝宝宝也有点担心,"可我也没见我同学发胖啊,她们有的人为了减肥,还特意怀孕流产呢,据说流产以后去爬山或跑步,减肥特有效果……"

关于药物流产会长肉,是郝乐意瞎编了吓唬她的,因为知道她爱臭美,没承想她还整出一套流产可以减肥的歪理论来:"你也打算这么干?"

郝宝宝忙表示自己没那么蠢,她一大学同学用这办法减肥,结果,感染了,落下了严重的妇科病。

姐俩鸡一嘴鸭一嘴地正絮叨着,就听护士喊:"郝乐意。"

郝宝宝推了推郝乐意。郝乐意瞪她一眼:"推我干吗?该你了。"

郝宝宝这才恍然,笑了一下,往门诊跑。

然后是尿检,做 B 超,郝宝宝果然怀孕了,要么选择四十五天之后刮宫,要么药物流产,郝宝宝忙不迭地抢着说药物药物。

医生说怎么跟抢糖豆似的,给开了药,嘱咐郝宝宝这两天哪儿也不能去,吃了药就上床躺着,最后一片药要到医院来吃,做临床观察。郝乐意知道,郝宝宝吃药的这三天,绝对不能回家。活蹦乱跳的一个人突然躺在床上不下来了,贾秋芬肯定会觉得奇怪,要问东问西,就郝宝宝在父母跟前撒娇惯了的性格,搞不好就会露出破绽,再说虽然药物流产相比刮宫的痛苦小,但对身体的伤害却不一定少。所以,虽然生气,郝乐意还是想把她留在家里好好调养几天。

领了药,郝乐意就给贾秋芬打了个电话,说这几天真寸,她忙公婆也忙,晚上没人照顾伊朵,就想让郝宝宝帮几天忙,贾秋芬唯恐娇生惯养的郝宝宝不仅带不好伊朵,不和伊朵一块给她把屋顶戳下来就不错了,一个劲儿地毛遂自荐,要亲自出马。

郝乐意暗暗叫苦,心想,我亲亲的婶婶啊,您现在千万别这么慈祥,狠着点儿吧。嘴上忙说不用,让她在家安心照料啤酒屋,伊朵喜欢郝宝宝,她俩能玩到一块去,让她不用操心。

给郝宝宝请下假,又叮嘱她在家待着,尽量不要到六楼去,如果陈安娜到阁楼来,就说是过来复习准备考研的,因为家里开啤酒屋太吵没法学习。

郝宝宝噘着嘴嗯了一声,在她心里,在这个世界上,再也没有比陈安娜更好玩的人了,从郝乐意和马跃谈恋爱结婚到现在,她和陈安娜,是见一次吵一次,哪一次都把陈安娜杀个落花流水,因为她反应快,嘴巴利,最重要的是她既没贾秋芬那么多顾虑又没郝乐意身为晚辈的谦让,一旦开吵,她就跟颠马勺的师傅一样,甩开膀子咣咣就干上了。在她眼里,陈安娜就是夏天夜里的蚊子,如果你善良,它不仅叮得你浑身是包,叮饱了它还要嗡嗡着烦人,不如上来一巴掌拍扁了利索。

把郝宝宝送回家,看着她吃了药,就快到下班时间了,如果不是还要接伊朵,郝乐意都不想回去了,因为药一吃下肚,郝宝宝就一副活不成了的可怜样。

3

大半天不在,幼儿园攒了不少事情,好在都是鸡毛蒜皮,郝乐意噼里啪啦地处理完了就想赶紧回家。虽然知道郝宝宝吃了药,也就是肚子不舒服,可心里还是不踏实,尤其担心陈安娜听到阁楼上有动静跑上去看,只要她和郝宝宝一碰面,一场恶战是少不了的。于是接了伊朵就一溜小跑地往停车场跑,都快把伊朵拎起来了,伊朵不高兴,让她慢一点,郝乐意边跑边问她想不想见小姨。

伊朵脆生生地说想。郝乐意就说小姨在家等着伊朵呢。

伊朵开心得要命,撒开小脚丫跟在郝乐意身后跑。半路郝乐意停车买菜又买了只土鸡,打算炖给郝宝宝补身子。

到了楼下,刚把车停好就听伊朵尖叫了一声小姨,噌地就蹿了出去。郝乐意抬头,就见郝宝宝苍白着脸,拎着装了两盒冰激凌的塑料袋从一旁的小超市出来。一想到郝宝宝的肚子或许正翻江倒海地疼着,却还惦记着买冰激凌哄伊朵开心,郝乐意的心一暖然后又是一揪。伊朵像一枚有力的小炮弹,一下子撞进了郝宝宝的怀里,郝宝宝趔趄了一下,抱着伊朵的小脑袋龇牙咧嘴地问她想没想小姨呀,眼泪就滚了下来。

郝乐意知道肯定是伊朵撞疼她了,忙把伊朵从她怀里拽出来,嗔怪地道:"不在家待着,你下来干吗?"

郝宝宝咧嘴笑,说想伊朵了。

郝乐意拎起大包小包,三个人一起上楼,到了六楼,伊朵习惯性喊着奶奶拍门,郝乐意忙拉了她一把说小姨来了,不去奶奶家吃饭了。

正说着,陈安娜家的门大大地开了,陈安娜擎着老花镜喊了一声伊朵,才发现上楼的不只郝乐意母女,目光在郝宝宝身上停了两三秒就移开了,好像她是空气,或压根儿不存在。因为当年被郝多钱甩打着烤肉扦子逼出来过,陈安娜就发过誓,就算郝多钱是郝乐意唯一的娘家人也没用,就郝多钱这号地痞流氓,这辈子她决不和他搭半句腔,包括他的家人,不仅如此,只要郝乐意提到郝多钱家的人或事,陈安娜永远像是冷不丁之间被蝎子蜇了一下,神经质地喊一连串的打住。

一开始,郝宝宝对陈安娜没什么敌意,还经常跑来找郝乐意玩,偶尔碰上陈安娜,也很讲文明礼貌,可每次陈安娜都是一脸矜持的高傲,活像欧洲十七八世纪的贵夫人,懒得搭理一个下贱的却要努力讨她欢心的奴隶。郝乐意生怕郝宝宝一气之下,回家告诉父母,又整出一场战争来,只好装糊涂,能和两句稀泥就和两句,实在和不了,就找借口拉郝宝宝上街,躲开陈安娜机枪扫射一样的威武目光。可郝宝宝又不傻,时间一长,就知道怎么回事了,敢情陈安娜还带株连九族的啊,她可不是郝乐意,有的是胆量,反正恶气出完,她拔腿就走,用不着担心抬头不见低头见的尴尬,而且,几场架干下来,她就摸着陈安娜的脾气了,别看她年龄大了,可口才好,反应也不输给年轻人,所以吵架这营生,她不仅不怕,还是拿手好戏,因为做老师的,被学生和家长们尊敬惯了,她最受不了的就是不被尊重。捏着她七寸之后,郝宝宝再遇上陈安娜,既不吵也不连讽带刺,而是拿她当空气,好像现场根本就没陈安娜这个人。

可陈安娜是谁?她可以对瞧不起的任何人使用无视,但别人不能无视她,否则就是缺少教养。在学校,她是人人爱戴的陈校长;在家,她是一声令下,马光明和马跃只有喘气没有说不的权利的陈安娜女皇,至于郝乐意,就更不在话下,允许她进马家门就是她的荣幸了,还有什么好唧歪的?郝宝宝有什么了不起?末流大学毕业,连工作都找不到的寄生虫!所以,犯不上给她好脸色,每每见她在,陈安娜就会大着嗓门说:"不要随便什么人都往家招,伊朵好好的一孩子,别给带出一身小市民气来。"

郝宝宝也不吭声,知道陈安娜最喜欢看的小说是老舍的《四世同堂》,经常拿着小说里的人物往周围人身上扣,显摆自己是个读书人,所以,每每郝宝宝打算对陈安娜不客气,就会拖长了腔调说大——赤——包——!然后用鼻子哼着流行歌,什么话也不肯再多说半句。

《四世同堂》是陈安娜最喜欢的小说,逢跟人谈文学艺术,必谈《四世同堂》,郝宝宝背地里和郝乐意说,陈安娜有俩儿子,马跃和《四世同堂》,虽然《四世同堂》不是陈安娜写的,可就她熟读和卖弄这小说显摆自己的劲头,完全可以和她显摆马跃这个牛逼儿子的劲头相媲美。

一开始,陈安娜还以为郝宝宝动辄就拉长了强调说大赤包,是为了炫耀自己的文学修养,可听次数多了,就听出讽刺来了,知道她这是拿大赤包影射自己呢,这么一想,就火冒三丈。大赤包是什么玩意儿啊,为了在街坊邻居间摆范儿,做梦都想当汉奸。就觉得一股怒气都快把脑门盖儿给顶翻了,恨不能冲上去抽她大嘴巴子,却又不能,因为人家也没摆明了说她就是大赤包啊,这世界上,有抢金子抢银子的,她总不能抢骂吧?

可这口恶气她咽不下,想来想去,就想出一招来,下次,郝宝宝再冲她皮笑肉不笑地说大赤包的时候,她就上上下下地打量着郝宝宝:"哟,宝宝,我还奇了怪了,我说你怎么老是念叨着大赤包呢……"

说着,故意拖着长腔卖关子,不说了。

郝宝宝不知是计就上赶着说:"怎么?您这才醒过神来呀?"

"可不,人老了嘛,反应迟钝。"说着依然一脸笑眯眯,"敢情你也知道自己很像招娣姑娘啊,大赤包是招娣妈,能不念叨吗?"

说完,陈安娜就一脸胜利的骄傲,铿锵走开。

郝宝宝就像只被打败了却不想认输的小公鸡,要不是郝乐意拉着,她一定会豁出命来也要冲上去一搏。

现在,这对活宝,又冤家路窄了,在楼梯上。

陈安娜做好了应战准备,可郝宝宝今天没心情和她厮杀,这让她有点儿悻悻的,像是热火朝天地掏枪上膛了,一扬手发现对手没了,一腔热血没地洒的感觉很不爽,所以,她沉着嗓子:"伊朵,过来。"

伊朵往郝宝宝身后闪了一下,忽闪着大眼睛说小姨买了冰激凌,她要回家吃。

陈安娜这才看见郝宝宝拎着两盒冰激凌,突然地,胸腔里那杆已上了膛的枪,又找到了瞄准点,就哼了一声:"咱不吃人造奶油做的冰激凌,奶奶领你买鲜奶冰激凌去。"说着,上了两级楼梯台阶,一把拽过伊朵,瞪着郝乐意,"乐意,我和你说多少遍了?不要给孩子吃这种垃圾零食!"

郝乐意不想扩大矛盾,说知道了,冲郝宝宝递了个眼色,意思是沉住气,别吵。郝宝宝气得要命,要不是小腹有点隐隐作痛,她会一秒也不耽误地放马过去,和陈安娜大干一场,可今天真的不行,或许是药物作用,她总觉得有点心慌,遂恨恨地剜了陈安娜一眼,噌噌上了楼。

陈安娜像获胜的将军一样,鼻孔朝天地扫荡着郝宝宝的背影:"少教养!这房子也是我家的,有志气你就别来!"

"我就来!我不来多耽误您老生气呀。"郝宝宝回头,巧笑嫣然,"气气才健康嘛。"

郝乐意怕两人呛起来,好声好气地跟陈安娜说今晚就不在楼下吃了,边说边推着郝宝宝上楼。陈安娜没好气地说:"楼下也没你们的筷子碗!"

伊朵惦记着陈安娜刚才许诺的鲜奶冰激凌,噘着小嘴要下楼,可陈安娜只顾着和郝宝宝斗气了,早就把这茬儿给忘了,见郝乐意姊妹俩上了楼,拉着伊朵就往家回,伊朵急了,嚷着要下楼吃冰激凌,陈安娜一愣:"马上要吃饭了,吃什么冰激凌?!"

在陈安娜这儿,所谓的鲜奶冰激凌不过是个打击郝宝宝的说辞,她压根儿就没打算兑现,因为鲜奶冰激凌超贵,一个冰激凌球还没乒乓球大呢,就二十多块钱,在陈安娜看来,买着吃的人不是疯子就是有钱没地花的烧包。

刹那间伊朵就满眼的眼泪花子,挣开了陈安娜的手,脆生生地道:"奶奶说话不算话!不是好奶奶!"说着噌噌地蹿到楼上。

站在门口的陈安娜,只剩了翻白眼儿的份!

4

三天后,郝乐意陪郝宝宝去医院,还好,孕囊脱落得很干净,半个月后再复查一次就行了。其间,贾秋芬打过几个电话,问要不要过来帮忙。郝乐意说真不用,伊朵和郝宝宝玩得可开心了,再说这边安静,白天伊朵去幼儿园了,正好让郝宝宝复习功课。

说到郝宝宝的功课,自然又聊到了考研,贾秋芬欲言又止地叫了声乐意。郝乐意忙岔开了话题,郝多钱夫妻整天在啤酒屋里忙得云山雾罩的,好像根本不知道外面的世界什么样子,可对郝宝宝,贾秋芬比谁都有数,根本就不是考研的料,可她要考,他们也还支持,不过是为了遮丑,要不然一大姑娘家,大学毕业都两年了,什么也不为地在家吃闲饭,还不让街坊邻居笑话啊?所以,她说考研就考研吧,也算为她的游手好闲找个说辞,不是她不务正业,是这孩子还有更远大的追求,比如考研,这和马跃热衷于考证没什么区别,看上去蛮有追求,其实全是障眼法。

考研总也有个考完的时候,总不能一辈子考不上一辈子都在考,郝乐意和贾秋芬说考完这一年,如果还不行,还是让郝宝宝上班吧,怕吃苦就找个轻松点的,老这么晃悠下去,怕是非剩家里不可。

人是一种矛盾体动物,看着媒体上一天到晚地吆喝着剩女剩女,好像剩女很耻辱似的,郝乐意就想起了钱钟书他老人家的那句话,城外的想进去,城里的想出来。婚姻真没想象的那么好,结婚以前,她天真地以为,婚姻是爱情的天堂,一旦结了婚,就幸福甜蜜,日久天长,等结了婚,她才明白,婚姻不过就是一种男女相互看着顺眼了,搭在一起过的日子,说白了,婚姻就是一种生活方式而已,它不是生活的更高幸福段位。

心灰意冷的时候,她曾想过,婚后不幸福还不如单身呢,单身虽然难免会有凄楚感,可至少单身还有着无限的希望可能,你总会忍不住幻想,往前再走几步,就会遇到一个心仪的、能给你幸福温暖的人,虽然99%的情况下这种希望会落空,但也总比憋在死气沉沉的婚姻里好吧?婚姻一旦不幸福,尤其是生了孩子之后的不幸福,对于女人而言,基本上就是绝望了,除了事业,失去了所有改良人生的可能。所以,每当看到那些在媒体上频频露面的女强人,郝乐意对她们的敬佩也就电光火石般的那么一瞬间,因为她会想到,这一定又是一个被婚姻逼得离家出走到事业里的女人。甚至每每看到幸福模样的夫妻,她也开始怀疑其幸福的真实度。

到底谁的婚姻更幸福?怕都是春江水暖鸭先知吧?婚姻就是春江的水,婚姻中的男女就是江水里冷暖自知的鸭子。

可尽管如此,她还是希望郝宝宝能嫁出去,嫁得好一些,因为郝多钱夫妻,和千千万万的城市底层百姓一样,像工蚁一样忙碌着,不过是为了儿女,儿女是否幸福快乐就是他们的晴雨表。如果郝宝宝嫁不掉或嫁不好,对他们来说,就是剩余的人生岁月也全部沦陷。

所以,她,作为承受了郝多钱夫妻多年恩惠的侄女,也一定要帮他们把该操的心操到了。这会儿的郝乐意觉得,人在思考的时候,是有一定的神性光芒的,不思考的时候就回归了凡俗的动物本性,每个人的一生,都是神性与动物性犬牙交错的一生,所以,尽管她认为作为女人的人生意义,除了和男人结婚生孩子之外还有更多或许更好的选择,可在此刻,她毫不免俗,像个街道大妈一样,开始为郝宝宝的婚姻大事操心。谁说街道大妈们短视庸俗?那些俗得不能再俗的人生经验就是她们的战利品，总能在最关键的时候被证明是真理，而且颠扑不破，是最具可操作性的妇女实用指南，那全是她们一跟头一跤地从生活这魔鬼手里抢来的。

郝乐意宽慰贾秋芬，不用为郝宝宝担心，他们这一茬孩子就这样，郝宝宝已经算好的了，至少没给她闯下收拾不了的祸，这么说的时候，她愧得都想抽自己一巴掌，觉得自己是合着郝宝宝欺负贾秋芬这老实人。

贾秋芬又问马跃什么时候回来，郝乐意一愣，她居然把这茬儿忘了，在心里默默想了想，说后天，贾秋芬挺高兴的，说马跃拿着研究生文凭了，还是国外的，肯定好使，肯定能找个好活，然后微微叹息说也该找个好活让你歇歇了。郝乐意笑着嗯了一声，至于马跃回来会怎么样，她很少想，不是不关心，有陈安娜在，她想了也没用。贾秋芬说等马跃回来那天，就让郝宝宝回来。郝乐意明白她的意思，遂打着哈哈说肯定的。

因为要照顾郝宝宝，一连几天郝乐意都没下楼吃饭，这让陈安娜很不爽，觉得郝乐意相当于用这种姿态告诉她，在和郝宝宝的较量中，她输了。

她每天在家唠叨，吃饭的时候，常常用筷子对着天花板比画，嘴里说着狠话，好像手里拿着的不是筷子，而是长矛，它能出神入化地于无形中戳穿了天花板，在郝宝宝屁股上戳一巨大的窟窿，然后在郝宝宝鬼哭狼嚎的惨叫中悄无声息地收回来，怡然而乐，是的，她只想在她屁股上戳个窟窿，教训教训她，让她出出洋相。

每每这样的时候，马光明总是乜斜着她，一声不吭，嘴唇微微地张着，牙齿一下一下地上下切合，马光明吃饭慢，是陈安娜和他吵架的原因之一，陈安娜总说这吃饭呢，不是牛反刍。

陈安娜虽然是城里人，可她下过乡，所以，知道牛反刍的样子。对于牛来说，吃东西就是草草装进去，等大半天之后，才会把囫囵吞进胃里的草反刍回嘴里，慢悠悠嚼碎了，再吞回去，样子很悠闲，像悠闲的老人在冬天的墙根下晒着太阳嗑瓜子。

马光明吃饭慢是因为喜欢喝两口，尤其是马跃去了英国之后，和陈安娜说两句就呛，还不如慢悠悠地喝着酒看着电视，可陈安娜想早点把饭菜收拾起来，不然，家里到处都是饭菜味，倒不是多难闻，而是这味弥漫的时间长了，会熏到衣服上。作为职业女性，走到哪儿身上都带着一股饭菜味，陈安娜觉得很不雅，只好用香水去遮，可饭菜味顽固得很，就算洒一瓶香水都盖不住，她认为这非常损害自己作为一个职业女性的形象。所以,每每看到马光明流连于饭桌,她就气不打一处来,一气就骂,可骂有什么用?马光明喝得云山雾罩的,通红的小眼一眯,就说老子喝的不是酒,是寂寞。

5

收拾好行李去飞机场之前,马跃上了一会儿网,想和郝乐意说自己这就整装待发了,可郝乐意没在 MSN,倒是郝宝宝在,就问了她一句:宝宝,你姐最近忙什么呢?怎么没见她上网?

在郝乐意家待着的这一周,郝宝宝无聊得很,不是上网就是看电视,见马跃找她说话,开心得要命,顺嘴说我姐忙着呢,然后就问马跃回来给她带什么好礼物。

马跃有点儿不好意思,虽然陈安娜和郝乐意都往他卡上打钱,可他不好意思多花,毕竟二十九岁了,继续啃老,良心上过不去,所以,能省就尽量省着点,这次回国带的礼物,也都是象征性的,都不好意思说出口,就随口说了句等回去你就知道了,可在郝宝宝那儿,国外就是天堂,去溜达一圈,一分钱不花都能捡回好多宝贝,就追着问到底是什么,她都等不及了,马跃只好说是项链。郝宝宝就夸张地哇个不停,非让他拿出来给她视频一眼,马跃借口网络不好,窘迫地下了线,因为那条项链不过是工艺品,不值几个钱。

到了机场,他又上了一下 MSN,郝乐意还是不在,马跃就更纳闷了,按说,郝乐意应该比他还兴奋的,半个月前,她还举着一本台历,指着一些画了圈圈的日期说,现在她把这些画了红圈的日子,当成敌人消灭,等把它们消灭完了,他也就回来了。

眼瞅着他都回来了,她怎么影都不见了?他给郝乐意发了个短信,问她干吗呢?郝乐意就回了一个字:忙。

其实,郝乐意不上网是不想看见马跃,一看见他就会忍不住胡思乱想,那种无法质证的胡思乱想太折磨人了。

她一直在纠结的是等马跃回来,要不要当面质问他那个抢了他一手包的女人到底是谁?

马跃百分百会撒谎,还会编一些看上去很逼真的理由,譬如说,他和那个女人没什么,只是那个女人喜欢他,追他未遂,得知他要回国,恼羞成怒,抢包砸了他。

她当然不信，如果一个男人是发自内心地拒绝女人，就不会发展到和她同喝一罐易拉罐啤酒的程度，更何况对于寂寞的男人而言，面对送上门来的艳遇，就像饥饿的猫面对一盘递到眼前的鲜鱼，只有涎水直流到防线全面崩溃的份儿。

因为一想就烦恼，她索性把心思放在照顾郝宝宝上。郝宝宝娇气得很，瞧她那脆弱劲儿，好像不是她闯了祸，而是家长们对她这小孩子看护不力，被坏人算计了，现在家长回来了，她要可着劲儿地撒娇。因为孕囊脱落后一直流血，只要郝乐意在家，郝宝宝就哭啼啼地问是不是大出血了，她会不会突然死了，郝乐意耐着性子安慰她，不会的，是正常的生理现象，还吧啦吧啦地给她讲医学常识。郝宝宝有时候信，可一去卫生间换卫生巾就不信了，甚至郝乐意正上着班呢，她一个哭咧咧的电话就打过去了，郝乐意安慰她安慰得口干舌燥，都快疯了。晚上，有时伊朵上楼，见郝宝宝一把鼻涕一把眼泪的，还当是妈妈欺负小姨了，下楼和爷爷说妈妈把小姨欺负得哭鼻子了。陈安娜就会翻着白眼说："欺负你小姨？你妈也得有这胆，肯定是又压榨你妈给她买名牌呢。"

关于郝宝宝经常跟郝乐意要钱花的事，马跃在陈安娜跟前说漏过几次，她有点恼火，说虽然郝乐意给的是她自己挣的钱，可她结婚了，她的工资就是夫妻共同财产，要给也得征得马跃同意，马跃总是一听她的话味儿不对了就连忙举手说他没意见。毕竟自从结婚，因为郝乐意就没花过马跃的钱，陈安娜再有意见，也只能背后气得哼哼两句，要说到郝乐意跟前？她开不了口。

但这天晚上，陈安娜心情很不爽，因为明天下午马跃就回来了，到底怎么去接，郝乐意居然没和她商量。不就因为她有车嘛，不就因为车是她自己攒钱买的吗？难不成还想挟车自重，威胁她这当婆婆的主动讨好她，才能得到恩准，明天搭她的车去机场接儿子？越想脸就越往下沉，她打算上楼问问。

马光明看出了她脸色不对："大半夜的，你干吗呢？"

"有事。"陈安娜头也不回地出门上楼，连门也没敲，掏出钥匙，直接开了门。对，她从来不这样，今天是特意的。

自从马跃和郝乐意结婚住在了阁楼上，她不仅进来之前必定敲门，还只要是马跃两口子不在，她绝不会擅自上来，但今天，她要用这个姿态告诉郝乐意和郝宝宝，甭给她架秧子瞧，这是她的家。

郝宝宝不知道郝乐意烦着呢，捂着肚子哼哼，哼得郝乐意脑袋都大了。郝乐意跑到客厅,刚打开电视,陈安娜就闯了进来,吓了一跳,她有些错愕,叫了声妈,下意识地抬头看钟,都十点多了:"妈,您有事?"

陈安娜虎视眈眈地看着她:"没事我就不能上来了?"

本来还病秧子一样的郝宝宝,一听陈安娜上来了,咣地就把卧室的门摔上了,把陈安娜吓了一跳:"乐意,你告诉她,这是我家,如果她再给我这么缺少教养地摔摔打打,以后就不要来了!"

郝乐意忙替郝宝宝道歉,顺嘴撒谎说,郝宝宝这两天心情不好,请她见谅。

陈安娜气咻咻地坐下,在心里一遍遍地告诉自己,有话要心平气和地说,挨到堵在嗓子里的那口气消下去了,才说马跃明天下午两点的飞机。

郝乐意说知道。

陈安娜看着她,那意思是你知道就行了? 打算怎么接啊? 嘴里说出来的却是:"一眨眼就是一年多。"

意思是都一年多没见了,你就不想隆重着点去机场接接他?

郝乐意当然明白她的意思,说真的,她真不想去接马跃,可也知道,如果她不去,陈安娜肯定会生气,就算她对马跃有再多的意见,可看看陈安娜花白的鬓角就不忍心了,就小声说:"明天下午,我去学校接着您一起去机场。"

陈安娜提在胸口的气,总算是缓缓地松散了下去,心想你早这么说我不就用不着连猜带摸地生好几天闷气了,遂起身说早点啊,别遇上堵车。

郝乐意说十二点半和伊朵一起去学校接她。

陈安娜的嘴角,就忍不住地翘了上去,郝乐意突然地心酸,为陈安娜这颗做母亲的心,除了对马跃好,除了希望所有人都像她一样心里念着惦着并尊崇着马跃,她对这个世界没任何要求。

Chapter「第十一章」

缄默是悲伤的另一种姿势

1

第二天一早,郝宝宝要回去,郝乐意知道郝多钱两口子虽不舍得让郝宝宝干活,可只要她回去了,难免让她帮着洗把菜递个碗的,这可不是平时,郝宝宝总不能说我刚流了产不能沾水,就没让,要回也等中午把鸡汤热着喝了再说。郝宝宝懒洋洋地说知道了,问郝乐意复查的时候陪不陪她去,郝乐意说看情况,然后问郝宝宝病历呢,复查的时候得带着。郝宝宝冲书架上努了努嘴,说在装许愿星的玻璃瓶子底下压着呢。

郝乐意边匆忙收拾东西准备出门,边叮嘱她走的时候别忘了带着,放妥实了,别让父母看见,否则,她俩就有得谎撒了。郝宝宝噢了一声,吃过中午饭就锁门走了,走到半路才想起来没拿病历,就给郝乐意打电话说不回去拿了,等复查的时候另填份病历得了,让她晚上回家记得撕了,别让马跃或陈安娜看见,那可就哑巴不清楚了。

因为马跃马上就回来了,郝乐意心烦意乱,在电话里随口哦哦着,满脑子还在想马跃,想他在英国,想他接过来的那罐啤酒背后隐藏的故事,想那只搭在他肩上的女人的手……又想到这些年对马跃的好,就觉得自己贱,都贱得让自己痛恨了,郝宝宝的话根本就没放心上。

马跃的疑似出轨让郝乐意太难以接受了,她苦思冥想无数个导致马跃出轨的理由,试图说服自己原谅他,比如他们恋爱时间短,感情不深……可不对啊,郝乐意可以向上帝发誓,他们婚后感情非常好,何况恋爱的时间长,不一定就是爱得深,只能说明两人爱得犹犹豫豫,用了很长时间才下定决心结婚;女人对男人有多好,也不说明这个女人多么贤惠伟大多么值得这个男人珍惜,只能在遭遇了背叛的时候证明她选择异性的眼光没问题,她选上的也是别人喜欢的。

她和马跃属于后者。

她暗暗试着说服自己,因为马跃是男人啊,男人基因里的动物性就是比女人强嘛,偶尔冲动一次就原谅他们吧,可再一想,不对啊,如果男人需要站在动物的角度获得原谅,那么,他直接回深山老林就行了,在人类社会晃荡,这不是披着人皮的畜生吗?

人之所以有思想有道德规则,不就是用来反思自己、用来约束自己脱离原始动物世界的吗?

关于出轨的故事,郝乐意耳闻目睹过不少,还曾因为郝宝宝而身陷其中过。王万家的老婆找到幼儿园,活像一头发了狂的母狮子,仪态修养全无,当时她在心里还鄙夷她呢,如果这事落她身上,她才用不着像她那么丢人现眼呢,她不仅不会找小三算账,会装得连知道都不知道,风轻云淡地说咱俩离婚吧。他要问为什么,她多了不说,就四个字:不爱你了。这么一想就过瘾,比哭着哀求他回来,比一边怒斥他辜负了自己一边甩手而去都要有尊严得多。

所以出轨了的婚姻,都是爱死了,就像她,也有机会遇到其他心仪的男人,不见得比马跃难看,外在条件也比马跃好,她都没动过心,这不是因为她有多么贞洁专一,是因为她心里装着马跃,装得满满当当的,根本就没留点空隙装其他男人,至于不动心的逢场作戏,那是吃饱了撑的,有那时间和闲心,干点什么都比偷情来得有价值,读本书还能吸收营养呢,打扫打扫卫生还能让家整洁得让自己赏心悦目呢。

所谓挽救濒临破产的婚姻,不过是下虎狼药把死马当活马医,马已经死了就是死了,是医不活的,即使把它拉回家,也是毫无意义的标本。所有跑了一颗心的婚姻,看着好好的,其实都是婚姻的尸体了。

一想到再有几个小时就要见到让她恼怒交加的马跃了,郝乐意连午饭都没咽下去。

可,终究的,她还是没去成机场,因为幼儿园出事了,还是大事。

午饭里有道海鲜汤,厨师没处理好,结果有些肠胃功能比较弱的小朋友出现了腹泻,这是郝乐意接手幼儿园以来发生的最大的、也是她最怕的集体性事故,她手忙脚乱地和老师把二十几个孩子送到医院,挂了急诊。

一想到即将见着儿子,陈安娜整个上午都坐卧不安,早早叫马光明到学校来,和她一起等郝乐意,免得接了她再专程去接马光明耽误时间。十二点还不到,她和马光明就跑到学校门口等郝乐意了,十二点半还没见着她来,就急了,打电话催,郝乐意这才想起来,约好了一起去机场接马跃的,忙匆匆说幼儿园出事了,自己去不了。

陈安娜登时就勃然大怒,在电话里就咆哮上了,说早就知道她不愿意去,不愿意去你早说啊,非熬到这会儿?这不成心找她的难看吗?

马光明见她气得手都哆嗦了,一把抓过手机,简单问了郝乐意几句,就安慰她说没事,让她在医院安心照看孩子行了。边说边到街边拦了辆出租车,把陈安娜塞进出租车,直奔郝乐意的幼儿园,陈安娜问他打算干什么,难不成她不去接自己老公,还要公婆去下跪求着她?

"去接伊朵,昨晚伊朵和我约好了的,今天一起接爸爸!"因为生气,马光明口气生硬,他搞不明白陈安娜为什么一提郝乐意就生气。就拿今天来说,幼儿园出了这么大的事,作为园长郝乐意肯定脱不了身,去医院陪孩子,远要比去机场接马跃重要,她不去接,马跃就回不来了呢还是显得她不爱马跃了?

女人真是一种外星动物。很多时候,马光明是这么想的。当陈安娜不可理喻的时候,他会咬着一根牙签不吭声,在心里默默地跟自己说:我是人类,她是外星动物,不是同一品种,我去和她计较什么?一遍遍这样重复,如果还是消不了气,他就把牙签呸出去,在冥冥中,就好像呸了这外星生物一脸一样快意。

还好,郝乐意的幼儿园在去机场的路线上,不用转太远,接着伊朵,祖孙三个一口气杀到机场,马光明看了一下手机,离马跃飞机落地还有十分钟,遂在心里暗暗松了口气,幸亏啊幸亏,如果他们到的时候,马跃已经出来了,陈安娜的脸往下一耷拉,比老年妇女的胖腚还难看,够他堵上一阵子的了。

马跃还没出来,马光明就问了问伊朵,幼儿园到底怎么回事,伊朵也说不清楚,就说他们班好几个小朋友,吃完饭就吐了。

2

郝乐意把幼儿园的事情处理完,已经是晚上七点多了,在医院里跑上跑下一下午,再加上惊恐的家长们不依不饶地追着她问东问西,她又要好脾气地一个劲儿地赔礼道歉一个劲儿地解释,累得连踩下油门的力气都没了。

其间,马光明给她打了两个电话,问她什么时候到家,等着她开饭呢,她让马光明他们先吃,别等她,挂断电话,眼泪就滚下来了。

想起马跃今天回来,她就更茫然了,下车去旁边的小卖部买了包牛奶,坐在车里慢慢喝了,觉得体力恢复点了,才开车往家走。

其实,她不想回家,一点儿也不想,明明是往家的方向开着车,可总觉得胸口那儿伸出一双手,死死地抵着她,往家的相反方向推。

马跃这边,也不好受,因为郝乐意没去接他,虽然没回家吃晚饭事出有因,可还是让他联想到了这阵子郝乐意的反常,所以,尽管马光明做了一桌丰盛的晚饭,可马跃还是吃得没滋没味的,吃着吃着,伊朵突然无比天真地问:"爸爸,阿姨也和你一起坐飞机了吗?"

桌上的人都一愣。

马跃说:"什么阿姨?"

"电脑里的阿姨呀,就这样,一闪就没有了。"伊朵学了一下小玫瑰在电脑前一闪的样子。

陈安娜也警觉地看着他,像警察发现了有一作案嫌疑的人。

马跃脑子就轰地响了一声,有点磕巴地问伊朵:"伊朵……你看见有个阿姨在爸爸电脑里?"

伊朵说看见了。

陈安娜的脸,就像被瞬间冰冻一样地僵住了,她联想到了郝乐意对去接马跃的不热情,联想到了很多很多,她看看马光明,马光明端着一小杯白酒,也愣在那儿,怔怔地看着马跃,一副想听他解释的样子。

马跃心里暗暗叫苦,联想到郝乐意这几天不上网,回他个短信都节约得像是每个字都要花钱似的,很可能也因为这事,他在心里狠狠地揣了自己几拳,骂了自己一句,什么叫色胆包天,这他妈的就是! 那天中午,小玫瑰去找他,一起吃了饭就回了他的家,因为伦敦的中午是青岛的晚上,马跃习惯了晚上郝乐意会在 MSN 上找他,所以,一进门就习惯性地打开了电脑,MSN 也自动上了线,他看郝乐意没上线,就放心地回应了小玫瑰的挑逗。她隔着衣服,摘掉了胸罩,脱掉了内裤,然后,像蛇一样盘旋到他身上,她像只美丽而柔韧的雌兽一样,舔着他的唇、他的下巴、他的脖子,还有他的胸脯,她像熊熊燃烧的火苗点燃了他的身体,燃烧得他情不自禁地搂着她,轰然倒在床上,然后他疯狂地进入了她滚烫而多汁的身体,像两条炙热的蛇,纠缠在一起,他在她的身体里狂野着,小玫瑰在他的狂野里迷醉地哭泣,他大吼着我要杀了他杀了他冲上了欲望喷薄的高峰。

他说要杀的,是小玫瑰的华裔英国丈夫。据小玫瑰说,他因为过于肥胖,婚后没多久就失去了做爱能力,不能做爱的他就靠毒打小玫瑰来发泄他的性压抑。小玫瑰哭诉说,他总一把揪过她,拖过来,用肥硕得像整头猪那么重的一条腿压住她,然后变态地打她、猥亵她,他咬她的乳头,咬她的下体,并试图把肥得像盆子一样大的拳头塞进她的身体,她疼得满头大汗却不敢叫,因为他说了,如果她敢叫,如果她敢报警,他就会把遗产全部给别人,一分钱都没她的份。他知道自己得了绝症,将不久于人世,更知道他的遗产对小玫瑰母子来说意味着什么,所以,无论他怎么折磨她,哪怕是要疼昏过去,她都不敢叫,她要为儿子保住超市,还有这栋看上去相当不错的别墅。

对了,作为作者,有件事我忘记交代了,马跃这次回英国的前几个月,是没联系小玫瑰的,可后来打了电话。毕竟曾经爱过,每一个被我们爱过的人,都像我们灵魂的老亲戚,可以多少年杳无音信,但牵挂多少总是有些的,尤其是像马跃这样,再次回到伦敦,有些旧景难免勾起旧情,旧情涌起,会让人惆怅,而惆怅是触动感情的引子,何况,身在异乡的马跃是如此寂寞,闲来无聊,那些淡淡的惆怅,像一只小手一样在挠着他的心,用文艺点的说法就是,他想知道小玫瑰现在过得好吗。

踌躇良久,他给小玫瑰打了电话,当时小玫瑰声音冷淡,好像已经听不出他是谁,他挺难过的,说自己名字时,甚至哽咽了。两人简单说了几句,大体说了一下彼此的生活,就挂了,好像老街坊在街上突然相遇,寒暄了几句,并没流露多少感情色彩。那一瞬间马跃是伤感的,虽然这伤感让他觉得有点对不起郝乐意,可毕竟,曾和小玫瑰的感情也是真切的。

两个月后,小玫瑰突然来找他,他才知道,小玫瑰那天的冷淡,是因为丈夫就在身边,也知道了她丈夫的变态。小玫瑰结婚后生了一个儿子,自从她丈夫两年前查出患有胃癌,自知时日不多,对小玫瑰的虐待,就更是变本加厉。小玫瑰和马跃说丈夫患有胃癌时,好像说的不是她的丈夫,而是一条赖在她家门口不肯离去却又令人憎恶的流浪狗,终于肯自动离开她的家门口了。

她平静而有些冷酷的叙述,让马跃后背发凉,可很快,这发凉就变成了沸腾,因为小玫瑰说她最爱的人是马跃,这几年,她一直想他,想他的好他的帅还有和他在一起的快乐,每当丈夫变态地折磨她,她就会在心里默念着马跃增添力量。她肥胖的英国丈夫,每一次勉为其难地和她做爱,在她感觉都是强奸,当他喘着粗气,笨拙地在她身上耸动,她都会闭上眼,把他幻想成马跃,可后来,她就不这么幻想了,觉着是对马跃的侮辱,索性把他幻想成一头猪,而她,不过是为了继承这头猪的华丽猪圈而不得不忍受着猪的强奸……小玫瑰说着说着,就哭倒在他的怀里,然后他们在泪光涟涟里相互舔舐着彼此的眼睛眉毛还有身体,他们久别的身体,再一次重逢,马跃想给她很多疼爱,那天,他们在床上写字台上甚至地板上,重温了过去的身体功课,马跃连课都没去上,小玫瑰像个永远都吃不饱的饥饿小孩,贪婪地要了他一次又一次。在马跃的内心深处,毫无背叛不背叛的概念,只有和旧爱久别重逢后的激动,甚至那一刻,他觉得自己是神圣的,压根儿就没想到是偷情,因为他对她的激情对她的需要,都那么理直气壮,仿佛她一直就是他的恋人,就算曾离开过他,也是被人以强盗的手段抢走的。

后来,他才知道,除了那些一夜情式以及嫖娼式的男女关系,所有带有感情色彩的出轨,在激情迸发的刹那,感情都是神圣而真挚的,在这个时候,道德是一个喝醉了的醉汉,卧倒在没人看见的马路边呼呼大睡。他甚至想起了从前他和小玫瑰最喜欢的做爱姿势,那就是从背后进入她的身体,看她结实而富有弹性的屁股在他的撞击下,一下一下地颤动,他还喜欢托着她的活蹦乱跳的乳房,捏她饱满而站立的乳头……然后,看她像一只淫荡的小母狗一样趴在床上尖叫或者眼神迷离地回头看他,一直看得他在她的身体里狂野地爆炸……那时候,他是多么想在和小玫瑰制造的一场又一场爆炸中粉身碎骨地死去。

他的心里装满了陈旧而激情的过去,动情地把小玫瑰翻了过去,他想重温过去,他必须承认,在那一刻,除了他和小玫瑰,其他人是不存在的,包括郝乐意,所以,当他看到文艺作品里描写已婚男人在和女人上床前的激情澎湃时,突然想起了妻子的脸而愧疚地收敛了言行,那纯是扯淡,因为当肾上腺素一分泌,男人满脑子只有眼前这个女人的身体。

　　从那以后,小玫瑰总会找各种各样的借口,从伦敦郊区的小镇跑来找他,这时候,马跃就会惶惑,小玫瑰找的,到底是她内心深处的那个他,还是那个身体的、激情的现在的他?

　　他问过小玫瑰。

　　小玫瑰说都有,她爱他,也需要他的身体,然后她欢快地说,她丈夫的身体每况愈下,他自己仿佛也感受到了世界末日的逼近,只要清醒着的时间,全部都用来诅咒她,他说自己之所以长这么胖,都是因为她把中国菜做得太好吃了,她把菜做得好吃不是因为爱他,而是一个阴谋诡计,就是让他更胖更胖,然后胖得生病死掉好继承他的遗产。他骂她是臭不要脸的婊子,只要小玫瑰经过他身旁,但凡他够得着,就一定要打她一下,或者一把抓住她,狠狠地抽她耳光,不过,她已经无所谓了,就当他是头活不了几天还能给她好处的畜生得了,癌症用两年的时光消耗掉了他所有的脂肪,他瘦得好像皮肤直接贴在骨头上,压根儿也没什么力气,根本也打不痛她,但她还是决定,送他去医院,让他在医院里了此一生。

　　马跃的后背,再一次发冷,毕竟,这个男人是她法律上的丈夫,她儿子的父亲……他想劝她不要这么狠,可又觉得这话从自己嘴里说出来有点荒诞,小玫瑰也未必会听,就算了。

　　然后,他思考起自己和小玫瑰的关系,他想啊想啊,想起了郝乐意,心头就凛冽地刺疼了一下,他想抽自己,这时,他突然明白了,当一个男人想起一个女人,想起自己犯了错可能会伤害她,而想抽自己的时候,那一定是爱这个女人的。

　　是的,他毫不迟疑地承认,他是爱郝乐意的。那么,他和小玫瑰呢?是有前情基础的寂寞游戏。他知道这么说,很文艺很操蛋,所有不会有结果的文艺范儿感情,其实都是通奸,只是通奸太难听了,不仅难以取得别人的原谅,连自己这一关都过不了,所以,才有了所谓的旧爱、所谓的寂寞游戏这些狗屁说法。

　　回国之前,马跃用了整整两个月的时间,忏悔自己和小玫瑰的关系,其间,小玫瑰经常来找他,因为她已经把丈夫送到了医院,为了遗产,她每天会忍着反胃,去医院看他一会儿,他要求儿子每周去陪他一天,她也答应了,把儿子送去,自己就走了,反正医院有餐厅,她不能在他身边多待,是因为每每看着他,她就会有杀人的冲动。小玫瑰总是和马跃说他怎么还不死啊,他死了咱俩在一起吧。然后她会历数:"你看,他死了,我们有房子有产业,多好啊。"

马跃不吭声。

如果她逼马跃表态，马跃就会说我已经结婚了。

小玫瑰就会嗤之以鼻："你爱她吗?"好像普天之下,任凭地老天荒,马跃只爱她一个人一样,这就是小玫瑰,她一直都这么自信,只要她想,没有她得不到的,她从来都是这个世界的中心。

马跃知道不是,他的世界中心是郝乐意。

所以,就在他回国的前一周,当小玫瑰来找他,对马跃来说,那次做爱,不过是一场只有他一个人明白的告别仪式,伤感,多少还是有的,他把所有的伤感都疯狂地发泄在了小玫瑰的身体上。小玫瑰平时看上去是个伶俐得有些凛冽的女子,可那天中午,她像一片土地,被他耕耘得酥软酥软地瘫痪在床上,连坐起来的力气都没了。然后,马跃去洗澡了,再然后,就是郝乐意在 MSN 上叫他。躺在床上的小玫瑰,听到了电脑发出的叮咚叮咚的信息音,就起身穿上了衣服,看着电脑上闪烁不已的信息提示,她想到了即将死去的丈夫,想到了她希望马跃留下来陪她到老,于是,就有些居心叵测地按了鼠标,接受了来自郝乐意的视频邀请。是的,这么做的时候,她非常清楚,自己就是居心叵测,因为她想重新夺回这个男人。

可这一幕,恰巧被从卫生间出来的马跃看见了,他几乎是扑过来,把她拉到了一边。马跃没发火,是因为视频已经连接上了,怕被郝乐意看见而隐忍着。

因为又怕又气,马跃一直没和坐在一边的小玫瑰说话。小玫瑰显得讪讪的,自己从冰箱里找了罐啤酒,慢慢喝着,因为视频的这端是伊朵,并不是郝乐意,马跃也轻松了一点,从她手里拿过啤酒喝了几口。

趁伊朵去卫生间,小玫瑰起身告辞,他们吵了两句,因为小玫瑰很开心地告诉他,她的英国丈夫活不了几天了,恳求马跃不要回国了,马跃的回答却是斩钉截铁的不可能,恼怒的小玫瑰拿手包砸了他。

只是,马跃不知道这一幕已被郝乐意看在了眼里。

马跃回国的前一天,小玫瑰又来过一次,她苦口婆心,甚至是哀求,求他留下来,马跃依然说不可能。小玫瑰追问为什么,他曾经是那么爱她。

马跃说是的,是曾经,但不是现在。

"现在呢? 如果你不爱我,你为什么会打电话给我,为什么会和我做爱,还那么投入?"小玫瑰不相信,她宁肯相信马跃是个事到临头却怕老婆的胆小鬼。

马跃想告诉她,能让男人性器官勃起的,不只是爱情,还有生理欲望。性欲和食欲一样,如果说有所区别,那就是一直克制性欲死不了人,而克制食欲能。如果说男人做爱投入就是爱,那么,那些卖春的女人,该得到多少丰饶的爱呀。但他没说,如果说出口他都觉得猥琐。

他只能告诉小玫瑰,他必须回国,因为国内有他的家和他的家人。

后来,小玫瑰扑上来,撕扯他的衣服,打他耳光,脱掉了他的牛仔裤,想和他做爱,可他内心冷清,没有欲望。后来,光溜溜的小玫瑰坐在他身上呜呜地哭了,哭得那么绝望那么凄凉。

后来,小玫瑰走了,马跃坐起来,打量着自己的身体,有种从未有过的溃败感涌了上来。

3

这顿刚刚开始的、家常接风宴,就这么僵住了,所有人都愣愣的,只有吃饱了的伊朵,吃着马跃带回来的巧克力唱着歌。

陈安娜说:"马跃。"马跃低着头。

陈安娜说:"我说乐意怎么这么反常,你都要回来了,她吭都不吭一声,好像你是个和她没关系的人。"是的,就陈安娜了解的郝乐意,倔是倔了点,如果她这做婆婆的不昧着良心说话,郝乐意真的是万里挑一的好媳妇,结婚这么多年,从没在钱上和她这婆婆更没和马跃计较过,自己大多时候的苛刻,其实也是拣软柿子捏——欺负,欺负郝乐意的独立,知道她不管受多大委屈,都能自己一肩担下来,决不会像其他女孩子似的,在婆家受了丁点委屈,就回娘家夸张成冤比窦娥,当然,更重要的是,她也没有娘家人可以让她哭鼻子抹眼泪地告状,虽说郝多钱夫妻跟她父母差不多,可毕竟是差了些火候,就算可以告状,郝乐意也不是那种受了点委屈就四处张扬着招徕同情支持的人。这么想着,陈安娜就叹了口气,咳,人啊,都势利,包括她,不也是挑郝乐意这样的好人欺负吗?

所以,现在,她一点儿也不怪郝乐意了,甚至有那么点心疼她,疼她的隐忍,连伊朵都看见了,她能不知道? 可她什么都没说,既没给她这婆婆甩脸色,也没哭天喊地地抱怨。她看看马光明:"你带伊朵下楼看看,乐意怎么还没回来?"

马光明大体也猜到了一点眉目,一血气方刚的年轻男人,一个人在异国他乡,如果他身边有个女人,能干出什么好事来? 他死死地盯着马跃:"到底怎么回事?"

"马光明!"陈安娜看了伊朵一眼,"我这不正要问吗?让你下去看看乐意你就下去!"

马光明知道陈安娜这是不想让伊朵听见,只好抱起伊朵,满腹心事地说:"走,咱下楼看看妈妈回来没,饭都凉了。"

陈安娜目送马光明祖孙俩出门,大门关上了才威严地看着马跃:"说吧。"

马跃嗫嚅了一下,没吭声。

陈安娜一拍饭桌,筷子稀里哗啦地就掉到了地上:"少给我装哑巴扮无辜!"

因为陈安娜的严格教育,马跃从小到大都不会撒谎,如他想撒谎,陈安娜和郝乐意一眼就能看出来,目光躲闪,不敢抬头,还磕巴,所以当他低垂着目光说:"没,什么事也没有,就个朋友……"

陈安娜完全拿出了一贯的严师训顽劣学生的做派,猛地打断他:"你看着我的眼睛说!"

马跃看着陈安娜,满脸的伪装,就像泥石流一样地泻掉了:"妈……我也没想到会这样……"

"会哪样?"

马跃就老老实实地把他当年是因为什么回国,这次回去因为寂寞怎么联系上了小玫瑰,又发生了些什么,原原本本地说了。

陈安娜听得泪水奔流:"马跃,你说,你这么做你对得起谁?我,还是你爸,还是乐意?我们对你,是不是殚精竭虑了?马跃,你说,我们是要图你回报吗?我们只要你好!可我们不想要回报你也不能给我们当头一棒!我和你爸好说,乐意呢?这事如果你让她知道了!结婚五年,她白天上班挣钱管你吃管你穿,晚上陪你睡给你生娃娃,人家没给你看过脸色,没因为你不挣钱呵责你一句,你就这样对人家?你的良心呢?啊,马跃,你的良心掏出来喂狗了?"

马跃愧疚地低着头,除了愧疚,他还能说什么呢?

"不对!就你那心,喂狗,狗都掉头就走,嫌臭!"陈安娜气得像只雨后上岸的青蛙,拿足以杀人的目光看着马跃,"你打算怎么办?"

"我不会和乐意离婚的。"马跃坚决说。

"你也敢!"陈安娜恨恨地,"我是问,如果那天乐意也从电脑里看到了,你打算怎么说!"

马跃也有点慌了,是啊,怎么说?他嗫嚅:"实话实说,请她原谅,我发誓以后再也不会发生这样的事了。"

"放你的狗臭屁！"陈安娜一急，脏话就出来了，"你这不是争取她原谅，你这是打算在她跟前一辈子别想翻身，你当这是警察抓罪犯呢？还坦白从宽抗拒从严？出轨这事就是，只要你坦白了就比抗拒还残酷，懂不懂？"

马跃已经被陈安娜凶蒙了："那……妈，您说我该怎么办？"

"怎么办？只要乐意没抓着你手腕，就打死不承认，就撒谎！就一条道跑到黑！随便你编什么瞎话，就是不能说实话！听到没？"

马跃诚惶诚恐地点着头。

陈安娜还是不放心，又谆谆教导，甭管郝乐意怎么下套，都甭踩招子，比如说，女人说就想知道怎么回事，决不秋后算账，这是下套，想从你嘴里掏榔头，如果你傻不啦叽地把榔头吐给她了，就完了，她想什么时候砸你一榔头你就得挨一榔头，连惨叫的权利都没有，因为榔头是你给的……

陈安娜心里慌乱极了，恨不能把所有的防御功能全数教给马跃，嘴巴都不够用的，正絮叨着呢，就听门上钥匙响，马光明在大着嗓门对伊朵说："快，告诉爸爸，妈妈回来了。"

陈安娜知道这是给她打暗号呢，意思是郝乐意回来了，有些话，趁早打住。

郝乐意在楼下看到马光明祖孙俩时，还内疚了一下子，虽然她怀疑马跃，但也毕竟只是怀疑而已，虽然事出有因，没去机场接他，还是有点愧疚，忙抱起伊朵，问马光明怎么在楼下，伊朵抢着说，奶奶让他们下来看看妈妈回来了没有，他们都溜达半天了。

郝乐意就意外了一下，想起去机场前，陈安娜在电话里的凶状，怎么会突然转变这么大？转而又觉得自己多心，可能是因为马跃回来，她高兴，特意等她回去一起吃饭，愧疚感就又多了一层。因为自己对陈安娜猜疑的不敬，进门就不好意思地道了歉。

马跃站起来，傻傻地看着她，一副想拥抱她又不知从何下手的样子。

郝乐意虽然不习惯在大家面前秀恩爱，但看他这样子，觉得自己不表示一下会很尴尬，就顺势给了他一个拥抱，陈安娜这才故作欢快地说等你等得菜都凉透了。一抬头，见马光明跟前已经有了一堆鱼刺和蛤蜊皮，怕让郝乐意看出破绽来，就说："你爸和伊朵嚷着饿了，先吃几口垫了垫。"

郝乐意洗了手，说其实不用等，都这么晚了。

已经晚上八点多了。

但是，在这个夜晚，郝乐意内心很温暖，因为看上去全家都在等她回来吃饭,这曾是她成长过程中盼望过的、一个仅属于家的温馨场景,在她二十六岁的夜晚,成了现实,全家人都在等着她这个疲惫的晚归人,坐到饭桌前……

那天夜里,陈安娜把马跃在伦敦出轨的事告诉马光明就哭了,马光明生平第一次对陈安娜使用了自己的肩膀,把她揽上来:"好了,但愿乐意不知道,她不知道就不难过,她不难过这事就没坏到哪儿去,中国和英国隔这么远,马跃回来了就是和那女的断下了,如果觉得对不住郝乐意,就对她好点,不然咱就是一家子狼心狗肺。"

4

离开饭桌,郝乐意的好心情在上楼梯的空当就烟消云散了。因为马跃试图拉她的手。她的心,猛地就一个激灵,想起了那只搭在他肩上的手。她飞快地抽回了手,马跃有点受伤,他分明看到了郝乐意眼里的抵触,就像一个纯良的姑娘在公交车上对公交色狼的抵触。他讪讪的,为了掩饰心虚,他还要假装一副不知所以的样子,强行把她的手捉过来,握在手里:"怎么,才一年多不见,就不认自家老公了?"

郝乐意挣了几下,没挣开,只好任由他握着,到了阁楼门口,才用力抽了一下:"放开,我找钥匙开门。"

马跃松开了,心里的慌张却像涨潮的浪一样,一波又一波地往上扑:难道她真看见了?一直忐忑到进了门,壮了壮胆,还是从背后抱住了郝乐意,嘴在她耳边磨来蹭去地说想死你了,一副好像真的好久没近女色的样子,连马跃自己都觉得假,假得他都想抽自己两巴掌,但也不是全假,如果不是担心着郝乐意已经知道了点什么,他是真的无比地想念郝乐意的身体,就像好吃客想念一道阔别多年的家乡美食一样地想,绝对不掺假,就如同好吃客不会因为吃多了异乡美味而忘记了家乡美食。

郝乐意很尴尬,年轻女人,和老公分开一年半啊,不要说精神上,生理上说不想,那都是假的,可现在最要命的是,一看见马跃,她就会想起那只搭在他肩上的手,然后顺着那手想到一个女人的身体,从女人的身体想到了马跃,那是她爱也号称爱她的马跃,她无法接受,有另一个女人和她共用这个男人。

她恶心。

而马跃也觉得,那些原本可以那么自然那么炙热的亲密,因为他心里藏了一个见不得人的秘密,而变得那么假,像拙劣的演员一样,假到了让自己都无所适从,但他还是咬住了牙,坚持,不管郝乐意怎么甩脸色,怎么说难听的,只要她不戳破,不追问,他就决不坦白,不,就像陈安娜所说,就算她质问也不能坦白,在出轨这件事上,男人如果想有生路可逃,就只能把谎一撒到底。

郝乐意坐在沙发上,虎着脸看他,审视着他,马跃被审视得心里都发毛了,上上下下地看着自己,好像他也很好奇,难道是他的身体发生了莫大的变化才让郝乐意审视起来没完没了?他一边装得好像被郝乐意的审视弄晕了头,一边在心里拼命地告诉自己,马跃,你他妈的要装,装得若无其事,还要厚脸皮!!!

郝乐意依然在审视他,不说话。

马跃把自己鼓励得像一个充足了气的载重汽车轮胎,已有足够的底气承担上千万吨的压力,才冲郝乐意端出一脸诙谐的坏笑:"媳妇,小别胜新婚呀,看你这眼神好像咱俩久别成敌人了。"

郝乐意悲凉地看着他,拼命地想,我到底问还是不问?她知道马跃,内心里有些孩子气的单纯,根本就不会撒谎,如果她问,他肯定会磕巴,如果她再步步紧逼,他肯定会说实话,如果一切真像她怀疑的那样,他会承认自己在伦敦有外遇,她怎么办?

郝乐意茫然了,因为她对这个男人还是爱的,可越是因为爱,越会因为他的出轨而受伤害,除了他马跃,别的男人天天烟花柳巷她都不多看一眼,因为她不爱,就和她没关系,也就成不了伤害。

马跃一脸受伤小孩的无辜相:"乐意,你这到底是怎么了?"

"你走这么久了,我有点不习惯了。"说完这句话,郝乐意就知道,完了,她爱这个男人,爱到那么害怕失去他,她宁肯假装不知道,假装什么都没发生欺骗自己,也不愿意戳穿他得到一个令自己心碎的真相。

马跃知道郝乐意没说实话,但他还是要继续扮单纯,假装相信了她的话,举着双手做投降状说:"媳妇,我,马跃,你亲老公,咱俩结婚五年多了,在一床睡,一桌吃,还给我们的祖国造了一朵叫伊朵的花骨朵儿。我去英国读研究生,天天吃洋葱胡萝卜,吃得我一到晚上就放屁,可屁再多我都不冲着被子放,因为我夜夜搂着被子把被子当成媳妇你,哪怕我知道那被子不是你,我也不忍心冲着它放屁,我怕你和我有心灵感应,会在梦里打喷嚏。你说我这么疼你爱你,你怎么还冲我要态度?"

马跃像说单口相声一样没完没了,说着说着就坐到了她的身边,一把抓起她的手:"媳妇,我想你,你知道吗? 我下了飞机一看你没来接我,我的心,啪嗒一声,就掉地上了,我想完了完了,马跃,你是为了让媳妇和孩子过上好日子才去英国读研的,可你研是读出来了,媳妇不爱你了,你读这屁研还有什么意义?"

马跃的嘴简直就是个洞口,他喋喋不休,就像唱着动听歌谣的小河,把正在她腹中发酵的愤怒潺潺地带走了,愤怒没了,心就软了,她甚至开始怀疑,那天晚上视频里的女人,不过是他的房东或是邻居……

她开始原谅马跃,开始鄙视自己,不是鄙视自己多疑,而是她突然地感觉到了来自爱的温暖,是那么地不愿意失去,尽管这个男人除了甜言蜜语和苦恼什么都给不了她……

马跃握着她的手,唇挨上来,从她的脸爬到耳朵上,她想推开他,呵斥他不要装,他在英国做过对不起她的事……

可是,那种软软的、暖暖的、致命的温柔,像坚韧的绳子,捆住了她的手脚她的心,所以当马跃的唇覆盖到她的嘴上时,她落泪了,生平第一次,她觉得自己是这样卑微、这样可怜、这样好骗,别人只要递过一点温暖,她就没出息地贪恋不去了。

泪水顺着脸颊滚到了嘴边,马跃看到了也吃到了,他在心里说好了好了,我已经成功地把她哄信了。

可是,他是马跃,是男人马跃,是永远不了解女人是多么善变的马跃。这一刻,郝乐意不是相信了他的清白,而是因为她是女人,女人是只肯向温暖的爱投降的动物,这一刻,她是为温暖的柔情所融化……

所以,马跃太乐观了,他以为自己终于用三寸不烂之舌化解了一场婚姻危机。

他不知道,有多少婚姻是在危机潜伏中苟延残喘了一辈子。此刻的他,有点儿小小的骄傲,为自己的口才,好吧,他在心里对自己说,马跃,现在,请用狂热的激情彻底消灭掉她的怀疑。他吃着她的眼泪,一寸一寸地吻她,比一年前,她有点瘦了,乳房也略有点松了,小小的乳头还和从前一样,羞涩地陷在白皙的皮肤里,他像以前一样,用两手把两个乳房往她胸口中央合拢,轻轻吻上去,乳头就像顽皮的小孩子一样,突然跳了出来,他笑了……会心的笑,游子重拾乡音的笑……后来,他们纠缠在沙发上,玩他们最爱的沙发游戏,他咬着她,抽了抽鼻子,说真香,就坏坏地笑了。

郝乐意一阵脸红,她不是怀疑他背叛她了吗? 她不是愤怒吗? 她不是打算质问他甚至和他离婚吗？可为什么？她要一反常态地在今天早晨洗了澡,还在腋窝里喷了香水？难道那些愤怒,只是想表演给自己看的？表明自己在感情上,态度是鲜明的,尺度是不容侵犯的？

想着想着,她的心又一寸一寸地硬了,她甚至觉得有另一个自己平静地站在一旁,冷冷地看着这个被情欲蛊惑着的、被挑逗着的郝乐意,一丝鄙夷的冷笑悄悄地挂上了嘴角。

郝乐意忽地坐了起来,看着马跃。

马跃以为沙发太小或是一不小心弄疼了她,抄手抱起来就往卧室走,郝乐意挣扎了一下说放下我,挣扎的力气大了点,把马跃弄得趔趄了一下,差点摔倒,好在及时松手放了她,扶了一下茶几,才一屁股跌进了沙发里。

郝乐意从沙发上捞起裙子往身上一围,走到卧室门口,突然觉得不对,就转身去了书房。

这会儿,马跃是真傻了,在心里暗暗叫苦,看样子她应该是知道了,突然后悔,在楼下那会儿,他应该问问伊朵,在电脑里看见阿姨的事,有没有告诉妈妈,现在太晚,他不能下楼问,也怕如果伊朵没告诉郝乐意,他这一问,反倒是提醒伊朵,小孩子的记忆就是这样的,有些事长时间不重复,就会忘记了,所以长大之后对读小学之前的事情,很少有人记得。

他怔怔地看着书房的门口,下意识地紧紧抿着嘴巴,唯恐自己一不小心就忘记了陈安娜的叮嘱,向郝乐意和盘托出,不知为什么,马跃觉得只要在郝乐意面前,他就下意识地回归到了婴儿时代,一点提防也没有,一句谎也不想撒,他总觉得在郝乐意面前不管说什么做什么,都是安全的,这种安全感,他在小玫瑰跟前就感觉不到。是的,在小玫瑰跟前,他觉得自己是从丛林里跑出来的野兽,他把那个野兽的马跃扔在伦敦,回到了人的族群,在郝乐意坦然舒缓的眼神里,他突然地羞愧,就像一个幡然醒悟的恶魔,突然不能面对自己血腥的过去了。

也是在这个夜晚,他突然意识到,再也没有比感到安全更好的爱了。

可他也知道,郝乐意越是给他安全感,他就越不能坦白,因为这种坦白,对于郝乐意来说,就是一把捅进了心脏的刀子。她说过的,她爱他,只是因为爱他,爱情是她的信仰,她从来不拿爱情换任何东西,就这样一个女人,一个把爱看得比蒸馏水还干净的女人,他能坦白他在伦敦出轨了？

不,他做不到,而且坚决鄙视内心深处那个蠢蠢欲动着想坦白的马跃,感情出轨的坦白是什么？是自私。是,你坦白了,你卸下了包袱,却在爱你的人心上堆放了一个巨大的剧痛的肿瘤,这样的王八蛋,应该被乱棍打死,而不是原谅。

他想起了在伦敦看的成人节目,主持人说过一些男女之道,说如果男人惹女人生气了,再诚恳的道歉也不如送她一次性高潮。

他决定继续装傻卖萌,决定实践成人节目主持人的理论。所以,他站在书房门口,看着郝乐意:“乐意,怎么了?”

郝乐意面对着没开机的电脑,看上去表情呆滞。他走进来,揽她的肩。郝乐意挣扎了。他明知故问:“乐意,你这到底是怎么了?”说着,故作害怕状:“该不是我不在的时候你喜欢别人了?”

郝乐意的眼泪唰地就滚了下来:“马跃,你离我远点。”

“为什么?”这个为什么,是发自马跃内心的。

“你离我近了,我会恶心自己。”郝乐意说的也是真的,英国伦敦的那个真相,她猜都猜得到,可她不敢往深里想,她害怕想深了自己会绝望,可不想它就不存在了吗?不过是自欺欺人罢了。可至少是现在,她没法像从前一样接纳马跃,否则,她会恶心自己,像恶心自己明知道一款食物不洁到了令自己恶心,却还要假装眼不见为净地咽下去。

马跃是个有羞耻感的人,其实,他大抵猜到了郝乐意所说的恶心指的是什么,内心一阵荒凉,可他现在唯一能做的,就是装痴卖傻。是的,在这个世界上,所有的荒唐,都是需要买单的,现在,就是他为伦敦的那个自己买单的时候,他是如此地痛恨那个在伦敦的自己,时光却无法倒流。

他凑过来,搂她,吻她,她流着泪躲闪,此刻,他的心,是碎的,他想像求婚一样,跪下来,求她原谅,却又不能,那样只能伤她更深,现在,唯一能抚慰她创伤的就是他对她的需要对她的执着,好像离开她,他就不能活了。所以,他像蚂蟥一样,她的唇往哪个方向躲他就往哪个方向吻,纠缠得她有些恼了,觉得他身上有了些无赖气质,对女人死缠烂打、缠不到手决不善罢甘休的赖气,觉得他学坏了,更会讨女人欢心了,所以才会有女人纠缠着他,恼羞成怒地打他……郝乐意越想越生气,嘴里说着讨厌,用力甩了一下脑袋,就听啪的一声,马跃就哎哟哎哟地捂着鼻子蹲了下去。

郝乐意冷笑一声,心想,收起你的小伎俩吧,我才不上当呢。过了一会儿,就没声音了,回头去看,就见马跃蹲在地板上,傻了一样看着血稀里哗啦地从鼻子里往外流,郝乐意没想到会碰得这么厉害,手忙脚乱地去找纱布,找止血药,扶着他去卫生间,让他仰着头,她用纱布蘸着水,一点一点地给他洗干净了。

马跃一声不吭。

郝乐意卷了一小团纱布给他塞到鼻子里,扶着他进卧室,他仰面躺在床上,她坐在床沿,噼里啪啦地掉眼泪。突然地,她不知道自己该怎么办了,这几天她一直在想,如果马跃真的背叛了她,她到底要不要和他离婚?

是的,她的感情受伤了。马跃比她大三岁却像个长不大的孩子,马跃没工作,马跃不赚钱,这些在她,都不是问题,可她无法接受马跃的背叛。如果说马跃这个男人对她来说,还有可取之处的话,那就是他对她的爱,是真挚而浓郁的,把结婚当成找饭碗那是封建社会女人唯一的出路,把婚姻当成公司合营那是市侩俗人的作为,她虽然也是个俗人,可还没俗到把婚姻当成盈利最大化的公司合营,她要的,只不过是一份至真至纯的带着温度的爱,这也是婚后几年来,连郝多钱他们对马跃都颇有微词了而她还一个劲儿地护着爱他的原因所在。

可现在,马跃所拥有的她最看重的优点,已随着他的出轨嫌疑而消失殆尽,从看到他房间里有个女人起,白天她尽量让自己忙成陀螺,只有忙起来,她才会不去想马跃的背叛,可寂静的夜里,马跃和一个女人的身体,像拥挤的蛇一样相互纠缠在她的脑海、心里,纠缠得她片刻不得安宁,甚至泪如雨下,在每一个顶着熊猫眼醒来的早晨,她都会坚决地告诉自己,我要和他离婚,坚决地。

可是,就在她开车去幼儿园的路上,她就会开始想他的好,想他走在街上总是把她让到远离行车道的右边,想到冬天他总是先抢着去洗澡,其实是为了让卫生间先暖和起来……他给的好,全都是细碎的温暖的,太多了……多得让她的心颤抖了,流泪了。然后,就想起了一个叫连谏的女人,在一篇文章里说过:在这个世界上,最有力量的不是武力也不是金钱,而是温暖和爱。当她想着马跃对她的好的时候,一颗去意坚决的心,就像被风吹歪的棉花糖一样,渐渐地收拢缩小。

马跃装作很听话却也很痛的样子,躺在床上,闭着眼不时哼两声,嘟哝说我怎么觉得血顺着鼻腔流到喉咙里去了。

郝乐意站在床下,不知到底要怎么着才好。

马跃偷偷瞄了她一眼,又哼哼地呻吟了两声:"帮我把枕头垫高点,我不想吃自己的血,太恶心了。"

郝乐意就跪到床上,一手托起他的头,一手把枕头拖过来,因为和马跃拉来扯去,连衣裙的扣子早就开得七歪八扭的了,马跃眯了一眼,看着在衣服里晃来跳去的乳房,猛地揽住她的腰就把脸贴了上去,郝乐意尖叫一声,挣扎着,想推开他,却又怕再次弄伤了他的鼻子,气喘吁吁地说你干吗呢?马跃不吭声,呼哧呼哧地喘着粗气,闷不作声地把她的裙子就给扯了下来,把她硬按在了自己身上,然后翻身把她压在身下,把她正试图用力推开他的手,攥住了压在头上方的床上,然后他像勇猛的将军,冲杀进她因为紧张而生涩的身体,或许因为紧张和反抗,她的身体绷得紧紧的……塞在他鼻孔里的纱布掉出来了,鲜艳的鼻血抹得郝乐意胸口到处都是,他一抬头,鼻血便滴到了郝乐意脸上,正奋力反抗的郝乐意尖叫一声,吓得一动也不敢动了,因为马跃的整张脸都被鼻血染红了……

在这个矛盾重重的夜晚,郝乐意就像个吓傻的孩子一样,呆呆地看着马跃,她没有任何反应,只是傻傻地看着他,马跃被她看得不自在了,她的目光让他害怕,心不在焉地走了神,他不仅没有像成人节目主持人说的那样,送郝乐意一个生理高潮,他甚至都没完成这场间隔了一年半的欢爱,就草草收了场。

郝乐意的眼神,呆滞得让他感觉发冷,好像他不是她的丈夫,也不是在和她做爱,而是一个屠夫,她正看着他提着一把明晃晃的刀子,肢解她的身体,她不动不挣扎也不呼救,只是因为心死了,这具肉身,也没什么值得留恋的了。

郝乐意面无表情地看着马跃从她身上翻下来,呆呆地坐在一边,看她,看天花板,然后傻笑,好像一个写着写着作业突然不会了的孩子,还有点不好意思。

他们的目光在空气中碰撞了一下,又各自闪开,飞快地,像两块遭遇了撞击的石头,在相互的作用力下,快速改变了方向。

她看着天窗外的月亮,就觉得有一股幽幽的气息从胸口游过去游过去,或许她和马跃的婚姻真的走到了尽头,她现在之所以彷徨不去,不见得还是因为爱,那个叫连谏的女人不也说了吗,离婚前,都要经历过无数次阵痛,每一次阵痛发作,当事人都会认真地以为,爱情还在,婚姻未必真的走到了分崩离析的那一步,于是就停下了离婚的脚步,真心地以为两个人都能虔诚悔过,回到曾经的甜蜜,可用不了多久,他们就会发现,这不过是在重蹈一个愿望美好的错误。

马跃下床,去了卫生间,他洗干净的脸看上去很清净,也不流鼻血了,他弯腰来抱郝乐意,郝乐意挣扎了一下,他说给你洗洗,她这才发现自己一胸脯的血,马跃的鼻血,是他强行亲她时留下的。

郝乐意决定不管马跃的无辜是装的还是真的,她都不会去问了,不是懦弱,而是想起了一个朋友的话,无论男女,如果还不想离婚,就一定不要去捉奸,因为那是自取其辱,人家已经不爱你了,你去捉奸,捉了只是为痛斥人家一顿?还是逼着人家写份言不由衷的保证书,保证再不偷情？有什么用？在对方看来,都知道人家出轨了还不离,说好听点是顾全大局够隐忍,说难听点就是贱,自己都一贱到底了,还指望得到别人的尊重？简直是痴人说梦。现在郝乐意也想明白了,就算铁了心要离也犯不着去捉奸,直接去法院起诉离婚就是了,他有外遇这事,连提都不提,因为提了,就等于是你的离婚,不过是知道人家已经不稀罕你了的识趣转身,既然怎么都是转身离去,干吗不转得华丽高贵点,咱就假装不知道他的那些破烂事,不说破,就当是咱看腻他了,要奋起而甩之,重新寻找新生活,岂不更跩？

各种各样解气又解恨的想法,像走马灯似的在郝乐意的脑袋里飞快旋转,甚至,她都惬意地笑了。

看到郝乐意笑了的马跃开心极了,往她湿淋淋的身子上裹上浴巾,抱起来就兴冲冲往卧室走,边走还边傻笑："媳妇终于笑了。"

而我们的郝乐意,依然在笑,笑得那么没心没肺,因为她找到了制胜的办法,那就是假装不知道,她为什么要做出一副知道了却不依不饶的嘴脸呢？其一没用,其二显得自己很虚伪,很有婊子与牌坊相互排斥又相互遮掩的关系。

哪怕离婚,她也不能让马跃知道,她是因为知道马跃在英国有了外遇才离的婚,那样,显得自己多么灰头土脸呀,马跃不是喜欢扮纯真扮专一吗,他不嫌累就让他继续扮好了,他哪怕扮成情圣,她依然是要离去的。

后来,郝乐意才明白,那些自鸣得意的想法很阿Q,像一片麻醉药,只能在很短的一刹那,让她有点儿快意恩仇的胜利感,而大多数的时间,她的心灰扑扑的,像一间陈年老屋,久无人居,地上落满了灰尘,人一走动,就灰尘飞扬,呛得她泪流满面。

「第十二章」

那些如履薄冰的日子

1

刚回来的几天,马跃忙着走亲访友,把礼物送出去。

这天,他从外面回来,陈安娜说问过伊朵了,她没告诉妈妈爸爸那儿有个阿姨,她怕妈妈会哭。陈安娜很震惊,以为伊朵已经懂了大人之间的事,就问她妈妈为什么会哭,伊朵说因为我喜欢皮蛋呀。陈安娜就更是纳闷了,说这都哪儿扯哪儿了,皮蛋和妈妈有啥关系。伊朵就笑得很诡秘,说皮蛋是他们班里的一个帅男生,她很喜欢他,如果他和别的小女孩玩,她就会难过得大哭,爸爸说过他只喜欢妈妈的,可如果妈妈知道他又和别的阿姨玩,妈妈也会难过,她可不想让妈妈大哭,要好多好多糖才能哄好的。

陈安娜边说边抹眼泪说多懂事的孩子,你要再给我闹妖,看我怎么收拾你!

马跃坐那儿不吭声。

陈安娜有些紧张:"马跃!"

马跃嗯了一声。

"你该不会和乐意说了吧?"

马跃摇摇头:"可我觉得她好像知道什么了。"

陈安娜却认为他是做贼心虚,因为她旁敲侧击伊朵,盘问得也很仔细,像伊朵这么小的孩子,根本就没撒谎骗人的心计。说着瞪马跃,问他该不会蠢到每次和小玫瑰约会都开着摄像头吧。马跃说没有,小玫瑰一般都晚上去找他,那会儿正好是青岛的上午,郝乐意正忙着上班呢,后来小玫瑰把丈夫送到医院去了,白天才有时间找他。

娘儿俩分析来分析去,就是分析不出郝乐意为什么会这样,难不成她外面有人了,陈安娜想来想去,觉得不可能,楼上楼下地住着,郝乐意的一举一动她都收在眼里,除了上下班和周末出去买东西,她很少出门。虽然马跃为搞不明白郝乐意到底是因为什么不理他而苦恼,可陈安娜分析郝乐意是不是有了外遇,他是很不高兴的。其一,他不相信郝乐意会出轨;其二,他接受不了郝乐意出轨。

自己刚刚出轨完毕,却有这样的心态,他也觉得很荒诞,可出轨就是这样,向来是只许州官放火不许百姓点灯。这是因为人在出轨的时候,都不觉得自己是多么对不起配偶,也并没因出轨而减少对配偶的爱,而发现对方出轨就不一样了,那感觉,就如同配偶伙同一个混账东西盗走了自己含辛茹苦积累的家产。

在爱情上,无论男女老少,个个都是独裁犯,马跃也不例外。

马跃沉着脸不说话,陈安娜生气了:"你甩脸色给谁看呢?我替你操心还操出罪来了?"

马跃也不示弱,气哼哼地说:"出轨的是我,不是乐意,您能不能别瞎联想?"

陈安娜看着愤愤的马跃,觉得好气又好笑,啧啧地:"儿子,你的意思是我这当妈的愿意你戴几顶绿帽子?你戴了绿帽子,是有我好处还是光宗耀祖?"

马跃一梗脖子,没吭声。

"我奇怪她不知道你那边闯的祸,你拿着研究生文凭回来,按说她应该高兴才对,干吗不理你?"

娘儿俩正各占了沙发的一头生气呢,马光明拎了两手菜回来了,说马光远要摆一桌给马跃洗尘。

陈安娜瞥了他一眼,没吭声。

"没意见我就让我哥安排了啊。"

陈安娜没好气地说:"马跃是我儿子,要摆洗尘宴也用不着他们!不就有俩臭钱想显摆显摆嘛。"

"不要说李嘉诚,就咱青岛市,比我哥有钱的人,多的是吧?我哥才算老几。"

陈安娜悻悻地说你才知道啊。

马光明在鼻腔深处嗯了一声："就是嘛，他们怎么不显摆显摆给咱马跃摆洗尘宴？"说着，拿食指尖敲着饭桌，"说到家，跟谁有没有钱显摆不显摆没关系，是血缘，是感情！是我哥亲咱马跃！"

"要亲他亲他自己儿子去，我马跃有的是人亲有的是人疼！不就想跟我摆个高高在上的谱儿吗？"说着陈安娜划拉着怀抱比画了一下，"马光明，这么大钻石值俩钱吧？"

马光明啊了一声："值几个亿吧。"然后张嘴等她下文。

"你哥就是吊这么大个一钻石在我跟前晃悠，我都不拿正眼瞧的。"说着，不屑地哼哼了两声，"以为所有人都跟你似的，一月发三千块钱就把骨气给卖了。"

这几天马跃又累又乏，烦得要命，本想回来清静一会儿，可父母又掐上了，就起身说你俩慢慢吵着，我上楼了。

马光明话还没说完，就追到了门口，刚喊了一嗓子，就被陈安娜拽了回来，马光明本以为她这是故意和自己作对呢，就见陈安娜嘘了一声关上门，说儿子烦着呢，别招惹他了。

马光明愤愤地说："有个你这样的妈，不要说烦，他没疯就不错了。"

"跟你说正经事！"陈安娜压低嗓子，把郝乐意这几天一直不搭理马跃的事说了，马光明有点纳闷，问为什么。

陈安娜就气，说还能因为什么？定定看着他。

马光明挠头，就手捞了根牙签塞嘴里嚼着。

陈安娜一把把牙签从他嘴里抽出来，扔烟灰缸里，她简直要气急败坏了，说真搞不明白男人是种什么动物，脑子就跟不分岔的隧道似的，一条道钻到黑。

马光明却被她说得不耐烦了，让她有话直接点，他累得慌，不愿意费脑子，说着，不经意似的，又拿了根牙签，一下一下地剔着门牙缝，好像那儿塞了多少东西似的，其实什么也没有。

陈安娜嘟哝着你也得有脑子可费的，又把猜测郝乐意出轨了的事说了一遍，叹气说："虽然我没看中郝乐意，可孩子都这么大了，真不愿意他们两口子再闹妖。"

马光明瞪着她，像瞪外星生物似的，冲着地板狠狠呸了一声，牙签就落到了地上："死驴不倒架子！你没看中郝乐意，咱儿子有那么牛逼啊？"

陈安娜有些自得："以前是没什么了不起的,可现在不一样了。"

"有什么不一样？现在他还是一头两胳膊两条腿！"马光明恼怒地道,"我说不让他去不让他去！只要他脚踏实地,不拿英国研究生文凭照样有工作干有工资发！你非让去,这下好了,他去了一趟英国,人本事没长一点,不着调的本事倒是长了不少！"

陈安娜眼泪又唰地下来了："都怪我！你怎么什么都怪我？"

马光明气得在家兜兜转,瞥着泪眼婆娑的陈安娜,猛地扇了自己一耳光："都他妈的怪我大老粗,没本事！"

2

在陈安娜办理正式退休的前一天晚上,马光明宣布,为了响应陈安娜自尊自爱自力更生的伟大号召,他要亲自操办一桌宴席,第一是欢迎陈安娜卸下校长职务,正式回归家庭,从此以后,她的头衔只有马光明的老婆郝乐意的婆婆马跃的亲妈伊朵的奶奶;这第二呢是给马跃洗尘,所以呢,要邀请马光远和郝多钱全家。

马跃有点意外,说伯父不是要给摆酒吗？

"要是单纯因为你,我就让他摆了,可你妈是我老婆,自己老婆的事哪儿能交给别人办？"马光明看看陈安娜,"陈校长,这下你满意了吧？"

陈安娜挺开心的,但她想最后摆一次陈校长的架子,就抿着嘴,微微一笑。

这几天,郝乐意能感觉到家里每个人都小心翼翼,好像谁都知道马跃做了对不起她的事情似的,就更是苍凉了,但当着公婆的面,为了不让他们难受,她尽量自然地跟马跃说说笑笑,上了楼,基本不说话,马跃走到身边,她装看不见,只要不喊着她名字说话她就当他是自言自语,必须回应的,能用一个字回答完的她决不用两个字。虽然马跃像只丧家犬似的跟在她身后转来转去显得很可怜,她却非常烦,甚至觉得马跃赖皮,哦,在外面偷了腥,还想在老婆跟前扮演温暖的情圣！当她是傻子啊？

有时候,伊朵会跑上来,也没什么事,喊声爸爸妈妈就跑回楼下,郝乐意就知道她是陈安娜派上来当侦察兵的,看看他两口子在家干吗,是不是各忙各的谁都不搭理谁,所以,只要伊朵上来,她就会拿个水果,让伊朵下楼之前给爸爸送过去,小孩子天真,口袋里有糖一定只给自己最好的朋友,所以郝乐意让她给马跃送水果,她就会觉得妈妈好爱爸爸呀。

其实郝乐意想的是,关于马跃出轨,没必要质问了,所谓质问不过是希望他把谎撒得圆一些,帮着她自欺欺人。现在,她需要耐心,他拿到硕士证书了,相对以前工作应该好找,等他找到工作,她就心平气和地和他说:马跃咱俩离婚吧。如果马跃问为什么,她就说:所有能说给别人听的离婚理由,都是借口,真正的原因是我不爱你了。

为什么不现在和他离?因为马跃刚回国,气还没喘匀一口,现在就说离婚,她怕受了打击的马跃会破罐子破摔,连工作都不正经找了,虽然离婚之后他们就是不相干的两个人了,可再不相干他也是伊朵的爸爸,在他准备上坡的时候兜头来一棍子,她做不到。

3

因为要请客,马光明提前好几天就张罗着备东西,让陈安娜帮他收拾客厅,怕人多了坐不开。虽说马光明要办桌酒席庆祝她解甲归田是件挺让人感动的事,可一想到还要请郝多钱和田桂花这俩冤家对头到家里来,陈安娜就无比不痛快,遂耷拉着脸说就咱家这小破客厅,光一个田桂花就够摞的了,其他人怎么办?你打算墙上砸钉,挂墙上?

马光明说咱把田桂花垫底下当垫子,多好,纯天然的,还是人体恒温的。

陈安娜扑哧一声就笑了。马光明知道,只要他肯糟践田桂花,陈安娜就会把他划拉成同盟军。这两天,马光明一直在想,现在不比以前,以前大家都上班,吵完了架,还能上班避一避,一天下来,气也就消了,可退休了就不行了,生了气也没地方避去,在家大眼瞪小眼地瞅着,这气猴年马月才能消啊?气这东西,憋多了就成糟蹋健康的祸害了,大家干了一辈子革命工作不容易,可不能刚要享受享受了就着急忙慌地去阎王爷那儿报到。马光明这么想着,就叫了一声安娜,用从未有过的温情,把陈安娜叫愣了。

"以后啊,咱俩不打了,你呢,退了也别在家闲着,去上上老年大学,我呢继续在咱哥酒店上班,省得你看着我烦。"马光明伸了个懒腰,笑着说,"你这辈子啊挺亏的,跟了我你算是和称心如意彻底断了关系。"

"接着说!"陈安娜吭哧吭哧地擦地板,她已经习惯了,马光明从来不说人话也不说软和话,前面说了一句软和话,后面肯定有比磨盘还硬的石头等着往下砸。

"没了。"马光明顿了一会儿,"你真应该嫁个文化人,也甭太大的文化,跟我哥似的就行。"

"你哥娶了杀猪的。"陈安娜没好气地说。

马光明就张着大嘴笑了:"可不,真他妈的……怎么会这样,我是大老粗,我娶了个校长,我哥文化人,我哥娶了个杀猪的。"然后一阵哈哈狂笑说,"要不,我和你一块儿上老年大学,也变个文化人?"

陈安娜哼了一声,继续吭哧吭哧地擦地板,擦着擦着,她就觉得胸口一阵阵地疼,不是病理性的疼,而是那种明知被命运调戏了,还要强颜欢笑的苍凉之疼,这一切,不是因为她做错了什么,而是因为她相信爱情,可爱情兜头一棍就把她砸在了那儿……马光明路过她身边的时候,顺手拉了一把,她就把一辈子当一根不值钱的柴火递给他了。

她直起腰说马光明。

马光明嗯了一声。

"咱俩打了这么些年,其实不是我瞧不起你,我是不想认命,我觉得如果老老实实地和你还有你嫂子打成一片,就等于是认下了命运的发配,我老觉得啊……"陈安娜突然哽咽,"我一直觉得……和你结婚是命运把我发配了,这命我不想认。"

"得,得,甭赚着便宜卖着乖了,你要嫁个文化人,他能让你在家称王称霸?"马光明说着点了根烟,哼哼了两声道,"你他妈就偷着乐吧,这是命运把你这孙猴子发配到花果山了,山清水秀没老虎,一辈子你就可着劲儿作吧。"

原本还有些感伤的陈安娜扑哧一声笑了,踹了马光明一脚,撂了一句粗话:"去你妈的!"

4

聚会的日子定在周五,第二天不用上班,大家可以撒丫子玩。

这天马光明没去上班,一大早就忙活上了,等下午人进门的时候,凉菜已经上了桌,马光明虽然是个粗拉人,但做一手好菜那是公认的,马跃在英国期间,最最想念的莫过于马光明的饭菜和郝乐意。当然,和小玫瑰联系上以后,他对郝乐意的想念,仅剩精神层面了,所以他就觉得,爱情这东西,也很扯,生理的和感情的,在和精神之爱有距离的时候,如果有好的生理之爱,人会恍惚着把它给混淆了,以为那也是爱,只有在要紧关头的时候,你才会恍然醒悟。哦,不是的。譬如,在他要回国之前,他突然那么决绝地拒绝小玫瑰的挽留,就是突然地明白了,他们的精神之爱,早在多年前灰飞烟灭了,后来重逢的不过是两个老熟人的身体握手。

郝乐意对他一直不冷不热的,连夜里睡觉都是背对着他,他把手搭在她身上,她的身体会立马僵住了一样,一动不动,过一会儿她会翻个身,他的手就掉了下来。马跃知道,她翻身是假,不过是想把他的手从身上弄下来。除了第一晚那场失败的做爱,他们的身体再也没有亲密过。他困惑,一年半没有性生活,难道她不想吗?其实,郝乐意是想的,非常想,甚至有几次,还做了春梦,在梦里和马跃做爱做得翻天覆地,在高潮迭起中醒来,但醒来后的她,总是惊恐的,唯恐被马跃发现,梦里的高潮,居然是这样真实地反射到身体上……如果马跃看见了,一定明白这是怎么回事。其实,她每一次在春梦中醒来,马跃都知道,因为醒来之前的郝乐意会说梦话,她的头扭来摆去地叫哥哥,他们做爱的时候,她都会喊马跃哥哥。当她在身体的痉挛中醒来的时候,马跃的心一抽一抽地痛,他不知道,那个让她醉在梦里的男人是不是自己。

父母在厨房里忙着,马跃在家晃来晃去,有点过意不去,要给马光明打下手,却被陈安娜赶了出去,因为她不想让马跃学做饭。做家务容易养成习惯,干过一次,别人会期待下一次,你应了别人的期待,就会给别人养成习惯,你要不应别人的期待,别人心里会积累怨气,所以,与其怎么着都不是,她宁可让马跃在家当甩手掌柜。

她边忙活边啰唆着她的这套理论,马光明看了她一眼,没吭声,高高擎着一盘做好的菜,喊了一嗓子马跃,越过等在一边的陈安娜递给他:"想当甩手掌柜那也得先把掌柜的资本混出来。"

陈安娜就白了他一眼:"我当了一辈子甩手掌柜,我有什么资本?"

马光明就乐:"还算有点良心,知道承认自己是甩手掌柜,你怎么没资本?你是大名鼎鼎的陈校长,我呢,一白酒厂的倒糟工人,把你娶回来,不让你当甩手掌柜,我还是人吗?"

今天他们心情都很好,话里话外都往念情里赶,马光明的这句话,就把陈安娜惹得心花怒放,可他千不该万不该又狗尾续貂地缀了一句:"可咱马跃现在算啥?是陈校长的儿子、马郝多的亲爹就可以当甩手掌柜了?"

陈安娜这辈子最听不得的话,就是没把她的宝贝儿子放在眼里,马光明也不行:"马光明,你是马跃的亲爹吗?"

"都熬过更年期了,你打算告诉我我不是马跃亲爹?哎,陈校长,阴险点了吧?"马光明只顾低着头在菜板上忙活,一抬头,陈安娜早已面如猪肝了,心里一忽闪,一大帮子客人眼瞅着就到了,可不敢在这时候把陈安娜惹翻了,就忙涎着一张笑脸说,"陈校长,我开玩笑呢,您还当真了?"说着拿油手抹了一下嘴巴子,"让你犯贱。"说着,拿肩把陈安娜往厨房外推,又催着马跃给她泡上茶。

马跃正忙活着,马光远一家来了。

因为做了一天饭,本就不算很宽敞的家里,雾气蒙蒙还热着呢,田桂花胖,本来就怕热,一进门,就觉得热浪滚滚,汗唰唰地就下来了,她忙站在大门口,说要透口气,然后一边呼扇着手一边嘟哝这大热天的,不开空调怎么受得了。

陈安娜闻言就脸色不是味了,马光远唯恐饭还没吃呢妯娌俩又干上了,就瞪了田桂花一眼:"才五月,是开空调的季节吗?"

陈安娜也没说什么,给大伙泡完茶,从抽屉里翻出空调遥控器,把空调开了,才慢条斯理说:"哥,你别嫌嫂子,胖人都怕热。"说着还温和地冲田桂花笑了一下。

田桂花胖了大半辈子没瘦下去,她最深恶痛绝的就是这一身脂肪,也最忌讳别人说自己胖,可来之前,马光远已经说过了,今天,无论陈安娜说什么,她都不许接茬儿,如果她敢跟上次似的,和陈安娜掐起来,他绝不客气。

田桂花坐一边生气,茶也不喝,气氛显得有点尴尬,没多久,贾秋芬和郝宝宝来了,马光明家的客厅顿时就塞满了。

马跃问郝多钱怎么没来,贾秋芬忙说郝多钱知道自己鲁莽,怕自己嘴上没把门儿的,在大伙高兴的日子里说扫兴话,就把她们娘儿俩派来当代表了。

其实是郝多钱死活不肯来,理由是懒得看陈安娜的嘴脸,整个井底之蛙的嘴脸,手里捏来捏去地滚着指甲大的一点尿泥,就以为自己有了补天的本事,呸!贾秋芬说人家都打电话请了,不去面子上下不来台。郝多钱一翻白眼说和陈安娜那号的讲什么面子不面子的?你跟她讲文明礼貌,她一点也不当是你有礼貌有修养,反倒当你是怕她巴结她的贱骨头!把话说到这么难听的份儿上了,贾秋芬知道再劝也没用,忙活着腌了一些肉和鱿鱼爪子,打算烤了带过去,因为马跃爱吃,这会儿,没用郝多钱拦,郝宝宝不干了,说妈您干吗呢,人家请客,您带这么一堆黑模糊眼的东西,等到了也凉了,难看不说,谁吃呀?

贾秋芬母女的到来,对田桂花来说就是来了救星,她拉着郝宝宝的手,夸起来没完没了,好像从来没见过这么漂亮的女孩子似的,陈安娜在一旁听得直撇嘴,心想,你俩就自己演戏给自个儿看吧。

因为知道今天来的就是至亲,长辈也多,贾秋芬怕郝宝宝打扮得太出格让亲戚笑话,每一件衣服都是她审查过关之后才允许她穿的,所以,今天的郝宝宝看上去很朴素,像还没出大学校门的学生,淡蓝色的牛仔裤,修身的白色纯棉衬衣,整个人清纯而干净。

田桂花就打量着郝宝宝说,人长得好看,穿什么都漂亮,说着,还问马腾飞。马腾飞怎么说也是一大男人,当着一年轻漂亮的女孩子的面对她评头论足,局促得很,就红着脸嗯嗯啊啊地敷衍了两句。见儿子脸红了,田桂花心里突然一动,遂问郝宝宝有男朋友了没有。

郝宝宝嘻嘻一笑,说还在家剩着呢,嘴里这么说着,心里也一动,想起了郝乐意说马腾飞离婚的事,就趁人不注意的时候,偷偷看了他几眼,挺帅的,关键是还多金啊,这不就是传说中的高富帅嘛……

郝宝宝有点心驰神往了,女人就这样,对一个陌生男人起了桃花心,人就会显得羞涩起来,而羞涩起来的郝宝宝,反倒是更迷人了,像阳光下的柔弱雏菊,有另外一种味道。

再后来,聊着聊着,不知怎么就聊到衣服上了,田桂花就说穿真丝穿惯了,一穿别的料子就浑身痒。冷不丁地,陈安娜就接了一句话:"嫂子,你可真是有钱变娇贵了,我还记得你结婚那会儿,咱婆婆给你买了套床单枕套,你嫌纯棉的不结实,非逼着咱婆婆去给退了换的确良的,把咱婆婆给难为的,好几天没吃下饭去。"

田桂花一下子就给呛在了那儿,倒是郝宝宝笑嘻嘻地说:"怪不得我妈总说吃不穷喝不穷,打算不到受一辈子穷,这说明阿姨想得既经济又长远,既然怎么买都是买,当然要结实的了,那会儿穷嘛。是吧,阿姨?"

田桂花这才讪讪着说:"可不,那会儿,买双袜子都得把底剪开,纳上双袜子底,还不就是为了结实能多穿两年,现在回头想想,穿双硬底袜子,多硌得慌。咳,想想过去再看看现在,谁敢说钱是王八蛋? 要是没了这王八蛋,饭没得吃衣没得穿……"

陈安娜越听越觉得硌耳朵眼,假装起身去帮马光明的忙,避进了厨房,一边拿白眼斜着客厅一边呼扇着手,好像刚才谁放了个好臭的屁一样:"一身铜臭!"

Chapter 「第十三章」

伤心太平洋里住着一座火山

1

郝乐意和伊朵回家时，田桂花和郝宝宝已聊得亲热如母女了，被晾在一边的贾秋芬就和马光远父子客套着。大多时候，是鸡同鸭讲，因为贾秋芬讲的马光远不感兴趣，而马光远讲的贾秋芬不明白，有时候说着说着，就有了小品的效果，马腾飞在一边听得直乐。郝乐意也有点尴尬，可她要在厨房帮马光明做菜，顾不上贾秋芬，只有替她干着急的份儿。对贾秋芬的优点和缺点，郝乐意门儿清，那就是除了自己谁都爱，见着谁都一盆火一样的热情。

对人热情真诚是好品质，可也要分人分时候用，就像郝宝宝说的，如果你有钱有权，你对人诚恳热情，那是美德，说明你亲民，说明你混好了没忘本，可如果没混好，譬如像贾秋芬、郝多钱这类街头贩夫走卒见人也诚恳热情，在别人看来，就未必是美德，人说你会做生意，什么热情诚恳，还不是冲着别人兜里钱去的？对比自己地位高的人诚恳热情，人家说你奉承巴结。总之，人不能混差了，否则，甭管往左还是往右，都没个对的时候。成功是什么？就是最好的美容品。可是，不管别人怎么说，对任何人都热情到了战战兢兢是贾秋芬对这个世界的态度。

郝宝宝虽然和田桂花聊得热络，可也不时留意着贾秋芬这边，见马腾飞一副频繁被戳中笑点的样子,就不高兴了,冲他翻了一个漂亮的白眼:"有那么好笑吗?"

马腾飞尴尬地啊啊了两声说:"没,我笑电视。"说着,还装模作样地指了指电视。

电视里播的是新闻,还是顶严肃的时政新闻,郝宝宝就切了一声,让他把新闻里的笑点说来听听,马腾飞半天没说上来,只好坦白说这笑里一点恶意也没有。

郝宝宝哼了一声,隔着马腾飞冲贾秋芬说:"妈,别说了,又没人给出场费。"

不知就里的贾秋芬隔空做了个要打的手势:"这孩子,来吃顿饭还想要钱,怎么好事净你的了?"

这下,马腾飞真憋不住了,乐得呃呃的,因为想笑又怕失礼,只好拿腿碰沙发扶手。

看到郝宝宝一脸没面子的尴尬恼怒,陈安娜乐得很,低声哼着不成调的小曲儿换电视频道。

菜终于齐了,郝乐意招呼大家坐,搬椅子的时候,郝宝宝和陈安娜碰了一下脑袋,陈安娜给她扔了一白眼,郝宝宝也白眼相报,兀自拖开一把椅子坐了,冲马跃嬉皮笑脸地说:"姐夫,今儿我可是冲你来的啊。"那意思是,陈安娜你给我听好了,要不是因为我姐夫,我才懒得进这门呢。

因为贾秋芬出了洋相,陈安娜心情很好,乐呵呵地说:"冲谁来我也不能把你关门外。"

这一顿饭吃的,郝宝宝和陈安娜针尖对麦芒,郝宝宝虽然学习不怎么样,可呛起人来,反应那叫一个机敏,有好几次,陈安娜让她呛得就跟吃食噎着了的母鸡似的,只有脸红脖子粗的份儿,一个字也吐不出来。和陈安娜斗了大半辈子嘴没赢一次的田桂花看在眼里,那个开心啊,开心得恨不能从肚子里长出两只手来,噼里啪啦地鼓掌不停下来。

陈安娜看出了田桂花憋了一肚子快意恩仇的开心,气得恨不能拍桌子,倔脾气一上来,就总想着把败局扳回来,嘴上就越发不想饶人,可她忘了一点,人在生气的时候,智商就像拥堵的河道一样不顺畅,脑流量跟不上趟,只有被郝宝宝捡漏往狠里呛的份儿,结果是,这一顿饭吃下来,菜没吃几口,气塞了一肚子。陈安娜越想越气,就歪头冲贾秋芬道:"你们家姑娘整天考研考研,这都考了多少年了?别到末了研没考上把终身大事倒给耽误了。"

贾秋芬没听出她话里的讽刺,也不无担忧地说可不是。

郝宝宝就无比认真地掰着指头数:"没问题,还有五年。"

陈安娜让她说得云里雾里的:"什么还有五年?"

郝宝宝说:"考研啊。"

陈安娜就带了点揶揄说:"哟,宝宝,再过五年你就二十九岁了,可真剩在家里了。"

"没事,我向马跃哥哥学习,先找个能养活我的人把婚结了继续考。"正扬扬自得着,突然,脚上就挨了一下,歪头一看,贾秋芬的眼都快喷出火来了。如果这是在外人面前,陈安娜肯定会翻脸,会咆哮,然后斥责对方胡说八道,争执说马跃虽然不上班,但他做期货挣下的老本足够吃一辈子。可今天饭桌上全是知根知底的自家人,这种奚落别人不成反被揭了老底的羞愤交加,让她就算火冒三丈也只有烧自己的份儿,没法翻脸,因为郝宝宝总是打一巴掌给一个甜枣,人家一张小脸,笑得跟六月的月季花骨朵儿一样,明明是开玩笑嘛,作为长辈的她,如果翻脸,就显得气量也忒小了点,所以陈安娜只能忍着,一肚子的恨没地发,脚就在桌子底下一下一下地跺马光明,如果不是他张罗着要在家办这场酒席,她也用不着受这气。

马光明知道,今天陈安娜没掀桌子就已经给了他和大伙儿好大的面子,就龇牙咧嘴地忍着疼,端着酒杯敞着嗓门和大家伙儿说笑,总之,套用一句官场上的话讲,这顿饭不仅吃得非常成功非常热闹,还吃出了成果。

那就是田桂花喜欢上了郝宝宝,想撮合她和马腾飞,马腾飞也觉得这一嘴辣椒一嘴蜜糖的小姑娘很可爱。在田桂花眼里,郝宝宝这小丫头忒了不得,笑嘻嘻地就把陈安娜给收拾了,她在旁边看着,要多解气就有多解气,所以,再看郝宝宝,就有了对初生牛犊的欣赏,她相信,郝宝宝对付陈安娜,不是因为她厉害她勇敢,而是因为小女孩子的单纯,才敢顶风作案。因为有了心思,田桂花就很是留意郝宝宝的一举一动,觉得越看越喜欢,恨不能当场就拉到一边去说个明白。

马光明实在让陈安娜给跺得受不了了,就假装喝高了,嗓门提了上去,陈安娜就以为他喝高了,高一嗓低一嗓地呵斥他。马光远见状说不早了,大家纷纷起身,家里充斥着一片拖椅子换鞋子的寂静之声。

郝乐意想开车送贾秋芬母女回家,半道儿被田桂花截了去,说有马腾飞呢,让她在家帮马光明收拾盘子碗。人精似的郝宝宝,觉察到了田桂花的心思,让郝乐意别管了,挎着贾秋芬下楼了。

伊朵玩累了,没精打采地歪在沙发上要睡觉,陈安娜还像只青蛙一样坐在椅子上生气,马光明正把盘盘碗碗的往厨房里搬,郝乐意系上围裙,打算收拾桌子,陈安娜却说:"乐意,你过来。"

郝乐意说:"妈,有什么事? 您说。"

陈安娜说:"我怎么得罪你妹妹了?"

郝乐意知道她还没消气,就笑呵呵地说:"妈,我妹就那么个人,她不找个人叮当两句就浑身难受,她就是看不开眼的小破孩,您别和她一般见识。"

"她怎么不找她妈叮当不找你叮当? 她把我当什么了? 当破锅还是烂碗啊? 她当我好欺负啊?"

马跃忙来打圆场:"妈,您不也说下棋一定找高手嘛,就乐意和我婶的那点口才,哪儿是宝宝的对手? 她是挑来挑去觉得这家里也就您了。您别气了,这是您的光荣。"说着就给陈安娜按摩肩,这一招,百试不爽,哪怕陈安娜都快气爆了,只要他把手往陈安娜肩上这么一搭,轻轻地那么一捏,陈安娜就从即将爆掉的轮胎变成软软甜甜的糖稀了。在这个晚上,也不例外。

陈安娜回手把手搭在他手上,仰头看着他:"回来这几天也总算是安顿下来了,从明天开始,妈陪着你找工作去。"

马跃也信心百倍地说了声好。

<h1 style="text-align:center">2</h1>

马跃一份简历就做了两天,还不满意,郝乐意就知道,拿到硕士证的马跃还是以前的马跃。

因为马跃在家,也因为陈安娜退休了,一到傍晚,陈安娜就会喊他们下楼吃饭,郝乐意不愿意在饭桌上听陈安娜絮叨,又一想这是最后一班岗了,就凑合着站好吧。

陈安娜和马跃总有说不完的话,不外是英国怎么样,国内就业形式如何。听得郝乐意的耳朵都起茧子了,他们还是聊得兴趣盎然,有时觉得只听不说显得自己很淡漠,也会不咸不淡地插一句引不起共鸣的话,要不然就和伊朵说,为把一口青菜哄进伊朵嘴里,絮叨上半天,絮叨得陈安娜都听不下去了,就说:"她不愿意吃你就别勉强她了。"

郝乐意就一本正经地说:"她吃菜这么少会缺乏维生素的。"其实,她是在逃避马跃和陈安娜,因为马跃和陈安娜说着说着,就会看看她,好像看她的反应,也好像征求她的看法,而她,因为心倦,根本就没关心过他们的谈话内容,也不想参与,只要她在哄伊朵,这些麻烦就没了,而且,这样一来,还避免了和陈安娜因看法不一而起争执。

马跃感觉得到郝乐意的逃避,她总是淡淡的,漠然地看着他,眼里透着无望的懈怠,马跃觉得,再这么下去,不要说他没心思找工作,他都要疯了。他和马光明诉说苦恼:"爸,我怎么办?"

马光明说:"能怎么办?"叹气,"有可能她是知道了,但是不说,这比当面找你算账还可怕,因为是疖子总要出脓的,越憋着不出脓说明祸根在里面憋得越大。"

可既然伊朵没告诉她,马跃想破脑袋都想不明白郝乐意是从什么渠道知道的,越想就越紧张:"要不我跟她实话实说,告诉她,她误会了。"

马光明说:"不行,你当这是警察抓小偷呢?对,抓小偷也是这道理,你不交代不承认,就是没犯罪事实,警察都没法把你往监狱里送,你要认了,一点儿也不宽大,正好给你定罪把你送进去……儿子,别忙着交代,等过两天再说。"

马跃说郝乐意这样,让他觉得干什么都没劲。马光明这才想起来,还有件事忘了和儿子商量。马光远早就说了,希望马跃从英国回来后帮他管理酒店,他都六十岁的人了,还掌管着两家酒店,每天来回两边跑,真跑不动了。马腾飞对经商没兴趣,死活不接手,他总得培养接班人啊。马腾飞没离婚那会儿,他还想马腾飞不愿意干他培养儿媳妇也行,可没承想余西除了醋吃得地道,在做生意方面,也就是管理一节化妆品柜台的本事。马光远只好又退了一步,想,儿子两口子都不是做生意的料,就赶紧给他生一孙子,他打小培养,就不信培养不出一商业精英来,可余西又生不了,还连婚都离了。他是彻底没辙了,就盯上马跃了,自从马跃去英国读研,他没事就跟马光明说,等马跃回来他就把酒店交给他,带他干上两年,等马跃上道了他就退休,读研的费用他给报,就当他为了酒店把马跃送出去深造了。

可陈安娜一直信心满满地以为,只要马跃读完研回来,还应聘呢,只要把海归硕士的大旗一竖,来挖宝的大公司肯定是前赴后继,到时候,她要做的,就是像黄昏去菜市场挑青菜一样,帮着马跃挑挑拣拣那些送上门来的公司就行了。

陈安娜信心百倍,马光明就更不敢开口了。可马跃知道,会有很多公司送上门随自己挑,那是陈安娜的白日梦,马光明让他去马光远的酒店,他觉得不是不可以,可眼下陈安娜这一关过不了,他得先货真价实地找几家公司投投简历,如果被拒了,也顺道把陈安娜心头热望的温度降下来,再提这事,估计她反对也就没那么激烈了。

爷儿俩就这么商量定了。

3

这几天,陈安娜心情还算可以,虽然她感觉马跃和郝乐意的危机还没过去,但至少算平静,没往不好的方向发展。最让她开心的是,她觉得马跃长志气了,几份简历,全投给了几家著名的跨国大公司,这要在以前,就算她逼着马跃也不会往这些公司递简历的。可见,读研的作用还是很大的,至少给了马跃足够的自信。陈安娜乐呵呵地说,如果能进几家公司中的一家,先干着,如果政府机关有招聘,马跃还是要报考的,但现在的报考和以前的报考就不一样了,以前,他报普通公务员能被录取就不错了,现在,他是海归研究生,要报,至少也得是副处以上的职位吧?

陈安娜絮叨的时候,马跃大多是听着,并不言语,反正自己知道怎么回事,犯不着非在嘴上和她争个高低,这不找架吵吗?

马光明也这意思,说豁上耳朵遭遭罪就能顶过去的事,就不要把嘴也扯进来了。

在马跃的工作没尘埃落定之前,陈安娜还是很忙,家里订了三份报纸,她每一份报纸都从第一版看起,像小学生默读课文一样认真而仔细地读到最后一版,马光明爱看的,就那么几版,陈安娜却把所有报纸都霸着不松手,等她看完了递给他时,他已经等烦了:"还有中缝,中缝看了没?"

陈安娜白他一眼:"在中缝发广告的企业,不是招外来务工就是招下岗职工的。他们就是八抬大轿来抬咱马跃,我也得给轰出去!"

为了马跃,陈安娜像一个试图从报纸中淘出金子的人一样,兢兢业业地翻着报纸打听着各路她感兴趣的消息,并记录了满满一大本子,只要马跃一回来,就把大本子往他跟前一递,好像递上去的是寻宝图,只要马跃按图索骥,就能满载而归,可她不知道,她满眼的热望,对马跃来说,简直就是烧热的锅,是煎熬。可他又不能说,妈,您别给收集了,我都闲了这么多年,已经不适应到这种管理严格的大公司上班了。

陈安娜却不会这么认为，她一边对马跃的未来充满了热望，一边却又因为失望而对社会充满了抱怨，她不认为是自己或马跃的态度出了问题，而是觉得，这个社会病了变态了，才导致像马跃这样的金融海归硕士居然找不到理想的工作。在陈安娜心里，一边是对马跃未来的无限热望，一边是因着热望迟迟没有被实现的失望，让她时而亢奋时而沮丧，她的状态，让马跃看着都害怕。有一天，马跃实在不忍看她这样热上云霄、冷下地狱地折腾，就小心地说了自己投出去的简历没一份回音的事，然后试探说："妈，我是不是定位太高了?"

如果平时有人这么说马跃，陈安娜的习惯性反应，就是像打了一管子鸡血，随时准备反扑，不过，今天说这话的人是马跃，这让她更愤怒："谁说的? 你不仅是正宗海归，还是研究生，如果随便找个破单位就把自己打发了，我还送你出去读什么研?"

陈安娜的眼睛瞪得好大，马跃虽然害怕，但还是决定勇敢点："妈，我不觉得读研究生是为了找个更好的工作……"

"那你告诉我是为了什么?!"陈安娜打断他的话，"为了理想? 你本科读的是金融，研究生读的是经济管理。马跃，我不管你读研是为了什么，我供你读研，就是为了你能找份体面的工作，挣一份体面的工资，一辈子不用害怕老板炒了自己，随便往哪儿一杵，就有人抢着要给你发一份体面的工资，这是我对你最基本的要求。可现在，它不是我最基本的要求了，是你妈我的最奢侈的理想，我没有田桂花的好命，你也没有马腾飞的好运，有个能给你打下江山的好爹，除了你这条命，你爸什么也给不了你，还有我! 你这个外强中干的妈，除了尽量保证你受最好的教育，我别无他能，其他的，都得你自己挣。儿子，妈已经退休了，妈不是养不起你，非逼着你找份工作，妈是不想等你老了，回想起自己的一生，觉得是个耻辱!"

陈安娜说着说着就泣不成声了。

马跃默默地垂着头，慢慢说："妈，我找份工作不难，可您不能对我的工作有太高的要求。"

"还是那句话，我希望你的工作体面，受人尊敬。"陈安娜擦着泪说，"你打小就是神童，我希望你是靠自己的学识和智力吃饭。"

马跃搓了两把脸："妈，那是过去，记得伤仲永吧，我就是那仲永，关于神童不神童的话，以后您甭提了，我已经长大了，不过是个普通青年。"说着，他歪头看着陈安娜,暗暗地下了决心,他和陈安娜这种相互煎熬的日子必须结束,既然话题已经岔开了,他索性一口气说到底:"妈,我想到我伯父酒店干,他先带我两年,然后,他退休干董事长,我做 CEO。"

陈安娜的眼登时就瞪得像乒乓球那么大:"给马光远干?啊?马跃,你出国读完大学读研究生,就是为了让你回来给马光远打工的?马跃,如果你就给马光远打工这点出息,我连大学都不让你上,高中毕业你就给我辍学跟着他干就行了!"说着,激愤过度的陈安娜就大口大口地喘着气,"气死我了,马跃,你把我气出心脏病来了。"指着后背,痛苦地皱着眉头,"给我捶两下,我怎么觉得我心脏不跳了。"

马跃慌忙给她捶背,捶完了又用手掌一下一下地推后背,陈安娜的呼吸才逐渐均匀了。

缓过气来的陈安娜愤愤不已,问这是谁的主意。马跃不想伯父一片好心还遭了怪罪,忙全数揽过来说,是他自己的想法,马光远也同意,因为他年纪也大了,马腾飞又死活不肯接手酒店,所以……

陈安娜一心想抓个罪魁祸首解气,抓了个空,就气恨恨地说,马光远一个开酒店的,虽然场面大,酒店的规模在青岛也是数一数二的,可有什么用?酒店这东西,要技术含量没技术含量,要文化也不需要文化,小学没毕业的大老粗也能开,只要拉好了社会关系网,只要把好了厨师关,再有个好店面就万事 OK 了,就算是日进斗金她陈安娜都没瞧在眼里。别看马光明跟马光远干了些年头了,可马光明是摊烂泥扶不上墙,他愿意在他哥的羽翼下苟延残喘就苟延残喘吧,可她不能眼睁睁地看着马跃也一跟头栽进去,混再好也没人说有本事,不就是吃吃喝喝迎来送往,靠的就是头脑活络加一张巧嘴的破酒店嘛,何况还不是自己白手起家搞起来的,还是接手替马光远打工!想到马跃跟马光远干,田桂花可能会端出一副是她老公养着陈安娜一家老小的恩主嘴脸,她还想在田桂花跟前抬起头来?做梦吧……到时候,不用田桂花打压,她自己也就蔫了。

所以,用不着!她早就说过,将来讨饭都要绕过田桂花的家门!但马光明愿意在他哥门下讨饭吃,那是他自己的事,反正不是她陈安娜让他去的。

4

马跃知道无数的海归漂洋过海地回来沦落成了海带,当然,从海归变海带也有他们自身的原因,因为更多的海归,不是因为爱国或是故土难离,而是在国外也生存艰难,还有的海归,出国是因为在国内没大学可上,说难听点,国外能收他们的大学不是野鸡大学就是比野鸡大学好不了多少的末流大学,几年下来,唯一的收获就是拿个含金量不足的大学文凭,在国外又吃不了苦,只好回来,自恃是海归,找起工作来是高了不成低了不就,就搁在家里啃父母了,海归的名声就是被他们给弄坏了的。马跃投出去的几份简历,也没敢指望着人家都会通知他去面试,更多是想通过应聘公司的态度,验证一下自己身在哪个段位。可这几天朋友们七嘴八舌地塞了很多不甚积极的信息过来,再加上投出去的简历都像泥牛入海,他突然就自信不足了,就宽慰自己说,既然自家伯父给留了个CEO 位子,何必再到外面去找灭呢,这不没事犯抽吗?

晚饭桌上,陈安娜兴致勃勃地说:"马跃,你已经不是普通海归了,是硕士,找工作的时候,要记得对得起自己的身价。"

正喝酒的马光明白了她一眼:"北大高才生都成屠夫了,本科生都竞聘淘粪工,海归有什么了不起。"

"全国屠夫多了去了,有屠夫这行当也有几千年了,没见其他屠夫上报纸出大名,就是因为他们没北大的学历。"陈安娜说完,扬扬自得地等马光明接茬儿,在饭桌上用语言对马光明进行穷追猛打是她多年以来最爱的智力运动。

马光明夹起一只香螺,故意吸得吱吱响:"再出名他也是个杀猪的。"

陈安娜笑:"对,和田桂花一样,就是俩手抓满钻石,她也成不了贵妇,还是个杀猪的。"

马光明脸色一凛,突然地,含在嘴里的香螺,像一颗出膛的子弹,砰地就飞了出来,撞到了陈安娜胸前,在陈安娜恼羞的目瞪口呆里,他慢条斯理地说:"按说我就该他妈的一嘴巴射出去,射到专看人低的狗眼上,老子没射,是老子今天心情好,都他妈的给我小心着点!"

陈安娜脸涨得通红,马跃实在是厌倦了父母多年以来把家当战场,遂忙向陈安娜连连作揖:"妈,求您了……"

陈安娜知道,别看在外人眼里,她处处压马光明一头,可真和马光明闹起来,没她好果子吃。马光明这种人,虽然没多少文化,但做事还是不离大谱的,一旦把他惹急了,莽撞起来就会不计后果。而她陈安娜,通常是开闹的时候不管三七二十一,闹凶了,就会想后果,一想后果就会后怕,一后怕就蔫了。

马光明爱喝两口,可量不大,一杯酒下肚,眼珠子就红了,现在就是,马光明的眼珠子跟小白兔似的,可他的脸可比小白兔凶神恶煞多了。陈安娜有点怕,悻悻地说:"神经病!懒得理你。"说着,又去问马跃这两天怎么不见郝乐意回家吃饭。

没等马跃回答,马光明就指了指厕所的方向:"端个盆进去。"

陈安娜有点摸不着头脑:"干吗?"

"接尿!瞧瞧盆里的嘴脸,就知道乐意为啥不愿意回来吃饭了。"

"马光明!"陈安娜忍无可忍,弹簧一样从椅子上跳起来,"你给我滚出去!"

马光明不紧不慢地抿了一大口酒:"谁看不顺眼谁走,这是我家。"说着,用食指一下一下地点着饭桌,"房产证上写着我的名字!"

马跃知道,只要父母开了嘴战,劝是劝不住的,干脆起身往外走:"爸,妈,您二老慢慢吵着,打算动菜刀了就敲敲暖气管子,我好下来拉着点。"

陈安娜盯着马光明,眼好像要喷血了一样,马光明一副无知无觉的样子,继续耷拉着眼皮吱吱地吸着香螺,陈安娜心里就涌上了一阵绝望,眼泪唰地滚了出来。

马光明扫了她两眼,突然地就笑了,拿起眼前的空碗,往她跟前一蹾:"我就知道,你这么文明的人,怎么能干出撒尿自照的丑事来,得,咱就王熙凤变林黛玉吧,洒泪自照更动人。"

陈安娜一把抓起碗,照着马光明就扔了过去,马光明眼疾手快,头一偏,伸手一把抓住了碗,笑嘻嘻地说:"干吗?钱多得没地花了?"说着,把碗往胸口蹾了蹾,小心翼翼地放回桌子上,晃悠着接碗的手,自嘲道,"你他妈的也扔了几十年了,我就是半身不遂也练出来了,人家是他妈的训练狗接飞盘,你他妈的是训练老公接碗!狗接着飞盘还能挣块骨头,我接碗挣什么了?"然后舰着一张满是酒气的脸,冲陈安娜讨好地笑,"就挣了夜里有老婆抱。"

陈安娜瞠目结舌地看着他,满脸的泪奔跑得更是汹涌了,像一个被凶猛的野兽穷追猛打到了死胡同里的动物一样,突然转身,冲着追来的野兽张开了愤怒到了无望的嘴巴:"马光明!你让我恶心!"

马光明依然笑嘻嘻的:"我知道。"

陈安娜疲惫地闭上了眼睛,还有比这更深的绝望吗?她都绝望了大半辈子了,怎么就绝望不死呢?

Chapter 「第十四章」

坦白比谎言更残酷

1

　　郝乐意从无论她怎么冷淡,马跃都赔着小心以及公婆也对她小心翼翼的态度上,已基本确定,马跃在英国出轨是肯定的了,而且公婆知道这件事,所以,陈安娜才会一反常态地对她也小心翼翼,这要搁以往,不要说马跃时隔一年半从国外回来她爱搭不理,就连平时,马跃跟她说话她没听见,陈安娜都会认为她是故意没把马跃放在眼里而数落她一顿。

　　郝乐意的心情灰灰的,生来不喜欢被同情,却偏偏成了被同情的那个,陈安娜对她的一反常态,其实也是同情,甚至是可怜,因为陈安娜八卦,她一定会把马跃出轨的事追问得细枝末节无比清楚,就算她明白是马跃的不对,也没用,她是马跃的亲妈,她对儿媳妇的温和,不过是客情,她在马跃出轨这件事上,如果有所愤怒,那也一定是普天下的婆婆,都不希望儿子婚姻破碎的愤怒,在她们眼里,离婚就是人生最大的破产,所以,不管她多么瞧不起马光明,她还是咬牙切齿地挨下来了。

　　所以,郝乐意不期望从婆家人身上得到任何公义性的支持,如果不是因为马跃,他们本来就是陌生人。

　　这段时间,她不约任何朋友,也不去郝多钱家,因为大家都知道马跃刚回来，见了，难免要问马跃的事，她最不想提的就是马跃，怕聊着聊着，就聊深了，人就这样，一不小心聊深了，就会下意识地不加掩饰，内心深处的伤口就全都暴露无遗。

从小到大，她没有暴露伤口的习惯。因为宋小燕说过，遇上事了解决事，别在人前哭鼻子抹眼泪的，除了让人笑话，你啥也捞不着。

这是宋小燕的经验之谈，当年郝坚强死了，她带着乐意回娘家，也哭过也求过，不过是希望得到老母亲的原谅，可有什么用呢？那些哭诉，除了唤起最疼你的人的难过，只会让旁人觉得你别有所求。

所有哭诉，都是索求，求的不是利益就是可怜。善于哭诉的人让人瞧不起，自从回娘家哭诉赚了一脸唾沫后，宋小燕就再也没向任何人哭诉过，是的，在郝乐意的记忆里，她的母亲宋小燕，是没有流过泪的。

现在的郝乐意，和她的母亲一样，觉得晒伤口是天底下最丢人的事，所以，她大多数时间是在幼儿园待着，用不见人这个办法，尽量避免晒伤口这么不光彩的事发生在自己身上，只等马跃落实好工作，她就和他摊牌，不提他的外遇，什么都不提，只说，离婚吧，然后拎上早就收拾好的行李箱，带着她的伊朵，离开马家。

虽然是去意已决，可苍凉还是难免的，郝乐意就更是不愿意面对马跃和公婆。伊朵习惯到了六楼就敲奶奶家的门，而马光明总也不忘叮嘱她一声，待会儿下来吃饭，她又不能不下来，一下来面对着全家人心里就有说不上来的难受，为了逃避这难受，她尽量不回家吃饭，下班后带着伊朵在办公室里，要么上会儿网要么看会儿书，做一下明天的准备工作。从去年开始，苏漫和杨林就开始了自驾旅游，一年有大半年奔跑在路上，在青岛的日子，每周也只来一次，来了到处看看，和大家聊聊，就回去了。

马跃上楼，百无聊赖地打开了电脑，见郝乐意还挂在 MSN 上，就问她忙完没有，郝乐意说快了，马跃没话找话地问她和伊朵晚饭是怎么解决的，郝乐意敲过来三个字：叫外卖。就下线了。

看着郝乐意在 MSN 上灰下去的头像，马跃的心情糟透了，他决定，今天晚上，要发火，一定的！

马跃正琢磨选择什么弹药向郝乐意开火，手机响了，是马腾飞，听声音是喝酒了，腻歪歪地让他猜和谁在一起。马跃没心情，说除了余西，还能有谁。

据说，离婚后的余西深刻地检讨了自己的错误，常有一些感动马腾飞的行为,譬如情人节送他一篮子巧克力,马跃之所以知道,是马腾飞转手就把一篮子巧克力转送给了伊朵;余西还会在下雨的时候擎着一把伞拿着一把伞等在学校门口,尽管马腾飞有车,乘电梯就可直达地下停车场,不可能淋雨。但余西一副痴情不移的样子,愣是感动了所有知道他们故事的人。

马跃知道,因为心有余悸,马腾飞和余西是不可能了,痴情成了余西一个人的事。

马腾飞还算是个有情义的人吧,就算和余西不可能了,他也尽量不让余西难堪,每逢被余西纠缠得难以脱身,他就会电话招马跃去解围。马跃也劝过他多次,要么赶紧找个姑娘结婚,要么呢就对余西狠一点,让她死了心,就他对余西的这行为,看上去是面慈手软不忍她受伤,其实实质上却是钝刀割肉,只会让她的受伤持续得更长久。可马腾飞做不到。

而今天,马腾飞说错!和他在一起的不是余西。

马跃没兴趣猜,让他有事直说。

马腾飞说和女朋友在心海广场吃饭,不知怎的,余西也在心海广场,还发现了他的车,给他打电话,说在车旁等他,他情急之下说把车借给朋友了,他本人不在心海广场,余西没说信也没说不信,哦了一声就挂断了电话,然后倚在车身上一心一意地拿着手机玩微博,一副不揭穿他绝不罢休的样子。于是,他需要马跃去救场,帮忙把车开出来。

马跃知道,就余西对马腾飞的那痴情劲儿,绝对做得到车在人在,哪怕靠在车上熬到第二天早晨,只要没人来开车她就绝对不离开,正好他也想出去走走,遂说马上到,出门打了辆车,直奔马腾飞所在地去拿车钥匙。

这是一家自助式料理店,色调有点灰暗,略显压抑,正东张西望着呢,就听一个熟悉的声音喊:"嘿,姐夫,这儿呢。"

居然是郝宝宝。

马跃也没多想,粲然一乐:"真是见了鬼了,今儿这是怎么了,我家亲戚怎么全蹿心海广场了。"

郝宝宝仿佛忍着乐,问他找谁。

马跃说找我哥,然后问她看见没,郝宝宝指了指里面一包间。

马跃点点头,让她稍等片刻,他找马腾飞有点事,蹿进包间,正打算见识见识马腾飞的新女朋友长啥样呢,却见里面只有马腾飞自己,就嘿了一声,说:"哥,你女朋友呢?"

马腾飞有点不自在,神秘一笑:"不知道啊?"说着,把车钥匙拍在桌上,让他把车开出心海广场,把余西甩瓷实了再回来接他。

马腾飞离婚都两年多了,这是第一次听他说有女朋友了,马跃很好奇,很想见识见识他的新女朋友到底是哪路神仙,遂赖赖地一屁股坐下:"我不能白给你使唤,未来新嫂子你总得让我见见吧?"说着,从橱里拿了一只水杯,倒了水,喝了一大口。

马腾飞隐忍地笑着:"你刚才不是见过了吗?"说着往门口看,满眼温暖的春光。

马跃顺着他的目光看去,一口水差点喷出来,着急忙慌地咽下去,结结巴巴的:"宝宝?"又看看马腾飞,"哥……你……你的意思是你和宝宝?"

马腾飞抿了一口水说:"不行啊?"

马跃就急了:"来真格的?"

"有乐意在,我敢不来真格的吗?"

马跃就更急了:"哎——,哥,慢着点……既然是认真的,你们就会结婚吧,可结了婚,咱俩怎么称呼?"说着看看郝宝宝,"宝宝,你喊我姐夫喊了可是五年了,难不成你摇身一变让我喊你嫂子?"

郝宝宝看看马腾飞,咬着嘴唇无声地笑着,坐在了他身边。

马跃感觉到眼前的这个郝宝宝不是以前那个咋咋呼呼的郝宝宝了,倒是有邻家小妹的韵味,不由得在心里感叹时光真会让人改变,就起身招呼服务生给他添了套餐具。马腾飞有些意外:"没吃饭啊?"

马跃沮丧地点了点头:"老头老太吃着吃着就吵起来了,没胃口。"

"乐意呢?"

"忙。"说着,马跃抬头看了郝宝宝一眼,"宝宝,我不在家这一年,你姐没情况吧?"

郝宝宝一脸惊诧:"姐夫,你说什么呢? 我姐能有什么情况?"

马跃讪讪地挠了挠头:"我也不知怎么回事,总觉得她变了。"

马腾飞拍拍他的肩:"马跃,如果你说别人老公出国一年就有情况了我信,可是你要说乐意,我不仅不信还觉得你不厚道。乐意打小没父母,多苦多累的生活都自己一肩扛过来了,想变坏想堕落她比谁都有资格,可她都一路良人地走过来了,你才出国一年半,她能往哪儿坏? 何况像乐意这种早早没了父母的女孩子,都特珍惜家庭,你就把心肝放肚子里去吧,要是实在不愿意放,你就拿出来,找家馆子,该醋熘醋熘该干煸干煸,做好了端街上喂流浪猫狗去,只要别端出来堵乐意的心。"

马跃给数落得有点不好意思了,却依然不肯认输,嘟哝着说不是多心,是郝乐意真变了,她看他的时候,好像他不是她丈夫,而是个多余的物件。

"不对,马跃,是你自己心理作用吧?"说着,意味深长地盯着他的眼睛,"做贼心虚?"

马跃心里一惊:"哥——! 没有的事,当着宝宝的面,别瞎说。"

"呵,我就随口一说,你还真急了。"说着,一条胳膊搭在郝宝宝腰上,"别不知足了,我妈说过,媳妇就要娶乐意这样的,幸好乐意还有个妹妹。"

见马腾飞换了话题,马跃松了一口气,笑着说:"保密工作做得不错,谈多长时间了?"

郝宝宝看着马腾飞,抿着嘴笑而不语。

马腾飞挠挠头,说有段时间了,又问郝宝宝:"没告诉你姐?"

郝宝宝灿烂烂地笑着说八字没一撇,不想声张,她怕告诉了郝乐意,万一他俩没成,郝乐意会生气,而且是生马腾飞的气,以为他耍郝宝宝玩,所以呢没告诉完全是为他好。

马腾飞满眼含笑地看着她,对马跃说:"马跃,等我和宝宝结了婚,她怎么叫你和乐意那是她的自由,不过,你别想让我叫你姐夫。"

这一说,倒把马跃逗乐了,匆匆吃了几筷子菜,说敢叫他姐夫他绝对和马腾飞急,显老哇。然后撂下筷子就往外走,办好了给马腾飞电话。

2

远远地,就见余西倚在车侧玩手机。

马跃站了一会儿,想怎么跟余西撒谎搭讪,深呼吸了一口气,走过去,一声不响地挨着余西看她的手机,她正玩微博,感觉到身边来了个人,抬头,一副吓了一跳的样子:"是你啊?"

马跃晃着手里的钥匙:"是啊,嫂子……不……你都和我哥离了两年多了,得叫您余小姐了,可我还没适应过来。"说着故作绅士地笑笑,"您这是……"

余西收起手机,上上下下地看着他:"你家不是有车吗?"

"我媳妇乐意开着,这不,就把我哥的车借来了。"说着开了车门,"嫂子……不,余小姐,您去哪儿,我送您一程?"

"不用。"余西有点不高兴,甩打着手包往广场外走,边走边嘟哝,"开完了记得把油给加满啊。"

马跃响亮地啊了一声。

余西停下来,歪着头看他,有点挑衅地:"别光说不练,又不是一回了,哪回借车都把油箱借空了。"

马跃嬉皮笑脸:"我伯父家大业大,这点油才到哪儿。"说着钻进车里,关上车门,可一想到余西那挑衅的眼神,就觉得心里有堆虫子在蠕动着似的,拱得他不舒服,就又放下车窗玻璃,冲余西的背影喊,"余小姐,有件事您知道不?"

余西一愣,回头:"什么事?"

"我哥说,不为别的,单是为了我一借车您就嘟哝这事,这婚也得离,他一大老爷们,借车给自己兄弟还得听老婆念经,忒掉价儿了。"说着发动了车子。

余西呆呆地站了一会儿,冲着绝尘而去的车尾跺了一下脚,大喊:"你放屁!"

短暂的快意恩仇,像几个小而俏皮的皮球,在马跃心里轻轻地跳跃了几下,开车围着心海广场绕了一圈,在离广场入口稍远又不太显眼的地方停了车,张望着在马路边上找余西的影子。因为天黑了,尽管有路灯,但两个路灯之间还是有一片迷糊区域,而余西正站在路灯底下给马腾飞发短信呢,马跃没看见,以为余西已打车走了,就缓缓启动了车子,打算开到广场还给马腾飞,自己打车回去行了。可车一发动,惊动了余西,她愣了一下,往前迈了两步,到了亮影里,怔怔地看着马跃,眼泪唰地就滚了下来。

可马跃被吓了一跳,要不是驾驶座有靠背,他能一跟头翻到后排座上去,他瞠目结舌地看着余西拉开车门,兀自坐进来,好像这车是她家的,现在是她家人派来接她,她用纸巾沾了一下脸上的泪:"走吧。"

马跃就蒙了,有点磕巴地:"哎……余小姐,我可没心情拉您兜风……"

余西白了他一眼:"是腾飞吧?"

"什么?"马跃依然丈二和尚摸不着头脑。

"我给他发短信了,说我想他,想见他一面,是不是他不想见我又怕我出事才让你把我送回家的?"

马跃明白了,恨恨地在方向盘上拍了一巴掌:"没有,余小姐,我哥没电我,他也没您说的那么好心,更没那么关心您。"

余西噘嘴："我就知道你会这么说，肯定是腾飞教你这么说的。"

"真没有，我向上帝发誓，我哥没教我，也没电话联络我，我在这儿兜圈子，没别的意思，就是贪着这儿风光好空气好，多转几圈好给他多耗点油。"

余西像看恐龙似的看着他："你这人怎么这样？"

"我怎么了？"

"你干吗要给他耗油？"

马跃双手一摊："我是典型的笑人无恨人有啊。"说着，故意涎着脸，"余小姐，其实我一直很纳闷我哥怎么会和您离婚呢？您长得漂亮，身材也好，如果落我手里，随便你怎么看我怎么管我，把我当宠物关着也行……"

余西的眼睛越瞪越大，活像半夜搭了鬼车，走到半路了才见司机没脑袋。马跃继续笑嘻嘻的："是男人就好色，好色就不能要脸，要脸泡不到妞，和您说实话吧，我围着广场转圈，其实就是琢磨我是不是可以请您一起去泡个吧，喝杯酒。"

"马跃！你不要脸！"说着，余西抡起手包往马跃身上砸了一下，推开车门，简直是屁滚尿流地逃下车去，边跑边拦出租车，嘴里还嚷着，"马跃！看我不告诉腾飞！"马跃从车窗探出头去："余小姐！"

余西指着他："我不许你脏嘴喊我名字！"

马跃指了指路口："小心车。"

"臭不要脸！"余西悻悻地过了马路，拦了一辆出租车钻了进去。

望着远去的出租车，马跃在胸口画了个十字，长长地嘘了口气，把车开进心海广场，打电话让马腾飞下来，自己溜达着往外走。片刻，马腾飞载着郝宝宝追过来，在他脚边停了车，要送他回去，马跃摇头，说算了，心里闷得慌，溜达溜达透口气。马腾飞一愣，意识到可能是工作问题，问找得怎么样了，马跃说投出了几份简历，都还没回音。马腾飞就说别拗着了，到我爸酒店干不挺好吗。

马跃看看郝宝宝，模棱两可地含混了一句，因为郝乐意总不搭理他，这事一直没机会跟她商量，但总归是要说的，也不算小事，如果郝乐意从别人嘴里知道这件事，会显得生疏，因为他们是夫妻，应该第一个知道彼此的人生动向。

3

马跃决定和郝乐意谈谈,不能再这么下去了,郝宝宝和马腾飞恋爱这事,也是个引子,他有必要在第一时间和自己的媳妇分享这桩意外的好事,他想象着郝乐意得知这一消息的惊诧,就笑了。

郝乐意在电脑上编写手工教材,听见门响,知道马跃回来了。很多次,她告诉自己,就算要离婚也没必要耷拉着脸,显得没修养,胡适不是说过嘛,在世界上最恶毒的行为就是给别人看一张生气的脸。这么想的时候她是想对马跃讲文明礼貌的,可等下次见了,她的心,就会疼,像有人拿手往下揪一样的疼,眼睛总是想流泪,就算想笑也笑不出来,如果不赶快转身背对着他,她毫不怀疑眼泪会蹦跳而出。

今天又是如此,在回家路上,她一遍遍和自己说,郝乐意,你要做个有涵养的人。可是,当她听见脚步声,站起来,回头看着马跃,一脸笑容又僵住了,就那么呆呆地看着他,成了一脸欲言又止的尴尬相,其实她没什么话想说。

马跃倒挺高兴的,回来这些天,这是郝乐意第一次听见他回来就起身相迎,尽管彼此表情很不自然,他叫了声乐意。

郝乐意用鼻子应了一声,想坐下又不想搞得太僵,就显得有些迟迟疑疑的。马跃觉得今晚的开始挺好,一副对她正在做的事饶有兴趣的样子,站在她身后看了半天,见郝乐意没继续和他说话的意思,才搓了搓手,故作神秘地说:"乐意,我哥有女朋友了。"

"是吗?"又觉得这么说有点心不在焉的敷衍,就又追了一句,"离了都两年多了,也该有女朋友了。"

马跃无趣极了,如果打算讨好的不是媳妇郝乐意,他早转身走人了,可就因为他必须把郝乐意哄开心了,他这日子才能过得不别扭,所以他还是要把这口贱气再往下咽一咽,于是,他凑上来小声说:"你猜,我哥的女朋友是谁?"

郝乐意回头,直直盯着他:"谁?"

"猜。"

郝乐意心头一动:"别卖关子了,到底是谁?"嘴里这么说着,心里却有了一丝缝隙,不由得心就颤上了,"是宝宝吗?"

马跃一副心悦诚服的样子,点头:"没错。"就把马腾飞被余西堵在了心海广场的事说了一遍,郝乐意一下子就焦躁上了,噌地站起来就往外走。马跃一把抓住她:"乐意,你干吗呢?"

郝乐意边换鞋边说:"我找宝宝去,兔子还不吃窝边草呢,她这算怎么回事!"

"哎,乐意,好好的事,让你一说成什么了? 我哥和宝宝可是一本正经地恋爱啊,你可别从中捣乱。"说着,马跃把包从郝乐意肩上摘下来,"我哥是认真的,你别瞎掺和。"

"可宝宝刚……"郝乐意意识到自己情急了,忙捂住嘴,为了掩饰方才的失态,故作生气地轻轻扇了自己嘴巴一下,"我怎么跟你妈似的。"说完又讪笑了一下,"没嘲笑你妈的意思啊,我是想起来,在你妈眼里,宝宝就是棵不成才的树,你哥怎么会喜欢她这种吊儿郎当的女孩子?"说完,顺从地依了马跃的拽,坐到沙发上,心里说着好险好险,刚才要不是反应快,宝宝刚堕胎不久的话就冲口而出了,这话一旦说出来,就成了泼到街上的一盆水,再也收不回来了。而且,最可怕的是马跃在陈安娜跟前,从来保不住密,不知哪天就捅出来了,到那时,陈安娜还不得狂笑啊,因为她和郝宝宝见面就掐,因为她终于握住了对郝宝宝足以形成一剑封喉的利器,不仅如此,她还会拿来对付从来不给她好脸的郝多钱和她看着就头疼的贾秋芬。最可怕的是,如果马腾飞和郝宝宝结了婚,万一某天陈安娜和田桂花再叮当起来,郝宝宝肯定又会像个感情前科犯一样被拎出来当成打击田桂花的砝码……这么一想,冷汗就从郝乐意背上唰唰地滚了下来。

无论如何也不能让郝宝宝成为陈安娜眼里的感情前科犯! 否则,谁都没好果子吃!

偏偏马跃又留意到了她的话:"宝宝刚怎么了?"

"没……没怎么,她前几天刚跟我赌咒发誓,今年无论如何也要考研成功,才几天啊,她这就谈情说爱去了。"撒完谎,郝乐意松了口气。

"她跟了我哥,还考什么研啊,女孩子没必要活那么累,考研不就是为了找份好工作,找份好工作不就是为了多赚钱嘛,别看我哥是大学讲师,挣得不多,可稳定啊,家里有老爷子托着底,宝宝嫁过去连班都不用上。你跟宝宝说,别惦记着考研了,还是学习学习怎么当少奶奶吧。"马跃揽着郝乐意坐在沙发上,觉得今晚这一招用得很到位。有时候,老婆生气了,道歉买礼物都没用,就在她最亲近的人身上打打主意,这招以前他常用,基本百试不爽。

人只要有了秘密,还想掖藏,又恰巧在差点曝光的关键点上,就会显得虚弱而心虚,此刻的郝乐意就是,因为刚才差点把郝宝宝的秘密和盘托出,她的心,怦怦狂跳得厉害,马跃以为她眼中流露出的不安,是担心马腾飞在感情上不认真害了郝宝宝,就极认真地说了些关于马腾飞的好话。

郝乐意嗯嗯啊啊地敷衍着他,心里却想,郝宝宝不把马腾飞的心捅上十个窟窿八个坑就不错了。

"这事要是放在其他姑娘身上,家里人知道了,一定高兴得要命。"马跃说,"要不我们给叔叔婶婶道个喜?"

郝乐意心不在焉:"有什么值得高兴的,不就是当寄生虫成功吗?"

马跃讪讪地说:"干吗说这么难听,再说了,这怎么能叫寄生虫?为社会做贡献不一定是出去工作,做好婚姻伴侣也是一门学问,也是对人类的贡献。"

郝乐意知道"寄生虫"三个字又触动了他的敏感,用鼻子哼了一声。

马跃有点难堪,搓了一会儿手说:"乐意,我有事和你商量。"

郝乐意看着他,没吭声,那意思是你说吧。

马跃就把马光远想让他去帮忙管理酒店的事说了一下。

郝乐意说挺好的,那你怎么还到处应聘呢?

马跃沉吟了一下说:"这一是做给咱妈看,二是……我也想通过应聘知道自己几斤几两。"

郝乐意定定地看着他,半天没说话,心里却莫名地忧伤了,忧伤得她都想扇自己嘴巴,因为他工作有着落了,离他们婚姻解体的日子就又近了一步,和一只小狗相处五年也处出感情来了,何况他是个大活人,还和她一起造出了一个可爱的小女儿。她知道,只要她和马跃在一起一天这忧伤就会发酵一天。

见她不说话,马跃以为她和陈安娜一样,对他拿了研究生文凭却只能去马光远酒店做事心有不甘,问她是不是有这想法。

郝乐意摇摇头,说我没那么市侩,找工作只盯着那些已经发展起来的大企业,不屑于正发展中的小公司,和女人在选男朋友上嫌贫爱富没什么区别。她只是好奇,自己的人生,他为什么要交给亲妈负责,虽然她对他的爱是千真万确如假包换的,可有些事情,爱不仅无能为力,还是罪魁祸首。

马跃怔了一会儿:"我不想让她生气。"

郝乐意点头:"我没别的意思……"

"乐意,我们谈谈。"

"谈什么?"

"我回来有段时间了。"

"嗯。"

"你变了。"

"是吗? 我没觉得。"

"我想知道为什么。"

"你知道的,没必要问我。"

马跃心里发毛:"我知道什么?"

郝乐意淡淡地笑了一下,坐下继续编教材。

马跃站在椅子后:"乐意,我不喜欢打哑谜。"

郝乐意回头看着他,顿了一会儿:"你什么时候去你伯父那儿上班?"

"这和我们的谈话有关系吗?"

"有。"

"快了。"

"好吧,等你去上班了再说。"

"不行,现在说。"

"现在我不想说。"

"那如果我不去伯父那儿上班了呢?"

郝乐意的手离开了鼠标,回头看着他:"好吧,我不爱你了,你别问为什么,没理由,就是我不爱你了。"

马跃错愕地:"为什么?"

"我说过了,别问。"

"可我想知道为什么?!"马跃觉得腹腔在迅速膨胀,情急之下,"你报复我?!"

郝乐意心里一揪:"我报复你? 你做过让我想报复你的事吗?"

"对,我知道,你肯定是报复我,你肯定是看见她了,是不是? 你看见有个女人在我房间,你可以问我,我可以解释,可你不能不闻不问就这么判我死刑吧?"情急之下,马跃像放机关枪一样把小玫瑰给供了出来,"是,我承认,五年前我突然偷着跑回国就是因为她,可我这次回去,我真没想和她怎么样,我只是寂寞,是她主动的,而且,她想和我结婚,我已经明确地拒绝了她,我爱的是你,我不可能留下,难道这都不能证明我对你的爱吗?!"

郝乐意听得全身冰凉,好几次,她想转身就走,她不想听了,可是,她的心,像对疼痛上了瘾,脚像粘在地上一样,一步也挪不了,脸色煞白,嘴唇发抖,她想说话,却发现一点儿力气都没,说出来的话,都轻飘飘的,像从一个魂飞魄散的行尸走肉嘴里说出来的:"马跃,你是不是觉得我要对你最终选择了我感恩戴德?"

憋了这么多天的马跃,一口气突突完这些前尘往事,心里轻松了好多,可那些倾吐出去的秘密,就像一些石头一样被运出了他的心脏,直接把郝乐意砸蒙了,而他的心,那么空,空得让他发慌,像个闯了祸的孩子,他想大叫:"马跃,你这个神经病,你说这些干什么?"

他揪自己的头发,他扇自己耳光,可他知道,覆水难收,就像现在这样,他逞了一时之快之勇,却深深地伤害了郝乐意。她傻傻地看着他,嘴唇不停地微微颤着,却说不出话,只有眼泪一颗又一颗地滚下来。

她没有骂他也没有责难他,只是扶着椅子,艰难转身,艰难地坐下,她不想发火,也没力气发火,她只想找点事来干干,继续编教材,可是她脑子里什么都没有,她能干什么呢?

马跃就站在她身后。

她按了几下键盘,打出来的字和前面的内容风马牛不相及,她啪啪地打着键盘,突然声嘶力竭:"你离我远点,别打扰我工作!"

她像个沉默的疯子,把前面做好的文档全数删除。

马跃像所有的二货男人一样,被自己闯的祸吓坏了,他张皇失措地站在郝乐意身后,不知怎样才能堵上她内心那个潺潺流血的伤口,他说乐意你别这样,你想骂就骂我一顿,打我一顿也行,我绝不还手。

他宁肯让郝乐意打他一顿骂他一顿,多狠都行,狠到卸掉他一条腿一只胳膊都行,只要她不这么伤心。

这一刻,郝乐意对马跃的恨刻骨铭心,恨的不是他出轨,是坦白。也是在这一刻,她突然明白了,她为什么一定要坚持等他找到工作再提离婚,是因为她一直在说服自己,原谅他。这些天来,她如此安静地恪守了沉默,不仅仅是为了自己那点可怜的自尊,不仅仅是为了离去的时候保持华丽而高贵的姿势,不过是知道,她和马跃的爱情,只剩了唯一的一条路,她要用沉默保护并掩盖着它,她不能用争吵引来质问逼来坦白,可最终他们还是一起毁了这条路,马跃坦白了,他们一唱一和地毁掉了未来,只剩土崩瓦解。

马跃的主动坦白,让她像一个荒唐而倔强的孩子一样,把自己逼进了无路可退的死胡同。他来抢她手里的鼠标,阻止她清空垃圾箱,以保证这些文档还有被挽救的可能,因为他在英国的时候,郝乐意就说过,她要针对幼儿园的孩子编写一套手工教材,理想是能正式出版,在全国范围推广,她花了将近一年的时间,这套教材眼看就要完成了。

马跃死死地抱着她,不让她动。

郝乐意的胳膊只能在小范围内移动,她打他捶他挠他咬他,两个人扭在一起,像殊死战斗的敌人,谁都不吭声,两张脸都泪流满面,不管郝乐意咬得多疼,马跃都一声不吭,他从来没像现在这么后悔,悔得他恨不能死去。

郝乐意打累了也咬累了,她颓然地瘫坐在地板上,看着马跃:"马跃,我恨你。"

她没哭。

她没哭让马跃更是难受,他知道这种没有眼泪的哀伤,是到了心死,在这世界上再也没有什么比让一个妻子面对丈夫时心死了更悲凉的事了,这种痛苦,对于妻子来说,比世界上最残酷的肉体酷刑还要痛不欲生。

马跃跪在郝乐意跟前,捧起她的脸:"乐意,我不想你这样。"

他想表白,他不是那种乱来的男人,小玫瑰是他的前女友,他以前回来,就是因为她为了搞个英国身份,抛弃了他,所以……

郝乐意说你真贱……说着,她扬手打了马跃一巴掌,一点也不响,倒像是抚摸,因为她已没了力气。是的,她觉得马跃真贱,小玫瑰都抛弃他了,他还主动去联系人家,是的,肯定是他主动,因为如果他不主动,小玫瑰根本就没可能知道他又回英国了。

马跃像完全放弃了抵抗的士兵,只要郝乐意能原谅他,让他干什么都行。他知道错了,再一次抱着她发抖的肩,轻声恳求她原谅,说他一直害怕,担心她也从视频里看到小玫瑰了,却又不敢问,回来后她一直不理他,他就知道坏了,却依然心存侥幸……

其实马跃还是太不了解女人。郝乐意宁肯他说和那个女人不过是寂寞的逢场作戏,并没有动感情,可事实不仅不是这样,居然是他女友,是同居过两年的前女友,什么那些花招都是跟着成人节目学的,原来都是和另一个女人实践的……

马跃天真地以为,现在,只有一个字不撒谎地照实说,才能向郝乐意表明自己忏悔之诚恳。

他不知道，一个背叛妻子的男人的诚恳，会让妻子五雷轰顶，如果男人不诚恳，她只是瞎猜，只可能是假想。而在男女方面，所有的情色假想，都远没事实来得残酷，因为所有假想的基础，都在他们夫妻之间那点事儿的基础上，夫妻之间，是会因熟稔而稀疏的，可和情人之间，会因为新鲜刺激和随时可能失去而疯狂的。

他的诚恳，把郝乐意彻底打垮了。

郝乐意说："马跃，其实我早就想好了，等你上班以后咱俩就离婚。"

马跃抓狂地说："可我和她已经分手了。"

"如果我也和别人好过，像你和她一样好，在你回来的时候，我和他分手，然后我向你道歉忏悔，你会原谅我吗？"

"我会，绝对原谅。"

"你这个绝对原谅，建立在一切都是假设的基础上！"

马跃一愣，他承认，是的，他没法想象假如这一切发生在郝乐意身上他会怎样："我发誓，乐意，我发誓以后再也不会发生这样的事情了。"

他说得那么可怜，下巴上胳膊上肩上，到处都是她咬得紫色的牙印。

"我要离婚和你出轨没关系。"因为马跃有外遇，不堪忍受而离婚，太辱没，所以，她不承认，"我早就想过离婚，可毕竟夫妻一场我不想打击得你自暴自弃，就一直拖着，想等到你工作稳定下来再说。"

马跃像孩子在等家长编的大灰狼谎话露出破绽，然后从恐惧到遽然一笑。

但是，他亲爱的郝乐意硬下心肠撒谎了："或许你觉得我虚伪，都要离婚了还要假装为你着想，因为你是伊朵的爸爸，我不想看你混得不好，也不想伊朵长大后为自己的爸爸难过。"

马跃说你骗我的吧？

郝乐意定定地看着他："我什么都不要，只要带走伊朵。"

"我真的不爱她！我就是一时糊涂！"

"不爱她你和她同居了两年？当初她像甩垃圾一样甩了你嫁给别人！你不爱她你干吗联系她？你不爱她你干吗和她上床，马跃！你贱不贱啊?！你又贱又没原则地和一个不爱的女人上床，你就是和动物没什么区别！你愿意做动物那是你自己的事！可我郝乐意是人，我可以没钱我可以没地位，可我有大把的自尊有大把用不完的骄傲！我——永远不会允许自己和发情的雄性动物同睡一张床！否则，我会瞧不起自己，恶心我自己！"郝乐意铿锵说完，转身去了卧室，砰地摔上了门，刹那间从卧室里传出了她绝望的嘶吼："永远不！"

马跃追过去咣咣拍门，让郝乐意听他解释。

把自己摔在床上的郝乐意一动不动，她一遍遍告诉自己，我死了，我死了，我已经死了……一直以来，她活得如此自尊自爱，却没想到，对女人来说，这种最是辱没的事会发生在自己身上，那些坚强、那些性情里的清洁，又有什么用？

「第十五章」

亲爱的,原谅那么疼

1

　　陈安娜正哄伊朵背诵乘法小九九口诀,先是隐约听见马跃两口子叽叽喳喳地说,虽好奇了一下,但没上心,突然,郝乐意的嗓门就高了上去,她屏声敛息地听,但还是没听清具体内容,再然后,就听见砰的一声摔门,跟敲梆子似的拍门,就知道这事有点大,就放下口诀表,拉着伊朵说上楼看看你爸妈怎么了,叮叮咣咣跟闹地震似的。

　　正在看戏曲频道的马光明抬眼,拍了拍大腿:"伊朵,过来,爷爷给你讲故事。"

　　陈安娜拽着伊朵不撒手:"上楼看爸妈。"

　　马光明开口就骂:"你妈了个×的,人说锣鼓听音,听话听心,你他妈还号称文化人的,怎么就听不明白人话?非让我呛上几屁才快活?"说着,往茶几上拍了一掌,"伊朵,到爷爷这儿来!"

　　别看马光明凶,可伊朵不怕他,只要马光明和陈安娜吵厉害了,就会很英武地说奶奶不气,伊朵批评爷爷去。说着就会跑到马光明跟前,奶声奶气地批评他:"欺负女生的爷爷不是好男生,你想不想做个好男生?"每逢这时候马光明就会被逗乐,忙不迭地点头说想,非常想。伊朵就会拉着他的手去找陈安娜道歉,让他答应给陈安娜买巧克力买芭比娃娃,每每这样的时候,哪怕陈安娜有一肚子的气,也会被这一老一少逗得无影无踪。

伊朵瞪着马光明:"伊朵为什么要到爷爷那儿去?"

"想不想你爸和你妈打架?"

伊朵摇头。

"你爸和你妈本来就是小两口斗嘴,打不起来,你和奶奶卜夫一掺和,他们就下不来台了,非打起来不可,你还想不想上去?"说着,马光明又拍了拍自己的腿,"来,爷爷讲故事。"

伊朵拉着陈安娜的手往回拽:"奶奶,我不愿意爸爸妈妈打架。"

陈安娜有点尴尬,看了一眼天花板,说:"奶奶也不想。"

伊朵就拽着她往沙发上去:"奶奶,我要听爷爷讲故事。"

马光明一把拉过伊朵,瞪了陈安娜一眼:"还不如一个孩子呢。"

陈安娜狠狠地剜了他一眼,赌气地摔门出去了,伊朵不干了,追到门口大喊:"奶奶,我不要爸爸妈妈打架。"

陈安娜又好奇又好笑,心想,到底孩子都爱爹妈,脸上却绷得紧紧的:"奶奶又不是狼外婆,干吗让你爸妈打架?我下楼散步。"

陈安娜知道,就算她不上楼,用不了多久,马跃就会一五一十地告诉她。

不让上床不让进卧室,在马跃的婚姻史上这还是头一次。他一夜没睡,是因为惦记着曾经的经验,以前,他和郝乐意也吵,郝乐意也把他关在卧室门外过,但都不是一夜,不定什么时候,他一推,门就轻快地开了,然后呢,他就像一头得了便宜的狼,蹑手蹑脚地进去,这个动作显得他贱兮兮的,很可笑,然后再很可笑地扑到床上,把还满脸是泪的郝乐意圈在怀里,哄她逗她亲她啃她,总之,所有的手段都用上,总有一个会让她破涕为笑。

可今天没有。

他几乎是每隔十分钟就蹑手蹑脚地去推一次卧室的门,门纹丝不动,好像和墙成了一体的。他敲过门,可门内安静得像千年罕有人迹的山谷。

因为惦记着郝乐意或许一会儿就会开门,马跃在沙发上坐了一夜,坐着坐着就迷糊了,迷迷糊糊地就做了个梦,梦见他第一次见郝乐意的情形,在商场门口,郝乐意托着一排牛奶,笑盈盈地向他走来,他的心酸酸暖暖的,迎上去,说乐意,你原谅我了?脚下不知被什么绊了一下,一个趔趄扑倒在地,下巴的剧烈疼痛就把他弄醒了,原来他从沙发扶手上滑了下来,下巴碰到了茶几角上。这时天已经亮了,马跃扶着茶几从地板上爬起来,摸了摸下巴,摸了一手黏糊糊,往眼前一举,居然满手的血,登时就心疼起自己来了,正起身去找创可贴呢,就听卧室的门开了,马跃就不想找创可贴了,这满手满下巴的血不就是吸引郝乐意的引子吗?

女人的心,是柔软慈爱的,尤其是做了妻子的女人。男人把女人追到手,不外乎以下几条路:扮大树、送温暖把女人骗到手;扮英雄把女人吸引到手;扮落魄博同情把女人博到手。当年,他和郝乐意的爱情,就是开始于他一副落魄王子的德行,激起了郝乐意骨子里的母性,只要是女人,骨子里就不缺母性慈悲,这也是某些已婚骚情男人的泡妞秘籍,遇到合心意的姑娘,想搞到手却身份又不允许了,就会扮出一副可怜相,活像文弱书生一不小心给母大虫叼回了巢穴做相公,好容易趁母大虫打瞌睡的空儿偷跑出来喘一口自由的新鲜空气,可巧遇上了可人的田螺姑娘……一说二卖地就把姑娘的同情心给勾起来了,朦胧诗人舒婷说,与其在悬崖上展览千年,不如在爱人的肩头痛哭一晚。到了想利用姑娘母性达到自己不可告人目的的骚情男人这儿,就是:请让我在万恶的婚姻里受煎,但请借你玉指把我的眼泪擦干。姑娘心一软,就把手指头借了,这一借,基本就是在劫难逃了。

马跃把拉开的抽屉关上,擎着血手仰着血下巴,姿态夸张地看着郝乐意的方向。

可郝乐意目不斜视地径直朝卫生间走去,也就是说,他这个惊天地泣鬼神的 POSE 是白摆了,他不甘心地用力咳了一声,就像个可怜的孩子,用巨大的哭声告诉妈妈:我饿了,要吃奶。

可是,回应他的是咣的一声关门,狠狠的。

登时,马跃就觉得自己成了被抛弃在午夜街头的小孩,黑咕隆咚的,可怜死了,他蹭到卫生间门口:"乐意,真的,请你相信我……"说到这里,突然就闭了嘴,让她相信自己什么?爱的是她不是小玫瑰?他和小玫瑰上床是因为他爱郝乐意?扯吧……

郝乐意一声不响地刷牙,洗脸,冰冷的凉水碰到脸上,居然是没感觉的,泪就滚了下来,觉得委屈、累。有时候路过教堂门前,她真想进去问问上帝,为什么要给她一条这样贱苦贱苦的命,三岁没了爸,十五岁没了妈,她就和其他女孩子不一样了,其他女孩子正忙着叛逆、撒娇、情窦初开,而她失去了这些资格,必须像沉稳的成年人,小心翼翼地走好人生的每一步,既没资格叛逆也没资格撒娇,因为她不能闯祸,如果闯了,没人替她善后,所有的一切,都要她自己承担。她多么地盼望长大,盼望恋爱,恋爱了就意味着有男朋友了,文艺作品总把男人描写得顶天立地有担当,简直像天神的化身,能把所有苦难的人儿拯救出水深火热,送上人间温暖。后来,她遇上了马跃,可没多久她就发现他和想象中的男人不一样,好吧,她告诉自己,只要他温暖善良就足够了,是她中了文艺作品的蛊,对男人期望值太高了,大家都是吃五谷杂粮的人嘛,哪儿可能像天神一样无所不能?这么想的时候,她甚至嘲笑了自己一下,觉得自己有点投机取巧,爱情本来就是相互欣赏相互扶持的,她不应该跟爱情要太多东西,否则,那就不是爱情,是做生意或者是交换了。

可为什么她就没像文艺作品里苦出身的女孩子一样,遇上一个懂得呵护她的大哥哥呢?马跃明明比她大三岁,可更多时候,他比她还幼稚,陈安娜说这是优点,说明马跃没被社会这大染缸污染。可是……要永远地完全拒绝社会污染那得需要多大资本啊,陈安娜给不了马跃这资本,马跃自己也挣不来这资本,那么,只好她做妻子的给吧。她拼命地好好表现好好工作,她把马跃当小树苗呵护,总有一天他会长成参天大树的。她耐心地等啊等啊,给他爱给他施肥给他浇水,可他不仅不肯长大,还多灾多难了起来,仿佛她一时不留神,他就会生病夭折,搞得她徒有惆怅又恨又气又没有办法,想狠心不管他了吧,他对她又那么好,哪怕他兜里只有十块钱,哪怕这十块钱是他明天仅有的、花掉了就不会再来的饭钱,只要郝乐意有需要,他也会毫不犹豫地花出去。他去英国读研前,因为太忙太累,郝乐意把生日忘得一干二净,下班回来,家里冷冷清清,厨房连棵青菜都没有,就把包一扔,一屁股坐在沙发上泪下滔滔,正抽泣着,突然就听有音乐幽幽地响了起来,是林忆莲的《至少还有你》,音乐轻轻的、淡淡的,好像从天际泻落一样渐响渐亮渐柔情,此时,她依然没想起来是自己的生日,只是疑惑地站起来,下意识地喊了声马跃。

这一喊,好像感应似的,一束橘色的暖光,从卧室门口扑出来,然后,她看见她的小伊朵跑出来,说妈妈你看。整个客厅的灯唰地亮了,顺着伊朵的手指,她就看见,墙的角上渐次地吊了一小串音箱。伊朵奶声奶气地说这是爸爸花了一个下午装起来的,爸爸为了买这些音箱,还挨了奶奶的骂。刹那间,那些积压在心头的怨气,像风中的云,袅袅散尽,而马跃也走过来,拥着她,用脑门抵着她的脑门深情款款地说亲爱的老婆,谢谢成为我的唯一。

郝乐意的眼泪再一次唰地滚了下来。然后,马跃把她抱到床上,他和伊朵一左一右地喂她吃东西,每喂她一口就说把你喂成一个幸福的胖子,让你胖得除了我没人喜欢你……

马跃是个缺乏生活能力的人,但是马跃从来不缺乏送温暖的花招,或许,这就是他们说的情商高吧,哪怕他有千不是万不是,她都恨不起来,更不会让她产生离开他的想法,有时候,她也安慰自己,这样也好,他缺乏生活能力,就不会惹是生非,也不太可能有艳遇,艳遇也需要资本嘛。

可更多的时候,她没法应对外人的询问,身在社会,交际总是在所难免的,你来我往的客套里,难免说到彼此的婚姻伴侣,每当有人问她先生在哪里高就,她就觉得尴尬无比,倒不是她虚荣,而是她不想让人看低马跃,进而产生他是靠老婆吃饭的鄙夷。所以,在场合上,她总是尽量避免谈起家庭,直到马跃去英国读研,这种压力才暂时减轻了一点。人是爱犯贱的动物,别人混得好坏和你有什么关系?可就是有人喜欢比来比去,以把别人比下去为荣耀,以被别人比下去为耻,这对生活本身,又有什么实质性的改变呢?当然没有。

每当她看着陈安娜在人前吹嘘马跃是从英国某某名牌大学毕业时,郝乐意的心,就一阵阵地发飘,唯恐人家接着往下问,那马跃现在在哪里高就呀?

这样的尴尬,不是没发生过,而且是经常性的,陈安娜让人问得面红耳赤,瞠目结舌,所有不具备美好结局的自我吹嘘,都是愚蠢的自己搬石头砸自己的脚,陈安娜被砸了无数次了,可就是记不住,郝乐意也没办法。

马跃去英国读研究生的这一年多,应该说是郝乐意结婚以来最惬意的时光。其一,因为马跃不在,陈安娜上楼视察或者叫她下去吃饭的积极性就小了,除了接送伊朵,基本上不上楼;其二,逢了有人再问起马跃的工作等,她可以轻描淡写说去英国读研了,当然,她承认,这么说的时候,内心的虚荣也是蠢蠢欲动的;其三呢,马跃在英国,也就是说马跃不用疲于奔命在找工作、失业的路上了,她再也不用听他抱怨,公司里的谁又给他小鞋穿了,也不用听他阳春白雪地嗤笑别人是如何巴结上司了,更不用听他天真到了愚蠢地炫耀他是怎样让公司的某个不地道的小头目出了丑了……

可现在,他回来了,给她带回来的不是幸福也不是希望而是一枚重磅炸弹。是的,他回来之前,她就猜到了这炸弹的存在,可她是多么不愿意承认啊,所以她宁肯不说话不理他也不愿意去核实这个几乎可能确凿的怀疑,她宁愿让所有人都说是她郝乐意疑神疑鬼也不愿意那枚炸弹真的存在……可是,就在昨天晚上,马跃几乎是主动地,抱着博她宽恕的姿态,引爆了这炸弹,难道他以为只要兑上忏悔,这枚炸弹就能变成烟花博她一笑了?

这太可笑了。他不仅和别人同居过,还出轨了,他是个感情前科犯,她能理解他不告诉她,怕她难过。可是她突然觉得,陈安娜让他回英国读研他就麻溜地答应,或许就是因为这个叫小玫瑰的女人,他放不下。据说男人失意的时候,最怀念的就是夭折在半路上的恋情。什么读研?根本就是借口,是见小玫瑰的借口!他得逞了,可陈安娜为此付出了多大的代价啊,二十多万啊。

郝乐意失魂落魄地刷着牙,刷着刷着,洗手池一片殷红,恍惚中居然把牙龈刷破了。她漱了漱口,洗脸,草草抹了点东西就出了门,因为今天有很多事要做。上午她打算把郝宝宝叫到幼儿园谈谈,按照惯例,下午苏漫会去幼儿园转一圈,然后她再把幼儿园近期的情况和她聊聊。她和马跃,除了离婚,没别的路可走。

她知道,只要一出卫生间,马跃就会缠上来,这机会她不想给,所以,在来卫生间之前,她就换好了出门的衣服,手包也挂在大门后了。

马跃在门外嘟哝了些什么,她没心思听,收拾停当了,把耳朵贴在门上,听见马跃好像去了厨房,就轻手轻脚地开门,摘下门后的包,就闪出了门。

2

马跃正在厨房煎鸡蛋,热牛奶,他想,既然说没用,就用实际行动吧,他要给郝乐意煎一个漂亮的鸡蛋,煮一杯漂亮的牛奶咖啡。听见大门响,他还以为是陈安娜上来了,心里有点发毛,因为陈安娜最看不惯他哄郝乐意,说他这是惯毛病。虽然她郝乐意有工作,可有工作有什么了不起的?房子是他们马家的,再说了,自从伊朵一出生,吃的玩的还有奶粉全是她这当奶奶的包了,她是马跃的妈,她的就是马跃的,该马跃做的,她这当婆婆的一样没落地替他做了,没对不起她郝乐意的地方!

马跃把奶锅从灶上端下来,才探出头去喊了声妈,却发现家里空荡荡的,走到卫生间门口一看,里面空了,卧室也是空的,这才明白郝乐意已经走了。马跃顿时觉得,四面的墙都在朝自己挤压过来……

厨房传来了哧哧的干锅声和焦煳的味,马跃失神地看着厨房的门口,一寸也不想动,煳吧煳吧,连这个家、他这个人一起煳了才好,每当心灰意冷,马跃就会产生玉石俱焚的消极念头。

大门上钥匙响,马跃以为郝乐意忘了拿什么又返回来了,忙冲到厨房去关火,煎鸡蛋已经变成了一摊冒着刺鼻黑烟的黑炭。

进门的是陈安娜,看着厨房滚滚涌出来的烟,捂着鼻子往里奔:"马跃,你这是烧着什么呢? 你作死啊你?"

马跃蹲在地板上,用锅铲咯吱咯吱地往下起焦煳在锅上的鸡蛋。

陈安娜边咳嗽边打开厨房窗子,问马跃到底是怎么了。

马跃蔫蔫说没事。

"没事? 昨晚我听见你们吵架了。"

陈安娜错愕地看着马跃下巴上的伤口和满脖子的血:"你这满脸的血是怎么回事? 郝乐意给你挠的?"

"我自己不小心碰的。"

"你碰的? 我见过碰头碰胳膊碰脚的,碰下巴的我还是头一遭见! 你说不说? 你不说我去问郝乐意!"

马跃噌地站起来:"妈——真是我自己碰的,我昨晚坐在沙发上看着看着电视就迷糊着了,歪倒了碰到茶几角上了!"

"是不是她不让你上床睡?"

"不是!"马跃有些外强中干。

"不是? 我也得信。"说着环顾家里,"这房是我的,家具也是我买的! 不想和你一张床睡她就滚出去,欺负你? 啊? 她想干什么? 山中无老虎她还想猴子当霸王? 老虎在楼下,她不知道啊?"

"知道知道,妈,我们的事,您就甭管了。"马跃推着她往外走。

陈安娜却挣脱了他,索性一屁股坐下:"到底怎么回事?"

知道瞒不过去也六神无主的马跃就把事情的经过说了一遍,陈安娜呆呆地看着他,好半天才说:"你吃黄油把脑子吃坏了? 你和那个女人的事,郝乐意也就是猜疑,又没看见,你就承认得连老底都挖出来了?"

"既然已经说了,就诚恳点。"马跃低着头,"如果我不说以前就认识小玫瑰,她会觉得我更可恶,这样还情有可原,毕竟是旧相识,不是我另有新欢。"

陈安娜气得半天才蹦出一句话来:"她什么态度?"

"离婚。"马跃小声地说,"妈,怎么办?"

陈安娜本来想说离就离,可看马跃一副可怜相,心就软了:"别听她吓唬你,她这说的是气话。"

"不像。"

"气话说起来都像真的,什么像不像的,离不了。"陈安娜胸有成竹,这要是在一年前,郝乐意这么说,她还有信的可能,可现在……离婚,除非郝乐意傻了,因为现在的马跃不是以前的马跃了,正宗海归研究生,和在国内考不上大学跑到国外混文凭的野鸡海归不是一回事,好工作会有,好前程也在前面等着呢,和马跃离婚,这不等于是把自己辛苦伺候到结果的大树让给别人? 陈安娜想着想着,甚至都笑了,一点儿危机感也没有,拍了拍马跃,让他赶紧把脸洗了。

陈安娜让马跃去洗了洗下巴,自己从抽屉里翻出创可贴,边给马跃处理伤口边问:"碰成这样,血糊狼淋的,郝乐意就不管啊?"

马跃龇牙咧嘴地说:"她没看见。"

陈安娜用鼻子哼了一声:"你就护着她吧!"

马跃咝咝地吸着气说真的,昨晚吵得厉害,他一赌气就没上床睡觉,就在沙发上看电视,一直看到天亮迷糊着了,才歪倒了碰破下巴的,就点皮肉伤,他能那么没骨气地跑到她跟前晒?

"懂什么? 越是两口子吵了架,受了伤生了病就越得晒,得让对方知道,因为吵架心情不好,你上了多大火,病是心里有火气病的,受伤了是心里有火急火攻心把人弄恍惚了才受的伤。你这样啊,她就会想这人还挺把我放在心上的,生一场气就把自己作成这样了,然后呢她就会心疼你。女人就这样,嘴里骂得再凶,心里也是疼你的,就跟当妈的骂自己儿子一样。"陈安娜嘟哝着,用创可贴把马跃的下巴给糊了一层又一层,糊完了马跃跑到镜子跟前一照,惊叫了一声:"妈——"

"怎么了?"

"您干呢您? 把我下巴给糊得跟个叫花鸡似的。"说着就动手往下撕,陈安娜打了他手一下:"我浪费这么多创可贴,是特意的,你撕什么撕?"

"您干吗特意? 多难看。"马跃傻愣愣的。

"就你在伦敦那点破事,搁哪个女人身上都饶不了你,你交代也交代了,忏悔讨饶都没用了,就剩扮可怜这一条路了,她不是没看见你下巴碰伤了嘛,今儿中午,你就主动点,去幼儿园请她吃饭,她要不出来吃,你就叫个她爱吃的海鲜的芝心比萨……"说着陈安娜从口袋里摸出一张卡塞到马跃手里,"用得着的时候就刷,密码是你生日。"

马跃心头一颤,突然觉得自己浑透了:"我都多大了,还刷您的卡。"

陈安娜瞪了他一眼，叹气："我还没说完呢，乐意不是没看见你碰伤下巴了嘛，我给你包得夸张点，方便她看见，只要看见了，她肯定心软，哪儿有不疼自己男人的女人？她正在气头上，你顺着她点对她好点，把她哄开心了，趁年轻再给我生个胖孙子……"

马跃对着镜子左右打量了自己一番，越看越觉得滑稽，决定买个口罩戴上，宁肯让人误以为他感冒了也不能让人看见他顶了个叫花鸡一样的下巴。

3

和往日的所有早晨一样，郝乐意又毫不意外地被堵在了东西快速路上，汽车风扇交换进车内的空气里，充斥着令人懊恼的汽车尾气味，在等前车挪动的空，给郝宝宝打了个电话，让她上午到幼儿园去找她，郝宝宝虚虚地说想趁上午啤酒屋人少安静看会儿书。郝乐意知道她是怕挨数落，遂把声调放平缓了，说没别的事，就是想和她聊聊以后。

放下电话，郝宝宝心就扑通上了，这要在以往，她是肯定不怕郝乐意的，对她来说，郝乐意简直就是半个妈，甚至比亲妈还疼她，所以，每当贾秋芬数落她，她就会说后妈都比她好，乐意姐也比她这亲妈疼她。贾秋芬就说她拿着棒槌就当针，郝乐意是疼着她宠着她，可疼她宠她不是因为她这妹妹多么可人疼，而是郝乐意有良心，当年她这当姐姐的没白疼她，就拿宠爱妹妹来回报她这做姐姐的。贾秋芬总是边说边叹气，说这个乐意呀，真是的，一片好心，可苦了我了。然后眼睛就红了。

可今天，她有点怕，因为她喜欢马腾飞，又帅又多金的男人，而且还不是她上竿主动钓的，还是马腾飞的妈先看上了她，然后呢，马腾飞对她也算是青睐有加，这让她感觉自己简直就是幸运的灰姑娘，现在正坐在奔向希望的南瓜马车上，眼看幸福就在不远的前方闪烁，可剩下的这段路，还是要好生走的。

马腾飞说她身上有股原生态味儿。原生态是什么？不就是单纯，没被社会大染缸污染嘛，可要命的是就在不久前，她刚堕了胎，还有之前的烂事，像一兜丢不掉的垃圾一样，挂在每一个认识她的人的记忆里，如果马腾飞或者马腾飞他妈知道了，这该有多讽刺，搞不好她和马腾飞的恋情也就被往事的垃圾熏黄了。

现在，郝宝宝最怕的还不是知道她烂事的别人，而是郝乐意，因为她的老公是马腾飞的堂弟啊,就算她的烂事马跃不知道,可郝乐意会怎么想? 会不会觉得自己这是在骗马腾飞?

郝宝宝有点害怕,她得好好跟郝乐意商量一下,求她对以前的破事保密,还得跟她讨讨主意,怎么样才能顺顺利利地嫁给马腾飞这有钱人。正手脚麻利地换着衣服,就听贾秋芬喊她出去帮把手。

为了节约成本,每天早晨,贾秋芬都会拖着车子夫早市把一天要用的材料买齐了,洗涮干净,该切的切该腌的腌,该穿的穿上,到中午晚上就不用手忙脚乱了。洗和切都是力气活,不舍得让郝宝宝干,腌是技术活,不放心郝宝宝干,唯一能指望的,就是一切准备就绪,让郝宝宝帮着穿肉串和青菜。这要放以前,她虽然知道郝宝宝考研究生有痴人说梦的味道,但还是像所有希望奇迹出现的母亲一样,连这点小活也不舍得她干,可现在,她逐渐看明白了,考研对郝宝宝来说,就是不上班啃老的托词,心也就灰了,但凡是郝宝宝能干得了的活,也喊她过来干一点。郝乐意说得对,再这么惯着她,怕是连个婆家都找不到了,要工作没工作要婆家没婆家,作为一个女人,得活得多没精气神儿?

可郝宝宝最讨厌的就是穿肉串,觉得生猪肉上有股难闻的腥味,坐那儿穿上半个小时,全身上下都给熏透了,怎么也洗不干净,喷香水也盖不住,尤其是她和马腾飞好了以后,穿肉串这活,是死活不干了,为这,娘儿俩见天就吵,每次都是郝宝宝胜利。

郝宝宝换好衣服,挎上包,边往外跑边说:"不跟您说了吗,穿肉串这事,别找我,找我我也不干。"

贾秋芬擎着手,像只威武的母鸡一样堵在了门口:"你不是我闺女我就不找你了!"

"要不是上帝把这活硬派到我头上,我又没法拒绝,我稀罕给您当闺女啊?"郝宝宝打量着从哪边能钻出去,贾秋芬看穿了她的心思,晃着两只沾满了调料的手:"不怕蹭一身你就钻,刚才跟谁打电话了?"

昨天晚上郝多钱还跟她说呢,最近郝宝宝不大对劲,经常接个电话就跑出去了,让她抽空问问,是不是恋爱了。在郝多钱眼里,郝宝宝还是个孩子,恋爱结婚的事离她十万八千里地远着呢,急什么?

贾秋芬是女人,知道女人的黄金年龄段,女人的幸福,不过就是嫁个知冷知热的男人,至于日子嘛,吃得饱穿得暖就是好日子了,再多想就是贪心,如果老天给了,就接着,老天不给不能搏了命去挣。张爱玲说成名要趁早,在贾秋芬这里是嫁人要趁早,晚了,就有剩在家里的危险,开啤酒屋这些年,什么男人她没见过?全是尖馋货色,有鲜鱼不吃咸鱼,有咸鱼不吃咸菜,在找媳妇这事上,相貌模样先不说,有二十三的就不要二十五的。一眨眼郝宝宝这就二十四了,考研工作没着落不要紧,只要有她和郝多钱在,就饿不着她,可嫁人这事拖不得,女人家家的,哪个不这样?到了年龄把嫁出去当经念,因为嫁不出去把自个儿折腾魔怔了的,她也不是没见过,还是老人家们说得对,闺女大了不中留,留来留去爬墙头。

郝多钱是男人,不懂女人。

女人幸不幸福和住多大房子有多少存款没多大关系,女人的幸福,就是有那么一个人,可以让她犯贱,有贱没地犯才是最挠心的难受呢。所以,尽管贾秋芬也发现郝宝宝有点反常,她不管也不问,是觉得郝宝宝都二十四了,是到了适当把手里的线松一松撒出去的时候了,只有这样合适的小伙子才有机会认识她不是?

见贾秋芬虎视眈眈地盯着自己,郝宝宝知道,不交代肯定是出不了门,遂说电话是郝乐意打的,让她过去一趟。

贾秋芬一听就手忙脚乱地忙上了,让她等会儿,她给烤点肉串带过去,马跃喜欢吃,回来都这么长时间了,还没捞着吃呢。郝宝宝就笑她天真,不就串烤猪肉嘛,又不是烤龙肉,马跃那不是真爱吃,是哄她开心呢,再说了,她是去幼儿园找郝乐意,又不是到家里去。

贾秋芬这才恋恋地放下穿了一半的肉串,满眼失落地嘟哝:"要哄他也拿好话哄,你见谁拿吃人家哄人家开心了?"

"妈,您落伍了吧?杂志上说了,孝敬父母就要带着好胃口回家。"说着诡秘地一笑,"现在,您明白了吧。"

贾秋芬有点迷茫:"愿意哄着别人高兴的,都是好人。"

"嗯,再好也好不过您,除了自己,您是谁都爱。"贾秋芬松了手,郝宝宝反倒不急着走了,打开一把折叠凳子坐下,一副有一搭没一搭的样子说:"妈,我有男朋友了。"

贾秋芬眉开眼笑地:"人怎么样?"

"还行。"

"还行?什么叫还行?"贾秋芬一急,就拖着马扎往郝宝宝跟前挪,"先跟妈说说,这人到底怎么样?"

"您认识。"

贾秋芬一蒙，开始满脑子过筛子："你同学？"

"我同学？妈，就我那拨男同学？亏您也想得出来，如果有配得上我的，我也就用不着这么努力考研了，老老实实地当个毕婚族，按部就班地结婚生孩子得了，还奋斗个什么劲儿。"

"考研考研，你当我不知道你啊？再考十年你也考不上，你是好工作找不到，不好的工作你又吃不了苦，一天到晚地拿考研做挡箭牌，啃我和你爸这两根老骨头！亏你是个女孩子，要是男孩子直接就成游手好闲的小混混了。"贾秋芬有些生气。

"得了，妈，您就知足吧，像我这么听话的女孩子您哪儿找？大门不出二门不迈，偶尔逛逛街都要自觉地配上我姐这警察，除了吃您两口，我没跟你要名牌穿没跟您要钱花吧？"郝宝宝抱着贾秋芬的胳膊撒娇。

"呸！亏你也有脸说，你干吗主动配上你姐这警察？还不是为了让你姐给你掏钱，你身上穿的手里花的，哪一样不是你姐给的？宝宝，你姐是个有良心念恩情的人，可你也不能仗着妈对你姐的那点恩情就理直气壮地当寄生虫啊。"

"好了好了，妈，对我来说寄生虫已经当到头了，等我结了婚，双倍偿还我姐。"

"你嫁个百万富翁啊？"贾秋芬嗤之以鼻地。

"百万富翁哪成啊？至少也得是个亿万富翁。"郝宝宝扬扬得意，"妈，我呀，一不小心掉到金矿里去了，您和我爸就等着享福吧。"

贾秋芬的心让她说得直忽悠，对她到底谈了个什么样的男朋友就更上心了，打了她胳膊一巴掌，虎着脸说："少给我瞎忽悠，你别掉坑里去我和你爸就算烧高香了，快跟妈说，到底是谁？"

"马腾飞。"

"马腾飞？"贾秋芬的脑子还没转过来，"也姓马，你姐俩这是跟姓马的杠上了？"

"不行啊？"

贾秋芬错愕地："你是说……你姐夫他堂哥？"

"没错。"郝宝宝得意地说，"现在对上茬儿了吧，怎么样，我没唬您吧？"

贾秋芬惊慌失措地说："不行，这事不行，人家那门槛，没泰山高也有浮山高了，咱家攀不起。再就是，我听说你姐的婆婆和她妯娌闹得不好，你再插一杠子,让你姐夹在中间多难做人。"

"妈,瞧您说的,您能不能别这么自轻自贱? 谁高攀他了? 是他追我的,不对,是他妈先看上我的,您记得吧,他送咱回来路上,他妈跟我要电话号码了。"

"她不说要约你陪她逛街吗,怎么成找儿媳妇了?"

"一举两得嘛。总之呢,我陪她老人家逛了几次街,每次逛累了吧,不是叫马腾飞来陪我们吃饭就是来拉我们,把她送回去,再把我送回来,然后呢送来送去,马腾飞就顺应他妈的意思,和我对上眼了。"郝宝宝很自得,那天晚上马腾飞送他们回来,马光远坐副驾驶座位,田桂花和她娘儿俩坐后排座,郝宝宝嘴巴甜,也会揣摩田桂花的心思,一路上聊得欢歌笑语,快到了的时候,田桂花特意要了她的电话,说以后拉郝宝宝逛街给她当参谋,郝宝宝当即就猜到了大概,特意留得仔细,要了她手机号拨过去,又给她存在了通讯录上。

田桂花虽然看上去大咧咧的,可在马腾飞的婚事上,她是再也不敢造次了,反正她闲在家里也寂寞得慌,郝宝宝准备考研不上班,她就三天两头地约郝宝宝逛街。郝宝宝也明白,逛街是假,未来婆婆考察儿媳妇才是真,心里有了这个谱儿,陪田桂花逛街的时候,就特别谨慎,腿脚勤快,嘴巴也甜,再加上她喜欢看时尚杂志,帮田桂花选的衣服,既华贵大方又遮丑,从街上焕然一新地回家,连马光远和马腾飞眼睛都为之一亮。于是,田桂花就下了决心,就这姑娘了,再和郝宝宝出去,就会让马腾飞去接去陪吃饭,看得出来,马腾飞对郝宝宝也蛮喜欢的,她暗自欢喜,悄然退到幕后,剩下的戏,交给俩年轻人唱得了。

至于郝宝宝的家庭背景和郝宝宝没工作,这一切都不在田桂花的考虑范围之内,像他们这样的家庭,犯不上指望儿媳妇挣工资贴补家用,只要她人乖,不惹老人生气,能给马家生儿育女,马家的钱敞开着随便她花。

在心海广场那次,因为被余西发现了马腾飞的车子,马腾飞打电话给马跃来解围,也借机挑明了两个人的关系。

听郝宝宝说完,贾秋芬这才松了口气,可又唯恐郝宝宝为了嫁个有钱人,一个大姑娘上赶着往马腾飞身上凑,传出去丢人。

"得了吧,妈。我警告过他了,咱家虽然穷了点,可咱家姑娘志不穷,绝不给富家公子当口香糖,吧唧吧唧地一顿嚼,嚼够了往马路牙子上一吐,多寒碜得慌。"郝宝宝边说边学了一下马腾飞一脸虔诚的样子,"他说我把他看扁了,这第一呢他不是那种拿姑娘当口香糖嚼的人,这第二呢就算他有那癖好,也得找远点的嚼啊,哪儿敢嚼自家弟妹的妹妹? 除非他吃了熊心豹子胆。"

贾秋芬想了想也是:"你姐知道?"

"那当然。"郝宝宝没脸没皮地说,"等我和腾飞结了婚,我姐就得喊我嫂子了。"

"敢! 各人论个人的!"

郝宝宝顽皮地吐了一下舌头:"那是,看在我姐对我这么好的分上,我也不能占她便宜啊。"

贾秋芬还是懵懵懂懂地愁上了,当年就陈安娜家那家庭条件,都挑剔郝乐意,这马腾飞家,那可不是一般的好啊,郝宝宝除了长得好看点,有啥? 连份工作都没有,这么想着,就嘟哝了出来。郝宝宝就要乐歪了:"妈,您也太搞了吧,什么样的人找对象看条件? 还不是穷怕了,过着朝不保夕的日子的那号人? 他们找的不是爱情,是互相取长补短,相互帮衬着过日子,倒是像腾飞他们家这样的,越是有钱越是不看对方条件了,在您眼里,我要是考上公务员就算是份好工作了吧?"

"可不,瞧瞧街坊邻居的,哪家父母不是这么巴望的。"

郝宝宝啧啧了两声:"您呀,妈,我就不说您了,这也不能怪您,更不能怪咱这片的街坊邻居,都市井小民嘛。"郝宝宝用手比画了一下,"只能看这么大点光景,知道什么呀,孩子找对象,找个条件好的就恨不能吆喝得整条街都知道,找了个公务员就好像光宗耀祖了似的。为什么? 还不就是因为条件好的孩子结婚以后能轻松点,找个公务员就不用担心他会下岗,说不准还能升升官,全家跟着小小地腐败一下。切! 妈,我告诉您吧,这都是标准的穷人逻辑! 只要我没个好工作就找不到好男朋友,对,像他们家那样的好家庭我肯定找不到,因为他们也不敢要我啊,因为我没工作不能帮他们儿子养家糊口还要白吃他们家的粮食,是个累赘啊,所以他们看着我这号的就害怕。妈,我可跟您说啊,除了腾飞家这样的人家,哪怕是中产阶级家庭都不敢娶我,您知道为什么吗?"

贾秋芬给急得拍了她一巴掌:"就知道跟我贫嘴,有话就说……"

"嗯,接着您的话,我有屁接着放完。因为中产阶级是最脆弱的一个阶级,买套房,生个孩子,一不小心生场病啥的,就能把他们一个跟头砸回到无产阶级队伍里去,所以呢他们一定要找一个名牌大学毕业的工作好的,不是名牌大学毕业没工作的也无所谓,是个小业主也成,因为他们死要面子的生活就是座大山啊,一个人的肩膀力量总是有限的,所以呢要找另一个同样有力的肩膀,好增加一点点安全感……妈,您听明白了吧,不管是穷的还是中产的,人家都不敢要我,因为我除了年轻漂亮和一颗水晶一样的心,什么也没有。可马腾飞家就不一样了。妈,您说,就人家那家业,会指望儿媳妇有份稳定的工作帮着他们买米熬粥?当然不会,所以,在所有人眼里,我没工作那是天大的缺点,可在马腾飞他们家里,什么缺点也不是。"

贾秋芬让郝宝宝说得频频点头,觉得对极了,好像郝宝宝不嫁给马腾飞这辈子就得剩家里了,忙说你跟你姐说说,让她在腾飞父母跟前多说你两句好话。

郝宝宝就笑:"让我姐去说我好话?这不成王婆卖瓜了,犯不着,只要我姐她婆婆不给我下绊子就成了。这老妖婆,一直看我不顺眼。"

贾秋芬打了她脊梁一下:"你姐她婆婆怎么说也是长辈,你这是怎么说话呢,你姐叫你去干什么?"

郝宝宝顺嘴扯谎:"当然是告诉我一些有用的内部消息了。"

"那就快去吧。"

郝宝宝已经收拾停当了,边往外走边说:"妈,您跟我爸说啊,他要敢说半个不字,以后就甭怪我翻脸不认他是我爸。"

4

郝乐意把幼儿园的事忙活完了,刚坐下,郝宝宝就擎着一脸讨好的笑进来了:"姐,又有什么指示?"

郝乐意上下打量着她:"坐下说。"

郝宝宝拖了个凳子坐到她办公桌旁:"姐,恐怕以后你得喊我嫂子了。"

郝乐意翻了她一个白眼:"要不是马跃看见了,你还不打算告诉我是不是?"

"姐,你这不一直告诉我女孩子做事要稳妥,我就是想先和腾飞处处看,感觉差不多了再和你说嘛,万一我告诉你了,我们俩也没处几天就散了,大家都尴尬。"郝宝宝托着下巴认真地看着她,"我们刚挑明关系。"

"宝宝,我不关心别的,只想知道你们是不是认真的?"

"我当然是认真的,难道你觉得我是那种游戏感情的女孩子?再说了就咱家这条件,我游戏得起吗我?"

"别跟我绕,你是看上了马腾飞的家庭条件还是看上了他这个人?"

"还我看上?姐,你觉得我有那么自信吗?再说了就算我有那么自信也不至于那么自贱,我是一女孩子,我年轻漂亮,只有男人看上我追我的份,哪儿用得着我去看上别人……”郝宝宝好像受了辱没一样，噘着嘴，歪头看窗外，“是马腾飞他妈先看上我了才指挥他追我的。”

“宝宝，我陪你去医院堕胎，到现在，还不到一个月，你不觉得唐突了点吗？”

“姐——”郝宝宝急了，“你干吗啊，你是不是觉得我贱货一个，配不上你们家那个钻石王老五马腾飞？”

“我没这意思，我就觉得不够庄重。”郝乐意心烦意乱地，“你堕胎的事，我不知道还好，可我知道，他又是马跃的堂哥，关键是家底又这么丰厚，我感觉不舒服……感觉咱俩是演双簧骗人家。”

郝宝宝对付郝乐意的制胜法宝就是卖萌，好像她永远是个不超过十五岁的孩子，犯错也是遇人不淑，绝对不是主观意愿，所以她飞快地眨着大眼睛，看上去无辜极了：“姐，真是腾飞哥追我的，我就觉得他对我好，和他在一起心里特踏实……”然后又把马腾飞送她们回家，田桂花怎么跟她要手机号、约她逛街、把马腾飞拽进来的过程说了一遍，末了强调，“真的，姐，不信你可以问腾飞哥和他妈，是不是这么一回事。”

郝乐意当然不能去问，默默地看着郝宝宝，拼命想田桂花到底喜欢郝宝宝什么，虽然马腾飞是离婚的二手男，可只要他想再婚，想找什么样的美女都不是难事，标准的富二代，虽然挣的那点工资还不够他零花的，可工作体面也受人尊敬啊，不仅人帅还有才气，可田桂花怎么就眼界这么低，看上郝宝宝了？顺嘴就说了出来。

郝宝宝不高兴了：“还能因为什么？我年轻漂亮又清纯，关键是听话。”

“还听话呢，就你以前那些……是听话的孩子干得出来的？”

“姐，咱能不能别哪壶不开提哪壶？”郝宝宝翻了个白眼，才又说，“我知道，一开始，马腾飞他妈喜欢我是因为我战你婆婆战得干净利索，次次都旗开得胜。她说了，自从她和你婆婆做妯娌，打嘴仗就没胜过，看着陈安娜让我呛得跟吃噎了的母鸡似的，她特开心，再后来嘛，我们接触多了，你也知道，你妹我嘴巴甜，会哄人开心，她就喜欢上我了。”

“就这么简单？”

“再就是咱穷门小户好对付，据说马腾飞的前妻还死缠着他不放，以前她也托朋友给马腾飞介绍过女朋友，可不是马腾飞看不上就是让他前妻给搅和散了，所以呢，她就看上我了。我估计啊，她看上我，就是觉得咱家条件不好，马腾飞的前妻再搅和，我也不会轻易撒手，说不准就能把婚结了，给她生个大胖孙子。"郝宝宝说到这里,郝乐意觉得,靠点谱了,余西离婚后一直缠着马腾飞的事,她听说过,但没想到缠得这么厉害,遂有些替郝宝宝担心:"你是真喜欢马腾飞?"

郝宝宝点点头,指甲在桌面上吱吱地划来划去:"姐,我的事,你没跟姐夫说吧?"

"什么事?"

"就我以前……还有堕胎的事。"郝宝宝声音低低的,带着一丝怯意。

"好像多光荣似的!"郝乐意没好气地说,"我谁都没说!"

"我怕马腾飞他们家知道了会以为是我骗他。"郝宝宝小声说。

"那你还接人家的橄榄枝,这不是骗人吗?"

"姐,怎么成骗了呢? 我最多是将计就计,姐……只要你不说,他什么都不会知道。"

"万一他认识王万家的老婆呢?"郝乐意突然觉得自己有点恶毒,可一想到自己都要和马跃离婚了,而郝宝宝却又和马腾飞搭上了,就心烦意乱,这种感觉有点像是都起诉离婚了,却突然发现自己怀上了对方的孩子,显得有点荒诞又有些伤怀。

郝宝宝突然嘿嘿笑了:"姐,你忘了啊,王万家的老婆以为和她老公好的人是你。"

郝乐意的心,荡了一个大大的秋千,半天才说,关于她和马腾飞的事,除了默默祝福,她不会再多问,也让郝宝宝放心,关于堕胎的事,她谁都不会说,包括马跃。正说着,手机响了,是马跃的,见郝宝宝盯着她看,就接了。马跃没想到郝乐意会接电话,也很开心,想起了陈安娜的话,和他离婚除非郝乐意傻了,就兴高采烈地说中午过来请她吃饭。郝乐意本不想让郝宝宝看出她和马跃之间的芥蒂,就淡淡说很忙,不必了。

马跃却锲而不舍,如果忙他就叫菜打包送到幼儿园,郝乐意知道他又把文明礼貌给误读了,遂冷冷地说:"我说了不吃就是不吃! 你送来我也不吃!"说完就狠狠地挂断了电话。

郝宝宝看得目瞪口呆:"吵架了?"

郝乐意不想隐瞒下去:"我们要离婚了。"

郝宝宝瞪着鼹鼠一样的圆眼睛:"干吗呀你? 姐夫刚刚拿下研究生文凭,这好日子眼瞅着刚要看到希望,你就打算这么赤条条地撤了啊?"

郝乐意没吭声地闷了一会儿，闷得心脏都疼了，从怀疑马跃出轨到他亲口承认，她没跟任何人说过，那些屈辱的郁闷，像毒素，在她密封的胸腔里发酵，如果再不泄出一点，她就要被憋疯了。当她跟郝宝宝说出要和马跃离婚时，心头陡然地就轻松了不少，好像在僵持的棋盘中，她终于又向前迈了一步，终于对整个世界喊出了无比解气的那句话："我！郝乐意，要和马跃离婚了！"

真过瘾啊，她告诉郝宝宝，别告诉她父母更别告诉马腾飞，她之所以一直没说，就是想悄悄处理这事。而郝宝宝似乎被这个消息震蒙了一样："姐，你说我刚和腾飞谈上，你就和姐夫离了，这算怎么一回事？"

"你们谈你们的，和我没关系。"

"到底是为什么？"

郝乐意忍了又忍，终于还是没说马跃出轨的事，说了干吗？让所有人和她一起同仇敌忾？又有什么意义？就算马跃再混账，也是马跃背叛了她，没和她离婚，她也是婚内弃妇而已。她淡淡地说："宝宝你一定记住，离婚这件事，不管说给别人听的理由是什么，真正的原因只有一个，那就是不爱了。"

是的，她觉得自己没撒谎，如果马跃还爱她，就不会和小玫瑰旧情复燃。

郝宝宝若有所思地看着她，突然没心没肺地笑了："照这么说马腾飞确实是不爱他前妻了。姐，你知不知道？那个余西，简直是阴魂不散，一天到晚地琢磨着和马腾飞复婚呢。"因为郝乐意的那句离婚就是不爱了，郝宝宝心里舒服了很多，因为她和马腾飞约会的时候，余西经常打电话进来，马腾飞从来也没瞒过她，尽管他每次接电话都是推诿。

说起余西的疯狂，郝乐意还是替郝宝宝捏了把汗。她偶尔也听马光明和陈安娜在饭桌上絮叨马腾飞和余西，絮叨的结局，基本以吵架收场，因为陈安娜坚持认为余西之所以对马腾飞看得那么紧，肯定是马腾飞做出出格的事让她抓着过把柄，要不然，谁愿意放着轻松日子不过，整天扮侦探，马腾飞和余西最终走到离婚这一步，也是马光远夫妻一手操纵的，原因就是余西不能生孩子。

虽然马光明不愿意承认自己哥嫂是拆散孩子婚姻的罪魁祸首，可在这件事上，郝乐意还是站在陈安娜这边，余西的疑神疑鬼，未必是马腾飞做过什么对不起她的事，但有一点可以肯定，面对马家偌大的家产，余西却要面对生不出继承人的压力，杯弓蛇影地胆战心惊着，也是可以理解的，走到离婚这一步，不管怎么洗脱，马光远夫妇都有脱不了干系的嫌疑。

现在，郝乐意最担心的是余西纠缠马腾飞复婚，而马腾飞比较善良，顾及她的自尊又不愿意直接拒绝伤害她,这样一来,余西一旦知道马腾飞和郝宝宝恋爱了,肯定会认为,马腾飞不和她复婚,原因在郝宝宝身上,就凭她能不问青红皂白一花盆砸马腾飞女同事头上的猛劲,郝乐意真担心她会伤害郝宝宝。

郝宝宝胸有成竹地让她放心,然后托着下巴跟郝乐意卖萌,飞快地眨着眼,一只手伸出去,五指俏皮地飞快弯动,郝乐意对这个动作最熟悉不过——要钱,就伸手去拿包,边往外掏钱包边说没钱花了就找她要,花男朋友钱是天经地义的这种想法永远不要有,让人瞧不起,他们家有钱也不行,他们有那是他们的,和咱没关系。从钱包抽出五百递给郝宝宝:"够不够?"

"还差一千五。"

郝宝宝虚荣,郝乐意是知道的,可她一开口就要两千还从来没有过,就以为她是因为马腾飞家有钱,不想在穿着上丢份儿:"宝宝,不是我不舍得给你钱,问题是马腾飞知道咱家情况,你没必要为了他打肿脸充胖子。"

郝宝宝脸涨得通红,吭哧了半天,才说想去做个处女膜修补手术,跟父母要钱其一是张不开口,其二是贾秋芬也不会给,在她眼里,一次给一百就很奢侈了,一百一百地攒那得攒到猴年马月啊。

郝乐意全身经络被郝宝宝震了个七零八落,连话都说不成个儿了:"你为什么要这样?"

郝宝宝说马腾飞家的人都觉得她很单纯,她也不想让马腾飞失望,郝乐意错愕得说不出话。

"姐,你不觉得欺骗得很慈悲吗?他以为我单纯得根本就不知道男人撒尿的那玩意还能用来寻欢作乐,到头来发现我已经是千帆阅尽,他不痛苦才怪呢,我花钱买罪受还不是为了他?"说着又赖皮唧唧地抱着郝乐意的胳膊,"求你了,我发誓好好待腾飞哥,和他好好过日子,你想想啊,像你妹妹我这样好吃懒做不爱动脑子的女孩子,是穷人家的怕、中产人家不敢娶的累赘。也只有嫁个有钱人这条路可以走了,可有钱又不用撬墙脚就能到手的单身男人多难找啊,简直比去趟月球都难,我好不容易碰上了,还是人家主动看上我的,我能不好好抓住机会嘛……"

郝乐意晕头转向,拿起包说:"走吧。"

郝宝宝以为她不给,急了:"姐,这可事关我终身幸福的事,难道你想站一边瞧我热闹?"

郝乐意回头瞪了她一眼:"瞧你热闹?我也得敢啊,我没这么多现金,到街对面ATM机上取给你!”

郝宝宝这才把噘老高的嘴放下来,又是秧歌又是戏地抱着郝乐意的胳膊,和她一起下楼。

取了钱,郝宝宝就一溜烟地跑了。郝乐意觉得特悲凉,郝宝宝走到今天,她不知道是悲还是喜,甚至……是不是因为有她的包容和宠溺,她才走到了今天?

有时候,郝乐意和朋友开玩笑说,作为女人,她最大的骄傲也是最大的悲哀,就是没花过男人的钱。在她的感觉里,花自己父亲之外的男人的钱,是需要放下尊严的,而没有花过自己父亲之外的男人的钱,是不是意味着自己没魅力?或者是自己一钱不值?她读过一篇叫《妓女和良家妇女到底谁更贱》的文章,有点赞同作者的观点:做良家妇女毫无意义,因为男人宁肯冒着被传染性疾病被发现被拘留被罚款的危险去嫖娼,都不愿意和无比安全不需要花一分银子的老婆做爱。但现在,她明白了什么才是真正的高贵,所有能标上价钱的一切,哪怕是天价,也是廉价的,因为它终将会被金钱左右。那是前几年,她的心思还简单,对事物的判断容易停留在非白即黑上,没有中间地带,价值观也更容易被物质化,可这几年不同了,在生活里摸爬滚打得多了,明白了在哭和笑之间还有个中间地带,叫作岁月静好,每个人都在尽量地趋笑避哭,这是人之常情,尽管笑是开心,可它不是常态,对于女人来说,岁月静好,才是最重要的。

生活就是苍茫的原野,风过雨也过羊过虎也过,没有任何人的一生能处在绝对安全的位置上。她记得曾看过一个叫高伟的女作家写的文章《老虎来了别喊我》,大意就是,如果老虎来了,逃也逃不掉的,被别人喊醒,只能是在瑟瑟发抖的恐惧中等待血光之灾,还不如沉睡在懵懂不知中呢,尽量减少恐惧的痛苦。

或许,如果马跃不坦白,她就是高伟在文章中说的那个睡梦中的幸福女子,全然不知,有只凶猛的老虎已越她而过……

她不想让郝宝宝变成一个靠青春美貌吃饭的女孩子,却又无法阻挡。她心意沉沉地回了办公室,刚坐下,马跃就拎着一盒比萨来了。

进来之前,他已经摘掉了口罩,露出了被陈安娜包成了叫花鸡的下巴,他把比萨往她桌上一放:“还热呢。”说着给打开盒子,“我一溜小跑。”

郝乐意注意到他说话的时候,故意仰着下巴,遂在心里冷笑了一声:“苦肉计。”以前马跃也这么干过。有一次,他们吵了架,她不理他,晚上下班回来,就见马跃右胳膊上打着绷带,吊在脖子上,用左手在厨房洗菜,她吓了一跳,顾不得生气,问他怎么了,马跃说因为心情恍惚,过马路的时候让车撞了。把她给内疼得啊，都恨不能扇自己耳光了，忙把他推到客厅，因为他右手缠着绷带，她还一勺一勺地喂他吃饭，喂到最后伊朵都哭了，因为吃醋了，觉得妈妈只爱爸爸不爱她了。直到晚上，马跃说媳妇辛苦伺候了他一晚上，他一定要好好表现表现，非要和她做爱，从床上做到阳台上又从阳台上做到地板上，郝乐意都快被马跃做成白痴了，有人捅几刀都不会有痛觉，根本就没想马跃受伤缝了十几针的右胳膊怎么能毫不吃力地抱她，直到第二天早晨，才发现上当，只是怨恨早已被柔情蜜意代替，倒觉得有着轻柔的甜蜜在其中。

郝乐意直直地盯着他的下巴，撇了撇嘴角，打开电脑。

马跃托出一角比萨："芝心的。"

郝乐意看都不看。

马跃托着转过来："凉了就不好吃了。"递到她嘴边，郝乐意真想把他推到一边，可又觉得有点过，就算离婚，也不一定离得鸡飞狗跳吧？就伸手取过来，"比萨我可以吃，但你知道我的性格。"说完，狠狠咬了一口，又白了他一眼，"别出洋相，把创可贴撕下来！"

"破了。"马跃往后缩了一下，虽然他不愿意陈安娜给糊这么多，可一旦糊上了他真不愿意往下撕，因为创可贴底下真的有伤口，才半天时间伤口不可能收敛好，这就往下撕，肯定有生生剥皮的效果。

"来给我送比萨呢还是展览伤口？"

马跃知道郝乐意冰雪聪明一人，糊弄不过去："两者兼有。"

郝乐意咽下比萨起身："好，比萨我吃了，下一步展览伤口。"说着，捏着创可贴翘起来的一角，"我撕了啊。"

马跃可怜巴巴地："真破了，会很疼的。"

郝乐意冷冷地："哦，我看看，这次缝了几针？"说着噌地就把创可贴给掀了下来，原本就还没来得及恢复的伤口，唰地一下，鲜血涌了出来，郝乐意就傻掉了，错愕地张皇着手不知怎么着好了。"你真受伤了？"抽了几张面纸，想捂又不敢捂地，"流这么多血，怎么搞的？"

马跃一脸坚硬的英雄气概："没事没事，一点皮肉伤而已。"

郝乐意推着他就往外走："去医务室处理一下。"

就这样，我们亲爱的马跃的漂亮下巴，在承受了一次不亚于揭皮的痛苦之后，又包上了一层白纱布，现在他很开心自己有了一个圣诞老爷爷的下巴，因为这个受伤的下巴，郝乐意貌似很内疚。马跃知道，人内疚的时候最好对付了，因为内疚会让人失去防御能力，他认为，只要他再加把油，就可以完全取得郝乐意的原谅，并把"离婚"这俩字，收吧收吧塞进垃圾桶。

来的路上，他都想好了，谎这东西，不能撒，因为但凡是谎言就会有漏洞，描述起来，语气上也有虚浮，就郝乐意的聪明劲，绝对能听出破绽来，远不如实话实说，他承认回英国后联系小玫瑰内心有邪恶的想法，可难能可贵的是他最终意识到了错误。男人在男女情色上，跟掠食动物有一拼，哪个没朝三暮四过？如果朝三暮四了就可以打入混账王八蛋的行列，那全世界的男人不都得给绕进去？

"马跃，你以为你是战俘呢，坦白就从宽了？不，在我这儿，你永远从不了宽，因为你的坦白让我看到了你内心的龌龊。在认识我之前你和小玫瑰睡一万次我也不介意，因为那会儿你不认识我，也不知道将来爱的娶的人是我！可是我们结婚了，有孩子了，你不仅不能睡她，你想她一次都是对我犯罪，不仅如此，你还和她睡了！要照你的逻辑，杀了人只要忏悔了就可以不必被判死罪了？"说着郝乐意就暴怒，"我看着你就恶心！"

"乐意……乐意……"马跃把着门不肯出去。

"别用啃过另一个女人的脏嘴喊我的名字。"郝乐意就把他推了出去，砰地关上了门。她从没像现在这样痛恨马跃，她宁肯他不承认宁肯他撒谎也不愿意听他坦白，他死咬着不承认，哪怕随便编成一邻居一送外卖的一洗衣工，她哪怕明知道撒谎都会说服自己相信，可他的坦白，让她连自欺欺人都做不到了……

站在走廊里的马跃欲哭无泪，女人到底是种什么动物？你撒谎她生气，不撒谎她还生气，到底要怎么着她们才能高兴呢？怪不得天文学天才霍金说他不考虑科学的时候，都在考虑女人这种奇怪的动物。

马跃拍着门乐意乐意地叫个不停，进进出出的老师都跟他打招呼。虽然马跃在事业上没起色，在格林幼儿园老师眼里，却是绝世仅有的好丈夫，如果海归、帅还不算优点的话，马跃还有浪漫啊，不仅节日有鲜花还时不时地请老师们配合他给郝乐意送惊喜，如果郝乐意说她和马跃离婚了，绝对有不止一个老师扑上去抢他，如果抢到马跃就必须辞职，也照抢不误。在女人的人生辞典里，工作丢了可以再找一份，可爱情不行，那是倾心浇铸的，必须是人在爱情在，人亡爱情还在，那才叫惊天地泣鬼神的大美境界。

马跃一边跟打招呼的老师点头微笑，一边继续拍门，在讨好老婆这方面，马跃绝对豁得上脸皮，为了不引起老师们对自己的公愤，郝乐意只好开门告诉马跃,下午苏漫要过来,没事就回去吧,她已经不生气了。

马跃说那她一定要说话算话,一想到她还生着闷气,他就会不安,他一定洗心革面。说这些时,他一本正经,像站在台上一本正经说单口相声的马三立,这是他一贯的拿手好戏,郝乐意说真的不生气了,让他别杵在这儿丢人现眼。

马跃欢天喜地地走了。

这就是让她又恨又气的马跃,他从来不让亲爱的老婆独自生闷气。什么?夫妻之间还有冷战一说? 这是哪个孙子发明的招,找出来,看马跃不把他当蟑螂拍了!

本来,有家公司约马跃下午去面试,可他站在马路边的橱窗外打量了一会儿自己,决定不去了,就这德行出去,这不出洋相吗?

除了老婆,马跃不想在任何人跟前出洋相。

Chapter

「第十六章」

人生就是被意外袭击

1

郝乐意等到下午三点半也没等来苏漫,就给她打了个电话。

电话是杨林接的,说苏漫在去幼儿园的路上出了车祸,正在医院抢救,郝乐意就蒙了,问清楚哪家医院,抓起包就冲了出去。

她赶到医院的时候,杨林在急救室门口,脸色煞白,像雕塑一样一动不动,杨先生的儿子和苏漫的女儿徐一格也在,时不时抛给对方一个抵触的眼神。郝乐意气喘吁吁地跑过来,见杨林一脸的悲怆,忙问徐一格怎么了。

徐一格两眼通红,抽着鼻子说正在抢救。

郝乐意泪水滚滚,自从母亲去世后,在这个世界上,有两个女人她看得和母亲一样重要,一个是婶婶贾秋芬一个是苏漫,如果不是苏漫,她都不敢想象自己的人生会是什么样子。

郝乐意也知道大家难受,没有继续问长问短,只是紧张地看着急救室的门,在心里暗暗地祈祷。过了半个多小时,门开了,一个中年男医生出来,不用开口,郝乐意就猜到了结果,甚至都知道他接下来会说什么,泪水就汹涌地流了下来,好像整个世界都被定格成了寂静无声,透过唰唰的泪水,她看见随着医生的嘴一张一合,杨林摇晃了一下,扶着墙,大口大口喘息,他儿子摸出一小瓶药给他喂下去,徐一格像只受伤的小狗,跟跄着闯进了急救室……

再然后,随着苏漫被推了出来,郝乐意眼前的整个世界开始复苏,她看见了苏漫惨白的面颊,还有微微张着的嘴巴,好像有太多牵挂要诉说,郝乐意就觉得心脏微微地唰了一声,碎了。

后来,郝乐意才知道,苏漫开车来幼儿园,车走到海尔路,有只流浪猫突然横穿马路,天性善良的苏漫怕撞着猫,忙打方向,慌乱中方向打大了,车子一头撞上了隔离墩,侧翻后快速向前滑去,先是追尾了前面的车子,又被后面的车子追尾……

苏漫被抬出来时,只是下巴上和手臂上蹭破了一点皮,她甚至还对 120 急救人员说抱歉,都是自己不小心,她觉得没事,让他们先去救别人,可是急救人员从她快速变白和微微发抖的手上发现了端倪,就这样,还没送到医院,她就昏迷了。

苏漫肝脏破裂,如果及时送到医院,她本可以活下来的,可是,那一天的路,可真堵啊,每一条路上都停满了车子,拉着苏漫的急救车绝望地鸣笛,前后左右腾不出一丝空隙让生命通过。

苏漫死于失血过多。

苏漫死了,幼儿园该怎么办?

没人告诉悲伤的郝乐意以后该怎么办,她只是知道,格林幼儿园是苏漫的心血,不管以后会怎样,她都会像苏漫还活着一样去管理幼儿园。

过度的伤心让郝乐意看上去没精打采的,暂时也没力气提离婚,马跃暗暗松了一口气,觉得离婚就像一场干打了一阵响雷却没落下来的暴风雨,一到下班时间,他就去幼儿园接郝乐意和伊朵,所谓的接,也就是车由他来开。郝乐意让他以后别来了,不是骑单车也不是坐公交,开车还要人接,荒诞。马跃却说老婆孩子是他全部的家当,她心情这么差,他要是敢把全部家当放心大胆交到她手里,说明他这丈夫做得不称职。

这要是以往,郝乐意或许会感动,会心里柔软,可这次不行,因为苏漫的死,郝乐意的心灰沉沉的,听谁说话都像穿堂风一样,左耳朵进右耳朵出,根本就不入心。陈安娜见两口子风平浪静的,也以为事情已经过去了,马跃怕她絮叨,很少下楼,可马跃不下去她就上来,往沙发上一坐,嘟嘟哝哝地嫌郝乐意这做老婆的,不知道孰轻孰重,顾得上外人顾不上自己老公,是不是怕马跃混好了不要她了啊?

郝乐意就跟聋了似的，一声不吭，如果她吭声，说不准陈安娜还能接个茬儿和她理论两句，让她见好就收，马跃都忏悔了，就别紧揪着小辫子不放了，日子还是要往后过的，可郝乐意不吭声她就没办法，只好继续嘟哝着催马跃找工作，马跃说别费劲了，投出去的简历只有一家让他去面试的，因为下巴受伤也挂了，看来还是树枝攀高了。陈安娜瞪了郝乐意一眼，话虽然没说出来，但意思谁都明白，那就是要不是你和马跃吵架不让他上床睡觉，他下巴能受伤？他下巴不受伤面试能挂了？只是，她这些精神上的谴责，郝乐意根本就没心情去领，也没心思留意她的一颦一笑，落寞的陈安娜气得直拍茶几，说现在的海归市场，让那些家里有俩臭钱出去混野鸡大学的假海归给毁了。

全家人没一个吭声的，只有她一个人，像慷慨激昂的堂吉诃德怒斥战不完的风车一样絮叨不休，最后终于累了，她喝了一大口水，问马跃去银行了没有？马跃有点愣，说什么银行？

陈安娜勃然大怒，说就是她学生做行长的那家银行！她都豁上脸皮给人家打电话了，该交代的也交代了，只要马跃带着简历去就行了，他为什么不去？是不是想和她对着干？

这阵子，马跃把心思都用在郝乐意身上了，陈安娜挺不高兴，隐忍着没发作，是知道马跃把祸闯大了，也应该在郝乐意最脆弱的时候好好表现表现，她心里的苦，郝乐意也明白，见她脸都气青了，忙替马跃应下来："马跃，你明天就去。"

这时候马跃绝对不能说不，除非他想让陈安娜像只到了极限的气球一样炸掉，就应声附和说好。陈安娜这才恨恨起身。把陈安娜送出门，马跃愁上了，他宁肯去马光远酒店也不愿意去银行，一旦去了，人家要说好啊，你来吧，他不能去，和陈安娜没法交代，万一人家只是随口卖个干巴人情，没打算真卖陈安娜面子，陈安娜又得受一茬儿内伤。

陈安娜老了，他给不了她钱也给不了她欣慰和骄傲，能做到的，就是尽量让她保持姿态优雅，不受伤。

第二天，马跃把郝乐意母女送到幼儿园后，蹑手蹑脚上楼，刚打开电脑，门就开了，陈安娜威风凛凛地站在门口："什么时候去？"

马跃像无路可逃的小贼，嘴里哼哈着一会儿一会儿，却身子不挪窝地伺机欲逃。

陈安娜看穿了他的小心思，帮他拎起包："走吧。"

马跃又磕磕巴巴地说要找简历。

陈安娜扬了扬手里的一个文件夹，表示已替他备好了，马跃像不得不上刑场的哀兵，被陈安娜押出门，押上了车。

一路上陈安娜不说话，就是看着马跃，直到到了银行门口，停好车，陈安娜才指了指二楼的一个窗子："你进去我就看见了。"

"我还当您和我一起进去呢。"

陈安娜哼了一声，下车，说约了人去老年大学报名，等她看马跃进去了就走，意思是你别想跟我玩花样，我看着呢。

马跃遁地难逃，咬牙进去了，进了陈安娜学生的办公室，特意往靠窗口的位置站了一站，让陈安娜看见，就见陈安娜心满意足地笑了一下，在胸前做了个再见的手势，转身走了。这是一家股份制银行的分行，陈安娜的学生不是一把手，也就坐第三或第四把交椅的主儿，对马跃倒很热情，先是和马跃回忆了当年陈老师对他的关爱，才问他的情况以及对职位的要求，然后拿着简历和领导商量去了，没多久回来，说领导对他很满意，可以先从理财经理做起，马跃忙说了声谢谢，正琢磨着怎么说自己并不想来，可陈安娜的学生以为他是感谢自己给了他这个机会，话锋一转说理财经理是有任务的，必须带着大客户来上班，说白了相当于揽储蓄，按照内部规则，想坐上理财经理这把椅子必须揽足五百万储蓄。

虽然马跃正琢磨着道歉，说自己不想来的事，可听对方这么说，还是有些窝心，知道这是变相的拒绝，一个普通老百姓，别说揽五百万的储蓄，就是五十万都有难度。当然，他最窝心的不是完不成揽储任务得不到这份工作，而是本来他想主动告诉陈安娜的这学生，其实他一点儿也不想来，可是陈安娜逼着，他必得来走一趟做做样子，可他还没来得及开口倒让别人占了这先机，垒起一道门槛就把他挡在外面了，而他说谢谢，本来纯粹是文明礼貌，或许在人家那儿成了对赏饭碗的感激，心里懊恼着，表情就僵硬了起来，也不想多客气了，直白地说他误会了，他说谢谢其实是想感谢他给陈安娜面子，他自己并不想来，因为已有公司聘请他去做 CEO 了。

陈安娜的学生有点错愕，面带微笑地看着他，仿佛在看一个被拒绝的人正努力撒谎维持自尊。

马跃索性把谎一撒到底，他来，是为了母亲陈安娜，她是个认真的人，从昨天晚上开始，她就在家苦恼，说已和学生打好招呼了，冷不丁地就不来了，有忽悠人的嫌疑，太不符合她为人师表的身份了，所以他决定亲自来解释一下，顺便道歉。

马跃几乎没给对方开口的机会,说完这些,依然绅士地谢了他的热情周到和给陈安娜面子,但他真的不好意思。他边说边往外走,至于陈安娜学生脸上什么表情,他连看都没看,出了银行,大口地嘘了一口气,好像刚从一个空气污浊的地方逃出来,再不呼吸一大口就会昏倒似的。

马跃上了车,在街上兜兜转转,知道陈安娜的学生肯定会给她打电话,也肯定会说他已经尽力了,可贵公子对这份工作不感兴趣,但绝对不会提他们设的五百万的门槛这件事,马跃这么一想,就觉得很龌龊,但他决定,不管这个人怎么对陈安娜说,他都不戳穿,他宁肯让陈安娜觉得她生了一个不识好歹的儿子,也不能让陈安娜觉得面子掉地上了。

果然,大约一刻钟后,马跃的电话响了,是陈安娜的。

马跃默默地接起来,听陈安娜在电话里咆哮着。是的,一切果如他所料,但他没有辩解,只是心里酸楚地疼:"妈,对不起,都是我不好。"就把电话挂断了,眼睛却疼疼的,一打方向,就去了马光远的酒店。

2

马光远正在看合同,因为眼睛花了,看得很费劲,听见有人敲门,起身见是马跃,如释重负,说来得正好,顺手把合同递了过来,让他帮着看看,把把关。

马跃大抵一看合同,就吃了一惊,马光远居然打算把市北分店盘出去,那家门店,马跃也是去过的,一栋五层楼,将近五千平方米,从开业到现在连五年都不到,马光远看出了他眼里的疑惑,苦笑着说老了,精力不跟趟儿了,不往外盘不行了。

马跃心里一阵难过,干酒店这行不容易,不仅竞争激烈,还什么人都能遇上,和砸场子的比起来,吃霸王餐的不过是不足为惧的小混混,还要应付各种各样的检查以及各种各样的蹭吃蹭喝,到了马光远这个年龄,俩店真有点招呼不过来了,遂没再说什么,继续看合同,给马光远指出了几处合同陷阱,让他警惕。

马光远点点头,拍拍马跃的肩膀说,你小子学没白上,沉吟了一会儿说,如果马跃决定过来帮他的话,市北店就不往外盘了,一手经营起一家店来不容易,如果不是实在顾不过来,他真不舍得往外盘。

马跃犹豫了一下说再等等吧,苏漫去世,郝乐意心情不大好,一旦他到酒店上班,忙起来就没早晨没晚上的,顾不了家。他不知道郝乐意要和他离婚的事马腾飞已经知道了,郝宝宝告诉他的,因为恋人之间是保不住密的。马腾飞也在饭桌上把这事告诉了马光远夫妻。田桂花说了,这事要假装不知道,谁也别问,因为两口子的事,知道的人越多越下不来台阶。说完,就看了马光远一眼:"人这辈子,谁没起过离婚的意?起了意没离,就算不了啥,只要把日子过到底,就是打断骨头连着筋的亲两口子,是吧?光远。"

马光远尴尬地啊啊两声,什么也没说,知道田桂花这是在暗示他呢,别以为他没说离婚这俩字,她就不知道他心思。男人的心,是年龄越大越往家这个方向收,没心思在外面作了,田桂花也感觉得出来,所以这两年她在他跟前,已经不像从前那么压着嗓子细着气了。田桂花除了丑点和比较俗,人并不坏,可不坏不是优点,女人的丑和俗对男人来说却是罪恶,当年和他一起混出来的那批哥们,基本都换过老婆了,有的还换好几茬了,唯独他没有,不是没年轻漂亮的女人稀罕他,也不是他不想,而是田桂花的眼睛,总是直扑扑地奔他而来,好像他就是她的信仰,他说太阳是方的她不会说是圆的,哪怕她明明看着它是圆的,要命的是她这么说,绝对不是为了迎奉他,而是出于对他的信任,马光远甚至都能想象得到,如果他和田桂花说咱俩离婚吧,田桂花一定不会撒泼也不会哭闹,而是一本正经地问他腾飞他爸,我哪儿不好?啊……我哪儿不好你得告诉我,你不告诉我我怎么改……

所以,离婚这俩字马光远说不出口,他曾和酒店大堂经理好过,还被田桂花发现过。有一次,田桂花来酒店找他,见他车在楼下,人却不在办公室,就到处找,最后在一间没开灯的包间里找到了马光远和年轻漂亮的大堂经理。那天因为来了几个比较特殊的客人,马光远进去陪了几杯,有点喝高了,就把大堂经理拉进了包间,田桂花找到他们的时候,马光远正脸埋在大堂经理的胸前乱啃乱叫着老婆。

当时,田桂花就愣了,呆呆地看着大堂经理白花花的、涂满了马光远口水的胸脯,老半天才晃着脑袋扑上去,一把将还痴迷在大堂经理乳房上的马光远摘下来,跟泼辣的娘斥责孩子似的呵斥马光远:"光远,瞧瞧你这点出息,才喝几杯啊就连老婆都认错了,我在这儿呢。"当时,马光远真的是傻了,大堂经理也又羞又愧地两手抱着胸,一句话也不敢说。田桂花没事人一样地和颜悦色:"姑娘,真难为你了,我知道,不是你不自重,他是领导,你得听他的,怕他,不敢不由着他胡来,你放心,以后他再也不敢了。"说着还替大堂经理扣上了扣子,那神态真的像当娘的发现自家浑小子闯祸了,好言好语地安抚着祸主,让人家千万别闹别报官。大堂经理尴尬地张着嘴,不知说什么好了。也是因为这,她主动和马光远分手辞职了,说田桂花太淳朴了,她要再跟马光远好下去,就是欺负人,马光远叹气,也没说什么,只是事后想起来,觉得田桂花其实是很有智慧的。

见马跃没主动和他说实话的意思,马光远沉吟片刻,觉得自己身为伯父,有必要提醒提醒马跃,做人,要知道惜福,就语重心长地叫了一声马跃,心意沉沉了一会儿才说:"乐意是个好孩子,要知道珍惜。"

马跃心里一惊,慌乱点着头啊了一声:"您知道了?"

马光远装了一下傻,以便给马跃一点心理上的缓冲:"什么啊?"

"乐意要和我离婚。"

"知道一点。"马跃能和自己说实话,马光远还是比较欣慰的,"因为什么?"

马跃心一横:"我在伦敦期间有外遇,不小心让她给知道了。"

毕竟是两个男人,又是至亲至近的人,马跃就不想再憋着了,把和小玫瑰的事从头到尾说了一遍。

马光远听得直摇头:"马跃,乐意多好的一孩子,你这么做,你好意思吗你?你对得起谁?"

马跃低着头不吭声。

"还有没有挽回的余地?"

"正在努力,应该差不多。"马跃很自信。

叔侄俩又聊了一会儿,就聊到了马腾飞和郝宝宝身上,虽然田桂花看好郝宝宝,可马光远还是有点担心,说记得以前陈安娜说过,郝多钱一身的二流子习气,有没有这回事?要真这样的话,郝宝宝是不是也有问题?听说她大学毕业后一直在考研,都考两年多了。

马跃就乐了一下,说:"我妈的话,尤其是她评价她看不顺眼的人的话,尤其不能听。"

马光远点着马跃,你你你地就乐了:"你这小子,亏你妈这么疼你。"

"我亲妈也不行啊,我得扪着良心说话。我妈这人,只要是她对立面的人,就没一个好东西,只要是她这战壕里的,就是根搅屎棍也得说成金子。"马跃对郝多钱了解不是很多,虽然他们是郝乐意唯一的娘家人,可毕竟不是岳父母,为了不惹陈安娜生气,他很少去,因为懒得看陈安娜的脸色,郝多钱也基本不到他家来。就算马跃偶尔陪郝乐意去,郝多钱也对他客客气气的,他呢也能拎着大茶缸子和郝多钱喝几个来回，郝多钱对他也还客气，他对郝多钱印象也还行。

马光远已经六十岁了，尚能玩味的人生乐趣已不多，只盼着马腾飞赶紧结婚生孩子，让他享受含饴弄孙。当田桂花告诉他马腾飞和郝宝宝处对象的时候，他愣了一会儿，虽然盼着马腾飞有女朋友，可女朋友是郝宝宝……还是让他的心直打晃。郝宝宝他见过，也领教过她嘴上功夫的厉害，难免有些担心。田桂花解释说是因为当年马跃和郝乐意的婚事，陈安娜去她家闹过，两家结下了梁子，郝宝宝又年轻气盛的，肯定咽不下这口气。一开始，她和马光远一样心里直打鼓，所以呢，就约她陪逛街，很仔细地考察过了，小姑娘平时很懂道理很体恤人，嘴巴又甜，要厉害也是对那些招惹她的人厉害，这不挺好嘛，是人就得有点脾气，时时刻刻好脾气，那是天生挨人捏的软柿子窝囊废，她笨嘴笨舌了一辈子，早就窝囊够了，儿媳妇坚决不要这号的了。末了，田桂花自得地说，只要郝宝宝给她做儿媳妇，她就再也不怕陈安娜了！马光远知道，田桂花穿着打扮上眼光或许不行，更没经济头脑，可在娶儿媳妇这方面，一定是本着最传统、最为儿子着想来的，女孩子只要过了她这关，应该是没什么问题，遂也让她催着点马腾飞，既然喜欢郝宝宝，又是知根知底的亲戚，谈差不多了就赶紧把婚结了，别拖时间长了，要是让余西知道了，不知道又会生出什么事来。田桂花觉得也是，奉命去催，可马腾飞不干，这才谈上呢，立马就结婚，太仓促了，猪八戒抢亲都不待这么干的。

马光远知道，自己和儿子是两代人，各自婚姻观不同，谈不到一块去，就想让马跃帮着劝劝马腾飞，尽快把婚结了。马跃听得心里直吐舌头，才谈一个月就要结婚，也真够闪的，但还是答应了，说等会儿就给马腾飞打个电话，看他什么时候有时间，一起吃个饭，但这婚不能催得太明显，他能做的也只能旁敲侧击。马光远说那是，田桂花就是直奔着主题去的，结果，让马腾飞就手一抹就出溜下来了，劝婚这活的技术含量，一点儿也不比公安系统的谈判专家低。

马光远从抽屉摸出一张银行卡，说里面有一万块钱，让他拿去花。马跃不要，怕烫一样地往回塞，马光远脸一沉说："马跃你不打算让我这伯父疼你这侄子？"

马跃说："不是这意思……"

马光远说："什么不是这意思？就当我提前给你发奖金了。"然后小声说，不是特意给他准备的，所以他也用不着过意不去，是弄了几张卡送礼，也送出去了，结果呢，有个良心未泯的给悄悄退回来了，在他抽屉里都放了好几个月了，才顺手拿给马跃,就当他这做伯父的给侄子俩零花钱了,回家也不用告诉父母,然后又朗声笑着说我能送给王八蛋们花为什么不能给我侄子花?

马光远说这话一部分是实情,一部分是怕马跃过意不去。刹那间,马跃觉得自己很幸福,虽然他有些不争气,可周围的人都那么有爱。

马跃在街上溜达了一圈,把银行卡拿出来看了看,打了一下呼哨,想去给郝乐意和陈安娜她们买点礼物。

这就是马跃,有一块绝对不花九毛九。

可让他骂娘的一幕发生了。

他选了一款碧玺耳环给陈安娜,一套碧玺的手链和项链给郝乐意,拿着开好的小票去划卡付款时,却被告知,卡里只有八块钱的余额了。登时,马跃就觉得脑子嗡嗡的,他想骂娘,当然不是骂马光远,而是收卡又退卡的王八蛋,一定是他把卡里的钱花完了才退回来的,因为知道像马光远这样的老总,肯定不会八卦地去银行查余额,这些卡都是一次性的,说不准哪天马光远就把它当成满额卡顺手送给某个人了,而某个人一旦发现卡里没钱,如果这人胆小要面子,只会在心里偷骂马光远一顿,而且绝对会在日后给马光远亏吃,如果这人粗俗市侩点,会直接把卡退还马光远,并让他去银行查交易明细,看这钱是什么时候花完的,到时候,马光远得多尴尬多生气啊……

马跃愤愤地撕了小票,想告诉马光远,一想他血压高,怕生气,就算了。

3

郝乐意没再提离婚,也没和马跃吵,但很冷漠,睡觉都尽量贴着床沿睡,有时候马跃想用做爱缓和一下隔阂,伸手来摸,郝乐意也不再强硬拒绝,只是淡淡地说:"这是强奸。"如果马跃还不停手,就会再追加上一句:"你可以把我当植物人强奸。"马跃的手就僵住了,觉得再继续就有点流氓无赖了,他可以没脸没皮地哄郝乐意,但他不想让她瞧不起。

有时候他也会问:"就因为我和小玫瑰的事?"

黑暗中的郝乐意依然平静:"不是,是因为不爱了。"

"如果没有小玫瑰的事呢?"

"我发现自己不爱你了,是在你向我坦白你和小玫瑰那点破事之前。记得吧,你回来我对你就不热情,原因不是我对你起了疑心,而是我不爱你了。"郝乐意说得那么平静,连她自己都要怀疑这是真的了,就好像她是个极有修养的女子,心早已不在丈夫身上了,但是因为某种使命感,却一直隐忍到现在。所以她还告诉马跃,没发现她很平静吗? 就是因为不爱了,心都死了。

马跃问为什么?

"因为我是女人,我只想做个纯粹的女人。"

马跃一阵惭愧,说马上去马光远那儿上班,等他上班了,郝乐意就辞职,他把她当金丝鸟养着。郝乐意却笑了,说没用的,我不爱你了,你的成功就和我没关系了。

马跃陷入了深深的绝望和疯狂,约了马腾飞吃饭,没承想马腾飞把郝宝宝也带来了。

他本来想讨好讨好郝宝宝,让她在郝乐意跟前帮着说两句好话,谁知马屁拍在了马蹄子上。这两天郝宝宝比较悠闲,心情也不错,正打算找机会收拾收拾马跃呢,没承想他自己送到了门上,就问马跃打算让她在郝乐意跟前说什么好话? 是不是他有外遇了?

马跃一时语塞,他不知郝宝宝都知道了些什么,又不想自己挑明了,就支吾着说:"只要是替我说好话,怎么说都可以。"

他一支吾,郝宝宝就猜了个八九不离十:"好吧,那我就跟我姐说,姐,作为女人,你要有信心,要有大房气度,像人家那什么著名女人似的,老公跟小三好了五六年,玩腻了想甩就借她老人家宽厚的怀抱一样,站出来声明,某小姐你放手吧,我老公爱我比爱你多一些。你是不是想让我跟我姐说,姐,姐夫已经回来了,足以见得他爱你比爱那个女人多一些,你现在应该像迎接凯旋的英雄一样庆祝胜利,而不是痛打落水狗?"

马跃啊啊地说不出话,连马腾飞都震了,没想到郝宝宝看上去一心思挺单纯的姑娘居然能说出这么老辣的话。

马跃开始语无伦次:"不是,宝宝,我知道错了,希望你姐看在我们过去的感情上,原谅我这一次。"

"看在过去的感情上,姐夫,对,现在你还是我姐夫,你和我姐过去的感情,过去你给了我姐很多幸福很多温暖的留恋吗? 你妈拿我姐当扎进肉里的刺,不是挤对就是挑剔,你对我姐除了一张甜嘴还干过什么人事? 没错,你是有个海归身份,有海归身份就了不起了? 能换米吃还是能换衣服穿? 我姐自打跟你结婚,就没闲着过,怀孕生孩子都没耽误她养家糊口,休个产假她都要抽空编教辅书赚点版税,你们谁感激她了? 你妈说她一个幼师毕业的私立幼儿园老师居然想出书,是鼻子里插葱装象,你知不知道我姐因为这哭了好几次? 我一想起来就难过,除了偷偷地哭她没任何反抗,因为她从小没了父母,对家庭特别重视,也特别渴望来自家庭的温暖。姐夫,你比我姐大三岁,可你一直是个没断奶的孩子,当然我也没资格说你,作为妹妹我也给她添了不少麻烦,可我姐姐从不抱怨,她说既然生活是自己选择的,就不要抱怨……"郝宝宝说着说着就哭了,一边哽咽一边说,"我姐嫁个捡酒瓶子的都比嫁给你好,人家捡酒瓶子的,娶了我姐,至少还会感恩我姐不市侩地下嫁给他做老婆生孩子,也知道多捡几个酒瓶子卖钱养家糊口,可你都干了些什么? 玩游戏,考了一大把证书,号称考神有什么用? 考神又不是个职业,国家也不给你发补贴,我觉得你考证,那不是积极向上有追求,你就跟我一样,是逃避面对现实。对,按说我也没脸说你,可你和我不能比啊,我是女孩子,你是男人,男人就得顶天立地给老婆孩子当大树,您可倒好,胳膊一收,把我姐当母鸡,躲在翅膀底下不出来了。好,你是有优点,你比谁都疼媳妇护着媳妇,可就你那疼法,全是嘴上的功夫,说难听点,就是卖片儿汤,要这也算爱的话,我天天卖,我是天底下最爱我姐的人,有什么用? 虽然我姐死活不告诉我她为什么要和你离婚,可自打嫁给了你,你没出息了五年她都和你过得风调雨顺的,为什么你一拿出研究生文凭来她就要离? 我姐不说我也猜得着,姐夫,你说吧,我猜得对不对?"

郝宝宝一顿机关枪,就把马跃噎在那儿了,不要说吃饭喝酒劝马腾飞了,他都恨不能找个地缝钻进去,只剩了闷着头喝酒的份,郝宝宝却不依不饶,非逼着他交代郝乐意一定要离婚的真正原因。

被逼没辙,加上又喝了几杯酒,马跃把心一横,就说了。

原先只是自己瞎猜,郝宝宝只是愤怒,可听马跃这一坦白,心疼郝乐意心疼得她眼泪唰地就滚了下来,隔着桌子就推了马跃一下:"马跃,你还是人吗? 我姐嫁你这么多年,图你什么了? 你要这么对待她?"

其实马跃心里更难受,郝宝宝数落他那阵,有好几次,他想起身走人,却咬着牙忍下来了,在心里一遍遍地呸自己:"马跃,你有什么了不起? 别他妈的强调自尊,你要真有自尊,能混到今天这份儿上?"

他像落水狗匍匐在一块浮木上,被郝宝宝骂得狗血喷头,失魂落魄,除了恼恨自己,一点儿也不恼郝宝宝,甚至希望她能给他俩耳光,可郝宝宝只剩了哭,呜呜地哭,为郝乐意而哭。

马腾飞让她哭得手足无措,看着喝得醉醺醺的马跃:"马跃,要不,我们撤?"

马跃已经喝高了,他不是个贪杯的人,甚至也不馋酒,可是,在这个羞惭交加的晚上,他只想喝醉,他醉眼蒙眬地看着马腾飞:"哥,陪我喝两杯,求你了,我都快憋死了。"

马腾飞叹了口气,拍了拍郝宝宝,让她别难过了,将来让马跃加倍地偿还郝乐意。郝宝宝哭着说偷情又不是借钱,给女人造成的痛苦,一辈子都没法偿还。

马腾飞的心微微一震,突然觉得郝宝宝的内心也是有这曲折的,否则说不出这些话。

那天晚上,马跃喝高了,因为陪着他,马腾飞喝得也有点晕了。喝高了的马跃突然想起马光远派给他的使命:"哥,伯父让我劝劝你,赶紧结婚,他想抱孙子。"

喝晕了的马腾飞忘了郝宝宝在身边,隔着桌子拍马跃的肩:"老弟,结婚可以,孩子我不敢要,余西说了,我要敢跟别的女人生孩子,她就是上天入地也得把我孩子给抓到掐死。"

没有喝酒心情也已恢复平静的郝宝宝就惊呆了,她错愕地看着喝醉了的马腾飞:"腾飞哥,你还和余西来往?"

马腾飞愣了一下这才想起来郝宝宝还在身边,就极不自然地说:"没,别吓我,我躲着她还来不及呢,不过,她经常发短信警告我。"

马腾飞说的是真的,余西一直牢记着田桂花的诺言,常给马腾飞打电话,马腾飞不接她就不停地换电话号码打,马腾飞也换电话号码,可每一次换电话号码,都是不超过一周余西就能打听清楚,索性他也不换了。余西再给他打电话,看他心情,心情好他就接,心情不好就不接,他不接电话,余西就会来短信,从来不恼,从来都是情意绵绵,这也是离婚两年来马腾飞没恋爱的重要原因,就算他可以不理会田桂花替他向余西许下的诺言,可哪个女孩子能受得了他有个阴魂不散的前妻?

关于余西离婚后经常纠缠马腾飞的事,郝宝宝是知道的,但没有知道得像今天这么恐怖,她有点害怕了。

马跃和马腾飞都喝大了,车只能由郝宝宝开,先把马跃送回去,然后是送马腾飞。

马腾飞没和马光远他们住一起,但是对门,当年买房子的时候,特意买了这个格局,这样相互照顾起来也方便,而且还是相互独立的生活空间。

郝宝宝扶着马腾飞上楼，从他口袋里摸出钥匙开门，虽然谈一段时间了，她也去过几次田桂花家了，可马腾飞的家，她还是第一次来。

站在门口，她有点恍惚，一想到这房子曾经是余西和马腾飞一起住过的，就别扭，当她站在客厅中央，看着这个家里到处都残留着余西这个女主人的痕迹，心里特不是滋味，甚至她想大声告诉马腾飞，等他们结婚的时候，另买房子，她不要住在他前妻的阴影里。

马腾飞喝高了但没喝醉，看着站在客厅中央的郝宝宝，也看到了她满眼都是拆除拆除……就悄悄笑了，女人，所有的女人都一个德行，除了吃醋就是吃醋，还把吃醋当硫酸往别人心上泼。他拉了她一下，问她："看什么呢。"

郝宝宝仰头看他："腾飞哥，你爱我吗？"

马腾飞觉得她这话问得很傻，说真的，现在他对郝宝宝也就是男女之间的喜欢，要说有多爱，真谈不上，毕竟他已经不是十八九岁的小男孩了，那会儿，只要心仪的女孩子丢个眼神过来，就会爱得要死要活，现在他对爱的更多理解是彼此合适，彼此欣赏，彼此包容。他喜欢郝宝宝，因为她年轻漂亮，像早晨的花骨朵儿一样饱满的青春，让他备感诱惑。

但郝宝宝问了，马腾飞不能说不爱，就像那些明明已经不爱妻子了的丈夫，在面对妻子问爱还是不爱时一样，马腾飞说爱呀。说着把她拉到怀里，看她在暖色灯光下一眨一眨的眼睛，看在她栗色瞳孔里的自己，笑得浮想联翩，然后用尚是沾满酒气的嘴，吻了她。

郝宝宝讨厌沾满了酒气的嘴，这会让她想起她在酒吧里遇到的骗子，他在酒吧卫生间的走廊里吻了她，给她许下了保证她考研成功的诺言。一开始她不信，后来，他们又在酒吧见了几次，他告诉了她名字，让她去网上搜，她用手机搜了，确实，那所大学里是有这么一位教授，还蛮有名气的，再然后他带她去宾馆开了房，从晚上八点多到午夜十二点半，那个男人一刻也没有离开她的身体，然后她怀孕了，再然后找不到他了，她去大学找他，发现那位叫那个名字的年轻教授根本不是他……

郝宝宝皱了一下眉头，说酒味好大啊，马腾飞就咬咬她的鼻尖："讨厌酒味的都是好孩子。"

马腾飞去卫生间刷牙的空儿，郝宝宝挨个房间转了一圈，最后，她站在卫生间门口，看马腾飞刷牙，她一点也不想装出一副大惊小怪的样子，单是卫生间就十几个平方米，比她父母的卧室都要大，这怎么能让她不难过？慢慢地，眼里就有了泪。

马腾飞被她吓了一跳,含着一嘴牙膏含混地说:"你怎么了?"

郝宝宝擦了一把眼泪说:"你的卫生间比我们家的卧室都大。"

马腾飞心里的怜惜呀,就像被狂风卷起的一团草,狂飞乱舞,拥着她挨个房间比画:"这间这间这间……将来全是你的。"

她只是傻笑,不吭声,这八字刚刚有了一撇,她不想表现出太多的兴奋,郝乐意曾经跟她说过,人,不管在什么人面前表现出太多的兴奋,结局只有一个,那就是被人轻贱。

马腾飞吻着她,手贴着腰线慢慢往上移,在她背后胸罩扣那儿停下来,不知不觉地,像虫子一样盘在她胸前的胸罩就跳了起来,他的手游到胸前,轻轻抚摸着她的胸,其实,这一刻,郝宝宝是沮丧的,因为马腾飞对胸罩的轻车熟路,如果不是因为他结过一次婚,她会觉得这男人一定是花心成性,因为在女孩子不知不觉间解开她的胸罩,是需要阅女无数才能练就的一门功夫。郝宝宝还是有些难过,想抚摸她的时候,他会拿自己和余西比较吧?

她没见过余西,听田桂花的意思她也不怎么漂亮,沾光就沾在她是马腾飞的同学上,马腾飞重感情,所以怎么看都觉得她好。

郝宝宝的不自在被马腾飞看在了眼里,还以为她害羞,就伸手把客厅顶灯关了,只留了几盏角灯,下意识地推着郝宝宝往卧室去,郝宝宝吓了一跳,忙挣脱了,这是她第一次到他家来,第一次就上床,会让马腾飞觉得她很随便,这不是她想要的效果,再就是医生说为防止感染,修补处女膜后一个月内不能和男人发生关系。她故意夸张地叫了一声,你干吗呀。

马腾飞仿佛被她喊醒了一样,有点尴尬,也觉得自己唐突得有点猴急了,就讪讪地笑着说:"没……喝得我有点晕,想找个地儿躺躺……你不愿意去卧室,那,我们就坐沙发。"说着,顺手开了电视,有了两人之外的声音,气氛就没那么尴尬了。

他拉着郝宝宝坐在沙发上,歪头看着她,郝宝宝让他看得满脸发烧,啐了他一眼,就拿着遥控器换频道。她感觉他的手正在朝胸前拥来,他挤过来,把她挤得紧靠着沙发扶手,再也没地方可去,他腾出一只手,拿走了她手里的遥控器,他从眼睛开始吻她,吻得她呼吸急促,不敢睁眼,突然地皮肤上一阵微凉,发现马腾飞已经把她的上衣兜了上去,所有的心神荡漾云消雾散,她几乎是挣扎着从沙发上滚下来,手脚麻利地戴好胸罩,整好衣服,像一只害怕并愤怒的小兽,盯着马腾飞,好像他是一居心叵测的流氓。马腾飞就笑了,觉得她可爱,伸手拉她过来坐,郝宝宝机敏地挪了一步,闪开了,拎起茶几上的手包,说再不回去,她爸就火了。

其实,郝宝宝是不敢待下去了,一是怕在马腾飞的挑逗下把持不住,二是心虚,因为做了手术还不到一个月,怕马腾飞看出破绽,所以,她必须像个守身如玉的好姑娘一样,及时撤退。

也果然的,因为她非要走,马腾飞以为是自己的过分吓着她了,有点不好意思,但也欣慰,觉得她在性这方面是个谨慎的好姑娘。

男人就这样,因为自身的动物性,巴不得全世界的女人都人尽可夫,但唯独给自己做老婆的那个,是纯洁而坚贞的。

4

第二天,郝宝宝跑到幼儿园,哭着问郝乐意,为什么不告诉她实话。

冷不丁地,把郝乐意问蒙了,说什么实话。

"你是因为马跃有外遇才离婚的!"郝宝宝的难过是发自内心的,她只是一个爱梦想天上掉馅饼的好逸恶劳的姑娘,最起码的做人道德准则,和所有人没什么不同,她难以接受郝乐意离婚的结局,因为这在她的感觉里,不是郝乐意甩了马跃,而是在感情上在事实上,是马跃甩郝乐意在先,她决不允许郝乐意就这么麻利地成全了马跃。

郝乐意说我没那么高尚,我是成全我自己。

"你成全自己什么?姐,你别告诉我你也有外遇,正好借着机会甩了他。"

"我没有外遇,但我要成全内心深处那个骄傲的、有点洁癖的自我。"

"马腾飞说了,将来他们家的酒店都交给马跃管理,姐,你就别傻了,熬了这么多年,刚要熬出点曙光你就撤,傻不傻啊?"

"宝宝,我是渴望温暖,但在生存上我从没依赖过任何人,这是我的骄傲,也是我唯一的财产,将来也不打算丢掉。"

在郝宝宝眼里,郝乐意就像茅坑里的石头,又臭又硬,什么狗屁骄傲,一钱不值,你饿了,是能拿骄傲卖钱换米啊还是能干点别的?郝乐意说正是因为什么也换不来,才是骄傲,能换来东西的最多叫娇贵,配不上骄傲这俩字。所有拥有洁癖的骄傲的人,都不会沦落到拿骄傲换饭吃的份儿上。

好吧，郝宝宝承认，在这方面她说不过郝乐意，但她让郝乐意替伊朵想想，如果离了婚，伊朵跟谁？她住哪儿？就她对郝乐意的了解，她肯定不会住回郝多钱家。买房子？就这高烧不退的房价，她买得起吗？租？她带着伊朵租一辈子房子？而且贪心又变态的房东那么多，人家不跟你签长约，一旦你住下了，住习惯了，他就一年给你一涨价，你不同意，人家就请你搬走另租他人，反正有的是同意涨房租的，你怎么办？带着伊朵颠沛流离？就跟你妈带着你在潍坊颠沛流离一样？

郝乐意说不过郝宝宝了，因为她之所以在二十二岁就和马跃结婚，就是想安定下来有个温暖的家，再也不用颠沛流离地在城市里搬来搬去。

不，她打死也不能让伊朵过回她曾经过的日子，虽然她能给伊朵的生活肯定会比妈妈给她的生活好，但她还是不能忍受伊朵重蹈她的覆辙。在这个上午，郝乐意哭得那么伤心，她哭着说，她没法原谅马跃，一想到他在伦敦和另外一个女人……她就恶心，很多个夜晚，她为还和马跃睡在同一张床上而恶心自己，因为容忍了马跃而觉得自己也是肮脏的。

"可是，姐夫和那个女人的事情已经结束了，他回到你身边了！"郝宝宝不愿意郝乐意离婚，因为她是旁观者，她知道现在郝乐意非要离，一是因为受伤，二是自尊心逼她，一定要就马跃出轨这件事给出个态度，否则她会瞧不起自己。一旦真的离了，郝乐意会后悔的，她和马跃结婚这么多年，在别人看来是马跃不务正业是吃软饭，可郝乐意却跟他过得其乐融融没有离婚，只有一个原因，郝乐意爱他，非常爱，甚至带了些不计回报的母爱的性质。

她不想看着将来的郝乐意后悔了痛苦了，却碍于自尊默默承受地熬着日子，她更害怕一旦她和马跃离了婚，等于是给那个叫小玫瑰的女人腾了地方，因为她老公得绝症了呀，到时候，郝乐意把婚一离，马跃因为痛苦或是抬不起头来，响应了那个女人的召唤，哗地一翅膀飞到英国去，到时候，郝乐意再后悔也只能望洋悲泣了。她知道，就郝乐意的性格，劝她看在马跃马上会做马光远酒店的 CEO 让她过上好日子而放弃离婚，没用，郝乐意独立惯了，除了为别人的成功鼓掌，向来不做半点非分之想，哪怕这个人是她的丈夫。

唯一能让她动心的，就是伊朵，她是郝乐意在这个世界上唯一的有直接血缘关系的亲人，她的女儿。

所以，郝宝宝说你问过伊朵了吗？你不怕给伊朵造成心理阴影吗？不怕她跟你要爸爸要爷爷奶奶吗？

对郝乐意来说，这个上午很崩溃，她的生活好像突然被放在了一只旋转的陀螺上。她失去了方向。

她想起了昨晚，马跃回家时，她已睡了，半夜听见有人拍门，猜是马跃，还纳闷呢，他明明有钥匙干吗要敲门不自己开，正犹豫着到底去不去开门，郝宝宝来电话告诉她马跃醉了，问他上楼了没。她这才去开门，看见醉得一塌糊涂的马跃，瘫坐在门口，耷拉着脑袋一下一下地拍门，好像全身就剩这么点力气了。

这是她第一次看见马跃喝醉，还醉得这么厉害，她拉他，他像烂泥一样往地上出溜，她几乎是连拖带拽才把他弄回家，马跃死死地抱着她的腿，脸也贴在她腿上，喃喃着媳妇你别不要我了，我是真的爱你的，我再也不犯浑了，你让我怎么赎罪都行，只要你原谅我。

那一刻，她不仅原谅了他，还心疼他，给他冲了一杯果汁，灌下去，又用热毛巾把他全身擦干净了，等把他拖到床上，她已累得直不起腰了。

醉了的马跃一整夜都死死抱着她，嘴里不停地嘟哝媳妇别不要我了，她没有挣扎，任他抱着，反正他醉了，不会记得这一幕，不会因此而嘲笑她的心软，她也不怕流露出内心深处对他的真情，因为他醉了，也记不住。

郝宝宝说："姐，我知道你的心，你就别折腾自己了。"

快中午的时候，郝宝宝说要请郝乐意吃饭，见郝乐意没吭声，又自嘲地笑了："嘿，就我兜里的银子，也就够咱俩吃碗麻辣烫的。"

郝乐意不想吃也吃不下去，掏了几百块钱给郝宝宝当零花，因为女孩子恋爱的时候花钱多，然后告诉郝宝宝，马腾飞家再有钱也和她没关系，约会的时候总让别人付账是会被瞧不起的。郝宝宝有心拒绝，可饥饿的钱包还是让她厚着脸皮收下了。

郝宝宝前脚走，徐一格后脚就来了。最近她每天都来，来了里里外外地转转，很有一副苏漫继承人的范儿，郝乐意觉得也正常，她是苏漫的女儿，关心幼儿园的一切也是应该的。徐一格说幼儿园是她妈妈半生的心血，她一定要好好继续经营下去，否则妈妈的在天之灵都不答应，当然，她也希望能得到郝乐意的支持。这些在郝乐意这儿都不是问题。

苏漫出事都一个多月了，杨林父子从没到幼儿园来过，徐一格说他们正忙着办投资移民，顾不上这边，幼儿园的事就交给她收拾了。

今天，徐一格看上去很生气，把手包往沙发上一扔，歪着身子靠在扶手上看着郝乐意，郝乐意让她看得有点不自在了，就笑了一下。

徐一格突然说:"如果我妈把这幼儿园给你了,你要不要?"

郝乐意一愣,就笑了:"不要。"

徐一格倒愣了:"白送的。"

"白送的更不能要,无缘无故的。"

徐一格来了精神,坐直了:"真的?"

郝乐意给她泡了一杯茶,认真地说:"真的。"

徐一格接过水,用看外星生物的眼神看着她:"这幼儿园的房子加上设施什么的,怎么着也值一千多万,如果真有人把一千多万送到你跟前,你不要?"

郝乐意觉得她问得无聊:"真不要,钱嘛够用就行,我自己能挣干吗要别人送的? 这不是放着舒服轻松的日子不过找不自在吗?"

徐一格认为,一个面对一千多万不动心的工薪阶层,一定是脑子坏了,再要么是当自己是在梦游,所以,她必须让郝乐意明白,如果她说的不是假设,而是事实。

郝乐意说我知道你说的是事实啊,你现在就是把一千万现金码在我跟前我也这么说,如果我凭劳动就足够养活自己,我干吗要当乞丐?

"拜托,亲爱的郝乐意同学,你醒醒,不是乞讨,是赠送。"

"我知道啊,乞讨和赠送的区别就是,乞讨是想要的那个先张口要,赠送是施舍的那个人先开口给,在我眼里,殊途同归,不同的起因走向一样的结果。"

郝乐意的淡定,让徐一格震惊,但很快就释然了,认为郝乐意的淡定,依然是在假设环境里的淡定。就像有人说,如果全世界的金子都归我所有,那我一定如何如何,却只是说说而已,一点儿也激动不起来,谁都知道全世界的金子不可能归自己,如果把全世界的金子堆到一个人面前,那个人不高兴成范进中举也得激动成心肌梗死。

总之,她相信,如果有那么一天,有人告诉郝乐意,这幼儿园归她了,她一定会泪如雨下,是激动的。

Chapter
「第十七章」

原谅你就是饶恕自己

1

夜里,郝乐意睡不着,满脑子都是郝宝宝的话,人真奇怪,睡不着,总一个姿势躺着就会觉得别扭,甚至累得慌,索性就坐了起来,也没开灯,怔怔地看着马跃。

只要和她在一起,马跃习惯侧着身子睡,一只胳膊搂着她一条腿搭在她身上,可自从他从英国回来,她和他僵持着,不让碰,就算他在睡梦中把胳膊腿搭到她身上,都会被无情地掀下来,几次之后他就谨小慎微了,每晚入睡的时候,都蜷缩着,抱着自己的胳膊腿。

郝乐意倚在床头看着马跃,看他自抱胳膊蜷缩而睡的样子,突然觉得他很可怜,像个没人搂抱却渴望温暖的小孩,被冷冷地弃在那儿,好像是哭够了闹够了也没力气了,就抱着自己的胳膊抽泣着睡去了。

瞬间,她的心,有点软。

其实,马跃也没睡着,因为失眠的郝乐意在辗转反侧,她动作幅度虽然不大,但还是通过席梦思床垫的轻轻震荡传递给他了。

郝乐意坐起来定定地看着他,目光柔软了下来,他都是知道的,但他还是装睡,装作在睡梦中一翻身,就把胳膊搭在了郝乐意身上。他承认,他学狡猾了,搭出去的这条胳膊其实是投石问路,如果郝乐意还恼着他,肯定会恨恨地拿开他的胳膊的。

但郝乐意没有。

他就得寸进尺地往她身上靠了靠,好像睡着睡着突然感觉搂到了一个温暖的什么,于是下意识地往自己怀里圈了圈,郝乐意还是没动。

马跃心里一喜,觉得有门儿,嘴角就翘了上去。

郝乐意看见他上翘的嘴角,有被算计了的感觉,遂拿起他的胳膊,扔到一边:"讨厌。"

马跃睁眼,装作被弄醒了的样子,揉了揉眼睛:"你怎么不睡?"说着爬了起来。

"我睡不着。"郝乐意还是冷冷的。

"乐意,你还生我气?"

郝乐意瞥了他一眼,没说话。

"乐意,我向上帝发誓,我回来了,这事就是结束了。"

"对你来说结束了,对我来说刚开始!因为我刚知道!"是的,她现在不再提离婚了,为了她亲爱的伊朵,现在她必须相信,男人出轨不是因为对老婆不爱了,是动物性发作而已。

"乐意,我发誓我真的不爱她,我只是没抵抗住寂寞的侵蚀,没扛得住诱惑。"

"你越说你不爱她我越生气!你不爱她你还和她上床,说明什么?你和随便一个女人就能上床,说明你没原则,你下流!你流氓!你就是一头发了情的动物!"说着,郝乐意把凑到她跟前的马跃推到一边,"你离我远点,你让我恶心!你让我恶心我自己!"说着,她噼里啪啦地打他咬他,越打越生气,她像一只被激怒了的小母兽,没头没脸地噼里啪啦地打他打他,马跃不还手,只是抱着脑袋,豁上了皮肉让郝乐意打,他知道郝乐意打他一点也不可怕,最可怕的是既不打他也不骂他,那样的平静,是毁灭前的寂静,只要郝乐意骂够了打出了气了,他们的婚姻基本就保住了。

所以他一定要让她打够了,一定要让她知道他被打得很惨,所以他惨叫,他的惨叫声把陈安娜也引来了,她拍了几下门就被马光明拖了下去。马光明理解儿子惨叫的含义,那是阴谋得逞的欢呼,到底男人更了解男人。

最后,马跃一副被打惨了的样子,抱头鼠窜到了地上,怯怯地看着依然气咻咻的郝乐意:"媳妇,我撒泡尿回来让你继续打,我怕尿在床上害得你洗床单。"

这要是在往常,郝乐意肯定会哈哈哈大笑。

可今天郝乐意笑不出来,她怔怔地看着他,突然号啕大哭。马跃小心翼翼地凑到床上,揽着她的肩,揽到怀里,狠狠地抱着,他反复呢喃着一句话:对不起,我爱你。郝乐意伏在他怀里,哭得那么惨,渐渐地,她像个哭累了的孩子,在他怀里,小声而轻轻地抽泣着,马跃的难过也是真切的,他万万没想到,他和小玫瑰的出轨会给郝乐意带来这么大的伤害。

现在,他发自内心地反省,终于明白了,男人做爱,分感情的和生理的两种,而且这两种性质的做爱,是会相互转换的。譬如说,在他认识郝乐意之前,和小玫瑰,那是因为爱而做爱,后来小玫瑰拿着本应属于他的爱情去换取她想要的东西了,他深深受了伤害,那种受伤,不仅仅是自己心爱的人被别人抢了去那么简单,而是突然发现,自己视若宝贝的爱,其实不过是马路边的卖春,只要价钱合适就可以领走,更多的伤害是来自对自己无能为力的自卑以及对方跌落出自己期望值的失望,然后他遇到了郝乐意,他和郝乐意做爱是因为感情因为爱,后来再去伦敦,和小玫瑰上床,纯属生理上的冲动,就像一个人回到阔别多年的家乡,感慨之余,睡了当年的老炕,仅此而已。

那天晚上,他不停地自我反思,也和郝乐意说,是他浑球,他都恨死自己了,有时候走在路上,他都恨不能让车把自己撞死,因为后悔折磨得他都快痛不欲生了。郝乐意就用沾满泪水的手来捂他的嘴,马跃就知道,彻底好了,郝乐意不舍得他死,她还是爱他的。他攥住了她的手指,然后吻她,那天夜里,他们做了一场阔别了一年半还要多的爱。

前几个小时还在声泪俱下地斥责这个男人是下流的流氓,几个小时候后却在这流氓的身子底下叫床,郝乐意有点不好意思,她一直闭着眼,马跃像回到故乡的游子一样,心驰神往地在她身上荡着秋千,不停地亲吻她的脸她的胸,她空旷了一年半之多的饥渴,终于得以慰藉,她清晰地感觉到自己的全身仿佛都化作了婴儿的嘴巴,一张一弛地吮吸着马跃,仿佛恨不能将他整个地吞到身体里去,迷离的尖叫里她听见了马跃的狂呼,像电流万马奔腾地穿越她整个的身躯……

第二天早晨,郝乐意早早醒了,支撑起上半身,看着马跃,突然感觉羞耻,如果,她这就原谅了他,就当曾经的事情没发生过,他会不会因此而瞧不起她?觉得她窝囊,没骨气?

想着想着,心就绷紧了。

马跃翻身,把她圈进怀里,迷糊着说:"再睡一会儿。"

郝乐意从他怀里挣出来,定定地看着他,这么长时间以来,这是马跃睡得最踏实的一夜,就想继续迷糊一会儿,闭上了眼睛。

他这一闭眼,郝乐意心里就咯噔了一下,心想,果然,瞧他懒洋洋不爱搭理她的那种眼神吧,好像她不过尔尔的样子,就有些又羞又恼,晃了马跃的肩一下:"马跃。"

马跃翻身,背冲着她,嘴里嘟哝着:"别闹,我再睡会儿。"

"马跃!"郝乐意恼了,下床,转过去,站在马跃脸冲着的方向,"你瞧不起我?"

马跃心里也唰地激灵了一下,坐起来:"我瞧不起你干吗,你是我媳妇。"

"因为你出轨了,我没和你离婚!"

马跃呆呆地看着她,突然不知说什么好了。

"你为什么不说话?"

马跃哭笑不得:"乐意,我亲爱的乐意,你让我说什么好?我脑子有问题啊,我希望你和我离婚?"说着,伸手来拉郝乐意,"乖,再睡会儿。"

郝乐意甩开他的手:"少打马虎眼,你还没回答我呢。"

"好,我回答你,我不仅瞧得起你还尊重你热爱你,你是我的媳妇郝乐意,要说瞧不起我也只能瞧不起我自己。"

"你瞧不起自己什么?"

"我……我瞧不起自己犯浑……"马跃突然有呛了一口黄连的感觉,又苦又涩,想咳又全然咳不上来,不咳又憋得难受。

"你是瞧自己没担当的勇气,又滚回来和老婆孩子过日子了吧?"郝乐意一脸的怒意。

马跃就哑口无言了:"乐意,真的,我错了,咱能不能把这一页翻过去不提了?"

"不能!"

"为什么?"

"我的心理关还没过。"

"你什么时候才能过了?"

"不知道,你以为我愿意搁在这儿煎着?"

"好。"马跃双手合十,"上帝保佑,让你快点跨过这道门槛,看你挨煎我也难过。"

郝乐意哼了一声,去厨房做饭。

马跃送她和伊朵去幼儿园,郝乐意特意坐在了副驾驶的位子,一路上歪着头看马跃,马跃让她看得心里发慌,车子开得都有点像醉汉了。

"马跃,你是不是觉得我变了?"

"没有。"马跃说完,又觉得不对,郝乐意肯定会说他不真诚,就忙改口说,"变了一点。"

"哪儿?"郝乐意逼问。

"哪儿都有,你是咱宝贝的妈妈了嘛,能不变嘛。"马跃心里发虚,每一句回答都小心翼翼,唯恐被郝乐意捡了把柄反击,"你越变我越喜欢了。"

"那就是说你以前不喜欢我?"

"以前也喜欢。"

"那么怎么越变你越喜欢了?"

马跃都在心里仰天长号了:苍天啊大地啊,您就饶了我吧,您就是把七仙女派出来跟我使美人计我都不敢出轨了……

2

送完郝乐意,马跃像匹被折磨惨了的老牛,没精打采地去了马光远的酒店,没敢说马腾飞让余西吓得不敢结婚要孩子,只避重就轻说马腾飞暂时不想进围城,想再轻松自由一阵。

马光远气得长一声短一声地叹气,联合了田桂花,一连几天在饭桌上同仇敌忾地数落马腾飞,都三十二岁了,就是现在结婚,郝宝宝一刻也不耽误地马上就怀孕,也得三十三岁做爸爸,人年纪大了,身上的零件就没个不衰老的,生孩子的系统当然也不例外……

马光远和田桂花不知道,他们越是这样迫切地盼着抱孙子,马腾飞越不敢结婚。一旦结婚就得赶着日子造人,可余西的性格,他又不是不了解,绝对说到做到,先不要说生了孩子要防着余西了,就连现在他心里都直扑通,唯恐他和郝宝宝谈恋爱的事传到余西耳朵里,一旦她知道了,那绝对不是一般的疯狂,因为余西虽然和马腾飞离婚了,可在心理上,她依然把自己当马腾飞的妻子,她可以不和马腾飞在一起生活，马腾飞可以敷衍她躲着她，但只要马腾飞身边没其他女人，她就是无所谓的，而且她还会认真地自我童话，认为马腾飞之所以没有再谈恋爱再娶，并不是因为她的纠缠，而是心里一直装着她，盛不下别的女人。即使如此，他们也不能在一起生活，就好比他们各自是一款化学试剂，一旦用婚姻的形式融合在一起，就会发生毁灭性的反应，所以，注定了他们今生今世只能这样悲壮，不遥远，却只能相望。

这一切，马腾飞心里清楚，但不敢和父母说，怕一旦说了他们会崩溃或者会去找余西，事到如今，他很清楚余西的人生悲剧，和他有很大的关系，他真的不忍心余西再因为他去受任何责难。

所以，他和郝宝宝约会，向来都是比较隐秘的，尽量避开余西，郝宝宝好像也明白他的心思，也比较配合，他甚至想等和郝宝宝的感情建立到一定数了，就和她商量，为了不让余西知道，他们不大办婚礼，他再另买一套房子，到时候，郝宝宝和父母住在新房子里，他们登记，生孩子，但是呢，要让外界看起来好像他们没结婚似的，避开余西的注意力，可现在，他觉得和郝宝宝的感情还没处到那个份儿上，如果说这些，会让郝宝宝有辱没感。

马腾飞哼哼哈哈地敷衍着，他越这样田桂花就越生气，跟马光远说如果三个月内马腾飞还没结婚，就给他把血断了。

田桂花说的断血，就是切断经济上的援助。马腾飞是大学讲师，有不高也不低的四千多块阳光工资，可对于在消费上只要喜欢就不存在价钱问题的马腾飞来说，少到可以忽略不计，田桂花不仅承担了所有的家庭开支，还按时往他卡里打钱。

收到钱的马腾飞就会抱拳感谢老娘，有时候也不谢，耍着赖说，田桂花两口子应该感谢他，要不是有他这儿子帮着花，他们老两口，一个往家挣一个负责囤，跟仓鼠似的忙个不停，多没劲。

当然，这是开玩笑，虽然是标准的富二代，但他绝不是挥霍无度的纨绔子弟，除了画画看书旅游，没什么不良嗜好，最大的开销也就是寒暑假期，满世界跑着游山玩水。这也是马跃最羡慕他的地方，做个有理想的纨绔子弟多爽啊，他这辈子是没指望了，那么，伊朵有指望吗？

这么一想，马跃就惶惑了，让伊朵做一个有理想的纨绔子弟，即使工作也不是为谋生，而是为兴趣和人生的充实，像她的堂伯父马腾飞一样。这是马跃的理想，一个需要他努力挣扎尚不知是否能实现的理想。

所以,马跃决定脚踏实地,理想的实现要从现在开始奋斗,再也不能待在家里了,他也怕待在家里。

郝乐意是不再提和他离婚的事了,可原谅了马跃,她好像受了侮辱似的,而且要命的是她感觉人人都在嘲笑她的忍辱含垢,她像神经质了一样,只要下班回家,就会看着马跃发呆,她会说:"马跃,其实我们是闪婚啊。"

马跃否认:"谁说的?咱俩谈了一个多月呢。"

"谈了一个多月就不叫闪婚了?"

"不叫,几天才叫闪婚。"

"不对,我觉得咱俩还是闪婚,闪婚是有后遗症的,相互了解不够。"

"胡说,刘欢和他老婆是真正的闪婚,人家幸福着呢。"

"我可没刘欢他老婆那么好的命。"

马跃就无语地看着她,这几天,郝乐意总是一次又一次地把他逼到墙角,让他真的体味到了什么叫无话可说:"恋爱谈得时间长不等于感情深,说明这俩人谁都没看好谁,所以才下不了决心结婚一直拖着。"

郝乐意会恍然大悟似的笑一下,然后也说:"对,比如说你和那个小玫瑰,都同居了两年多也没结婚。"

马跃就语结了。

郝乐意会再一次追问:"马跃,你说实话,你有没有在心里瞧不起我?"

马跃赌咒发誓。郝乐意还是不信,会喃喃自语似的说:"我知道你不会承认,你这是可怜我……"说着说着她会掉泪……

马跃好崩溃啊!

这样的日子,每天都在周而复始,马跃都快被脑子里紧绷的那根弦弄疯了,所以,其一是真到了该脚踏实地的时候,其二是为了逃避郝乐意眼泪汪汪的追问和需要,他决定立马到马光远的酒店上班,陈安娜不同意就暂时先不告诉她,反正他是一刻也不耽误,因为一旦接手酒店,晚上十点之前,肯定回不了家,这样,他就不用在郝乐意一问必要他一答、却怎么都答不对的纠结中煎熬了。

3

马跃的加盟,让马光远感慨万千,市北店终于能保住了,如果马跃晚来一天,他就在合同上签字了。

既然马跃来了就事不宜迟,赶紧把市北店理顺了,模式和经验马光远这边都是现成的,就是缺强有力的执行人。马光远和马跃一起去了市北店,开会宣布了新决定,店不仅不往外盘了,还要做大,说着拍拍马跃的肩:"为了做好市北分店,我也下血本了,我侄子马跃,刚从英国回来的硕士研究生,请他来管理这个店是大材小用,但是,从这一点,你们也可以看出我对市北店的信心所在……"

马光远演讲完毕,掌声四起,没人怀疑他的话是假的,如果他不打算振兴市北店,他的研究生海归侄子也肯定不会干。为了帮马跃熟悉酒店管理,马光远在市北店待了一天。

在家闲得无聊的田桂花就琢磨着,在结婚这件事上,马腾飞不是很主动,她就去拜访拜访亲家,两家人有劲都往一处使,就不信拗不过他马腾飞,可又觉得自己突然登门,有点冒失,就想让马跃陪她去。

田桂花不知道马跃已经去酒店上班了,敲了半天门,倒是把楼下的陈安娜敲出来了,她上了半层楼,站在楼梯拐角处,不温不火地问她找谁。

田桂花努力让脸上挂着笑,把来的目的说了一遍。马腾飞和郝宝宝恋爱这事,陈安娜知道,可潜意识里一直没当真,就不温不火地说:"就那姑娘,你们家也真敢要啊?"

这话要是别人说,田桂花的心,说不准还能打打颤,可因为是陈安娜说的,她不仅有足够的理由把这句话当耳旁风,还有的是理由觉得陈安娜不厚道,不仅嫉妒她田桂花有个这么漂亮的儿媳妇,还瞅冷子就打击报复,毁人家年轻人的姻缘。心里有了这念想,田桂花的脸就热乎不起来了:"多好的姑娘,我稀罕着呢。"

"好吧,那你就慢慢稀罕着吧,有你哭的时候。"陈安娜说着就转身往家去,开了门才想起来,田桂花是来找马跃的:"马腾飞的婚事,你找马跃干什么?"

田桂花有些不耐了:"我不说了吗,让他陪我去趟他叔丈人家。"

这句话,像针一样扎在了陈安娜心上,听田桂花这意思,马跃就跟居委会大妈似的,整天在家蹲着,就耷拉着脸说马跃很忙,不但白天找不到人,晚上十点以前也见不着影,因为好多公司好位子好薪水地抢着请他去上班,前阵子刚回来没顾上,这阵子才抽出空来,到各家公司转转,晚饭都捞不着回家吃,想请他的公司都争着抢着地请他吃饭巴结他呢。

田桂花明白自己不小心戳疼陈安娜的肋骨了,就撇着胖胖的嘴角:"还是你家马跃有出息,不跟我们家马腾飞似的,吊儿郎当地就知道玩。"说着转身往楼下走。

陈安娜听出了她话语里的奚落,就啧啧了两声:"嫂子,你还当活在八十年代啊,想找谁不用亲自跑到门上,打个电话不就行了。"

这要搁以往,田桂花心里一恼,就不得要领地和陈安娜呛上了,可今天她不,因为她心情很好,一想到准儿媳郝宝宝,她就心花怒放,因为眼前这个神气活现的陈安娜,一旦落到郝宝宝手里,郝宝宝就是干脆利落的铲子,陈安娜就像炒锅里的豆子,郝宝宝想怎么翻陈安娜就只有怎么滚的份儿。

没找到马跃,田桂花决定自己去郝多钱家,遂给郝宝宝打了个电话,没说特意去她家,只说自己在她家附近办事,不知方不方便她去讨杯茶喝歇歇脚。

郝宝宝忙说可以可以,可贾秋芬却麻了爪,团团转着看着脏乱差的家:"瞧咱这破家,这可怎么好?"

看着墙上地板上东一巴掌西一抹的污渍,开门开窗都散不净的油烟味和腐朽了的烤肉以及啤酒掺杂在一起的味道,郝宝宝也挺烦的,可烦有什么用?唯一的办法就是有钱了,换新房,就她和父母这点本事,换个屁新房!唯一的希望就是嫁给马腾飞,他要看不下眼,不用她提,他也会给她父母买新房的。这么想着,就美滋滋地笑了,贾秋芬打了她一下:"笑!还傻笑,咋办?"

郝宝宝吊儿郎当地:"妈,瞧您说的,咋办?您能为了她来,把咱家啤酒屋停了?停了也没用,还得重新装修,费钱不说,来得及吗?"

贾秋芬忧心忡忡地点头说也是,又嘟哝:"我就怕她一瞧咱家这样,把你往低里看。"

"不怕。"郝宝宝嘴上这么说着,心里却在纳闷,准女婿还没上门呢,怎么未来婆婆就来了?就给郝乐意打了个电话,随口问了几句,知道她和马跃已经和好了,才舒了一口气,才跟她说田桂花要过来,也不知她来干吗。

关于马光远夫妻逼马腾飞结婚的事,马跃多少说了点,郝乐意就大体说了说,又叮嘱郝宝宝,这事,不管马光远夫妻怎么逼,咱是女方家庭,不能配合他们上竿子,要不然,你现在讨了人家的欢心,等把婚一结,人家多少还是会看轻你的,因为你表现得巴不得立马嫁过去啊,知道吗?

郝宝宝说知道了,知道了田桂花的来意她心里就有了底,就嘻嘻地笑了一下,正忙着擦桌子抹凳子的贾秋芬就喝了她一嗓子:"就知道傻笑,还不赶紧帮我收拾收拾!"

郝宝宝拿着抹布四处瞎蹭，贾秋芬收拾得差不多了，突然想起来一样："宝宝，刚和你姐说谁离婚不离婚的？"

"我姐。"

贾秋芬脸色咣当就呆住了："你姐要离婚？"

郝宝宝嘬嘴嗯了一声才说："现在好了，又不离了。"

贾秋芬急捞捞地一把夺过她手里的抹布："孩子都老大不小了，日子也过得好好的，这是因为啥呢？"

郝宝宝顿了一下，想反正他俩已经和好不离了，就把马跃出轨被发现的事说了一遍。贾秋芬一屁股就蹾在了凳子上，眼泪唰唰地就下来了："你姐的命怎么就这么苦呢？"

4

郝乐意刚放下电话，徐一格就匆匆闯了进来，也不说话，从饮水机下摸出一次性杯子，接水喝了几大口，然后含了一嘴巴水，腮鼓得像偷了满嘴花生的仓鼠一样，瞪着眼，一动不动地看着郝乐意。

尽管郝乐意对她风一阵雨一阵的脾气比较了解，可还是让她看得发毛了，不知说什么才好，只好笑了笑，从电脑上拔下U盘，举了举，表示要出去一下，徐一格这才把水咽下去："郝园长，想和你商量个事。"

连猜都不用猜，肯定是幼儿园到底归谁的事，虽然幼儿园最终的归属权郝乐意说了不算，可她还是坐下了，毕竟她是这家幼儿园的园长。

"我是个直性子的人。"

郝乐意笑笑："知道。"

"杨林的儿子全家要移民走了。"

"知道的，听您说过好多次了。"

"我妈去世以后，所有的首饰都不见了，杨林说这几年生意不好做，把家里的存款赔光了，你相信吗？"

郝乐意不知该如何回答，也不知她说这些有什么意思。

"我不信！"徐一格斩钉截铁，"杨林把存款转移到他儿子那儿去了，要不然，要不然，他儿子怎么可能投资移民？人还没过去呢，那边农场别墅全买下了。他儿子就开了个破运输公司，这几年运输市场不好，他一个车队赔到最后就剩三辆车,他拿什么投资移民?"

郝乐意没吭声,继续等她下文,反正她不是法官,徐一格和她说这些,无非是铺垫,以试图从她这里讨一些道义上的声援。可郝乐意不是小孩子,不会不明就里地只凭着只言片语,就乱断是非曲直,所以,她只是微微地笑着,一副等她下文的样子。

"郝园长,我妈对你好吧?"

"非常好,徐小姐,您别叫我郝园长,叫我郝乐意就行。"郝乐意不喜欢徐一格的咄咄逼人,她这么问本身就带有一定的胁迫性,接下来,她肯定是直奔目标。犹豫再三,郝乐意决定不回避,但要让徐一格知道自己是个有原则的人,她和苏漫的感情是用来珍惜而不是利用的,就慢慢地说:"在我最难的时候认识了苏园长,她是我的贵人也是我的恩人,相当于我半个母亲。"

徐一格就放松地笑了:"怪不得我妈说你是个当得起托付的人呢。"

郝乐意和徐一格,不要说感情,连交情都没有,最多是个熟人而已,平常徐一格是个以损人为乐的人,今天居然毫不吝啬地恭维自己,肯定有目的,就苏漫的家底而言,能让徐一格一反常态地放低姿态恭维别人,肯定不是小事。就淡淡笑着说:"徐小姐,有什么事,您就直接说吧,我们不用绕圈子,我能做的我肯定会帮忙。"

"这么说吧,我妈去世了,杨林欺负我这没爹没妈的孩子,把家产全部转移到他儿子名下了。"

"是吗……"郝乐意和杨林见面的机会不多,但听苏漫说过,他是个重感情的人,如果金钱和家人感情让他二选其一,他肯定选家人感情,要不是这样,他也不会要这些本不想要的门面房抵账给苏漫开幼儿园。

"怎么还是吗? 郝乐意,你不相信我还不相信我妈吗?"见郝乐意并没有利落地肯定附和她的话,徐一格不高兴了,"我能骗你吗?"

郝乐意礼貌性地笑了一下:"觉得有点意外。"

徐一格一副把恼火忍了又忍的样子:"现在,就剩这幼儿园了。"说着,溜达到窗口,探头往外打量了一眼,"如果这幼儿园是现金或者是金条的话,早就没我的份了,可惜,这金条太大了,他们口袋藏不住。"徐一格倚在窗子上,看着她,"这些日子,我一直在和杨林谈判。"

"结果呢?"郝乐意问。

"结果就是……"徐一格顿了一会儿,看着郝乐意,皱着鼻子冷笑,"杨林想跟我玩阴的。切！也不瞧瞧姑奶奶我是谁!"

郝乐意没吭声。

"杨林说,我妈生前有话,这幼儿园是她毕生的心血,就算她没了也要办下去,不能作为遗产分割,他的意思是我和他以及他儿子,是这幼儿园共同的股东,聘请你做CEO,说白了,就是园长还是你,这一切都是因为我妈有个痴人说梦的理想,把这幼儿园办成美国常春藤大学那样的名牌幼儿园,我妈相信你有这能力。"

刹那间,郝乐意的眼睛潮湿了,其实,这也是她的理想,闲来没事时和苏漫聊幼儿园的未来,经常兴致勃勃地相互鼓劲,一定要把格林幼儿园做成美国常春藤大学那样的名牌,让每一个从格林幼儿园毕业的孩子,以在格林度过了肆无忌惮的幼儿时光为荣。

"别激动,更高兴的还在后面呢。"徐一格的声音有点冷,"为了让CEO尽心尽力,董事会通常都会给CEO股份的,杨林动员大家一共匀出15%的股份给你。"

"不用,真的,不需要,幼儿园又不是不发我工资。"

"我还没说完呢。"徐一格攥着杯子走到写字桌边,趴在写字桌上,小声说,"郝乐意,不看别的,看在我妈对你的感情上,你也得帮我。"

郝乐意一愣:"帮什么?"

"能挖走的家产他们都已经挖走了,这幼儿园是我妈辛苦筹建的,我不想和他们共享。"

"可……徐小姐,其实幼儿园最值钱的是房子,房子是杨先生顶账顶来的。"

"但是,在我妈名下。"

郝乐意明白,这一千多平方米的门面房在谁名下一点儿也不重要,是夫妻共同财产,本想说来着,可一看徐一格一副虎视眈眈誓不罢休的样子,遂算了。

"杨林说如果你答应他的条件,继续做下去的话,事情就这么定了。"

郝乐意点了一下头,又一想,不对,这不是徐一格的目的。

果然,徐一格说:"郝乐意,我估计杨林快来找你了,实话实说吧,我今天来找你的目的,就是让你别答应。"

"为什么?"

"杨林儿子一家的移民已经办好了,马上就走,如果你不答应,幼儿园也就办不下去了,要么盘出去,要么关张卖房子,他说如果走到这一步,他就不坚持我妈的心愿了,把属于他的那份也无偿给我,他也会劝儿子放弃他应得的那部分,也就是说,幼儿园就全归我了。"

"然后呢?"郝乐意不动声色地看着她。

徐一格笑,故意拖着长长的腔:"其实呢……他还是不了解我,这个地方开酒店搞门面铺子都蹩脚得根本就进不来客,是商用却没商用房的价值,卖也卖不上价钱,只能继续办幼儿园,CEO还是你,虽然我没我妈那么欣赏你,但是我相信,在办幼儿园这方面你是行家,我呢,做董事长。"

以前,郝乐意只知道徐一格刁蛮,没承想她有这么深的心机,不由得对她所说的一切产生了怀疑,就犹疑了一下:"徐小姐,如果我不答应你呢?"

"你会答应的。"徐一格笃定地笑着。

"为什么?"

"因为我会比杨林多给你5%的股份,这是你帮我应得的报酬。"

"可你这是在让我帮你欺骗一个想履行亡妻心愿的老人。"

"我希望你这么说不是为了和我讨价还价,我比杨林多给你10%。"徐一格冷峻地看着她,"这是我能给出的最高价。"

"徐小姐,你误会了,我对价钱不感兴趣,只是忠于自己的内心。"郝乐意也不亢不卑。

"郝乐意,你可以不答应我,但是你千万别忘了,我是董事。"

"如果杨先生给我股份,那么,我也是董事之一。"

"郝乐意!"徐一格曾经想过,郝乐意可能会以此为把柄要挟她,多要一些股份,可压根儿就没想到郝乐意会拒绝,简直太出乎她的意料了,她见过迎着钱往上跑的,可没见钱冲着自己来了却转身就走的,太不符合人之常情了。

郝乐意淡淡地看了徐一格一眼:"徐小姐,您没其他事的话,我忙去了。"说着,拿起U盘要往外走。

徐一格一闪,站在门口:"嫌钱少?"

"我对旁门左道来的钱不感兴趣。"

"得了吧,郝乐意,别唱高调了,一个朝朝暮暮奔波在上班路上怕迟到的人居然说对钱没兴趣,真没兴趣你别上班啊。"

郝乐意一字一顿地说:"但我对光明正大来的钱感兴趣。"说着走到门口,"徐小姐,抱歉,我还有事要做。"

徐一格追到走廊,冲着她的背影狠狠跺脚:"郝乐意!"

郝乐意回头看了她一眼,莞尔一笑,走了。

徐一格忍着气,柔和而大声地说:"我等你电话。"

郝乐意像没听见一样进了教室。

下午,徐一格收到了一个短信,郝乐意发的,短信内容客气而简单:徐小姐,对不起,我只想遵守良心原则。

Chapter「第十八章」

你看你看金钱狰狞不了我的脸

1

田桂花一路打听着找到郝多钱家时,已是下午三点多,酒客们散去,累了一中午的郝多钱坐在门口的马扎上,嘴里咬着一根快烧到过滤嘴的烟,歪歪地倚在墙上昏昏欲睡,就听街对面修鞋老张喊:"郝多钱,有人找!"

郝多钱的眼,烟熏火燎了一中午,眼眵像胶水一样把眼皮给粘住了,他用力张了张眼,居然没眨巴开,就噗地把烟头吐了,揉了两把眼,就看见一个体形肥硕衣着体面的中年女人提着大包小包正从马路对面过来。

郝多钱纳闷了片刻,猛地想起贾秋芬说郝宝宝的未来婆婆要过来,就绊了一个跟头似的清醒了,想站起来迎接,可一转念,觉得不对啊,俗话说,一家有女百家求,凭什么他忙不迭地站起来迎她?就因为她家有钱啊?呸,有钱有什么了不起,他还叫郝多钱呢,就想起了陈安娜第一次上门的情形,心里就刀刀枪枪地叮咣上了,但脸上依然懒洋洋的一副没睡醒的德行。

对,在嫁闺女这事上,越是穷人嫁到富人家,穷人就越得端点范儿出来,要不然,让人往阴沟里看。

田桂花是个讲礼道的人,虽然谎称是在附近办事路过,可毕竟是第一次上门,买了不少东西,买的时候尽挑好的贵的,这是她一贯的风格,送人东西,要么不送,要送就送好的,那种自己用好的,专挑便宜的买了送人的景儿,那是把别人当下三烂打发的下三烂行径,她瞧不上。

郝多钱面上不动声色,把装死进行到底,心里却七上八下的,因为天热,晚上的肉串就不能早晨提前穿下了,这会儿贾秋芬和郝宝宝正穿肉串呢,保准穿得满屋猪肉腥,像田桂花这种有钱人家的老婆,说不准连饭都不用亲自做呢,这一屋子的猪肉腥,不把她顶一跟头?想到这里,郝多钱顾不得装睡,假装没听见街对面的招呼,起身就往屋里去,边往里走边压低了嗓门说:"来人了,快收拾起来。"

贾秋芬没听见一样,继续穿她的肉串,剜了他一眼:"要没人来,你挣谁的钱去?"

郝多钱顾不得多说,一把拎起双手沾满腌料的郝宝宝就往卫生间塞,边塞边压低嗓门说:"你那准婆婆往咱家来了。"

郝宝宝登时就傻了:"妈——"怪贾秋芬不该非逼着她穿肉串,要不是这样,她也就用不着丢这丑。郝多钱嗓门虽然低,可贾秋芬也听见了,她搬起盛满生肉的塑料箱子就要往厨房去,一转念,搬也来不及了,何况这时,她听见有人敲着门框问这是不是郝宝宝家。

贾秋芬呆了片刻,在脸上堆了些笑,回头说就是。又装作无比意外地:"这不马家伯母吗,什么风把您给吹来了?快坐快坐。"

贾秋芬边招呼田桂花进来,边不好意思地拎掌着两只满是肉末子的手让郝多钱出来待客,她去洗手烧水泡茶。郝多钱这才踱着方步从卧室出来,身上已经换上了干净的T恤和长裤。贾秋芬走到卫生间门口才想起来郝宝宝在里面,就转身去了厨房。

郝多钱不是个会说客情话的人,田桂花一时也不知如何说起,气氛就尴尬了起来。

贾秋芬从厨房探出头来,冲郝多钱说:"她爸,收拾收拾里屋,进去坐,这屋一屋的肉腥味。"

田桂花就爽朗地笑了,说她在火腿厂闻了二十年的肉味,一进门就觉得这味亲着呢,跟回了娘家似的。

原本还有些局促和提防的郝多钱,因为田桂花的实在,唰地一下就放松了,冲田桂花龇着被烟熏黑的牙齿,无声地笑着点上一根烟,就和她聊上了。

关在卫生间里的郝宝宝左左右右地把自己好一顿梳洗,才小心翼翼地推门出去,望着田桂花笑了一下:"阿姨。"

田桂花一见着郝宝宝,亲热得要命,拉到身边坐了,话里话外都是如何喜欢郝宝宝,一副恨不能现在就给娶回家的架势,人就这样,一旦被人求着,端端的,鼻孔就仰了上去。在田桂花的迫不及待里,郝多钱的烟喷得越来越高了,再三说郝宝宝还小,还得考研呢,这要是结了婚,就得生孩子,学业怎么办?

他说得郑重其事,连贾秋芬都让他端糊涂了,好像真的相信郝宝宝大学毕业两年没上班是因为她志向远大要考研。

田桂花一听郝宝宝还要考研,当即就急了,说考什么研啊,考研不就是为了找个好工作嘛,嫁给马腾飞,还工什么作呀? 安心在家相夫教子行了,他们家不指望儿媳妇那点儿工资打酱油,边说边从包里掏出一首饰盒,硬塞到郝宝宝手里,说早就该给她的,今天给带来了,是她特意让马光远去定制的给未来儿媳妇的礼物。

郝宝宝打开一看,眼球就震了,居然是一枚钻石戒指,夸张地哇了一声,小心翼翼地戴上,让贾秋芬看。

贾秋芬看钻戒的眼神,仿佛那不是一枚钻戒,而是一枚喷射着火光的什么东西,只要她看一眼,就能把自己灼伤,钻戒到底值多少钱她不懂,但是她知道,钻戒,尤其是这种看上去块头像黄豆的钻戒不是一般人家买得起的,登时就不知道怎么着好了,忙抓住郝宝宝的手指往下撸,好像郝宝宝戴在手上的不是钻戒,而是一圈能把她手指烧坏了的东西,嘴里嘟哝着:"这么贵重的东西,哪儿能随随便便地往手上戴? 万一掉了怎么办?"

郝宝宝瞪了贾秋芬一眼,像从火里抢栗子似的抢出了自己的手:"妈,您干吗呢?"说着就拿眼神跟郝多钱求救。

郝多钱也气得要命,觉得贾秋芬一惊一乍显得太小家子气,就拖长嗓门喊了一声:"宝宝妈——"

贾秋芬这才意识到自己有点失态,讪讪笑了一下:"这孩子,整天在家帮我洗菜洗碗穿肉串,我怕她给戴糟践了。"

郝宝宝擎着手指,美滋滋地乐了一下:"所以嘛,以后我就不帮您穿肉串了。"说着就抱着田桂花的胳膊,美滋滋地把脸贴了上去。

田桂花看了这半天,郝多钱一家对钻戒的反应,并没让她觉得这家人小家子气没见过世面,相反,这是她喜欢的一幕,送别人礼物的人,最想收到的效果莫过于此,收到礼物的人眼睛一亮,好像开天辟地第一次见似的,这礼物才算是送响亮了，所以，她暖洋洋地托起郝宝宝的手端详着说："这手长得漂亮戴什么都好看。"

郝多钱却不紧不慢地说："戒指不是别的，八字还没一撇呢，哪儿能随便收？"

田桂花忙说这是她做婆婆的一点心意，等求婚的时候再让马腾飞送她大钻戒，送不起鸽子蛋送颗花生米大小的不在话下。

虚荣女人个个都是珠宝的奴隶，想象着花生米大小的钻石，郝宝宝简直要美晕了。总之，所有人都觉得这次亲家会晤很成功，郝多钱和贾秋芬觉得，女孩子选结婚对象，不仅男朋友要精挑细选，还要看婆婆，因为自古以来婆媳就是天敌，郝乐意就是活生生的例子。马跃对她好有什么用？她能干有什么用？有陈安娜在那儿杵着，她就甭想有好日子过，更何况田桂花还无比真诚地表达了希望俩孩子早点结婚的愿望。

如果说田桂花在来之前，对郝宝宝还略微有些顾虑的话，那就是郝多钱，怕他真像传说的老二流子一样倒胃口，可见着本人，除了瞎跩架子，也没什么讨人嫌的地方，何况女方家长嘛，跩跩架子也正常。所以，田桂花觉得，她应该认认真真地跟郝多钱夫妻表个态，以显示诚意。于是先狠狠夸了郝宝宝一顿，然后才说："我和腾飞爸现在是什么心事都没了，就剩了盼着腾飞和宝宝结婚，赶紧给我们生个胖孙子，我们也享受享受有人喊爷爷奶奶的福。"

因为郝乐意叮嘱过了，不管田桂花怎么说，咱都得记住了自己是女方，不能有巴望着女儿赶紧嫁出去的言语以免让人看低，所以一贯见人就哈腰的贾秋芬这次没顺竿爬，呵呵地傻笑着说宝宝还小着呢，不急不急。

她说不急，田桂花急得鼻尖都冒汗了，忙说宝宝是小，腾飞可不小了，都三十二了。

郝多钱还是那句话："男人大点没事，反正宝宝小，我也不舍得放她早出嫁。"

田桂花在郝多钱家坐了大半个下午，话里话外地放钩子，希望郝多钱夫妻也帮着给马腾飞施加点压力。说现在的男人都这样，小时候是父母的儿子，长大了就是岳父母的小跟班了，当然，她这么说没吃郝多钱夫妻醋的意思，也不是故意说话给他们听，虽说她是个粗人，可也知道跟着社会潮流走，生儿乐在养嘛，只要孩子高兴，随他怎么着。她现在最大的心愿就是想让马腾飞早点结婚，可她和马光远说了他未必听，她就估摸着，正恋爱的男人，就没一个不把岳父母的话当圣旨听的,所以呢,希望郝多钱夫妻如果对她这亲家以及对马腾飞没什么不满的,就帮她尽早了了这心愿,给马腾飞点压力。

郝多钱就笑了,咬着一根快抽完的烟说:"腾飞妈,对你和腾飞我们家没什么意见,可这忙我们帮不了,怎么说我们也是女方父母,俗话说一家有女百家求,不管你们家多大的财势,作为女方父母我们不说端架子,可矜持点是应该的,怎么能给腾飞压力?难不成我们家宝宝嫁不出去了,是困难户?"

自从嫁了郝多钱,这是贾秋芬第一次听他这么头头是道地说话,她惊得眼瞪老大,连忙应声附和:"可不,宝宝爸说得对。说句实在话,腾飞妈,如果你们家和我们家条件差不多,成,只要你一个眼神,这话我就端给腾飞听,逼也得逼着他快点把婚结了,可咱两家条件差太大了,要是我们主动……我觉得这面子上说不过去,说不准腾飞也有想法,显得我们家不自重了,你说是不是这么回事?"

田桂花优越日子过惯了,没承想这里面还有这么多学问,不由得对郝多钱夫妻多了些敬意,是啊,人穷不怕,可穷得端住了架子,这不是谁都能做到的。

天色渐渐向晚,啤酒屋开始陆续上客了,虽然目的没达到,可田桂花还是满心高兴地起身告辞了。

2

听杨林的口气,徐一格知道他很快就要找郝乐意谈了。她不相信这世界上还有不贪图钱财的人,郝乐意不点头,她总得找到能让她点头的人,就想到了马跃。记得苏漫曾说过,郝乐意很辛苦,因为她不仅有个自诩清高的婆婆,还有个不上班的老公。所以,徐一格去幼儿园的办公室,翻出了人事档案,查到郝乐意的家庭地址,直接就奔了去。

其实郝乐意登记的地址是陈安娜家,因为阁楼是依附在六楼房子上没独立产权的房子,听说徐一格是来找马跃的,陈安娜很是警惕,问她是谁,找马跃干吗?徐一格自我介绍了一番,陈安娜这才让她进门,说既然是幼儿园的事,你找马跃干吗?眉头依然皱着,也没说话,好像脑子里有道弯没转过来似的。

徐一格知道,讨好女人有两个诀窍,一是夸她漂亮,但陈安娜都这个年龄了,还夸她漂亮,傻子都知道是骗人的,就夸她优雅有气质;二是赞美女人的孩子,而且女人年纪越大越把孩子当骄傲。所以,徐一格就双管齐下,一脸敬仰地欣赏着墙上的国画,夸陈安娜家洋溢着书卷气夸陈安娜气质优雅,边夸边偷眼看陈安娜的反应,就见她原先的戒备,已全然变成了绷都绷不住的得意,索性又锦上添花地把马跃夸了一顿,这才话锋一转,转到了郝乐意和苏漫的深厚感情上,又循序渐进地说到苏漫去世后幼儿园的归属以及自己被杨林父子欺负,说着说着,眼泪就唰唰地滚了下来。陈安娜这才明白,徐一格的夸奖是有代价的,那就是让她帮着说服郝乐意,甚至动员马跃帮她说服郝乐意,站到她的战壕里去帮她争取遗产。

陈安娜见过几次苏漫,印象不怎么好,不是苏漫惹她,而是所有细声慢气的人,她都不喜欢,觉得矫情,尤其是郝乐意动辄说苏园长如何温暖心细,苏园长如何好的,她听着就特不舒服,好像拿别人的长处比她这当婆婆的不足似的。所以,当徐一格搬出苏漫和郝乐意的感情来试图打动她时,其实是下了一步适得其反的棋,陈安娜表面上不动声色,心里有个嘴角已经往下撇了好几次了,但没吭声,因为她优雅,得保住形象。

长这么大,徐一格从没像现在这样耐着性子讨好别人,说了这半天,耐心已经用完了,却还要继续装可怜,就受不了了,直接抛出了利益,告诉陈安娜,其实,她也没让郝乐意帮她营私舞弊昧良心,就一句话,等杨林问她愿不愿意和他合作的时候,说不愿意就万事 OK,或者主动点,跟杨林辞职说要去做别的。

徐一格的一脸迫切,让陈安娜的道德优越感油然而生,轻轻地笑了两声:"徐小姐,您不就是想让我们家郝乐意帮忙抢遗产吗? 这么说吧,您找我还真是找错了人,郝乐意不答应就对了,她要是答应了,她就不是我陈安娜的儿媳妇!"

陈安娜就这么个人,有些小虚荣小市侩,但对不属于自己的钱财,从不贪恋,更不算计。

徐一格就觉得,委屈自己半天,换来的却是迎脸一拳,就窝火得很,想发火,毕竟又不占理,就一把抓起包,边往外走边说:"走着瞧,幼儿园早晚是我的,等到那天,我非炒了她不可!"

陈安娜从来不怕这种直来直去的逞能,就抱着胳膊送到门口,冲楼梯上的徐一格说:"拜托你早点把郝乐意开了,我就等她回来当全职太太伺候我这婆婆了。"

3

郝乐意知道徐一格不会罢休的,不管幼儿园最终花落谁手,都关系着二百多个孩子和十几个老师,她不能坐视不管,遂决定下班就去杨林家问个明白。可伊朵怎么办?她去杨林家是谈事的,带着她似乎有点不太方便,就给马跃打了个电话,想让他趁下午四点左右酒店没客的时候,把伊朵接去送回家,可中午马跃敬了几桌老客户的酒,喝得有点晕,正在沙发上迷糊着呢。

到酒店上班这一个多星期,每天上午九点从家里出门,晚上十点多回家,陈安娜很好奇,昨天上午还跑到阁楼问他一天到晚不着家,忙什么呢。

马跃正吃早饭,匆匆把面包往嘴里一塞说忙事业。

陈安娜脸上一喜,问忙什么事业。

马跃不想听她咆哮,一把抓起包就往外跑,说约了人呢。

陈安娜美滋滋的,看马跃忙得这么欢实,感觉他距离一份体面工作越来越近了。

没打通马跃的电话,郝乐意有点生气了,不仅觉得他是故意不接电话,甚至觉得他去酒店上班,也是为了逃避她。早晨她出门的时候,他还在梦会周公,晚上他披着一身酒气回来,她已经睡下了,夫妻之间连个说话的时间都没了。

郝乐意发了一会儿呆,突然觉得原谅一个人是需要气度的,在这个世界上,再也没有比原谅更让人痛苦的事情了,什么原谅?说白了,还不就是退无可退的妥协?所谓妥协,就是背向原则,投了降。

在这世界上,谁能瞧得上并尊重一个高高举起双手的人呢?

郝乐意的心,一下子就灰了,也没再打电话,等下了班,先把伊朵送回家再去杨林家,却被陈安娜拉住了,问马腾飞和郝宝宝是不是郝乐意撮合的。

郝乐意说不是。

"真不是?"陈安娜有点不太相信。

"真不是。"郝乐意就把田桂花主动喜欢上郝宝宝的过程说了一遍。陈安娜这才松了口气,说这几天她一直在担心呢,如果马腾飞和郝宝宝是郝乐意撮合的,将来肯定有得气受,因为郝宝宝和田桂花不是一路人,早晚一天成冤家,到时候,田桂花肯定得抱怨,说郝乐意肯定是看她家条件好才千方百计地把夜叉似的妹妹打扮成小白兔塞给马腾飞,成心要算计她。

郝乐意本想说事实是田桂花和郝宝宝相处得非常好,想了想算了,怕一说出来,会让陈安娜觉得是故意气她或是狡辩,就笑了笑,说晚上不在家吃饭了,要去杨林家一趟。陈安娜这才恍然想起来,徐一格来找马跃的事还没告诉她呢,就简单说了一遍。

郝乐意没想到徐一格为了遗产,居然能豁上脸皮找到家里,遂说:"她可真过分。"

虽然不喜欢徐一格的做派,可毕竟事不关己,如果说她的出现,对陈安娜有什么作用的话,那就是再一次佐证了她陈安娜是道德高尚的人,佐证完了,徐一格这三个字在陈安娜这里,也就完成了存在的意义,所以她对徐一格究竟能不能抢到遗产一点儿也不关心,儿子才是最重要的,就问马跃这几天神龙见首不见尾地忙什么呢。

郝乐意啊啊了两声:"是吧,我也不知道他忙什么。"

陈安娜觉得作为妻子,居然不知道丈夫在干什么,也太不称职了,就怏怏地说:"你们这也叫两口子啊?连谁干什么都不知道。"

郝乐意心说马跃干什么,你老公也知道啊,他都不敢告诉你,我更不敢说。就傻笑了一下说:"我没问。"

"什么没问,你这是不关心他。"陈安娜真觉得是这样,不就是抓着马跃的小辫子了嘛,用得着这样没完没了了?再说了,哪个男人没犯过错?对,马光明说他没犯过,那不是他不想犯,是他没犯错误的资本,马跃招了,那是马跃单纯,那是马跃悔过悔得诚恳,怪不得孔老夫子说唯女人和小人难养呢。这么想着,陈安娜的脸就不好看了,看着郝乐意说:"乐意,不是我这做婆婆的向着自己儿子,马跃是错了,可他错也认了,过也悔了,是真心实意地在乎这个家,你就别给他脸色看了。"

"妈,我没给他脸色看。"

"那他为什么连家都不愿意回?乐意,不是我吓唬你,有些夫妻,在发现问题的时候,婚没离,可等出轨的那个回家了,日子也平静了,反倒离婚了,你知道为什么吗?"

郝乐意说知道,表情平静得很,让陈安娜觉得自己的担心纯是多余的,她说的那种情况,在郝乐意和马跃身上绝对不可能发生。事实却是郝乐意的心,呼嗵一声,有栽了一跟头就手扶着了一什么东西才没彻底栽倒的震颤感,为掩饰内心的惶恐,郝乐意忙说得赶紧走了,等回来她会和马跃好好谈谈。

正是下班时间,东西快速路堵成了停车场,郝乐意心里一直回旋着陈安娜的那句话:好多夫妻,在发现一方有外遇的时候没离,却在出轨那个回归之后离了……

为什么呢? 郝乐意拼命地想啊想啊,突然就想明白了。

原因就是在被背叛者眼里,背叛者已是有犯事前科不值得信任之人了,加上旧伤在心,就算他就此恪尽职守地想做个好丈夫,在被背叛者那儿也争取不到最起码的信任了。譬如说,以前她打马跃手机马跃不接,她会想可能手机不在身边或是其他什么正当原因,可现在,她第一反应,居然是猜疑,想他在干什么呢连电话都顾不上接? 而她猜测的马跃干的那个什么,一定是和年轻漂亮的女人有关……所有有过出轨史的婚姻,都会一个风声鹤唳地猜忌提防,一个小心翼翼地回旋,天长日久地折腾着,谁都会烦了累了,到了极致处,把婚姻的罐子一摔,一拍两散,就此两相清闲。

想明白了的郝乐意就觉得背上有些潮湿,是冷汗。

4

杨林家在奥帆基地附近,是套复式公寓。此刻的杨林正站在冰箱前发呆,苏漫活着的时候,除了拿啤酒他从不碰冰箱,因为苏漫是个好主妇,会把家里打点得一切都不需要他动手。可苏漫走了,连冰箱都寂寞了,他还是不碰冰箱,总觉得冰箱门上有苏漫的指印,碰多了会蹭掉。儿子和儿媳妇怕他睹屋伤情,劝他搬过去住,可他不想打扰儿子一家的生活,儿子就回来陪了他几天,被回来整理苏漫东西的徐一格遇上了,认为他儿子是想回来抢房产,当着他的面就吵了起来,他只好让儿子回去。其实,扪心自问他没做对不起徐一格的事,也不必怕她,但她是苏漫的女儿,苏漫和他在一起吃过不少苦,帮他照顾老人抚养孩子,这些,他和儿子都铭记在心,所以,就想尽量对徐一格好一些再好一些,全是念在苏漫的面上。

苏漫活着的时候也说过,徐一格总觉得周围的人对她不好算计她,其实是性格缺陷,这缺陷来自她的贪婪和唯我独尊的霸道。

徐一格谈过几场恋爱,却都以不欢而散告终,苏漫去世前的几个月,她终于遇上一个能忍受得了她的坏脾气还很帅的男孩子,可苏漫见过那男孩之后,果断命令徐一格和他分手,真正的原因不是他比徐一格小五岁,更重要的是他眼神飘忽不定,太善于做戏。为这,娘儿俩吵得冷眼相向,直到苏漫警告徐一格,如果她和这男孩在一起,不仅家产没她的份儿,在遗嘱里她会直接省略掉她的名字,徐一格这才愤恨不已地和男孩分了手。

　　杨林和儿子觉得苏漫做得有点过,但苏漫有苏漫的理由,她宁肯徐一格一辈子不结婚也不能眼睁睁看她落到一心想靠女人发家的小骗子手里。杨林承认她说得有道理,但也觉得徐一格可怜,三十岁的女人,能认真爱上一个人,不是那么容易的。就尽量对她好一些,尽管他早就一视同仁地给徐一格和儿子各买了一套房子,她也搬出去独立生活了,可苏漫突然没了,对她打击也一定不小,所以,她回来闹回来纠缠,他都愿意用疼爱没娘孩子的心情,包容她的无理取闹。

　　现在,他站在冰箱跟前发呆是因为几分钟前把儿子给呵斥了一顿。

　　儿子担心他一个人吃饭糊弄,买了菜和水果,送过来时他不在家,儿子就自己开门进来了,正往冰箱里塞东西时他回来了,见儿子动了冰箱,杨林火冒三丈,把儿子训斥了一顿,因为儿子把冰箱塞得乱七八糟,就像他记忆里的苏漫被摆布得面目不清了一样让他伤心。

　　儿子被他训斥得半天没说话,把一份公证书放在茶几上就走了,公证内容是他和妻子以及儿子主动放弃对苏漫名下遗产的继承权。儿子一家下周去美国,他特意去公证,是太了解徐一格,也太了解他这做爸爸的,公证书是为了方便他处理幼儿园。

　　杨林把公证书放到书房,看着被儿子塞得满满当当的冰箱,突然老泪纵横。

　　就在这时,郝乐意按响了门铃。

　　他以为儿子又回来了,忙擦干泪。因为知道没有什么比看着父母老泪纵横更令人伤心的了,儿子是好人,不然,就不会留下这份公证书,当然,就算不留他也知道儿子是好人。他想,应该为刚才的呵斥向儿子道歉,再给儿子一个巨大的熊抱。他满怀希冀地开了门,看见的却是郝乐意,失望像一只失足的脚一样,掉了下去,被郝乐意收在了眼里。

　　杨林把郝乐意让进来,倒水时发现水桶是空的,他呆在饮水机前的背影,有种说不出的凄凉,郝乐意心里也酸酸的,去厨房接了一壶净化水烧上,见厨房里冷冷清清,猜他还没吃饭,就笑着说:“杨叔叔,我饿了,能不能借您的炉灶做顿饭吃呀?”

　　其实她是想做给杨林吃,但又知道他性格要强,讨厌被同情,要不然苏漫出事后,他完全可以顺应儿子的孝心,搬到儿子家住。

　　杨林知道郝乐意的心思,也没拒绝。有时候,别人送来温暖,不仅自己暖着,你接了,送温暖的那个人也舒坦。就从冰箱拿出一些菜,一老一少在厨房里忙叨着,不知不觉间,四个清爽的小菜就做出来了,郝乐意看冰箱冷藏里有只刚放进去的土鸡,索性拿出来炖了,两人边忙边聊,郝乐意装作无意间提起的样子,说徐一格总去幼儿园帮她。

杨林看着郝乐意,没说话。

郝乐意知道,再不问不行了,就问杨林对幼儿园有什么打算。

杨林却反问她希望怎么样?

倒把郝乐意问尴尬了,就笑着说,在幼儿园她不过是个打工的,没权利对它的将来指手画脚,还要看杨林怎么安排。

"一切照旧。"杨林把砂锅盖递给她。

郝乐意把火调小,泡了一壶茶,看得出,苏漫的去世对杨林打击很大,如果郝乐意不招呼他,他就呆呆地站在厨房里,盯着灶上的火苗一动不动。

郝乐意沏好茶,端到餐桌上,招呼了一声,杨林才大梦方醒一样,从厨房出来,和郝乐意说,自从一年前和苏漫全国各地自驾游,他们就把存款和股票等一点不留地分给儿子和徐一格了,只留了这房子和幼儿园,房子是要住的,幼儿园能给他们俩挣点零花钱,苏漫也说过,哪怕她不在了,幼儿园也要办下去,因为她的理想是把格林幼儿园办成美国常春藤大学一样的优质名牌幼儿园。说到这里,杨林兀自摇了摇头叹气:"自从苏漫去世,徐一格是整天和我闹,非说我瞒着她和苏漫把大部分的财产转移给儿子了,给她的只是一小部分,所以……纠缠着问我要幼儿园,她跟你也说过吧?"

郝乐意迟疑了一下,点点头:"所以……我才来找您,想知道您对幼儿园的打算。"

杨林说他们夫妻大多数的时间在路上,把幼儿园完全扔给了郝乐意,却只给郝乐意发薪水,这对郝乐意不公平,这次从西藏回来的路上,他们就商量好了,除了每月的薪水,他们把幼儿园的股份给郝乐意15%,虽然苏漫不在了,但商量好的决定还是要执行,然后问郝乐意有什么意见。知道推辞不掉,郝乐意也没多客套。

末了,杨林说儿子想让他一起出国,但他想在国内待几年再说。言谈间,鸡汤好了,整个家弥漫着清亮的鸡汤香味,杨林笑着说这家好长时间没烟火味了。话音未落,就听大门响,杨林说可能是儿子,说着就起身,打算给儿子道个歉。

却是徐一格。

徐一格叫了声爸,从玄关后转出来,见郝乐意在,一脸的笑容就凝固了,再看看一桌热腾腾的菜,就撇着嘴,不冷不热地说:"嗬,还挺丰盛的嘛。"转到餐桌边,把包往椅子上一扔,一屁股就坐下了,冷冷地瞥着郝乐意:"来告状啊?"

徐一格以为郝乐意不是来告状就是来谈条件的,在心里,就悄悄呸了一万遍,什么冰清玉洁,什么视金钱如粪土? 全他妈的装,为什么放着多出来的 10% 的股份不要? 还不就是想乘虚而入,卖了她徐一格,从杨林这里多捞一把吗?

没错,杨林正承受着丧偶之痛,悲伤并寂寞着,绝对是女人趁机讨好他,甚至是谋上位的好机会……对呀……虽然杨林有点老,可才六十岁,加上保养得好,看上去年轻得很,更何况她早就听苏漫说过,郝乐意的丈夫虽然是海归,可是连工作都没有,一个没工作的男人当然要靠老婆养了,不管女人本事多大,嫁个要靠自己养的男人,一定是憋屈的,一定是会伺机出逃的。所以嘛,现在苏漫去世了,郝乐意只要傍上杨林就能过上不憋屈不辛苦的日子,除了憋屈辛苦没别的内容的婚姻当然就不稀罕了。虽然杨林保养得好,可也是一老头了,但他有钱,一个幼儿园,一套在本市最好地界的房子,怎么着也得有小两千万的身家吧? 不要说郝乐意这种穷家小户出身的人了,就是在普通中产家庭长大的孩子也会心动,何况现在为了钱结婚的人比为爱情结婚的人多了去了。

她就这么虎视眈眈地看着郝乐意,眼里有把刀子,正在对郝乐意开膛剖肚,把她的那些见不得人的算盘掏出来,当众砸到她脸上。

可郝乐意只是笑了笑,主动起身去厨房给她拿了碗筷,要她坐下一起吃饭。徐一格就更愤怒了,呵,她郝乐意一个外人,居然像主人一样招呼她坐下吃饭! 这不分明就是赤裸裸的示威吗?

所以,当郝乐意盛了一碗鸡汤递给她时,她接过来扬手就泼到了郝乐意身上:"郝乐意! 你不要脸! 你贪得无厌,你小人! 我跟你没完!"

她突如其来的疯狂,让郝乐意和杨林都震惊了,郝乐意甚至都没感觉到被烫伤的疼,愣愣地看着徐一格说:"徐小姐,你这话什么意思?"

醒过神来的杨林忙跑到卫生间拿了条毛巾,让郝乐意把身上的鸡汤油渍擦掉,问她烫伤了没有,郝乐意这才感觉到胸口的皮肤火辣辣地疼,幸好隔着衣服,加上杨林又是男的,也不好说什么,只是悄悄吸了口冷气说没事,隔着衣服,没烫着。

徐一格几乎是跳着脚哭诉杨林和郝乐意忘恩负义不是东西,亏苏漫掏心掏肺地对他们好,可她才走几天啊,他们就勾搭成奸,联手欺负她这个没爹没妈的孩子了。

杨林没承想徐一格会栽这么恶心的赃，气得手脚哆嗦，给了徐一格一巴掌。

徐一格很小的时候苏漫就和杨林再婚了，所以，虽然徐一格为了钱和杨林吵来吵去，但是在她内心深处，杨林和亲生父亲没什么区别，她没想到杨林会因为外人打她，她捂着脸，瞪着杨林："你打我？我妈刚死你就打我？"

"对！如果你胡说八道，你妈活着我也打！"杨林给气得声音都发颤了，一直以来，他都不记得徐一格不是自己的亲生女儿，对她呵护备至，甚至当苏漫为她的婚姻发愁时，他还半开玩笑半认真地说，嫁不出去正好啊，免得她婚礼上我老泪纵横地丢人现眼，可就是这个让他疼爱得忘记自己不是亲生父亲身份的女儿，居然会为了钱而如此恶心地诬蔑他的人格。

郝乐意知道，如果这时候和徐一格吵起来，就是在杨林伤痛的心上泼了一勺滚油，她唯一能做的，只能是忍气吞声，别把战火扩大。遂拿起手包告辞，心平气和地告诉徐一格，她来，只因为她是幼儿园的管理人，应该知道杨先生下一步对幼儿园的打算，没告状，也没什么好告的。

杨林却一把拉住了她，因为徐一格和郝乐意的话，让他觉得徐一格一定有什么事瞒着他，而郝乐意来找他，就是想探听一下他的口风。

郝乐意知道，这个时候，哪怕她和徐一格递一个眼神，杨林都能看出道号，如果说出实情，对杨林的打击会更大，因为他一直拿徐一格当亲生女儿，而徐一格却在算计他……

郝乐意一直低着头，咬了咬牙说没有，趁徐一格一愣的时候，故作惭愧地说，自从苏漫去世，她就一直担心幼儿园的将来，最大的担心是他们会把幼儿园转让给别人，这样的话，她的前途也就堪忧了，所以，她曾经跟徐一格提过，如果幼儿园转让，希望转让的条件之一就是她继续留任当园长，被徐一格拒绝了，两人还因为这吵了一架。

然后，在杨林和徐一格的瞠目结舌里，郝乐意匆匆离去。

从杨林家出来，走在沿海的街上，脸上一片冰凉，像蒙了一层薄的雨，而海的上空，是晴朗的，有稀落的星星，在慵懒地眨着眼睛，郝乐意不想回家，哪儿也不想去，就想一个人待着，就在木栈道上坐了一会儿。这时候，她突然想，如果会抽烟多好啊，如果会喝酒多好啊，她想号啕大哭一顿，可是因为自尊和修养，她哭不出来，怪不得那么多人爱喝酒，原来，酒真的可以壮胆，可以让胆子大到出了丑还当是自己在张扬光环。

「第十九章」

你为什么不认错

1

因为马跃刚接管市北店,马光远想给侄子一点信心,这几天,只要有老客户到总店吃饭,他都会笑呵呵地给劝到市北店,当然他不能让客人白跑冤枉路,酒菜打折的幅度也是可观的,结果市北店几乎是天天爆满。为了让大家买马跃的账,马光远也尽量待在市北店,一到饭点就带着马跃挨桌敬酒,隆重地把他介绍给老客户们,请他们以后有在市北一带吃饭的机会,多多关照马跃的生意,这一圈酒敬下来,马跃醉得眼都睁不开了,马光远也心疼,说这是刚开始,要和客户拉交情,过了这阵就不会这样了。

关于马跃接手马光远市北分店的事,马光明一直没跟陈安娜说,其一是有些悲凉,就像陈安娜说的,如果要去马光远酒店干,还犯哪门子抽送他出国读研?再就是马光明自打内退就在酒店里待着,也八九年了,酒店那点事儿,他也看明白了,他哥马光远看着体面,窝囊罪也没少受,社会小哥捣乱,吃霸王餐的,赔着笑脸伺候各部门检查,还有黑道上的地痞流氓,按时来揩油刮皮,更有把来吃你当瞧得起你的恬不知耻的官员们……总之,酒店这活,忒要脸和忒不要脸的都干不了,从表面上看,卖的是酒菜,好像只要厨师水平高,万事大吉,其实这只是一方面,更重要的是老板网络人脉的能量,有了人脉,才会有人照顾生意,为了把人脉网罗住了,马光远哪天不得到各包间敬上几杯?这一敬,就是多少年。他的胃早就坏了,都切掉三分之二了,那么大的个子,吃那点饭,跟喂鸟差不多,买西服都买不着,因他太高,又太瘦,很难买到合适的码,所以,他一年到头穿中式服装,不知道的还以为他这是讲究品位呢,可只有亲近的人知道,这是买不到衣服的无奈。就算是中式服装,套在马光远身上,也有旗杆的效果,他实在是太瘦了,都是开酒店害的。所以这是马光远一直说让马跃到酒店干,马光明嘴上应着行动上却比较懈怠的原因所在。但马跃去他不会拦,毕竟酒店的创业阶段马光远已经豁上身体健康闯过去了,各种基础也打好了,现在马跃加盟,是顺风顺水的守业阶段,何况马跃对喝酒没瘾,也不是喝酒的料,到不了把身子喝坏的地步。但陈安娜不会这么想,绝对的。

在陈安娜的价值体系里,让马跃管理酒店,其失败程度不亚于上了企业流水线,因为在她看来,管理酒店既不需要学历也不需要专业知识,唯一需要的是见人说人话见鬼说鬼话的拍马溜须不要脸,她已经向整个世界宣布了她的儿子是多么优秀多么前途无量,到头来却泡在酒菜里了此一生,这简直不是搬起石头来砸自己的脚,而是砸中了自己的嘴,让她想往肚子里咽都咽不下去,因为砸下来的牙太多了……

所以,关于马跃已接手酒店这件事,马光明不想通过自己的嘴传达给陈安娜,知道一旦说了,陈安娜肯定会疯,肯定会没完没了地骂他伙同马光远一家欺负她,给她好看……马光明和马跃说过,老这么瞒着也不是办法,得瞅着陈安娜高兴的时候,把真相坦白了。

可问题是,马跃一想到告诉陈安娜的后果,心里也发颤,所以,也是挨一天是一天地躲着陈安娜的追问,晚上十来点回来,洗吧洗吧就上床睡下,其实第二天上午十点半到酒店就可以了,可马跃不,早晨洗刷完了,拎包就跑,好像多敬业似的,其实是躲着陈安娜。

今天市北店接了个会议,对负责安排会议餐的领导人,在酒店老板眼里都是高高在上的上帝,马跃当然也不敢怠慢,因酒量没数就多陪了几杯,结果喝高了,醉得腿都打晃了,被马光远的司机给送了回来。

司机架着马跃到了六楼,醉得眼都睁不开的马跃就闭着眼拍陈安娜家的门,看着醉得扶着墙当拐杖的马跃,陈安娜蒙了,当知道马跃醉成这样的原因后,直接疯了,把醉得站都站不直的马跃拎着耳朵就扔到了门外,狗血喷头地骂马光明,把已经睡着了的伊朵都给骂醒了,敞开一条门缝,像受惊的小鼹鼠一样,胆怯地看看陈安娜又看看马光明,而被关在门外的马跃,还在不停地拍门……

陈安娜彻底崩溃了,骂着骂着,突然停下了,坐在沙发上,呆呆地看着马光明:"我上辈子到底作了多大的恶?"

"杀人放火了。"

陈安娜突然不骂了,马光明反倒不适应了,讪讪地说陈安娜上辈子一定是把他杀了,还放火焚尸灭迹了,他这辈子娶她是为了复上辈子的仇。

陈安娜点头。

伊朵赤着脚丫子走到门口,开了门,边拖着醉醺醺的马跃进来边嘟哝爸爸好臭爸爸好臭。

马跃一屁股歪在沙发上,一脸讨好地看着陈安娜,陈安娜一扭头,起身回了卧室,马光明冲她背影努努嘴:"反常。"

马跃醉得只会嘿嘿傻笑,马光明心疼儿子,起身给他冲了一杯蜂蜜水,让他喝完上楼睡觉,以后敬酒,不仅要有数,还要有原则,意思到了就行,不能每天把自己灌得醉醺醺的。马跃说知道,虽然喝得头很沉,腿很软,但意识还是很清楚的,喝完了蜂蜜水,起身往外走,冲卧室方向大着嗓门说:"妈,我明早晨下来给您赔罪啊。"

他已经想好了,明天早晨,他要认真地和陈安娜聊一下自己的宏图大志,也和郝乐意聊聊,要让她们知道,从现在开始,他马跃,要脚踏实地地做事,一定活出个样子来,替她们争气。是的,郝乐意说得对,不管你多牛的学历,事都要从小做起,没人因为学历高一踏上工作岗位就成了叱咤风云的大人物。

让陈安娜骂了一顿,又喝了一杯蜂蜜水,马跃清醒了一点,就觉得满肚子的话想找个人往外倒倒,上楼进门就乐意乐意地喊,却没找到人,打了个电话才知道郝乐意刚从杨林家出来,打算到海边转转,让他先睡,马跃有心去找她,可不仅腿发软,还头昏脑涨的,遂算了,到书房打开电脑,想上会儿网。

一打开电脑,MSN就自动登录了,然后,就看见了小玫瑰,当然,已经被他阻止了,也就是说小玫瑰看不见他上线也给他留不了言。他想过删除小玫瑰,可又觉得这么做挺不地道,不管爱与不爱,毕竟这个女人在他的感情历史中占有了相当大的一个篇幅。

小玫瑰大约也猜到自己被他阻止了,所以,只能在签名上体现,这样,即使马跃阻止了她,也能看见她的心声。

从马跃阻止她 MSN 开始,她的签名就一直在变,依次是:马跃,我有话跟你说;马跃,我丈夫死了;马跃,你这个王八蛋,你害得我没拿到遗产;马跃,你甭装死,我知道你家地址!

马跃晃了一下脑袋,想小玫瑰也太疯狂了,吓唬谁呢,千里迢迢,回来一趟可不容易。觉得无趣,便把电脑关了,去洗了个澡,又返回书房,想找本书看着等郝乐意回来,可书橱里大多是女性杂志,翻了几页,就塞回去了,笨手笨脚的,差点把一个装满了幸运星的玻璃瓶子给弄到地上,就往里推了推,发现瓶子底下压了份病历,顺手就抽了出来,翻开看的时候,还挺内疚的,因为他走之前和回来之后郝乐意都没生过需要去医院的病,这病历应该是他去英国期间的。

想着郝乐意病了,孤单单地一个人去医院,却没人陪,马跃心里挺不是滋味的。

是的,这份病历就是郝宝宝用郝乐意的名字去堕胎的病历,走的时候她忘了拿,也跟郝乐意说过让她扔掉,可当时的郝乐意满脑子都是马跃出轨自己该怎么办……根本就没往心里去,之后的日子也过成了一团即将被点燃的乱麻,至于这份只要被发现就会惹出祸来的病历,早就被她忘到爪哇国去了。

心揣内疚的马跃想看看自己不在的时候,郝乐意生了什么病,就翻开了病历,一看内容,就五雷轰顶地傻掉了,居然是去医院堕胎!再看日期,就五雷轰顶上又加了震怒以及屈辱,他回国的前一周!

他突然明白了,为什么郝乐意对他不理不睬,是她有了外遇!还怀孕了!堕胎了!为什么那么抗拒和他做爱?什么因为她看到了小玫瑰起了疑心?因为刚刚堕胎不能过夫妻生活,所以她拿怀疑他有外遇为借口拒绝他……

曾经的愧疚,全化作了惊涛拍岸一样的愤怒,马跃觉得自己快被压垮了,要崩溃了,有两把冰凉的刀子,正雕刻着他的脸庞。

回来也三个月了,他像吞食粮食活命一样吞食着内疚,只为换取一点原谅,到头来得到的,却是一个令他肝胆俱裂的谎言。

他不知道那个男人是谁,他恨不能抓他过来,撕掉他!对,就像他撕掉这份病历一样,他撕!撕!撕成一条条的又撕成一丁一丁的,然后,他捧着一大捧碎雪花一样的病历,号啕大哭,是的,他从没哭得像今夜这么凄惨,哭得马光明和陈安娜都坐不住了,面面相觑片刻,决定上来看看。一开始,他们以为是喝醉的原因,有的人如果日子过得不如意,只要喝醉了就会借着酒劲号啕大哭,把一肚子的郁闷化作滔滔眼泪流出来,也就轻松了。

可他们越听越觉得不像,马跃哭得好像有人掏走了他的心。

马光明说他和乐意不是和好了吗,还哭什么哭?

然后陈安娜就哭了,她也滔滔泪下地说:"马跃这是憋屈得慌,你以为他真愿意去酒店干?还不是被逼到槛上了,他这是在哭命运捉弄人……"

"命运!命运!你以为命运是上帝给的?性格决定命运,马跃走到今天,你功劳最大!"两人边吵边上了楼,马光明边拍门边说,"马跃,你一个大男人,喝了点酒深更半夜的哭什么?"

他大着嗓门这么一说,等于是向听见马跃哭声的邻居宣告,马跃家没发生什么惊天动地的大事,他只是喝醉了,用山东话说,他是在哭酒杯。

马跃哽咽着,让马光明他们下去安心睡觉,他没什么,就是想哭两声。陈安娜问马光明拿没拿阁楼的钥匙,马光明说没,然后拉着她下楼,说人这一辈子,谁都有想关起门来哭一会儿的时候,下去吧。

陈安娜无比认真地认为,马跃今晚的哭,和他去酒店上班有很大的关系,她像所有自以为是的人一样,考虑问题都是从自身价值观出发,她认为马跃把去酒店做经理也当成了羞辱,所以才有这场酒后的痛哭,所以她的心是碎的是疼的,找不到地方发泄怨气她就开始抱怨都这么晚了郝乐意还不回家。

马跃哭够了,决定像埋葬一段不忍目睹的历史一样,彻底地埋葬这一捧破碎的证据,这是他的耻辱,他不想让任何人看见……包括郝乐意,他不想让她知道,她给的耻辱,他已知道了,他觉得知道本身就是耻辱中的耻辱,他也不想问郝乐意,一个字也不想问,更不想讨伐她。

随着轰隆一阵马桶冲水声,他站在卫生间里,看着这一捧纸屑,打着旋儿,彻底消失了。

他想起了郝乐意,和以往不一样地想,以往,想起她,他的心,就会像三月的阳光一样,暖意盈盈,可在这个夜晚,他想起郝乐意,是一阵难以遏制的倒胃,他突然想起了人生如戏这句话。

原来,他是瞧不起这句话的,觉得是不着边际的流氓腔调。

可现在,他觉得真他妈的真理啊。郝乐意多会演多会装啊,她居然装得像冰清玉洁而脆弱的小姑娘,被他的出轨伤得奄奄一息,万念俱灰,人生都失去了意义,他成了毁掉她人生信仰的罪魁祸首,然后就是他不停地内疚啊内疚啊,道歉啊争取原谅,他妈的他都快把自己糟践成一条匍匐在地上的哈巴狗了,居然就是为了让这个和别人偷情偷到怀孕堕胎的老婆原谅!

天哪,再也没有比这更荒诞的事了。他想啊想啊想累了,歪在沙发上,不,他没有睡着,而是整夜地睁着眼睛。

郝乐意进来的时候,他听见了也看见了,但是他没动,他从没像现在这样无力。

郝乐意进来时没开灯,是的,月光朦胧里,她看见马跃躺在沙发上,还闻到了一股浓重的酒味,她走过来,弯腰看看他,语气里带着嗔怪:"怎么又喝酒了?"

马跃没吭声,闭上了眼睛。

"上床睡吧,一会儿睡着了我弄不动你。"说着,郝乐意来拉他。

马跃冷不丁地把手抽回来,好像她手上有致命的传染病细菌,然后翻身,朝着沙发靠背。

郝乐意愣愣地看着他,刚才马跃厌倦的一甩手,非常伤她的自尊,比什么都伤,这又让她联想到了马跃的出轨,据说有过未遂恋情的人,在酒后特容易感怀,或许他想起了小玫瑰,才对自己如此冰冷?

她站在他身后,定定地看着他:"马跃,我惹你了?"

马跃不吭声。

"你是不是看着我就烦?"

马跃回头,看了她一眼,那么冷的一眼,好像她是个他压根儿就不认识的陌生的丑陋女人,他正因被她打扰了睡眠而恼怒着:"你说呢?"

郝乐意被激怒了,转身回卧室,砰地关上了门。

在床上躺了半天,她睡不着,起身,气咻咻地坐着,越想越不对,就又到了客厅:"马跃,你怎么了?"

马跃闭着眼不吭声。

郝乐意推了他一下:"马跃,我跟你说话呢。"

"别动我!"马跃突然坐了起来,瞪着她。

"今晚你到底是怎么了?"

马跃斜着眼,直直地看着她:"我恶心!"

"因为我?"郝乐意一愣,指着自己的鼻子,"你是说我让你恶心?"

马跃用鼻子哼了一声,一歪身,又躺下了。

郝乐意的心,冰凉冰凉的:"我怎么让你恶心了?就因为你和别的女人上了床,我还贱兮兮地原谅了你?"说着,眼泪就涌上了眼眶。

"别,你是冰清玉洁的郝乐意,你怎么可能贱呢?是我,我犯贱,我贱到无敌,可以吧?"马跃冷冷地翻了个身,后背朝外。

泪水夺眶而出,郝乐意拼命地想拼命地在脑子里挖,是的,她无论怎么拼命想,都想不出来自己到底哪儿对不起马跃,想来想去,就是,一个轻易就会原谅丈夫出轨的女人,除了被看轻,已经毫无幸福可言,她呆呆地站在天窗的月光下,泪如雨下,沙发上的马跃,已经响起了鼾声。

是的,当一个人不爱你了,他就不在乎你的感受了,譬如现在的马跃,踹完她最脆弱最疼的自尊,就鼾声如雷了。

她默默转身,回卧室,如果不是深夜,如果不是怕惊扰了邻居,她多么想号啕,多么想问上帝,这到底是怎么了?!

早晨,她起床,洗脸,上班,马跃还在沙发上躺着,目光直直地看着她,好像病入膏肓的病人。

郝乐意看也不看,好像他是空气,因为她再也不想在马跃面前犯贱了。忙活完了,正要下楼接伊朵去幼儿园,陈安娜上来了,她说乐意你等会儿。然后指着马跃,说你愿意他每晚都喝成这样回来吗?

郝乐意瞥了他一眼:"他愿意喝,我也没办法。"

"马光远的胃已经切掉三分之二了。"

郝乐意说知道,看看马跃:"我到点去上班了。"转身想往外走,却被陈安娜拦住了,陈安娜定定地看着她:"马跃上班了,你知道吗?"

"知道。"

陈安娜很生气:"知道你为什么不告诉我?"

"妈,马跃是您儿子,他自己都不告诉您,我说算怎么回事?"

陈安娜几乎声泪俱下地:"郝乐意,马跃是做了对不起你的事,可他已经悔过了,也发誓以后再也不这样了,你就这么不原谅他这么恨他?"

"妈,我说过了,去做什么这是马跃自己的选择,我不干涉。"

"你这不是不干涉,你这是恨他报复他!他就是空军体格,干上几年酒店也就完了。"

郝乐意只剩了无语,看看还蜷缩在沙发上的马跃,又看看陈安娜:"妈,以后马跃的事我不会管了。"说完匆匆出了门。

陈安娜坐到马跃身边:"马跃,听妈的,咱不去了,上回你去妈的学生那儿,把人家的面子给拂了,妈今天就去找他,让他看在妈的面子上,再给你一次机会。"

马跃盯着天花板:"妈,您还当真啊,其实人家根本就不想要我,可又碍于您的面子,所以特意设了个我跨不过去的门槛,我呢是为了保住您的面子才撒谎说我根本就不想去他们银行。"

陈安娜瞠目结舌:"可他说⋯⋯"

"妈,相信我。"马跃换了个舒服点的姿势躺着,"妈,我想离婚。"

陈安娜吓了一跳:"都和好了,还离什么离?"

"想离。"

"昨晚又吵架了?"

"没有,就是想离。"

2

郝乐意下楼,刚启动车子,马跃的短信就到了,很简短的一句话:我考虑过了,我们还是离婚吧。

郝乐意瞬间就蒙了,默默看了一会儿,回了俩字:好的。

生活真像一匹无法驾驭的野马啊,不知不觉地就跑出了她的想象。

居然是马跃要和她离婚。

明明是他错了,明明应该是她提出离婚,他恳请着不要的⋯⋯

车轮滚滚向前,郝乐意也满脑子走马灯一样奔忙不停,她无论如何也想不明白,从回国就在讨好她,苦苦哀求她不离婚的马跃,怎么会突然提出离婚,还是在她原谅了他,想和他继续好好过日子之后。

马跃的出尔反尔,让她想起了一则电视短片,一个年轻姑娘一直在痴情地等候她爱的那个男人,终于等到了他来说爱她,她却微微一笑说:我终于等到和你说对不起不爱你的这一天了。

满脑子都是假想的各种可能,像疯马一样在脑子里来回穿梭,郝乐意都快抓狂了,堵车的时候,她疯狂地按喇叭,把伊朵都给吓坏了,用小手捂着耳朵说妈妈妈妈别按了,这个声音好讨厌呀。

郝乐意的眼泪扑簌簌地,就下来了。

一路晕头涨脑地到了幼儿园,把伊朵交给老师,就匆匆去了办公室,却发现徐一格已经在了,微微地尴尬了片刻,默默放下包,整理桌上的东西。徐一格却站在她的写字桌对面,两只胳膊撑在桌面上,很有打了胜仗的将军的架势:"郝乐意,你不帮我,我也会赢的。"

郝乐意看了她一眼,没吭声,起身去看后厨准备得怎么样了,每天早晨,她都要亲手给每一位小朋友盛汤的,她不想因为自己的心情,改变多年的习惯。

徐一格跟在她身后:"郝乐意!"

她回头。

徐一格笑了一下:"我赢了也不会为难你的。"

3

马跃说要离婚,陈安娜用带着蔑视和看穿的眼神扫了他一眼,好像他说的是梦话或者是醉话,因为就在前不久郝乐意没原谅他那阵,他还在可怜巴巴地不停地跟她讨主意呢,这才好了几天,他却要离婚了,他不是吃饱了撑的而是耍小花招。对,陈安娜认为他这是在围魏救赵,因为她竭力反对他去马光远的酒店上班,而他却贪图那顶所谓的 CEO 破帽子,不肯就她的范,只要他婚姻风平浪静,她所有的精力都会放在把他拉离马光远的酒店上,可如果他说要离婚呢,他在酒店上班的事就不重要了,因为马跃知道,在她心目中,婚姻的完整要比工作重要得多。也就是说,马跃想用这招,分散她对他在马光远酒店上班的愤怒,希望她转而关注他早已复原的婚姻。

她陈安娜可不是三岁小孩子,她比谁都知道马跃对郝乐意的感情,别看他出过轨。

所以,当马跃起身说要去打一份离婚协议时,她还一脸瞧你怎么往下演的揶揄,冷笑着说:"打吧,我下去拿老花镜,帮你把把关。"

等她拿着老花镜上来,没承想马跃还真在打离婚协议,心里的冷笑就越发响亮了,指点着说这么说不行,那么说不是专业术语,等马跃打印出来,签上了自己的名字。陈安娜还拿过去看了看,往桌上一扔说:"等郝乐意也签了字,你拿给我看看。"

马跃把离婚协议收起来:"看什么看,等她签了字,就直接去换离婚证了。"

陈安娜依然不屑一顾:"别演了!我告诉你吧马跃,我不管你离不离婚,我不为别的,为你的健康负责,你也必须给我把马光远的酒店辞了。"

"不辞。"马跃说着就把离婚协议放进了包里,"妈,我昨晚是因为没数喝醉了,以后不会了,您就放心吧。"

他说话那么一本正经,好像突然之间从一个冒失孩子变成了稳重的中年男人,陈安娜有点不适应,劈手夺过他的包,把离婚协议拿出来,唰唰撕了:"没事别拿离婚当口头语!"

马跃沉吟了一下:"妈,我真要离婚。"

陈安娜这才警觉了:"为什么?"

马跃坐下,从电脑里调出文档,继续打印离婚协议。

陈安娜急了:"不是跟我闹着玩的?"

"妈,有拿这事闹着玩的吗?"

陈安娜错愕地半天说不出话来,唰唰地把刚从打印机里吐出来的两张离婚协议又撕了:"你也敢!"

"妈——"马跃脸红脖子粗,"您撕吧,撕了我再打!"

"你们不都和好了吗,还离什么离?"

马跃也不吭声,像执拗的小孩,把电脑里的离婚协议又打印了一遍,陈安娜伸手就给抢了去,又给撕了,马跃定定地看着她:"妈,您撕吧,您拦不住。"说完,把离婚协议文件考进U盘。陈安娜来抢,马跃到底年轻,动作要机敏一些,唰地就给拔在了手里,娘儿俩抢得气喘吁吁,陈安娜问是不是不要脸的小玫瑰回国了?马跃说没。

陈安娜继续抢,说就算她回国了,就算马跃真和郝乐意离了婚,她也不会让马跃娶这么个女人,如果不是她,马跃也不会没拿到硕士证书就回国,如果马跃早几年拿到硕士证书,他的人生,就绝对不会是眼下这样子!最关键的是,她瞧不上小玫瑰,一个拿爱情换利益的女人,和妓女没区别,她就是跪着求到她门上,也休想让她原谅她接受她!

马跃说真和小玫瑰没关系。

"那到底和什么有关系?前几天你还死皮赖脸地讨好她呢,这才几天,你就跟换了个人似的?"

马跃通红着眼珠子喊了一声:"妈——"

陈安娜给吓了一跳:"有话你就说,扯这么大嗓门干什么?"

马跃只是怔怔地看着陈安娜,半天没说出话来,末了,只是有气无力地说:"妈,求您了,别问了,这是我自己的事。"说完转身出去了。是的,他不能说,他觉得作为一个男人,一旦亲口说出了自己被老婆戴绿帽子这件事,在内心深处,自己直接就从武松变武大郎了,自己的亲妈也不行,他就是不想说,这是作为一个男人的自尊,他还是很在意,想保留的。

　　就在昨天,就在他看见病历内容,又详细核实了病历以及取药单据上的时间后,那一瞬间,他觉得自己长大了,像一棵苍老的树桩那么老了,因为他的整个世界都在快速坍塌,坍塌得只剩了他一个人站在那里,如果他再不坚强,整个世界就彻底湮灭了。

　　除了坚强,他别无选择,陈安娜已经老了,他不能再往她心上捅刀子,如果陈安娜知道郝乐意出轨了还怀了孕,陈安娜一定比他还崩溃,因为在陈安娜心目中,他这个儿子可以落魄,可以在事业上没有起色,但在人格魅力上,他永远是天下第一,如果郝乐意出轨,那将是灭顶之灾的最后一块石头。

　　所以,他装作没事人一样,去卫生间刮胡子,洗脸刷牙,甚至还好心情地哼着歌,好像甩掉郝乐意,就像剔掉了塞在牙缝里的一片烂菜叶子一样快意而轻松。

　　刮胡刀嗡嗡响着,马跃想起了刚回来那会儿,他像个强奸犯一样,强迫郝乐意做爱,她呆滞地看着他,一点反应都没有,好像她是个没有知觉的植物人,而他是个连植物人都不放过的无耻流氓……想来,那是因为她心里还装着另一个男人,根本就无法接纳他吧?他一阵反胃,干呕了几声。

　　陈安娜站在门口,眼泪汪汪地看着他:"都一晚上了到早晨还干呕,马跃,听话,咱不干了,妈养着你。"

　　马跃看看陈安娜,发现她鬓角的白头发又露出来一截,该染发了。他突然心酸,觉得自己不是东西,干吗啊?就因为陈安娜宠他爱他,他就要一辈子像个吃奶的孩子一样偎依在她怀里?他漱了漱口,看着陈安娜,平和地说:"妈,我是您儿子,我是个男人,我不想等老了的时候悔恨不已,更不想等老了的时候瞧不起自己。妈,您放心吧,您和我爸的以后,就看我的了。"

　　说着,他拥抱了陈安娜一下,用满是牙膏味的嘴巴,在她脸上吻了一下。陈安娜号啕大哭。

　　好吧,陈安娜认了。确实,儿子已经长大了,她必须放手,可她不想让儿子离婚,曾经她是表示过不喜欢郝乐意,那是因为儿子刚从英国回来,她以为儿子有更好的前程,觉得娶郝乐意委屈了儿子,可随着时间的推移,她渐渐发现,郝乐意是个不错的儿媳妇,她之所以知道她不错还在挑剔她,不过是因为她不愿意承认马跃不争气,仿佛只有把郝乐意贬得很低,才能衬托出马跃的出挑……

　　平心而论,郝乐意善良、能干,从不对别人提过分的要求,就马跃前几年的生活状态,如果放别的女人身上,恐怕就是不把婚离了也得把他们一家踩在脚底下,可郝乐意没有,人家任劳任怨,对马跃的要求只有一个,别添乱就行。可就这样一个好儿媳妇,她还经常狼外婆似的欺负人家,儿子还出轨了,人家煎心熬肺地痛苦过了,也原谅儿子了,可她的混账儿子居然又不稀罕这原谅了,要玩猪八戒甩耙子!

这其中,一定发生了什么事,是她不知道的,所以陈安娜决定,得找郝乐意谈谈,她不能眼看着这个家散了。

陈安娜到了幼儿园,郝乐意刚吃完饭,见她来了,好像也没怎么意外,喊了一声妈,说她有事要出去一趟,说着就往外走,陈安娜想这样正好,她也不想当着徐一格的面说。其实郝乐意没什么事,她这么说,只是不想让徐一格觉得是在故意避开她,婆媳两个出了幼儿园,找了一家甜品店坐了。

陈安娜在郝乐意面前端惯了,冷不丁一下子,还真拿捏不好度,显得有点局促,说:"乐意,以前,妈对你是凶了点。"

郝乐意就笑了笑,陈安娜千言万语不知该从何说起,郝乐意猜是马跃跟她说了要离婚的事,就主动说:"妈,您找我,是因为马跃要离婚的事?"

陈安娜点头,一把抓住郝乐意的手:"你们不是和好了吗?"

郝乐意点点头:"妈,您别问我,我真的不知道为什么,我昨晚回来,他就恶声恶气的,我也不知我到底做错了什么。"

陈安娜很意外:"你真不知道怎么回事?"

郝乐意点头。

"乐意,别听他的。"向来要强的陈安娜第一次在郝乐意面前自我检讨以前太宠着马跃了,让郝乐意吃了不少苦,她这个婆婆也没少给她罪受,希望她不看别的看在伊朵的面上,不管马跃因为什么要离,都不要轻易遂了他的愿。

郝乐意没说话,是的,她没法承诺陈安娜。之前,她选择原谅马跃,不单是因为伊朵,还有爱,是的,她承认自己有些犯贱,她心里还有一些爱,要给马跃,她就像一个悲情的母亲,不管儿子多么不争气,她的爱,都无法停止。可现在,马跃提出离婚,她连为什么都不想问。所有因为爱而犯的贱都是美丽也是可怜的,但它也是有底线的,那就是建立在对方也还有爱的基础上,如果马跃不爱了,她还坚持犯贱,就不是可怜而是可恨了。她不想做那种可怜得让自己都发恨的女人。

陈安娜呆呆地看着郝乐意,只剩了空空的悲切,一直以来,使用包容的是郝乐意,她这个不那么称职的婆婆,除了赎罪,没有资格再对她提更多的要求。她抓着郝乐意的手:"妈不想看你们走到这一步,乐意,你就再委屈委屈自己。"

可是,她还要怎么委屈自己才能成全幸福,不,现在还说幸福,已经奢侈了,她还要怎么委屈自己才能成全婚姻? 马跃已经不稀罕了。

Chapter「第二十章」

往事的硝烟

1

马光远一般都要在九点左右才从酒店回来,平时家里就田桂花一个人,寂寞得要命,就经常给郝宝宝打电话,跟她说他们家不仅不需要儿媳妇上班,也不需要儿媳妇拿研究生毕业文凭,仅仅需要一个纯粹的儿媳妇,让郝宝宝不要每天抱着书本学习了,有时间,还不如来陪她聊聊天呢。

郝宝宝是发自内心地喜欢田桂花,她没文化、直爽,不因为有钱就跟她端架子,没事的时候,准婆媳俩不是研究吃的就是研究穿的,连马腾飞都开玩笑说,自从有了郝宝宝,田桂花比以前时尚多了,穿上貂皮,也不是杀猪的攒了俩钱买件貂穿穿的效果了。

田桂花打扮上了瘾,没事就逛街,不仅给自己买得大方,给郝宝宝买起来也毫不手软。有时候,看着田桂花一件一件地试衣服,刷卡的时候眉头都不皱一下,郝宝宝难过得心都要抽搐了,她想起了贾秋芬,去夜市买双鞋都能跟人打起来,因为砍价砍太狠,把卖鞋的砍恼了。

余西最近好像听到了风声,不仅常去学校找马腾飞,还经常给田桂花打电话,好心情地陪田桂花聊天,话里话外就一个意思,她反省过了,以前都是她不好,马腾飞是个好男人,她是因为自己没了子宫,才自卑得没安全感,干了些蠢事,希望田桂花和马腾飞能原谅她。总之,现在的她已经不是醋罐子了。关于孩子问题,她也想好了,她没子宫可卵巢还在,可以找代孕妈妈生孩子,想生几个生几个,想要男孩就要男孩,想要女孩就要女孩。田桂花心里发虚,只敢嗯嗯啊啊地胡乱应付着,决定性的话语,半个字也不敢往外吐。

至于马腾飞,还是基本不接电话,余西就给他发短信,每一个短信,都像情书那么长。马腾飞一个字也不敢回。

晚上回家,田桂花就问余西找他没,马腾飞也如实说了,娘儿俩都苦恼得要命。

余西越是这样,田桂花就越是希望马腾飞和郝宝宝早点结婚,可马腾飞不着急,她又不能催郝宝宝去逼婚,索性就把余西最近经常纠缠她和马腾飞的事跟郝宝宝说了,这一招,比催着郝宝宝逼婚还狠。

郝宝宝一听就急了,生怕马腾飞被余西感动了,也经常给马腾飞打电话发短信,这还不够,一到下班就直接去学校找马腾飞,就算人不去,也提前电话约下,把他时间统统占了。

余西和郝宝宝的左右夹击,把马腾飞搞得很狼狈,既不敢让余西看见曙光,又不能说他已经有女朋友,别看余西信誓旦旦说已洗心革面了,可马腾飞比谁都明白,这是性格问题,改不了的。如果她一旦知道他和郝宝宝恋爱了,郝宝宝就得祸事临头,所以他不敢再让郝宝宝到学校找他,尽量把约会安排在家里,还把家里的钥匙给了她一串,如果郝宝宝一个人在家等得寂寞,就让她去他妈家等,反正就对门。郝宝宝和田桂花相处得也不错,权当是自己恋爱不忘老母亲,倒是把田桂花哄得更开心了,以为郝宝宝这是怕她寂寞特意主动来陪她呢。

可郝宝宝年轻啊,喜欢在外面疯,一会儿说要看电影,一会儿说要去滑草,总之她有的是点子,想看电影还好说,反正家里有视听室,马腾飞一买就是一箱的影碟,全正版的,往里一放,说:“在家看多好,你想几点看就几点看,坐着看累了可以躺着看,想看几部就看几部。”

郝宝宝的嘴巴噘得能拴住一头驴,说他没品位。马腾飞把她往怀里一揽,说没品位能爱上你?这话很让郝宝宝受用,就老实地在家看电影。

有时候看着看着电影,马腾飞揽着她的那只手就不老实了,像群小贼一样顺着她的腰到处乱跑,跑得郝宝宝心慌意乱,努力地回想,作为一个不懂男女之事的女孩子,到底要持什么样的表情才合适。

所以,每当马腾飞吻她的时候,她总是在拼命回忆,回忆她第一次和人接吻时的慌乱情形,然后再照搬到和马腾飞的怀抱里来。

她努力回忆,因为太用力,让她看上去像是很惊恐,马腾飞说她像受惊的鼹鼠,钻出洞穴张望着让它手脚慌乱的阳光。

在马腾飞看来,她的惊恐,源自对男女之事的迷乱不懂,就更是心下怜惜,总之,他们总是把电影看得乱七八糟,因为看着看着电影,马腾飞就会看她,看着看着就不老实了,三拖两拽地就拉到怀里,那张阔大的欧式沙发,经常被他们的激情弄得乱七八糟。

每一次,郝宝宝都咬牙挺住了,在最后关头不让马腾飞得手,因为她决定信一次贾秋芬的话,女孩子没结婚就让人睡了,会让婆家人贱看。而且她也害怕,一旦让马腾飞得了手,自己就会变成一根被啃过的骨头,被随手扔在路边,据说那是富家子弟最喜欢玩的游戏。所以,每每马腾飞情难自抑,她就会双手护宝一样护住湿漉漉的私处,飞快地翻滚到一边,说最美好的要留到最后一刻。

马腾飞就像飞到了半空突然翅膀抽筋的鸟,笨拙地尴尬在那里,然后沮丧地一收翅膀,重重落到地上,然后,纳闷她一个不谙男女情事的小姑娘,哪儿来的这么大定力?

当然,他也会说服自己,正是因为她没经历过男女情事,不知道其中的甜美,才会拒绝得这么坚决利落。被拒绝的次数多了,马腾飞就不敢见郝宝宝了,因为每一次见都血脉偾张,偾张到最后的结局就是僵死在半路上,这感觉糟糕透了,为了不自找折磨,他索性尽量避免与郝宝宝单独在一起。可不单独在一起也得有理由,就撒谎今天有什么活动,明天有什么活动,就算回家了,也是借口田桂花一个人在家很寂寞,两人一起到对门陪田桂花做饭吃饭看电视聊天。

可在郝宝宝那儿,却成了危险信号。是不是他知道什么了?或者不喜欢她了?更有一种可能是喜欢上别人了,对,他是大学老师,身边最不缺的就是年轻漂亮的女大学生……

郝宝宝越想越觉得是这么一回事,决定不坐以待毙,要主动出击,要让那些不知天高地厚的姑娘看看,她才是他正牌的、即将登堂入室的女友,更要让余西知道,马腾飞已经有女朋友了,她还是死了心吧。

有了这想法,郝宝宝就打扮得跟花瓶似的,经常往学校跑,人前人后挽着马腾飞的胳膊,甜蜜兮兮地以未婚妻自居。马腾飞有点不高兴,甚至有点恐惧,觉得郝宝宝怎么也越来越有余西的作风了?却又不好发作,只能尽量哄着她早点离开,千万别碰上同样来收复失地的余西。

可他越是这样祈祷,事情还越是要发生。

有天中午,郝宝宝和余西狭路相逢了。

2

余西和马腾飞有共同生活基础,知道马腾飞的口味,那天她提着一只粉绿粉绿的保温桶,桶里装着她研究了很多天才研究出来的咕老肉,也是马腾飞的最爱,来到了学校,远远看见了挽着马腾飞胳膊从教学楼出来的郝宝宝。

余西歪着头,细细地看着郝宝宝,她看啊看啊的,眼里就烧起了两团火焰。然后她看着郝宝宝挽着马腾飞出了校园,拐进了以前马腾飞经常带她去吃的美杉小厨。

美杉小厨的小火锅很有特色,一人一炉,各取所需,以前只要她来学校找马腾飞,马腾飞就会带她去美杉小厨。她喜欢吃涮海鲜,马腾飞喜欢吃肥牛,其实,她喜欢吃涮海鲜,纯粹是因为马腾飞,因为马腾飞总怕她烫着手,每每海鲜涮差不多了,就会从她手里抢过漏勺,不仅帮她捞,还会帮她剥海鲜,因为她的手指纤细娇嫩,滚烫的东西会把表皮烫坏,烫坏的皮肤几天后会变硬变粗糙,会失去柔柔嫩嫩的细腻感,不管干什么,只要在一起,马腾飞都喜欢拉着她柔若无骨的手,当然不舍得烫坏,所以……一切对她手上皮肤有损害的事,他全部代劳,因此余西就越发喜欢美杉小厨,因为这里能让她如此真切地感受到来自马腾飞的爱和呵护。美杉小厨简直是她的爱情圣地,时隔两年,马腾飞居然带别的女人来这里,余西就觉得仅属于她的爱情圣地被践踏了。

她跟了进去。远远地站着,远远地看着马腾飞和郝宝宝,像隔着时光隧道一样的不真实,她的眼睛疼了心疯了,尖着嗓子喊了一声:"马腾飞!"

好像喊的不是前夫,而是淘气不听话的孩子。

马腾飞像被人发现了贼迹的小偷,突然扔掉赃物一样地松开了郝宝宝的手,支支吾吾地说:"余……余……西啊,你怎么来了?"

余西睥睨着郝宝宝,一副似笑不笑的样子:"我来看戏。哎,马腾飞,给介绍介绍,这谁呀?还挺亲热的。"

被马腾飞狼狈地甩掉了手,郝宝宝又气又急,一把抓起马腾飞的手,把自己的手塞进去,仰着光洁的小脸蛋说:"我自我介绍吧。我,郝宝宝,马腾飞的未婚妻,你是谁?"

余西哦了一声,慢悠悠地点着头:"备胎呀。我,腾飞,你没告诉她啊? 我就是和马腾飞青梅竹马的余西。"

"切! 还青梅竹马呢,前妻前妻,就是男人的感情前期。"郝宝宝说着,指了指自己的鼻子,"我,是现任,明白吗?"

余西气得满脸通红:"马腾飞! 离婚前,你妈说过的,我们离婚不是因为不爱了,是为了彼此的安全,她发过誓,你不会再谈恋爱不会再婚!"

"每一对夫妻都在婚礼上发过白头偕老的誓,前妻同学,在别人发过的誓上纠缠不休,你这是自找受伤啊。"说着,郝宝宝拉起马腾飞就往外走,边走边说,"前妻同学,不是怕你哦,我是懒得理你。从你们离婚那天开始,你和马腾飞之间的关系,就只剩前妻前夫这个称呼的关系了,你最好识趣点,别找不自在。"

对郝宝宝的吵架功夫,马腾飞是见识过的,也觉得过瘾,可那也要分对谁。对在嘴仗上占了田桂花半辈子便宜的陈安娜,他觉得是大快人心,可现在,是对余西。虽然离婚了,可余西毕竟是他的初恋,毕竟曾经有过婚姻,那种感觉,她就是因为种种原因不相往来了的自家妹子,有再多不是,那也只有自家人呵斥的份。看到她被别人呵斥得两眼含泪,哑口无言,马腾飞的心,还是酸溜溜的,遂加快了脚步,因为知道此刻的余西,肯定是万箭攒心地痛苦着,他既不忍心帮着郝宝宝呛她,也不敢帮她反驳郝宝宝,是余西咄咄逼人在先,更何况郝宝宝和他的感情没有半分的差错。

提着保温桶的余西,突然咣地一下,把保温桶蹾在了桌子上,顺手抄起一把椅子就往郝宝宝身上砸去。郝宝宝听到身后稀里哗啦地响,回头一看,余西的椅子已经抢过来了,就下意识地举起胳膊去挡,她能清晰地听见,包裹在肌肉中的骨头沉闷地咯了一声,随着一阵钻心的刺疼,郝宝宝惨叫着就摔倒在地。余西像红了眼的疯子,再一次抢起椅子,走在前面的马腾飞回头一看就傻了,转身一把夺过椅子,而余西依然不依不饶,甩手一下子把桌上滚开的涮锅就给扫到了地上,滚烫滚烫的锅底,连青菜带海鲜夹杂着肥牛还有小羊羔的火锅,香喷喷的,还没来得及吃的滚沸滚沸的整整一锅啊,它们借助余西的臂力,呼啸着、哧啦哧啦地尖叫着泼向了郝宝宝美丽的身体……郝宝宝惨叫着滚到了一边。

马腾飞被眼前的一幕惊呆了,郝宝宝猛地从地上跳起来,像被上足了发条的疯狂玩具,跳着脚,想用手从脖子上往下扒拉滚烫的菜叶子肉片子,可她的右胳膊断了,根本就举不起来,狂乱中,她只有疯狂地蹦跳,想把那些粘在身上的滚烫的菜叶子和肉片子抖下来。马腾飞顾不上呵斥余西,抱起郝宝宝就往外跑,在学校门口拦了辆同事的车,就往医院冲。

这天晚上,郝多钱、郝乐意他们是在医院里度过的。

郝宝宝右胳膊骨折,断了两根肋骨,后背大面积烫伤。

自从接到电话到医院后,贾秋芬的眼泪就没干过,不管眼泪多么汹涌,她都不忘一只手死死地攥住郝多钱,因为郝多钱听到郝宝宝被马腾飞前妻打伤的第一反应,不是去医院看郝宝宝,而是从厨房摸起一把刀就往外跑,要不是贾秋芬死死地抱住,现在还不知闯出什么祸来呢。

马腾飞一直握着郝宝宝的一只手,愧疚得一句话都说不出来,因为后背烫伤,郝宝宝只能趴着,眼泪吧嗒吧嗒地往枕头上滴。

郝乐意接了电话就跑了过来,都晚上了还没接伊朵,给马光明打了个电话,说了这边的情况,让他去幼儿园帮忙接伊朵。

郝乐意知道贾秋芬和郝多钱守在医院里唯一的作用就是看着郝宝宝的凄惨样掉眼泪,就劝他们回家,晚上由她来值班。

郝多钱不干,非让马腾飞报警,而马腾飞知道,就郝宝宝的伤情,一旦报警,余西肯定得拘留,并以故意伤害罪追究刑事责任。不管余西多不应该多可恶,马腾飞不想让她坐牢,更不想因为自己的新爱,而把她送进监狱,所以整个下午他都试图和郝多钱周旋,试图说服他先冷静下来,也试图把责任往自己身上揽,说这事发生了,也有他的责任,因为当年余西死活不愿意离婚,是他们家给她许下了没法兑现的诺言,就是他不能再婚,所以余西发现他和郝宝宝在一起,觉得自己上当受骗了,才做出了过激反应。

马腾飞不忍心让余西去坐牢,郝乐意还是挺感动的,也突然明白了,婚姻不仅仅是爱情的产物,也不仅仅会缔造出一个甚至多个孩子,更重要的是,哪怕是婚姻破碎了,曾经的爱,在任何一个关键时刻,都能启动人内心深处的神性,譬如现在的马腾飞,如果他没有启动内心深处柔软而温暖的神性,完全可以为讨好新欢,把余西送进监狱,可他没有。

可郝宝宝不会这么想,郝多钱也不会这么想,在他们眼里,余西就是势不两立的敌人。

郝多钱像红了眼的公鸡一样咄咄逼着马腾飞,郝乐意知道,再这么僵持下去,搞不好会翻脸,遂悄悄把马腾飞拉到一边,让他先回家,至于余西,他也别去找,更别让余西来道歉,因为关系特殊,余西的脾气也不是一般人的脾气,搞不好歉还没道,架又干上了。马腾飞想来想去,似乎也只能如此了,便告诉郝乐意,别在用药上省钱,只要对郝宝宝好,多贵的药都用,钱不是问题。郝乐意说知道。马腾飞呆呆地叹了口气,说下午的时候,余西妈来电话了,老人都崩溃得不行了。离婚的时候,他妈给了余西五百万,可因为离婚,余西很痛苦,整天以挥霍钱为乐,才两年的工夫,连挥霍加上被人骗,五百万就没了,所以就算只追究她的民事责任,赔偿医药费和精神损失,怕是她也赔不起,届时郝多钱说不准会以为她是故意不赔而恼火,要追究她的刑事责任。

郝乐意知道,他这么说,肯定是有了主意,希望她能帮忙从中斡旋一下,就让马腾飞有什么想法尽管说,她不是那种以快意恩仇为乐的人。马腾飞这才说,现在郝宝宝用的医疗费,都是他垫付的,以后肯定还是由他来垫付,当然他也得回家跟父母要,但这钱不能经他手,因为就他和余西的关系,就余西对他的痴情劲儿,如果钱经他手,郝宝宝他们肯定会以为余西和他私下有联系,甚至还会觉得他站在余西那边帮着她想辙对付他们。所以,在这个关口,他既不想让郝宝宝生气也不想惹翻郝多钱,以后这边需要用什么钱,让郝乐意告诉他,他打到郝乐意卡里,郝乐意再转给郝多钱或是医院,到时候,拜托她一定多说好话,就说余西又主动给钱了……希望郝多钱能看在余西主动的分上,不那么恨她。

郝乐意觉得,暂时也只能如此了,就算如郝多钱他们所愿,报警拘留余西,对已发生的问题和以后起不到任何弥补性的和促进性的作用,只会增加马腾飞对余西的内疚,对郝宝宝来说,这不是件好事。

送走马腾飞,郝乐意在病房陪郝宝宝,假装轻描淡写地说余西刚才给她打电话了,好一顿忏悔,想来给郝宝宝赔礼道歉,不知郝宝宝能否接受。还没等郝宝宝说话,郝多钱就恼了,嚷着让她来,她要敢来,他也不用她赔偿也不会送她去坐牢,他给她砸断胳膊弄断肋骨再泼一壶沸水,就两清了。

郝乐意倒吸了一口冷气,劝他别这样,说余西也挺可怜的,马腾飞受不了她吃醋才和她离了婚。她为什么爱吃醋?还不是因为太爱马腾飞怕失去他吗?最终还是失去了。所以,她见马腾飞和比自己年轻漂亮的郝宝宝在一起,就醋劲大发,也是一时冲动,不是故意要郝宝宝怎么着……这么说着,郝乐意自己也觉得心里虚得慌,因为这说法说不通。果然郝多钱更恼了,说话特难听,让郝乐意闭嘴,说她说话的动静特烦人……说着,就不耐烦地眼睛一闭手一挥:"滚滚滚……"

泪水一下子就堵满了郝乐意的眼睛。贾秋芬见状忙拉着郝乐意往外走,让她别和郝多钱一般见识。

不管多委屈,该办的正事还是要办,郝乐意和贾秋芬商量,抽时间和余西坐下来谈谈,该怎么赔偿怎么赔偿,还是别起诉了,毕竟她是马腾飞的前妻,马腾飞不是个没心没肺的人,真要把她送监狱去,马腾飞肯定会觉得亏欠余西,这对他和郝宝宝的婚姻不好。

贾秋芬也觉得是这么回事,郝多钱上蹿下跳,是心疼郝宝宝心疼疯了。郝宝宝长到二十五岁,郝多钱含在嘴里怕化了,捧在手里怕摔着,在他手里没吃过半指头的亏,这冷不丁地,骨头断了好几根,后背烫脱一层皮,他能不心疼吗?

3

郝宝宝受伤,田桂花也心疼得不行,说都怪马腾飞,婚都离了,还扯不干净抹不利落,瞧瞧周围那些离婚的,哪一对不是从两口子离成了仇人?他可倒好,非要装什么文明人,爱情没了友情在,在个屁!要不是他让余西心存幻想,能有今天这一出?

马腾飞一声不吭地任由田桂花数落,末了,马光远问郝家什么态度,马腾飞这才说郝多钱死活要把余西给送监狱去。

原本还愤愤不已的田桂花突然不吭声了。

马光远叹了口气,说可不,都骨折了就算重伤了,余西又是故意伤人,如果郝家追究,余西不仅要赔偿民事部分,刑事责任肯定也要追究。

“真要坐牢啊?”田桂花错愕,“这要真把余西送去坐牢,腾飞……你这……你就是杀人不见血啊,她这辈子算是毁在你手里了,你还能睡得着吗?你……”说着就眼泪一把一把地往下抹。余西和马腾飞离婚,她心里比谁都明白,有余西的性格问题,也有马家的自私。马腾飞已经把余西给毁差不多了,如果余西再因为马腾飞坐了牢,不仅她这前婆婆,他们全家的良心都会不得安宁。人活这辈子,千好万好都没有良心不受煎熬能睡个安稳觉好。

“行了!当初非要他们俩离婚的,不是你啊?!现在要紧的是想办法解决问题!”

马光远烦躁得很,定定地看着马腾飞:“腾飞,虽然是余西做的,但事情因你而起,你是男人,你要负起因你而起的事的责任,你看着处理吧,需要多少钱,让你妈去取。”

马腾飞点头,非常惭愧,都三十二岁了,还要掏父母的腰包解决因自己而起的棘手事。

"不为别的,只为余西曾经是你的妻子,婚姻可以结束,但是有些事永远不可能随着婚姻的结束而结束。"说完,马光远转身回了卧室。

田桂花抽着鼻子说:"真看不出来,你爸还挺有情义的。"

"是啊。"马腾飞搓了搓脸,说余西脾气躁,不能再让她掺和这事了。过几天,让余西妈去医院替她向郝宝宝道个歉,至于郝多钱家那边,他已经委托给郝乐意了,尽量不要起诉余西。

"不知乐意能不能说动他们。"田桂花愁肠满怀,"腾飞,要不……你这就跟郝宝宝把婚求了,和她说,等她出了院,咱就去领结婚证。"

马腾飞错愕地说:"妈——我又不会因为这和宝宝分手,您这干吗呢?让我拿婚姻赎罪?"

"不打算分手就要结婚,早结是结,晚结也是结,不如早点结了,也算给宝宝一个交代,让郝家明白,不管发生什么事,我们的诚意都在这儿摆着,他们的怨气也能少点,怨气少了,在余西的事上,他们的手也就抬上去了。"田桂花定定地看着马腾飞,"你说呢?"

马腾飞抱着脑袋,没吭声,对郝宝宝,他确实是喜欢,但是他最惶惑不安的是,拿不准这是不是爱,这也是不管父母催着他订婚还是结婚他都一概装聋作哑的原因所在。他也明白田桂花的这个建议,从某种程度上说是讨好郝多钱一家,减少他们对余西的恨。

就在他发呆的空,田桂花回卧室拿了一个戒指盒子递给他,说现买来不及了,就拿这个吧,她早就和郝多钱他们吹下了,虽然买不起鸽子蛋那么大的钻戒,可花生米钻戒还拿得出来。这是一枚纯净度非常高的三克拉钻戒,市价五十八万,是田桂花五十岁时,马光远送她的生日礼物,马腾飞还记得田桂花接过这戒指时,一脸的泪,淌得乱七八糟。

马腾飞突然觉得自己浑,一个文质彬彬披着青年艺术家外衣的浑球,从小到大不停地给父母添麻烦,却从未回报父母点什么,眼睛就潮湿了,说:"妈,对不起。"

田桂花的鼻子也酸酸的,但却嘴硬着宽马腾飞的心:"再贵也不是送给外人,你给了郝宝宝,她还得戴回咱家来。"末了幽幽地说,"戒指贵点显诚意。"

马腾飞哽咽着说:"我不是因为钻戒贵,您总说生儿乐在养,可我都三十二了,还死皮赖脸地让您和我爸养着,觉得自己特不是东西。"

田桂花却朗朗地笑了,笑着笑着笑出了眼泪:"腾飞啊腾飞,要是没你帮我们老两口花钱,我们还忙活着挣什么钱啊,活都活得没意思。"说着把钻戒盒子扣上,给他放手里,让他打听打听郝宝宝的医疗费和后期费用大约需要多少,她好给准备赔偿款。说完,叹气道:"你离婚这两年,妈一直不愿意想余西这个人,心里愧得慌……你别怪她,她也挺可怜的。"

4

每一个弄丢了婚姻的女人都可怜。

郝乐意也是这么想的,虽然现在她依然在婚姻内,但在她内心里,她已经和离婚没什么区别了。

郝宝宝总是喊疼,她一喊疼,就跟扎了郝多钱一针似的,郝多钱的眼睛瞪了又瞪,额头上的青筋也暴了又暴地跳跃着,一副随时都能摸把菜刀冲出去砍人的架势,把郝乐意给心焦的呀,恨不能把郝宝宝的嘴给堵上。

郝宝宝最担心的是后背上的烫伤会不会留下疤,郝乐意安慰她说不会的,她不信,郝乐意没辙,只好把医生叫来,医生也说,只要她不是疤痕性皮肤,应该不会留下伤疤。

郝宝宝就尖着嗓子说,什么叫应该?应该就是不保证!她需要一个肯定的答案,如果她后背留一脊梁疙疙瘩瘩的伤疤她就不活了……

她的每一声尖叫,都像刺猬往郝乐意怀里撞一下,她焦躁地在病房和医生办公室之间跑来跑去,一晚上的工夫,眼睛都陷进去了,不管贾秋芬怎么撵,她就是不走,郝多钱知道她是不放心,怕他出去闯祸,心里暗暗地哽了一下:"乐意你回去吧,你叔也五十多岁的人了,我要真想怎么着,你看不住也拉不住。"

见郝乐意还是不走,郝多钱就喃喃地摆手:"走吧,我发誓,除了撒尿,我不出病房一步。"

贾秋芬也应声附和说确实这么回事,现在郝多钱老了,只剩了点咋呼的力气,这要放年轻那会儿,他早提着菜刀往外蹿了,他真往外蹿了,她和郝乐意俩合起来也拦不住他。

郝乐意这才将信将疑地回了家,马跃还没回来,倒是马光明听见门响,上来问了问情况,说徐一格说了,既然家里出了事,就先休息两天吧,幼儿园由她打理着,让她放心。

听到徐一格这么体恤自己,郝乐意心里微微暖了一下,当下就给徐一格发了个短信,简单说了一下情况,请了一周假,并谢了她的照顾。

徐一格回得简单,让她尽管放心好了,关于幼儿园的归属问题,她已经想通了,请她原谅她上次的失态。

看着短信,郝乐意笑了一下,这就是郝乐意,对任何人从不使用阴谋论去揣度。

郝乐意和徐一格来回短信,马光明站了一会儿,走到沙发边坐下,郝乐意便知道他有话要说,就匆匆放下手机:"爸,您有事?"

马光明嗯了一声,让郝乐意也坐。郝乐意以为他想打听医院的事,就把医院的事简单一说,马光明却说该知道的已经知道了:"你妈说去幼儿园找你了。"

郝乐意恍然大悟,马光明是想和她谈马跃的事,自从下午接到贾秋芬的电话,她就忙得心焦脑蒙,把马跃要和她离婚这茬儿给忘得干干净净。

马光明说晚饭后去酒店找马跃了,扇了这小子两巴掌,对不起人的事是他做的,他倒先发制人起来了。

可是,有什么用呢,他一巴掌下去,马跃说了,在和郝乐意办完离婚手续之前,他不会回家住了,住酒店值班室。

郝乐意有点蒙,看看家,再看看表,已凌晨一点,确实,马跃不会回来了。马光明期期艾艾地问:"乐意,到底是因为什么?"

郝乐意摇了摇头:"爸,我真不知道,其实,我们已经和好了,可他突然要离,我想……他一定有要离的理由。"

除了小玫瑰,郝乐意想不到别的原因,她做梦也想不到是郝宝宝的那份病历闯了祸。虽然想到了是小玫瑰的原因,但郝乐意还是没吭声,毕竟是猜测,若把猜测当作事实陈述,有诬陷嫌疑,这不是她的风格,婚姻这东西,无论白头偕老还是中途离散,每个人都要愿赌服输,像余西似的不服输,除了让自己活得狼狈,又能怎么样呢?

5

接下来的几天,马光明没事就去一趟市北店,见了马跃没别的就一句话:"马跃,你还离不离?"马跃不吭声,但目光坚定,不管有人没人,马光明就手扇两巴掌就走,还有陈安娜,一早就去马跃的办公室坐着,动之以情晓之以理地也哭也骂也劝也教育,拦着不让他一意孤行,把家给拆了。

离婚的决定,仿佛给马跃打了强心针,他目光坚定,除了安排酒店的工作,大多时候一声不吭。

每到傍晚,马光明就会从总店过来,扇马跃一个耳光,然后拉着陈安娜回家,给马跃撂下一句话:"你小子只要一天不回家,一天不松口,我就扇你一天。"

马跃不反驳。

他的沉默让马光明夫妇崩溃到了绝望。

沉默的另一个含义就是坚持己见,他们怎么也想不明白,明明是马跃出轨,他怎么还能一副郝乐意欠了他一屁股饥荒的熊样?马光明抽他耳光,陈安娜训斥他,马跃从不解释,默默承担起了婚姻毁坏者的所有罪名,是的,他不想解释。

妻子出轨,对他这个做丈夫的来说,一点儿也不光荣,这是一个男人的耻辱,如果拿这等耻辱去换取同情和支持的话,简直就是自取其辱。他宁愿让所有人都以为,混账王八蛋的人是他,不仅不思悔改,居然还破罐子破摔到底了……这样虽然在别人对他的道德评价上会蒙受一些损失,可至少作为男人骄傲的部分不会因为别人的议论纷纷而被阉割。

所以,关于郝乐意曾怀孕堕胎的事,他没对任何人说,如果有可能,他宁愿让这件事烂掉,烂在他心里,或者现在就让他得老年痴呆症,他宁肯过着猪一样的白痴日子,也不愿意记得这件让他心肺都在焚烧的窝心事!

他不说话,不妥协,希望马光明能多扇他几巴掌,最好是把他的脑子扇坏了,扇不坏脑子这种火辣辣的痛感也很好,好像很是快意恩仇。

当火辣辣的疼从脸上消失,他又会茫然,他这是跟谁快意恩仇呢?跟郝乐意?跟自己?

对,是跟他自己,他痛恨过去的自己。

如果他能早一点像个男人一样承担起整个家庭的责任,或许,郝乐意就不会有外遇,因为他看书上说了,在婚姻中,最容易有外遇的是男人,因为男人天生具有狼性的侵略性人格,而女人,一旦进入婚姻,再动荡的心都会安静下来,除非丈夫给不了她安全感,也给不了温暖,她才会受外界的温暖诱惑而出轨。

如果早知道是这样,那么,几年前他一定会不丧失任何让自己茁壮起来的机会,他一定会努力强大自己的羽翼,护着她暖着她……可他没有。

时光不能倒流,他无法回到过去,拦截住郝乐意的出轨,甚至,他怨恨陈安娜,是的,他承认,她给了他全世界最好的爱,可这爱就像糖,吃多了,会影响钙的吸收,让身体长不强壮,他像贪吃的孩子一样,不停地吞食着陈安娜捧到眼前的糖,一口一口,把自己吃毁了。他知道怨恨陈安娜很没良心也很不公平,这就像家里有个精于厨艺的主妇,家庭成员在贪婪享受着她做的美食的同时,却又要抱怨她做的饭菜太好吃,结果全家人都吃成了胖子,却丝毫不检讨自己毫无节制的贪欲。在不懂节制的人面前,那个拥有也能给出很多爱的,是罪人。

所以,不管陈安娜和马光明怎么逼问,马跃都是沉默的,他怕一开口就会把所有的罪责都倾泻到陈安娜身上,如果必须要他说一句,他会抱拳作揖地求他们不要来了。

马光明认为马跃自始至终一身孩子气,他不回家,是因为放出了狠话,不好意思回来了,他们希望郝乐意委屈一下自己,给马跃一个台阶下。可是,不知道马跃误会了自己的郝乐意,实在不知道到底该怎么委屈自己才能让马跃找得到回家的台阶。

除了懊悔,马跃在一刻不停地进行着自我解剖,为什么他会认为自己的出轨没什么,完全应该获得郝乐意的原谅,而郝乐意的出轨,他为什么会如此难以接受?

想来想去他觉得可能是因为他了解自己,知道自己对小玫瑰除了故友一样的牵挂,已经没有爱了,可是他不知道也看不到郝乐意的内心,郝乐意不仅仅是出轨,还怀了孕,堕了胎!怀孕就像中奖,不是每个男人都有本事一枪射中目标的,也就是说,郝乐意和这个男人的关系一定保持很长时间了,而且好得不得了,才会丝毫不采取防护措施就做爱……马跃总是想着想着,就兀自啊地尖叫一声,尤其是夜深人静的时候,他就觉得,脑海里奔跑着千万个持枪拿刀的自己,在满世界疯狂地奔跑着砍杀一个他找也找不到的情敌。而且,他最不能原谅的是郝乐意的装无辜。

明明她也出轨了,而且都出轨出后遗症了,她还摆出一副那么忠贞那么专一的嘴脸,声泪俱下地谴责他的出轨,闹得满城风雨,害得他颜面丧尽,她才在痛打了他一顿之后,假装宽宏大量地饶恕了他。也是因为这件事,他把父母也拖下了水,他们和他一起在郝乐意跟前赔小心,一起低声下气地帮他恳求宽恕……马跃越想越觉得窝囊,感觉胸腔都不像胸腔了,像是一口没有排气装置的沼气池子,沤满了窝囊气。

　　是的,如果郝乐意只是单纯地出过轨,或许,他不会这么愤怒,甚至会原谅她,但是他实在无法原谅她假惺惺的高洁以及对他的愚弄……

1

　　马腾飞的求婚,不仅轰动了整个医院还轰动了青岛。为了制造气氛和效果,马腾飞订了999朵红玫瑰,几乎塞满了整间病房,然后他单膝跪下,向头没梳脸没洗的郝宝宝奉上花生米一样大小的钻戒求婚,郝宝宝哭得无比凄惨,因为她觉得求婚应该是女孩子人生中最隆重最浪漫的一幕,而她,却是如此的狼狈……她哭着说我愿意的时候,鼻涕泡都出来了。

　　有年轻护士把这一幕拍了下来,给报社报了料,因为这是多么感人的一幕,又有多少怀揣灰姑娘梦的女孩子想经历一下郝宝宝的人生:被钻石王老五爱上,伤痕累累地躺在医院的病房里被钻石王老五不离不弃地求婚……

　　第二天,就见了报,在图片新闻版上,一病房的玫瑰和一张哭得直冒幸福鼻涕泡的新娘的脸。

　　郝宝宝擎着报纸,美得都忘记了疼。

　　马腾飞和郝乐意商量,加上赔偿,五十万够不够,郝乐意知道这钱是马腾飞掏,有心不要这赔偿,可又不是她说了算的事情,就和郝多钱和郝宝宝商量,郝宝宝还沉浸在求婚的兴奋中,说不要赔偿。

　　郝乐意又是错愕又是开心地笑了,说赔偿可以不要,但医药费咱一定让余西掏。她怕连医药费都不要,这个决定在郝多钱那儿通不过。

郝宝宝的目光这才从戴在左手无名指的钻戒上移开,微微笑着说:"医药费她是掏定了,可她想拿赔偿从我这儿换宽恕,门儿都没有!"

郝乐意大吃一惊:"宝宝,你不要赔偿就是为了追究余西的刑事责任?"

郝宝宝小心翼翼地翻身坐起来,僵梗着脖子说:"那是,我和余西,就是仇人见面,分外眼红,既然她主动送到门上,就甭怪我不客气了。切! 让她知道知道本小姐的厉害,看她以后还敢不敢惹我!"

"宝宝! 余西是马腾飞的前妻。"

"是哦,贼心不死的前妻,所以,就更要送她进去修炼几年了。"说着,郝宝宝眯起眼睛,微微地笑了,"姐,你跟余西说,她跪下来求我也没用,她的赔偿,我一分也不要。"

郝宝宝以为余西主动找郝乐意商量赔偿,一定是害怕了。

事实却是,余西根本不会给她赔偿,没钱不是原因,而是有也不给,因为郝宝宝是咎由自取,如果她是个好姑娘,在知道自己是马腾飞余情未了的前妻时,就应该主动退出,否则就是没廉耻的狐狸精。

在爱情上,女人总是自恋的,如果爱不到自己所爱的男人,从不反思为什么自己爱不到,也不会怪男人,而是从男人的周围寻找原因,比如他身边狐狸精多呀,有无良人挑拨呀……总之,女人会用自以为是的假想式爱情把自己和男人圈在一个茧子里,认为如果没有茧子外的幺蛾子破坏,男人一定是愿意和她待在这温暖美好的茧子里厮守终老的。在余西眼里,郝宝宝就是可恶的幺蛾子。她恨她恨得牙根痒痒,怎么可能给她赔偿? 尽管有朋友告诉她,郝宝宝完全可以追究她的刑事责任,把她送进监狱。余西才不怕呢,因为太了解马腾飞,他善良厚道,总觉得欠了她这个前妻的,是决不会眼看着郝宝宝把她送进监狱的,如果郝宝宝执意要送? 哼! 让她送好了,只要她送了,还想马腾飞跟她结婚? 做梦吧。

她咨询律师了,像她这种情况,最多也就判个三五年,只要她认罪态度好,说不准也就是判缓刑的事儿,在余西这儿,只要让马腾飞娶不了其他女人,就是最大的胜利,什么坐牢不坐牢的,她不在乎。所以,如果她余西不出现在医院还好,一旦出现在医院了,那一定是火上浇油的。这是余西的撒手锏,除了她自己,没人知道。

此刻,在医院病房里的郝乐意,觉得特失败,因为她讲了半天道理,郝宝宝一句也听不进去，非让郝多钱把手机给拿来，她要报警，先把余西拘留了再说。郝多钱好狠斗勇了大半辈子，觉得郝宝宝说得也对，这个余西既然能下手这么狠，不给点厉害的镇镇她，以后她更得嚣张，所以他坚决支持郝宝宝：报警，让余西坐牢。甚至掏出了手机。

郝乐意一把抢过手机，一字一顿地告诉郝多钱："叔，这事现在你不能掺和，除非你发誓，你对掺和出来的一切后果负责！"

郝多钱愣了一下："乐意，你别仗着读了几天书就欺负你叔，余西把宝宝打成这样，她就是犯法，犯法就得让法律治她！"

"好，宝宝，你想和马腾飞结婚吗？"

郝宝宝噘嘴，翘着兰花指看戒指："姐，你的意思是，如果我把余西送进监狱，马腾飞就不要我了？"

"非常有可能。"

"切——"郝宝宝不置可否，一脸的郝乐意是危言耸听的不相信表情，"如果他这么爱余西，就不和她离婚了。"

郝多钱也生气了："乐意，我越听越迷糊，我怎么觉得你一点儿也不向着宝宝，倒向着那个把宝宝害成这样的变态女人！"

郝宝宝也好像被提醒了一样，一脸不高兴："姐，这么着吧，咱都别磨嘴皮子了，你说实话，是不是余西让你和我商量私了的？"

郝乐意错愕地看着郝多钱父女，知道他们都钻牛角尖了，如果只是泛泛讲道理，她说服不了这俩倔得叼着一根屎橛拿金条都换不出来的主，遂对郝多钱说："叔，我想和宝宝单独谈谈。"

"有什么怕人的事不能当我面说？"郝多钱不愿意往外走。

"女人之间的事。"郝乐意边说边推着郝多钱往外走，到了门口又说，"叔，您要是偷摸报了警，后面再出了什么事，我一概不负责。"

郝乐意关上门，倚在门上，抱着胳膊，眯眼逼视着郝宝宝："我跟你说实话吧，打伤你余西不后悔，也没打算给你赔礼道歉，更没托我和你谈私了，不要说赔偿，她连医药费都不肯出，她最大的心愿就是你把她给送进监狱，这样马腾飞就不会和你结婚了。"郝乐意说得心平气和，"之前我和你说余西忏悔了，主动缴了医疗费什么的，全是撒谎，因为我怕你知道真相会难过。"

郝宝宝飞快地忽扇着睫毛："什……什么真相？我又没求着她来道歉，她一个子儿不出正好啊，我往监狱送她送得更理直气壮。"

"那你现在就把这钻戒还回去吧。"说着,郝乐意过来撸她无名指上的钻戒。

郝宝宝躲闪:"姐,你干吗呢? 报警和我跟腾飞的婚事有什么必然的关系吗?"

"对! 因为马腾飞不可能和一个把他前妻送进监狱的女人结婚,不管你有多漂亮!"

"他们都离婚了!"

"离婚不等于离掉了所有的情分,他们曾经是彼此在这个世界上最亲近的人,就像我,我可以和马跃离婚,可我都不愿意离婚之后他过得不好,我愿意有个比我好的人疼他爱他照顾他,只有这样我才坦然,否则我会内疚,会觉得离婚毁了他的人生,你明白了没? 不爱了不等于成为仇人!"

"不对,照你说这意思,腾飞对她还是有感情的?"

"是,没爱情了不等于没感情了,就像你和你要好的同学的关系,当你遇上同学和陌生人发生了争执,你肯定是从感情角度出发,站在你同学这边。"

"可我是腾飞的未婚妻! 前妻算个什么东西? 如果他觉得她比我好,她也就成不了前妻!"

"可他和前妻青梅竹马,同床共枕了三年,他们可以因为性格不合适而不在一起了,但是这种感情的深度,不是随便一场恋爱就能比下去的。"

郝宝宝怔怔地瞪着郝乐意:"你的意思是,腾飞爱余西超过爱我?"

"我不是这意思,我早就和你说过了,余西虽然不再是马腾飞的妻子,但还是一个他不方便来往了的亲人。"

灼灼的气焰,从郝宝宝眼里缓缓退却:"姐,你的意思是,我的医疗费,还有赔偿也是腾飞出?"

郝乐意点点头:"我希望你不要报警。"

"他爱的还是余西。"

"我说了,在他心里,余西是个亲人。"

郝宝宝的眼泪噼里啪啦地往下滚。

"宝宝,听姐的,如果你不想失去马腾飞,就私了吧。我知道你难过,可是,余西真的很可怜,她从十五岁开始爱马腾飞,因为他失去子宫做不了母亲,她空有一腔感情,除了马腾飞无处寄托,可马腾飞不仅不爱她了,还不要她了,她多可怜啊。有时候,我想起她对马腾飞的痴情,就觉得她像个在寒冷夜里哭着寻找温暖的小孩……宝宝,在这世界上,再也没有比这种可怜更可怜的了,她知道自己想要的那份温暖在谁手里,她哭着号着去要,可要来的只有冷漠躲避和白眼……"

郝宝宝怔怔地听着,突然拼命晃脑袋:"姐,你别说了,我一点儿也不可怜她!我不可怜她,坚决不可怜,如果我可怜她,谁可怜我?!我恨她,恨她!"

郝乐意松了口气,她所不希望发生的一切不会发生了:"如果你同意,我就和马腾飞说了。"

"我要他恨她!"说着,郝宝宝的眼泪就出来了。是的,对于女人来说,最悲剧的不是男人出轨了有外遇了,而是在他的感情世界里睡着一个随时都会醒来的女人,她不在现实生活中显影,只在他想她那一刻的内心里。这样的悲伤无助,郝乐意懂,就像她懂得自己的痛,是知道了马跃的感情世界里沉睡着一个叫小玫瑰的女子。

每一个女人,都想成为她爱的那个男人的唯一,而余西之于马腾飞,小玫瑰之于马跃,在郝宝宝和郝乐意看来,她们就是沉睡在马腾飞和马跃隐秘感情世界里的睡美人,永远不被现实生活的琐碎磨损,从而保住了恬静的优美。

2

郝乐意请的假期已满,早晨到医院看了看,郝宝宝的伤口愈合不错,基本度过了感染期,宽慰她几句,就去了幼儿园,刚走到半路,手机就响了。

因为余西闯进了病房。

当时郝宝宝正欣赏花生米钻戒,自从钻戒戴上了手,一天二十四个小时,郝宝宝至少有十个小时在看着钻戒傻笑。

余西悄无声息地进来,站在床头,和她一起欣赏花生米钻戒,目不转睛的郝宝宝以为是贾秋芬呢,还特意把中指翘了翘:"漂亮吧?"

余西嗯了一声,说:"早晚得摘下来。"

郝宝宝吓了一跳,看着近在咫尺的余西:"你……你来干什么?"说着,就要下床,可右手还打着点滴,情急之下连扯带撕地拽了下来,鲜血唰地就流了一手背,想着余西曾经的疯狂,加上满手的鲜血,郝宝宝惶恐不已,边往走廊跑边大喊救命,余西嘴角带着一抹必胜的冷笑,抱着胳膊慢悠悠晃出来。

正在卫生间洗衣服的贾秋芬闻声擎着一双湿手,慌里慌张地跑了出来,和郝宝宝撞了个满怀,见她满手是血,以为出了什么事,喊了一声天哪,回手把郝宝宝塞进护士手里,就一把鼻涕一把眼泪地抹上了:"余西你这是干啥呢?你和腾飞离了也两年了,我们家宝宝没偷也没抢你男人,你还折腾起来没完了?"

余西依然不急不慢地嗯哼着说:"没办法,我这人一根筋得很,谁想给腾飞做老婆我就跟谁没完。"说着,脑袋一扬,"郝宝宝,等着吧,有你好瞧的。"说着,一摇三晃地走到郝宝宝身边,小声说:"下一次,我不泼火锅,我泼硫酸。"比画了一下郝宝宝的脸,"往这儿泼。"

郝宝宝被她彻底激怒了,挣扎着想去打余西,一不小心碰伤了还吊着的胳膊,断了的肋骨也钻心地疼,她尖叫着:"妈,你打110!"

因为惦记着郝乐意的话,贾秋芬没打110,倒是给郝乐意打了个电话,让她赶紧回来。

等郝乐意返回来,马腾飞也来了。

余西还在病房,她站在窗口,上午的阳光安安静静地蛰伏在她脸上,那是一张带着憔悴透着倔强的脸,她抱着胳膊,玩世不恭地坏笑着:"马腾飞,听说是你不让他们报警的?"

马腾飞站在病房门口,郝宝宝像只惊吓过度的小鸟,站在他身后。

"余西,你听我说……"

"马腾飞,你说得太多了,我给你的信任也太多了,你真要和她结婚?"

马腾飞回头看了看郝宝宝,郝宝宝还满脸泪,他看着余西,没说话,因为不想刺激余西。

"我问你呢?"

马腾飞嗯了一声:"余西,你能理智点吗?"

"让我理智?你把我的一生都毁了,还有脸让我理智?"余西指着自己的鼻子狂笑,又指着郝宝宝,"我再问你一遍,你真要跟这个贱人结婚?"

"余西!"马腾飞恼怒地说,"在你我之间,宝宝是最无辜的,有气你冲我撒!"

"她是无辜的,那我呢?我就活该倒霉?马腾飞,这几天我没找你,你是不是以为我害怕去坐牢,躲起来了?"

"我没那么想!"

"那你还算比较了解我,我去干什么了,我告诉你吧。"说着,余西看着郝宝宝诡秘地笑了一下,"我去调查你了,郝宝宝,你不就是某某大学旅游系06届的学生吗?马腾飞,你恐怕还不知道你未婚妻是个什么东西吧?"

郝乐意心里一紧："余西,我能跟你单独谈谈吗?"

余西冷笑："凭什么? 让你说服我守口如瓶? 那我还调查个什么劲儿。"说着,一扬下巴,"你,郝宝宝,你都烂了那么多年就别装了,你不仅很烂,还给一个不入流的狗屁作家当过小三,对吧?"

郝宝宝脸色煞白："余西! 你血口喷人!"说着郝宝宝就哭了,惊慌失措地拽着郝乐意,"姐,她胡说八道!"

马腾飞云里雾里,看看惊慌失措的郝宝宝又看看因毫无思想准备而慌了神的郝乐意,他还是没怀疑郝宝宝,而是觉得余西有点丧心病狂了："余西! 我们有事说事有理讲理,你最好不要信口开河!"

余西睥睨着马腾飞,从手包里拿出几张打印纸,卷成一卷往马腾飞跟前一扔："马腾飞,睁大你的眼,仔细看看,我余西是有不少毛病,可我从不捏造事实。"

马腾飞接过来打开一看,是余西在人人网上和郝宝宝同学的聊天记录,马腾飞一目十行地看完,当然,站在他身后的郝宝宝也看了,昔日同学出卖了她的过去,包括她和王万家的那段往事。

郝宝宝无助地看着郝乐意。

郝乐意也傻了。

余西抿着嘴,得意地笑："郝宝宝,王万家这个名字你还记得吧?"

马腾飞也看着郝宝宝,是的,他并不是个要求女朋友一定冰清玉洁的迂腐男人,但是不能骗他,更不能是给人当过小三,这让他很倒胃口,就好像原本捧在掌心里珍爱的美玉,突然被人告知,那不过是一口冰冻了的痰。

郝乐意突然想起王万家的老婆大闹幼儿园的事,就笑了,风轻云淡地说："余西,你搞错了,给王万家做小三的,不是宝宝,是我。"

余西笑得眼泪都出来了。

"真的,和王万家好的是我,但是因为我上班没时间,就经常托他去学校帮我给郝宝宝送东西,结果……就被宝宝的同学误会了。"

贾秋芬都愣了："乐意……真的假的,你不待这么糟践自己的!"说着擎手就要打郝宝宝,"宝宝,是不是你闯的祸? 是的话,别让你姐帮你顶着黑锅! 你给我说!"

"婶,真的是我。"郝乐意叹了口气,事到如今,反正马跃要和她离婚了,为了郝宝宝的幸福,她也只能把这黑锅背到底了,"真的,因为这,王万家的老婆去幼儿园闹过,闹得我待不下去了,就辞职了,然后认识了马跃。"

没有人相信这是真的,连余西都愣了。

郝乐意拿出手机,找出一个号码:"原来的幼儿园园长很清楚这件事,我拨通电话,你们可以问问。"说着按了拨出键,递给马腾飞,"哥,你问吧,我不想你冤枉宝宝。"

马腾飞机械地拿着手机,并没往耳朵上放。

手机里传来一个女声:"郝乐意,是你吗?"

马腾飞艰难地挂断了手机:"我相信。"把手机还给了郝乐意,接过手机的郝乐意泪如雨下,而郝宝宝更是号啕大哭。是的,她喜欢马腾飞,像溺水的人喜欢浮木一样喜欢,她想嫁给他。她的爱不纯净,是有目的的,但她不觉得这有什么错。红得发紫的明星够有钱的了吧,她们还嫌不够多,还拼了命地往豪门挤,不就是想活得更好一些吗?而她郝宝宝,除了一具漂亮的皮囊,有什么?如果不是父母,她连饭都没得吃,所以比起那些本就已生活奢华的明星,她更有的是理由要往豪门挤,因为她有资本,她年轻她漂亮,姿色资本交换是这个弱肉强食世界的王道法则。好吧,她这样是不对的,但是她不能纠正郝乐意的说法,因为她需要这桩婚姻,只要她嫁给了马腾飞,她就可以给父母、给郝乐意更好的生活,所以她有足够的理由在此刻保持沉默。

郝宝宝用一刻也不停歇的泪下滔滔来掩饰内心的愧疚。

余西愣愣地看着眼前这一幕:"马腾飞,你不爱我了?"

马腾飞看着她,没说话。

"你要和她结婚不要我了?"

马腾飞转身,大步离开病房,此刻他是恼怒的,对余西。是的,余西有足够的理由和他纠缠不休,可是这一切究竟要到什么时候才算完?他的人生已彻底乱了套,像团找不到头绪的乱麻,堵在他胸口,他需要静一静,哪怕是片刻,让他忘记这乱糟糟的今生!

"马腾飞!我不许你娶别人!"说完,余西唰地就推开了窗子,郝乐意感觉出不对,扑上去拉,可是,已经来不及了,余西像只雪白的蝴蝶一样翩跹而起,飞出了窗子。

这是在十二楼啊,郝乐意傻了,不敢往下看,有一个念头,是如此清晰:余西没了……郝宝宝和马腾飞完了。

横着一条人命的婚姻,没人要得起。

3

马跃打开电脑,登录 MSN,看见了小玫瑰的签名:马跃,那个王八蛋做 DNA 鉴定了,儿子不是他的!

马跃愣了一会儿,小玫瑰的儿子不是她丈夫的?!

他知道小玫瑰和她的英国丈夫结婚八个月就生下了儿子,但马跃从来没自作多情过,因为在结婚之前小玫瑰就和她丈夫发生关系了。

如果这个孩子不是她丈夫的,那么……她丈夫也起疑心了？偷偷给自己和儿子做过 DNA 鉴定？发现儿子不是自己的,剥夺了小玫瑰母子的所有遗产继承权？马跃在脑子里飞快地串连起了小玫瑰最近这段时间的 MSN 签名,得出了这个答案,就觉得周围的空气越来越稀薄,大脑因缺氧而呈现一片空白……酒意像退潮的海水,完全而彻底地退却,他揉了揉眼睛,飞快地从 MSN 下线,可内心的狂跳,已壮如擂鼓,他忍不住又上了线。

小玫瑰是在线的,他点着鼠标,像点着释放魔鬼的密码一样,心一横,解除了对小玫瑰的阻止,因为他想弄清楚,儿子是谁的。

他还没来得及发话,小玫瑰的话劈头盖脸地就砸过来了:

马跃你这个王八蛋,你害死我了。我丈夫在遗嘱里说,他住院的时候悄悄给他和儿子做了 DNA 鉴定,发现儿子不是他的。他诅咒我是个骗子,一分钱的遗产都没给我。马跃你害死我了,我现在没有家没有超市没有工作,你让我和儿子怎么活?!

马跃愣愣地看着她像扔石头一样,把话一句一句地往他眼前扔,他能说什么？说对不起吗？说你回来我养活你吗？

不,他不能,因为他真的不爱小玫瑰了。

他只是呆呆地看着屏幕,突然觉得自己的人生,就像海啸过后的沙滩,一片狼藉。

自始至终,他一句话都没说,最后,小玫瑰扔过来一句话就下线了。

那句话是:马跃,你毁了我的人生,你必须为我负责!

4

整个上午病房的楼上,就像上演了一幕凄凉的人生大戏。余西突然的自杀,把郝宝宝吓坏了,而马腾飞,当他听到郝乐意的尖叫返回病房时,他看见的只是余西的一片裙裾,像五月的白玉兰花瓣,轻飘飘地,从他的视线里消失了。他大喊着扑过去,手里抓着的,只有这个季节的空气,空荡荡的绝望,像废弃的矿井一样,是他此刻的心。他望着从白到红变成残破花朵的余西,肝肠寸断,泪如雨下,他转身往外跑,好像这个世界不存在了,只有躺在楼下的余西。

郝宝宝傻傻地看着他奔出去,颤抖着说:"姐……"她像一只看到了兔子死亡的悲伤狐狸。

郝乐意不知该说什么好,她只知道,如果不是她为了袒护郝宝宝而撒谎,余西或许就不会这么绝望,不绝望的余西就不会选择从十二楼飞下去。从没有如此深的愧疚,如此痛彻肺腑地牢牢攥住她的心。

郝乐意跑下楼去。她看见马腾飞抱着脸色惨白的余西,他一声一声地叫她,只是叫她,他没有哭,眼泪却飞快地从他脸上往下流,他说余西对不起,都是我太自私……

后来医生来了,他们从马腾飞怀里接过余西,进行着徒劳的抢救,然后他们无奈地摇着头,再然后余西的父母来了,看着余西的父母相互搀扶着踉跄而来,如果可以,郝乐意愿意用自己的死换取余西的生,如果时光可以倒流,她愿意让时光倒回到一个小时前,她宁肯郝宝宝被戳穿,宁肯郝宝宝被马腾飞鄙夷被马腾飞抛弃,她绝不撒谎,只要余西能活着。可是,时光不能倒流,所有的假如,都是一个悲伤的伪命题。

马腾飞跪在余西父母跟前,号啕大哭,余西的父母像不认识他一样,绕过去,抱起他们心爱的女儿。

马腾飞追过去,想帮他们和医护人员一起抬余西,余西的父母冷漠地推开了他。

马腾飞跌坐在地上,呆呆地看着担架上的余西渐行渐远地与他成了永远的别离,他仰天大喊:"余西,我爱你——"

郝乐意说对不起,她说哥对不起,我不是故意的。

马腾飞看着她,突然满脸怒意:"郝乐意!你为什么要说她的调查是假的?"

他泪流满面,"你不知道她性格有多偏激吗?你为什么不等她离开病房窗口再说?!"

郝乐意瞠目结舌,是的,她是个刽子手,一个失去自首权利的刽子手,她害死了一个为爱痴狂的女人。

马腾飞走了,他没去病房看郝宝宝,从看见余西从窗口飞下来的那一瞬间,他就知道,他和郝宝宝没可能了,除非余西活着,从十五岁就相互递过字条的余西呀,建立在她死亡之上的婚姻,不是幸福,是惩罚。这点,郝乐意也知道,横着一条人命的婚姻,没人承受得起。余西也知道,所以,她笃定地跳了下去。

郝乐意一遍遍地对着余西坠落的地点说对不起,除了郝宝宝,没有人知道她为什么要说对不起。然后,她去酒店找马跃。

在她来之前,所有的一切马跃都已经知道了。余西跳楼后,马腾飞离开医院的第一个电话是打给马光远的,当时马光远在市北店,马跃为余西的死而震惊,追问到余西的死因,就牵出了郝乐意的一切,然后他就想起了和郝乐意狼狈的第一次,因为她半夜来月经,他以为是她流血不止……现在想想,是多么荒唐,最荒唐的是郝乐意越来越像一个巨大的谎言,大得让他措手不及,甚至痛恨自己简直是天真到了愚蠢。

什么一见钟情的田螺姑娘,不过是被人家正房太太追打得落荒而逃的落水狗!而他,就像一个及时出现的傻子,美颠颠地用婚姻帮一个混账王八蛋男人打扫了偷情战场。

现在,马跃比任何时候都懊悔,他痛恨自己,当初为什么不听母亲的话,像抢宝藏似的非要把郝乐意娶回来,可他抢了个什么回来?婚前是小三,婚后背叛他,为别的男人堕胎!他想不起一丁点儿关于郝乐意的好,只觉得恶心,后悔!如果陈安娜知道了这一切会怎样?愤怒让马跃的脑袋嗡嗡直响。

就在这时,郝乐意来了。他冷冷地看着她,不说一句话。

看马跃表情,郝乐意知道他已经知道了,就淡淡地笑了一下:"我想和你说件事。"

"说吧。"马跃冷冷的。

郝乐意看看左右的服务生:"去你办公室说,可以吗?"

马跃在心里冷笑了一声:"就在这儿说吧。"

郝乐意定定地看了他一会儿:"我只是想告诉你,事情不像你以为的那样。"

"我以为的哪样?"马跃依然冰冷。

"你知道的。"郝乐意慢慢地说,"余西死了。"

"知道。你还有很多事情我不知道。"说完,马跃冷冷地逼视着她,"你没必要向我忏悔,我也不想知道。"

"好吧。"郝乐意点点头,"我只是不希望你恨我,那样的话……你会不快乐。"

"不会的,你也没必要说得这么文艺。"

郝乐意默默地转身离开。

马跃喊了她一嗓子:"郝乐意。"

郝乐意站住,回头等他下文。

"我们抽时间把婚离了吧。"

"好。"说完,郝乐意就那么久久地站着,一动不动,看着他,眼泪唰唰地滚下来。马跃看得心都酸软了,转身往楼上走:"协议在办公室,签了吧。"

郝乐意跟他上楼,进办公室。

马跃一直没吭声,打开电脑,打印离婚协议,自己签上字,又递给她:"很抱歉,我现在没财产可分给你,房子是我父母的,我不能作为夫妻财产分给你。"

"知道。"郝乐意拿起协议看了一下,"伊朵是女孩,必须归我抚养。"说着推回协议,"把这一句改了。"

"你连固定住所都没有,怎么抚养孩子?"马跃坚持,"你就是到法院起诉,法官都不支持你。"

郝乐意愣愣地看着他:"马跃,我们已经走到需要对簿公堂这一步了吗?"

"如果你不签字,如果你坚持要抚养伊朵。"

泪水慢慢从郝乐意脸上滚下来:"好吧。"

她拿起笔,签字,生平第一次,她觉得笔这么沉、这么重,她慢慢地、一笔一画地写下自己的名字。

马跃的愤怒已经平缓了许多,看着憔悴了很多的郝乐意,他的心,突然一颤,好像有许多巨大的石头正轰隆隆地从山顶上滚向山谷一样滚过他的心,眼睛莫名地就有些潮湿,他把脸扭到一边:"你明天上午,带着结婚证,我们在民政局门口见。"

"好。"郝乐意放下笔,"我跟自己说过很多遍,不问你为什么突然要离婚,可我还是想知道。"

马跃沉吟了一会儿:"明天吧,我明天告诉你。"

"好。"

"在你租到房子之前，你可以继续住阁楼。"

"不了，我马上找房子。"郝乐意拿起包，转身走了。

透过窗子，马跃看着她轻飘飘地向停车场走去，心一梗一梗地难受。是的，他是爱郝乐意的，哪怕是他铁了心要离婚，哪怕是他在离婚协议上签了字，他不想否认对她的爱，可他越是爱她，就越不能容忍她的背叛，越不能容忍她背负着那么多关于男人的历史，看着看着，扇了自己一巴掌："虚伪！小人！"

也不知道是骂郝乐意还是骂自己，他不知道，整个下午，他都在拼命地想，我为什么要离婚？明明我也背叛过她的，为什么我对她就没有犯罪感？为什么她背叛过我我就觉得十恶不赦？仅仅是因为她的虚伪，因为她用声讨他的方式表演自己的贞洁？

如此坚决地要离婚，他从哪儿来的力量？心就揪了一下，让他那么地那么地鄙视自己，是的，和郝乐意离婚，不是他多么有力量，也不完全是作为一个男人的骄傲多么承受不起伤害，而是他在逃避，因为小玫瑰说儿子是他的，她要带着他回来找他这个爸爸……如果他不离婚，将要费多少口舌解释？他想都不敢想。只要离了婚，就算郝乐意知道小玫瑰的儿子是他的，除了伤心和震惊，她已不可能怎么着他了，毕竟他们已不再是夫妻关系。

其实，他是在利用今天马光远告诉他的这个所谓郝乐意的前尘往事做文章，因为郝乐意有让他这个做丈夫难以接受的前尘，还有婚后的出轨，即使他离婚，想必大家也会理解他，并站在他这边。

5

郝乐意从酒店出来，没回家，直接去了一家房产中介所，租了套一居室，然后就返回了医院。贾秋芬告诉她，整个下午，郝宝宝都坐在床上，不敢抬头。

郝乐意知道她内心也纠结着，也担心这间病房已经给郝宝宝造成心理阴影了，就去住院处，让他们给郝宝宝换个病房。

忙活了大半天，总算是忙活停当了，趁贾秋芬回家做饭，郝宝宝担心地问郝乐意马腾飞会不会不要她了。郝乐意怕说了实话她心情不好，影响恢复，就说不会的，何况马腾飞没说，一切只是她的猜测。

郝宝宝哭着说怎么会，都一下午了，马腾飞连个电话都没来，她还听见他在楼下大喊余西我爱你了。郝乐意不知如何说才好,就打了个比喻,说××著名作家你知道吧? 郝宝宝点头。这个作家的第一任妻死后,他写了一篇非常深情真挚的悼文,感动了不少读者,不知道的,还以为他和第一任妻子的感情不知有多深呢,可事实却是他和第一任妻子打过离婚官司,在第一任妻子死后没多久就娶了年轻漂亮的第二任妻子。有时候,男人对一个女人的感情,或许很深,但是那不一定是爱,他说爱,那是因为其他词无法替代此时此刻他想对这个女人抒发的感情而已。

郝宝宝将信将疑,说她跟所有的朋友和同学都吹过牛了,她很快就要和货真价实的富二代结婚了,如果马腾飞不要她了,她都没脸在同学朋友跟前混了。

郝乐意只能安慰她不会的不会的。心,却早就不在了,毕竟,明天要离婚,她是个把家看得比天还重的人,可她的家即将没了。

郝宝宝看出了她的失神,问她是不是有什么事瞒着她。

郝乐意摇头,说没有,眼泪却不听话地滚了出来。郝宝宝就警惕得不行了,顾不上身上的伤痛,从床上下来,一步一步逼到窗前:"姐,你说实话,是不是马腾飞说不要我了?"

郝乐意吓傻了,扑过去就要拉她。

郝宝宝尖叫了一声:"姐,你要不告诉我实话,我就跳下去,和余西一样,马腾飞他害死了两个女人,我看他以后怎么做人!!"

"宝宝,我真没骗你,你这么年轻漂亮,他干吗不要你了?"

"那你为什么掉泪?"

"我和马跃已经签离婚协议了,明天去换证,就因为这。"郝乐意只能实话实说。

郝宝宝大吃一惊,主动离开了窗边:"你们不是和好了吗?"

"他突然又要离。"

"因为王万家的事?"

郝乐意摇头:"他还不知道这事就从家里搬出去了,都快十天了。"

"那到底因为什么?"

"不知道,他说等离了婚再告诉我。"

"刚要有混出点颜色来的苗头就要换老婆,他什么玩意儿! 不行,姐,你不能这么被动,他想怎么着就怎么着,也忒便宜他了,你今晚就去找他! 你告诉他,你想死个明白,否则,你拖也拖死他!"说着,推郝乐意往外走,"我不用你陪,你去找他。"

郝乐意不动。

"姐,你想离吗?"

"我无所谓。"说这句话时,郝乐意突然有些晕眩,好像突然失去了方向感,是啊,她想离吗?不对,她不想离,因为她已经原谅了马跃,是马跃,深深伤害了她的马跃,突然又不要她的原谅了,要离婚,还和王万家的事没关系,不对,这里面一定有蹊跷。

郝宝宝也说,对,一定有,姐,在生活上你多独立,可在感情上你也要独立,不能听别人摆布,不能马跃想怎么着就怎么着,他算哪根葱啊?!郝宝宝愤怒得都忘记了自己受了伤,一挥手臂,疼得龇牙咧嘴。

郝乐意决定,等贾秋芬回来,她就再去一趟酒店,和马跃好好谈谈,她不能就这么稀里糊涂地和他把婚离了,她必须做一下努力,不给自己留后悔。

在一天中目睹了生死和即将进行的离婚的郝宝宝,成熟了很多。以前她在郝乐意跟前,除了撒娇没别的,可在这个傍晚,她第一次像成年人一样和郝乐意聊天,也觉得她和马跃离婚的事,不管离还是不离,都不告诉她父母为好,因为他们有他们那一代人的价值观,告诉了也没用,只会给他们添堵,堵大发了,他们就会忍不住要搅局,当然,是好心好意地想往一起捏合他们的搅局,因为在他们心目中,夫妻不管多么不和,只要能一起过到老,就是人生最大的胜利和圆满,可事实却是,往往是他们越搅和越乱,摊子更难收拾。

正说着,贾秋芬提着保温桶来了,张罗着让两人吃饭,而郝乐意和郝宝宝各有心事,根本就吃不下,在贾秋芬慈爱的威逼下,各自胡乱吃了几口,郝乐意就走了,出医院后看了一下时间,才六点半,正是酒店最忙的时候,就没去,给马腾飞打了个电话,说哥我想跟你谈谈。

马腾飞心灰意冷,说我不想。

郝乐意就哭了,说哥我求你了,你在哪儿,我去接你。

马腾飞顿了半天,才说在余西家楼下,他曾在余西家门口长跪不起,被余西的爸爸轰了下来,整个下午,他就一直坐在余西家楼下,一支接一支地抽烟……

郝乐意找到他时,他脚边已经积了一堆烟蒂,郝乐意站在他面前:"哥。"

马腾飞抬了抬眼皮,没吭声。

"我知道你还在生我气,也许,因为从前的事,你还觉得我这个人挺恶心,可是……我不想对过去解释什么,我只想跟你说,有时间你去看看宝宝,或给她打个电话。"

马腾飞还是没吭声。

"从余西跳楼的那一刻起,我就知道,你们俩不可能了,可我怕你现在就说分手会让她情绪不好,影响恢复。"

"知道了。"马腾飞依然冷冷的。

"谢谢,等宝宝身体恢复好点儿了,我会慢慢开导她的。"

马腾飞的冰冷,像把叫耻辱的刀子一下一下地剜着郝乐意的心,她默默地往后退了两步:"哥,有的事,可以解释,可有的事一辈子都没法解释清楚。"

"你想解释什么?"马腾飞冷冷地看着她,"你不必内疚,千错万错都是我的错……"说着他长长地叹了一口气,双手插在头发里,两眼发呆地看着地上的烟蒂。

"好吧,我就不解释什么了,哥,希望你看在宝宝对你一片真情的分上对她……"

郝乐意还没说完,马腾飞机械地点了点头:"别说了,我知道。"

郝乐意的眼泪,像突然拱出的泉水一样,涌了出来,呆呆地看了马腾飞一会儿,转身跑了。

战役

1

马跃说只是不想过那种被她每天审问、每天忏悔的日子,觉得累,而且牢记自己在家是罪人的感觉,一点儿也不好玩。

"就因为这?"郝乐意虚弱地问。

马跃看出了郝乐意的虚弱,他知道,如果他说是,郝乐意一定会说,那么以后我不这样了……可是,小玫瑰呢?如果小玫瑰带着儿子回来,她会疯成什么样?马跃一想脑袋就大了,索性……不如现在就说,他慢慢地,残忍地说:"希望你听了不会崩溃。"

"来的路上我已经告诉自己了,不管真相多残酷,我都能接受。"

"她要回来了。"

郝乐意歪着头,看他:"她?哪个她?"

"黄梅……也就是小玫瑰。"马跃忍了又忍,还是没敢把他就是小玫瑰儿子的父亲这句话往外端。

郝乐意慢慢地点着头:"这样啊。"她看着马跃,眼睛越瞪越圆,突然说,"骗子!马跃,你是个骗子!你出尔反尔地捉弄我,很好玩是吧?"

此刻的郝乐意内心已经燃烧起了熊熊怒火,可是马跃不想独自承担这责任,所以,他反唇相讥:"郝乐意,你知道我明天要告诉你的真相是什么吗? 我们走到今天,错的只有我吗?"

"好。"郝乐意指着自己的胸口,"我现在不想解释王万家的事,可总有一天你会知道,事情不像你以为的那样! 我从没做过对不起你的事!"

"你当然做过! 就在我从英国回来的前一周,你做了什么?"

"我做了什么? 我在家生气,我恨不能剁了你,因为我猜到你出轨了!"

"嗬——这么义愤填膺?"马跃嗤之以鼻,"那会儿你正在堕胎吧? 你还顾得上生我的气? 刚堕完胎你虚弱着呢,我就是把自己送到你跟前,递给你一把刀,你有力气剁我吗? 郝乐意,别说是我让你怀的孕,我在英国,没隔空受孕的本事!"

"我没有! 没有!"郝乐意震怒了,他突然要离婚原来是小玫瑰要回来了! 那之前他苦苦恳求她原谅时他所说的那些话呢? 全是谎言? 而且为了达到离婚的目的,他一堂堂男人,居然不惜诬陷自己的妻子有外遇,还怀孕堕胎! 前所未有的,郝乐意对马跃产生了呕吐感,"马跃,你真让我鄙视你,如果你因为小玫瑰回来了而要和我离婚,可以直说,我绝不会说半个不字,可你何必连自己也搭上? 诬蔑我怀孕堕过胎,对你这个丈夫来说,很光荣吗?"

"演技不错啊,演这么逼真,你可真像个无辜的受害者,郝乐意,希望你不要强词夺理,我不是因为小玫瑰要回来了才决定和你离婚的,而是在决定和你离婚之后我才知道小玫瑰要回来,因为我突然发现,你是个演技高超的骗子,而我是个天真的白痴! 我从英国回来以后,你就用冷漠折磨我,我他妈的像个认了罪的犯人一样,在你跟前毕恭毕敬,好不容易得到你的恩准,你大人大量地赦免了我,可我发现了什么? 我发现了你的堕胎病历!"说着说着,马跃的眼也圆了,"这他妈的就是我要和你离婚的原因,我没诉我爸妈,没告诉任何人,因为我宁肯让他们认为我犯浑也不愿意让他们替我伤心难过!"

郝乐意傻了,突然想起了郝宝宝的堕胎,是的,也想起了郝宝宝曾打电话说把病历忘在她家了,也不想回去拿了,让她不留痕迹地稳妥处理掉,可她怎么就忘了呢? 对,因为马跃,那阵子她满脑子都是马跃的出轨,才对什么都不上心,什么也记不住……她只能瞠目结舌地看着马跃,一句话也说不出来。

马跃登时就有打蛇打中七寸的快感,只是瞬间,然后是悲凉,因为这个事实让郝乐意哑口无言了,他像一个被愚弄了好久才明白过来的傻子一样,悲从中来,怒从天降:"郝乐意,就像你说的,如果不离婚,我都瞧不起我自己! 对了,你不要误会我和小玫瑰,我从不撒谎的,我对她,真的不是爱,但是,我是她儿子的父亲。"

郝乐意只觉得全身的血液冰凉冰凉地往脑袋上涌,她一声不响,抓起马跃的水杯往马跃身上扔去,然后,她头也不抬,依然是一声不响地随手把能抓到的东西,抓起来往马跃身上扔,她头也不抬地扔啊扔啊扔啊,一直扔到满地狼藉再也没有东西可扔了,她才缓缓直起身,发现,马跃竟早已不在了,整个杯盘狼藉的办公室里,只有她,以及一地破碎。

这一晚,郝乐意没回家,她去了新租的房子,房子里没家具,没床,只有一张沙发,她在沙发上坐了一夜。

如果马跃先说堕胎的事,她或许会解释的,哪怕不说是郝宝宝,她也一定会努力辩解,不是她,是别人,对,她可以撒谎,别人找她借钱,她没带钱包,就把医保卡借出去了,所以人家写了她的名字,是的,本来就是这么回事,只要不说出郝宝宝的名字就行……可是,马跃先说了小玫瑰,他居然是因为小玫瑰要回来了才要和她离婚。

她想了一夜,有点理解马跃了。

他是个多么善于逃避的人啊,离婚对他来说,也是逃避的一种,离婚后他就不用面对她郝乐意的崩溃质问了。

想到这里,她就不那么伤心了,甚至有点可怜马跃。

所以,当陈安娜凌晨了还没听见她回家时,给她打电话,她接了,心平气和地说改天回去拿衣服,以后不回去了。

陈安娜急了,问到底怎么回事,当她听郝乐意说她和马跃终于要离了时,滔滔地就哭了,她的哭,让郝乐意觉得这个春寒料峭的夜晚里有了些人间暖意。

后来,马光明拿过去了电话,问她在哪儿,让她赶紧回家,别听马跃那臭小子胡闹。

郝乐意说了谢谢,说不了。

2

马腾飞去医院看了郝宝宝,心不在焉地坐了一会儿,就去酒店找马跃了,马跃正在收拾被郝乐意砸得乱七八糟的办公室。

马腾飞站在门口,问怎么了。

马跃把手里的东西一扔："哥,喝两杯?"

"成。"

厨师给炒的菜他们几乎碰都没碰,喝得烂醉如泥,马跃把脸贴在桌子上,像白痴一样看着同样醉成白痴的马腾飞,指了指自己的脑袋："哥,看见没?绿的。"

马腾飞醉眼蒙眬地看看他的头,伸手摸了一下："明……明明黑的。"

"绿……绿的!"马跃捏着一撮头发,"仔细看。"

马腾飞睁大了眼睛,看着看着就笑了："你……你小子,你头上又没种草皮,绿什么绿……黑……黑的!"

马跃哦了一声："哥。"伸出俩指头,"我俩孩子,没想到吧?"

马腾飞一脸羡慕地冲他竖大拇指："你哥我一个孩子都没有,弟,你……厉害,有本事……对了,让那个叫什么玫瑰的女人把孩子留下,她……让她滚回英国去,不是好东西。"

"对,让她滚……麻溜地滚。"

"还是乐意好。"马腾飞说,"我妈说乐意这样的好媳妇,打着灯笼找不着。"

"不……不好! 她……我也不要了,全不要了。"马跃不耐烦地摆了摆手。

马腾飞瞪眼："好!"

"好吧,我不和你犟,还是老话说得对,谁……谁都没和谁过两天试试。"他们说着醉话,吹着牛一直吹到了凌晨,马光明像雄赳赳的二郎神,冲进酒店,拎着马跃的耳朵就往外走,马跃哎哟哎哟地叫着挣扎着,而马光明一路拳打脚踢,拦了辆出租车,把马跃塞进去,又把马腾飞拎出来塞进去,司机一看拉了两个醉汉,面有难色地想拒载,马光明往副驾驶位上一坐,摸出二百块钱拍在驾驶台上,先把马腾飞送回去,到了自家楼下,马光明把马跃拖出来,经过这一路的颠簸,马跃已经醉得站都站不起来了,好在他瘦,马光明扛起来就往楼上走,边上楼边老泪纵横,一直没睡的陈安娜听见脚步声,早早开门等着,看着醉狗一样被马光明扛在肩上的马跃,心疼得眼泪都滚下来了。

马光明把马跃往沙发上一扔,大口大口地喘了一会儿气,让陈安娜别忙活着伺候马跃,先把伊朵房间的门给关上。

陈安娜知道他要审问马跃,小心地说："都醉成这样了,还是让他睡吧,明天再问。"

"我怕等不到天亮我就死了!"马光明怒喝,说着,拎着马跃的一条胳膊,

"你给我坐直了!"

马跃迷迷糊糊地被陈安娜灌了几口蜂蜜水,搓着眼睛说:"累,让我躺会儿。"

马光明黑着脸,一手拽着他的胳膊,一手啪啪地就扇了他两耳光,马跃登时就被疼醒了,睁大了眼睛,看着马光明:"爸……这么晚了……您不在家睡觉来酒店干吗?"

马光明指着家里:"睁开你的狗眼看看! 这是酒店?"

陈安娜怕马跃继续挨打,忙递过蜂蜜水让马跃多喝两口,好清醒清醒:"马跃,这在家呢,郝乐意今晚没回来,这是怎么一回事?"

马跃使劲晃了晃脑袋,心里隐约清醒了许多,用一只手抵着脑门,垂着头,一声不吭。马光明踢了他腿一脚:"你妈问你呢,你他妈听见没?"

"我们要离了。"马跃依然低着头,心里在飞快地想,要怎么说才不至于让马光明和陈安娜更生气,更不至于怪罪他。

"你说离就离,你他妈的当自己是皇帝啊? 你看上了就娶回来,腻歪了就一脚踹开?"马光明上来就是拳打脚踢,"就你他妈的在英国干的那些龌龊事我还没跟你算账呢,你他妈的又给我惹一出。"

陈安娜死死地抱住马光明的胳膊:"老马,你就不能听孩子把话说完?"

马光明抬脚踢马跃,没踢着:"除了一肚子男盗女娼,他还能说什么?!"

马跃也被马光明打恼了:"爸! 您知道什么?"说着,就把今天余西跳楼的原因以及郝乐意在他回国之前怀孕堕胎的事说了一遍。

马光明愣愣地听着,突然就给了他一耳光:"我他妈的让你信口开河! 乐意早晨走傍晚回,礼拜天连门都不出,她上哪儿出轨? 和谁出轨? 和鬼啊?"

扯着嗓子喊了半天,马跃的酒意已经消了很多:"爸,她不出轨和谁怀的孕? 病历是我亲眼发现亲眼看的,一个字一个字地我核实了不下二十遍,我今天也问她了,爸,您知道她什么表情吗?"

马光明和陈安娜还沉浸在难以置信的震惊中,干干地张着嘴巴说不出话。

"她哑口无言! 对! 还恼羞成怒,把我办公室砸了!"

马光明伸手:"给我。"

"什么?"

"你说的那病历,在哪儿? 给我看看。"

马跃一下子措手不及了:"没了。"

"没了？哪儿去了？"

"我当时很生气，就撕了，扔马桶冲下去了。"

马光明扬手又是一巴掌："我他妈的也得信，照你这说法就是失主一不小心发现了贼赃，有他妈的一声不吭把贼赃毁尸灭迹的失主吗？"

马光明一巴掌又一巴掌地打马跃，陈安娜早就心疼得不行了，一把抱住他的胳膊："老马！你有话慢慢说，咱马跃不是个会撒谎的孩子，我信他，马跃，你慢慢跟妈说，你说的是真的？这什么时候的事？"

"就我号啕大哭那天晚上的事，我一不小心发现了那份病历。"

陈安娜选择了相信马跃，她的心都快被儿子疼碎了，马跃掉泪她是见过的，但她从没见马跃那么号啕地哭过，可见他的心有多受伤，就推了马光明一下："你爸还不让我问，非说你是哭酒杯。"

虽然陈安娜选择了相信儿子，可马光明无论如何也不相信郝乐意会做出这种事来，他坚决地认为，在郝乐意怀孕堕胎这件事上，有人撒谎了，而且这个撒谎的人是马跃，因为他出过轨，有劣迹，至于郝乐意外遇到怀孕，这是绝对不可能的事情，所以他依然一字一顿地告诉马跃，如果他敢离婚，就不要认他这爸，还有，现在他愿意信口雌黄就信口雌黄着，真相早晚有浮出水面的那一天，到那时候，如果真相是马跃为了达到自己的某个目的而诬陷郝乐意，那么不要怪他这爸不客气！他见一次抽他一次！

3

郝乐意不知道马跃回家的事，第二天一早，还给马跃发了个短信，让他回家拿结婚证。马跃一夜没睡，蜷在沙发上发呆，听见手机响，拿过来看了看又扔到了一边，他想眯一会儿，可脑袋像要炸掉似的疼，越躺心里越烦躁，烦躁得让他觉得这沙发可疑，想起他在英国期间，伊朵在楼下由爷爷奶奶带着，阁楼上就郝乐意一个人住，如果有人来，夜里晚点来早晨早点走，还真是神不知鬼不觉的，越想越觉得有这种可能，一些幻觉的画面开始像走马灯似的在一夜没休息的脑子里奔跑，越跑越快，快得让他再也躺不住了，就起身抹了把脸，翻出结婚证，怕陈安娜听见了出来拦，就轻手轻脚地出了门。

郝乐意早就到了，远远看见马跃来了才从车里出来，两人彼此看了一眼，谁也没说什么，似乎都在等着对方先迈进民政局的大门。

两人都一夜没睡,脸上憔悴得都有些鬼气了,郝乐意只踟蹰了片刻,就先进了民政局。

负责办理离婚的,是一老一少两位女工作人员,年龄偏大的那位问他们因为什么离,郝乐意看看马跃,说性格不合。工作人员又去看马跃,马跃看着别处不说话。

她试探着说先到旁边坐坐,喝杯茶再说? 她这么说的时候,心里并不乐观。其实,她喜欢那些一路吵吵闹闹来办离婚的夫妻,但凡吵闹,就是心还没死,只要她建议去旁边喝杯茶,等心平气和了再说,基本都能趁这空给劝回家不离了,每当这样的时候,她就特有成就感,可像马跃和郝乐意这种夫妻,不吵不闹,很冷静,大多修养比较好,连离婚的时候都要面子,不说真正的离婚原因,不管你怎么问,他们永远就四字箴言:性格不合。这种夫妻,你就是陪着他们喝光一大桶水,也掏不出一句心窝话,到最后还是一个离字。

碰到这种不给成就感的夫妻,她就特沮丧,干这行时间长了,哪种是劝劝就能劝回去的,哪种是磨破了嘴也劝不好的,她一打眼就能看出来。郝乐意和马跃就属于后者。尤其是郝乐意,眼神那个淡定啊,好像来办的不是离婚,而是一个无关紧要的证件。

所以,她什么也没多说,就给办了,盖完章,郝乐意拿起属于自己的那本,看了一眼,说了声谢谢就走了,马跃拿起来,连看也没看,直接塞进了口袋,张望了一眼门口,稍稍停了一会儿,才往外走,因为不想在门口看着郝乐意离去,虽然离了,虽然她也伤了他,可伤感还是难免的,他不想落泪,眼睛还是潮湿了。

马跃慢吞吞地从民政局出来,发现郝乐意还在,她仰着头,好像在看天上的什么东西,马跃下意识地仰了一下头,春天的天空,碧空如洗。

其实,郝乐意什么也没看,只是不想让人看见她的泪,她用手背擦了一下泪,可泪源源不断地涌出来,她怎么擦也擦不干,当她听见马跃脚步声时,狠狠地憋了一下眼泪,叫了他一声。

马跃嗯了一声,见她满脸是泪,自己也没绷住:"说吧。"

"伊朵知道吗?"

"知道了,不过她对离婚好像没概念,就像吵了一场架,还问我什么时候不离了。"

"我们离婚的原因,你爸妈知道吗?"

马跃点头。

"别告诉伊朵，我不想让她觉得自己的妈妈不好，她会自卑的。"

"可以。"

"谢谢。你暂时和伊朵说我出差了吧，我想等过几天平静下来再去看她。"

"好。"

郝乐意默默地看着他，马跃让她看得低下了头："马跃，不管你信还是不信，我还想和你解释一遍，我没出轨更没怀孕也没打胎。"

马跃哦了一声，他想说那家里的那份病历是谁的？可又觉得很无谓，反正已经离了，问了倒像是引诱她撒谎骗骗自己这颗脆弱的心，就不置可否地笑笑没吭声。

"你看到的病历，虽然写着我的名字，但去医院的人不是我，我只能解释到这里，信与不信都随你。"是的，郝乐意只能解释到这里，事已至此，她不能把郝宝宝供出来，让她受这些无谓的伤。

"是吗？那人是谁呀这么神秘，连看病都要写别人的名字。"马跃嘴角挂着一抹嘲讽的讥笑，郝乐意越这样说他就越觉得可笑，原本还有些伤感的心渐渐地就硬了，说完这句话，连郝乐意的回答都不等，转身走了。

郝乐意喊了他一嗓子，他站住了，没回头："说吧，我听着。"

"马跃，你不要以为我解释是为了获得你的原谅，我只是不想让你把我往龌龊里想，那会让我自己倒胃口。还有，从你告诉我小玫瑰要回来的那一刻起，我就彻底放弃了我们的婚姻，你对我来说，已经没有任何留恋的价值了，所以请你不要把我想象的那么卑微那么想赖在你身边不走，我也没贱到你想象的那程度。"说完，郝乐意拉开车门，坐进车里，是的，她眼里干干的，一滴泪都没有，发动了车子，在街上慢悠悠地溜着，不想去幼儿园也不想去医院看郝宝宝，更不想回家。其实，从现实意义上说，她是个没有家的人，父母在潍坊流浪时生下了她，潍坊既不是她的城市也没有她的家，十五岁的时候，妈妈一边收拾行李一边兴奋地和她说着回青岛以后会怎样会怎样，满眼满嘴的憧憬啊，郝乐意也是，她还无比认真地问妈妈，回青岛，是不是就算回家了？

当时宋小燕愣了一下点点头，说是的，郝乐意的爷爷奶奶姥姥姥爷全是土生土长的青岛人，她们回去，就算回家了。不知为什么，当她听妈妈肯定了她的疑问后，就觉得喉咙痒痒的，有种想哭的冲动，那种温暖的、激动的想哭的冲动。

可是，让她温暖地激动了好一阵的回家，终于还是没回成，半路上的车祸，夺走了宋小燕的生命也夺走了她想象中的家，虽然贾秋芬一再说，房子是爷爷奶奶留下的,有他们的份和郝乐意的份,他们的家就是郝乐意的家,可郝乐意不这么想,在她的感觉里,不管是老房子还是老房子拆迁后分的新房子,都是别人的家,真正的家,不单是一套房子,还要有你至亲至近的人的温暖和爱。虽然贾秋芬对她很好,可再好,她也不能像在母亲怀里一样撒娇,使小性子。也是随着宋小燕的去世,她在一夜之间长大了,不再撒娇,不再使小性子,因为她知道,从此以后,在这个世界上,那两个永远会无原则包容自己的人,先后离开了她。所以,有时候她看着郝多钱对郝宝宝的宠,特羡慕,羡慕到了心酸,她甚至想,只要爸爸活着,哪怕他不宠自己,哪怕他骂她打她,只要他活着,她就不会活得这么害怕,这么凄惶,好像在旷凉的原野里,四顾无人,只有远远近近的狼嚎。她唯一能做的,就是抱紧自己的胳膊,拼命地奔跑,因为她总觉得只要不停地奔跑,那些嗥叫着的狼,就追赶不上她,伤害不了她。

直到遇上马跃,是的,直到现在,她依然不认为马跃是个多么不好的男人。虽然别人说他没责任感,他没有像其他男人一样,肩担起一家老小的生活重担,可郝乐意一点也不这么认为,因为马跃给了她踏踏实实的一个家的感觉。那种对一个安定的温暖的家的渴望,对她来说,是多么迫切,这是众多一直在家的港湾里享受着温暖却嫌桎梏的人永远不可能切身感受到的。五年的婚姻生活,有温暖有烦恼,所有人都觉得,在有陈安娜这样一个事妈婆婆的婚姻里活着,一定是煎熬的,可她不觉得,无论哪一种生活,都有它的烦恼,只要这烦恼的背后还有温暖,对她来说,所有问题就都不是问题。可现在,她又成了一个没家的人。

那种无处可去的荒凉,像冬天的海水一样,浩浩荡荡地淹没了她,她呆呆地坐在车里,任是前方绿灯亮了都没看到,直到身后此起彼伏地响起了催促的汽车鸣笛,她才猛地甩了一下脑袋,踩下油门,穿过路口。

就像她的人生,身不由己地穿越了一个十字路口。她不恨郝宝宝,也没觉得为她做了多大贡献,因为马跃不仅出轨了,还要为情人抛弃她,她记得那个叫连谏的作家说,男人是种在情色面前管不住自己的动物,他们的动物本能永远发达于理性本能和道德本能,所以她还是希望,当男人出轨了,如果他有回家的可能,女人还是忍辱负重原谅他,为他敞开回家的门。是的,在猜到马跃出轨,马跃没有亲口承认那会儿,她一直隐忍着不问,就是怕一问那道回家的门就敞不开了,直到马跃向她坦白之前,她觉得,自己的后背一直抵在门上,也一直在说服自己,忘记猜疑,它不是真的,把门敞开,可她就是做不到。在这一点上,她一点儿也不认同连谏的观点,她不认为男人是动物,至于男人却愿意买这个荒蛮的账,不是男人意识到自己确实没完全从野蛮生物进化到文明人类,而是他们愿意认下这笔不那么光彩的账,等某天他们要犯浑了,要自私了,就可以搬出女人派给他们是动物的理论,获得原谅:连你们都承认我们是动物了,是动物就难免动物性发作,所以……

男人心悦诚服地从女人那儿接下自己是动物的言论,不是自惭形秽,而是狡猾。

既然是动物,那么回原始森林好了,把他们放到人类社会,满大街乱窜,多危险呀,既然他们愿意要人类的称呼,就要遵守人类的行为规则。就像猪一样,既然要过吃饱了睡睡够了吃的不劳而获的生活,就要接受最后挨一刀的命运。

既然男人不想放弃动物性泛滥带来的快感,那么,就不要结婚好了。

她不想从品质上否定马跃,他不坏,甚至善良,很多时候他天真得像没断奶的孩子。他最大的缺点是缺乏自律,太溺爱自己,对这个世界有太多不切实际的期待,这在结婚没多久她就发现了,男人缺乏自律最大的危险就是容易在男女问题上犯错误。这些,郝乐意知道,但没担心过马跃,觉得不可能,因为犯情色错误是需要资本的,因为愿意和男人犯情色错误的女孩子,大多都是图一点什么,要么权柄,要么金钱,纯粹贪图某男人男性魅力的那就不是情色错误了,是爱情,至少郝乐意觉得那是爱情,因为爱情是盲目而无价的。

可恰巧,对小玫瑰来说,除了一个活生生的人,马跃是一无所有啊,难不成这是爱情?

4

马光明把伊朵送到幼儿园就去酒店上班了,一想到郝乐意一夜没回家,就觉得心上悬了个什么事,踏实不下来,就抓起手机给郝乐意打了个电话。

郝乐意刚到医院,停好车,见是马光明的电话,犹豫了一下,还是接了起来,还是习惯性地叫了声爸。

这一声爸,就像安慰剂似的,马光明的心就踏实了点,觉得郝乐意还能这么自然而然地叫他爸,就没什么大事,遂骂马跃鸡一阵猫一阵的,让郝乐意别跟他一般见识,让她晚上早点回来,他给做好吃的,好好聊聊,想办法治治马跃这不知好歹的东西。

郝乐意默默地听着,说:"爸,我和马跃的事,您和我妈就别操心了,还有,希望您能原谅我,不管马跃怎么误会我、怎么看我,请您一定相信,我不是他以为的那种人……"说着说着郝乐意就泣不成声了。

马光明就更是坚信自己的直觉了。是的,一直以来,郝乐意就是个有一是一有二是二的孩子,如果是她做过的事情,不管别人怎么看怎么说,她都会承认的,可她说马跃误会她了,那就一定是误会,所以马光明劝她别哭,大家都不是小孩子了,哪儿能因为一个误会说离就把婚离了,今晚他把马跃也找回家,把误会解开就好了。

郝乐意哽咽着不让马光明去找,他们走到今天不单是因为马跃误会了她。马光明的心,像一只吊在空中的桶一样,晃荡了一下,他果然猜对了,这小子果然还有其他猫腻,就问马跃还有其他什么事。

郝乐意一下子就顿在了那儿,不知是说好还是不说好。说,好像她为了洗脱自己,特意跑到马光明跟前告状似的,这感觉很小人,她不喜欢;可不说吧,马光明在电话那端不停地追问……最终,郝乐意决定不做连自己都不喜欢的人,遂说:"没什么,既然已经离了,再追究原因都已无益了。"

"离了?什么时候离的?"马光明震惊了。

郝乐意说:"上午,刚刚办完手续。"马光明什么也没再说,啪地挂断了手机,他拍了自己手一下,挺疼,又抓起手机打出去:"马跃,你和乐意把离婚办了?"

马跃愣了片刻,听口气就知道马光明是确凿无疑地知道了,就嗯了一声。

"我操你妈——"马光明破口大骂,"王八蛋!谁让你离的?你他妈问过了没?我同意了没?"

那天中午,酒店里所有的人都看见马光明擎着手机,一边破口大骂一边从楼上冲下来,在街边拦了一辆出租车,二十分钟后,市北分店的人就看见依然在对着手机破口大骂的马光明闯进了市北分店,噔噔噔上楼,大步流星闯进经理室,砰地关上门,然后经理室内就传出了噼里啪啦的人肉相互撞击声……

马跃擦着嘴角的鲜血说:"爸,您打够了没?"

马光明愣愣地看着儿子,突然蹲在地板上,抱着头,老泪纵横:"我他妈的拿乐意当亲闺女疼啊,她也拿我当亲爹热乎,都是你这王八蛋啊王八蛋……"

"爸,我不离不行了。"

"什么不离不行?你不离能死?!"

"不离我会把自己恶心死。爸,她有外遇我可以原谅她,可我受不了她一副受伤的贞节烈妇的架势谴责我宽恕我!"

"她有外遇？你捉奸在床了？"

"爸,病历是我亲眼目睹的。好！您没看见,您可以说我瞎编撒谎,可在结婚之前她就给已婚男人当小三,这不是我撒谎吧,我腾飞哥都听见了。爸,郝乐意是个撒谎精,她是个骗子！"

"我操你妈！她是个骗子你算个什么玩意儿？你怎么就不撒泡尿照照自己是个什么玩意儿？你在英国和女人同居了两年,你告诉乐意了还是告诉我和你妈了？你这算什么？给人家当二爷？亏你他妈的还有脸说！乐意是骗子？她骗你什么了？你有金子还是有银子？"

马跃一梗脖子,心一横:"黄梅要来。"

"谁黄梅？"马光明瞪大眼睛,很快就明白了,"就你在英国的那个女人？"

马跃点点头:"我是她儿子的爸。"

马光明错愕地张大了嘴巴:"啥？啥……马跃,你给再给我说一遍。"

"您听见了,我不想重复,这是真的,她也刚知道。爸,其实是我害了她,害得她失去了遗产继承权。"

"你只害了她？你他妈的就是个祸害,你就没害了乐意？就她那么好一女人,嫁给谁谁不得给她幸福？可就因为嫁给你,一辈子就这么毁了！还有我和你妈,都说生儿乐在养,我们他妈的这是养猪！你猪都不如,猪养大了还能杀掉卖钱吃肉,你！除了祸害人还能干点什么？！"

"骂吧！骂吧！你使劲骂！我猪狗不如,行了吧,我有今天,还不是拜您和我妈的功劳？是,我承认,你们爱我,可你们是怎么爱的？你们的理想是把我培养成精英,可是,就你们的溺爱,我只能成为一头精英猪！猪就是猪！精英猪也还是猪！现在,我做腻了猪,我要做狼！"

马光明没想到他和陈安娜的爱在马跃那儿成了毒品,跳起来就踹了马跃一脚:"狼心狗肺的玩意儿！"

马跃趔趄着闪到一边。

马光明一脸恍然大悟:"我明白了,马跃,什么乐意有外遇了,堕胎了,你还看见病历了,你他妈的就编吧！你非逼着她离婚,是为了那个从英国回来的女人,是不是？"

"不是！"

马光明指着他的鼻子:"你再他妈的给我嘴硬！"

马跃彻底恼了,几乎是咆哮着:"我说不是就不是,我就是讨厌她的虚伪,我恶心她一副当了婊子又树牌坊的嘴脸！我还恶心她没完没了的质问,我讨厌我低三下四地装三孙子还永远得不到她的原谅!"

马光明扬手又是一巴掌:"马跃,你敢再对乐意满口喷粪,我听到一次抽你一次!你他妈的快活的时候怎么就不想想日后要为这快活装三孙子?"

"那会儿顾不上想!"马跃不甘示弱地和马光明对峙。

在不起眼的白酒厂里当了一辈子工人,马光明不觉得失败,一辈子在老婆跟前就没理直气壮过,马光明也不觉得失败,可马跃和郝乐意的离婚,让他觉得失败像排山倒海一样往身上扑。这天下午,他去幼儿园接了伊朵,一路上老泪纵横,马光明火了会冲陈安娜吼,伊朵见过,但她没见过马光明流泪,她胖胖的小手在马光明的脸上胡乱擦着,说爷爷学坏了。

在幼儿园里,如果男生哭了,老师就会说丢丢丢,跟爱哭鼻子的小女生学坏了。

不谙世事的伊朵,不知道马光明内心的疼,说爷爷你不哭,回家我就给你棒棒糖吃。她越这么说马光明就越是悲恸,最后不得不放下伊朵,蹲在背对人行道的墙边,让眼泪流了个痛快。

当陈安娜看着两手空空、眼肿如桃的马光明回家,就抱怨上了:"不买菜你也早告诉我啊。"说着,边准备出门买菜边狐疑地看着马光明,"你眼怎么了?"

伊朵已经擎着剥好了的棒棒糖从房间出来,边往马光明嘴里塞边告诉奶奶,爷爷哭了。

陈安娜一愣,问为什么?

马光明顺从地张开嘴,含住了伊朵递过来的棒棒糖,咬得嘎嘣嘎嘣的,就是不说话。

陈安娜打了他胳膊一下,意思是你说啊。结婚三十多年,马光明哭,陈安娜就见过一次,是婆婆去世的时候,因为在床上躺了一个多月,加上天热,婆婆背上掉了一块皮,换寿衣的时候,马光明看见了,当即就号啕大哭了一场,其实他不是为婆婆背上掉了一块皮有多遭罪而哭,而是为了和母亲永不在尘世间相见而悲伤而痛哭。

马光明发火马光明暴跳如雷马光明要无赖马光明要流氓,她都无所谓,因为这才是马光明,可马光明不能哭,一哭,就不是小事。此刻的陈安娜,已经不再关心晚饭内容,她想知道那件对马光明来说惊天动地的大事。

她问了无数遍,后来,马光明把棒棒糖全都咽了下去,只剩了一根塑料杆,他在嘴里嚼来嚼去，都变了形，就是不肯吐出来说话，陈安娜再也耐不住了，劈手一把夺下来："到底怎么了？"

马光明摸摸伊朵的头："伊朵，爷爷还想吃你的棒棒糖，爷爷吃了你的棒棒糖就不想哭了。"

伊朵奶声奶气地说着好，扭着肥肥的小屁股去房间找棒棒糖去了。

马光明说马跃和乐意离婚了，其实，原因不在郝乐意身上，是马跃在英国的那个女人要回来了，那个女人给他生了一个儿子，比伊朵还大一岁多。

陈安娜啊了一声，好像没听明白。

"手续都办完了。"

"手续？什么手续？"陈安娜好像一时转不过弯一样，傻傻地张着嘴巴看着他。

"就是把结婚证换成离婚证了。"陈安娜的茫然让马光明觉得好像哪个地方不对头，却又想不出来，就愣愣地看着陈安娜，等着她爆发。

可陈安娜没有，而是把买菜的方便包放在门口的洗衣机上，好像一时恍惚，忘记了什么东西回来取一样，走到沙发旁坐下，两眼发直地看着马光明："真的？"

马光明一点头，泪又砸了下来，伊朵擎着一根棒棒糖跑出来，见爷爷又掉泪了，忙把糖塞进他嘴里："爷爷，糖来了就不哭了。"

马光明一把把伊朵揽进怀里，牢牢地抱着："陈安娜，你养的好儿子啊，败家子啊。"

陈安娜没说话，看马光明的眼神无比柔软，好像三从四德了一辈子的受气小媳妇。

从那天晚上开始，陈安娜就再也不发脾气了，也极少开口说话，对这个世界茫然得就好像失去了反应能力。

马光明陪她去看医生，医生把他叫到外面，说她已经抑郁了，身边需要时刻有人。就在看病期间，陈安娜动辄就从椅子上站起来，一声不响地往外走，马光明就拦着她，问她去哪儿？她也不说话，只是看看马光明，使劲儿往下扒拉他的手，挣扎着要继续往外走。

马光明迎来了人生的第三次流泪。

虽然这个女人欺负了他一辈子，可看她变成这样，马光明的心，还是跟刀剜一样地疼，陈安娜之所以这样，内心肯定是纠结着巨大的悲怆和绝望。

Chapter「第二十三章」

心碎最是别离泪

1

到底是年轻,郝宝宝已经能下床自由活动了,马腾飞每天下了班会过来陪她一会儿,两人话不多,郝宝宝有好多话想说,可一看马腾飞满眼的寥落,就识趣地咽下去了。其间,田桂花也来看过她两次,拉着她的手问长问短的,让她别在意马腾飞的态度,不管怎么说,余西那是他前妻,又是因为他自杀的,就连她这个前婆婆,一想心里都酸溜溜的,何况马腾飞和她认识了那么多年又做了三年的夫妻,伤心总是难免的,他不难过倒吓人了,说明他这人没情没义,这么铁石心肠的男人,对嫁他的女人来说,可不是什么好事。

郝宝宝也是这么认为的,余西的死,虽然对她震动很大,但自私还是占了上风,甚至还有那么一点放松的小窃喜,因为从此以后,再也没人纠缠马腾飞了,也没人找她的麻烦了。她知道自己的这点窃喜来得很邪恶,所以也就只能偶尔在心里偷偷乐一下,没敢跟任何人说。

可贾秋芬不这么想,她和郝乐意一样,自从余西跳楼,就对这桩婚姻失去了希望,和郝宝宝也说了好多次了,说散了吧,有人命的婚姻都是被下了咒的孽缘,就算结了婚,日子也过不好,还不如早散早利索,谁都别成谁的折磨。

郝宝宝说她不信邪,其实,更大的原因是她不愿主动从灰姑娘梦里醒来,毕竟,做过灰姑娘梦的姑娘很多,可只有她幸运地搭乘上了南瓜马车,抵达了舞会现场,怀揣水晶鞋的王子还没来呢她就主动撤了,不甘心。

还有,她像所有年轻漂亮的女人一样,盲目自信,认为在爱情方面,自身魅力足可以让她所向披靡,只要她想,她行动,男人就会如她所愿。就像余西活着的时候,她相信自己有足够的魅力让马腾飞忘记余西一样,现在她有信心,只要给她足够的时间,她可以让马腾飞走出内疚的痛苦沼泽,并逐渐淡忘余西,就像她逐渐淡忘幼儿园的玩伴一样,因为久不接触,哪怕别人拼命提醒,她都记不清某个名字属于记忆中的哪个模糊的影子。

郝乐意进病房的时候,母女两个还在各持己见,像两只不认输的母鸡,在争论着谁的蛋下得更大,所以根本就没人留意到郝乐意一脸的心意沉沉和憔悴。贾秋芬搬出她的观点问郝乐意是不是这么回事。

郝乐意点点头:"宝宝,放手吧。"

郝宝宝跟让马蜂蜇了一样:"姐——"

郝乐意疲惫地拖了把椅子坐下:"虽然我没你妈那么宿命论,可道理都差不多,你觉得余西死了,不影响你对马腾飞的爱,那是因为你和余西没感情,甚至憎恶她,可对马腾飞来说,余西是他青梅竹马的女朋友,婚前婚后和他同床共枕了八年的女人。宝宝,我记得我和你说过的,从马腾飞上大一开始,他们就同居了,这份感情不是几个月的感情能比得赢的。"

郝宝宝不服气地小声嘟哝:"如果马腾飞真像你说的这么有良心,他就不离婚了。"

"离婚是一回事,余西死又是一回事。"郝乐意不知道郝宝宝到底有多爱马腾飞,就问,"宝宝,我问你件事,你能说实话吗?"

郝宝宝不情愿地哦了一声。

"如果马腾飞还是原来的马腾飞,但他不是富二代,他父母就是普通退休工人,发生了他前妻为他自杀这件事,你还会坚持和他在一起吗?"

"姐,说来说去,你的意思是我就看上他们家的钱了?"郝宝宝觉得自己受了辱没,噌地转身,给了郝乐意一个伤痕累累的后背,不搭理她了。

"宝宝,我经常想女孩子喜欢嫁豪门到底是对是错,其实这事没标准答案,最直接的就是,有钱的豪门能满足女孩子的物质虚荣,这是跟小孩子爱糖果一样自然的事情,愿望得到满足人就会开心,豪门有足够的能力满足人更多的心愿,让人得到更多的快乐……"

"这还差不多,什么嫁豪门没好下场的说法,是做梦都想嫁豪门却嫁不了的酸葡萄心理。"郝宝宝扬扬自得。

"不,宝宝,我还没说完,人被满足了太多的物质欲望,会觉得累和厌倦的,甚至你拥有得越多你会越空虚,除非你的心灵有所寄托。我们女人,习惯在爱情上寻找寄托。如果豪门老公爱你,那很好,你真的是天底下最幸福的人。可如果他不爱你,因为他是豪门公子,因为有很多像你一样想吃甜美大葡萄的女孩子在惦记着走捷径挖你的墙脚,宝宝,你会像活在枪口下的兔子一样,惊慌失措,一点儿也不快乐。到那时候,你才会明白,一桩婚姻里如果没有温暖的安全感,没有快乐,你就是拥有全世界的财富都照样会失声痛哭,每一个坐在巨额财富上失声痛哭的人,都是全天底下最贫穷的可怜人。"

郝宝宝不以为然:"那好吧,不过,我还是想尝尝坐在巨额财富上痛哭是种什么心情,要是不好玩,我就跳下来,帮我爸开啤酒屋去。"

贾秋芬剜了她一眼,对郝乐意说:"乐意,就让她梦着吧,你甭理她,因为宝宝这事,你都一个多礼拜没上班了,宝宝这也恢复得差不多了,你快上班去吧。"

郝乐意嗯了一声,说已经请假了。

趁贾秋芬去卫生间洗毛巾,郝宝宝问她和马跃怎么样了。郝乐意顿了一会儿,说还那样。

"不离了吧?"

郝乐意想了想,点了点头。

郝宝宝松了口气,说就是,她就知道离不了,对马跃这号男人,她还是比较了解的,活到八十岁心理上也断不了奶,抽起风来像疯狗,把别人气够呛,他自己没事人一样,还纳闷你这是因为什么把自己气得跟被人扔了一石头的青蛙似的。

郝乐意笑了笑,没吭声。在医院吃完午饭,郝乐意决定去幼儿园看看,把车停在幼儿园门外,刚锁好车,就看见徐一格抱着一个大纸箱子从幼儿园出来了,往她脚边一放,笑吟吟地说:"我从窗里看见你来了。"

郝乐意纳闷地打量着箱子,隐隐觉得有些不对,果然,还没等她开口,徐一格就说郝乐意作为幼儿园园长,不管因为什么原因,旷工十多天是超级没责任感的表现,所以她被开除了。

郝乐意吃了一惊,辩解道:"我请假了呀?"

"是吗? 我怎么不知道呢,你跟谁请的?"徐一格抱着胳膊,脚尖一下一下地踢着地上的一枚小石子,好像那不是一枚石子,而是惹人讨厌的小动物。

郝乐意呆呆地看着她,知道所托非人,她上当了。

徐一格不仅不承认她请过假,更不承认她续过假,说杨林因为郝乐意的恣意旷工,很生气也很失望,决定放弃原先的计划,把幼儿园交给徐一格。当然,徐一格已为自己曾经的失态向他道过歉了,也发誓说她至今没成家也没有爱情,空有一腔无所寄托的情怀,正好用来完成母亲苏漫的心愿,像天底下所有父母都愿意相信自己的孩子似的,杨林选择信任她,并办理了幼儿园财产的赠与公证。说着,徐一格用下巴指了指箱子:"你的东西都在里面,还有,别以为我糊弄你,我把公证书的封面也复印了一份,也算让你眼见为实。"说着又从包里掏出一个信封,拍在郝乐意车前盖上,"郝乐意,你可以不负责任,但我徐一格还是要讲道义的,看在你为幼儿园出了这么多力的分上,离职费不仅要给,还不会少给。"

郝乐意拿起信封,打开看了看,五万块。她掂了掂:"是吗?"说着拉过徐一格的手,拍上,"但我更愿意理解成是封口费。"

徐一格脸色一凛:"郝乐意,你风声鹤唳了点吧?"

郝乐意笑:"我也希望是,这说明阴暗的只有我的内心,而这个世界还是美好的。徐小姐,我不会拿这笔钱,否则我会瞧不起自己。"

徐一格把信封塞进手包:"随便你,反正幼儿园过户到我名下了。"

郝乐意定定地看了她片刻,把箱子塞进后备箱,就发动了车子,徐一格把手搭在车顶上,探头看着她:"打算去告我一状,揭发我?"

郝乐意系上安全带,风轻云淡地笑了一下:"你怕吗?"

"随便你。"说着,徐一格松了手,打了个呼哨,挂着两嘴角的笑,看郝乐意的车子绝尘而去,才拍了拍手,"去吧去吧,该是我的已经是我的了,我瞧你还能折腾出什么花来。"

杨林被儿子说动了,决定出国和儿子一家团聚。徐一格也早就打算好了,等杨林一走,她就着手转让幼儿园,只要广告一打,不愁没人接手。不过,如果郝乐意有钱,她还是很愿意转给郝乐意的,可怎么着也得一千多万呢,郝乐意拿不出来是肯定的,在这个没钱就腿软的时代,钱是王道,为了母亲的遗志而放着大把银子不要,她可伟大不到这份上,等把这钱拿到手,她就把男朋友朝思暮想的健身中心拿下来,过夫唱妇随的好日子,要多美有多美,至于杨林会不会发火,那就不是她关心的了,又不是亲生父亲,她犯不着假装孝顺。

郝乐意到的时候,杨林正在收拾行李,他明天一早的飞机,见门外站着的是郝乐意,微微一愣,态度冷淡到让郝乐意局促,把她让进来,冷冷淡淡地说:"你没有父母,还有孩子,丈夫也没正当职业,一切都要靠你,想多要股份我也理解,但我不喜欢你用这种方式要。"

"杨先生,我要什么了? 用什么方式要的?"郝乐意纳闷。

杨林一愣:"你没为了多要股份罢工示威?"

郝乐意明白了,肯定是徐一格为了达到自己的目的跟杨林撒了谎:"杨先生,我跟徐小姐请假了。"然后把家里最近发生的事说了一遍。

杨林错愕不已,轻轻拍了几下脑门儿说:"怪不得呢,我总觉得哪儿不对。"

原来,徐一格借着郝乐意请假这茬儿,和杨林撒谎说,郝乐意嫌15%的股份太少,要求再追加15%,让她和杨林说,她没答应,郝乐意气急败坏,以罢工为要挟。杨林不相信郝乐意能做出这样的事,也去了几趟幼儿园,确实是一连几天郝乐意都没上班,他还是不相信,一时又找不到郝乐意的电话,跟徐一格要吧,又担心她认为自己信不过她,就特意等到傍晚家长们来接孩子时到幼儿园门口等,满心以为能碰上来接孩子的郝乐意,结果等来的是马光明,他还特意和马光明寒暄了两句,让他给郝乐意捎个口信,给他打电话。

郝乐意这才突然想起来,这事马光明告诉过她,可当时忙得太狼狈,就没打这电话,隔天又给忘了。

末了,杨林叹气说,事已至此,不管怎样徐一格都是苏漫的女儿,所以即使骗了他,他也不想去追究了,否则苏漫的在天之灵也会伤心的,他明天的飞机去美国,就算他有心回天,时间上也来不及了,还是暂时维持现状吧。郝乐意不想让他带着懊恼登机,也只能安慰他幼儿园交到谁手里都是交,只要格林的牌子不倒,苏漫的在天之灵也会得到告慰。

可杨林还是很不放心,他和苏漫一样,最担心的是徐一格的脾气,不管做什么,就没沉下心来的时候,但愿她不会干几天就烦了,一倒手就把幼儿园卖了。

郝乐意心里也一震,想起徐一格的男友兴冲冲跟徐一格说,这幼儿园卖个一千五六百万是小菜一碟。

徐一格的男朋友是退役运动员,健身教练,人很帅,比徐一格小五岁,最大的理想就是开一家属于自己的高档健身馆。苏漫不喜欢他,可徐一格死活听不进去,认定自己魅力无穷,才迷住了一个这么帅的小正太,苏漫去世前,迫于苏漫的竭力反对,他俩分了一阵子手,随着苏漫的去世,徐一格又无所顾忌地和他旧情复燃了,抑或他们俩原先所谓的分手,不过是哄苏漫的。

苏漫去世后,徐一格的小男友每天中午会跑到幼儿园陪她吃饭,因为他是健身教练,除了周末,白天很清闲,晚上会忙一些。他对幼儿园很感兴趣,当然,感兴趣的是它值多少钱,卖了之后能办个多大的健身俱乐部,到时候他就用不着看别人脸色了。

郝乐意沉吟了一会儿,还是把自己的担心说了。如果徐一格没有这个小男友,她还不是很担心,但有这小男友,就很难说了。杨林吃了一惊,好像并不知道徐一格有男朋友。

郝乐意就说是以前那个健身教练。杨林气得满脸通红,他知道,只要徐一格对那个小正太还五迷三道的,幼儿园十有八九逃不掉转手的命运结局,他给郝乐意留了儿子和儿子家在美国的电话号码,让她一旦发觉徐一格要卖幼儿园,就给他打电话。

接过电话号码,郝乐意张了张嘴,关于徐一格已把她炒了的事,还是没说出口,怕本就已经愤怒的杨林,不仅更加生气,再平添内疚。

以前,人生低谷这个词,只是道听途说,好像是个和自己命运永远不会搭界的专业术语,可现在,她却把这四个字给身体力行了。

2

一连几天,郝乐意在租的房子里待着,连门都没出,饿了就啃几口面包,渴了就用热得快烧瓶水喝,沙发打开就是一张单人床,好在天已经比较热了,大多时候,她躺在沙发床上梳理她的人生,伊朵给她打过几个电话,问她什么时候出差回来,她总是说快了快了,然后说妈妈很忙不和伊朵说话了。

不是不想说,是怕说着说着就会哭出来,她不想哭,因为她一哭伊朵就会知道妈妈不快乐。

马光明也给她打过几个电话,让她回家住,说不管她是和马跃离婚了还是怎么着,他和陈安娜永远认她,不是马跃的媳妇了,他们就把她当亲闺女,让她回家。

每一次,郝乐意都哽咽得说不出话,郝宝宝也来电话说她快出院了,问马跃最近表现怎么样。郝乐意说还那样。

郝宝宝就生气了,问要不要她去骂他一顿,郝乐意吓了一跳,知道郝宝宝绝对干得出来,可她不想继续让马跃看低她,好像离婚离得多不甘心似的,忙解释说,她说的还那样是和以前没闹离婚的时候那样,不是说了离婚没离冷战时候的那样。

郝宝宝说这还差不多。就他?有什么资格和郝乐意冷战?他要敢再嚣张,就给他弄几顶绿帽子戴戴!

郝乐意就笑了,笑着笑着就黯然了就泪下了,她收了线,起身,决定洗个脸回家拿衣服,然后把自己收拾得整整齐齐,开始新生活。

是的,多灾多难的生活,可以暂时覆灭一个人的生活,却无法覆灭一个人的信心,在她郝乐意这里,就是如此,就像宋小燕说的,女人,跌倒在烂泥里不怕,最怕的是趴在烂泥里不起来,每一个笑到最后的女人,都是打不死的小强。

郝乐意刷牙洗脸,在镜子前,发现自己的脸憔悴得不像话,就使劲拍了几下,然后泡在水里,她的人生词典里没有柔弱这个词,看上去憔悴就是一种精神上的投降,她只喜欢精神饱满的、容光焕发的自己,哪怕像现在这样,把脸打肿了充胖子,也不要楚楚可怜地博任何人同情。

同情是一味毒药啊,收多了,自尊就被挤没了,这种暂时性的精神宽慰,只会让人变得越来越像个可怜虫。

洗刷干净的郝乐意,容光焕发地上路了。她要回阁楼,把所有的衣服都收拾起来,然后就像拉着她的历史一样,浩浩荡荡地开向新生活。她知道收拾东西的时候,或许马光明或陈安娜会上来劝她挽留她,但她一定要微笑着拒绝,不能哭,是的,她要感恩,要领情,就算离婚了,她依然会把马光明夫妻当成亲人,发自内心地,因为他们是她爱过的那个男人的父母,是她亲爱的女儿马郝多的爷爷奶奶。她会告诉他们,大家都要理智,既然离婚了,这么近地住着,抬头不见低头见的,她尴尬,老人家触景伤情,她搬走是为了大家好。

车到楼下,才几天而已,却像几个世纪那么长久的别离,眼前的一切都让她感慨而恍惚。

她上楼,轻手轻脚地,然后,收拾她的衣服,平时她觉得自己没多少衣服,可怎么就收拾不完了呢?她的眼睛这是怎么了?怎么收拾着收拾着就模糊了,像大雨天的汽车前挡风玻璃,不抹一下就什么也看不清……后来,她听见大门开了,有人进来,脚步停在她身后,她起身,回头,看见马光明,他又老又瘦地站在她身后。

郝乐意叫了声爸。

马光明看着她,笑得很暖和,眼里明晃晃的,像有一道玻璃幕墙。

郝乐意说爸,我回来拿衣服。

马光明眼里的那道玻璃墙一下子倒了下来,稀里哗啦地破碎坠落,他哭得像个老傻子,说马跃又不回来,你干吗要出去住?伊朵想你,你妈也想你,乐意,你不想让爸爸活了是不是?

郝乐意嘴角带着笑,不敢说话,怕一张嘴泪就滚下来,只能在心里默默地念着不哭不哭不哭我不哭……她表情看上去那么奇怪,好像被坏人劫持了,有人拿枪从背后顶着她,并警告她不许哭,只能笑。所以,她笑得那么尴尬不自然。

马光明泪下滔滔地说:"乐意,就算爸求你,别走了,你要走了,这个家爸一个人撑不起来,你妈病了,她病得谁都不认识,一刻也离不开人。"

郝乐意吃了一惊:"我妈怎么了?"

"抑郁了,总嘟哝着要出去找你,我一不留神她就跑街上去了,出去了也不知道往回走,见人就会问一句话:你们谁见着我们家乐意了?"

郝乐意的眼泪唰地就涌了出来,她决定不走了。

可是,那个到处找郝乐意的陈安娜,却不认识郝乐意了。当郝乐意喊她妈,她呆呆地看着郝乐意,突然一把拉起她的手:"你看没看见我们家乐意?"

郝乐意哭着说:"妈,我就是乐意。"

陈安娜点点头:"你要是看见我们家乐意,就让她回家,说我想她了。"

郝乐意哽咽着点头。

抑郁的陈安娜离不开人,马光明也不能去酒店上班了,每天守着陈安娜,给她讲讲笑话、散散步,陈安娜面无表情。郝乐意没告诉任何人自己失业了,马光明和陈安娜已被马跃的离婚打击蒙了,她不能再添一拳,只是当马光明问她怎么不去上班呢,她撒谎说心情不好,不想上班,正好在家陪陪陈安娜。

陈安娜看她的时候,眼神那么软,像对父母依恋惯了的孩子,怕父母突然跑掉似的,偶尔说句话也是看郝乐意从外面回来,就迎上来,一脸急切地问:"你看没看见我们家乐意?"

一开始,郝乐意不知道该怎么回答她,后来渐渐就摸索出了经验,为了哄她开心,就会哄她说你们家郝乐意在外面上班,她可想你了,让你好好保重身体,等她忙完了就回来看你。

陈安娜就会认真地点点头,好像真的相信,在一个她看不见去不了的地方,还有一个郝乐意在惦记着她。

因为离婚马跃被马光明打了一顿,心里怄着气,一直没回家,其间听马光远说陈安娜病了,吃了一惊,匆忙跑回家看,马光明把着门不让进,马跃就在门口大声喊妈。

陈安娜听见动静,跑到门口张望,愣愣地看着马跃,满眼的狐疑,好像在问你妈是谁啊? 你在这儿喊什么喊啊?

马跃不管不顾地从马光明身边挤进来,拉着陈安娜的手喊妈,陈安娜像被吓着了一样,死命地往外抽手,她没马跃力气大,抽不出来,张口就咬,咬得马跃泪如雨下。

马光明帮着马跃把手从陈安娜嘴里抽出来,推了他一下,让他赶紧滚,别在这儿惹陈安娜生气。

马跃就歪着头不说话,倔强而愤恨地看着从容端庄的郝乐意,好像陈安娜不认识他了,是她挑拨的一样。郝乐意像压根儿就没看见他,继续忙着手里的事,再要不就是把堵在门口暴骂不已的马光明拉到里屋,让马跃进来和陈安娜说话。

马跃一点儿也不感激她,甚至恨她,什么没搬走是为了帮着马光明照顾陈安娜? 不过是用心险恶罢了,因为她知道小玫瑰快要带着儿子回来了,因为她吃醋她嫉妒,她住在家里,不过是怕他带小玫瑰回来! 还有,她不愿意离婚。

在知道他和小玫瑰的事之后,她依然选择原谅他,这不是她多宽宏大量,而是她贱,对,贱得那个跟她搞外遇、让她怀孕的男人都不会为她负责,所以她才赖在这个家里。

所以,当马光明不在身边,他都会咬牙切齿对郝乐意说:"郝乐意,没用的。"

郝乐意就会淡淡地看着他,好像在说你说的没用的是什么意思?

他觉得她装无辜,就更是烦她,所以,再回来就拿她当空气。

人真奇怪,不管你曾对一个人有多好有多爱,可是,当你一旦发现了对方的不堪和使用了抵触之后,这个人怎么就那么面目可憎呢? 虽然没说出口,可有的时候,马跃觉得郝乐意就像年轻版的刘姥姥,贱贱地赖在家里,试图讨好每一个人。

"没用的。"他这么没头没脑地和郝乐意说了很多次,不经意间的样子,就像肺不好的人一遇着烟尘就习惯性地咳嗽,经过她身边时就要下意识地这么嘟哝一下。

郝乐意总是忙着自己的事情,好像没听见,或者听见了也没当是对她说的。

　　其实,她的心很凉也很疼,就像三九天房檐下的冰凌一样凉,就像冰凌被人敲断了一样脆生生地疼,但她不动声色,因为就算她带着伊朵搬出去,马光明一个人也照顾不了陈安娜。陈安娜抑郁得神志模糊,似乎丧失了记忆,但她身体健康得很,稍不留神就会跑到街上,最可怕的是她不知道回来,连自己的名字都记不住,所以现在郝乐意和马光明分工明确,一个买菜做饭接送上幼儿园的伊朵,一个寸步不离地守着随时可能走失的陈安娜。

　　马跃的淡漠和眼里的鄙夷,像隐形的刀子,一下一下地划切着郝乐意的心,可她还不能有所表现,否则,马光明会把马跃往死里骂。

　　因为在马光明心目中,什么郝乐意出轨堕胎,都是马跃为与小玫瑰复合而达到和郝乐意离婚目的的恶意诬蔑。

　　马跃每一次回家和离开家,都显得失魂落魄,郝乐意的心也一颤一颤的,有时候她会站在窗前骂自己:真贱啊。

　　对他们的离婚,马光明一直心有不甘,如果他对马跃有和颜悦色的时候的话,那就是为了和马跃谈郝乐意:“马跃,我观察了,乐意心里没别人,这段时间她哪儿也没去,也不给任何人打电话,更没人找她,一个有外遇的女人哪儿能这么安宁。”

　　马跃就灰灰地看着他:“爸,您什么意思?”

　　马光明老泪纵横:“我能有什么意思?马跃,作为你爸,伊朵的爷爷,我能有什么意思?”

　　马跃知道他的意思,看着远处不说话。

　　“复婚吧,算是爸求你,我也看出来了,乐意心里还有你,如果没她帮着照顾你妈,咱家日子早乱套了。”

　　“爸,黄梅心里也有我,她给我生的儿子都快六岁了。”马跃甚至认为,马光明找他谈,是郝乐意的主意,就越发瞧不起郝乐意了,“你告诉她,让她该怎么打算就怎么打算,别等我,我对她已经不来电了。”

　　“马跃。”马光明声音很轻,好像怕吓着谁。

　　马跃用鼻子嗯了一声。

　　“我操你妈——”马光明破口大骂,“你他妈的就和你妈没神经的时候一模一样,你就自我感觉良好吧,你以为是乐意让我来找你的?我呸!狗屎装了盘,你还真把自己当菜了!”

　　从那以后,马跃再回家,就不进门了,隔着防盗门,看看陈安娜就走,带回来的东西,都挂在门把手上。

郝乐意不愿意马光明恨自己的儿子,在这世界上,没有任何一种仇恨,比亲人之间的相互憎恨更令人揪心。

是的,马光明是个看上去粗莽、实际却内心善良细腻的人,关于马跃误会她堕胎的事,他从没问过她,因为他知道,但凡询问,就是有疑窦,如果这事是马跃冤枉她,那么他的询问就是对她的不信任,所以他笃定地信任郝乐意,不仅从不主动询问,连郝乐意主动跟他解释,他都不让。

他严肃而恼怒地打断试图解释的郝乐意:"乐意,你解释什么? 你以为爸会和马跃一样混账不长脑子?"再要不就是,"乐意,你要再跟爸解释,你就是瞧不起爸,就是往爸的良心上抽耳光。"

除了满心感激的泪水汪汪,郝乐意还能说什么呢? 何况马光明也不让她说,哪怕是她想告诉马光明,她理解马跃对她的憎恶,不仅是因为小玫瑰要回来,还有马跃对她的误会,可万一马光明问这误会是怎么发生的,她怎么解释呢?

是的,郝宝宝是有很多坏毛病,可她是她的妹妹,情同亲姐妹的堂妹,她还是个单身女孩,如果她郝乐意只图把自己择吧清楚了,那就得让她把所有的事情一肩扛起来。虽说本来就是她做的她也应该扛,往难听里说她就是咎由自取,可郝乐意还是狠不下心。

不管郝宝宝有多不好,她都是她疼爱的堂妹,她不能眼睁睁地看着她披一身坏名声,何况她做梦都想嫁给马腾飞啊,而马腾飞是马光明尊敬的大哥的儿子,马光明一旦知道了真相,绝对做不到守口如瓶。人,谁不向着自家人呢,马腾飞已离过一次婚了,作为叔叔,马光明绝对不可能眼睁睁地看他第二次婚姻是遇人不淑……

郝乐意感觉自己成了风箱里的老鼠,无论是沉默还是坦白,都将不可避免地伤害到别人。

内心的矛盾纠结,让她迅速地消瘦了下去。

马光明看在眼里疼在心上,让她带着伊朵出去玩几天,可她怕马光明一个人根本就照顾不了陈安娜。

马光明问她离婚的事,郝多钱他们知道了没?

郝乐意摇了摇头。

马光明连连说对,这事不能张扬,说不准再过几天她和马跃就复婚了呢,除了民政局给他们办离婚的工作人员,没人知道他们离过婚……

郝乐意知道他误会了自己的心思,她不想由着马光明在这问题上继续误会下去,否则他就会对马跃有期望。

就她对马跃的观察,马跃对她除了厌恶不再有其他,复婚是不可能的,何况小玫瑰也快回来了,如果马光明的期望值在马跃那儿得不到回应,他不仅会更生气,还会因为误以为她有期望值,自己却帮不了她而压力倍增。所以她解释说:"爸,我没告诉我叔叔婶婶不是想和马跃复婚,我是怕二老难过,我觉得……因为余西的自杀,宝宝和腾飞哥的婚事可能性不大了,我叔叔和婶婶含辛茹苦了大半辈子,我不想在这么短的时间内,让接二连三的坏消息打击他们。"

马光明点头,嗯了一声,虽然他承认郝乐意说得有道理,但内心深处,依然隐隐希望马跃和郝乐意复婚,偶尔的闲暇里,郝乐意也会宽慰他说,她打小就是个没父母的孩子,所以尽管和马跃离婚了,可她会一直拿他和陈安娜当父母孝敬的,因为他们之间已经有了血脉连接,那就是亲爱的小伊朵,注定他们是今生今世里谁都无法割切的亲人。

下次,马跃回来看陈安娜,走的时候,郝乐意特意跟到楼下,叫住了他:"马跃。"

马跃站住,回头瞥了她一眼:"我很忙。"

郝乐意的心脏微微抽搐了一下:"知道,就几句话。我们离婚的事,可以暂时不告诉别人吗?"

"为什么?"

郝乐意就把跟马光明说的那番话又重复了一下:"我没别的意思,只是不想让叔叔婶婶担心。"

马跃哦了一声:"可以,但是……"顿了一会儿,抬眼盯了她片刻,发现她瘦了很多,心里也抽了一下,"但是,我希望你明白,你和我已经完全彻底地结束了。"

辱没感让郝乐意的脸唰地就白了:"马跃,在我心目中,你没那么优秀,也没那么值得我期待你回心转意,希望你不要用误读我一言一行的方式侮辱我!"说完,转身上楼,眼泪唰地滚了下来。

马跃用鼻子无声地哼哼着笑了一下,转身走了。

3

郝宝宝出院了,是马腾飞接的,一路上,两人话不多。

郝宝宝说我后背留疤了。马腾飞说没事的,等过一阵子带她去韩国整容。

谁都不提余西,好像郝宝宝的受伤和她没关系,再或者,这个世界上根本就没余西这个人。后来,郝宝宝说你请我吃顿饭吧。

马腾飞说好啊,就去了心海广场,还是他们常去的日本料理店,点的还是过去常点的那几道菜,因话不多所以吃得静默。

其实,各自心里都装了一肚子的话,谁都启不了齿。

吃完饭,郝宝宝挽着马腾飞的胳膊,在情人坝上走了一个来回,郝宝宝说:"腾飞哥,如果余西活着,如果我和她一起掉到水里,你先救谁?"

马腾飞瞬间石化,愣愣地看着她:"宝宝,这个问题一点儿也不好玩。"

"我知道,可我想知道答案。"

马腾飞咬了一下嘴唇,微微点了一下头:"好吧,我告诉你。"

郝宝宝用鼻子嗯了一声。

"没有答案。"

"不,有答案。"郝宝宝执着地看着他。

"没有。"

"有。"郝宝宝一字一顿,"你会去救余西。"

马腾飞一愣,然后一副郝宝宝给出的答案需要推敲的样子,皱着眉头,没说话。

"其实你想说,郝宝宝,你简直就是我肚子里的虫子,可你又怕我受伤,你不能这么说。其实离婚两年多了,你没再谈女朋友是因为放不下余西,你不忍心她受伤,所以……"说着郝宝宝就泪水涟涟了,"我觉得我不像你的女朋友,你从来不带我去公开场所,不带我认识你的朋友,我觉得自己像个贱贱的二奶,这种感觉一点儿也不好玩。"

马腾飞吃惊地看着她,愧疚地说:"宝宝,别这么说,我是真心的。"

郝宝宝抹着眼泪:"对,我知道,你在理智上是真诚的,可在感情上你依然觉得自己是余西的老公,所以你和我在一起的时候一点儿也不自在,不好玩! 不好玩! 这一点儿也不好玩……"郝宝宝说着就哭了起来,两手捂着脸,跺着脚,像受了委屈在撒娇大哭的小孩。马腾飞承认她说得对,更觉得自己不好,好像自己抱着无比真诚的愿望,用爱情和一个天真的小姑娘搞了一场恶作剧,他清醒着呢,姑娘陷进去了,而今他只剩了进不能退无路的尴尬,所以他只能把她拉进怀里,用紧紧的拥抱掩饰自己的尴尬,表达对她的愧疚。

在人来人往的情人坝上,他拥抱并摇晃这个让他不知如何是好的姑娘,潮湿的海风抚摸着他的脸,就像她的泪正在洇湿他的胸膛。

他知道,郝宝宝说这么多,不过是想要他一个姿态,爱或不爱。

他一遍遍地问自己我爱吗? 我是不是很恶劣? 因为他承认郝宝宝说的是对的,在他心目中,余西从未离去,她一直是他流泪的妻,蜷居在他的内心深处,只是他不愿承认,不敢承认,他怕自己一旦承认,就会背叛父母的期望,他们含辛茹苦一辈子,只不过是想要个孙子。他突然觉得自己很浑,他谁都不想背弃,最终还是背弃了所有的人。

他知道,这个被他拥在怀里的姑娘,可以做朋友,一辈子的朋友,但是他做不到娶她,因为一看到她,他就会想起绝望的余西,想起那片在炙热的阳光下惨白惨白的裙裾,那是余西丢给他的最后一个白眼。

哦,直到此刻,他还是个虚伪的人,因为郝宝宝想要的那个答案,他给不了,有个他能给的,又怕伤到她,他只能就这么抱着她摇晃下去,好像地老天荒也会这么毫无结局地站下去,她用长而柔软的胳膊圈着他,他感觉到了她的手,在他的背后,一下一下地轻柔动着,那是脱戒指的动作,他突然地心碎:"宝宝。"

郝宝宝嗯了一声,依然伏在他的怀里没有抬头,因为戒指还没有脱下。刹那间,他觉得心在一点一点地破碎,他从没像现在这样感觉到郝宝宝的细腻和贴心,她的心,正如挣扎在他背后的手指,挣扎着后退后退,只为放他一条生路,在情事纠葛面前,能让女人滋生慈悲的,除了爱,再无其他。

在这个海风醉人的晚上,郝宝宝感觉到了爱的拜访,然后它们又告辞了,那是她给马腾飞的,原来,爱的疼痛是醉人的。她听见马腾飞说:"宝宝,你说,人真的有来生吗?"

郝宝宝抬脸看着他,脸上还有明晃晃的眼泪:"不知道。"

"如果有,该多好。"

郝宝宝一下子推开他,用手背蹭了一下脸上的泪:"我最讨厌说如果有来生!"她圆睁怒目,一副完全是啤酒屋老板郝多钱女儿的本色架势,"马腾飞,我很生气! 因为你想和我许来生! 让我很没面子!"说着,她一下一下地在空气中点着手指，"其实，你想跟我说，郝宝宝，咱俩—到—此—结—束—了！"

马腾飞没想到事情会变成这样，虽然郝宝宝说出了他想说的话让他略感轻松，可还是有点措手不及："宝宝……"

"行了，马腾飞，拜托你以后在街上遇见我的时候，请叫我全名，虽然宝宝是我的名字，可让你这么一叫，觉得还挺他妈的暧昧的，万一我有了男朋友，万一他听见，我都担心你会被揍得满地找牙。"说着打了个响指，转身走了，雄赳赳的，步履铿锵，很有台东街上小太妹的味道。

后来，马腾飞从口袋里摸出了两枚钻戒，一枚是田桂花的见面礼，一枚是他的求婚钻戒，是郝宝宝趁拥抱的时候塞进他牛仔裤口袋的，他感觉到了。

郝宝宝铿锵地下了情人坝，出了心海广场，潮湿的海风，像一团被眼泪浸湿的毛巾，湿漉漉地裹在脸上扑在身上，它有着那么柔韧的力气，推得她步履踉跄，她没回头，怕马腾飞看见她一脸的悲伤。

是的，郝乐意说得对，在这个世界上，你攀附的一切再强大也不如自己强大，所以从今天开始，她要自我强大，她要忘记考研，她要挽起袖子，盘起头发，亲自劈柴喂马，亲自点火烤肉沽酒……成为一个自食其力的人。

她再也不要为了一碗偷懒的饭，小心翼翼地扮演不是自己的别人。

她要和父母商量一下，全家搬出去住，把整个家装修成时尚啤酒屋，到时候，她就是那个亲自打酒、亲自烤肉的啤酒西施，这么想着想着，她就笑了，想着想着，她就回了头，冲在海雾里踟蹰的马腾飞一扬手，送了一个飞吻，然后笑了，笑得阳光灿烂之后是泪流满面。

「第二十四章」

嗨……亲爱的，对不起

1

郝乐意不想让马光明知道她已失业，怕他替她难过。早年没父母的苦孩子，结婚没得着好，被出轨的丈夫抛弃，又丢了工作，这么多倒霉事一块儿压到她头上，马光明肯定会觉得特对不起她，有了这心思，他就会变本加厉地痛恨并难为马跃，这不是郝乐意想看到的。

所以，每天把伊朵送到幼儿园，她就会去人才市场找工作，中午去郝多钱家的啤酒屋帮忙。郝多钱对郝宝宝主动和马腾飞分手这事，还是颇为得意的，动辄就咬着一根烟，对扎着围裙忙活的郝宝宝竖一竖大拇指："宝宝，有志气!"再要不就是："不愧是我郝多钱的闺女，咱穷，但咱他妈的穷得有志气!"

郝乐意看着就笑，偶尔也帮郝宝宝和郝多钱夫妻吵架，因为郝宝宝一再坚持，既然要做生意，就要像个做生意的样，别把住家和门店掺和在一起。郝乐意也这么认为，建议在附近租套房子住，把现在这套房装修一遍，搞成有格调的啤酒小厨。

郝多钱不干，说什么狗屁格调，格调能当饭吃啊还是能卖钱。

郝乐意就笑："货真价实的吃，是嘴巴享受，格调的享受，是精神享受，人的嘴巴和精神得到了双重的享受，就会愿意多掏钱，于是，你的啤酒你的小菜，价钱就可以卖得贵一点,你的收入呢,就可以多一点,既然怎么忙都是忙,为什么不让酒客们更舒心惬意,咱也多忙点银子回来呢……”

郝多钱听得目瞪口呆,冲对郝乐意仰慕得五体投地的郝宝宝说:“听见没?你姐说得头头是道的,亏你还念了本科。”

郝宝宝嬉皮笑脸地说上大学学的那点儿东西,早就着饭吃进肚子又变成屎尿冲下水道去了。

自从郝宝宝宣布和马腾飞分手,就一直高兴得没心没肺,对未来也是满怀憧憬,热血沸腾得都让郝乐意怀疑,她是不是每天早晨给自己打一针鸡血,郝多钱和贾秋芬不在跟前的时候,她悄悄问郝宝宝:“不伤心吗?”

郝宝宝好像听不明白似的:“我伤什么心?”

郝乐意让她别装:“和马腾飞分手。”

郝宝宝想了一下,说有点小失落,但真不伤心。然后又打比方说:“这种小失落就像我喜欢一份工作,跑去应聘,还有幸被录用了,可就在试用期阶段,我才发现,这工作没想象的那么美好,于是,就自己跑掉了。”

“就这么简单?”郝乐意不相信,“我看你挺认真的。”

郝宝宝做鬼脸:“人生如戏,需要演技嘛,就这么回事。”

郝乐意就一动不动地看着她,看得她不自在了,郝宝宝粲然一笑:“好了好了,别看了,我说实话,其实我挺喜欢他的,可就我一个人喜欢有什么用? 人家不喜欢我。我想了好几天,总算是想明白了,如果我死皮赖脸地缠着他娶我,估计他也能娶,可我这不成了女人最悲哀之一了吗?”

“哪之一?”

“被男人娶回去,不为男人所爱嘛。就算我年轻漂亮,有花不完的零花钱戴不完的珠宝,可我男人不爱我,这比嫁个货真价实的不爱我的穷人还悲哀,至少穷人会因为穷表演一下他爱我,可我男人有钱,他不爱我,我还得表演我爱他。”郝宝宝说着不耐地摆了摆手,“不说他了,没劲。”

既然郝宝宝自己想透彻了,郝乐意也懒得多费口舌了,两人一唱一和把郝多钱两口子给说通了,出去租房,这就装修,等啤酒小厨开张,郝多钱和贾秋芬转移阵地,去后厨作战。前厅由郝宝宝打理,看着郝多钱一家三口热烈地争论着将来的啤酒小厨,郝乐意那颗悬了多年的心,终于落回胸膛,她再也不用担心郝宝宝的未来,也再也不用看贾秋芬为郝宝宝黯然神伤了。

傍晚,她去幼儿园接伊朵,徐一格冷冷地站在幼儿园门口:“哎——”

郝乐意瞟了她一眼，继续往里走。

徐一格追上来："我喊你呢。"

"我不叫哎。"郝乐意头也不回地说，"我是来接孩子的，和你没话说。"

徐一格一把拉住她："哎——郝乐意，你觉得让你女儿在我幼儿园合适吗？"

郝乐意上上下下地看着她："我也觉得不合适，所以，最近我正考虑给她转园，等我联系好了，就会转走。"

"那就拜托你快一点，真是的，亏你也是个做妈的，把女儿放在我这号你瞧不上的人手里，你也放心啊？"

"我对你不放心，但我对老师很放心。"郝乐意匆匆进了教学楼，领着伊朵往外走，伊朵走到徐一格身边，抬头看看她，突然站住了，冲徐一格说："你是坏蛋！我妈妈来了，我不怕你！哼！"

郝乐意吃了一惊，批评她："伊朵，你这样多没礼貌！"

伊朵指着徐一格说："妈妈，她说她是狼外婆，早晚有一天会把我吃掉！"

郝乐意没承想徐一格居然会吓唬伊朵，不由得就怒了："徐一格，你还是个人吗？你干吗吓唬孩子？"

徐一格抱着胳膊摇头晃脑地笑着："我要不吓唬她，你能给她转园吗？"

"你为什么这么盼着我给孩子转园？"

"因为我懒得一早一晚看见你。"

"你——"郝乐意气得话都说不出来了。

"你什么你？有本事你去教育局举报我，让他们查封我。"

"徐一格，你以为我不敢是不是？"

"你敢，你是谁？你是大名鼎鼎的郝乐意，哪儿有你不敢干的。"说着嫣然一笑，"拜托，你赶紧去举报我，让他们查封我，我绝对不恨你，还谢谢你呢，要不然我平白无故就把幼儿园卖了，杨老头得多生气呀，我可不想把他老人家惹恼了，我还惦记着他留的那几个养老钱呢，万一他运气不济，钱没花完，人就 OVER 了，我还能分俩不是？"

郝乐意知道，徐一格这番阴阳怪气说的是实情，她对经营幼儿园一点儿兴趣都没有，她只对幼儿园的房产感兴趣，巴不得幼儿园现在就倒闭，她就可以毫无后顾之忧地卖房子了。

所以，她也笑了："徐一格，你不用激我，我不会让你称心如意的。"

与此同时也下定了决心，哪怕暂时找不到合适的幼儿园自己带，也不能让伊朵来这家幼儿园了。

回家路上,她和伊朵说:"伊朵,明天我们不去幼儿园了好不好?"

"为什么呢?"

"因为呀……"郝乐意想了想,决定还是说实话,"因为妈妈怕有坏人欺负你。"

伊朵点头,说好吧。

郝乐意问伊朵换个幼儿园好不好。伊朵舍不得玩熟了的小朋友们,问可不可以把她的好朋友也带到新幼儿园?郝乐意摇头说恐怕不行。

伊朵葡萄一样又黑又亮的大眼睛就黯淡了下去,郝乐意的心就被揪疼了一下,对小孩子来说,和好朋友分离的痛苦不亚于成年人的失恋,把车停到楼下后,就带她先去儿童公园玩了一会儿,然后才买菜回家,发现马跃也在,有点不太自在,放下菜说:"爸,我上去了啊。"领着伊朵要走,陈安娜却跑过来,一把拉住她的手怎么也不放她出门,又一把拉住了马跃。这几天,陈安娜清醒点儿了,能认识自己家人了。郝乐意尴尬得很,马跃也是,挣了几下,发现挣不出来,就和颜悦色地说:"妈,我想和乐意单独谈谈。"

陈安娜还是不松手。

马跃说:"谈复婚的事。"

陈安娜这才松手笑了。

郝乐意吃不定马跃是为了哄陈安娜撒谎呢还是真的,马跃却拉了她一下:"我们上去说吧。"好像真要上去谈复婚的事似的。

自从中午回了家,马光明就没稀得看马跃一眼,马跃一直在和陈安娜聊天,准确地说,是他一个人在说,大多时候,陈安娜耷拉着眼皮,好像睡着了一样。看她这样子,马跃的心都要碎了,如果不是因为小玫瑰马上就回来了,为了陈安娜他也会马上双膝跪地,求郝乐意跟他复婚,只要能让陈安娜恢复正常,让他干什么都行。

马跃和郝乐意上了楼。

郝乐意给自己倒了一杯水,想了想也给马跃倒了一杯。

然后两人盘踞在沙发的两端,仿佛都在等对方先开口。

郝乐意神态安然,好像已经习惯了这种面对面不说话的状态。马跃知道,如果他不开口,只能这么一直坐下去,就清了清嗓子,说:"腾飞哥和宝宝分手了。"

"知道。"

"宝宝没事吧?"

"她很好。"

马跃歪头看着她:"和你商量件事可以吗?"

"好。"

马跃从口袋里掏出一串钥匙:"我给你租了一套房子。"

郝乐意的心,嗖地就冷了一下,脸上却不动声色:"房子我早就租好了,可你妈病了,你爸一个人照顾不过来,我不能就这么一走了之。"说着,把钥匙推回去,"请你不要误会,我对你没任何企图。"

马跃定定地看着她:"想知道我怎么想的吗?"

"如果你想告诉我,我就听着。"

"我们已经离婚了,你还住在这里不合适。"

"我妨碍你了?"

马跃想了想,点头:"黄梅快要回来了。"

郝乐意愣愣地看着他,什么也没说,是的,她一句话也说不出来,只是呆呆地看着他,眼泪决堤而出。

"我们已经离婚了,还让你继续照顾我父母,我会过意不去的,还有……我不想欠你太多。"这几天,马跃一直在想他和郝乐意的事,心平气和的时候,往前想想,结婚以来,他和郝乐意虽然也有争吵,但都不是原则问题,也想起了郝乐意对他对这个家的一直付出和包容,就愧疚得很,再一想,现在婚都离了,郝乐意还在帮他照顾父母,就矛盾得要命,因为小玫瑰也说要带着儿子回来,就这几天的事了,不管和不和小玫瑰结婚,但她带着儿子回来,他就肯定要把儿子带回家去给父母看看,可郝乐意还住在家里,他怎么往回带?万一小玫瑰和郝乐意碰了面,那场面,得多尴尬?所以他想来想去,觉得不行,出去找中介租了套房子,又去家政公司请了个家政工人,让她明天来家上班。

"我会搬的,但我不住你租的房子。"说着,郝乐意起身,往卧室走去。

"那你什么时候搬走?"说这句话时,马跃也觉得自己很浑,因为知道伤人。

郝乐意用砰的一声摔门,回答了他。

他愣愣地站了一会儿,起身出门,怕马光明问他和郝乐意说了什么,也没敢去六楼。

第二天一早,马光明在家没等着来接伊朵的郝乐意,把陈安娜反锁在家,领着伊朵上来了。郝乐意知道瞒不住了,说打算给伊朵转园,又简单地把徐一格趁她请假,跟杨林撒谎把幼儿园骗到手解聘她的事说了一遍。

"幼儿园落到这号心术不正的人手里,不用她解聘咱,咱也不给她干了。乐意,不怕,爸相信你能找着好工作,就算找不着工作,我和你妈的退休金也养活得了你们。"说着,马光明比画着楼上楼下的房子,"等我和你妈没了,这房子归你和伊朵,跟那没良心的东西没关系!"

憋屈了这么久一直强装笑颜的郝乐意,终于忍不住了,泪下滔滔地哭够了,听见楼下有人敲门,知道可能是家政工人来了,搬出去的事,再不说是不行了,而且,如果说是马跃让搬的,马光明肯定生气,正琢磨怎么说呢,马光明问昨晚马跃跟她说什么了,郝乐意说:"也没说什么,就是担心我妈的病。"

马光明好像不太相信:"就说了这事?"

"对了,他还去家政公司请了一位工人帮您照顾妈,怕您累着。"

"他就知道净扯些没用的!"

郝乐意告诉他,有人在楼下敲门,可能是工人已经来了。

"他说请工人就请工人,他问我了吗?"说着就往外走,郝乐意忙追出去,"爸,您别让工人走。"

马光明站在门口,探头冲楼下喊:"稍等。"回头问郝乐意,"还有事?"

郝乐意嗯了一声,小声说:"爸,您看,我外面租的房子,房租都交了好长时间了也没去住,我和马跃离也离了……还有我妈的病,不能再受刺激了,老看见我和伊朵,她心里肯定不好受,爸……要不我先和伊朵搬出去住一段试试?"

"这有什么好试的?!"马光明火了,警觉地问,"是不是马跃这混账东西的主意?"

"不是,爸,您想到哪儿去了,是我自己这么想的。"

郝乐意的否认,让马光明的心又疼了一下,多好的儿媳妇啊,马跃对她都这样了,她还护着他,替他打掩护,疼着疼着这疼就转移到喉咙上了,哑着嗓子和郝乐意说:"乐意,有件事我拖了很长时间没办,要不……今天上午你帮我照看照看你妈,我出去一趟?"

郝乐意说行,正好上午她在家教教家政工人怎么照顾陈安娜。

马光明没吭气,其实,他说的所谓有件事,不过是想揍马跃一顿,觉得他太浑了,好,婚姻是你自己的,婚姻自由,你非要离他这当爸的没办法也拦不住,可郝乐意住在家里,碍着他什么了?何况房子是他和陈安娜的,马跃没权利撵郝乐意走,他居然没天良地撺了,郝乐意因此而承受的创痛,马光明连问都不用问就知道有多惨烈,如果他再不替她出这口气,他都觉得自己不是人了。到了六楼,他直接跟等了半天的工人说他家不需要工人,让她回去。

工人很生气,说这不涮人玩吗?

马光明心情不好,跟工人说:"谁涮你玩你找谁算账去!反正我家不需要工人,我也不会给你一分钱!"说着噔噔下了楼梯,下了几步,又停下,"这样吧,我领你去找涮你的那王八蛋算账,走!"见工人没动的意思,就摆了一下脑袋,"放心,我是那王八蛋他爹,他要敢不给个说道,我抽这王八蛋!"

工人这才跟他走了,马光明做梦也没想到,这一出去,差点就见不着陈安娜了。

2

上午,郝乐意在楼下陪陈安娜看电视,伊朵在阳台上和小仓鼠玩。

小玫瑰来了。她是中国人,了解中国女人的软肋,一旦做了妻子,不管她有多贤惠多坚强,只要有女人领着丈夫的私生子杀到门上,基本都要一口气闭过去。婚姻也是,不管从前看上去多么坚固,也会在这个铁一样的事实面前土崩瓦解。

小玫瑰想要这结果,所以,她特意没告诉马跃回国的具体时间。

她牵着儿子,站在门口。郝乐意觉得眼熟,却怎么也想不起来在哪儿见过,倒是伊朵,听见门响,从阳台跑过来,皱着小眉头看着小玫瑰,突然说:"妈妈,这是电脑里的阿姨。"

郝乐意恍然大悟,但没任何反应,只是觉得全身的血液都在飞快地流动,而且这血是冰凉冰凉的,冰得脸都麻木了。

小玫瑰在马跃的电脑上见过郝乐意的照片,但她装作不认识,微微一笑说:"您好,我找马跃。"

陈安娜慢慢地从沙发上站起来,皱着眉头看着小玫瑰。

郝乐意说马跃不在家。但还是做了个请的手势,请小玫瑰和孩子进来坐。

小玫瑰也没客气,这一次来,她抱着必胜的心态,因为马跃是她唯一爱过的男人,她给他生了儿子,用将近六年的时间,用扮演着爱情的肉体,为自己和儿子换到了想要的身份和想要的一切,唯一缺的,就是一个爱她的男人。

陈安娜愣愣地看着这个酷似马跃的小男孩，又看看小玫瑰。

"我给马跃打个电话，让他回来。"

"好的，你就说我带着我们的儿子来找他了。"

郝乐意就觉得全身的血液像快速流动的冰水，冰得她连按电话键的动作都僵得像个木偶。

小玫瑰很平静，摸着儿子的头："希望你已经知道了，这是我和马跃的儿子。"

陈安娜因为发愣而僵住的脸，像冰遇到了暖而柔的风一样，柔软地化开了，缓缓地，有了笑，冲着那个酷似马跃的小男孩。

郝乐意看到陈安娜的表情变化，心刺疼了一下，想转移目光，可就是挪不开，陈安娜似乎也感觉到了郝乐意在看自己，转过头来看她。

郝乐意满脸悲怆的酸楚惊醒了她，她像个做错了事的孩子一样，低低收敛了目光，兀自摆弄着手上的戒指。

郝乐意浑身无力，无力到她都按不完马跃的手机号，她放下电话，缓慢地说："其实，你不必向我示威，我们已经离婚了。"说着拉过伊朵，"我们上楼。"

走到门口，又对小玫瑰说："拜托你帮我照看一下老人，不要让她单独出门，我会打电话给马跃。"

陈安娜像个知道自己即将被父母抛弃的小孩，飞快站起来，走到郝乐意身边，执意要跟她上楼，郝乐意只好领着她出门，反手带上了门。

上楼，进门，陈安娜伸手摸了摸她的脸，突然说话了："好凉啊。"

郝乐意握住陈安娜捂在她脸上的手，泪下滚滚："妈……"

此刻的陈安娜是清醒的，她是女人，知道作为一个妻子，哪怕是前妻，看到一个女人领着丈夫的孩子找上门时的崩溃绝望。她也知道，在这个时候，她这个做婆婆的，唯一能做的就是陪在郝乐意身边，哪怕什么也不说。

郝乐意告诉自己不哭不哭，可眼泪还是止不住，她告诉自己，马跃已经是她前夫了，他有私生子的事她也早就知道了，现在不过是事实呈现在眼前罢了，她没有必要伤心难过，权当马跃和她结婚的时候是二婚，权当小玫瑰是他的前妻，权当这个孩子是马跃和前妻生的孩子不就行了？

可还是不行，她的心，像是被人打了一拳，不，是砍了一刀，然后这受伤的疼，久久停留在原地不肯散去。

陈安娜在她身边站了一会儿，走到沙发边坐下。

　　郝乐意哭得说不出话，伊朵给吓坏了，惊恐地看看妈妈，又看看奶奶。陈安娜向她招了招手。伊朵看着她，眼睛瞪得大大的："奶奶，我们一起哄哄妈妈好不好？"

　　郝乐意怕吓着伊朵，竭力克制住了哭，给马跃发了个短信："小玫瑰带着你的儿子回来了，在楼下等你。"

　　然后，她压住内心的疼，跟伊朵说，妈妈哭一哭就不难过了，让她陪奶奶玩。郝乐意在厨房和卫生间转来转去，她不想停下来也不想固定地坐在某个地方，因为静止有助于悲伤的酝酿，她必须给自己找点事做，她去洗碗，洗那些本来就洗干净了的碗，可不知不觉地，碗就从她手里滑了下去，砰地掉在了地上，碎片遍地，就像她对马跃最后的一丝念想，都随着这砰砰的破碎声灰飞烟灭了。

　　所有的碗，都顺着她的手滑了出去，她不是故意的，后来，再也没有碗可以从她手里往下滑了，她细致地把一地的碎瓷打扫干净，又去了卫生间，洗衣服，没衣服可洗，她就洗擦脸毛巾，毛巾就快被她洗破了，搓得手上的皮肤都通红通红的，好像要破掉了，要渗出血来了，可她还在洗。

　　陈安娜站在卫生间门口，一声不响地看着她搓洗毛巾，后来，她说："乐意。"

　　郝乐意恍惚地啊了一声。

　　陈安娜说："乐意，妈跟你说句话。"

　　郝乐意还是恍惚着，啊了一声，把毛巾拧干，擦干手，从卫生间出来。

　　陈安娜说："你是个好孩子。"

　　郝乐意忍着泪，使劲抿着嘴不让自己哭出声。

　　"可是我不愿意说你是个好孩子，我怕你翘尾巴，怕你欺负马跃，也怕你瞧不起他，其实我知道他不好，知道不好有什么用？他是我儿子。"陈安娜说着，长长地叹了一口气。

　　"妈，别说了，我明白您的心。"

　　陈安娜微微一笑，张开双臂："来，让妈抱抱。"

　　郝乐意犹豫了一下，和她拥抱在一起，她能感觉到陈安娜渐渐用力，越抱越紧，用呼吸一样的声音和她说："谢谢你呀，好孩子。"然后松开了她，没事人一样摆摆手，"你忙你的去吧。"

　　郝乐意有点愣，正琢磨陈安娜这是怎么了时，有人在外面按门铃，从猫眼往外看了一眼，是小玫瑰，就回头看了看陈安娜。

　　陈安娜冲她笑了笑，揽过伊朵，在她胖嘟嘟的小脸两边各自狠狠亲了一口，伏在伊朵耳边说了句什么,伊朵脆生生说了声好的,就跑进了书房。

　　郝乐意犹豫着开门还是不开,外面的敲门声更急了,刚要开门,就听客厅的窗户唰的一声被拉开了,郝乐意下意识地回头一看,魂就飞了,陈安娜已经骑在了窗户上,回头对郝乐意说:“乐意,后面的事妈不想看了,先走了啊。”说完,连回应的机会都不给郝乐意,用力一推窗子,就跳了下去。

　　郝乐意撕心裂肺地喊:“妈——”

　　伊朵拿着一本书,从书房跑出来,无措地四处张望着:“奶奶,奶奶,我把书拿来了。”

　　郝乐意跑到窗口往下一看,还好,陈安娜的上衣被四楼的空调外机挂住了,整个人像个巨大而肥硕的茧子一样,一荡一荡地晃得无比惊险。

　　伊朵挨个房间找了一圈,也没找见陈安娜,就拍拍郝乐意的腿:“妈妈,奶奶呢?”

　　郝乐意顾不上回答她,忙关上窗户,对她说,奶奶下楼了,她这就下去找,让她在家待着,谁敲门也别开。

　　伊朵让郝乐意满脸汹涌流淌的眼泪给吓坏了,乖巧地点点头。

　　郝乐意抓起钥匙和手机就往楼下跑,边跑边打马光明的手机。

　　郝乐意跑去敲四楼邻居的门,家里没人,又去敲三楼邻居的门,万幸,三楼老太太已经发现了陈安娜挂在窗前的大半个身子,正吓得要命,不知怎么着才好。马光明手机没人接,郝乐意顾不上继续打,忙拉开窗户,发现陈安娜的后背上鲜血直流,因为空调外机的铸铁支架是探出来的,在划破陈安娜的后背后又挂住了她的衣服,因为突然挂住的一勒,陈安娜已经昏了过去。

　　看着摇摇欲坠的陈安娜,郝乐意急得团团转,楼下已经有三三两两围观的人,正担心地指指点点着,可都是老弱之人,郝乐意忙大喊请他们帮忙打110,眼见着陈安娜的上衣在一点点地撕裂,郝乐意急得心都着火了,她知道,凭她自己的力量,站到窗户上也抱不动陈安娜,可如果再不采取措施,等陈安娜的上衣全扯完了,就会掉下去,下面是坚硬的鹅卵石路面啊。

　　郝乐意团团转着,突然看见老人家的床单,顾不上商量就拽了下来,一撕扯成两片,接起来,一头系到自己腰上一头系到靠近窗户的暖气管子上,然后瘦弱的郝乐意像个勇猛的母大虫一样把一个老式的橱子推到窗边,爬上去,探出身子,用尽全身力气抱住陈安娜的腿,用力地往上托起,让挂在空调外机上的衣服不那么吃力。老年的陈安娜很丰满,整个人已经昏了过去,所有的重量都死死地压在了郝乐意身上。

就像后来他们说的,如果营救的人来得不及时,如果挂住陈安娜的衣服彻底断了,那条泛旧的床单根本就拽不住郝乐意和陈安娜两个人的身体……

郝乐意不知坚持了多少时间,她只听见110来了,消防车来了,模模糊糊地,她看见地上撑开了一个橘色的充气垫,看见消防车伸出了云臂,她胳膊上的力量轻了,然后她软绵绵地栽倒了,一个怀抱接住了她,她想问问陈安娜怎么样了,可是她看见了马跃的脸,是的,是马跃的脸,一张惭愧的脸。

她拼尽全身力气挣脱了他,从他让她搬家,从小玫瑰带着儿子出现在她面前,她对这个男人的心,就冰凉冰凉地死掉了。

她踉跄着,跑到楼下,她已彻底无力,几乎是爬上救护车的,陪陈安娜去医院。

随后回来的马光明站在楼下,看着陈安娜滴在地上的血,他的眼,和地上的血迹一样红,然后,他看见了正站在街边拦出租车的马跃。

他像一只潜伏的豹子,拎着拳头走到马跃身后,扬手就是一拳,然后,出租车来了,马光明拉开出租车车门,坐进去:"走。"

当出租车拐过街角,两颗巨大的眼泪从马光明眼里滚了出来。

3

陈安娜的后背,划开了一条一尺多长的口子,缝合以后,在医院住了几天。

经历了这件事,陈安娜彻底安静了,她得了健忘症,彻底不记得之前的任何事情,不记得任何人,也不再嘟哝着要出去找郝乐意了。郝乐意就想,陈安娜心气那么高,却一生失意重重,记忆力好反倒是折磨,不如像现在这样,全部忘记,也是一种解脱,她这么和马光明说时,马光明却悲怆地摇了摇头,说乐意,其实你妈已经死了。

郝乐意的心颤了一下,她不明白马光明为什么要这么说陈安娜。后来,她才渐渐想明白了,人活一辈子,不过就是积累一场场的经历和记忆,它是我们唯一能从这个世界带走的,会随着我们生命的消失而永远消失,也是我们真正唯一拥有的,当一个人丧失了全部记忆,就等于丧失了以前活过的人生……

陈安娜知道马光明是她老公,不是她记得,而是马光明说:"陈安娜,我是你老公,这是你儿媳妇郝乐意,那是你孙女马郝多。"

　　陈安娜哦哦地认真看着,好像眼睛是刻刀,可以把这些人雕刻到心里。马跃每天都回来一趟,只是没有人和他说话。

　　陈安娜会问马光明:"这个人是谁?"

　　马光明从来就俩字:"畜生。一个喝了你三十年血把心喝黑了的畜生。"

　　陈安娜就会恐惧地挣扎着,死活不让马跃拉她的手。马跃的心,如被万箭穿过,他执拗地拉过陈安娜的手抚摸着,看着陈安娜看他时淡漠如陌生人的眼神,巨大的悲伤,像座沉重的山,将他的一生像压一只渺小的蚂蚁一样压在了下面。他的亲生母亲不认识他了,这样的陌生,与生死两相隔有什么不同?在这个世界上,再也没有一个人像曾经的陈安娜一样宠着他了,再也没有一个人像曾经的陈安娜那样对他满怀不切实际的幻想了,再也没有一个人像陈安娜那样让他活得负债累累气喘吁吁了。他曾经以为,这些因陈安娜而来的一切没了的那一天,一定是他最快活的一天,可当这一天到来了,愧疚像把镢头,把他的身子掏成了一架空空的躯壳,他觉得自己空掉了,五脏六腑像风筝一样,随着陈安娜不认识他而飞走了,从此以后,变成了空心人。

　　曾经,马光明像部机器,而陈安娜就像强悍而挑剔的扳手,他各方位的零件都被拧得紧绷绷的,看上去精干得很,可现在,陈安娜不是扳手了,他整个地松懈了下来,还是像台机器,不过是台把自己跑疲惫了,各方位零件都松散了的机器,懈怠得很。除了每天带着跟屁虫一样的伊朵去儿童公园玩,就是一个人坐在贮水山著名的108个台阶上发呆、抽烟。每次抽完了烟,都会把散在脚边的烟蒂小心地收拢了,塞到垃圾箱里去。有时候他也不抽烟,而是提着一只塑料袋,从旁边的灌木丛里捡两根干树枝,捡地上的生活垃圾或是烟蒂。有时候带着伊朵,有时候不带。

　　不管马光明怎么骂,也不管陈安娜认不认识他,马跃依然经常回来,陈安娜一见着马跃,就会下意识地往一边躲,马光明基本上是拿马跃当空气,继续抽自己的烟,要不就领着伊朵出去遛弯。

　　郝乐意怕他在家闷坏了,劝他回酒店上班,马光明不干,说陈安娜有文化了一辈子到最后傻了,连好歹都搞不明白,也好,只有傻了的陈安娜才会很乖很听话地跟他和伊朵一起去公园看蚂蚁上树,看别人打牌看得哈喇子直流,而且,他这个大老粗可以假装有学问地给她读读报纸念念书,非常有优越感。不管日子看上去多么无聊,马光明从不打牌,儿童公园的树荫下,一年四季围着一圈又一圈打牌的人,他曾偷偷去打过,也很向往那种没心没肺却又狂热的生活,但陈安娜不让,还骂他一身市井小民没出息的德行,他就灰溜溜回来了。现在陈安娜管不了他了,他完全可以肆无忌惮地投入到那种生活中去了,可他不去。郝乐意知道,其实不是马光明彻底开悟不屑于过那种热闹的市井生活了,而是他怕打起牌来太专注,把陈安娜给弄丢了。尽管如此,但马光明嘴上绝对不这么说,这就是马光明,心细如瓷的粗人,从不表达,如果他会说句暖心的,那也是你妈和我生了大半辈子气,下半辈子我就让她消停消停吧。

那个曾经矫情的、不可一世的陈安娜没了,没人因此而拍手称快,包括她的死对头田桂花以及郝多钱,他们甚至愧疚地忏悔以前不该对陈安娜那么尖酸刻薄,他们像依然豪情万丈的英雄,突然失去了对手,由此,他们的人生变得苍茫而无措。

没有对手的人生,就像没人可与之对弈的棋盘,布局再精妙,都是寂寞孤军。

马跃的每一次回来,在马光明和陈安娜面前都像罪人,但在郝乐意面前不这样,他觉得郝乐意是罪人,如果不是她痴心妄想地和他复婚而赖在他家,陈安娜就不会在见着小玫瑰后为自己的儿子羞愤不已跳楼,没跳楼之前的陈安娜虽然也糊涂了,但至少还是认识他这个儿子的。

所以,尽管郝乐意在帮他照顾父母,他一点儿也不领情,甚至郝乐意越这样他越瞧不起她,觉得她虚伪,因为她表现得越伟大越无私,马光明就越恨他,是那种恨铁不成钢的恨到了愤怒恨到了厌恶的恨,而他半点儿都不浪费地再把这个恨折射回了郝乐意身上。他趁马光明不在的时候,冷不丁问她:"你到底要怎么样?"

郝乐意总像没听见一样,继续忙自己手头的事,他就一把拽住她的胳膊:"郝乐意,你看着我的眼睛,你回答我!你到底想怎么样?"

郝乐意一声不吭地看着他,突然扬手,一耳光就扇到了马跃脸上,然后继续忙自己的事。

马跃愣愣地看着她,然后上楼,把她的衣服她的东西全都扔进了垃圾箱,邻居们说马跃你这是干吗呢?怎么把你媳妇的东西给扔了?

马跃就说:"我和她早就离婚了,她赖在我们家不走。"

郝乐意就下楼,从容地穿过邻居们震惊的目光,从垃圾箱里把东西扒拉出来,扛上楼,洗干净了,晾晒出来,她的衣服,五颜六色的衣服晾在阳台上,就像晾着她的绝望。对马跃怎么看她,她已无所谓了,她只知道她不能搬走,因为马光明会崩溃,他已明确表明了和马跃的决裂,不许他喊自己爸,也不许他喊陈安娜妈,回来也不让进门,可马跃有钥匙,还会趁马光明不在家的时候回来看陈安娜,马光明知道后,决绝地换掉了防盗门上的锁芯。

郝乐意会趁马光明出门,给马跃发短信,告诉他几点到几点的时间可以回来看陈安娜,但马跃从来就没回来过,他宁肯趁马光明带陈安娜出去散步的时候远远地看看她,也不会按郝乐意的指点回家。

郝乐意明白,他要用这种方式表达对她的抗拒和蔑视,她无所谓,下次知道马光明要出门比较长的时间,还会照样给马跃发短信。如果马跃心情好,也会回个短信,内容通常是:郝乐意,没用的,如果你愿意,你可以一直住在我家。你可以把伟大一直扮演到底,你越伟大我就越王八蛋,不过,我希望你明白,你越伟大,我这王八蛋和你的距离就越远。我这种鸟人,只配和小玫瑰这种给别人的丈夫生私生子的臭女人同流合污。

郝乐意看着短信,会笑,笑着笑着,会掉眼泪,然后给马跃回短信:我真心希望你们俩早点结婚。

她说的是真心话,只有马跃和小玫瑰结婚了,她才有机会洗白自己,让马跃知道,她在这里照顾马光明夫妻,绝对不是表演伟大试图感动他,更没有企图把他从小玫瑰手里抢回来,只是因为他们曾经是一家人,他们是伊朵的爷爷奶奶。在这个世界上,在她心目中,再也没有比家人更令人备感温暖的字眼,哪怕它已是过去时。

这些,马光明都知道,他替郝乐意难过极了,问她为什么就不恨马跃。

郝乐意淡淡地笑着说:"我不恨他,恨一个人是很费力气的,比爱一个人费的力气还大。"

马光明就更是无地自容,越发觉得马跃混账,实在按捺不住了,就跑酒店去骂他一顿,如果他办公室没人,还会扇他一巴掌。

这样的日子周而复始着,这种看不到尽头的恶性循环让马跃抓狂。还有郝乐意的平静,每次见着她,她都平静得像春夜里的一泓静水,从容恬淡地做着她手头的事,或者看书,马跃觉得她的平静来自马光明对她的纵容,还有,除了小玫瑰和马跃的家人以及他家邻居,连郝多钱一家三口都不知道他们离婚了。

马跃觉得郝乐意的平静是个阴谋,一个吃定了他、而他却不知道自己将要被她怎样处置的阴谋,这种未知,让他有深深的惶恐感,所以他特意回了趟家,听她喊陈安娜妈时,冷冷地说:"我们已经离了,你就不要爸妈爸妈地叫了,改口吧。"

郝乐意看了他一会儿："我习惯了。"

"习惯是可以改的。"

"我不想改。"

"从今天起,我不会对任何人保密你已经离婚的事实。"

"随便你。"郝乐意还是一副无所谓的样子,除了郝多钱一家,她没什么至近的亲人,最近郝多钱一家三口正热火朝天地忙着装修啤酒屋,他们连马腾飞和郝宝宝分手都能接受得心平气和,就不差她和马跃离婚这点破事了,然后,她深深地看着马跃,"马跃,你太不了解我了。"

"是的,我也发现这个问题了。"

郝乐意灿烂地笑着："你觉得我就那么想和你复婚吗?"

马跃一愣,其实,这些都是小玫瑰告诉他的。她说中国女人就这没出息的德行,不管男人怎么出轨背叛,女人哭过了闹完了,就等于是对男人出轨这件事表明完态度了。什么气节什么自尊,在婚姻中的女人那儿,全是狗屁,就像马光明当年说陈安娜一样,甭管她多么出人头地多么优秀,女人只要给一个男人生了孩子,就像一坨臭烘烘的屎一样搭在男人身上了。

马跃愣愣地看着郝乐意,拼命地想从她眼里找出传说中的一坨屎一样的神态,以加深自己的厌弃。

可是,郝乐意的眼睛,那么明亮那么干净,像冰冻的蒸馏水一样剔透。他猛地激灵了一下,看见郝乐意缓缓地笑了,还是那么纯净,像他五年多以前在街上第一次看见她时那么纯净,瞬息之间,马跃有了被淹没的感觉,他觉得自己的心奋力地挣扎了一下,转身走了。

郝乐意眼里的那些冰冻蒸馏水融化了,流得满脸都是,她想过爱情的千万种结局,唯独没想到过这种,是如此羞辱而不堪。

4

马跃租给郝乐意的房子,现在住着小玫瑰母子。

在英国,小玫瑰母子除了有身份,一无所有,所以她对回去没有丝毫的热情。无论在什么时候,小玫瑰都非常明确自己想要什么,就像六年多以前,她明确知道自己想要的是英国身份,有了英国身份以后,知道自己要的是遗产,而现在她清晰地知道自己需要的是一个能负担她未来的丈夫,于是,她每天都会不厌其烦地给马跃打电话,如果马跃说他很忙,或者借口喝醉了不想动,她就会带着儿子去酒店接他,哪怕拽也要把他拽到他们临时的家。

看着酷似自己的儿子,马跃有种被割裂的感觉,他问过小玫瑰,她丈夫怎么会突然想起来给他和儿子做 DNA 鉴定。

小玫瑰说她丈夫人生的最后三个月,是在医院度过的,她每周会把儿子送到医院去陪他一天,结果有一天,儿子不小心从花房摔了下来,需要输血,她丈夫这才发现儿子的血型不对,以他和小玫瑰两人的血型,绝对不可能生出一个 B 型血的孩子,于是,他悄悄做了个 DNA 鉴定。结果出来以后,他并没当即揭穿小玫瑰,而是把鉴定报告和遗嘱放在了一起,等他去世下葬,由律师当着所有亲友的面宣读。他在遗嘱中毫不留情地羞辱了她,剥夺了她和儿子的遗产继承权。

小玫瑰哭着说,如果不是教会的帮助,她连回国的机票都没钱买,因为她也不知道儿子是马跃的,笃定丈夫会把所有遗产留给她和儿子,所以她连一分私房钱都没存。马跃握了握她的手,半天,才问以后是怎么打算的。小玫瑰死死地看着他,不说话。

马跃就别过脸去,假装没看见,点上一支烟。离婚以后,他学会了抽烟,常常一个人在暗淡的夜里,抽了一支又一支。

"马跃,你已经离婚了。"

马跃嗯了一声。

"你不觉得就我和你的关系,就我带着我们的儿子千里迢迢投奔你而来,而你还要若无其事地问我有什么打算很无耻吗?"

马跃看着她,再看看儿子,小玫瑰的前夫是第二代移民,中文说得不好,他活着的时候很喜欢儿子,所以儿子的中文也不怎么好,能听懂中文,但说不流利,每每看着这个用陌生的、不带丝毫感情看着自己的小男孩,他就会恍惚。他可以确定的是他不爱小玫瑰了,真的不爱,尽管几个月之前他还在伦敦和她做爱做得翻天覆地,可是,就像郝乐意骂的那样,那会儿他是头发情的雄性动物,而小玫瑰是愿意配合他发情的雌性动物。可是,现在这头雌性动物像千里奔袭的角马,穿越了旱季的荒漠穿越了布满鳄鱼的河流,找寻希望的绿洲,是的,在失去了遗产的小玫瑰心目中,他,无论逃避也好装傻也罢,就是毫无疑问的绿洲。

小玫瑰死死盯着他:"马跃,你被郝乐意感动了?"

这是小玫瑰经常问他的一句话,每当她向他要不来婚姻,她就会这么问,还会说:"如果我是个男人,我也会感动。"

只有小玫瑰自己知道,她这种看似大度的猜测,是多么恶毒,因为她知道马跃对郝乐意外遇堕胎后的死不认账是多么反胃,对她依然一副忍辱负重贤惠儿媳妇的模样是多么抵触。只要她这么一说,就等于是煽风点火、火上浇油,就好比对一个极其厌倦肥肉的人说:你看,那盘红烧肉肥腻得多么可爱呀。

她每每这样说一次,马跃就会愤怒一次,现在,小玫瑰觉得他的愤怒积累得差不多了,遂问他想不想一劳永逸地解决这个问题。

马跃毫不犹豫地说了"想"。

后来,马跃才知道,他为这个"想"字,付出的代价是一生。

小玫瑰说,你要想让郝乐意知难而退,首先就要让你爸原谅你。

马跃说不可能。

小玫瑰就笑了,她眯着丹凤眼,看着正在聚精会神看电视的儿子,笑着说:"据我知道,中国所有的老人,都疼爱孙子,包括你妈。"

第二天上午,马跃就带着儿子回家了,他趴在防盗门上的小窗上:"妈,我是您儿子马跃。"

马光明啪地把一份报纸糊在小窗上:"安娜,别听他扯,我们没儿子!畜生!"

门外的马跃说:"爸,您说话注意点,我带着儿子回来看您了,妈——"

马光明一愣。

门外传来了马跃教儿子喊爷爷的声音。

马光明的眼泪唰地就下来了,他知道,完了,他心中的那个梦,彻底碎了。马跃能带着儿子回来,教儿子喊他爷爷,就是破釜沉舟了。

但他还是没开门,只是移开报纸,对着小窗说:"马跃,你要不想看着我跟你妈似的,一头从六楼扎下去,你就给我滚! 滚得越远越好,最好永远不要让我看见你。"

郝乐意知道,马光明对马跃这么狠,是因为自己,因为她在家,马光明就想替她置这口气,用不认马跃这个儿子的方式,表达对她的疼爱,可郝乐意知道,亲人之间的恨,是最钻心的疼。

或许,是她离开这个家的时候了。

她抽时间把租来的房子打扫干净,又买了些简单的家具,把她和伊朵的衣服拿过去之后,才和马光明说,既然她和马跃已经离婚了,她就应该好好打算一下以后了,如果一直住在家里,她永远都没法开始新的生活。

马光明当然明白她所说的新生活指的是什么,她还年轻,不到三十岁,她应该有个人疼有个人爱,如果一直和他们住在一起,除了照顾他们老夫妻和抚养伊朵,她的个人生活永远不会有未来。

马光明叹气,点点头:"搬吧,孩子,马跃配不上你。"

5

搬家以后,郝乐意决定好好规划一下自己的人生,先给伊朵找一家幼儿园,再给自己找份工作。从电话号码簿上抄了一些幼儿园的电话和地址,在挨家给伊朵联系幼儿园的同时,顺便推销自己,正运筹帷幄呢,杨林来电话了,原来,他不习惯美国的生活,只住了一个月就回来了,回来没几天就看见徐一格发广告转让幼儿园,打电话去问,才知道她早就把郝乐意开除了,他又气又愧疚,决定把幼儿园买回来,继续交给郝乐意管理,就像苏漫活着的时候和他说的那样,除了薪水,给郝乐意15%的股份。

当郝乐意站在格林幼儿园门口,环视这个她栽培过梦想的院子,泪眼模糊。她知道,杨林为了回购幼儿园,卖掉了东海路上的豪宅,买了套七十平方米的小居室,却也住得乐在其中。

杨林偶尔也会到幼儿园转转,打量着生机勃勃的幼儿园笑呵呵地说,人活一辈子,总要有点理想,但理想不是欲望,成功不是你积累了多少资产,而是你为送给这个世界很多爱而开心。郝乐意觉得也是,所谓好人,就是你为这个世界流泪流汗,为的不是回报,只为相互的尊严与体面。

郝宝宝的啤酒小厨,终于装修完了,想把开业仪式搞得隆重点,遂列了个名单,打算敲诈他们在开业那天送几个花篮装装门面。第一个电话就打给了马跃,这才知道,她亲爱的堂姐郝乐意,早已和马跃离婚,而且她像自尊心极强的丑小鸭,离婚之后安静地离群索居,独自舔舐伤口……

郝宝宝风一样卷出门,风一样卷到马跃的酒店,她一定要暴骂马跃这翻脸无情的白眼狼。她冲进酒店的时候,马跃正在冷菜区检查当天的冷菜样品,在服务生的指点下,郝宝宝一路杀到他跟前,什么也不说,抄起盘子就往马跃身上砸。

冷不丁地，马跃被砸蒙了，一看是郝宝宝，一把就攥住了她的手腕："郝宝宝！你干什么?!"

"我呸！马跃,你说我干什么？你为了你的英国破鞋把我姐甩了,很开心是吧?"

身为经理的马跃想在下属面前保住点面子,死死攥住她的手腕往楼上拽："有话办公室说!"他们一路拉拉扯扯地吵进了办公室,吵来吵去就吵出了所有的前尘往事。

"你放屁！马跃,你知不知道你在胡说八道？你知不知道这其中有多少内情?!"当郝宝宝听到马跃不仅真以为和王万家好的是郝乐意,还把堕胎的事也瓷瓷实实地扣到郝乐意身上时,她的心,疼得像在烈火中炙烤的陶瓷,乒乒乓乓地就碎了,她噼里啪啦地打着马跃："马跃！你冤枉死我姐了,你为什么不问我？这些事和我姐没半毛钱的关系,和王万家好的是我,被人骗怀孕了堕胎的还是我！因为我没钱也不敢回家要钱,只能用我姐的医保卡去看医生！只能写她的名字！因为她知道我想嫁给马腾飞,她怕马腾飞知道了会不要我！所以她才不辩解！你为什么不问我?!"

郝宝宝哭得肝肠寸断。她的心,从没像现在这样痛过："不信你回家问你父母,在你回来前一周,我一直住在你家,那是因为我堕胎了,我姐怕我回家我妈会吩咐我干活,特意让我住在你家调养几天,她跟你妈撒谎说你家安静,我在那儿复习考研,我还可以告诉你王万家的工作单位,你去找他,当面核实,当初和他好的到底是郝乐意还是郝宝宝!"

如果马跃以前不曾知道天崩地裂式的疼痛是什么滋味,那么,现在,他知道了,他痛得甚至不能站立,不能睁眼看这个世界;如果懊悔可以让人五内俱焚,那么,现在的马跃就是熊熊燃烧的火球……

可是,有什么用呢？他回不去了,因为他已经把爱情当破罐子摔了,昨天他刚刚和小玫瑰去民政局登记结婚,所以,他只能把额头抵在老板台的边沿上,一字一顿地说："别说了——宝宝,求你了,别说了!"然后,他仰头,像寒夜里的苍狼,扯着脖子嘶喊:"别——说——了!"

在那个黄昏,马跃远远看着郝乐意领着伊朵从幼儿园出来,他微微笑着,看着她们渐行渐远,消失在远处的街角,他轻轻地叫了声乐意,泪就滚了下来。

他想好好地、好好地再追一次郝乐意,他和小玫瑰这么说,小玫瑰看着他,笑得那么轻巧,好像他在说一个她听不懂的笑话。

这一年的秋天,来得毫不迟疑,阵风过街,满街都是蝴蝶一样的法国梧桐叶子在飞。马跃仰了一下脸,几片巴掌大的橘色落叶次第而下,贴着他的脸,停泊在肩上,隐约间,他仿佛听到了笑声,郝乐意的笑声,经年之前,她总是那么笑,阳光而灿烂。

搬出去的郝乐意,经常给马光明打电话,因为伊朵要和爷爷说着话才能睡着,不管她和马跃是怎样地爱过恨过,都已成了过去时,所谓好人,有时候就是识趣的人,不因自己而打扰别人,何况那些受伤,早已用它应有的方式结束了,她希望马光明可以因此而享受到来自马跃一家三口的天伦之乐。如果马光明说想伊朵了,郝乐意就会带她去儿童公园的大台阶下等他和陈安娜,然后,她和陈安娜坐在台阶上,看祖孙两个在公园里兜兜转转,寻找他们的快乐。

有时候,马光明想对郝乐意说,乐意,你和伊朵搬回来吧。可他不能,因为知道,她搬回来成全的是自己的快乐,累的是郝乐意。马跃说小玫瑰死活不愿搬回家住,她怕一旦搬回去,就要帮马光明照顾老年痴呆的陈安娜,做这么有奉献精神的事,不是小玫瑰的风格。

他怎么能这么要求郝乐意呢?就因为她是个善良的好人?就要比自私的人承担更多?不,至少在他马光明这里,不能这样,好人,应该得到更多的爱和奖励,对此,他毫不怀疑。现在,蒸蒸日上的格林幼儿园就是上帝奖给郝乐意的前程,在不久的将来,还会奖给她一份贴心贴肺的爱情,一定的,只可惜那个人不再会是他的儿子马跃,尽管他变了,变得像个顶天立地的男人了。

"他很少说话,不像以前那样大笑了,也不发脾气了……乐意,他沉稳得让我难受……"说着,马光明就会死死攥住郝乐意的手。郝乐意知道,她手上的疼,就是马光明心里的疼,不管他曾对马跃多么凶狠残酷,那也是一个父亲对儿子的凶狠残酷的爱,而现在,他这颗做父亲的心比谁都知道,马跃的沉稳,其实是心死,是对未来心死,还有什么苍凉比得过连明天都不关心呢?现在的马跃,肩承着他不愿意肩承却又不得不肩承的当下,低着头,默默地往前走。就像他发给郝乐意的那个短信:乐意,在这个世界上,我再也找不到另一个你,另一个更让我爱的你,我曾那么不负责任、那么伤害你,我改了,可站在我面前的已不是你。亲爱的乐意,我终于懂了,人生最大的悲哀,莫过于回头无路。亲爱的、我最爱的乐意,你还是那个乐意,却再也不是我的了。请你允许我,在偶尔的夜里想你,在偶尔的时候看一眼你,远远地……

撒谎是婚姻的最基本职业道德（代后记）

连谏

我们东方人受儒家文化浸染了几千年，很注重感情的纯净度，其结果是导致大家相互隐瞒感情前科。我一直认为，有秘密的婚姻就是一条埋着地雷的道路，不知哪一天就会踩上，不把婚姻炸翻也炸个遍体鳞伤。可如实相告，又会让对方生气，甚至引起戒备，无事生出非来。

几年前，我就曾和朋友说过，想写一部小说，书名就叫《前科》，因为大多数人在感情上都有过前史，我很想在小说里和大家探讨一下，夫妻之间应该怎么对待对方感情前科，这将直接影响到婚姻的质量。

这部小说原本的题目，就叫《前科》。小说写完了，李国靖先生说《前科》这书名太社科化，不像小说题目。然后在公司开会，和我也商讨了半天，最终决定叫《请对我撒谎》，我也觉得非常契合小说的主题。

在生活中，谎言是令人鄙夷的。可一旦爱情生了病，谎言就成了一味必不可少的止痛药。哪怕已千真万确地知道，那桩令我们痛苦的事已不可挽回地发生过了，我们的追问，看上去不依不饶，可事实却是，我们痛苦追讨的，绝对不是真相，而是一个谎言，辅助我们完成一场无可奈何的自我欺骗，绝不要对方的忏悔或是坦诚真相，因为背叛的真相比谎言更具杀伤力。这就像得了绝症的人，被亲友隐瞒，是出于善意，他可能会怀疑，也更可能会向身边的人询问，但他询问的目的，是因为对生的眷恋而不是对死亡的无畏。在这时，不使用谎言回应就是残酷。

所以，如果你曾背叛过他（她），如果你还爱他（她），面对他（她）的猜疑时，就请大胆地对他（她）撒谎吧。因为，一旦不能被忠诚恒守，爱情就成了一种需要适当用谎言喂养才能活下去的东西。

就像我和朋友说的那样：撒谎是婚姻最基本的职业道德。

除了对待感情前科的姿态问题，触动我写这个故事的，还有近年来不容乐观的大学毕业生就业,以及那些被啃得疲惫不堪却乐在其中的父母。我着重写了三个城市家庭,啃老是故事背景,也是底色,我着重写的是在这个背景下他们跌宕起伏的命运故事。在这三个家庭中,作为社会中坚力量的中产家庭,徒有外表的体面,却有着最为脆弱和不堪煎熬的内里。

貌似每一个活得不如意的人都在抱怨。而纵观那些在我看来的成功人士,他们都活得自尊自爱,除了感恩,少有抱怨,比如小说中的郝乐意,我是如此地爱这个不哀不叹活得热火朝天的小女子,她自幼父母双亡,活得像向日葵那么明朗,像野生动物一样矫健。她没有学历,却脚踏实地,全凭自己的力量站立在熙来攘往也险象环生的社会中,她不贪不索,她是孑然的也是快乐的,我那么爱她,就像爱那个理想中的却难以达成的自己。

本应浮萍一样漂荡的郝乐意活得坚定从容,从不抱怨上天对她的不公,更不抱怨世间给得太少,因为她的心里装着满满当当的阳光。

抱怨是戾气,戾气的来源是我们内心住着一个甚至多个脚踩风火轮的欲望妖孽:对当下的自己不满,总想在第一时间抵达理想的自己,竭尽全力去做的不是实干,而是寻找捷径。

事实是,世间从无捷径可走。所有把心思放在刨捷径的人,最终都刨在了花岗岩上;所有以为握了可打遍天下的独门武器而高高在上的人,最终都会在沉痛中发现所谓的高高在上不过是黄粱一梦而已。

还是那句话,上天是睁着眼睛的,他看得见每一个人流的汗,也看得见每一个人耍的奸。

在所有人都吆喝着做好人吃亏的当下,如果我们不幸是个好人,那么,请让我们额手称庆,因为成为一个好人,是上天对我们最大的奖赏。无论时代怎样滚滚向前,无论这个世界如何荒诞,好人永远是社会的主流,他们总能坚定地笑到最后。

譬如,小说中的郝乐意。

图书在版编目(CIP)数据

请对我撒谎 / 连谏著. —杭州：浙江文艺出版社，
2019.2
ISBN 978-7-5339-5456-7

Ⅰ.①请… Ⅱ.①连… Ⅲ.①长篇小说—中国—当代
Ⅳ.①I247.5

中国版本图书馆CIP数据核字(2018)第 249066 号

责任编辑　关俊红
装帧设计　嫁衣工舍
责任校对　许红梅
责任印制　张丽敏

请对我撒谎

连谏　著

出版　浙江文艺出版社
网址　www.zjwycbs.cn
经销　浙江省新华书店集团有限公司
制版　浙江新华图文制作有限公司
印刷　杭州佳园彩色印刷有限公司
开本　710 毫米×1000 毫米　1/16
字数　414 千字
印张　24.5
插页　1
版次　2019 年 2 月第 1 版　2019 年 2 月第 1 次印刷
书号　ISBN 978-7-5339-5456-7
定价　59.80 元